姝然◎著

筱筱书屋

天津出版传媒集团
天津人民出版社

图书在版编目（CIP）数据

筱筱书屋 / 姝然著. — 天津 : 天津人民出版社，2020.5

ISBN 978-7-201-15957-7

Ⅰ. ①筱… Ⅱ. ①姝… Ⅲ. ①长篇小说－中国－当代 Ⅳ. ①I247.5

中国版本图书馆 CIP 数据核字 (2020) 第 071119 号

筱筱书屋

XIAOXIAO SHUWU

姝然 著

出　　版　天津人民出版社
出 版 人　刘　庆
地　　址　天津市和平区西康路 35 号康岳大厦
邮政编码　300051
邮购电话　（022）23332469
网　　址　http://www.tjrmcbs.com
电子信箱　reader@tjrmcbs.com

责任编辑　谢仁林
装帧设计　凤凰树文化

制版印刷　天津雅泽印刷有限公司
经　　销　新华书店
开　　本　710 毫米 ×1000 毫米　1/16
印　　张　26.25
字　　数　416 千字
版次印次　2020 年 10 月第 1 版　2020 年 10 月第 1 次印刷
定　　价　88.00 元

第一部

第二部

第三部

第一部

第一章　苏家弄瓦之喜

一九八七年的阳春三月，南方某沿海地区的L市，春光灿烂，到处一派热火朝天的喜人景象，全市沉浸在如火如荼的城市建设中。

几年之间，这个默默无闻的小镇沐浴着改革开放的春风，宛如雨后春笋，势如破竹地蓬勃发展起来，一座座现代化的高楼拔地而起，一条条宽敞的马路四通八达，一块块崭新的工业区悄然生长，一幢幢雅致的别墅落地生根。

这座日新月异的新城吸引着不胜枚举的台商、港商和外国企业来到这里投资创业，与此同时，五湖四海的追梦者纷至沓来，在热闹非凡的工业区，各个车间的机器声轰隆隆作响，工人们正争分夺秒地创造着这座城市的奇迹……

一个阳光明媚的上午，某港资公司职工公寓楼的一间小屋里，王雯芬穿着宽松的杏黄色纯棉睡衣倚靠在床头，她手里抱着刚出生几天的女儿，脸上溢满了幸福。孩子刚吃饱奶，正咂巴咂巴泛着奶香的嘴唇，不一会儿就睡着了。雯芬轻轻地拨了拨孩子额前柔细的头发，舐犊情深的目光落在她娇嫩的小脸上，生怕懈怠、错过了一丁点儿细节。孩子还没有取名字，她便学医院里的医生和护士，唤孩子“小乖乖”。

大约一个月前，她其实与爱人苏海君讨论过孩子的名字，不过，海君觉得她过于心急，便轻描淡写地说：

“现在又不知道怀的是男孩还是女孩，怎么取名字啊？”

“我们可以取两个名字，一个男孩名和一个女孩名。”

“你也太心急了吧？还早着呢！”

“我就是想孩子出生后，有一个可以叫唤的名字。”

“现在又没有看到孩子，哪有灵感啊？”

“给自己的孩子取名字要什么灵感？”雯芬笑着反驳道。

“当然要有灵感啊，见到孩子的面，看到孩子的模样，才知道取什么名字适合，若是现在就将名字取好，到时候又觉得不合适，叫起来多别扭啊！”

“嗯，也是哦！”

“我妈上次在信里说等你生了，她就过来看你和孩子，到时候让她给孩子取名字就好了。”

“妈真的说要来吗？”雯芬听到婆婆要过来，喜笑颜开。

“是啊，所以我们就不用为给孩子取名字的事情费神了，她肯定能给孩子取个好名字。”

“那太好了！”

雯芬的婆婆郑采薇退休前是老家县城里一所中学的语文老师，她教了一辈子的书，桃李芬芳。雯芬上初三这一年，郑采薇是她的班主任，也是她的语文老师，在雯芬眼里，郑老师平易近人，与人为善，对待班上每个同学都尽心尽力，一次家访中，郑老师了解到她家里的情况后，在学习和生活上对她格外照顾，常找她促膝谈心，鼓励她好好学习，她从心底里十分感激和爱戴这位老师，如今命运又让她们修炼成了一家人，雯芬的内心无比感恩和知足。

孩子很乖，很安静，只要吃得饱饱的，衣服换得干净，就不会哭闹。第一次做妈妈的雯芬，整颗心都萦绕在这个小生命身上，她的眼睛无时无刻不围绕着孩子转，出院回到家后，她总是一醒来就将孩子抱在怀里，闻着她天使般的香气，注视着她的一颦一笑。

海君见到后，说她这样会娇惯孩子，以后孩子不好带。

昨晚，他还在她耳边念叨：

“雯芬，你喂饱女儿就放下来让她自己睡吧，你这样整天抱着，孩子日后会当成一种习惯，若是你不抱她的话，她就会没有安全感，会哭闹的。孩子从小就应该养成一个好的行为习惯……”

想起海君的话，雯芬挪了挪身子，准备放下孩子。

蓦地，女儿小嘴弯弯，甜甜地笑了一下，她顿时感到莫名心动，如获至宝，也跟着笑了。她轻轻地抚摸着她的小手，倏然想起前些日子在一首诗里头读到的“娉婷”两个字，马上就将这两个充满美意的小字和她怀中的小天使联系在一起。她喜上眉梢，情不自禁地、又有点激动地俯下身子亲了亲女儿的小脸，轻柔地唤了声：

“小娉婷——”

她小心翼翼地放下孩子，帮她盖好被子，然后满心欢喜地下了床。她想将自己稍微拾掇一下，昨天她的婆婆郑采薇和姐姐王淑芬从老家坐长途汽车过来了，海君一大早就去车站接她们，等一会儿就到家了。

雯芬的小屋陈设简陋，里头只有一张木床、一个床头柜、一个简易布衣柜、一张书桌，书桌上面整齐地罗列着两摞书。

她慢慢地坐到桌子前，拿起一把木质梳子，对着桌上的一面圆镜子轻柔地梳理头发。她的头发不是很长，刚过肩，生完孩子就没有洗过，摸上去有些油腻，她在抽屉里找出两只皮圈，绑了一个小马尾，拾掇一番之后，她对着镜子笑了笑。

末了，她走到窗口，轻轻地撩开印着一排青翠竹子的窗帘布，神情怡然地倚窗远眺：几只绚丽的蝴蝶在空中曼舞，像似赶赴一场盛宴。机械作业的嘈杂声不绝于耳。

她来L市一年多了，亲眼目睹着这座城市的发展和崛起。

此时此刻，就算隔着窗户她也能感受得到这块热土的每一个角落都在争分夺秒地忙碌和腾飞，每一寸泥土都在争先恐后地吐露着它蕴藏的宝藏。

她看着窗外崭新的一切，心潮澎湃——

她的爱人海君毕业于江南G省的一所重点大学，学的金融专业，毕业后分配在省城的一家国企上班。一九八五年年初，当改革开放的浪潮在沿海地区吹得正响的时候，海君在他的一位大学老师的介绍下，参加了母校的人才招聘会。在他恩师的心目中，海君是一位学习极其刻苦、爱思考、有志向、且仪表堂堂的好学生，当沿海城市的一些知名企业在他们学校招聘优秀人才时，老师第一时间就想到了海君。

海君没有辜负老师的期望，他很顺利地被L市一家名叫“优鸿”的港资企业聘任，安排他在财务部上班。公司对于他们这批高标准招聘过来的员工待遇优厚：工作一年后，可以分房及迁L市户口，配偶和小孩的户口也可以随迁，另外公司还给他们的配偶安排工作，这样的待遇在当时是很多年轻人梦寐以求的，海君只要结婚，理所当然可以享受这些待遇。

雯芬是读高三这一年认识海君的。

海君是他们班的复读生，他相貌俊朗，身形笔挺，一双深邃的眼睛格外有神。他比班上其他的同学显得成熟些，不但成绩优异，而且说话做事得体大方，既是班长又是物理课代表，他就像他们班上一颗闪闪发亮的星星，走到哪都看得到同学们追随的目光。雯芬坐在他前一排，每天都有机会和他说上几句话，渐渐地，她被这个谈吐优雅、见多识广的男生深深吸引，她在心里偷偷地喜欢上了这个优秀的男孩，每次，她家里有什么好吃的东西，都带到学校给海君吃，海君也喜欢温柔善良的雯芬，每次轮到她做值日生时，他就主动留下来帮她一起打扫教室。在学习上，他也给予她不少帮助，日子一长，两个人渐生情愫，不过他们脸皮都很薄，从没有当面表露过心迹，只是默默地把感情放在彼此心里。

第二年，海君如愿以偿地考上了理想的大学。

雯芬差十几分落榜，他的父亲和姐姐都让她去复读，但她考虑到家里的经济情况，就没有去复读。没多久在一个亲戚的介绍下，她到县下面的一个小镇当了一名小学代课老师。

海君去省城上大学后，两人鸿雁传书。写信对两个年轻人来说，更能自如地表达情感，半年后，他们在信中相互倾吐了心中的爱意，确定了恋爱关系。

两年后，雯芬一次在信中向海君询问起他家的住址，她想周末休息的时候去看看他的父母，收到海君的回信后，一个周日的上午，雯芬买了水果去了海君家，当她第一眼看到海君妈妈时，她欣喜万分，高兴得差点叫了出来，她怎么也没有想到海君的母亲竟然是她最尊敬、最喜爱的郑老师，那一刻，她感到这是上天对她的抬爱和厚待。

自那以后，雯芬每个周末都抽半天时间去看望两位长辈，过去跟他们聊聊天，帮忙做点家务。郑采薇对雯芬又喜欢又满意，虽然这孩子没有上大学，但在郑采薇的眼里——雯芬善解人意、性情温良，做人平平实实，一副好媳妇的模样，而且她长得明眸皓齿，皮肤白里透红，说话时温婉得体，相处起来很舒服很暖心。几年过去了，郑采薇在心里已经认定雯芬这个儿媳妇了。海君是她的独子，她也盼望着他早点把这个贤淑的好女孩娶回家，儿子在省城工作后，她便写信催促他回家把婚事办了，可海君回信说他刚参加工作，在单位住的集体宿舍，想等分到房子再结婚，她便没有再催他。

说到海君是独子这件事，时光还要追溯到郑采薇刚结婚那会儿，那个时候她工作忙，带了两个年级的语文课，又是班主任，当时她觉得自己还年轻，就想多花点精力在孩子们身上，晚点再生孩子。几年后，看到与自己同龄的老师都有了孩子，她也想生孩子了，但两三年过去了都没怀上，她的一个同事知道后，就介绍了当地一个有名的中医给她，吃了大半年中药后，终于在三十一岁那年生下海君。有了这个儿子后，她也不想再生了，她把所有的精力都用在教书和养育海君身上，海君虽说是独子，但她和她的爱人从没溺爱过孩子，各个方面对他的要求都很严格。她的爱人苏光德也是一名老师，他在县里的另一所中学教初三的数学，他为人敦厚谦逊，夫妻俩几十年来琴瑟和鸣，家庭和和睦睦，海君生长在这样朴实、温馨的书香之家，潜移默化中，从小就修养成了一副好脾性，他待人温和，遇事沉着冷静。

海君在“优鸿”工作一年后，一九八六年春节假期，他回老家和雯芬办了婚礼。过完年后，他带着雯芬来到“优鸿”，公司安排雯芬在“优鸿”旗下的一家手袋厂做仓库统计员，接着公司给他俩分了套带半个小客厅的一居室的房子，虽然小了点，但对于漂泊在外的异乡人来说，有这么个栖息之处，他们很知足了，没过多久，两个人的户口也一起迁到了L市，从此正式成为了这座城市的新居民。夫妻俩感情甚笃，小日子过得和和美美，现在又有了女儿，更加圆满。

雯芬陶醉在窗外旖旎的春光中，幸福得不能自已……

突然，门外传来了笃笃的敲门声，她倏地从明媚的春色中转过神来，寻思海君和婆婆、姐姐他们到了，她欣喜地朝门口走去。门一打开，她看到的并不是婆婆和姐姐，而是她手袋厂的两位同事，一个是仓库的员工张明霞，另一个是生产车间的员工杨小慧，她们穿着厂里面的浅蓝色制服，手上各自提着满满的两袋东西。张明霞四十来岁，长着一张平易近人的脸，嘴角总是上扬，一副天生好脾气的样子；小慧年纪稍小些，三十五左右，脸庞清秀，也爱笑，说起话来轻声轻气。

“霞姐，小慧姐，你们怎么来了，快到里屋坐吧……”雯芬惊喜万分地招呼道。

“我们来看你和孩子。”张明霞一脸笑容，露出洁白整齐的牙齿。

她俩将手上的东西放在地上，然后坐在小厅里的一张小木制沙发上。

“你们太客气了，人来了就好，还带这么多的东西过来，这叫我如何是好啊！”雯芬一面给她俩倒水，一面不好意思地说道。

“没有什么贵重的东西，就是大家的一点心意而已，雯芬，你别站着，快过来坐——”小慧说道。

雯芬在她俩中间坐了下来。

“阿芬,这是车间里和仓库里的姐妹们的心意,她们都想来看你和孩子呢！”张明霞侃侃说道，“不过，我跟她们说，‘那可不行，你们全部去的话，得把阿芬那小屋给挤破了，她还在坐月子呢！我和小慧去当代表，把你们的东西带过去。’这些东西都是她们从老家带过来的——上次阿燕回老家，知道你快要生了，专门给你带了一大包花生，是她父母自己种的，还有阿琴的大嫂从广西老家捎来的桂圆干，也是自家树上结的晒的，对了，这底下还有厂里王阿姨的鲜鸡蛋。另外，几个小姑娘给孩子织的毛衣、毛袜在小慧的袋子里……我呢，上个月看到拉长在处理车间里用剩的棉料，就开口向他要了一些，然后扯了几块棉布，缝了几个棉花垫子给孩子用，没有用完的布我也拿过来了，你可以用来给孩子当尿布。听说现在家庭条件好的孩子都用尿不湿了，长期用也不便宜吧！”她说完将垫子拿出来放到雯芬手里。

“霞姐，你的手真巧，尿垫子也缝得这么漂亮……”雯芬赞叹道，她轻轻地抚摸着折叠得整整齐齐的棉垫，这垫子是用深紫色碎花棉布包嵌的，四边缝有褶裥相间的荷叶边，非常精巧。

“我那是用手缝的，粗糙着呢！谈不上好看。你小慧姐才是心灵手巧啊，给孩子做的小衣服跟商场里买的一样好。”张明霞快人快语，她说完看向身旁文静的小慧。

“没有那么好啦！”小慧难为情地笑了笑，“我当姑娘那会儿正儿八经地学过裁缝，以前在老家时也给家人和小孩做过衣服，这几套小衣服是我下班后偷偷在厂里面的缝纫机上做的。有一次，被组长看见，我就告诉他是在给你的小孩做衣服，没想到他不但没说我，还让我多做一套，算他一份呢！他这个人平常虽然不苟言笑，严肃刻板，但挺有人情味的……”

“谢谢你们为我和孩子准备这么多东西……”雯芬看着两位同事，眼眶泛红，语气哽咽。

“阿芬，平素你总是不厌其烦地帮大家写信回信，还给姐妹们的小孩买书和学习用具，大伙的这点小心意又算得了什么，这远不及你对大家的好……”小慧补充道。

“我没有你们说的那么好啦，写信不过是举手之劳，完全不值一提。”雯芬说话的语气很温和，很谦恭。

“阿芬，你好不好，大家心知肚明呢！小慧说得没错，你为我们默默地做了那么多的事，大家伙都记着呢！”张明霞说道。

“你觉得举手之劳的事，对于我们来说可是雪中送炭啊，我虽然读了几年书，但写信可是一件大难事，很多字不会写。你来到厂里后，一听我说要写信回家，马上就拿起纸和笔，没一会儿工夫就帮我写好了。”小慧接着补充道。

“阿芬，一封家书抵万金啊！厂里面除了你，还有谁愿意用休息时间为我们写信回信啊？以前我请我的一个老乡帮我写信，要磨破嘴皮子，他才帮我写，现在好了，你每个月为我写信回信，我就不用去求他了。”张明霞快人快语。

“能帮到你们，我也很开心。霞姐、小慧姐，你们中午都在这里吃饭啊！等会儿海君就回来了。”

“不行啊，这几天厂里正在赶一批大订单，忙得不可开交，周六就要出货，经理都亲自过来催了好几次，组长只准许我们两个小时的假，要赶回去上班呢！走，我们去看看孩子，等会儿就得回去了……”张明霞边说着就站了起来。

三个人谈笑风生地进了屋，霞姐和小慧坐到了床沿边，她们看着安然入睡的小生命，兴奋不已。

“你们看这孩子长得多好啊，粉嫩粉嫩的，我从来没有见过出生几天就这么漂亮、这么干净的小孩儿，我那两个小家伙刚生下来时，黑乎乎的，像个小老头，长了个把月，才变好看一点。你们看，这个小丫头刚才笑了一下呢！”小慧叫道。

张明霞将头凑了过去，欣然地说：“爱笑的孩子好啊，能给人带来快乐，带来好运，这孩子睡着了，嘴角也含着笑呢！”

“她很爱笑的，常在梦里抿着小嘴发笑。”雯芬站在一旁，喜不自胜地说。

“这小丫头出生在这么美丽的春天，多么幸福啊，怎么能不笑呢，是吧？”小慧接过她的话，笑盈盈地说道。

“是啊，是啊！她的小脸如丝一般滑，眼睫毛长长的，多有灵气啊，就像这春日里娇嫩的花儿一样惹人喜爱……”霞姐说道。

“这小丫头太可爱了，让我抱一抱——”小慧一边说一边将孩子抱了起来。

“来，来，让我也抱一抱吧！我好久没有抱过这么小的孩子了。”霞姐说着手就伸了过来。

张明霞和杨小慧回去后，雯芬躺到孩子的身边，她侧身看着睡得香甜的女儿，层层叠叠的幸福感在她心底荡漾。

第二章　翠竹小天使

傍晚时分，一片片火红的晚霞铺满了整个天空，雯芬的小家喜气洋洋。

郑采薇和王淑芬中午就到这里了。

这当儿，淑芬和海君在厨房里做晚饭，郑采薇神采奕奕地抱着小孙女坐在床边，一脸喜庆，全然沉浸在新生命的快乐之中。

郑采薇今年五十八岁，中等身材，留着齐耳短发，脸庞饱满红润，眼睛炯炯有神。她穿着朴实、素雅——深蓝色的卡其布对襟上衣，黑色的棉麻裤子，土灰色敞口帆布鞋，脸上的笑容慈祥亲切，一副为人师表的风范。

“妈，爸在家还好吧！刚才海君说他怎么了？他支支吾吾，我没听清楚。”平躺在床上的雯芬轻言细语地问她婆婆。

“没有什么大事，你爸两个月前得了阑尾炎，做了一个小手术，现在恢复得挺好，不用担心……”郑采薇侧身看了看雯芬，和颜悦色地说，“收到你们发回家的电报——‘顺利生产，母女平安’后，他高兴得不得了，一见到老熟人就说，‘海君媳妇生了个可爱的孙女，我荣升当爷爷了’。你爸沾染了这份喜气，精神爽朗了许多，身体也跟着好了。”

“既然爸身体没有什么事了，他怎么不一起过来啊？”

“本来说好一起来的，但左邻右舍的几个孩子晚上要找他补习功课。隔壁张伯家的孙女诗琴，马上就要参加中考了，我没来之前帮她补习语文，你爸给她补习数学。”

“他们都来咱家吗？”

“对啊，那群孩子习惯一放学就往咱家跑，所以怕耽误他们的学习，再来想到你们住的地方这么小，来日方长，等孙女大点再过来也不迟。”

“妈——等我们干好了，将来有能力住大房子，你和爸就过来住，帮我们

照顾孩子。”雯芬笑着搭茬儿。

“好啊，等你们干好了，将来有能力住大点的房子，我和你爸就过来带孙女，反正我们都退休了。”

“您和爸退休后感到孤单很多吧？”雯芬问道。

“刚退休那会儿吧，确实有点不适应，离开了学校，看不到孩子们了，心里像是少了些什么，每天无所适从的。后来，邻居家的几个孩子跑来家里玩，问我们题目，家里就热闹起来了，我和你爸在那条街住了几十年，街里街坊都认识，那些孩子也是看着长大的。我和你爸退休了还能发挥点余热，给街坊的孩子们一些微不足道的帮助，对你爸和我来说，也算是老有所用了。”

“那就好，那就好……”雯芬抬起清澈明亮的眼睛充满敬意地望着她婆婆。

“孩子都是天使啊！”郑采薇说着转头看了一眼雯芬，顺手掖了掖雯芬肩头的被子，“你坐月子肩头不能冻着，全身都要保暖，要不然年纪大了，身体就各种酸疼了。”

“知道了，妈。”

这时，淑芬笑容可掬地走了进来，她三十岁左右，身材瘦削，面容和善，眼神坚定，走起路来铿锵有力。

她站在郑采薇身旁，轻轻地摸了一下孩子的脸，微微一笑说：“这孩子的眼睛很像雯芬。”

“可不是吗？简直是一模一样，鼻子像海君，又高又直，两个人的优点都长在这孩子身上了。”郑采薇乐呵呵地说道。

“是啊，小美人一个，叫什么名字啊？”淑芬摸着宝宝的小手说。

“还没有取名字呢，我和海君都想着让我妈过来给孩子取名字。”雯芬说道。

“等我来取名字啊？”郑采薇抿抿嘴说，“那我得好好琢磨琢磨，给我孙女取个什么名字好呢？”她一边说，一边看着孙女，像是在征求她的意见。

“是啊，让奶奶取个好听的名字。苏妈妈，先去吃饭吧，海君那边都准备好了。雯芬，你就在床上吃，我去给你端过来。”她说着便朝门口走去。

“不用了，姐，我下床和你们一起吃。妈，您把孩子放在床上吧！”雯芬边说边起身。

“那你披件衣服，别着凉了。”郑采薇关切地说。

晚饭之后，海君和淑芬留在小厅里收拾碗筷，郑采薇和雯芬回了房间。

她俩一进去就到床前看孩子，小家伙睡得正香，嘴角挂着甜甜的笑。

过了一会儿，海君进屋了。他静静地坐在桌子旁边的一把小椅子上，灯光下的海君戴着近视眼镜，他额头平整宽阔，皮肤白皙，一头乌黑浓密的头发梳理得服服帖帖，举手投足间气宇不凡。他的穿戴也很讲究：休闲暗灰色西服，黑色毛料直筒裤，锃亮的皮鞋，全身上下一派文人雅士风范，宛若《诗经》里的谦谦君子。

“妈,您习惯这里的气候吗？”海君的双手放在膝盖上,平视着他妈的眼睛。

“习惯，习惯，这边暖和，空气又好，到处都是郁郁葱葱的树木，生机勃勃的，住在这里可舒服了。”郑采薇眉开眼笑地说。

“那您在这里多住些日子,帮我照顾雯芬,我中午不用赶回来给她做饭了。”

“我和你爸商量好了,等雯芬坐完月子再回家,雯芬说孩子还没有取名字？”郑采薇转过头轻轻地摸了摸孙女的头。

“是啊，她的出生证还搁在医院，等您取好名字，就可以去取了。”

“噢噢，这孩子虽然出生才几天，却有着一副娟秀静好的可人模样，犹如林中有气节的小翠竹。刚才吃饭的时候，我想起‘白云抱幽石，绿筱媚清涟’这句诗，细细一想，觉得很衬我孙女，你们觉得叫‘筱’这个字怎么样？不过，一个‘筱’字有点单调，女孩子的名字重叠起来好听，要不叫筱筱吧？”郑采薇看了看床上的雯芬，又看了看海君，愉快地说道。

“好听。”海君和雯芬几乎是异口同声叫出来的，两人的眼睛里闪烁着喜悦的光芒。

“那就叫苏筱筱了——我们家的翠竹小天使。”郑采薇说着从雯芬手里接过孙女，情绪高涨地呼唤道，“苏筱筱——苏筱筱——”

“家里有个语文老师真是好啊！不费吹灰之力就取了个这么诗情画意的名字。”海君走过来啧啧称赞道。

“又好听又顺口。”雯芬欢欣地补充道。

晚上，郑采薇、淑芬、雯芬加上筱筱四个人挤在里屋原本就不大的床上，海君打地铺睡在外面的小客厅里。

第二天午饭后，海君和他母亲一起到医院取女儿的出生证。

家里剩下雯芬、淑芬和筱筱。这当儿，窗外晴空万里，灿烂的太阳光把小屋照得亮堂堂的，雯芬抱着筱筱坐在床头，孩子刚刚醒来了，她似看非看

地打量着她面前的大姨和妈妈。

淑芬紧挨着雯芬坐在床沿边，她昨天一过来，就帮着妹夫料理家务，姐妹俩都没怎么说上话。

淑芬比雯芬大四岁，两人从小感情深厚，从雯芬记事起，淑芬就带着她睡在一张床上，直到姐姐出嫁。婚后，她要是回娘家小住两天，姐妹俩就在一个被窝里说话到深夜。

雯芬本来还有个比她小两岁的弟弟，叫王雯斌，不过在他八岁那年，放暑假的时候和几个一般大的男同学去县城郊外的一个水库游泳溺水身亡了。雯芬的妈妈陈秀娟因经受不起失去唯一儿子的沉重打击，一病不起，原本她妈妈在生雯斌的时候就落下了病根，身体羸弱，家里常年笼罩着一股中药味，雯斌出事后，陈秀娟的身体每况愈下，失去儿子的悲痛深深地压着她的心，吃药已经无济于事，同年冬天，她悲痛欲绝地随着儿子一起走了。

雯芬的父亲王磊华是一个秉性淳朴、沉默寡言的老实人，从不打骂孩子，他像很多父亲一样，一门心思地想供孩子多读些书，让他们成为有文化、有作为的人。

陈秀娟在世的时候，夫妻俩感情很好，几乎没红过脸。他们一结婚就在家打豆腐卖，陈秀娟每天起早贪黑，负责在家磨豆、制作，做好后王磊华就挑到街上去卖，如果到中午还没有卖完的话，再挑到县城附近的村庄挨家挨户地去卖，村民一般不给现钱，而是用自家的黄豆换取新鲜的豆腐，每天，王磊华要等到所有的豆腐卖完了，才算完成一天的工作。夫妻俩在小县城里做豆腐十几年了，方圆十几里的人们都吃过他家做的豆腐，有口皆碑。

儿子走后，祸不单行，妻子又撒手人寰，一年之中，王磊华失去了两位亲人，他把悲痛深深地藏在心底，一如既往勤勤恳恳地干活，对两个女儿和和气气，每个周末都买斤猪肉煮点肉汤，手头宽裕时还去裁缝铺给她俩做新衣裳。

每天晚上，姐妹俩上床睡觉后，王磊华还在自家的天井里“吱嘎吱嘎”地磨着豆子，第二天晨光熹微，淑芬和雯芬起来上早自习时，他已在厨房里忙开了，屋里热气腾腾的，灶炉上燃着火，豆腐盒里放满了鲜嫩可口的白豆腐，锅里头沸腾着金黄金黄的油豆腐，淑芬和雯芬下自习回到家时，他已经出门卖豆腐去了，锅里给她俩留着热乎乎的饭菜。

每天从清晨到暮霭，王磊华栉风沐雨、忙里忙外，为了生计，为了两个女儿，默默地操持着这个家。早谙世事的淑芬读完初三后，就没再读书了，本来考上了高中的她，瞒着王磊华说自己没考上，她爸信以为真，劝她去复读，可淑芬怎么也不肯去了。

母亲去世后，父亲每天一个人操持家里所有的事，觉都不够睡，看上去苍老了许多，四十来岁的年纪因长期挑担，背都驼了，这一切，淑芬都看在眼里，她常常背着妹妹偷偷地流泪，初中毕业后，她就下决心留在家里帮父亲做豆腐，让雯芬安安心心地读书。

雯芬高中毕业后，当了一名小学代课老师，接着，淑芬出嫁了，她婆家在离县城不远的一个镇上，她的爱人是一个木匠，姓殷，在镇上的一个家具厂上班，他为人忠厚，长相也很英俊，王磊华对这个女婿很满意，他跟雯芬说她姐夫很可靠，“可靠”这种美德在这个老实巴交的父亲眼里，就着实让他可以放心地将女儿交给他。婚后淑芬连着两年生了两个儿子，大儿子叫翔宇，小儿子翔浩，淑芬的公婆非常知人情世故，他们见淑芬家没有男丁，就让小儿子跟淑芬姓王，说将来延续王家的香火，王磊华知道后当然很高兴，他跟雯芬说她姐姐命好，嫁了个好人家，一家上上下下都是好人。

虽然大女儿出嫁了，小女儿也有了工作，按理说王磊华可以歇着了，但他还是不肯闲下来，和往常一样，不辞劳苦地干活，照常天天打豆腐，他越来越苍老，背也更加驼了。三年前，王磊华突发心脏病住进了医院，这下终于可以歇下来了。

王磊华生病后，雯芬跟学校请了长假回家照顾父亲。

几个月后，王磊华还是走了。淑芬和雯芬都清楚她们的父亲是长年累月、起早贪黑地干活，没休息好累死的。

王磊华去世前，把这些年打豆腐存下来的钱给了雯芬，说给她将来出嫁买妆奁，交代老房子留给淑芬的小儿子翔浩。弥留之际的王磊华，眼神里透着深深的依恋——有对人世的、对这个家的依恋，更多的是对身边的两个女儿的依恋，他还有未完成的心愿——他没有看着小女儿出嫁，不能亲自为她操办婚事，他还担心留给她为数不多的积蓄不够女儿办嫁妆。

临终前，父亲脸上所有不露声色的期望和不舍，淑芬都看在眼里。

雯芬结婚时，淑芬和她的爱人一起为妹妹筹办、张罗、包揽了婚礼的所有事情，她竭尽所能，让雯芬像别人家的孩子一样，幸福地出嫁。

“姐，你还在家打豆腐卖吗？”雯芬紧紧地握着淑芬粗糙、有几道皲裂疤痕的双手，温情脉脉地问道。

“没有打豆腐了，今年年初到镇上的一家棉织厂上班，每天整时、整点，倒是清闲了些。还有啊，我打的豆腐总比不上咱爸，有时卖不完，家里天天吃豆腐，翔宇和翔浩都嫌弃了，说吃的全身都有豆腐味，再加上又没有人帮我，我每天忙得像陀螺似的，还费力不讨好，被人家说，‘你打的豆腐没你爸打的好吃’。去年，你姐夫的大姐介绍我去了这家工厂上班，我就干脆不打豆腐了。”淑芬开怀地说，看上去对现在的生活很满意。

“找份固定的工作好，我也不想你打豆腐，起早贪黑太辛苦了，长久下去身体也得垮掉。你呀，跟咱爸一样，总是闲不下来，爱操心。”雯芬说着将头靠在姐姐的肩上。

“这些年我打豆腐根本存不到钱，有时还赔本，拿一份固定的工资安稳些，我把爸送给我的那一套制作工具都收起来了。”

“现在社会发展得这么快，以后制作豆腐的工序越来越简单，将来肯定会有专业的小作坊，你那套工具估计用不上了。”雯芬莞尔一笑。

“我也觉得没有什么用处了，当作是纪念吧！翔宇和翔浩一天天大了，你姐夫有固定的工资，平常休息的时候还在家做点木工，有额外收入呢，家里的生活好多了！”

“那你可不要像以前一样，舍不得吃，舍不得穿，你对自己好一点，日子总会越来越好的。”

“嗯，姐知道，你看姐身上的这衣裳不错吧，是你姐夫前两个月去省城的一个亲戚家时，到商场给我买的，一百多元呢，他还真是舍得。”淑芬一脸自豪、幸福的神色。

“好看——姐夫对你真好。”雯芬摸了摸姐姐身上厚实的灰格羊呢外套，由衷地说道。

“你姐夫跟咱爸一样，虽然平时话不多，心却很细腻，总是想着别人。”

“那咱爸真是看准了，你刚嫁过去的时候，他就说你命好，嫁了个好人。”

“咱王家的女婿都很好，你看看小苏，多好的一个人啊，读了那么多书，文质彬彬的。他爸妈也都是好人，前两天，苏老师和郑老师还去我家报喜呢，买了好多东西过去，可高兴了，说你生了个小闺女。”

“他们想得可真周到……”

“两位老师肯定是想到咱爸不在了，就把我当作王家的人。”

“我真的很感恩，觉得自己很幸福，嫁了个好男人，找了个好婆家。”

“你刚有孩子，就像你说的，日子总会越过越好的。来——把孩子给我抱抱。”

“来，让大姨抱抱。”雯芬一边说，一边将孩子放到淑芬身上。

“雯芬，生女儿真好，跟妈亲，长大了就是小棉袄，听妈的话。男孩子难管教，长大了就跟妈不亲了……”

“生男孩女孩一样好啊，你现在是觉得难管教些，长大了就是顶天立地的男子汉，到时再为你娶两个儿媳妇回来，你不就有两个女儿了，是不是？”雯芬娇嗔地看着姐姐，咯咯地笑了起来，“还有啊，筱筱长大了不光是我的小棉袄，也是你的小棉袄啊，她一样会爱你的。”

“那倒是——那倒是——我没有女儿，就等着沾你的光了……”淑芬也跟着笑了。

“以后筱筱长大了，让她也去看你、去陪你。”

“现在说得这么轻松，到时候可不要舍不得啊！”

“当然不会啦！”

五天后，淑芬回老家了，她只请了一个星期的假，要赶回去上班。郑采薇留在L市照顾雯芬和筱筱。

日子过得飞快，一晃两个月过去了，雯芬的身体恢复得很好，筱筱长得白白胖胖，非常惹人疼爱。郑采薇本来说孩子满月就回老家，但海君和雯芬都舍不得她走，她又留了下来，第一次出远门的她，头一个月适应得还不错，但时间长了不免想家，老伴教书时落下了慢性胃炎，药没停过呢，她担心他一个人在家不能按时吃饭，又犯病，但看着一天比一天可人的小孙女，她又舍不得走，心里矛盾不已。

一天晚上，一家人坐在小厅里话家常。

“妈，您是不是想家了？”这几天，海君注意到他妈精神状态不太好，像是有心事，他忍不住问了一句。

“出来这么久了，你爸胃不好，我不在家，也不知道他有没有按时吃饭。”

“要不然过几天，我送您回去吧，他一个人肯定照顾不好自己。”海君紧接着说。

“可是我走了，雯芬一个人带着孩子，没有帮手啊！”

“妈——”雯芬走到婆婆身边，拉着她的手说，“这些日子，您教了我很多，我能把孩子照顾好，您就放心吧！爸胃不好，一定要按时按点吃饭才行，您就安心地回家照顾爸吧！”

“嗯，我舍不得我的小孙女啦！”

“妈，您想她了，就和爸一起过来呗！”雯芬说道。

“好啊，好啊……”郑采薇摸了摸孙女的小脸，喃喃地说道。

几天后，苏海君请假送他妈回老家，郑采薇想到雯芬的产假马上就要结束，家里没有人照顾筱筱，就在老家请了一个信得过的远房亲戚，让儿子带到L市照看筱筱。苏海君管这位亲戚叫“秋婶”，她四十出头，心地善良，性情温和，做事勤快。

秋婶来L市后，把筱筱照顾得无微不至……

一晃几年过去了。

筱筱上幼儿园中班的时候，秋婶的婆婆生了重病，卧床在家，就在这一年，她回老家照料她婆婆了。

第三章　事业如鱼得水

九十年代初，L 市的高楼越来越多，道路也越来越宽敞，路上车水马龙，一派生机盎然的景象。这座城市每天都有新楼建成，每天都有数不胜数的新公司、新工厂、新商铺挂牌营业，峥嵘岁月中，发展成了国人心目中不折不扣的现代化都市。

从八十年代开始，到这座城市寻找机会的人络绎不绝，一年比一年多，这里的工作节奏和生活节奏都非常快，走在马路上都有被人催促、被人推着往前走的感觉。

苏海君在“优鸿”工作几年后，眼界算是全方位地打开了，他学到了很多新东西。这几年，他的几个同事都出来开公司或开工厂，有的还拉他合伙参股，这个时期的海君内心沉稳，做事兢兢业业、踏踏实实，对于同事的另起炉灶，他不眼红也不参与，而是一如既往地干好本职工作，等待时机成熟。

就这样过了两年。

当他看到朋友们的事业都做得风生水起时，海君的心中起了涟漪，他也想把握当前的大好机遇，跟着改革开放的步伐，大刀阔斧地干一场。

经过几年积累和沉淀，他对未来的创业路充满了信心。海君跟雯芬说出他的想法后，说干就干，第二个星期就向公司提交了辞呈，老总知道后，亲自找到他，承诺给他加薪、升职，还给他换房子、配车和司机。海君处理事情一向果断，不喜欢拖泥带水，对于老总的善意挽留，他委婉地谢绝了……

一个月后，苏海君和雯芬从“优鸿”辞职出来了，他们在外面租了间和原来差不多的房子，夫妻俩计划开一家手袋厂，雯芬在手袋厂工作了几年，熟稔制作手袋的工序，手上有各路供应商的资料。

结婚几年来，雯芬持家有道、克勤克俭，有了一些积蓄。海君开工厂的

计划也得到了老家父母的支持，他们拿出了全部存款，另外郑采薇还帮儿子向老家的亲戚借了一些钱。

紧接着海君和雯芬着手找厂房，他们一面申请营业执照等事项，一面着手购买设备、请工人，每一件事情，他们都尽心尽力。曾经和雯芬一起上班的几个姐妹知道她要开厂后，主动来她的小厂上班，小慧姐带着她的两个表妹也过来了，张明霞虽然马上就要回老家了，但也帮她介绍了几个老乡过来，这无形中又给他们助了一臂之力，这些姐妹们都做这一行很多年了，熟门熟路，她们的到来，无疑大大地提高了生产效率和产品质量。

他们的面前呈现出一个创业者天时、地利、人和的气象。

第一次创业的海君，心中充满了激情和斗志，他秉承稳打稳扎的经营模式，量体裁衣，对厂里大大小小的事情做到十拿九稳、心中有数。刚开始厂里只有二十来个人，他每天和两个业务员在外找客户、接订单，雯芬则负责厂里面所有大大小小的事情，天道酬勤，生意顺风顺水、红红火火，订单越来越多、越来越大，夫妻俩倾注了所有精力，一步一个脚印，短短的一年多时间，厂里发展到了一百多人，业绩蒸蒸日上，两人的事业如鱼得水。

一九九三年二月，他们的女儿苏筱筱六岁了，下半年就要上小学，秋婶回老家后，雯芬每天把时间安排得妥妥当当，早上送女儿去幼儿园后去上班，下午下班后再回来接女儿。

一个烟雨蒙蒙的下午，空中下着淅淅沥沥的小雨，雯芬回家给筱筱拿了件衣服，就去幼儿园接女儿，她撑着雨伞，埋头走在阴沉沉的天空下，突然，她的耳边传来了熟悉而喜悦的叫唤声：

“雯芬——雯芬——”

接着又是小女孩甜美的声音：

“妈妈——妈妈——”

雯芬抬起头朝幼儿园的方向望过去，海君背着筱筱朝她走过来，女儿温顺地伏在爸爸的背上，海君一只手撑着伞，一只手反在背后紧紧地抱着女儿的腿，两人有说有笑。

雯芬又惊又喜，大步向他俩走去。

“你不是去客户那边谈订单、催款吗？怎么这么早就回来了？”雯芬惊异地问道，自开了工厂之后，这是海君第一次到幼儿园接女儿放学。

“事情办完了就回来了呗——”苏海君喜气洋洋地说。

“全部都落实好了？”雯芬忙不迭地问道。

“等会儿我再告诉你，雯芬，要不今天下午我们带筱筱去吃‘麦当劳’吧？”

“真的吗？”筱筱在爸爸背上开心地叫起来，“妈妈，好不好嘛？”

“好哇！”雯芬一边说一边收起手中的雨伞，她接过苏海君手中的大雨伞，撑得高高的，“现在的小孩子都爱往那里跑，我们也带她去尝尝吧！”

“我的同学莎莎早就吃过了，她说去过好几次呢！”筱筱说这话时，露出一副可怜兮兮的模样。

雯芬看向女儿，忍俊不禁：“你这不也是在去的路上了吗？我们家离得近，可以走着路过去吃，住得远的还吃不上呢！你先下来穿件衣服，今天天气冷，不要感冒了。”

“小孩子都喜欢去那里，你以后常带她去呗！”海君一边说一边蹲下来帮女儿穿衣服。

“妈妈，你的雨伞上好像在弹钢琴。”筱筱听到雨点拍打雨伞的声响，眨着她的大眼睛说道。

“嘿嘿，你这孩子，还挺有想象力嘛！”雯芬笑着说。

“有想象力好啊，有想象力的孩子就有创造力。”海君插了一句。

“嗯，这小脑袋瓜还挺聪明的。”雯芬说着捏了一下女儿的小脸。

筱筱穿好衣服后，海君背起女儿，雯芬撑着伞，三人走在灰雨蒙蒙的黄昏下。

“下雨天真好玩，我喜欢下雨天。”筱筱转过头看了一眼妈妈，嘟着可爱的小嘴稚声稚气地说，“要是天天下雨就好了。”

“为什么呀？”雯芬逗趣地问道。

“因为下雨天，爸爸就来接我，我们三个人可以在一起。”筱筱得意地回道。

“天天下雨可不行，要是天天下雨，田地里的庄稼见不到太阳长不成熟的，农民伯伯就没有收成，花草树木见不到太阳的话呢，就会蔫掉，长不茁壮，还有啊，地球上的人见不到太阳的话，心情就会郁闷、身体孱弱。所以说，雨水是用来滋润的，太阳是用来照耀的，它们都是大宝贝，缺一不可。”雯芬瞅着女儿稚嫩如花的小脸，不紧不慢地说。

“唔唔——”筱筱似懂非懂地点点头，然后在心里细细地嘀咕道，“我不

过想爸爸背我而已嘛！”

海君听着母女俩兴味盎然的话语，輾然而笑，他稍稍直起背，开怀地对女儿说：“筱筱，无论是下雨天还是大晴天，爸爸只要有时间，就和妈妈一起过来接你放学，背你回家，好不好啊？”

“真的吗？那你们不许骗人。”筱筱银铃般的笑声在雨伞下回荡。

二十来分钟后，他们到了“麦当劳”，店里面的环境干净整洁，可能是下雨天的缘故，里面用餐的人不多，空气里飘着清心悦耳的轻音乐，在慵懒的雨天里，令人舒心愉快。他们到柜台点了汉堡、鸡翅、薯条、可乐等，然后在窗边一排红色的桌子前坐下来吃东西，悠闲地享受着这个宁静的黄昏。

筱筱似乎天生有着对新鲜事物的适应能力，对着一堆干巴巴的食物吃得津津有味。海君和雯芬呢，他们从小吃惯了热饭热菜，对眼前的这堆食物没有什么兴趣，但看到女儿像吃山珍美味一般开心，无意之中也带动了他们的食欲，夫妻俩也兴致勃勃地吃起来。

“雯芬，我有一个好消息要告诉你。”海君嚼着一根薯条，神秘兮兮地说道。

“什么好消息啊？”雯芬瞥向海君，她将一根送到嘴边的鸡翅放下来，静静地笑道，“难不成是‘永昌’那个大订单谈妥了？”

“是的，订单谈妥了，另外，他们拖欠我们六个月的货款今天一次性全付给我们了，还预付了新订单的百分之三十的货款。今天我见到了‘永昌’的总经理，他说感谢我们厂给予他们公司的支持，没有逼迫他们的货款，现在，他们公司资金运转好了，就将货款全部付给我们，他还考虑到刚签的这个订单数量大，担心我们资金上有困难，破例预付了订金，另外‘德兴’的货款也清了三个月，给我开了支票，我已经拿到银行进账了。‘永昌’付的钱存在账户上。”海君不慌不忙、有条不紊地说道。

“真的啊？”雯芬怔怔地望着海君，呓语般地说道，“还付了订金，可真是个仁德的总经理啊！”

“德兴”和“永昌”是他们的大客户，几个月来，因货款不能及时回笼，压得夫妻俩都快喘不过气来了，厂里的货源充足，大大小小的订单源源不断，但货款又不能按时收回来，造成资金短缺，导致厂里的发展停滞不前，海君正计划向银行贷款渡过难关……

雯芬在心里盘算了一下，这两笔货款加起来有一百万左右，她在心里默默想道:“真是‘守得云开见月明’,这下可好了。”

“雯芬,筱筱下半年就要上小学一年级了,我们得赶紧去买套房子,争取让她上个好学校。我还想买辆车,这样我们上班就方便了,出去见客户也体面了。”

“这几天我也在琢磨筱筱上学的事,见你整天忙,就没有跟你说,既然贷款都到位了,把该办的事情都办了吧!”雯芬眼睛里流光溢彩,满怀希望地说道。

“那我们周末就去看房子、看车,把两件事情都定下来。”

“好啊,等有了房子,就把咱爸妈接过来,我们一家人就可以团聚了。”雯芬看了看海君,又看了看筱筱,激动地说。

“我也是这么想的。除了这两件事,我还有一个计划,我准备将工厂搬到M市,你也知道,厂里的车间早就不够用了,亟需扩充,不光要增加设备,还要招募工人,M市正处于开发和建设期,那里有很多优惠的政策,厂房租金和工人工资都便宜许多,不但可以节约成本,还有助于工厂以后的扩展,而且M市离L市又近,我们来回也方便。到时候搬到新家,就让咱爸妈过来照顾筱筱,你和我就可以去那边安心地工作了。”苏海君满怀希望地一一道来。

“海君,为了工厂的长远发展,你考虑周全了就去做吧,我都支持你。”雯芬说着将女儿揽入怀里,在她耳旁呢喃道,“小娉婷,咱们马上就有新家了,爷爷奶奶就要过来和我们一起住了”。

筱筱没大理会“新家”是什么意思,但听到妈妈说爷爷奶奶要过来,她开心得手舞足蹈。

“妈妈,爷爷奶奶过来,我们就要搬家吗?”筱筱仰起小脸问雯芬。

“对呀!”雯芬说着捏了一把女儿的小脸,微笑着说,“等我们有了新家,你还有属于自己的小房间呢!”

“噢——噢——太好了,我有小房间了!”筱筱这回意识到“新家”的意思了,她乐不可支地拉着雯芬的手说,“妈妈,有了小房间后,我想要一张粉红色的小书桌,还想要一个大大的‘Hello Kitty’猫猫放在我床上,好不好?”

“当然好啊!爸爸给你买。”苏海君接过女儿的话开心地说道。

蓦然间,雯芬的眼前划过一道五彩斑斓的彩虹,她看到了一个如梦如幻的粉色世界,那正是她遗失的童年幻想……

第四章　娉婷小花园

一个风和日丽的上午，苏海君和雯芬到一个小区里看房子，在金碧辉煌的售楼大厅里，一个打扮入时的售楼小姐热情洋溢地接待了他们。

“请问你们打算买多大面积的房子呢？”三个人在一张白色的桌子前坐下来后，漂亮的售楼小姐笑容满面地问道。

“90 平方米左右吧，我家有老人和小孩。”雯芬说道。

“我们最新一期的楼盘推出了复式房，特别受欢迎，没剩几套了，要不带你俩去看看。”

“面积多大啊？太大的我们可买不起。”坐在一旁的海君问道。

“也就 90 多平方米，不是大复式，但户型非常好，有三个房间，很适合你们这样有老人和小孩的家庭。”

“那我们去看看吧！”海君眼里泛着光。

“对了，请问先生怎么称呼您呢？”

“我姓苏。”

“苏先生，苏太太，我姓许，你们叫我小许就好了，非常高兴为你们服务。”许小姐毕恭毕敬地说，她脸上洋溢着每天接待顾客时的职业笑容，稍显刻板。

不一会儿，许小姐就领着夫妻俩到了小区里面，还在建造中的楼房搭着架子，盖着防护网，小区里面的环境很不错，种了许多花草。许小姐把他们带到一套刚完工的毛坯房里，这套房子方方正正，有两层，采光很好，每个房间都有大大的落地玻璃窗，看起来很气派，很完美。

“雯芬，你觉得怎么样？”他们上上下下看了一遍后，海君欣喜地问妻子。

“挺不错的，每个房间都通通亮亮的，视野很好。”雯芬笑道。

“是啊，苏太太，你眼光真好。这一套房子是前两天才完工的，你们是第一个进来看房的客人，户型也是复式中最好的，我们这一期推出的复式楼并不多，非常抢手的。”

“对了，你们这么好的小区，应该可以申请到好的学校吧，我女儿下半年就要上小学一年级了。”第一次看房的雯芬掩饰不住内心的兴奋。

“当然可以了，等你们定下来后，我后面会详细地给你们介绍学校这一块的。”许小姐一带而过。

“那太好了。”雯芬开心地答道。

“苏先生，苏太太，你们觉得满意的话，今天就可以定下来，先交个订金，这房子就留给你们了，要不然后面还有很多顾客过来看，我就不能保证你们后面还能找到这么好的户型了。”

“房子不错，有大阳台，还有两个卫生间。”苏海君插了一句。

“是呀，苏先生，苏太太，你们看这客厅的落地大玻璃窗，它是正对着大马路的，晚上可以看到马路上流光溢彩的霓虹灯，你们想象一下，每天晚上下班回到家，你们坐在这里，看着窗外美丽的夜景，喝点红酒，卸掉一天的疲惫，是多么舒适惬意啊，在这个城市里打拼的人们，谁不想拥有一个这样的家啊！”

海君和雯芬听许小姐天花乱坠地这么一说，他们四目相视，立即就心动了。

“如果我们今天定下来，要交多少订金呢？”海君问道。

“你们是我今天的第一个客户，又这么喜欢这套房子，先交一万就好了。平常经理都是要求客户交两万订金的。”

“雯芬，你觉得怎么样？”海君看向雯芬，征求她的意见。

“房子确实挺好的，客厅大，爸妈和筱筱应该也喜欢的。”

“那就定下来吧，不用再花时间去看房了。”

“是啊，既然这么合眼缘，就早点确定下来！”

随后，海君就跟着售楼小姐去交了订金，他们没有想到看房子这么顺利，马上就解决了心头的一件大事，两个人交完定金后，愉悦的心情难以言表，他们终于在这座城市有自己的家了。

两人在公交站台等车回家时，海君遇到了刚才在售楼处认识的张先生，这位张先生也是过去看房的，他们在售楼处聊了几句，还相互交换了名片。

“苏先生，回家啊？怎么样，你们挑到满意的房子了吗？”

“我们看好了一套，你呢？有没有定下来？”海君满面笑容地回道。

“我还没有定下来。这个小区的环境确实没话说，房子也漂亮，居家是不错的，不过我老婆打电话过来说她的一个朋友告诉她这个小区周边的学校不太好，当时就是因为学校的原因没有买的。我刚才去找经理问这件事，那个经理含糊其词的，说什么他们集团马上就要在小区旁边建一所一流的私立学校，不用担心孩子上学的问题，但建学校怎么也得几年吧，我的两个孩子一个上初三,一个上初一，哪还有时间等啊？我想再去其他小区看看，买房子这么大的事，还是要慎重一点。”

张先生的话音刚落，海君和雯芬一脸诧异地看向他。

“我们刚才问了售楼小姐，她明明说可以申请到好学校啊？！”海君说道。

“但申请范围内的小学和初中都不算好学校，问题是学校离小区又远，孩子上下学不方便。”

“真的吗？那个许小姐刚才明明说可以申请到好学校的，她还作了保证。”雯芬当头一棒，眼睛里满含着焦急的神色。

“哎——他们也是这样同我说的，但事实上并不像她们说的那样。”

“他们怎么能隐瞒实情呢，我都交订金了啊！”海君激动地说道。

“还好只交了订金，又没有签合同，你去找她就是了。”张先生提醒道。

回到家后，海君马上打电话跟那位售楼小姐确认这件事，结果真如张先生所说，能申请的公立学校离小区较远，而且只是很普通的学校。

第二天上午，海君找到售楼处，要求退还订金，许小姐满脸不高兴，与昨天的态度大相径庭，几番劝说，几番交涉后，海君还是执意要退，这个巧舌如簧的女孩最后找了一大堆理由拒绝退全额订金，只退了百分之六十的订金给他，无缘无故地让他损失了几千元。

有了这一次教训后，夫妻俩看房子时谨慎多了，就算看到满意的也不轻易做决定。连着看了一个星期的房子后，夫妻俩学到了不少经验，几经考虑和挑选，房子的事终于尘埃落定，他们在工厂附近的一个小区买了一套 80 多平方米的房子，这个小区的环境优美，交通也方便，最重要的是小区附近有知名的小学和初中。

几天后，海君的车也买好了，这两件事情办妥后，就剩下装修房子了，对雯芬来说装修房子就像看房一样又是第一次，有了上次的经验后，她在小区附近找了几家装修公司，细细对比后，才跟合意的装修公司签合同。

三个月后，海君和雯芬择了个吉日搬进了新家，接着苏光德和郑采薇从老家过来了，一家人终于团聚了……

这一年秋末的时候，夫妻俩按计划将工厂搬到了 M 市，他们在一个工业区里租了比原来大两倍的厂房，装修后，不但有了宽敞明亮的车间，还有了独立的写字楼。海君考虑到将来的发展，在申请营业执照时，增加了注册资金，更名为“誉信皮具有限公司”。

在“誉信”上班的二百名员工来自全国各地，几乎一半是四川人，这些员工有一部分是张明霞和小慧她们的老乡，刚开厂时，她们帮忙介绍工人来厂里面上班，紧接着她们的老乡又介绍老乡或亲戚，这样四川人就多了。雯芬和厂里的员工都相处得很融洽，大家都喜欢亲近她，亲热地叫她“阿芬”或“芬姐”。他们回老家的时候，总是带一些独具特色的家乡特产给她，来表达对她的喜欢。

在厂里面，除了写字楼的几个女孩子是中专或大专学历外，车间里大部分女孩子是从偏远山村来的，她们知识贫乏，有一些年龄稍大些的甚至目不识丁，雯芬像以前打工时一样，帮那些年龄大的、家住偏远的、通信不发达地区的工人们写信回信，她还教不识字的员工认字，她当过小学老师，在这方面很有经验。

渐渐地，她心里萌生了一个想法——她想在厂里创立一个独特的属于工人们自己的文化天地，给他们营造一个积极向上的工作和生活环境，比如设立一个“读书室”……

时间过得飞快，一晃他们搬到 M 市半年了，在夫妻俩兢兢业业的经营管理下，“誉信”渐具规模，在业内颇有名气。两人和员工吃住在一起，每个星期六下午，他俩便开车回到 L 市跟父母和女儿团聚，星期天的时候，若是天气好的话，海君就会带着父亲和筱筱去爬山，雯芬便留在家里陪婆婆聊天，做些好吃的，晚上夫妻俩又赶回 M 市上班。

两位老人来到 L 市照顾孙女后，很快就适应了这里的生活。苏光德每天早上洗漱完后的第一件事就是写毛笔字，这是他多年的习惯，虽然是一位数学老师，平常却酷爱书法，他写的毛笔字跌宕遒丽、力透纸背，很有一番功底，郑采薇偶尔也同他一起写，不过没有老伴这么热衷。

如今，他又多了一个搭档，他的小孙女。

筱筱第一次看见爷爷在客厅写字时，很好奇，她默默地站在爷爷身旁看着，苏光德见孙女来了，和颜悦色地把她拉到身边，耐心地教她写毛笔字，筱筱似乎也挺感兴趣，像画画一样歪歪斜斜地在宣纸上涂鸦，觉得很好玩。

这以后，筱筱每天一起床，就主动走到爷爷身边，和他一起写毛笔字，写完毛笔字后，爷爷就带着筱筱去阳台。

他们家的阳台朝南，里面种着大大小小的花草。

两位老人刚到这里时，阳台上只有两盆月季花和一盆牵牛花，宽敞的阳台显得空空荡荡，给人一种无精打采的感觉。有一天，苏光德到小区外面散步，看到大门口一辆三轮车上摆放着各种各样、高矮不同的盆花和绿植，灿烂得惹眼，他便过去同卖花的老板攀谈起来，最后他买回了十几盆花草——虞美人、紫荆、芦荟、文竹、常春藤、蝴蝶兰等，经过一段时间的照料，空旷的阳台变得生机勃勃，花儿争艳，绿意盎然，最惹眼的是窗台上的常春藤，嫩绿嫩绿的枝膝攀爬到了防护栏上，原本平淡无奇的护栏绿得发亮，阳台变成了一个美丽的小花园。

平日里，苏光德喜欢下楼和小区里的老人们下下棋，没人下棋的话就一个人到附近溜达溜达，有时候，他也和老伴去附近的书店逛逛，给孙女挑几本书。

孙女放学回家后，家里的气氛又活跃了起来，天气好的话，苏光德都会带着孙女到阳台上摆弄摆弄花草，然后，就在那坐一会儿，看看天上红彤彤的晚霞，筱筱便靠在爷爷身边，滔滔不绝地向爷爷问许多稀奇古怪的问题，跟他一起探讨这个五彩斑斓的大世界。

一个星期三的早上，郑采薇在厨房里为祖孙俩做早餐，祖孙俩练完字后就去了阳台，窗台上的花草沾满了晶莹的露珠，娇嫩欲滴。鸟雀们绕着窗台啁啁啾啾，一个美好的早晨开始了。

筱筱瞅着花盆里一朵开得浓艳的花儿，欣喜地叫起来：

“爷爷——爷爷——这朵小花昨天还没张开，今天就开得这么大了，好漂亮呀！”

苏光德听到孙女的叫声笑眯眯地朝她走过来，他皮肤暗沉，太阳穴两旁长了几颗褐色的老年斑，眼角的皱褶深深浅浅地重叠在一起，布满了岁月的痕迹，他花白的头发梳得整整齐齐，精神状态看起来很不错。

“噢噢，开了，开了，它喝饱早晨的清露就绽放了。”苏光德走到孙女身旁，轻轻地抚摸着她的头说。

“爷爷，您看，这个花盆里的这朵小花就要蔫了，昨天早上我看到它开得好好的，今天就凋谢了，它还会开一次吗？”

“谢了就不会再开了，但是呢，它留下的种子会长出新的生命来的。”苏光德温温吞吞地答道。

“这朵枯萎的小花好可怜啊，它的花瓣都快干了……”筱筱神情沮丧地说，她顺手摘下一朵枯干的花瓣，捧在小手上，一副伤心难过的样子。

“花开花谢是自然规律嘛，来，来，到爷爷这里来。”苏光德拉着孙女坐到阳台上的一个木凳上。

筱筱靠着爷爷的膝头，不言不语。

小孩子的情绪来得快，去得也快，过了一会儿，筱筱又高兴地跳起来，她掰起爷爷的手，兴趣盎然地说：“爷爷，您给阳台取个名字吧！”

“取个名字？”苏光德笑着反问道。

“对啊，就像我的铅笔盒一样，我叫它‘小星星’，书包叫‘小木船’，我还有两个名字呢！大名叫‘苏筱筱’，小名叫‘小娉婷’。”

苏光德看着孙女说话时认真的模样，忍俊不禁，他开怀地说：“我看就叫‘娉婷小花园’吧，好不好？这里本来就是你的小天地，是你的小花园啊！”

“好耶——好耶——”筱筱欢欣雀跃。

这时，郑采薇从客厅那边容光焕发地走过来，她的样貌几乎没有什么变化，跟几年前一样。见爷孙俩这般高兴，她好奇地问道：“什么事把你俩乐成这样啊？”

“奶奶，我们的阳台以后不叫阳台了……”筱筱忙不迭地迎了上去。

“那叫什么啊？”郑采薇乐呵呵地说。

“叫‘娉婷小花园’，爷爷取的。”筱筱不紧不慢地答道。

“嗯，这名字好听，这些花儿草儿同你一样，都是阳光和希望，是一个娉婷芬芳的天地，在这里茁壮成长啊！”

“筱筱啊——”苏光德笑呵呵地说，“就是我们家一缕金灿灿的太阳光，把全家人的心都照得暖融融的！”

从这个星期开始，筱筱在学习《千字文》。

这本书是郑采薇上次和老伴去逛书店时买回来的，她觉得这本书很适合筱筱这个年龄的孩子，不但可以帮助她认字，还可以陶冶小孩子的性情。

第一天晚上，筱筱也不乐意学，对于孩子来说，觉得把作业做完就万事大吉了，不过，郑采薇也不心急，她很注重方法，先是不疾不徐地给孙女讲解字里面的含义，再绘声绘色地讲几个动听的小故事，这样下来，孩子兴趣大增，四个字连起来的一小句话，知识量挺大，连续学了两个晚上，她就乐在其中了……

这晚，郑采薇一过来，她就知道又要她学习《千字文》了。

“奶奶，这两天学的，我已经会背了，我背给你听吧？”筱筱立马说道。

“好啊，我孙女真厉害，比奶奶学得快……”她用赞许的目光看着她说。

筱筱从沙发上跳下来，笔直地站在郑采薇面前，嘴里念念有词：

天地玄黄，宇宙洪荒。日月盈昃，辰宿列张。

苏光德坐在饭厅的椅子上看报纸，他听得直点头。

“背得真好！”郑采薇啧啧称赞道，“能背呀！那得能默，这样才算是学会这几个字。”

“我会默，我会默了。”筱筱说完就坐到了小凳子上。

她认认真真、一笔一画默写着，写完后就拿给奶奶看。郑采薇看后，粲然一笑，对孙女竖起大拇指。

“奶奶，我拿给爷爷看。”筱筱开心地说。

郑采薇会心地点点头。

接着，筱筱一蹦一跳地走过去。

“爷爷——爷爷——您怎么了？您生病了吗？”筱筱看到苏光德紧皱着眉头，脸色苍白，额头冒着汗珠。

“没——没事——爷爷没事。”苏光德慢吞吞地回道。

“是不是风湿又犯了？”郑采薇闻声走过来问道。

“唔——可能是又犯了——老地方又开始疼了……”

“爷爷，我帮您揉揉吧，我肚子疼的时候，妈妈帮我揉揉就不疼了。我也给您揉揉，好不好？”筱筱说话时小脸蛋涨得红红的。

“爷——爷爷没事，过一会儿就好了，来，我看你写的字。”苏光德强笑着接过孙女的本子。

“老苏，你进屋躺着，我去烧点热水，给你敷一敷。”郑采薇说完就进厨房了。

“筱筱，你的字写得真——真好。”苏光德颤抖着说。

“爷爷——爷爷——”筱筱看着爷爷一脸难受的样子，眼泪唰唰地往下掉。

“爷爷没事——爷爷没事——”苏光德抚摸着孩子的头呢喃着。

几天后，苏光德的病好了。

他又同往日一样，晨曦初露，起床磨墨练字，练完字后，就带着小孙女在清新怡人的“娉婷小花园”里听鸟语、闻花香、照料里头的每一盆花草。末了，他全神贯注地听孙女如小鸟雀般啁啁啾啾地讲着她童真世界里的专属稚语，无论那些话她说过多少次，问题有多难回答，他都百听不厌，百答不倦。

第五章　知　音

时光如水，匆匆而过。

转眼到了一九九五年的春天，苏光德和郑采薇来L市生活一年半了。这期间，苏光德的风湿病还是经常发作，身上贴的膏药几乎没有停过，中药也吃了不少，但总不见好，海君和雯芬每个星期都会花一天的时间陪他去医院做物理治疗，听说过的各种热疗、电疗、拔罐、针灸、家传秘方什么的通通都做过，但还是没有明显的好转，天气稍微变化就备受折磨，夫妻俩打听到一家专治风湿病的医院，便开车带苏光德去就诊，这家医院在另外一个城市，开车过去要三四个小时，他们每次都是大清早从家里出发，看完病，从那边开车回到家已是晚上的八九点钟了。

郑采薇很清楚老伴这个病，在老家的时候也发过，医生说是类风湿，不过那时候没这么严重，发作时贴几片膏药、用热水敷一敷就没什么大碍了，到了这边后，病情比以前严重了许多，每次老伴一发病，她就心急如焚。

一天傍晚，她在厨房里做晚饭时，陡然想起上个星期陪老伴去医院复诊时医生对他们说的话：

“我看过您的病历了，您吃了这么多药，也做了这么多治疗都没有好转，我看您这病是跟这里的气候有关系，您可以考虑回老家住段时间，观察一下病情，我开些药给您拿回去吃，您也可以找老家的大夫开药。”

医生的这番话让郑采薇眼前一亮。

晚上，郑采薇照例给老伴敷腿，她一边拧着手中冒着热气的毛巾，一边对老伴说：“老苏，有件事我想跟你商量一下，你看你的这风湿病治疗了这么长时间也不见好转，要不我们回老家吧，上次复诊的时候，那个医生说沿海城市湿度大，对你的病情有影响，我们回老家住段时间，找原先的那个柳医

生帮你看看，把病养好了再过来……”

“我们回去了——那筱筱谁带啊？”苏光德慢慢地说，神情看上去有些失落。

“这个你就甭操心了，海君和雯芬会安排好的。你忘了那晚你发病的时候，筱筱多难过吗？还有啊，海君和雯芬那么孝顺，每个星期回来，都不能休息，陪着你到处看病，在全家人的眼里啊，你身体健康、没有病痛才最重要。你回去把身体养好，不就是减轻了他们的负担吗？要不海君和雯芬这个周末回来，我就同他们说这件事，他们公司已走上了正轨，也有了一定的规模，开厂时借的钱都还清了，日子越过越好，我俩还有什么不放心的呢！再说了，孩子呀，还是父母陪在身边成长才是最好的，我也舍不得筱筱，但你这样老病着，治疗又不见起色，这样下去也不是办法啊，我们不如回老家养好了病再过来，这样孩子们也不用老为你操心呀！”

“是哦——是哦——你说的都在理，我也想早点治好病，免得一家人都围着我转，可我有点舍不得咱孙女，这孩子啊，心很软，见到别人痛苦，她也跟着痛苦，就是见到一朵小花蔫了，都会大动恻隐之心。有几次，我腿疼的时候，都躲到屋里去不让她看到，怕这孩子难过。”苏光德混浊的眼睛里闪烁着晶莹的泪光。

“是啊，这孩子的心很善，早上还问你这个周末去不去看病，她说想跟你们去，她也挂念着你的病呢！”

“她也问过我了。你说得对，用了这么多的药都没有起色，确实是跟这边的气候有一定的关系，以前在老家的治疗效果也比这边好，我们回去再找柳医生看看。”

“好啊，要不等筱筱过完八岁生日就回去吧！”

苏光德点点头，嘴里喃喃道：“好，我都听你的。”

过了几天，苏光德为小孙女写了一幅毛笔字：明德惟馨，瑶环瑜珥。

孩子的生日马上就要到了，他把这幅字当作生日礼物送给了孙女……

筱筱生日一过，雯芬就把苏光德写给女儿的毛笔字拿到装裱店，装裱一番后，挂在女儿的房间里。

苏光德和郑采薇回老家的前一天，是星期六，海君带着父亲和筱筱到L市的一个著名景区去游玩了。雯芬陪郑采薇在附近的一家商场逛街，她给两位老人买了几身衣裳，还给他们买了些营养品，接着，雯芬和婆婆去了一家

有名的面食馆吃东西。

下午两人一回到家，郑采薇就说要收拾行李。

“妈，您把旅行袋拿过来，我来帮您收。”雯芬说道。

“这么多东西，我和你爸怎么拿啊！”郑采薇望着客厅里的几大袋东西，若有所思地说。

“没关系，我们送你们俩去车站，拿得下的……”

不一会儿，郑采薇从房里拿出一个黑白格子的大旅行袋。

“妈，这几包花生您带回家，公司的一个姐妹从老家带给我的。”雯芬捧着几包花生笑盈盈地从厨房里走出来。

“这花生好大颗、好饱满啊，比外面买的好很多。”郑采薇坐在客厅的沙发上整理一包东西。

“是啊，妈，这是她家里种的。”雯芬说着把花生放到了袋子里面。

“上次你带回家的腊肠真是好吃，你们公司的这些员工真是有情有义，总是给你带好吃的。”

“这些姐妹心地都特别好，大家相处久了，跟家人一样。”

“雯芬啊，能把公司做成一个家的样子，将来你们公司肯定有大好前程，海君有你这个贤内助在身边，妈对你们有信心——”郑采薇站在雯芬的旁边，欣慰地说道。

“其实我什么也没有做，公司的事都是海君操心，这几年，在他的经营下，公司一天天壮大呢！”

“你这孩子，在妈面前也这么谦虚，没有你的扶持，他一个人能做得这么好吗？”

行李收拾完后，雯芬拉着郑采薇坐在沙发上。

“妈，您坐会儿，我去给您泡杯茶。”

“我不渴。”

“坐会儿吧，我马上就过来。”

不一会儿，雯芬把一杯冒着热气的茶水放到郑采薇面前，然后在她的身边坐了下来。

“妈，这些钱您拿回家，这是我和海君给你们准备的——”雯芬坐到婆婆身边，把一个装有钱的信封放到她婆婆手上。

“怎么拿这么多啊？”郑采薇摸了摸厚厚的信封，“不用这么多，爸妈有退休工资呢，你们现在虽然比以前挣得多，但还是要积蓄一点，筱筱还小，以后花钱的地方多着呢！”郑采薇说完把钱袋递回给雯芬。

“妈，您就拿着吧，”雯芬将她婆婆的手挡了回去，“现在咱家日子过好了，你们就不要那么省了，回家后，医生交代爸做的检查都要做，平常吃好点，该花的钱就花。如果您不收的话，我和海君会过意不去的……”

“你这孩子，什么都替爸妈想得好好的，那妈收着。”郑采薇握着钱袋，瞅向雯芬，温和地说，“雯芬啊，你让筱筱去学点才艺吧，小区里的好多女孩，不是学跳舞，就是学画画，筱筱的悟性好，也耐得住性子，能学好的。”

“好啊，我回头问问她想学什么，就去给她报名。妈，谢谢您和爸把孩子照顾得这么好，她的班主任每次打电话给我，都是夸她，说我们把孩子培养得好，这都是您和爸的功劳啊！虽然我很舍不得你们回去，但爸的身体是大事，等爸的病治好了，你们就过来。”

“我们也想和你们一起住啊，可你爸老病着，会影响你们的工作和生活，等他的病养好了，我们就来。”

这天夜里，郑采薇睡在小孙女的床上。

“筱筱，奶奶明天就要和爷爷回老家治病了，你在家要乖乖听爸爸妈妈的话，今天我跟你妈说了，让你学点才艺，女孩子嘛，最好能琴棋书画……”

“你们什么时候回来呢？”筱筱仰起头焦急地问道，虽然她已经知道爷爷奶奶要回老家的事，但还是期盼他们早点回来。

“等爷爷的病治好了，我们就回来。”郑采薇抚着孙女的头说。

听了奶奶这句话，筱筱便安心了，她枕在奶奶的臂弯里，慢慢地说道：

“您回老家后，要给爷爷找最好的医生，早点治好他的病。”

“当然了——奶奶都听你的。”

“奶奶，您可要早点回来，您还要教我学习呢！”

“好的，我回去后，你接着学《千字文》，等你把里面的字都学会了，那可是一笔大收获，每天坚持积累一点，时间会让你变得愈来愈优秀，你的脑子也会越来越富有。”

“‘尺璧非宝，寸阴是竞’，从小就要珍惜光阴，每天进步一点点，对不对？”

“太棒了，我孙女都会运用了……”

两位老人回老家后，雯芬就回到L市照顾女儿，海君还和往常一样，一个星期回家一次。

雯芬遵照婆婆的嘱咐，培养女儿学点才艺，她在一家艺术培训中心给筱筱报了一个钢琴班，让她学钢琴。几节课下来，筱筱就有点兴趣了，每次上完课回家，就神采飞扬地跟妈妈讲她漂亮的钢琴老师，讲老师教她的那些可爱的小音符。

雯芬回归家庭之后，清闲了许多，筱筱去学校后，她就一个人待在家里，时间长了，不免感到空虚，也时常不安，她觉得应该学点什么来充实和提高一下自己，她最先想到的是学英语，这要源于前不久公司发生的一件事，公司接到一个出口订单，上面写的全是英文，整个写字楼除了海君能看懂外，没有一个人能全部看得懂，从那时起，她就感觉到自己力不从心，帮不上海君的忙，就此，她萌生了学英语的想法。

几天后，她在女儿学校附近的一家培训中心报了英语班，学的是初级课程。她本来想学《商务英语》，但测试出来的成绩有点汗颜，没有达到学习《商务英语》的水平，接待她的老师看出她心急，便委婉地对她说：“你可以先把基础打好了，以后学《商务英语》，提高就会很快，没那么吃力。”

她安定好浮躁的心，每周一、三、五下午上课。培训中心上英语课的同学年龄都比她小，个个都很年轻，而且英语水平也比她好很多，他们大多在一些大公司上班，利用业余时间上培训班提高英语口语。

两个星期后，他们培训班里来了一个气质非凡的女人，她叫胡钰琳，比雯芬大三岁，她也有一个女儿，叫冯瑶，十一岁。胡钰琳额头饱满，肤色白润，身材修长匀称，穿着端庄大方，和人交谈时有礼有节，全身上下洋溢着优雅的知性美，一副浑然天成的大家风范。

她和雯芬很投缘，两人一见如故，很快就成了无话不谈的好朋友。

一个星期二的早上，天气很好，晴空万里，雯芬这天没有课，她想腾出这一天在家做清洁，自从她去培训班上课以来，家里的卫生就怠慢了，被子好些日子没洗了。送女儿去学校后，她一回到家就忙了起来，把床上的被子统统拆下来放进洗衣机，然后在房间里打扫清洁……

她收拾得差不多时，已经快中午了。

这当儿，胡钰琳给她打来电话：

“小芬，你来我家吃饭吧！我婆婆从老家寄来几只鸡和一些家乡菜，你过来尝尝。”钰琳平常喜欢叫她“小芬”。

“这太劳烦你了。”雯芬在电话这头回道，“我今天在家做清洁呢！”

“一点都不劳烦，就我们两个人，很快就准备好了，你做完事情就过来啊！”胡钰琳十分随和地说道，像似和自己的家人说话一样。

雯芬盛情难却，应允她把手上的事做完就过去。

半个小时后，雯芬到了钰琳住的小区，这是一个新建的小区，里面设施齐全，环境优美。她家住在六楼，雯芬爬上去时，钰琳已经站在门口了。

“小芬，累了吧，快上来！”

“钰琳姐，你们小区真漂亮，走到哪都绿茵茵的。”进屋后，雯芬一边换鞋一边说。

“现在的小区建得越来越好了，再过几年，我们这估计也跟不上了，你说现在发展多快啊，城市面貌日新月异，看都看不过来……”胡钰琳说道。

“是啊——是啊！”雯芬连连回应着。

雯芬在沙发上一坐下来，胡钰琳便招呼她喝茶，精致典雅的红色杯子里热气腾腾，一看就是给她准备好的。

“小芬，你先坐会儿，我去厨房煮几样菜，等一会儿我们就可以吃午饭了。”钰琳说完兴冲冲地转身进厨房了。

雯芬惬意地坐在明亮的客厅里，呷了一口清香的花茶，环顾着钰琳家的新房——这个家赏心悦目，如在电视里看到的画面一样，给人美的享受。屋里装修别具匠心，大客厅窗明几净，餐厅优雅大方，沙发后头有一壁书柜，摆满了书籍，书柜旁边是一台黑色钢琴，琴谱架上放着翻动过的练习谱。

蓦地，她的目光落到了洁净明亮的大落地窗上，窗外明媚的阳光洒落在洁白无瑕的纱帘上，纱帘熠熠生辉，宛如一个粉妆玉琢的美人在翩翩起舞。

她的心也跟着跳跃起来。

她放下手中的杯子，转身打量着书架上的书。

她拿起一本《罗素的道德哲学》，认认真真地翻了几页，细细地读了一小段后，心灵顿时有一种被打开的感觉……

过了一阵，胡钰琳端着一大盘香喷喷的鸡肉出来了，雯芬放下手中的书，步履轻盈地走过去问钰琳要不要帮忙。

“没什么要帮忙的，你来之前，我就准备得差不多了。你尝尝这鸡肉怎么样——”胡钰琳说着递给雯芬一双筷子。

“好吃——好吃。”雯芬夹起一块放进嘴里，啧啧赞叹道。

“那再吃一块吧，我还怕你吃不惯呢，这都是我婆婆在家里做好的，切开来蒸热就可以吃，你坐下来吧，我再端两个小菜过来就可以吃饭了。”

雯芬抬头看了看墙上的挂钟，已经十二点一刻了，心想筱筱这个时候在学校也吃上饭了。

午饭后，两人坐在明亮、洁净的客厅里，一边喝茶，一边聊天。

“钰琳姐，你家的书真多，满屋子的书香气，真让人羡慕。”雯芬感慨地说。

“我家老冯喜欢看书，是个‘书虫子’，每天晚上下班回到家或周末不出门的话，都在家看书。里屋还有一间书房呢——有两壁的书，他嫌书房不够大，才在客厅加了这一壁书柜，等会儿我带你进去看看吧……”

“好啊，你家都快成一个书店了。”

“其实我以前看书也不多，后来在他的带动下，就时不时地找几本来读一读。他一读到特别喜欢的书，就拿过来跟我说，‘这本书不错，你有空读一读’。”

“人与人之间的影响是很大的——家里有一个爱读书的人，就会带动你。”

“确实是这样的。”

“钰琳姐，你们俩怎么认识的呀？讲讲你们的罗曼史来听听呗！”雯芬像个孩子似的饶有兴趣地问道。

“我们两个是在学校的图书馆认识的，听起来有点罗曼蒂克吧！”胡钰琳嫣然一笑，“其实不然，在我们那个年代，你也知道，就算相互爱慕，也是藏着掖着的，不会表露出来。何况是在学校，老冯又是那种特别含蓄的人，比我还害羞，通常是我主动写信给他呢！”钰琳回忆道。

“确实够罗曼蒂克的。”雯芬笑着说，目光投射到书柜旁边的钢琴上，“瑶瑶的钢琴一定弹得很棒吧！她每天练多久啊？”

“她没练，是我在练，她上了几节课就不肯学了，唉……”钰琳叹道，悠然间，她话锋一转，兴味盎然地说，“不过，我挺感兴趣的，我正跟小区里的一个钢琴老师上课呢。人哪，心里缺少什么就想拥有什么。我们的童年吧，眼界太窄了，没有机会也没有条件去完成这个梦想，现在的孩子，太多选择了，所以他们就没有那么在乎了！”

“是你在弹，你在学钢琴啊——”雯芬带着几分惊诧又钦佩的口吻感叹道。

“对啊，我都学了大半年了，我们楼下有个六十多岁的钢琴老师，每次从他的琴室门口走过时，就被那里的琴声吸引，后来我就报名跟那位老师上课了。”

“你每天在家练琴的话，也会影响到瑶瑶的，说不定哪天她又想学了呢！”雯芬由衷地说。

“兴趣爱好嘛，我不会强迫她的，让她自己选择，反倒自己年龄大了后，渴望学更多的东西，不想被社会狠狠地甩在后面。我是一个喜欢思考的人——好的、不好的、现在的、将来的，我都会想，我们这一代人吧，绝大部分都是白手起家，是在艰难困苦中摸爬锤炼起来的，赶上了好时代，过上了好生活，物质上的东西应有尽有，但是呢，好的时代和好的生活同时也会滋生人们无穷无尽的欲望，机会多了，诱惑自然也多了，有时候我就在想，怎样才能让自己和家人抵挡住世俗中的各种诱惑呢，我想最好的办法就是丰富自己的心灵，学一些感兴趣的东西，让头脑在一个纯净的环境中行走，时间久了，自然对外面的灯红酒绿、声色犬马不屑一顾，平平静静地看待一切……”

胡钰琳喝了一口茶，继续说：

“想起老冯刚来L市打工那会儿，我还带着瑶瑶在老家上班呢！这些年，我们一家人甘苦与共，走过的旅程也算是一段历久弥香的罗曼史，我和老冯都是安徽人。我是来自一个小城市，而老冯是从偏远山村来的，我俩在合肥上的同一所大学，毕业后，他学习优异被留校任教，而我则回了出生的城市，分配在一家事业单位工作。那时，我以为我俩就这样各奔东西，再也不会见面了，没有想到的是，过了一年左右，他跑来我家见我爸妈，跟他们说想和我处对象，当时，我哥已经结婚了，他和我妈很反对他提出的要求，两人私底下嘀咕来嘀咕去，说什么老冯是大山里的人，而且还是他俩从没听说的穷乡僻壤，觉得他们脸上很没面子，他在我家的那几天，我妈一点好脸色都不给他看，我哥也对他不理不睬，倒是我爸对他客客气气的。住了几天后，我爸一语中的地对我妈和我哥说，‘我看成，小冯和钰琳的婚事就这么定了，他俩你情我愿的，怎么不好了，农村的孩子挺好的，能吃苦耐劳，有上进心，懂得珍惜、体恤人，再怎么说，人家还是大学老师呢！怎么就配不上我们钰琳啦！’有了我爸对我俩的支持后，我妈和我哥的态度便慢慢缓和了。

“几个月后，我们就结了婚，第二年，有了瑶瑶，紧接着老冯考上了研究生，在他读书的几年里，我们的经济状况很不好，只有我一个人的工资，还要抚养孩子，还好我爸妈没有任何怨言地照顾我们，让老冯少了后顾之忧，他现在还时常念叨我爸妈的好呢，对他们很孝顺。老冯研究生毕业后，跟我们的一个大学同学来L市找工作，老冯进了现在的这家公司，那位同学进了另一家公司，但他的同学没做多久就回老家了。老冯的第一份工作是老板的行政秘书，后面又有几次职位提升，去年春天他升至公司总经理，这些年他很努力、也很辛苦，经常通宵达旦地工作，一步一步地往前走，才有了今天的成就。

“我是在瑶瑶六岁那年来到L市的，刚过来时在一家保险公司上班，前年辞的职，现在安安心心地留在家里照顾老冯和瑶瑶。老冯从去年开始读MBA，下班后还要在家学到深夜，有时候，看到自己的爱人这么优秀、这么努力，作为另一半，自然也有了学习的动力，他在前进、攀登时，自己也应该默默地雕琢提升自己，要离他越来越近，而不是越来越远。其实吧！我觉得夫妻之间长长久久的感情是需要共同的进步才能琴瑟和鸣的，能愉快沟通的感情才是最好的感情，生活自然而然就会幸福美满！”

钰琳的一番话，让雯芬如沐春风、受益匪浅，她感觉自己的心灵像被一泓清泉洗涤了一遍，似寻觅到了知音。

“钰琳姐，真羡慕你有这么好的家庭氛围，被爱人带着往有光亮的地方奔跑，一家人把日子过得如诗般美丽。”

“只要心中有亮光，生活就有希望。”

雯芬回家之前，钰琳带她参观了她家的书房。

这间屋子书香飘飘，两壁长长的书柜里摆满了书籍，一缕缕金黄色的阳光透过白色纱窗洒在一本本书上。屋子的大书桌上放着一个长方形相框，雯芬看到了她们一家三口的全家福——老冯戴着眼镜，一副儒雅模样，钰琳一袭优雅的连衣裙，端庄美丽，坐在他俩中间的瑶瑶，笑得如鲜花般灿烂。

第六章　忠言逆耳

第二年秋天，L市的景貌又增添了几分姿色，一座又一座雄伟壮观的标志性建筑落成，这座城市显得愈发的现代化和国际化。

雯芬学了近一年的英语，有了显而易见的进步，她在收获知识的同时，也收获了自信。

胡钰琳上完预定课程就没有在这个培训班上课了，为了节省时间，她在她们小区新开的英语培训中心上课。

周末的时候，她们俩常带着孩子到对方家里吃饭或一起到外面玩，瑶瑶和筱筱两个孩子也很快就玩到了一块。瑶瑶性格外向活泼，一副乐天派的架势，有她的地方，就听得见爽朗的笑声，这两个孩子正好一动一静，相得益彰。

一个星期六的上午，钰琳又带着瑶瑶来雯芬家了。

她俩一过来，筱筱就搬出她的玩具，拉着瑶瑶到“娉婷小花园”里去玩了。瑶瑶自第一次来筱筱家，就喜欢上了这个“花枝招展”的小花园，来了几次后，更是乐不思蜀了。

小花园里姹紫嫣红，美如画卷，窗台上的常春藤爬得比以前更高了，这一番美景，很是惹人注目，雯芬家住在二楼，住在这一栋楼里的人从这里经过时，都会不由自主地抬头看上几眼。

瑶瑶和筱筱在小花园拨弄花草，她们的手里各拿着一把铲子在花盆里戳来戳去，说是在比赛“捉小虫”，两人一边玩，一边说着她们儿童世界里的涓涓细语。

“筱筱，你家的阳台为什么叫‘娉婷小花园’呀？”太阳底下，瑶瑶的圆润的额头微微冒汗，婴儿肥的脸蛋红扑扑的，她穿着一条浅黄色的连衣裙，束着不长也不短的马尾辫，生气勃勃的，一双乌黑明亮的眼睛，显得十分的

轻灵、聪慧。

"'因为有很多的美好、有很多的梦想、有很多的爱。'我妈妈这么说的，我的小名就叫'小娉婷'——"筱筱脱口而出。

"美好、梦想和爱啊，我妈妈常对我说，'瑶瑶啊，你只要把家里的那几柜书都读完，长大了所有的美好和梦想就会来找你，你就会生活在爱里！'"瑶瑶毕竟比筱筱大几岁，在筱筱面前，她呈现的完全是一副大姐姐的模样，说话也跟大人似的。

"瑶瑶姐姐，你家的书真多，怎么读得完呀？"筱筱瞅向瑶瑶，一副天真无邪的模样。

"一本一本地读，就读得完。我爸爸说，'喜欢阅读的人心很宽很大，他们不会随波逐流，不会爱慕虚荣，还不会给自己找麻烦……'"瑶瑶依然一副"小大人"腔调。

"你爸爸是老师吗？"

"呵呵——被你猜中了，我爸爸以前是大学老师呢！"小女孩自豪的神情溢于言表。

"我妈妈也当过小学老师。"筱筱也自豪地说。

"看得出来，她跟小孩说话的时候温温柔柔的，一看就是一个很好的老师，我好喜欢你妈妈呀……"

"我妈妈的学生也喜欢她，现在还有她的学生打电话给她呢！"筱筱的小脸笑开了花。

"那你爸爸呢，你爸爸也是老师吗？"瑶瑶入神地看着一朵小花。

"我爸爸不是老师，不过我爷爷奶奶是中学老师。"

"哇——你家好多老师啊，那你们家怎么连个书柜都没有？你爸爸妈妈不看书吗？"

"我们家也有书的，在我爸爸妈妈房间里的书桌上。"筱筱驳斥道。

"那才几本呀！还没有我爸爸床头的书多呢！"

"我的房间里还有呢！"筱筱低垂着头，明显有点不服气。

说到家里的书，两个小女孩你来我往各自维护着自己爱的人，语气变得互不相让、针锋相对，瑶瑶口齿伶俐，筱筱根本说不过她，筱筱说着说着就无言以对，默不作声了……

瑶瑶见筱筱不说话，若有所悟，她忙放下手中的铲子，走到筱筱身边，用一副大姐姐的语气对她说：“筱筱，虽然你家的书没有我家的多，但你家有‘娉婷小花园’呀！我家就没有这么漂亮的小花园，我很喜欢你家的小花园，也很喜欢你。以后我送书给你，你让我来你家的小花园跟你一起玩，好不好？”

筱筱抬起头望着瑶瑶，霎时间又笑得如花儿一样灿烂：

“当然好啊！”

“筱筱，你看姐姐长得这么壮，以后还可以保护你呢！如果谁欺负你了，你就跟我说。好吗？”瑶瑶说着伸出两只长长的胳膊。

“呵呵，瑶瑶姐姐，你真好。”筱筱一下子就被瑶瑶逗笑了。

“筱筱，这盆花好漂亮呀，跟画里面的一样好看。”瑶瑶的眼睛盯在一盆开得如火如荼的花上。

“你喜欢的话，我就送给你，你拿回家吧！”筱筱大方地说。

“那我们去找你妈妈。”瑶瑶说着拉起筱筱的手奔向厨房。

厨房里热气腾腾，锅里沸反盈天，雯芬正拿着铲子翻动锅里油光闪亮的排骨，钰琳站在一旁跟她说话，两个小孩子进了厨房，她俩也浑然不知。

瑶瑶见没有人搭理她们，便走上前拉起雯芬的衣角，大声地说：

“阿姨，我喜欢你们家小花园里那盆紫色的花，您能把它送给我吗？”

“可以呀，你喜欢哪一盆就拿哪一盆，自己挑，好不好？”雯芬愉快地说道。

钰琳看着心急火燎的瑶瑶，半认真半开玩笑地说：“你这孩子，怎么一到阿姨家就要拿东西走啊？”

“妈妈，我和筱筱只是相互交换彼此喜欢的东西而已啦！”瑶瑶嘟嘟囔囔，“我准备把我看过的《安妮日记》送给筱筱呢！”

“好——妈妈支持你们。”钰琳看向瑶瑶身旁的筱筱，“你看筱筱多乖巧啊，像个小天使，我们家瑶瑶什么时候才能像筱筱一样，变得斯文点哟！”

“阿姨，瑶瑶姐姐才是最棒的，她读了好多我没听说过的书，她才是我的榜样。”

“小芬，这孩子怎么这么会说话啊？真是让人疼。”钰琳说着走到筱筱面前把她抱在怀里。

“她很喜欢瑶瑶的，经常说你家像个书店一样，有好多书。”

“那你以后有空就和妈妈到阿姨家来看书，好不好啊？”钰琳说道。

“好啊，谢谢阿姨！”

下午，四个人一起了去了附近的一个公园，瑶瑶和筱筱在里面的一块绿茵茵的草地上放风筝，两个孩子玩得十分开怀，她们一人握着一个轮子像两只飒爽的小马驹一样欢呼雀跃地在风中驰骋，傍晚时分才离开。雯芬一回到家就忙着给海君做饭，他平常周六都会回来，她早上已经买好菜了，不过雯芬做好饭等到八点多钟，海君还没有回家，她便和孩子先吃了。

筱筱睡着后，雯芬在客厅等海君，直到午夜十二点多钟，海君才开门进来，他一身酒气，一进门就醉醺醺地说：

“我今晚——和——和兰总吃饭，被他的一帮朋友拉去喝——喝酒了——”

“怎么醉成这样，想不想喝碗汤，我去给你热……”雯芬说着就站起身。

“不喝——不喝了——我想睡觉。”他一边说，一边踉踉跄跄地往里屋走。

他醉得一塌糊涂，跑到厕所吐了好几次。雯芬扶海君进屋后，海君躺在床上就不想起来了，干脆吐在房间里，他一会儿喊胸口疼，一会儿说要喝水，一会儿又说肚子饿了要吃东西，折腾到清晨，才疲惫地睡去……

海君醒来的时候，已是下午一点钟。

他一走出卧室，就呼唤女儿：“筱筱——筱筱——爸爸回来了！”

筱筱闻声跑到他面前，海君抱起女儿坐到客厅的沙发上，筱筱闻到爸爸身上残存的酒味，抬头瞅了瞅他肿胀的双眼，一脸关心地问道：“爸爸，您喝酒了吗？”

海君摸了摸女儿的头，边点头边说：“嗯，爸爸昨天跟客户应酬，喝了些酒……”

“爸爸，您别喝酒，我们老师说，‘喝醉了酒的人会犯糊涂，人糊涂了就会做错事。’”

“好，爸爸听你的……”

晚上，海君没有回公司，一家人坐在一起吃晚饭，海君喝着碗里的骨头汤，笑着对女儿说：“你妈妈煲的汤真好喝，筱筱，你多喝几碗！”

“爸爸，您也多喝几碗。”说完，她抬头望着雯芬说，“妈妈，您也多喝几碗。”

“好，大家一起喝。”雯芬笑着应声道。

“爸爸，我昨天和瑶瑶姐姐去放风筝了。”筱筱忽而得意地说了一句。

“好玩吗？”

“好玩，我的风筝比瑶瑶姐姐的风筝飞得还高呢！”

“这么厉害啊！”海君笑道。

“我厉害的事情可多了，您不知道而已，前几天我在学校的朗诵比赛得了一等奖呢！”筱筱一脸得意地说道。

“真的吗？”海君一边说一边看向雯芬，想立刻得到确认。

雯芬会意地点了点头。

“太棒了，爸爸一定要好好奖励你，你想要什么告诉我，我买给你。”

“我想您带我去放风筝，很多小孩都是跟爸爸一起去放风筝，他们的风筝飞得可高了，我也想我的风筝飞得那么高——”

“这有什么难的，爸爸有空就带你去。”

“那您什么时候有空啊？”筱筱噘起了嘴。

“下个星期天怎么样？我们三个人一起去放风筝。”

“真的吗？我们三个人一起去。”

“爸爸什么时候骗过你啊？”

海君话音刚落，筱筱放下手中的筷子，看看爸爸，又看看妈妈，须臾间三个人的目光撞到了一起，他们相视而笑，空气里顿时弥漫着甜甜蜜蜜的味道。

吃完晚饭，海君带着女儿下楼散步，出去走了一圈后，他的气色看上去好了许多，昨晚的酩酊大醉耗损了他不少精神气，他想一想都不寒而栗。这些年他的变化不大，依然相貌堂堂、身材挺拔，比以前显得更加有风度、有魅力。

筱筱睡着后，夫妻俩坐在客厅看电视，两人结婚快十年了，感情和美，雯芬还是和以前一样，保持着朴素的生活态度，她没有许多漂亮的衣服，也没有去过美容院，擦脸的还是在老家用的老牌子“百雀羚”，她的脸上干干净净，一个小斑点也没有。

过了一会儿，雯芬瞅了瞅默不作声的海君，打破沉寂说：

“海君，我们在公司办个‘读书室’吧！公司的员工越来越多，可以给他们创办一个休闲文化场所，我在电视新闻里看到很多大公司都有属于自己的企业文化，而且他们非常注重这一块，有的大公司还专门请老师过来给员工培训呢！我们现在没有那种条件，但设立一个‘读书室’还是可以的，这样不但能丰富员工们的业余生活，还能提升他们的文化修养，从而提高他们的个人素质，无形之中不就提高了公司的形象吗？”

“你什么时候想办‘读书室’了？”海君转过头看了一眼雯芬，诧异地问道。

“我在公司上班的时候就想到了。你要知道，一个企业里面，员工的素质代表着整个企业形象，一间小小的‘读书室’不但可以激发他们的阅读热情，还可以改变他们的业余习惯呢，我想这肯定是一件好事情——”雯芬欣然地说。

“就怕你吃力不讨好，到时候就算开了，也没有人去看，我们公司的那些工人都是从农村来的，哪有自觉读书的意识和习惯啊？他们更喜欢娱乐性的，比如开间‘卡拉OK’或牌室什么的，说不定大家会更感兴趣。”

“你的建议我也不反对，但我觉得‘读书室’还是要建立的，我们只是给他们提供一个文化场所而已，又不是要他们奉为圭臬。只要办了的话，自然就有人受益，兴趣和习惯也是培养的嘛，说不定有了‘读书室’后，就可以慢慢改变他们的习惯呢！”雯芬心驰神往地说，眼睛里溢动着快乐的光彩。

“但是这很麻烦的，要请人装修，还要购书……”海君有点不耐烦地说。

“不麻烦的，这些都由我来做，等筱筱放寒假了，我就过去做这件事，你看可以吗？”

“你安排吧，我可没有时间去操心这些事。”海君漫不经心地搭茬儿。

雯芬看向海君，爽快地承诺道：“不用你操心，‘读书室’的事全部由我来做。对了，海君，我前两天去书店时给你买了几本企业管理的书，你明天带去公司，晚上睡觉前可以看一看。”

“放在家里吧，我在公司根本没有时间和精力看书，每天回到房间就想睡觉……”他心不在焉地答道。

“那是你做生意后，好多年没有读书的习惯了，阅读也需要积累和培养，一天一点，渐渐就会成为你生活里的一部分。”雯芬满怀热情地说。

“你今天是怎么回事啊？一会儿要开‘读书室’，一会儿让我看书。”海君冷冷地回了一句。

“你以前不是也看书吗？不过现在工作忙，就把这个习惯丢掉了。我回归家庭后，感到心灵特别空虚，总想学点什么东西，我同你说过的，就是在培训班认识的钰琳姐，她家里有好几壁柜的书，她的爱人工作之余从未停止过学习和阅读，这也影响了钰琳姐和她的女儿。去到她家后，我才意识到自己的脑袋是多么的贫瘠，从而感受到了富有的真正含义。人与人是可以相互影响的，好的思想和美德也可以相互传递，就算不可能一下子变得和别人一样优秀，但能看到自己的不足，何尝不是一件幸事呢？所以我们也可以培养属于自己的阅读习惯……”雯芬望着海君，慢条斯理地阐述着她的想法。

“好了，我知道了——”海君搪塞道。

海君的语气里尽显厌烦，雯芬知道再说下去也是徒劳无益，她想起钰琳姐曾对她说过的话：“当一个人攀登得越高时，越需要不断地学习，这样才能更好、更轻松地工作。”

“可是海君偏偏不这么想。”雯芬在心里说道，“这些年，他确实很忙，没有顾及修身养性，我一定要开一间‘读书室’，用实际行动来影响他。”

末了，她平心静气地说：“海君，你明天要去公司上班，早些休息吧！我等会儿把书放到你包里。”

第七章　有朋自远方来

翌日早上，海君在家吃过早餐后，开车回“誉信”上班。经过这几年的发展，“誉信”已有员工三百多人，管理早已制度化。

他刚走进写字楼，前台小刘告诉他有个客人在等他，当他推开办公室的门时，屋里烟雾缭绕，皮料厂的江老板悠闲地坐在沙发上抽着烟，江老板五十岁左右，他身形短小精悍，皮肤黝黑，颧骨高耸，头顶寸草不生，光秃秃的，一双圆溜溜的眼睛显得极其精明而有活力。他的脖子上戴着一条粗大的黄金链子，左手的无名指上套着一颗大大的蓝宝石戒指，一副十足的“土豪”模样。

“苏老板，你可回来了，我一大早就过来等你了……”江老板从沙发上站起身，瓮声瓮气地说道。

“您请坐——”海君礼貌地向他点头示好，他快步走到办公桌前放下公文包，然后过来招呼江老板。

海君刚坐下，江老板就向他递过来一支香烟，海君连忙摆摆手，说自己不抽烟，江老板便给自己点燃了一支，然后吸了一口。

“苏老板，上个星期我和杨总跟你一起吃饭的时候，就说找个时间过来与你谈谈皮料的事——”他吐了一口烟雾，开门见山地说。

“噢，吃饭的时候我不是跟您说了吗？厂里订料的事，都是厂长负责，你去找他就可以了。”

“我跟厂长打过招呼了，他说你们有固定的供应商，要问问你才行。”

“是的，我们有好几家供应商。我们对产品质量要求很严格，一般的厂家达不到我们的标准。”

“产品质量方面你尽管放心，我们能达到你们公司要求的。听朋友说，你们这个季度的皮料用量很大，如果跟我们公司合作的话，价格方面我可以给你优惠一成。”

“价钱方面的事你要去问厂长，他比我清楚。”

“但最后还是你拍板吧？”江老板露出一副谄媚的笑容。

“不是，不是——这些事情都是厂长拍板的。您可以跟他约时间谈细节，他会告诉你我们对产品质量的要求和价格标准,好吗？”海君瞅了一眼江老板，委婉地回道。

“你能不能先跟厂长打个招呼啊，这样也许他才给我机会。”江老板动情地说道，神情有点奴颜婢膝。

“这没有问题啊，我们跟供应商合作，看重的是产品质量和合理的价格，谁能达到我们的要求，就跟谁合作。”

“那是当然的。”

“江老板，今天就聊到这里吧！”海君说完就站起身，他开了很久的车，加上前晚喝得酩酊大醉，他感到有些疲累，一心想尽快结束谈话，但江老板似乎言犹未尽，他也跟着站了起来。

“苏老板，我弟弟去年在M市开了一家高级夜总会，你看什么时候有空过去赏下光呗，我请你喝酒，那里的女孩子个个都漂亮得很……”他热情万分地说道，眼睛里闪烁着火焰一般的红光。

“不用客气，江老板，我手上还有一些工作要处理，就不陪你了。”海君明显表现出对他的话感到厌恶和不耐烦，像是在下逐客令。

“那行，我们电话联系吧！”江老板识趣地说。

江老板走后，海君望着茶几和地上的烟蒂，摇了摇头，他走到办公桌前，拨通了前台的电话，让人过来收拾房间，然后走到窗前推开了窗户……

不一会儿，前台的小刘拿着打扫工具进来了。

小刘是个身材高挑的北方女孩，她面容端正，性格率真，来“誉信”快两年了。她一边擦拭茶几，一边咕哝道：“这个人也太随意了，怎么抽这么多的烟啊，像没长眼睛似的，到处扔……”

海君坐在他办公桌前的扶手椅上，淡淡一笑，不言不语。

小刘打扫完毕后，走到海君办公桌前。

“苏总，那个江老板一看就不是什么好人，又奸诈又狡猾，您可要当心一

点……”她一字一句地说道，神情很严肃。

“呵呵，小刘，怎么这么说人家啊？”海君被她说话的认真样子逗笑了。

“您看他的言行举止就知道了，一个有素养的人怎么会在别人的办公室这么肆无忌惮地抽烟呢，这又不是娱乐场所。”

“世界这么大，什么人没有啊？”海君輾然一笑。

“他早上嬉皮笑脸地跑到办公室说要请我们吃饭、唱歌什么的，在那里说了十几分钟，搞得大家上班都没有好心情。我本来想等他走了过来跟您说的，您最好不要同他这种人做生意。”小刘一本正经地说。

“他是来谈生意的，生意谈不成，自然就不会来了嘛……”海君轻描淡写地回道。

“也是啊，要是他有自知之明就好了。”小刘说完拿着打扫工具出去了。

办公室拾掇一番后，窗明几净，几阵清爽的秋风吹进来，又呈现出新的活力。

在海君的办公室里，最醒目的地方莫过于挂在办公桌后墙上的字画匾——“诚者，天之道也，诚之者，人之道也[①]”，这几个毛笔字裁云剪水、笔酣墨饱，给办公室增添了几分文雅之气，似乎也多了几分人情味。

海君很快投入到了工作中，他拿出电话簿给几个老客户打电话。不大一会儿，门外传来了笃笃的敲门声，他想这个时候应该是厂长来找他汇报工作，便用惯常平静的声音回应道：

“进来——”

须臾间，推门进来的不是厂长，而是一个漂亮的陌生女人，看上去三十岁不到，她穿着一套银灰色套装，脚上蹬着黑色细高跟皮鞋，脸上画着淡妆，分花拂柳地走了进来，宛若电影里的女明星一般耀眼……

海君见有客人进来，同往常一样从容不迫地走过来跟她打招呼，然后两人在沙发上坐了下来。

“苏先生，我是‘上海卓然外贸商行’的马忆珍，承蒙多多关照。”这位年轻女子一边说，一边从包里拿出一张名片毕恭毕敬地递给苏海君。

海君看完名片，礼节性地回道：“不知马小姐找我有什么事情呢？”

“是这样的，苏先生，我是兰总介绍过来的，我手上有一批外贸订单，想

① 引自《孟子·离娄上》。

跟苏总合作。”马忆珍不慌不忙地说。

“噢？你认识兰总？”苏海君彬彬有礼地问道。

“是的，我去年就认识他了，跟他合作过一些生意。”马忆珍停顿了一下，接着说，“苏总，听兰总说你们公司生产的手袋口碑载道。我公司呢，常年做外贸生意，这一次，我手上又接到了一个大订单，想拿到你们公司生产，如果合作愉快的话，以后我可以把所有的手袋订单都转到你公司来做，我给你的价格绝对让你满意。”马忆珍态度诚恳，语气十分自信。

“你是自己开的公司吗？还是……”苏海君用不太确定的语气问道。

“当然是我自己开的公司，我就是法人代表，这个你大可放心。”马忆珍应承道。

“你没有工厂吗？”他补充道。

“目前没有，我们现在只接订单，然后找信誉好的公司合作。”

“你公司在上海？”

“是的，在上海，不过，我在M市有办事处的。”

“马小姐，既然是兰总介绍的，我也没有什么可说的了。俗话说‘不看僧面看佛面’，兰总可是我的大贵人啊，这个生意我得接。”苏海君不紧不慢地说。

“那我就谢谢苏总了！”马忆珍面容舒展，得到苏海君的首肯后，方才紧绷的心一下子松了下来，她神情自若地抬起头打量着他的办公室。

“苏总，你墙上的字画挺不错，是你自己写的吧？”

“喏——不是——不是，我不会写毛笔字，是我太太在字画商店买来的。”

“噢，你太太眼光真好，这幅字画可给你办公室增色不少。”马忆珍啧啧称赞道，“你太太肯定是一位很有魅力的人吧！”她说这话时，眼神里暗藏着几分妒忌的色彩。

“你太客气了，她就是一个普通人。”

“对了，兰总说你有一个女儿——”马忆珍继续没话找话。

说到女儿，海君喜形于色，脸上堆满笑容：“是啊！她是春天出生的，明年就九岁了。”

“我也有一个儿子，七岁了。”

“看不出你有这么大的孩子。”海君讶异地说。

“是你的眼睛上当了，我今年三十岁了，大学毕业没多久就结婚了。”马

忆珍自豪地笑着说。

谈到各自的孩子，两人的话自然就多了起来。

“你小孩和爱人也都在这边吧？”苏海君问道。

马忆珍看了苏海君一眼，直截了当地说：“没有，我儿子在上海，跟我妈住。孩子两岁时，我和他爸就离婚了，儿子由我抚养……”

“噢，原来是这样，你一个人开一家公司，可真不简单啊！”苏海君感慨道。

“要不然怎么办？为了孩子，单枪匹马闯江湖也是值得的。”马忆珍淡然一笑，泰然自若地说，“努力向前就好，一点一点地积攒人生呗！”

中午，马忆珍请海君在外头吃饭，他们继续商谈后续合作的事情。两天后，海君接下了这笔订单，为了保证双方利益，他们签订了正规的合同。如马忆珍所说，这个订单是出口英国的，数量很大，海君让厂长招了一批临时工，车间开三班连轴赶货，第一次接如此大的外贸订单，海君非常重视，订料和产品质量都全权把关……

合作完成后，马忆珍履行合同如期付款，双方盈利颇丰。

“誉信”当月的业绩翻了一倍。之后，海君和马忆珍签订了长期的合作协议，海君接着增添了机器设备，还招募了工人，公司的生意如虎添翼。

第八章　话里话外

一个星期六的下午，四点钟左右光景，雯芬坐在客厅的沙发上叠衣服，筱筱在睡午觉，这当儿，海君提着几袋东西回来了。

“我还以为你们出去了，筱筱呢？”他一进门就笑逐颜开地对雯芬说。

“她在房间睡觉，你今天怎么这么早就回来了，我还没有准备晚饭呢！”

“想你们了呗！”海君喜上眉梢，“这是给你和筱筱买的衣服和鞋，打开看看。”他说完将手里的三个大大的白色纸袋递给雯芬。

“你去逛街了？”雯芬惊讶道。

“今天刚好有空，就去逛了一圈，快打开看看吧！”海君催促道。

雯芬从一个大纸袋里拿出一个盒子，里面是一双白色的一字扣高跟皮鞋，看起来高贵大方，与众不同。

“海君，这鞋很贵吧？”她梦呓般地问道。

“五千多。”

雯芬惊愕不已，这个数字对她来说简直是晴天霹雳，她买过最贵的鞋子也就三百来元。

“这么贵的鞋子怎么穿啊？”她愣愣地说。

“试一试呗——”海君一边说一边解开鞋子的扣带，然后递给雯芬。

“多漂亮啊，你看光穿上鞋，气质就不一样了，要是再穿上新裙子的话，筱筱准许不认识你了。”雯芬刚穿上，海君就兴奋地叫起来。

“以后不要买这么贵的东西了……”雯芬看着雍容华贵的双脚，眼眶红红的，内心莫名感动。

“看看这条裙子，喜欢吗？”海君坐到雯芬身边，将一条浅紫色的连衣裙放到雯芬身上，“我眼光不错吧？”

“你眼光不错，价钱肯定不菲吧？这衣服好像是那种贵妇和电影明星穿的，看起来像礼服——”雯芬捧着裙子喃喃道。

“不算礼服，平常可以穿的——”

“要一万吧！”雯芬这回也学聪明了，看着这么与众不同的裙子，猜也猜到了几分。

“别问价钱了，你也应该有一件好看点的裙子，再说了，我们现在买得起，你就……”

“天啦！”还没等海君说完，雯芬看到了吊牌上的价钱，一万八千八百。”

“大牌子的衣服，这个价钱很正常。”海君不以为然地说道。

不知什么时候，筱筱睡眼惺忪地站在他俩面前，海君忙叫唤着女儿，把她抱在怀里，开心地对她说：“筱筱，爸爸给你买了公主裙。”

听到公主裙，筱筱立马来了精神，她噘起小嘴，四处张望：“在哪里呀？”

“在这里呢，你睡醒了？”雯芬晃动着手中的袋子，笑吟吟地对女儿说。

“快去——穿给爸爸看。”海君在一旁说道。

没一小会儿，筱筱就穿着粉色公主裙出来了，她兴高采烈地站在爸爸妈妈面前旋转着自己的新裙子，像只快乐的小鸟儿在屋里跑来跑去。

“雯芬，我还有一件事情要告诉你，我们明年要搬家了，我们有新房子了。”海君心花怒放地说。

“新房子？”雯芬听着海君没头没尾的话，怔怔地问道。

“我今天跟兰总去‘翠安居’看别墅，看着看着就心动了，我俩各买了一套，我们的面积小些，兰总买的最大的，他家小孩多，钱也多，现在他又开大酒店了。”海君兴奋的心情无以言表。

“翠安居”是市里新开发的一个高档住宅区，去年海君就跟她说起过，报纸上也曾大幅度报道过。

“你——你买别墅？”雯芬大惊失色，语无伦次地问道，“这么——这么大的事，你怎么不先跟我说一下呀！我们——我们的条件哪能和兰总相比？人家家大业大，资本雄厚，这样的事，你怎么能有样学样啊？”

海君以为雯芬会和他一样高兴，没想到听到的却是她的一阵抱怨，不过，这依旧没有影响到他的好心情，他继续开怀地说：

“‘人往高处走，水往低处流’嘛，人的思想也要与时俱进，是不是？改革开放这么些年了，谁不想住更好的房子、开更豪华的车啊！对于一个生意人来说，这些很重要，你知道吗？这是一个男人在外面的颜面……”

一阵不安的情绪从雯芬心头飘过。

“买别墅可不是一笔小数目，你花这么多钱买房子，会影响公司运转吧？”她不安地说道。

“你放心，我们的房子做的是银行按揭，负担不重，月供即可。等到搬过去后，就把这套房子卖掉，再凑点钱就可以付清房款了，我上次跟你说过的，兰总给我们介绍了一个上海的老板，她关照了我们不少生意，上个月的业绩翻了差不多两倍，你就放宽心吧，今天她还和我们一起去看了房子呢，她也说‘翠安居’的房子很值得买，以后会升值的。”

“我心里还是挺不安稳的，我们还没有住别墅的条件。有现在这个温馨的小家，我已经很知足了。”

“雯芬，我们的日子会越来越好的，有我在，什么事情都可以解决好，你不用那么担心。等我们搬到那边后，筱筱上学就远了，你抽空去考驾驶证，以后开车接送她上下学，现在很多女人都在学开车了，到时候我去买一辆新车，这辆车放在家里给你开吧！”

“我去做晚饭了……”面对海君带回来的一连串突如其来的惊喜，她想好好消化一下。

里屋的筱筱听到了爸爸妈妈的谈话，她兴冲冲地跑出来，着急地问海君：“爸爸，您说要搬家，那我的‘娉婷小花园’怎么办呢？”

“一起搬过去呀，到时候你有一个更大的‘娉婷小花园’。”海君抱起女儿，将孩子竖在空中旋转了两圈。

雯芬看着欢天喜地的父女俩，起身去厨房。不知怎么的，她没有海君的那股兴奋劲，反而心里七上八下，她隐隐约约地感觉到海君最近变了许多，发现他的情绪里夹杂着些许的膨胀和浮躁。

寒假一到，雯芬带着女儿和准备了几个月的几大箱书去了“誉信”。次日，她请来装修工人，着手装修“读书室”……

雯芬到公司的第一天晚上，就去了杨小慧的寝室，自开厂以来，杨小慧都在厂里上班，她住的这间寝室都是她的亲戚和老乡，雯芬每次来公司，都要过来找她聊聊天。她的突然到来，让原本鸦雀无声的小屋变得生气勃勃。

“芬姐，快过来坐。”门口床上的珊珊热情地招呼道。

“阿芬，你来了——”坐在窗边织毛衣的杨小慧笑吟吟地叫了一句。

“是啊——小慧姐——”雯芬应声道。

“芬姐，你什么时候回厂里上班啊！你不在厂里，我们就不能像以前一样，有什么事就找你说一说。你不在的这些日子，我们都好像失去了精神支柱一样——”珊珊搂着雯芬的肩膀说道。

“是啊，芬姐，你回厂里上班吧！”对面床铺上瘦高的小胡不疾不徐地跟着说道。

“我这次过来呢，就是要给你们建一个精神小屋，你们马上就有一个‘读书室’了，等装修完毕后，我会在里面放很多好书，它们慢慢地就会成为你们的精神支柱……”雯芬说道。

“原来你是过来装修‘读书室’啊！难怪你把孩子也带过来了，筱筱长得真快，一晃就这么大了，今天她看到我，还亲热地叫我呢，有差不多两三年没有见到她了，这孩子还记得我……”坐在窗口小凳子上织毛衣的小慧说道。

“当然记得呀，你可是看着她长大的……”

“你把孩子教得真好。”小慧笑了笑，然后打量了雯芬几眼，继续说道，“阿芬，现在公司的生意这么好，你应该不缺钱花吧！怎么也不买些漂亮的衣服来穿啊？还是穿得这么朴素。”

没等雯芬回话，小慧的侄女阿梅从隔壁床铺上凑过头来大声地说：

“是啊，芬姐，你可是我们的老板娘，怎么穿得和我们一样啊？平时也不打扮，大家都说‘人靠衣装马靠鞍’，你知道吗？到我们公司来的那个马经理，穿得可漂亮了，每次过来穿的衣服都不一样，那细细的高跟鞋‘咯噔咯噔’地响，可神气可威风了，隔了几道门都听得见。”阿梅越说声调越高，“她还化妆呢，嘴巴涂得红红的，跟电视里的明星一样。你要是打扮起来，肯定和她一样好看……”

“就是啊，她老往我们厂里跑，人家不知道的，还以为她是我们公司的老板娘呢，招摇过市的，显摆得很……”珊珊用一种怪里怪气的语调表达着她的情绪。

“我看她故意打扮成那样，生怕别人不认识她似的，芬姐，你比她有气质多了，稍稍打扮一下，肯定比她好看……”说这话的是阿红，她是珊珊的表妹。

几个女孩的话中夹杂着妒意冲天的火药味。

雯芬瞅着一张张严肃认真的脸庞，扑哧扑哧地笑出声来。

“你们呀，见马经理长得漂亮，个个都忌妒了吧！海君和我说了，那个马经理呀！她是个职业女性，而且是个老板，她穿衣打扮是工作需要，人家还能说一口流利的英语呢！要不是她这几个月关照我们公司的生意，咱们的业绩能这么好吗？”

雯芬说完这番话，几个人的抱怨声戛然而止，她们停止了女人们惯常不着边际的妒忌和猜疑，不再提马经理了，开始七嘴八舌地聊起了回家过年的事情。

十来天后，“读书室”装修完工了。

三十来平方米的小书房呈现在大家的眼前——洁白的墙壁，两壁长长的书柜，娴静的木制长凳，透亮的玻璃门。雯芬将带过来的书一本一本摆放进去后，崭新的小屋立刻披上了智慧的外衣，像似一个亭亭玉立的大家闺秀。

她坐在长凳上，在心里美美地期待着：

“以后，我每个星期都要去买书，把几个壁柜都装得满满的——”

公司放假后，海君和雯芬带着女儿一起回老家过新年，到达县城的这一天，天空里飘起了晶莹的雪花，一朵朵洁白无瑕，婀娜多姿，第一次看到下雪的筱筱激动得大叫起来，她仰起小脸，扬着双臂，在雪中飞奔……

第九章　格格不入

时光荏苒，春去秋来，一个星期六的上午，碧空万里，雯芬一家搬到了“翠安居”。

他们的新居是一栋二层的别墅，有二百来平方米，三个人住着很宽敞。屋里的装修是海君一手安排的，这次他大动干戈，请来了建筑设计院工作的朋友出谋划策，经过几个月大费周章的装修后，他们拥有了一个美轮美奂的家，从房里的家具、灯具，到床上的用品都像艺术品一样，精妙绝伦，海君还为女儿买了一台白色三角钢琴，摆在客厅的右角……

筱筱第一次来新家，她显得格外兴奋而又小心翼翼，这孩子楼上楼下跑了一圈后，到厨房里找妈妈，雯芬这会儿正在准备午饭。

“妈妈，我可以去我的房间玩吗？”她拽住雯芬的衣角，轻声地问道。

“当然可以啊！”雯芬还没来得及回话，海君就从客厅里走了过来，“走，爸爸陪你一起去——”

随后，海君牵着女儿上了二楼。

筱筱的房间四四方方，唯美文艺——浅粉色的墙壁，咖啡色的木地板，百合状的大吊灯，卧室中间放着一张宽敞、简约的白色大床，这张床比她以前睡的床大了一倍，床上铺着粉色被子，上面挂着精致的帷幔，把她的小床点缀得如梦如幻。筱筱似乎对这张床情有独钟，她跑到床边，脱掉鞋子站在床上。

“哇，这张床好漂亮啊！爸爸，我可以在上面睡觉吗？”她兴奋的心情表露无遗。

“呵呵，这本来就是你的床，怎么不能睡觉呢？”海君走到女儿跟前轻轻地刮了一下她的鼻子。

“这床太大了，我怕睡不着……”

“习惯了就会睡得着，大床多舒服啊，想怎么睡就怎么睡，你还可以在上面滚来滚去呢，要不你试试看——”海君粲然一笑。

筱筱听爸爸这么一说，随即躺了下来，刚滚了一下，就咯咯地大笑起来，她清亮的笑声传到了楼下，雯芬在厨房里都听见了。

“筱筱，你喜欢你的房间吗？”

“喜欢，比我在电视里看到的还要美——”

筱筱说着下了床，她穿好鞋子跑到书桌前。

“爸爸，我坐在这里可以看到外面的天空耶，我的书桌设计得好棒——”筱筱坐在凳子上，一脸陶醉地说，“我好喜欢我的书桌啊！”

“看来你丁叔叔很懂得小孩子的心嘛，爸爸请他设计图样时，就同他说小孩的房间要多花点心思——”海君说着走了过来，他坐在书桌旁边的红白相间的布艺沙发上。

“我太喜欢这张书桌了，坐在这里写字看书，一定很快乐！”筱筱瞅了瞅海君，一脸欢愉，“爸爸，我还喜欢楼下庭院里的吊椅，以后可以在那里荡秋千了。”

“好啊，那个本来就是给你准备的——”

“你们聊什么呢！这么开心——”雯芬端着一盘切好的水果上来了，“来，吃点水果吧！吃饭还没有那么快，我刚煲好汤——”

雯芬把水果盘放在书桌上后，坐在海君身边。

“筱筱刚才说喜欢她的书桌和楼下的吊椅呢！”

“筱筱，你喜欢这个新家吗？”雯芬瞥向女儿，微笑着问道。

“喜欢。”筱筱响亮地答道，她嘴里正吃着一块苹果。

“你喜欢吗？”海君瞅向雯芬，轻轻地问了一句。

“喜欢啊，就是有点太大了。”雯芬微微一笑说。

“我还担心你不喜欢呢！”海君暗暗地在心里松了一口气，昨天雯芬在老房子里收拾东西的时候，看上去郁郁寡欢、舍不得老房子的样子，现在他放心了。

“这么大的房子，你经常不在家，爸妈也不过来住，就我和筱筱两个人，确实有点大了嘛！”

“慢慢会习惯的——”

新家的“娉婷小花园”也装扮一新，里头花团锦簇，芳香扑鼻，这里成了一家人的后花园，海君在家的时候，三个人经常站在花丛中，眺望着远方，欢声笑语……

年末的时候，海君将老房子卖给了以前的一个邻居，接着他凑钱将别墅的房款全部付清了，雯芬和筱筱也渐渐适应了别墅的生活，母女俩经常晚饭后到小区里散步。

春节过后，马忆珍到公司找海君，给他带来了一个振奋人心的消息，她希望海君跟她一起到柬埔寨合伙开手袋厂，她说那边人工低，物料便宜，凭着他们对手袋市场的了解和技术的掌握，以后完全有能力打开东南亚市场，前途不可估量。这两年，自海君同马忆珍合作以来，“誉信”的业绩一直在持续增长中，他和马忆珍互惠互利，同时海君也对外贸这一块有了一些了解，他从心底里佩服这个神通广大的女人，合作的这些日子里，她不但给了他生意上的好建议，还帮他介绍了很多客户，有什么好事总是想着他。自从遇到这个女人后，海君觉得做什么都顺顺当当，好像马忆珍是老天特意派来助他的一样，他信任她，甚至有点依赖她。

近几年，海君一直想着怎样把生意做大，他也想同兰总一样，发展其他产业链，在不久的将来做成集团公司。现在马忆珍给他带来一个到海外发展的机会，他当然不想失之交臂。

几天后，两人就把去柬埔寨合伙办厂的事情定了下来。海君周末一回到家，就把这个好消息告诉了雯芬，雯芬听后心里多多少少觉得有些不妥当，但她了解苏海君的脾性，只要他确定要干的事，谁也阻挡不了，她干脆没有多说什么，默许就代表了支持。

接下来，苏海君越来越忙，回家的次数越来越少，一个月左右才回来一次。日子过得飞快，筱筱放暑假了，一个雨天的下午，海君回家了，他告诉雯芬柬埔寨那边的生意开展得很顺利，已经接到不少大订单。

海君看上去瘦削了许多，脸也晒黑了，雯芬甚是心疼，在厨房里做饭的时候，她悄悄地掉眼泪。

晚饭之后，三个人在小庭院里荡秋千，筱筱坐在吊椅上，海君和雯芬站在孩子后面，两人手里各自抓着一根绳子，将女儿高高地荡起来，屋顶上回荡着一家人的笑声。意兴阑珊后，海君将手头的绳子拽在手里，满怀憧憬地说：

“我再奋斗十几年，等到筱筱读完大学，能独当一面，我就退休，到时候也能坐在这里荡秋千了……”

“爸爸，什么是独当一面啊？”筱筱问道。

海君看了看女儿，抑扬顿挫地说：

“独当一面就是爸爸现在努力工作，赚很多钱，将来送你出国留学——等你羽翼丰满了，爸爸就把公司交给你来经营，让你来发扬光大，我和你妈妈就可以去外地旅游了。”

“海君，你不要给自己太大压力了，你这次回来，瘦了好多，人也憔悴了。”雯芬的目光落在海君身上，眼神里满是爱意。

“是呀，爸爸——”筱筱转过头望着海君，她也站在妈妈这一边，“您不要太累了，我现在还小呢！”

“爸爸不累——我现在要努力扩充事业，为你出国留学做准备，也为你将来的事业做铺垫，我要帮你把地基筑好，城墙也砌好，以后就等你来发扬光大了。”海君雄心勃勃地说。

“爸爸，我长大了可以自己找工作，我还可以养你和妈妈呢！”筱筱无忧无虑地答道。

“是啊，海君，孩子长大了有自己的理想和生活，我们只要看着她健康快乐地成长就行了，你也不必太操心了……”雯芬说道。

“这人一旦做了父母，操心很正常嘛，在这个你追我赶的时代里，哪个有能力的父母不是为孩子创造一切？兰总家的三个孩子都送出去读书了，已经有一个回国做事了，我们就这么一个女儿，怎么也要让她出国读几年书。”

雯芬淡然一笑，心平气和地说：“为孩子创造一个美好的未来无可厚非，但未必做父母的都要给他们留下万贯家财吧！你还是顺其自然吧！孩子有孩子的福气，我们培养她一个好的品德就行了，留学的事以后再说吧！我不想看到你那么操劳，若是把身体累垮了，什么都是空话了。海君，我们慢慢来吧，要不然你就撤回柬埔寨的投资，咱们一心一意经营‘誉信’，扎扎实实地在这边发展下去，到时候一样有能力送孩子出国留学。”

海君沉吟不语，在心里想道：

“雯芬来 L 市也有十几年了，思想还是这么守旧，夏虫不可语冰，真是越来越难以沟通了，一听到她说这些话就烦……”

随后，他极不耐烦地回道：

“你怎么总是这么格格不入？现在事业做得这么顺手，叫我撤什么资，谁不想生意越做越大，越来越有钱啊！就你呀，天天把什么美好的心灵、纯洁的灵魂挂在嘴边，在这个竞争激烈的社会里，没有一点手段和魄力哪能有辉煌的成就啊？”他说毕松开手中的绳子，进客厅去了。

筱筱只有十一岁，对于爸爸妈妈的话，她能听得懂，但未必能理解得了。她只知道——说到最后，爸爸不高兴了，妈妈也不动声色。

筱筱随后跑到客厅和爸爸一起看电视，海君看着身旁安静、乖巧的女儿，心里的不快即刻烟消云散了，他抱着女儿说说笑笑。

雯芬听到父女俩的欢声笑语，和海君的龃龉随之淹没到亲情里了，她从小任劳任怨，宽容而隐忍，身上向来有着如天使一样的耐心和美德，她身上的这些美丽的光芒在细水长流的日子中照射到女儿的心里，筱筱悄然地穿上了这件珍贵的心灵外衣。

第十章　厄运降临

一个秋风习习、月白风清的晚上，雯芬睡在女儿的床上，半夜时分，她在剧烈的腹痛中醒了过来，她辗转着身子，不由自主地将身体蜷曲在一起，似乎试图为这个挣扎于水深火热中的肚子寻找一片安宁之地。暑假里，她带女儿回老家看望公婆时，她的肚子也有过几次不舒服，不过那几次疼痛都不是特别厉害，时间也不长，当时她以为是水土不服，就没有放在心上。

而这一刻，她的肚子像被烈火烧灼一般，她感到天旋地转，疼得全身冒冷汗，似乎上天就要召唤她而去了。不知过了多久，疼痛渐渐平息下来，她摸了摸身边睡得香甜的女儿，最后在疲累中沉沉地睡去……

梦里，她的肚子又疼了起来，她拼命地呼唤妈妈，不一会儿，妈妈坐在她床前用温热的毛巾敷着她冰凉的肚子，轻抚着她汗涔涔的额头，慢慢地，她不疼了，不疼了……

第二天上午，雯芬醒来时，已是日上三竿，筱筱已不在身边。床头柜上放着一朵粉色月季花，下面还有一张便利条。

妈妈：

我在小花园里摘了一朵粉色的花儿给您，我去学校了。

小娉婷

雯芬泪如泉涌，这是她第一次睡过头，也是女儿第一次给她送花、写字。这两个第一次让她感到又愧疚又懊丧又感动又心疼，她把那张小纸捧在手上读了一遍又一遍。

深夜里的那场灾难让她心有余悸，她担心妖魔鬼怪又来兴风作浪，如果

夺去她的命，她就和女儿分隔成两个世界了。

“不——我不能和女儿分开，无论如何也不能，我要去医院找医生看病。”雯芬在心里说道，“我才三十几岁，不会得什么大病，我要去看医生，然后把病治好，我要永远和女儿在一起。”

她闻了闻手中的粉色月季，心口一热，对生命的渴望异常强烈。她不再惶惶不安，心头唱起了赞歌，女儿的这份鲜活“早点”激发了她内心全部的爱和责任，她马上起身，准备去医院看病。

外面阳光普照、微风徐徐，雯芬打算去公车站坐巴士去医院，当走到小区大门口时，遇见了兰总家的保姆张月华，雯芬在“优鸿”上班时，张月华曾在仓库工作过几个月，两人交情不错。张月华是四川人，四十五六岁的年纪，去年到兰总的酒店做清洁工，几个月后，兰总的太太见她亲切敦厚，做事细致，还有一副热心肠，就把她请到家里帮她照顾快要生产的儿媳妇。

可能是割不断的缘分，年底的时候，张月华来兰总家一个月左右，一次在小区里碰到了雯芬，就这样她们又有了来往，张月华休假的时候，雯芬就请她到家里吃饭。

“阿芬，你这是去买菜吗？”张月华看到迎面走来的雯芬，走过去跟她打招呼。

“唔——我——我去买菜……”雯芬支支吾吾地说道，她的脸上保持着平日里温婉的笑容，“月华姐，你这是从哪里来啊？”

“前几天我又去兰老板的酒店做清洁了，老板娘说那边缺人手，让我过去帮几天忙。”

“原来是这样啊，难怪你看起来很疲惫。”

“可不是吗？这几天，兰老板来了好多朋友，在酒店里打麻将，开了两桌，我要给他们烧茶水、送吃食、清扫房间，那伙人轮流着打，都没有歇场子，我根本没有工夫睡觉……”

“那可真够累的，你赶紧回去睡一觉。”

“是啊！”张月华迟疑片刻说，“阿芬——苏老板也在那里打了几天几夜的牌，他有跟你说吗？”

“他也在那里？还几天几夜？”雯芬梦呓般地问道。

“是啊！以前我们在‘优鸿’上班时，我见过他，苏老板都没怎么变，还是那么年轻。”

“前几天我打电话给他时，他明明说在工作啊！”

“我看得清清楚楚，大家都称他‘苏老板’，他的身边还坐着一个像电影明星一样漂亮的女人，我听到那一群长得好看的、不好看的老板都叫她‘马经理’，不是听他们这样称呼她，我还以为是他们请来的陪酒小姐呢，后来才知道她也是个老板，她一直都坐在苏老板身边……”说到这里，她不安地端详着雯芬的脸，不由自主地添加了一句，“看起来可亲密了……”

雯芬木讷地看了一眼张月华，喃喃地说道：

“那——那位马经理跟海君是生意上的合作伙伴，他早就跟我说了……”

“阿芬，你别那么天真了，我今天在回家的路上，就琢磨着要不要到你家把这件事告诉你。在酒店的这几天，我心里堵得可难受了，没有想到自己看到这样的事情，你千万要留个心眼呀！”张月华紧皱着眉头，语气虔诚。

雯芬和张月华告别后，心里乱得犹如一锅粥，她不记得自己是怎么上的车、怎么到的医院、怎么挂的号、怎么坐到医生面前的。在内科诊室里，一个肥头大耳的中年医生询问了她的病情后，让她去挂妇科门诊号，她出门的时候，那位医生还叮嘱她最好挂妇科专家门诊。排了半个小时的队后，她终于挂到了一个妇科专家号，但下午两点钟以后才能看诊。

于是，她在候诊椅上坐了下来，等着下午看诊。安静下来后，月华姐的话不时地在她耳边回荡，她向来算是一个理智又善于处理情绪的人，而经受了一夜病痛的煎熬后，她的心变得又脆弱又敏感，和海君结婚的这些年，她既尊重他又信任他。当初他俩从打工大潮中走出来，拥有了自己的公司，事业发展得顺风顺水，过上了许多人向往的生活，不过最近一两年，她隐隐地感到海君的思想里增添了许多的浮躁情绪，一个又一个的欲望吞噬着他原本安稳的心。

她记起有一次，海君一回到家，就风风火火地对她说：“雯芬，兰总为我们介绍了一家大客户，手上有很多外贸大单，老板是个女的，姓马，她为人豪爽直率，做事非常有手腕，还能说一口流利的英语，是一个难得的社交能手。这两个月光是她的订单，我们就利润翻倍，照这样下去，我们就要发了，你就等着数钱吧！”

当时，雯芬也为他高兴，在心里暗忖海君遇到了贵人。

下午两点，雯芬第一个进了诊室，给她看病的是妇科的朱主任，她年近七十，满头银发，慈眉善目，精神抖擞，一看就是一位资深的专家。朱主任说起话来温温和和、有条有理，在了解了雯芬的病情后，她给雯芬开了几张检查单，让她做几个常规检查，并且跟她说其中两个结果要五天后才能拿到，让她干脆等化验结果全部拿到后再来找她。

五天很快过去了，当雯芬把所有的化验单交到朱主任手里时，她脸色凝重地告诉她：

“你得的是卵巢癌晚期，赶紧叫家属过来签字住院治疗……”

这是一个没有一丝云彩的下午，天空黯淡无光。雯芬心头刮着狂风、下着骤雨，泪水像断了线的珠子一样肆无忌惮地在脸上流淌，她茫然失措地走出医院，失魂落魄地朝公交站台走去，整颗心像被掏空了一样，原本几分钟的路程，她像似走了一个漫长的冬季……

回到小区时，天已经暗下来了，她没有回家，而是去了小区里面的一个凉亭，平常她常带女儿过来玩，这会儿里面冷冷清清，没有人，这正合了她的心意。她惶惶恐恐地坐到石凳上，心如死灰地看着这里的一切，凉亭的四周有一大片碧绿的草坪，草坪上矗立着几棵叫不出名的小树，门口有一条鹅卵石小径蜿蜒向前，小径两旁栽着青青翠翠、整整齐齐的灌木丛，她刚才就是从这条优雅的小径走过来的。

朱主任的最后通牒，“可能是两三个月的时间”的话又在她耳边响起，女儿第一个浮现在她眼前，泪水登时如河水般涌到了脸上，她号啕地直捶自己的胸口：

“我该怎么办？我该怎么办？”

天色越来越暗，凉亭里刮着风，她的心瑟瑟发抖起来。

“这也许就是一个即将要死的人的最后挣扎吧！”她在心里头自言自语道。

她靠着柱子上，魂不守舍地朝家的方向望去，女儿早就放学了，她该回去给她做晚饭了，孩子这会儿肯定在家着急了。

“不，我不能这样回去，”她在心里回绝道，“我不能让女儿看到我这副模样，不能让她知道我就要离开她了。”

雯芬纹丝不动地坐着，她想把眼泪一点点地流干净再回家……

天上美丽的小星星一颗一颗地爬出来了，从她的头上缓缓地游过，似在催促她回家。

过了一阵，雯芬拾起笨拙的身子，踽踽地走出了凉亭。夜风中，她朝着家的方向走去，这一刻，她的脑子格外清醒，她清楚自己的生命犹如一棵就要枯死的树，已到了尽头。从医院出来时，朱主任再三强调让她去住院接受治疗，但雯芬了然于心——像她这般绝症哪一个能逃得过鬼门关?

她更相信命数，豁然明白“天命不可违”的道理，她知道做手术已无法挽救她的命，自己一旦进了医院就出不来了，会死在那里。剩下的日子，她只想在家里陪伴女儿。

“翠安居”的夜色很美，散落在夜空中的万家灯火，像似无数只闪烁的眼睛，照亮了她回家的路。雯芬快走到家门口时，想到屋里正在等她回家的女儿，心不由自主地抽搐、钻心地疼起来，她下意识地放慢了脚步，不到一百步的路，走走停停花了十几分钟，随后她又在门口踟蹰了两分钟，待心情稍稍平静些后，笨手笨脚地从包里拿出钥匙，门吱嘎一声就开了，这当儿，筱筱飞快地穿过小庭院，跑到大门口，扑扇着双臂抱住雯芬：

“妈妈，您去哪里了？”她焦灼地问道，声音很悲怜，“天都黑了，我一个人在家害怕。”

“不怕——不怕——妈妈今天下午和钰琳阿姨去听讲座了。”雯芬忍住泪水，撒了个谎。

“噢，您再不回来，我就要出去找您了。”雯芬关好大门，牵着女儿的小手，往里屋走。

“妈妈会回来的，你不用出去找，知道吗？”

“您要是遇到了坏人，怎么办啊？”

“不会的，妈妈是大人，能保护自己。”

“那您以后要早点回家，好吗？”

“好，妈妈以后不会再这么晚回来了，走，妈妈给你做饭去。”

“我吃过饭了，我肚子饿，就自己做了鸡蛋炒饭，妈妈，您的饭留在锅里，快点去吃吧！”

雯芬瞧了瞧女儿，然后和她一起进了厨房……

第十一章　最后的寄语

翌日早晨，雯芬目送着女儿纤长的身影在家门口消失后，她去了银行，她想趁现在精神还不错，把她心中的“后事”一一安排妥当，她将存折上的六万多元全部汇给了婆婆，这些钱是她省吃俭用攒下来的，她思忖自己就快离开这个世界了，海君平常没有时间关注父母，这笔钱寄给他们是最合适的，而且海君到柬埔寨开厂后，拿回家的钱越来越少，她也担心他以后能否照顾好两位老人。

从银行出来后，她去了书店，她为“读书室”挑了一些书，公司有几个女孩喜欢看《读者》，每月的新刊上架，她都会去买，自“读书室”开设以来，她每个月都要去公司一次，她既去送书，也去读书，每次坐在那里，拿起一本喜欢的书和员工们一起阅读，那种愉悦感是无以言表的。如今“读书室”的阅读氛围越来越浓烈，那些经常光顾的员工，茶余饭后的谈资也少不了他们看过的书了，公司的面貌因此也愈来愈好。

另外，她还为女儿挑选了《悲惨世界》《哈克贝利·费恩历险记》等几本好书。古人说，“知者不惑，仁者不忧，勇者不惧”[①]，她希望女儿能通过阅读铸造一个丰盈的心灵，成为一个真正的“知者”“智者”“勇者”。

下午她去了一家商场，她想为女儿添置一些衣服，她担心自己走后，海君不能像她一样照顾好女儿的生活细节。此刻的她，真想把商场里所有的衣服都买下来给女儿，今天她出手阔绰，为女儿买了衣服、鞋和袜子，一年四季的都有，看着满满的两大袋东西，她才心满意足。

接着她在商场的三楼给淑芬买了两套衣服，准备到邮局寄给她，这些年，姐姐每个月都去探望她的公婆，帮她照顾他们，本来应该她做的事，这个心

① 引自《论语·子罕》。

地宽广、品格高尚的姐姐都默默地为她做了。她明白这世上的很多情义是无从报答的，也报答不了，唯有将她的美德传递。

晚上，筱筱看着客厅沙发上的新衣服，惊喜万分，激动得欢呼雀跃，平常妈妈总是对她说爱美爱漂亮也要合情合理，不能养成奢侈浪费的习惯，一般只给她买一两件衣服，而且要等到商场换季、打折的时候才去买。

“妈妈，爸爸是不是回家了，你们一起去逛街了吗？”筱筱边说边得意扬扬地将一件新裙子穿在身上，在她一贯的意识里，爸爸比妈妈舍得花钱，看到这么多衣服，她马上想到了爸爸。

坐在沙发上的雯芬摇着头说：“没有啊，爸爸没有回家——”

“那爸爸寄了很多钱给您吧？”筱筱嘟着小嘴，把另一件黄色的外套穿在身上。

“唔——爸爸寄了很多钱给我，他还让我给你买新衣服。”雯芬瞧着女儿，语调上扬，“你这孩子，嘴里只念你爸爸，好像我对你有多刻薄似的——”

“没有啊，妈妈，你们都是最爱我的人。只是奶奶说，‘爸爸是赚钱的，妈妈是管钱的。’如果爸爸不寄钱回来，您怎么舍得买这么多呢？”

“你哪有那么多问题？我觉得划算就买了呗——”

“那您给自己买了吗？”

“今天顾客太多，我没有买，妈妈又不是小孩子。”雯芬婉言道。

筱筱在一堆衣服面前欢愉了一个晚上，意兴阑珊后，雯芬带着女儿去了自己房间。

“筱筱，你还记得爸爸给妈妈买的衣服和鞋吗？你把它们拿到你房间去，我这边的衣柜放了爸爸妈妈两个人的衣服，放不下了——”雯芬从衣柜里拿出两个盒子，放在梳妆台上。

“妈妈——”筱筱打开盒子，像是发现了新大陆，“您怎么一次也没有穿过啊？您把它们藏起来了啊？”

“这衣服和鞋都很贵，不适合平常穿，妈妈又不参加宴会，穿这么好的裙子出门，太不自在了，再说了，妈妈也穿不出那种洋气的味道，我把它们留给你，你长大结婚的时候穿上这衣服肯定特别漂亮——”雯芬说到最后的时候，声调一高一低很不自然，喉咙像是被堵住了一样。

“妈妈，电视里的人结婚都穿漂亮的婚纱，我长大结婚也想穿婚纱。”

“一般的婚纱也未必有这裙子好看，你爸爸说这裙子是意大利的大牌子，贵着呢，我看到电视里也有这种颜色的婚纱，你穿上一定像公主一样漂亮……”雯芬慈爱地望着女儿，她像似看到了女儿走向结婚礼堂的美丽模样。

“妈妈，我还在上小学呢，您怎么就说我结婚的事？您不会是要去很远的地方吧？”筱筱机警地问道。

“不是啦，傻孩子，你怎么这么敏感，妈妈永远都和你在一起……”

第二天上午，雯芬打电话给“誉信”的司机杨师傅，让他来家里拿书，十一点钟的时候，杨师傅过来了，他把两袋书拿走后，雯芬坐在客厅的沙发上看电视，这两天她东奔西走，耗费了不少精神气，感到非常疲累，不一会儿就靠在沙发上睡着了。

醒来的时候，她听到厨房里有水声，马上意识到自己忘记关水龙头了，便起身去厨房，这时，海君就满面春风地从厨房门口走了出来，他看着一脸惊愕的雯芬，一面用纸巾擦拭手上的水，一面关心地说：

“你怎么睡在这里了？天气凉了，小心感冒。”

“我上午在楼下等杨师傅过来拿书，他走后我就在沙发上睡着了，你什么时候回来的？”雯芬细声细气地问道。

“我回来有个把小时了，看你睡得很香，就没有叫你。快一点钟了，刚才煮了一碗面吃了，我也去给你煮一碗吧！”海君的语气很温和。

“我自己去就行了，你刚回来，去睡个午觉吧！”

“没事，我去给你煮。”

雯芬的眼睛一眨也不眨望着他那张温雅俊朗的脸庞，像是想读透他的心，两人认识快二十年了，她觉得自己仿佛穿越了一个时空来到这个男人身边，她还没有幸福够，就要离他而去了。

倏地，她在海君的眼睛里看到了一种不明了的“文章”，这是她以前不曾见过的，当她想深究里面的“文章”时，海君却有意地避开她去了厨房。

雯芬忧伤地看着海君的背影，都说“眼睛是心灵的窗户”，那一瞬间，她感觉到海君的灵魂不安了。雯芬的脑子里不由自主地又浮现出月华姐那天对她说的话，她深深地倒吸了一口凉气。

不一会儿，海君端着一碗热气腾腾的面条出来，他很多年没有下过厨了，结婚十多年以来，还是生筱筱坐月子的时候为她做过饭。

“雯芬，你是不是生病了，脸色不太好，去看医生了吗？”海君坐在她身边，他的语气还是那么温和。

“看过了，前几天得了重感冒，已吃过药了。”雯芬走到餐桌前，端着他为她煮的面。

“吃完东西就上楼休息，晚饭我来做。”海君关切地对妻子说。

“没关系，我能做饭的。”

“你去休息吧，我今天给你和筱筱做一顿海鲜大餐——我带了好多海鲜回来，还有筱筱爱吃的小海鱼，那些小鱼长得可漂亮了，外面买都买不到，够吃好些天呢！”

“哪来的海鲜和小海鱼啊？不是买的吗？”

“不是买的，前天，我和兰总陪几个客户一起出海捕的，还是活的呢！”海君兴奋地说。

“你前天就回来了？”她顺着他的话问道。

“我回来一个星期了，和马经理一起回来见客户。”

她眼睛眨也不眨地瞅着他，这一次，她从他的眼神里看到的是诚恳，还夹杂着些许无奈。不知怎么的，她的心一下子就软了下来，她一想到自己就要与他隔世，心就莫名地酸痛起来。

她就是这样，总是愿意把所有的人和事都往好处想，梦想着她听到的所有一切都是误会。

“海君，你喜欢马经理吗？”雯芬唐突地问了一句。

海君被雯芬这突如其来的一问给问愣住了，他脸色煞白，眼神明显不安。

不过几秒钟后，他就镇定自若了。

“雯芬，你一向知道我和马经理只是生意上的合作伙伴，一开始我就跟你说过了。我心里只有你和筱筱，我们永远都是完整的一家人。”

雯芬默默地看着他，她明白他的话语里掺杂着某些隐喻，但她满足了。

一个星期后，海君回柬埔寨工作了。

接下来的日子，雯芬的身体每况愈下，发病的时候异常难受，在家里上下楼都觉得累。这几天，她忽然想给两个最爱的人写信，想把心里的话凝成文字留给他们。

她和海君结婚后，就没有再写过信了，她已不知道该如何动笔。记得谈恋爱那会儿，她心里藏着甜蜜，只要一提笔，就能写出滔滔话语，而这一刻，她的笔尖在颤动，每写一个字都犹如芒刺在背。

海 君：

很多年没有给你写信了，今天提起笔，时光仿佛在我眼前倒流，又回到了年轻时为你写信的那些日子，那时多么美好啊，我的心中吐露着芬芳，总有写不完的话，一封接着一封，我巴不得变成一只信鸽每天飞过去给你送信。

那个时候，你给我写的每一封信都很长，你总是全景式描写你的学校和你学校里发生的事情，那些文字栩栩如生，读后仿佛身临其境。虽然我没有去过你的学校，但是通过你的描述，我像是去过很多次。

海君，从认识你的第一天起，你就像照进我生命中的一缕阳光，给我带来了无数好运。我是一个幸运的女人，不但遇到了这么好的你，还遇到了世界上最好的公公婆婆。记得第一次去你家时，我的心中充满了忐忑，担心你爸妈不喜欢我，但意想不到的是，你的妈妈竟然是我最尊敬的郑老师，她见到我后，和以前一样很亲切，知道我们谈恋爱后，你爸和你妈也给予了支持，他们对我像亲生闺女一样，很温和很友善。从那时起，我就对老天爷充满了感激，觉得自己的命太好了，遇到了最好的一家人。我爸生重病的时候，你爸妈知道后，不但帮忙给我爸找好大夫，你妈还经常为我和我爸做既营养又好吃的饭菜……

结婚后，你带着我从千里迢迢的故乡来到这个生气勃勃的城市——在这里，我们有了小家，有了女儿，有了公司，过上了好日子。从此，我的心和灵魂渐渐地也归顺到了这里，每天醒来觉得都是新的一天。

光阴似箭，一晃十多年过去了，我很爱这座城市，爱这里的一切，希望永远在这里幸福地生活下去。然而有一天，却发现自己跑不动了，不能再陪着你和女儿继续往前走了，我把你买给我的裙子和鞋留给女儿了，她长大后穿着这身衣裳出嫁一定如公主般漂亮，到时候你一定要替我多看两眼……

记得你时常说我目光短浅，不懂得朝前看，那也许是我觉得自己已经太幸福了吧！古人说："知足不辱，知止不殆，可以长久"①。我想如果一个人不能正确地把握好欲望的尺度，或许一不小心就会掉进深渊。海君，我跟你说

① 引自《道德经》第四十四章。

这些没有别的意思，只是希望你在以后的人生路上，多一些顺意，少一些波折和困惑。人的一生，不可能永远顺风顺水，总会遇到各种各样的挑战。钰琳姐曾经对我说:“一个做大事的人应该懂得‘涓涓不壅，终成江河’的道理。”她读过很多书，也见过很多世面，懂的自然比我多。所以说，一个人在追逐梦想的路途中，就应该珍惜曾经建立的功勋，一步一个脚印地往前走……

海君，信就写到这里，同你道出这些话后，我感觉轻松了许多，如果真的有下辈子，我还想遇见你。

雯 芬

接着，她拿出今年女儿过生日时买给她的一个粉色本子，为她写了一首不像诗的小诗。

致我最亲爱的女儿——小娉婷

一个暖风煦煦的春日，你来到我的怀抱。
那一天，你第一声清脆的啼哭惊艳了
我的整个世界。
从此我的生命被你点燃，灼然绽放。
你每一个轻盈的微笑，每一次不安的哭泣，
都无时无刻不牵动着我。
我幸福地为你忙碌，伴你吟唱。
当你茉莉花般美丽的小脸映入我眼帘时，
我仿佛看到了一个朵朵飘香的娉婷世界——
我欣喜地呼唤你——
小娉婷——

你，如窗前的一抹晨曦，缀得我们
的小家喜气洋洋；
你，如窗台上一株让人
怦然心动的小雏菊，秀色可餐。

从你牙牙学语到蹒跚学步，
我牵着你，你牵着我，
我俩一起探索这个五彩斑斓的世界——
绿茵地上，你如快乐的飞鸟，
扬着最心爱的风筝欢天喜地向蓝天奔跑；
书丛中，你如小蜜蜂一样孜孜的
萃取芬芳。
时光如水，一天又一天
我的小娉婷，沐浴着甘霖沛雨
长大了——

或，某天我飘然不见，不能再陪你弹琴写诗。
不要啜泣，不要彷徨，
我只是去了一个没有瘀痛的地方——
那里有光亮照应我，有天使爱护我，
我就在天边庇护着你、照拂着你，
灵魂栖息在你的头顶上，永远和你在一起。
一位诗人[①]说：“天真是冬季的袍子，只要穿上，
我们就能忍过生之风暴的摧残，
它虽使四肢战栗，但只要心头温暖。”
小娉婷——我相信你一定能撑起人生的风帆，
积攒更多为人称道的美德。
无论人生许你什么，孩子，善待一切！
未来每一天，愿你的世界——
有花，有书，有爱，有梦！

妈妈：王雯芬

① 英国诗人：布莱克。

两个月后，雯芬的病情恶化，她的身体被折磨得千疮百孔，不堪重负。一天晚上，她突然晕倒在地，筱筱在惊恐万状中给胡钰琳打了电话，当晚，雯芬住进了医院……

苏海君接到女儿的电话后，连夜从柬埔寨回到了L市，但一切已无济于事。

在雯芬的病床前，海君痛苦到了极点，他很难接受雯芬就是快要死的人，但医生的话已说得很明白，让他随时做好心理准备。

弥留之际的雯芬，时而清醒、时而昏迷，海君在她身边寸步不离。半个月来，海君在医院里没日没夜地陪伴妻子，这突如其来的家庭变故，对他的打击非同一般，这些天里，他的两鬓间悄然地爬上了些许白发。

L市已入冬许久，但天气依然暖和，在这个充满希望的城市里，每天都有人欢呼，也有人失意，唯一不变的就是它每天都朝气蓬勃、热闹非凡。

一个阳光和煦的下午，雯芬睡着了，海君跟护士打过招呼后，回家了一趟。他十几天没有回家了，想回去洗个澡换套干净的衣服，雯芬住院后，家里乱了套，他本来请了保姆在家照顾女儿，但那孩子每天放学就坐巴士来医院，不肯在家里。那个阿姨做了几天就走了，他只好让她跟他一样在外面买便当吃，晚上在医院跟他一起守候雯芬，孩子看上去瘦了一大圈。

海君洗完澡后，去了小区的超市，买了些菜为女儿做了晚饭，然后去学校把筱筱接回家。晚饭后，海君到房间拿出了雯芬写给他的信和给女儿写小诗的那个粉色本子，这是雯芬前几天告诉他的。父女俩读完雯芬留下的字句，泪如雨下……

日薄西山之时，父女俩回到病房，几个医生和护士正面色庄重地站在雯芬的床前，一个护士告诉他，雯芬刚刚哭天喊地痛过一次，缓过来没多久，就快不行了。

渐渐地，屋里暗下来了，雯芬在最爱的两个人面前轻轻地闭上了双眼，去了美丽的天堂……

第十二章　含英咀华

是夜，苏光德、郑采薇和淑芬在老家得知雯芬过世的噩耗后，强忍悲痛，连夜从老家奔赴L市，他们三个人直到将雯芬安葬好后才老回家。

这些日子，筱筱每天放学回家都跟在海君身后，父女俩越来越有默契了。一个月之后，海君找到兰总，把他家的保姆张月华请到家里照顾女儿。过了几天，海君就回柬埔寨了，他又像以前一样，一个月左右才回家一次。

张月华来到这个家后，把筱筱照顾得非常周到、细致。虽然张月华是穷山村里出来的人，但她的心思细腻，很懂得小孩子的心，刚来的十几天，筱筱总是眼泪巴巴的，不和她讲话，她便用温热的心房来呵护她。每天早上，张月华给筱筱煮可口的早餐，吃完早餐后，就牵着筱筱的手送她去学校，下午又提前到校门口等她放学……

渐渐地，筱筱亲热地叫她“月姨”。

妈妈走后，阅读成了她所有的精神寄托。

从初春开始，筱筱在读妈妈留给她的书——《悲惨世界》，从此，瘦弱、寄人篱下、悲苦伶俜的小女孩珂赛特的故事牵动着她的心……

好多次，她读着读着，就泪流满面，以至于第二天早上起床后眼睛肿肿的，月姨看到后，问她是不是又想妈妈了，她便如实说是看书感动得哭的，让月姨不要担心。

妈妈在的时候，她有两个心灵伙伴——安妮·雪莉和安妮·弗兰克，现在小珂赛特点亮了她孤寂的世界，成了她的另一个心灵伙伴，她和小珂赛特一样，两个人的妈妈都去了没有疼痛的天堂，不过她住在这么富丽的城堡里，而小珂赛特寄人篱下、吃不饱、穿不暖，天天挨养父母的打骂，　想到小珂赛特，她就觉得自己无比幸福、无比知足。

每天下午放学回家，张月华在厨房里做晚饭时，她就捧着书在小庭院的吊椅上读小珂赛特的故事，幻想着小珂赛特从书里跳出来和她一起玩，她想把自己的房间、衣服、玩具、书都分给她……

有了这份心灵慰藉后，她的脸上有了光彩，神色里透射出一种坚毅而又满足的光芒。

一个周六的上午，天空阳光明媚，暖洋洋的小花园里春意盎然。张月华在“娉婷小花园”里给花草浇水，筱筱坐在一把椅子上读她的珂赛特。

过了一阵，筱筱拉着张月华坐在小凳子上，绘声绘色地给张月华讲述起了小珂赛特的故事，讲她怎样在黑漆漆的大晚上被女主人派去提水，然后又怎样独自一人惶恐不安地在黑夜里遇到了她的救命恩人。张月华听得很入神、很认真，这更加激发了筱筱的阅读热情，接下来的日子，她每天都乐此不疲地给月姨讲小珂赛特的故事，读到哪，就讲到哪，月姨每次都听得聚精会神，脸上挂着笑容，无论筱筱讲多久，她都不厌其烦地听着，她明白孩子的这份热情来之不易。

一次，筱筱又跟月姨讲起珂赛特的故事。

“月姨，您知道吗？我遇到您就像珂赛特遇到冉·阿让一样，您也是我心中的英雄。”她一本正经地说道。

“啊哟——我哪能和那个什么——什么让相比哦，我就是给你做做饭、洗洗衣裳而已……”张月华笑着说。

“能——能——”筱筱兴致勃勃地说，“您能和他相比，您和他一样，有一颗好心，把自己的爱奉献给别人。”

“这哪算得了奉献啊！”张月华怜爱地看着孩子，泪水绕着她的眼眶打转，“月姨不懂得什么是奉献——那些书里的人都很厉害、很聪明，月姨啊——只是个大字不识的乡下人啊！”

“月姨，不管你认不认得字，你都是我的英雄。冉·阿让起先也不识字的，但他自学认识了很多字，后来还当了市长呢！”

“那是书里的大人物啊！”张月华微微一笑。

“月姨，您不用做大人物，但您也可以学认字的。”筱筱热情地回应道。

“月姨老了，学不动了。”

“您不老，学得动的，我奶奶说，‘学无止境，人就要活到老，学到老。’

我可以教您，我晚上就教您，好吗？”筱筱迫不及待的表情写在脸上。

“你这孩子，只要你不嫌麻烦，我就跟你学。”月姨笑的时候眼角的皱纹都堆到了一块。

晚上，筱筱像模像样地当起了张月华的老师，她拿出自己的旧课本、练习簿和笔，热情高涨地教她课本上的汉字，月姨在筱筱的教导下又读又写，俨然一副“好学生”的架势。

她俩端端正正地坐在餐厅赭红色的全木餐桌前，目不窥园。暖黄色的灯光照映在这一老一小的脸上，远远望去，犹如一尊美丽雕像。

从那以后，每天晚上，饭厅里多了这一道绚丽的风景线。

春天的暖阳把筱筱照拂得一天比一天开朗。就在两个星期前学校举行的作文比赛中，她得了一等奖，颁奖礼上，张月华也去了，她比谁都高兴，布满皱褶的脸上笑得如同花圃里的玫瑰花儿一样绚烂，好多家长都向她投来羡慕和赞赏的目光，他们都以为她是苏筱筱的家人，月姨感到又骄傲又自豪。

又一年的阳春三月，L市的春色美得如痴如醉。筱筱的十二岁生日就快到了，月姨早把这一天记在心里，她准备好好地给孩子庆祝一番。胡钰琳也跟月姨打了电话，说要过来给孩子过生日。

筱筱的生日这天刚好是周末，月姨一大早就起床去市场买菜，然后又去蛋糕店订了蛋糕。中午的时候，胡钰琳带着瑶瑶过来了，瑶瑶送了两本书给筱筱当生日礼物，钰琳阿姨给她买了一条绿色的小碎花连衣裙，跟瑶瑶身上穿的一模一样。她一进门，就拿出衣服让筱筱换上，两姐妹穿上新裙子后，欢欣雀跃地跳起来，犹如一对姐妹花。

家里很久没这么热闹了，四个人刚准备上桌吃饭的时候，苏光德和郑采薇从老家打来了电话，他俩给孙女送来了生日祝福。挂断电话后，生日的气氛也越来越浓烈了，屋里欢声笑语。

这天晚上，两人学习完后，张月华拿出一个崭新的书包给筱筱，送给她当生日礼物。

“月姨，这书包看起来很特别哟，跟我以前的都不一样，您怎么知道我喜欢‘Hello Kitty’啊？您在哪里买的？很贵吧？”

“不是很贵，我在商场买的，你妈说你喜欢这只小猫，她说你几个月大的时候就喜欢它，一看到它就笑。”

“我小时候的事，她也跟您说了？”筱筱抿着嘴笑道。

“是啊，她还说你喜欢粉红色，便在家里的阳台上种了几盆月季花，等它们开花了，摘下几朵插在花瓶里，放在你的书桌上。”

“原来是妈妈告诉您的呀，难怪我的书桌还是和以前一样，每天都有各种漂亮的花儿。”

“每次和你妈妈聊天的时候，她只要说到你就滔滔不绝，总有说不完的话——”月姨浅笑道。

“月姨，这么贵的书包，快花掉您半个月的工资了吧？”筱筱在吊牌上找到了贵得刺眼的价钱，“你在超市随便买个这种款式的就行了，不用跑到专柜买，那里的东西都很贵。”

“我又不是经常给你买礼物，当然要买好一点的呀！”

“月姨，谢谢您给我过生日，还给我准备礼物。”筱筱望着月姨，眼睛不自觉得就红了。

“我早就想给你买礼物了，上次你得奖的时候，你们的班主任见到我特别高兴，她说你是一个冰雪聪明的好女孩，是她们班的骄傲，还说你不但学习好，还很有教养。我听了又开心又自豪，哪个做家长的不喜欢听老师夸奖自己的孩子啊？那天有好几个女家长过来和我打招呼呢，他们个个都夸你长得漂亮——”

“月姨，下次我还要拿个大奖给您……”筱筱听了月姨的话，备受鼓舞。

“好啊！你妈在天上看到你这么优秀，一定会和我一样高兴的。下次你爸爸回来，我就跟他说你得奖的事，让他也高兴高兴。”

“爸爸很久都没有回来了，我的生日他也不记得，电话都没有一个，他好像忘记我了。”筱筱变得忧郁起来，眼睛瞬间失去了快乐的光彩。

“怎么会忘记你呢？孩子，你想想看，你爸爸在外面辛苦工作，赚钱养这个家，也是为了你呀！你不是还有我陪着你吗？”

“月姨，您永远都和我在一起，好吗？”筱筱拉着她的手，一脸依恋的神情，“等我长大了，有了工作，我的工资都交给您，我来养您，好不好？”

“好啊，我永远和你在一起……”月姨眼睛里泪珠闪闪，轻抚孩子的后背。

筱筱过完十二岁生日，雯芬也走了四个月。

这些日子，筱筱把《悲惨世界》的上册读完了，小珂赛特从严冬走向了春天，

没有了冰霜和风暴，她与她的恩人冉·阿让过上了自由、幸福的生活。筱筱的心也春暖花开了，她不再恐惧和彷徨，她对珂赛特的未来和对自己的未来都充满了期待。

这段阅读的日子，她感到内心逐渐变得丰盈而壮实了。

她慢慢地淡忘了失去妈妈的悲伤和无助，学会领悟人生冷暖。以前她的世界里有妈妈，她每天只管张着嘴笑就好，天塌下来有妈妈挡着，什么也不用管，而现在，生活逼迫着她必须面对人生变故时，她也已经可以昂起头、挺起胸向前走了。

爸爸依然很忙，电话很少，他回来一般是给月姨送生活费，在家吃顿饭就走了。为此筱筱还黯然神伤，偷偷地哭泣过，不过，她一想起珂赛特，那个被苦难笼罩着的女孩，便没有不快乐了。

如今，月姨是她的太阳，照耀着她幸福成长。

她信赖她、依恋她！

第十三章　不速之客

L市的初夏，天气阴晴不定、喜怒无常，犹如小孩的脸一般，时而笑逐颜开，时而泪如雨下。

一个星期五下午，空中笼罩着一层浓浓的黑云，一场暴风雨即将到来，张月华看了看乌压压的天空，赶紧拿着雨衣和雨伞去学校接筱筱。不过，她们虚惊一场，待到两人回到家时，大雨还僵持在半空中，没有落下来，天空倒是比先前更黑了。

当她俩有说有笑穿过庭院走进客厅时，眼前的一切让她俩目瞪口呆，像似暴风雨真的来了一样——

客厅中间横七竖八地卧着几只大大的旅行箱。沙发上堆满了东西——衣服、纸袋、塑料袋，茶几上放着几个易拉罐和几袋零食，地上还有几团纸屑，凌乱不堪。

张月华出门前，家里收拾得整整齐齐、干干净净。

筱筱看着月姨，正想问她，楼上传来了爽朗的说话声和清脆的笑声，接着是下楼梯的脚步声。不一会儿，苏海君和一个陌生女人出现在她面前。

“筱筱，爸爸回来了……”海君春风满面地说。

“这就是筱筱吧！长得真漂亮。”那个陌生女人边说边将她的右手搭到筱筱的肩上，语气分外亲热。

筱筱不知所措地看了一眼面前的这个“不速之客”，然后望向爸爸，海君忙心领神会地说：

“筱筱，这位是忆珍阿姨。”说完这句，他转过头对张月华说，“月姐，今晚多煮三个人的饭……”

海君说完一只手提起一只行李箱上楼去了。

“好的，我知道了。”张月华应承道，她的眼睛不由自主地瞟向马忆珍，这个女人正搂着筱筱，一门心思地巴结着这孩子，当她不存在似的。

她觉得这儿没有她什么事了，便转身去厨房。倏地，一个身影与她撞了个满怀，她定神一看——是一个壮壮实实、虎头虎脑的小男孩，他手里拿着辆红色的玩具车，乜斜着双眼，冷冰冰地看了她一眼，然后跑开了。

“妈妈——妈妈——”小男孩一边叫，一边向马忆珍奔去。

张月华这下算是什么都看明白了，她在心里嘟囔了几句就去厨房了。

马忆珍似乎没有听见儿子叫她，继续和筱筱亲热地说着话。

小男孩悻悻然走到沙发边，他垂头丧气地耷拉着脑袋玩着他手中的高级遥控玩具车，发出“呜呜呜”的声响，马忆珍这下注意到了儿子。

“凯凯，你在干什么？怎么那么吵？”她大声地冲他叫道。

小男孩像没有听见似的，低着头一声不响地玩他自己的，一脸愠色，像是报复母亲对他的漠不关心。

“快过来叫筱筱姐姐，人家只比你大一岁多，比你懂事多了。”

小男孩心不甘情不愿地瞥了她们一眼，他神情傲慢地按着玩具车的遥控器，对他妈的话不理不睬。

“你这孩子，怎么这么没礼貌呢！”马忆珍气急败坏地埋怨道，“你快给我过来，信不信我揍你。”她说着朝他走过去。

海君正从楼上下来，他见马忆珍火冒三丈，好声好气地说道：

“你跟孩子较什么劲啊？”

“哎——我跟他说话像没有听见似的，一点礼貌都没有。”马忆珍脸色都变青了。

“他还小嘛，你慢慢地跟他说，他会听的。”苏海君把凯凯拉到身边，轻言细语地对他说，“凯凯，坐着歇一会儿，叔叔切一个大橙子给你吃，好不好？”

小男孩似乎很听苏海君的话，他边点头边坐到沙发上，不再闹腾了。

悄然间，外面訇然作响，下起了滂沱大雨，房里渐渐亮起来了。站在客厅中间的筱筱呆若木鸡地看着眼前发生的一切，像似做梦一般。

这当儿，马忆珍又走到她面前，脸上堆起了笑意。

“筱筱，还背着书包干什么？快放下来吧！”她说着就去帮她卸下书包，煞有介事地叫道，“哇哇——你的书包可真沉。”

筱筱不知所措地看着眼前的这个好心人，轻轻地说：

“谢谢阿姨！”

马忆珍听到孩子叫她，喜形于色，拉着筱筱坐到沙发上，问长问短。

筱筱拘谨地坐在沙发上，她手心冒汗，脑袋空空的，对眼前的这一切百思不得其解。

她打量着这个美丽高贵的女人——

她一头短发，雪白红润的脸蛋，眼睛又黑又有神，穿着一件天蓝色的短袖紧身上衣和一条黑色的短裙，脚上穿的是一双细跟白色高跟鞋。这一身恰到好处的装扮衬托出她婀娜多姿、玲珑有致的完美身材，如同电视里的女明星一样耀眼，第一眼看上去，就给人一种难以抗拒的魔力。

吃晚饭时，家里的气氛完全不同往日了，多了两双陌生的眼睛，自然多了客套和不自在。小男孩在饭桌上闹了好几次——刚开始，他不大愿意上桌和大家一起吃饭，在苏海君耐心劝导下，终于上桌了，但他又挑剔菜不好吃，老嚷着要下桌，结果被马忆珍大声地训斥了好几次，家里的空气都快要沸腾了，母子俩闹闹腾腾，苏海君则在一旁当他俩的和事佬，一餐饭仿佛吃了一个世纪。

天渐渐地黑下来了，外面还在噼里啪啦下着雨。筱筱吃完饭后惴惴不安地去了自己的房间，她没有心思写作业，也没心思看书，她隐隐地感觉到这个家跟以前不一样了，想着想着就红了眼眶，她跑到厨房里，默不作声地站在月姨身旁。

“孩子，作业写完了吗？”月姨正在洗碗，见筱筱进来，轻声问道。

筱筱摇摇头，将身子靠到张月华的身上，嗫嚅道：

“月姨，你今晚跟我一起睡吧？”她说着眼泪就吧嗒吧嗒地往下落。

“那你先去写作业，我做完事情就上楼找你。”

正在这时，门外传来了咯噔咯噔的脚步声。

随后马忆珍出现在门口，她用一种分外热乎的声调说道：

“月姐，你等会儿帮我把海君房间的几只箱子里的东西收拾一下，好吗？”

“好的，我洗完碗就去。”张月华答道。

“对了，沙发上塑料袋里的衣服是要洗的，纸袋里的衣服你明天帮我拿去干洗。还有啊，楼上的书房收拾出来给凯凯住，里面不是有张沙发床吗？你打开来铺床被子上去吧！”

“好的，我记住了。”张月华边说边点头。

“筱筱,你站在这里干吗呢？走,出去和我一起看电视吧！”马忆珍一边说，一边走过来拉她的手。

“阿姨，我不去了，我还要写作业。”筱筱固若金汤地站在张月华身旁，不紧不慢地说。

“那你写完作业过来找我啊！”

马忆珍一转身，就在心里埋怨道：

“这孩子真倔——”

筱筱写完作业后就跟在张月华身旁，看着她忙前忙后。苏海君在客厅叫了好几次女儿，让她过去看电视，但筱筱就是不肯去，月姨劝说了几句后，她才去客厅，但场景让她尴尬，她不能像以前一样坐在爸爸的膝上撒娇了，他身边坐着那个漂亮阿姨。她看着眼前的一切，鼻子发酸，眼泪随时就要掉下来，感觉自己成了家里的一个外人。

夜里，筱筱在张月华的怀里哭得稀里哗啦，张月华的心也很难受，她也不太能理解苏海君，毕竟孩子都这么大了，带人回来之前，也应该跟孩子说一下。

她把筱筱揽在怀里，轻拍着她的背，怜爱地说：

“不哭了,孩子,你这么伤心,月姨心里也不好过啊！”她也不喜欢这个女人，第一次在酒店看到她和苏老板在一起的时候，她就看出了蹊跷，忍不住跟雯芬讲，但雯芬还不相信，明里暗里维护苏老板，她知道雯芬太善良，为了家、为了女儿才装傻的。可老天爷偏偏要对她这样的好人这么残忍，早早地离开了人世。

她的眼泪簌簌而下，不敢再往下想。

第二天又是个雨天，天刚蒙蒙亮，窗外电闪雷鸣，下着瓢泼大雨。月姨和筱筱像平日的周末一样早早地起了床，但不同的是——这个家不再是她和月姨两个人，而是五个人。

上午十点钟的时候，雨已经停了，苏海君和马忆珍还没有起床，凯凯早上同月姨和筱筱一起吃过早餐后就不知跑到哪里玩去了，月姨带着筱筱买完菜回来就在厨房里忙午饭了。

筱筱在“娉婷小花园”里读书，珂赛特的命运始终牵扯着她。雨后的天

空，明亮了些，云层里夹杂着几片不明朗的灰，她眺望着被大雨洗涤后的天空，感觉自己犹如空中一片飘忽不定的羽毛，飘来荡去，找不到方向，一阵无穷无尽的孤独感悄然无息地钻入了她的心房。

不知过了多久，她的耳朵里传来一阵如大风呼啸般的声音，她转过头，见凯凯手里正在玩一个陀螺。

“你会玩吗？给你玩吧……”凯凯得意扬扬地对她说，双眸里含着几分傲慢神色。

筱筱摇了摇头，灰暗的天空下，她看到这个他妈妈口中比她小一岁多的小男孩足足比她矮了一个头，像是她们学校里三四年级的小弟弟。他干净利落的平头，穿着一件军绿色的印有机器人图案的T恤衫，一条牛仔短裤。随后她转过头继续看书，凯凯依然站在她身后玩着那个陀螺，发生的声响一阵比一阵大，像似在为他自己壮胆，也像是在驱逐他内心的不安。忽然，筱筱感到在这个家里，凯凯也是孤独的一员……

过了一会儿，她转过头对他说：“你看书吗？我的书借给你看吧！”

“我才不看书，多无聊啊——”凯凯揶揄地看了她一眼，一溜烟地跑下楼去了。

下午，筱筱还是找了几本看过的书，放在他的房间。

几天后，凯凯被送到L市的一所贵族学校插班，一个星期才回来一次。马忆珍就这样安安稳稳地住下来了，她和海君在柬埔寨的工厂因经营不善，处于亏损状态，上个月关闭了。她的贸易公司也早就没有做了。

海君回到“誉信”后，他聘请了一个司机接送他上下班，每天往返于两个城市之间，准备一心一意经营“誉信”，这些天里，海君并没有看上去的那么轻松平静，他一直处于矛盾和忐忑不安中，有几次，他都想试着同女儿说话，但那孩子总是有意无意地疏远他，不再像以前那样在他面前无所顾忌地说笑了，而他也不知道该怎样开口同女儿说清楚家里发生的事情。渐渐地，他干脆懒得说，所有的一切就变成了理所当然。

马忆珍来这个家后，每天都很忙，她不是逛街、上美容院，就是和朋友们出去吃饭应酬。她每次在外面买一大堆东西回来后，就扔给张月华收拾，她虽然不上班，但电话却很多，每天不是在打电话，就是在接电话，忙得不亦乐乎，小日子过得有滋有味。在筱筱面前，她总是表现得超乎寻常的热情，

出去逛街都会给她带些小东西，可她的这些努力并没有得到筱筱热忱的回应。那孩子如第一次见到她一样，一贯的不卑不亢、泰然自若，客气得让她有点害怕，有时还让她有点无地自容，她感觉那孩子的身上有一股正气，那一双莹澈的眼睛如明镜高悬，让她很想接近又不敢接近。有时候，一看到她那双美丽的眼睛，她的心就不安起来。

不过事后她又自信满满，在心里暗暗聊以自慰：

“这小姑娘现在跟我不熟，才跟我有距离感，凭我的能力，不相信就制服不了一个小孩，不管怎样，我一定要让她喜欢上我……”

可是一天天过去了，她并未如愿以偿，每当她想与筱筱靠近一步时，那孩子总是表现得不温不热，跟她没有一句多余的话。而筱筱在张月华面前就不一样了，张月华不用讨好她，她也爱黏着她、亲近她。这让马忆珍又羡慕又心生妒忌，又烦心又觉得碍眼。

第十四章　波谲云诡

在这个多雨的季节里，雨前或是雨后，盘桓在天空中的蜻蜓蔚为大观，这些小精灵们成群结队、仪态万千地在空中飞舞，像似训练有素的优雅舞者。

筱筱常常在“娉婷小花园”里看到一只或是几只无与伦比的蜻蜓停在花丛中歇脚，它们的样子如天使般好看，让人心动。每当这个时候，她就情不自禁地走过去抚摸它们的翅膀，然而当她的手伸过去时，小天使们就如临大敌，仓皇地踮起脚尖扑扇着翅膀飞入云层里去了，她的目光随即也追到了天边。还有的时候，她在屋里写作业或看书时，也会看到几只小蜻蜓停在窗前，打量着她的小屋。

有一次，又有几只小蜻蜓在她的窗前歇脚，没多一会儿，空中下起了大雨，几颗豆粒大的雨点拍打着玻璃窗，小精灵们马上扬起翅膀飞走了。

她望着它们离去的身影，在心里浮想联翩：

“如果我也有一副翅膀就好了，那我就飞到天上去找妈妈，告诉她我很想她、很想她……”

自从那母子俩住进这个家后，筱筱越来越爱幻想了，常常一个人在“娉婷小花园”里遥望着远方，她没有再给月姨当“小老师”了，张月华算是毕业了，她见月姨每天都有干不完的家务活，也不让她接送自己上下学了。

几个不相干的人在同一屋檐下住了一段时间后，表面上看来没有什么显而易见的矛盾，但在马忆珍的心里，却积压了许多烦恼。在这个变化多端的六月，她的忧愁似窗外的雨水一样源源不断，近几天，她总是牢骚满腹，看什么都不顺眼，她的心都快闲出病来了。

一天夜里，窗外噼里啪啦地下着暴雨，马忆珍靠在雍容华贵的床上想心事，海君跟客户出去应酬了，还没有回来。她心烦意乱地看着屋顶，脸阴沉沉的，

跟窗外的天空一样，没有一点色彩。

十一点来钟，海君回家了，他梳洗完后坐在床边，见床头的马忆珍板着一张脸，闷闷不乐的样子，他拖着疲累的嗓音问道：

“怎么了？忆珍，有什么不开心的事情吗？”

“海君，我们什么时候结婚啊？我都过来一个多月了。”马忆珍穿着蕾丝睡裙，在床头灯的映照下妩媚动人。

“你不是说不急吗？我记得你说不举行婚礼也可以的，我还没同我爸妈和筱筱说呢！这都住进来了，晚些也没有关系吧！”

“以前没来这个家之前，我是不急，也说过不用什么仪式，只要能和你在一起就可以了。可住进来后，才发现我想得太简单了，如果不结婚的话，你的宝贝女儿是不会认可我的，还有你的父母，我以后怎么面对他们。你那宝贝女儿可不好相处了，来这个家这么长时间了，她对我总是不冷不热的。”马忆珍的脸上堆满了愁容，语气气急败坏。

“忆珍——”海君看了她一眼，不疾不徐地说，“这不是才一个月多吗？和孩子相处，也需要慢慢磨合，你不用那么心急。”

“其实我也挺喜欢她，对她也没有什么别的要求，只想她跟我亲近点，可是她总跟我那么生分，像陌生人一样，天天黏着那个月姐。或许是月姐在孩子面前挑拨离间，说我坏话，筱筱才不喜欢我的……”马忆珍说完眼眶就红了，一串泪水从她漂亮的双眸里流了下来。

“月姐不是那种人，小孩嘛，跟谁相处得久就跟谁亲近，哪有什么心眼，你也想得太多了，我说忆珍——你可是走南闯北见过世面的人，就不要跟孩子和月姐计较这些鸡毛蒜皮的事情了……”海君看了一眼梨花带雨的马忆珍，好言好语地安慰道。

“我现在感觉自己好无用，连一个小孩子的心都笼络不了。我想我们早点把婚结了，这样我在这个家里、在孩子面前就有立场，可以名正言顺地当她的‘妈妈’了。”马忆珍悻悻地看着海君，语气急切而焦灼。

“现在还不行。”海君靠在床头望向窗外，声音低沉地说，“去年雯芬去世后没多久，我爸就在老家中风了，病情非常严重，出院没多久又住进去了，说不定哪天就熬不住了，没能在他身边照顾他已经是忤逆不孝了。如果在这个节骨眼上结婚，让亲戚朋友知道了，人家背地里指不定怎样骂我呢！对了，筱筱还不知道她爷爷病重住院的事，我也不敢同她说，她和我爸的感情很好，要是知道了，她准会伤心难过，还会影响到她的学习，你可不要说漏嘴了——”

马忆珍心领神会，不以为然地说道：

“你不结就罢了，我才没有闲情逸致同她说这些，你的宝贝女儿啊，也不愿意多和我说一句话。”

“你怎么跟个孩子似的，这不是就事论事吗？”

“我也不知道怎么了，在你面前就像小孩一样，我怕失去你，你女儿和那个月姐总是把我当外人，像我不存在似的。”马忆珍拖着哭腔说。

“你都扯到哪里去了？月姐这个人不错，为人很敦厚，是雯芬生前的朋友，她把筱筱照顾得很好。要不是她人好，筱筱能跟她那么好吗？”

“我对她也很好，给她买这买那，可就是捂不热她的心，她总跟我客客气气的，让我接近不了……”她没有继续往下说，几行委屈的泪水落在她脸上。

“忆珍，你不用那样对她，你们才认识一个多月而已，来日方长啊！你在我眼里，是那么端庄大度，知书达礼。孩子和月姐不合你意的地方，就多体谅些，好吗？”海君轻抚着她的肩膀，温和地说道。

“我现在终于明白了——原来爱一个人是可以这样的卑微、这样的心甘情愿、这样的低声下气为他做任何事。我一直忍气吞声地跟着你，都是因为我太爱你，这几年，我为你做了多少事，难道你都忘了吗？”马忆珍扑在海君的肩上抽搐着。

“我怎么能忘呢！但跟小孩子相处是急不来的，一点一点地来，好吗？以后我们是一家人，你还要好好地教育她，同孩子的感情也需要慢慢积累，总有一天，她会感受得到你对她的好——”

一阵静默，窗外的雨声停了，灯光黯淡了，呜咽声也静止了……

马忆珍住进这个家后，也忙坏了张月华，她几乎天天都要跑干洗店，为马忆珍取衣服送衣服，她的衣服都很贵，睡衣也要拿去干洗。张月华总是听从她的吩咐，尽心尽力把这个家拾掇得井井有条。

然而，对于张月华的辛劳，马忆珍却不屑一顾，视为理所当然不说，还鸡蛋里挑骨头，总觉得不尽如人意，她在心里暗暗嘀咕张月华年纪大，做事慢，喜欢忘事。除了这些，她还不喜欢张月华的装扮，觉得她身上穿的衣服陈旧不说，还不合身，她一点也看不惯。

张月华也早已觉察到马忆珍对她的不满和不喜欢。不过她还是同往常一样，尽心尽力地干好分内的事，她知道如果跟她计较，离开这个家的话，筱筱那孩子就更加孤单了，孩子舍不得她，她也舍不得孩子。这些日子，她看到筱筱常常一个人在阳台上发呆，她的心甭提多难受了。

最近，马忆珍爱上了一门新的消遣——打麻将。从她住进这栋有人侍候的别墅后，日子从新鲜到乏味，刚来的时候，她每天逛街、上美容院感觉还不错，但慢慢地觉得这样的生活乏善可陈。有一次，她去邻居家打了一天麻将后，便隔三岔五地约人来家里打，张月华便成了他们的贴身用人，要为他们煮饭、烧茶、换零钱，打通宵的话还要煮夜宵。苏海君对于马忆珍在家打麻将的事，不但不劝阻，反倒很支持，他若是周末在家赶上了他们的场子，就坐在马忆珍身旁，陪着她打。

筱筱常常在噼里啪啦的麻将声中心神不宁，她没有心思写作业，也睡不好觉，她很不喜欢现在的这个家。她再也找不到妈妈在世时的幸福感和与月姨两个人一起生活的温暖了，月姨每天都在家里忙来忙去，爸爸有空的时候都陪着马忆珍。凯凯周末回家后，一个人默默地在某个角落里玩耍。在这个看似热热闹闹的家里，其实每个人都是孤独的。

一天上午，外面阳光绚烂，天气很不错，张月华做完家务后，就匆匆出门买菜了。她准备先去一趟银行汇款，老伴昨晚打电话跟她说家里的一个亲戚盖房子，想跟他们借点钱。她出门的时候，马忆珍还没有起床，不过她早就司空见惯了，张月华和平时一样，给马忆珍热了一杯牛奶、煮了两个白水鸡蛋放在餐桌上，就出门了。

张月华到达银行时，里面的人不是很多，半个小时左右就办妥当了，拿到回单后，终于松了一口气。

她走到门口时，外面下起了暴雨，空中如雄狮般狂吼，门口堵着一群避雨的人，他们木然地望着天空，等待着空中息事宁人。张月华没有带雨具，她站在人群中，心急如焚，她要去买菜，然后赶回去给马忆珍做饭。

“说不定她今天上街去了，不在家呢！”张月华自言自语道，她想起马忆珍昨天在家打了一天麻将，焦急的心情放松了些。

张月华买好菜回到家时，已是中午的十二点多，这时，天空又放晴了。她打开大门后，里面静寂寂的，没有一点声响，这下她确定马忆珍出门不在家，随即悬着的心也放下了。

她从容地提着一篮子菜往里走，刚跨进客厅，倏然间，一阵震耳欲聋的搓麻将的声音让她如梦初醒。

马忆珍见到张月华，阴沉着脸说：

“月姐，你去哪里了？我们都等着你做饭呢！”

“不好意思，我这就去做饭。”张月华满脸愧疚地说道，然后一五一十地将上午的遭遇说了一遍。

麻将桌前坐着四个女人，张月华和马忆珍说话的时候，其他三个女人直起身子用各种各样怪异的眼神打量着她，张月华顺着她们的目光看过去，这三个女人，她只认识一个，这个女人也住在别墅区，她来过好几次，她身材高挑苗条，长得挺漂亮，脸上有两个标志性的酒窝。另外两个她一次也没有见过——这两个女人一个长得老气横秋、腰圆体胖，不过她身上名贵的衣服倒是让她很出彩，另一个女人看上去也是富家太太，她的手上戴着一枚大大的钻石戒指，闪闪发亮，就称她为“钻石女人”吧！

末了，张月华就转身去厨房做饭。

“月姐，你把冰箱里的那条大鲑鱼给蒸了，我朋友刚拿来的。”她刚走了几步，马忆珍的声音就追了过来。

“好的，我知道了！”张月华大声地回道。

“快码上，我今天手气太背，从没输这么惨！”“钻戒女人”焦急地催促道。

客厅的麻将声和几个女人的谈话声交织在一起。

“听说苏老板的女儿学习很好，人也长得标致，我女儿和她一个学校，前不久还得了什么大奖呢！”长得苗条的女人柔声柔气说。

腰圆体胖的富态女人一边摸麻将一边瓮声瓮气地说：

“是吗？我还没见过苏老板的女儿呢！苏老板英俊潇洒，忆珍，她女儿的样貌肯定也不错吧？”

“还可以吧！学习方面嘛，她就文科好点，”马忆珍的语气变得拿腔拿调，“这年头光文科优秀有啥用？必须得理科好，脑子好使才有出息。我们家凯凯啊，数学成绩出类拔萃，从小学一年级开始，每次测验都是九十五分以上。我想过两年就送他出国读书，到时候读个经济硕士回来，自己开公司。”

“我看能成，你那么能干，孩子长大了肯定随你。”输了钱的“钻石女人”

附和道。

几个女人的闲言碎语飘到了张月华的耳朵里，她听得直摇头。

“忆珍，你家阿姨做饭好慢啊，我都没力气码牌了，要不吃了饭再打吧！”富态女人说。

“人家一回来就去做了，再等会儿吧！”苗条的女邻居富有人情味地说道。

“哎，我也没力气码牌了，我早餐都没吃，打得没劲，老是我一个人输，忆珍，你们家怎么不请个年轻点的阿姨啊？一餐饭做这么久……”“钻石女人”埋怨道。

“那有什么办法呢！那是海君请的人，说她是孩子她妈的朋友，那小公主喜欢得不得了，海君也说她人好，她在这个家里的地位比我高几百倍，”马忆珍可能也饿了，脑子跟着变糊涂了，说起话来怪里怪气，“我要是把人家支走了，那小公主肯定得怨恨死我。哎，说真的，我也不想一个自己不喜欢的人在面前晃来晃去，想找一个年轻一点的阿姨。你们不知道——每次看到她那双皮皱皱、黑乎乎的手，我都吃不下饭。唉——你们说我的命怎么这么苦啊！”

“和了——和了。”马忆珍话刚落音，一个声音兴奋地叫起来。

“我才摆好牌呢，你怎么就和了。”另一个声音不服气的咕噜道。

“就是——就是——真没劲。”马忆珍跟着嚷道。

几个女人嘁嘁喳喳，说起话来肆无忌惮、口无遮拦，早忘记了隔墙有耳，她们说的话，张月华都听得明明白白……

过了一阵，张月华摆好碗筷，将做好的饭菜和汤端到桌子上后，张罗她们吃饭，这几个女人闻到香味，打得半路的麻将都推倒了，兴冲冲地跑了过来。

“哇，这肘子烧得太好吃了……”“钻石女人”说着夹了一大块放进嘴里，“真好吃，你家阿姨做菜的手艺太好了。”这个女人油光闪亮的嘴巴忽然变善了，完全忘记了刚才说的话。

“你不是输钱了吗？那多吃点弥补一下，哈哈——”马忆珍大笑。

这当儿，张月华悄悄地回到厨房，不声不响地在里面收拾灶台……

从那天后，张月华没有再上桌同马忆珍一起吃饭，她每次做好饭就一个人默默地在厨房里洗洗涮涮，有几次筱筱过去问她怎么不上桌吃饭，她便若无其事地说天气热，等凉些再去吃。筱筱信以为真，就没多问什么了。

第十五章　不辞而别

一天晚上，筱筱写完作业去了张月华的房间，这当儿，张月华坐在床上，手里捧着一个布帛，正娴熟地在上面飞针走线。

“月姨，您在做什么呀？”筱筱坐到她身边，好奇地问道。

“绣花啊，你以前没有见过吧？”张月华和颜悦色地说。

“没有。月姨，您的手真巧，像天使的手一样——”

“月——月姨怎——怎么能和天使相比啊？”

“能啊，我妈妈说有天使般的心、能给别人带来温暖的人都是天使，您就是我的天使。”

“你这孩子，你才是美丽的小天使呢！”

“月姨，是谁教您绣花的啊？”筱筱忽而问道。

“我婶婶教我的。小的时候，我身边的女人都喜欢绣花，那个时候还没有电灯，到了晚上，家里的几个女人就坐在煤油灯前，一边聊天，一边绣花。我婶婶绣花是最有天赋的，她看到什么就能绣出来，我结婚的时候，她绣了一对鸳鸯枕套给我，那鸳鸯跟真的一样，可传神了，我一直都留着呢！以前我们村里哪家姑娘结婚，亲戚朋友都会绣手帕，或枕套送给她，我大女儿结婚的时候，我绣了一对喜鹊枕套给她。”

“这是我第一次看到这样绣花呢……”筱筱含笑地说，“月姨，您绣花的时候很无聊吧？我给您讲珂赛特的故事，好不好？”

“好啊，你好多天没有给我讲那个小女孩的故事了，她现在怎么样了？”

“她长成一个漂亮的大姑娘了，和她的养父过上了幸福的生活，他们仗义疏财、扶危济困，做了很多善事呢……”

“真是两个大英雄啊！”

“珂赛特还遇到了她喜欢的人呢！”

“真的吗？”张月华眯着双眼，笑着问筱筱。

“嗯——”筱筱边点头边说，“他叫马吕斯，书上说他不但长得英俊，还是一个坚持正义、有学识、满怀爱国热情的年轻人。”

“那小姑娘真有福气，你长大了一定也会遇到这么好的男孩子，因为你也是小天使啊！等你长大结婚的时候，月姨——月姨就绣一对鸳鸯枕套给你。”张月华若有所思地说。

“真的吗？那您答应我，永远和我在一起，陪着我长大……”

“好——好——我陪着你长大……”张月华意味深长地看了一眼面前的小天使，语气低沉地说道。

几天后的一个下午，筱筱放学回到家后，像往常一样去厨房跟月姨打招呼，然而她没有看见月姨。

在里面做饭的是一个三十多岁，穿着光鲜的女人，她一见到筱筱，就毫不生分地跟她打招呼：

“你是筱筱吧？这么早就放学了？我刚煲好饭呢！”

筱筱点了点头，踌躇不安地问道：

“我月姨呢？”

“我不知道耶！”她煞有介事地说道，“我是你爸爸今天中午从家政公司请来的阿姨，我叫刘巧春，你叫我小巧阿姨就好了，我同你爸一路来的时候，他跟我说他女儿叫筱筱，每天早上七点钟要去学校，下午五点钟放学回家，他还说你喜欢吃鱼，让我每天晚上蒸一条鱼。”

“我爸爸呢？”

“你爸爸送我回家后，就上班去了。”

筱筱越听越觉得脑子混乱，她手心直冒汗，一种不祥的预感在她心头涌动。

“那她呢？”筱筱着急起来。

“你妈妈呀？”刘巧春反问道。

筱筱不吱声，呆若木鸡地望着她。

“你妈妈刚才还在这里同我说话呢，她让我煲汤的时候放点红枣，这会儿应该在楼上吧！”

“谢谢阿姨！”筱筱虽然心头焦急，但还是礼貌周到，她一说完，就转身上楼，不料哐啷一下打了个趔趄，刘巧春正想过去扶她，她就扶着跑上楼去了。

刘巧春望着她离去的背影，不知所以然——她搞不清楚她怎么脸色那么苍白，神情慌里慌张，不过她挺喜欢这孩子，觉得她长得可爱，还很懂礼貌。

筱筱跑到二楼爸爸的房间门口时，马忆珍正在里面热火朝天地讲电话，她看见筱筱，连忙挂了电话，大步流星地走了出来，用一贯亲热的语气说道：

“哎呀——筱筱，你怎么流了这么多的汗，衣服都湿了，快去换件干爽的衣服，要不然会感冒的。”

“我月姨呢？”筱筱直截了当地问。

“哦——月姐呀，她回老家了。”

“她回老家了？”筱筱恍恍惚惚地问道。

“早上我和你爸爸下楼的时候，她把整理好的行李放在门口，说家里有急事要回家。你爸爸让她多做几天，等我们找到人再走，她都不肯，非今天走不可。后来你爸爸只好答应了。”马忆珍摆出一副若无其事、与她毫不相干的神态。

“月姨有没有说什么时候回来啊？”筱筱连忙问道。

“她没有说，但她把所有的东西都拿走了，工资也让你爸爸结完了，你爸爸另外给了她路费钱，不过她没有要，走的时候放在餐桌上，估计是不想回来了！”

“不会的——不会的——她不会不回来的。”筱筱沮丧地望着马忆珍，大声地嚷道。

霎时间，一滴滴眼泪从她的眼角流下，她转身朝自己房间跑去，锁上房门，趴在床上痛哭起来。她心里诚惶诚恐，跟她妈妈走的那一天一样，仿佛天塌了下来……

妈妈走后的日日夜夜里，她常在心里说：

“月姨就是妈妈派来守护我的天使，她一定会永远在家里陪着我的。”这句话陪着她度过了无数个想念妈妈的夜晚。

“月姨，你怎么一声不吭地走了，珂赛特的故事我还没有跟你讲完呢！你不是说永远和我在一起、陪着我长大吗？您怎么说话不算话，您怎么就说话不算话了呀？”她痛喊道。

渐渐地，她哭累了，就在床上睡着了，睡梦中，她依稀听到马忆珍和刘

巧春在外面敲门叫她吃饭的声音。

醒来的时候，屋里黑乎乎的，她感觉背上很沉，脖子酸痛，便挪了挪僵硬的身子，这才发现书包压在她的背上。她从黑暗中爬起来，放下书包，茫然地坐到床边，屋里的窗帘没有拉，窗外皎洁如雪的月光透过玻璃窗在床单上投下一团光影，她坐直了身子，童心未泯地将自己的手伸到有光影的地方，在上面来回比画着。

须臾间，她摸到床头一个软绵绵的东西，像是一个抱枕，她打开床头灯一看，果然是一个粉色的绣花抱枕。看到这个抱枕，她什么都明白了，这上面的绣花正是月姨花了好几个晚上的时间挑灯完成的。

原来这是月姨送给她的离别礼物。顿时，她又想起月姨那双灵巧的、如天使般的双手，眼泪倏地又开闸了，她歇斯底里地哭起来。

一阵后，门外传来笃笃的敲门声，海君的声音焦灼而温和：

“筱筱——筱筱——快开门啦，出来吃晚饭，好吗？”

听到爸爸的声音，她哭得更伤心了。海君在门外听到女儿撕心裂肺的哭声，心急如焚，扭动着门把手摇晃着，焦急地叫道：

“给爸爸开门，有什么伤心难过的事，出来说，好吗？”

筱筱不理会爸爸的叫喊，依旧哭得伤心欲绝。

“孩子，你把门打开，我在外面等你。”海君又重重地敲了几下门。

慢慢地，筱筱的哭声变小了，高一声低一声。

“筱筱，你一晚上都没有吃东西，肯定饿坏了吧！”海君的声音显得疲惫而焦虑。

她从床上爬了起来，光着脚走到门口，背靠着门坐在地上，拖着悲伤的声调说：

“你们为什么要把月姨赶走，她每天那么辛苦，为我们家做了那么多事情，她哪里做得不好了？”

海君听到女儿说话的声音，总算是松了一口气，他忙宽慰女儿道：

“爸爸没有赶她走啊！她说家里有急事，非要走的。”

“你骗人，她在我们家做得好好的，从来没有说过要走，而且她答应要永远和我在一起的。”

“我怎么会骗你呢，她今天早上说要走的时候，我也很为难，知道你肯定会难过，让她不要走，还说从这个月开始给她双倍工资，但是她还是执意要走，我也没办法啊！”

“月姨不是爱钱的人，她不是为了钱才在我们家的，她一点都不贪心，平时她自己舍不得买新衣裳，却在我过生日的时候，给我买很贵的书包，她总是懂得我的心，知道我在想什么，给我温暖，像个天使一样。”

“爸爸知道你月姨好，我也想留她在这里啊！你难道忘了吗？我第一天带她来家里的时候，就跟你说她在爸爸的朋友家里做过事，我信得过她，才接她过来照顾你的。”

“那您为什么不把她留住啊？”筱筱抽噎道。

“我留不住啊，你忆珍阿姨也留了，但她非要走，我总不能强人所难吧？你替爸爸想一想，好不好？”

“她家里根本就没有什么要紧事，前天晚上她还跟我说家里都挺好的，肯定是你们对她不好，她不开心才走的。”

“我们没有对她不好啊！我们都很尊重她，你那么喜欢她，我怎么可能让她走呢！你要是想她回来，等过些日子，如果她来这边找工作的话，我们就去把她接过来，好不好？”

“她肯定不想回来了——她肯定不想再回来了——”筱筱大声地叫道。

“听爸爸的话，快把门打开，出来吃饭，好吗？”

筱筱正想说什么，忽然听到门外多了一个人的脚步声，接着是两个人窃窃私语的说话声，她知道这是马忆珍在和爸爸说什么，她鼻子一酸，两手抱着膝头又痛哭起来……

海君不知道女儿为何又哭了起来，心里很难受，每次听到女儿哭，他都不知如何是好。自雯芬过世后，他和孩子的交流越来越少，每次看到女儿，都觉得有愧疚感，怕在孩子面前说错话，从柬埔寨回来后，父女俩的欢声笑语再也找不见了，两个人的心隔得越来越远，就像此刻横亘在他们之间的这道门一样——可以随时打开，也可以随时关上，但一旦锁上了，就打不开了。

这时，他想起了雯芬，想起了曾经三个人在一起的幸福画面，眼眶不由自主地红了。这些年，他在生意场上，还算得心应手，小有成就，但面对女儿的哭声，却束手无策，他默默地在心里祈祷：

“雯芬，你帮帮我，筱筱哭了一个晚上了，饭也不吃，我该怎么办，你帮

我想想办法啊！”

已经是晚上的九点多钟，筱筱可能肚子饿了，她的哭声变得有气无力，渐渐停止了。

海君听到里面没有了动静，还真以为是他的祈祷显灵了呢！他在门外语重心长地说道：

“筱筱，月姨是你妈妈生前的朋友，我怎么可能让她走呢？但你知道‘天下没有不散的筵席’，你是个知礼的孩子，应该懂得的，她也不可能陪你一辈子，你还有爸爸呢！”

“我不想她走，我不想她走。”筱筱小声地回道。

“爸爸知道——你先出来吃饭，我回来时巧春阿姨跟我说你是个又漂亮又讨人喜欢的孩子，她可喜欢你了，以后你也会像喜欢月姨一样喜欢她的，我现在去让巧春阿姨给你热饭，好不好啊？”

“我不想吃了，我想睡觉。爸爸，您走吧！”

海君知道女儿这会儿是不会给他开门了，强求的话反而适得其反，他只好无奈地说：

“那你早点睡，爸爸让巧春阿姨明天早点起床给你做早餐。”

末了，筱筱靠在床头捧着她心爱的本子，轻吟着妈妈写给她的诗句，她感到头顶霞光万丈，她没有了忧愁，没有了忧伤……

第十六章　雪上加霜

六月底，L市的天气一天比一天热，大雨依然时常光顾。

苏海君为了一大家子的生计，忙忙碌碌。他每天一大早就去公司上班，晚上才回家。虽然父女俩交流不多，但筱筱还是默默地关心着父亲，她每天晚上要听到他回家时上楼的脚步声，才肯安心地睡觉。

马忆珍和新来的刘巧春表面上看起来关系似乎还不错，有时候她俩在一起有说有笑，像似交情很深的朋友，可私下马忆珍却经常在电话里跟她的朋友数落刘巧春，说她如何的虚荣、如何的懒散、如何的不开化。

凯凯每个周末才回家，他和筱筱说话也不多，两个孤独的孩子都沉浸在自己的世界里，互不侵扰，各自安好，他俩见面说话的地方都在“娉婷小花园”。每当筱筱一个人在花园里看书、守候小蜻蜓的时候，她的背后经常有一个孤独的身影在倒弄着什么玩意儿，发出各种稀奇古怪、刺耳的声响，好像故意想引起别人的注意。筱筱心知肚明那是凯凯的把戏，为了不扫他的兴，她也会回头看他一眼。

一个星期天的上午，两人又在“娉婷小花园”相遇了，筱筱目不转睛地盯着花盆上的一只小蜻蜓，凯凯走了进来，惊奇地问道：

“你在这里做什么？”

“嘘，你小声点，不要吵到这只蜻蜓，它正在喝水呢！”筱筱轻声说。

“它会喝水？它有嘴巴吗？”

“有啊，它的嘴巴可厉害了，你看，它的嘴巴像钳子一样，可以吃害虫，它是农民伯伯的朋友，可以保护他们的庄稼呢！”

“你怎么知道啊？”

“书上说的。”

“怎么只有一只小蜻蜓来喝水啊？”凯凯好奇地望着筱筱。

“刚才有好多只呢，它们飞到其他地方去了，等会儿还会回来的，我在这里等它们。”

“你等它们干吗啊？”凯凯天真地问道。

“因为它们是我的朋友啊！”

“你的朋友？”

“是啊，我现在都认得它们了，我还给它们取了名字呢！”

“那么多蜻蜓，你怎么记得住啊？”凯凯眨着眼睛，不解地问道。

“记得住啊，因为我认得它们的翅膀，红翅膀的叫‘彩云’，紫翅膀的叫‘媚儿’，绿翅膀的叫‘春天’，黑翅膀的叫‘小勇士’，花翅膀的叫‘小仙女’……”

“这么多名字啊？”凯凯心不在焉地问了一句，他有点不耐烦，似乎对筱筱的这个话题不太感兴趣。

“你不喜欢蜻蜓吗？”筱筱睁着伶俐的大眼睛，笑盈盈地反问道。

“我不喜欢，我很怕这种像虫了一样的小东西，我喜欢车、坦克和飞机。”他举起他手中的宝贝，说完就转身走了，又回到孤独的城堡里去了。

一个周六的上午，屋外骄阳似火，天气闷热。筱筱在屋里做试卷，苏海君在楼下的客厅里看报纸，马忆珍和凯凯出门了，刘巧春在厨房里做清洁，大家相安无事地过着周末。

十点钟左右，客厅里的电话焦躁地叫起来，海君接完电话后脸色阴沉，潸然泪下。

电话是王淑芬打来的，她告诉海君他父亲今早在老家的医院去世了。他原本打算暑假带筱筱回去探望父亲，但没有想到连最后一面也没有见到，这些年，他忙于生意，很少关心父母。想到这，他捶胸顿足、悲痛万分，像失去雯芬一样，他知道一切为时已晚。

接完电话，他立即上楼匆匆忙忙地收拾了几件衣服，跟厨房里的刘巧春打了声招呼就出门了。

中午时分，马忆珍和凯凯从外面回来了，她手里提着几袋东西，一进门就火冒三丈，嘴里嘀嘀咕咕，像是谁惹着她了。

吃饭的时候，她还是愤愤不平，对着一碗热气腾腾的猪蹄汤嘟嘟囔囔：

“海君在电话里说去‘海南’出差，让他等我下午一起去，也不肯……”

“他看起来很着急的样子，接完电话跟我交代几句就走了。”刘巧春一边给凯凯盛饭，一边回应着马忆珍的话。

“筱筱,你爸爸有没有跟你说什么时候回来啊?”马忆珍看一眼对面的筱筱，语气温和了许多。

筱筱摇摇头说不知道，然后安安静静地吃饭。

“她哪知道。苏老板说筱筱在做功课，马上就期末考试了，不去打扰她，让我跟她说一下。”刘巧春接过马忆珍的话，这屋里仿佛只有刘巧春对她的话感兴趣。

马忆珍对没去成“海南”这件事，耿耿于怀，满脸愠色。她看了一眼正在津津有味地吃着鸡腿的儿子，气不打一处来，猛地夺过凯凯手中的鸡腿，怒气冲冲地说：

“你看看你，都吃了五个鸡腿了，你忘记今天体检时医生是怎么说的吗?要多吃蔬菜水果，而你就知道吃肉，一根菜也不吃，这会影响健康，个子也长不高的。”她说着瞟向了筱筱，语调立即从湍急的江河奔涌到了潺潺的小溪，“你看筱筱姐姐，人家什么都吃，长得高高的，身体棒棒的。”

随即母子俩的目光扫向了筱筱，她似乎成了他俩眼里同仇敌忾的“英雄”。

接着，凯凯极不情愿地嚼着一根青菜，坐在他身旁的刘巧春有点看不过意，便夹了一块鱼肉和一块排骨送到他碗里。

“哪有小孩子不爱吃肉的呢，壮一点有什么不好啊?”她用一种极其轻柔的语气说道，“凯凯长得多可爱、多健康啊！吃吧——凯凯，吃一口青菜再吃一口肉这样交换吃，就会觉得青菜也很好吃的。”

刘巧春话音一落，马忆珍马上抛给她一个大大的白眼，她用冒着火焰的语调大声地说道：

“我说你也是有孩子的人，怎么能在小孩面前挑拨离间、煽风点火呢！我刚刚跟他说明了道理，你还要给他夹鱼夹肉，你以为你这是对他好哇！这只会让他是非不分……”

刘巧春平常性子急、忍不住事，然而今天在这千钧一发的时刻，她却极能把握分寸，对于马忆珍不由分说撒在她身上的怨气，一笑而过。

“孩子——阿姨夹给你的肉先不吃了,行不行?”她瞥向凯凯,温和地说道,“阿姨忘记你刚刚吃过鸡腿了，咱们晚上再吃，你妈妈说得对，多吃蔬菜对身

体好，把碗里的青菜吃了，好吗？”

凯凯出人意料地点了点头，他夹出了碗里的鸡腿，然后对刘巧春笑了一下，刘巧春又给他夹了几根青菜，他也大口地吃起来。凯凯平常总是一副天不怕、地不怕的样子，对什么都不屑一顾，而就在刚才，刘巧春几句“晓之以理，动之以情”的话让这个乖僻的小孩服服帖帖。马忆珍看到这一幕，她的无名之火消了不少。

筱筱把刚才的一幕细细地看在眼里，她有点喜欢这位巧春阿姨了。

几个人吃得差不多的时候，门外响起了清脆的敲门声，马忆珍竖起了耳朵，她连忙放手中的筷子，站起身朝小庭院走去。

“看样子今天下午家里又要开麻将，咱们又没得午觉睡了。”刘巧春一脸无奈地说道。

两个孩子早已司空见惯，习以为常，对于刘巧春的话，一点也没表现出惊讶的表情。听到家里又要开麻将，凯凯扒了几口饭，就下桌去玩了，筱筱也随即放下碗筷准备上楼，正在这时，庭院那边传来了熟悉的声音：

“筱筱——筱筱——”

她折回身子朝庭院张望，看到瑶瑶正笑逐颜开地振臂向她跑来。两人好久没见面了，随后两个孩子欢天喜地地拥抱在一起。

紧跟着，钰琳和马忆珍走进来了，马忆珍脸上的神色极为不自然，她有点失望，有点难为情，还有点嫉妒。和胡钰琳走在一起，马忆珍显得相形见绌，气质逊色不少，在钰琳面前，她除了漂亮也只有漂亮了。刚才她以为有人过来打麻将，急匆匆地前去开门，却万万没有想到，出现在她面前的是一位这么气质非凡、优雅得体、风头盖过自己的女人，这让她很恼火，内心极为不爽快。

筱筱见到钰琳，飞也似的迎上去叫唤她，然后拉着两个人上楼去了。

“那个女人是谁啊？一看就不是普通人，她好有气质、好漂亮啊！”马忆珍坐下后，刘巧春迫不及待地问道。

“我怎么知道她是谁，”马忆珍没好气地说，“你没有看出来吗？筱筱那么高兴，应该是她家的亲戚吧！看你大惊小怪的，真是没见过世面。”她漫不经心地喝了一口汤，睥睨地看了一眼刘巧春，接着不以为然地说，“什么不是普通人？不就是像个念了书的人吗？我也念过大学，还开过公司，自己一个人闯天下呢！”

“那是，那是，你们都不是普通人。”刘巧春顺着马忆珍的心意附和道，马忆珍今天像吃了炸药似的，她唯恐避之不及，赶紧扒完碗里的饭，逃到厨房——她的专属阵地去了。

瑶瑶从一进门就抑制不住内心的疑惑，走上楼梯后，她扯了扯筱筱的衣角，轻轻地问道：

“那个为我们开门的漂亮阿姨是谁啊？你们家怎么多了几个人？还有一个小孩，那个小孩傲慢无礼——对了，月姨怎么不见了？”

面对瑶瑶姐姐一连串的发问，筱筱瞠目结舌，她一声不响地打开自己的房门，请她们进去，瑶瑶见筱筱不吱声，又想再问，走在后面的胡钰琳连忙推了一下女儿，示意她不要问了。

胡钰琳这次带女儿过来，其实是来和筱筱告别的，她的爱人调遣到国外工作，她们全家下个月就要去澳大利亚了。她一直拿雯芬当姐妹，对筱筱这个孩子也很挂念。张月华走之前，给她打过一个电话，说了筱筱家里的一些事情，她也放心不下这孩子。

她们在屋里坐了一会儿后，筱筱拉着瑶瑶到“娉婷小花园”里玩。

“瑶瑶姐姐，我家的小花园有好多蜻蜓，它们的眼睛很大，翅膀轻盈如薄纱，很灵动很精致，每只都像小天使一样。”两人站在窗台前，筱筱绘声绘色地说道。

“真的吗？”瑶瑶睁大了眼睛，好奇地问道。

“嗯，它们每天都过来，停在花草上歇息，我常看到它们喝上面的露水呢！”

“你抓过它们吗？”

“我舍不得抓它们，我怕折断它们的翅膀，如果它们没有翅膀的话，就飞不起来了，那多可怜呀！”

“它们今天还会来吗？”

“应该会来的——”

“那我们在这里等它们，好不好？我还没有见过真正的蜻蜓呢，我也想摸摸它们的翅膀……”

“好啊，那我们在这里等它们——”筱筱轻声地说，顺手摘下一朵白色茉莉送给瑶瑶。

“筱筱——”瑶瑶把花送到鼻子下面闻了闻，“我下个月就要和爸爸妈妈

去澳大利亚了。”

筱筱惊诧地看着瑶瑶，一时半会儿说不出话来，这完全是她没有想到的事，钰琳阿姨和瑶瑶姐姐在她心里就像亲人一般，月姨走了，没想到她们也要走了，她眺向天边，情绪变得极其低落。

“瑶瑶姐姐，你们还会回来吗？”过了一小会儿，她慢吞吞地问道。

“回来呀，我放假的时候就和妈妈过来看你。”

这时，筱筱像似发现了什么，她拉住了瑶瑶的手，大声叫道：

“瑶瑶姐姐，你看，天上飞来了一大群蜻蜓。”

“好多啊，筱筱，它们怎么不飞过来呀？”

“它们可能赶着回家吧！”筱筱的声音透着悲伤，几滴眼泪从她的眼角流了下来。

“筱筱，你怎么哭了——筱筱——”瑶瑶转过身抱住了她。

站在门口的钰琳看着两个孩子，眼泪夺眶而出，她走过去紧紧地抱住了她们。

对于筱筱的客人，马忆珍表现得异乎寻常的热情，晚上，她一副女主人的架势，在厨房里帮刘巧春弄出一桌丰盛的饭菜招待她们。

胡钰琳和瑶瑶走的时候，筱筱把她们送到了小区的大门口。直到她们的出租车消失在她的视线里才恋恋不舍地回去。这晚，她的心情一落千丈，感到全世界的人都要离开她了。

在后面的生活里，她没有再与钰琳阿姨和瑶瑶见过面，但这段美丽的童年记忆在她心里永远留存。

第二天早上，筱筱起床后静静地坐在书桌前，呆呆地望着桌上的几本书。这时，屋外訇然作响，她轻轻地拉开窗帘，外面下起了大雨，她望着空中飘落的雨珠，心情一点点地变好起来。

她顺手拿起书桌上瑶瑶姐姐送给她的书——《格兰特船长的儿女》读起来，不一会儿，她的思绪就浸入到书里头了。

读了两个小时后，她的肚子咕噜咕噜地叫起来，她放下书，起身下楼找东西吃，刚拉开房门，楼下就传来了轰隆隆的搓麻将的声音和谈笑声，她站在门口，倒吸了一口凉气，刚刚读过书的善念还浸润在心头，她来不及多想，拾级而下，当她走到楼梯拐角处时，看到客厅里人头攒动，七八个脑袋聚在麻将桌前，马忆珍背对着楼梯坐着，穿着十分靓丽耀眼。

忽然，筱筱看到马忆珍的脑袋和一个男人的脑袋紧靠在一起，她第一反应这个人是爸爸，但爸爸昨天出差了不在家，而且爸爸也不是这样的身材，这个背影看起来很年轻，她确定那个人不是爸爸。

正当她想走下楼一探究竟时，马忆珍和那个男人的嘴唇忽地在大庭广众之下贴到了一起，刹那间又分开了，看上去有点忘乎所以的感觉。客厅里烟雾袅袅，其他的人都视而不见，也没有一个人注意到楼梯上的筱筱。

筱筱呆若木鸡地去了厨房，目睹了那龌龊、不堪入目的画面之后，她感到莫名的愤怒、厌恶、痛恨，虽然她只有十二岁，但人间的善与恶，内心的美与丑，她能看得懂，也能感受得到。她已感到这个家已经不像个家了，而是像一个麻将馆或是一个娱乐场地，每天总有很多陌生人往家里跑。

她走进厨房，没有找到吃的，就在这时，刘巧春买菜回来了，她看到郁郁寡欢的筱筱，想必她肚子饿了。

“筱筱——你去餐厅坐会儿，阿姨给你买好早餐了，有豆腐脑和豆沙包，早上我赶着送凯凯去坐校车,就没做你的,饿坏了吧？”刘巧春笑容可掬地说道。

筱筱点点头，愣愣地坐在餐桌前，没一小会儿，刘巧春就把豆腐脑装在一只大瓷碗里端出来，两个豆沙包放在一只小碗里。

这时，马忆珍注意到了餐桌前的筱筱，好像发现了新大陆，她煞有介事地大声嚷道：

“筱筱，你起床了，我早上跟巧春说星期天让你多睡会儿，就没有让她去叫你。”

筱筱低着头一声不吭地吃着碗里的东西，此刻她厌恶她到了极点，根本不想搭理她。

这当儿，麻将桌前的几个脑袋和几双眼睛不约而同地朝筱筱看过来，打量着她，她也本能地回扫过去，她看清了几张男人的脸和女人的脸，坐在马忆珍旁边的那个男人——大概二十四五岁，他面如冠玉，身形瘦削，眉眼间轻佻狡黠，浪荡不羁，一看就是个游手好闲、坐享其成的家伙。她一想到他俩刚才在众目睽睽下的那一幕，她既心疼爸爸又恨起爸爸来，她不明白爸爸为什么要带这样一个女人回来把好端端的家弄得鸡犬不宁。

麻将声震耳欲聋，几对男女一边打牌，一边聊了起来。

“那是苏老板的女儿吧，都这么大了，长得好俊哟！以前我看到她和她妈妈在小区里散步时，还没有这么大。”一个女人说。

“是啊，长得挺像她妈妈，文文静静。”一个中年男人说。

“看起来挺清高的——”说这话的是那个年轻的坏男人，他说话时还故意转过头来朝筱筱看。

“你帮我看牌能不能认真一点啊？又让我出错牌了——”马忆珍抱怨道。

筱筱瞟了那伙人一眼，再也吃不去了。她倒不是对他们的闲言碎语感到厌烦，而是她看到马忆珍和那个男的脑袋又靠在一起喁喁私语，令她无比恶心。

这一刻，她只想马上离开这片污浊之地，回到自己纯净的空气里去。

第十七章 惊 梦

苏海君从老家回来的第二天早上，他如实地跟女儿说了她爷爷已经过世的事。筱筱刚放暑假，她躲在房间里伤心难过了好几天，一看到墙上爷爷留给她的字画，就睹物思人，涕零如雨。她本来想找个机会告诉爸爸这几天家里发生的事情，但一听到爷爷去世的消息，她就没有心思说了。

从放暑假第一天开始起，她就心神不宁，一想到这个漫长而炎热的暑假将要在这个闹哄哄的、充斥着麻将声的家中度过，她就毛骨悚然。她从小耳濡目染的一切都是美好、干净、神圣的……而她现在的这个家，从马忆珍的踏入到月姨的离开，她的心灵在一点点地成长，也在一点点地冷却。那天上午客厅里马忆珍和那个年轻男人的一幕，在她心里烙上了深刻的烙印，她开始对这个世界有了警觉、有了思考、有了防备。

一个星期后，海君陪着马忆珍母子俩回上海看望家人。他们走之后，筱筱也想离开这个家，她想去老家看望奶奶，第二天，他给爸爸打了电话，苏海君同意了，让她等他回来一起去奶奶家。

筱筱想到就快要见到奶奶了，这几天忧郁的心情变得明朗起来，一整天都沉浸在回家的喜悦中。她想把回老家的事告诉巧春阿姨，和这个阿姨相处了一段时间后，她慢慢地喜欢上她了，虽然她没有月姨那么纯朴，有点爱打扮，每天穿得花里胡哨，有样学样，但她的身上也有很多优点——仗义、知轻重、有爱心。

这天晚上，刘巧春心情特别好，她跟筱筱说难得清静，要给筱筱炒几个家乡小菜。吃饭的时候，她拿出从老家带来的米酒小酌了几杯，她一边喝着小酒，一边跟筱筱娓娓地讲着她那两个活泼可爱的孩子和老实巴交的丈夫。

一杯杯思乡酒下肚后，刘巧春说话的声调越来越高，情绪一波比一波高涨，

她红光满面，眼神迷离，看上去有些醉了，把先前说过的话唠了又唠，一副想要睡觉的样子。两个人吃完饭后，已是九点多钟了，筱筱见巧春阿姨喝多了酒，便帮她收拾桌子和碗筷，回老家看奶奶的事情也没有说成。

晚上十一点多，楼上楼下一片寂静。

筱筱遨游在梦乡里，她长出了两个大大的翅膀，飞到了蓝天上，一会儿俯瞰到了山谷中的峭壁和河流，一会儿又俯瞰到了碧波万顷的大草原……

隐约中，她听到了楼宇间抑扬顿挫的敲门声和叫喊声，她的思绪慢慢地回到了黑黢黢的夜里，半梦半醒中，她伸手拧开了床头灯，惺忪着双眼，侧耳听着下面的动静。她听到大门口有人叫巧春阿姨，接着又听到叫她的名字，筱筱猛地惊醒过来，她想肯定是爸爸回来了，爸爸说要带她去奶奶家的。

她欣喜地下了床，快速走出房间。走到一楼时，她将客厅和餐厅所有的灯都打开了，屋里亮了起来。

刘巧春晚上喝多了米酒，此时正在楼下的房间里酣然入梦。

筱筱径直穿过小庭院，当走到大门口时，外面没有了声音，她迟疑了一下，怕是自己听错了，正想踅回，忽地门外又响起了急促的敲门声，这下她确定外面有人，想必爸爸忘记带钥匙了。

但当她打开大门时，立马就后悔了。

站在门口的是那个品行低劣、和马忆珍勾勾搭搭的坏男人，他一身酒气，醉醺醺地说道：

"筱筱，你还没——没有——睡呀！我——我——是来——来找忆珍姐的——"他嘴里满是酒气。

"她不在家。"筱筱极其厌恶地回了一句。

"哦哦——我是来——来拿——拿包的。"他努努嘴说，"我的——我的包——放在——你家——你家沙发上了。"

筱筱面无表情地白了他一眼：

"你明天白天再来拿吧！我们都睡觉了。"

"不——不行——我里——里面——有重要——重要的东西——我现在——现在就去——去拿——"他说着身子就跨过了门槛。

筱筱见他要进门，忙闪到一边。

"忆——忆珍——姐去——去哪——哪里了！"他踉踉跄跄，东倒西歪地走着，“你——你一个——一个人——在家吗？”

筱筱没搭理他，走在后面远远地避开他，进屋后，筱筱站在厅角一隅，等着他拿东西，客厅和餐厅的灯光如昼，把每个角落都照得通亮。那人进屋后，在客厅的沙发前转转悠悠，消磨了一会儿后，筱筱看到他手上拿着一个黑色的包，心想他终于要走了，心里悬的石头随着他摇晃的身体落了地。

那人走到庭院门口时，倏地转过身来，筱筱以为他还有东西没有拿，便赶快闪到一边，忽然，那个人像老鹰一样向她扑过来，他两只眼睛通红，酒气熏天，嘴里呢喃着什么，筱筱被他的这一举动吓得魂飞魄散，全身的血液都凝聚到了胸口，在他就要靠近她的一刹那，她惊慌失措地跑到巧姨的房门前，拼命地摇着门把手大叫起来：

“巧姨——巧姨——巧姨——”

筱筱歇斯底里的叫喊声在屋顶上沸腾起来，那个丧心病狂的恶魔起先追着筱筱，但看到她拼命地撞击刘巧春的房门，他似乎清醒过来，慢慢退到客厅。

门吱呀一声，刘巧春眯着双眼从房间里头出来了，她看到筱筱战战兢兢地站在门口，忙问她发生什么事情了，受了惊吓的筱筱紧紧地抱着刘巧春，伸出右手指向客厅，刘巧春这才发现了那个做贼心虚的家伙，她义愤填膺，大声斥责道：

“你大晚上跑来家里做什么？”

“我是——是来找忆珍姐的。”他说话没有那么结巴了，像是从梦里醒过来了一样。

“你刚才对小姑娘做什么了，把她吓成这样……”刘巧春怒气冲天，一边大步朝他走过去，一边正颜厉色地问。

“哎呀——巧春姐，我——我就是来拿包的，我刚才——叫你了，可你不应我。”他顾左右而言他，嘻皮涎脸的本性又出来了。

“你若是敢在这屋里撒野，我马上就打电话让警察把你抓起来，让苏老板剥了你的皮，我说——你是想来偷东西吧？”刘巧春越说越气，她说完快步走到客厅的推拉门前，双手撑开挡在门口，做出要和他决斗的架势，“我告诉你——在我们村里，没人敢欺负我，也没有谁打架赢过我，你若是敢恃强凌弱，我现在就收拾你，要不你过来试试——我的功夫就是专门对付你这种禽兽的……”

“你说话怎么——怎么这么难听啊，我真的只是过来拿包，我的身份证在里面，上——上次打麻将忘记拿回去了，我明天要身份证办事，就连夜过来拿了，我——我真的没有做过什么——你不信——不信的话问筱筱，我什么都没有做，也没有偷东西……”他心虚地看了一眼筱筱，身体向前倾着，狡辩时脖子红得跟猴屁股一样。

“你这种人什么坏事做不出来啊！”刘巧春轻藐道，“我早就看出你是什么货色了，一肚子坏水。”

“巧春姐，你——你相信我，我真的不是坏人，没有——没有做坏事，你——你就饶了我吧……”那人的额头开始冒汗，神情极为不安。

“那你还不快滚蛋——”刘巧春呵斥道，两只手紧紧地握着拳头。

刘巧春的一句“滚蛋”，正中他下怀，这个可恶的猥琐男人早就想逃之夭夭了，他见刘巧春一副气势汹汹的样子，胆战心惊，他怕她真的打电话报警，说他来家里偷东西或其他的坏话，那就要臭名昭著了，可能还要蹲监狱，那更得不偿失。

“我马上就走——马上就走——”他说着连走带跑地从刘巧春的手臂下钻了出去，狼狈不堪地逃走了。

两人进屋后，筱筱把前前后后的事情跟刘巧春和盘托出。

刘巧春听后怒不可遏、破口大骂，她真想马上跑出去把那个恶棍拉回来，痛打一顿。

“都怪巧姨，今天无缘无故地想家，喝多了酒，要不然也不会睡得那么死。我早就看出来了，这家伙不是个什么好东西，她在凯凯妈面前低三下四的，像只狗一样。孩子，他没有伤到你吧？”刘巧春抱着筱筱，关切地问道。

筱筱摇摇头，她靠在刘巧春的怀里，感到很温暖——很温暖——

她慢慢地睡着了，不一会儿，她又回到了那个遗留着古朴民风的小县城，爷爷奶奶喜笑颜开地在家门口迎接她、拥抱她……

第二天一大早，筱筱回到房间收拾行李，她不想等爸爸了，准备第二天就坐长途班车回老家看奶奶。她将妈妈留给她的所有东西、月姨给她绣的抱枕、爷爷写给她的字画等，装进一只大行李箱里……

晚上，筱筱提着两袋自己的衣服去了刘巧春的房间，这些衣服都是大半新的，她只穿过几次。今天在收拾行李的时候，她想起刘巧春说她的女儿和她差不多大，便想着把这些衣服拿来送给她的女儿。

“巧姨，这些衣服拿回去给您女儿穿吧——”筱筱坐在床上，静静地对刘巧春说。

“你这孩子，我没有把你照顾好，你还拿这么多好衣服给我的小孩啊？”

“没什么的，这些衣服我很少穿，放着也是放着，您就收下吧！”

“那——那好——巧姨收下。”刘巧春嗫嚅道。

“巧姨，谢谢您这些天照顾我，爱护我，您真是个了不起的好妈妈——”

“你爸爸付我工钱，这些都是我应该做的呀！”刘巧春难为情地说，觉得自己做人还不如一个孩子。

“钱是钱,情是情,钱是爸爸给您的,我只知道您对我好……”筱筱像个“小大人”似的一本正经地说。

刘巧春眼眶泛红，抽噎道：“你妈妈可真是把你生得好养得好教得好，你妈妈才真是了不起的妈妈啊！”

“你们都是了不起的好妈妈！是妈妈都了不起！”筱筱由衷地感慨道。

“我在你房间里看到了你妈妈的照片,她的面容就像‘观世音菩萨’一样，一看就是好人。”

“嘿嘿，谢谢您！巧姨，我明天要回老家了，我要回去看我奶奶！”她喜滋滋地说。

“这咋行啊，这么远的路程，你一个小孩子怎么回去呀？”刘巧春惊讶地看着她。

“有长途汽车直达老家县城的，非常方便，我去年暑假跟我妈妈一起回去过，我记得回奶奶家的路。”

“那不行呀，你爸爸不在家，他会担心的啊！”刘巧春的语气很焦急。

“我跟我爸爸打过电话了，他同意我回去，让我等他回来，但我不知道他什么时候才回来，我不想等了……”筱筱的眼神看上去很忧郁。

刘巧春瞧着筱筱愁苦的脸庞，心疼起来，她想到这个家，想起马忆珍，想到了孩子昨晚受到的惊吓，觉得她去奶奶家住几天也是一件好事。

“那你有没有车费钱啊？”刘巧春的语气还是很焦急，不过，她马上就平静下来，“车费钱巧姨可以先给你，这个月的工资我还没有寄回家呢！”

“我有车费钱。”筱筱莞尔一笑，脸上的忧愁消失了一半，“爸爸这次走的

时候有给我钱，还有他每年给我的压岁钱和平常给我的零花钱，我都留着，绰绰有余呢！”

“那我明天送你去车站，我要看到你上车才放心。”这下换了刘巧春忧愁了，她说完这句话后深深地叹了一口气，“筱筱——你在奶奶家住几天就回来啊，那个马忆珍，她老是看我不顺眼，做什么都难合她的意，你在家的话，阿姨也有个伴……”

第十八章　漫漫旅途

第二天一大早，刘巧春就送筱筱去车站坐车。两人到达客运站时，灿烂的阳光照亮了车站的每一个角落，车站里面人头涌动，人声鼎沸。售票处排着长长的队列，空气里飘荡着浓重的烟草味，几个中年男人悠闲地抽着烟。

刘巧春和筱筱一进去就排在队列后面，她们的前面站着一个年轻女人，手里抱着一个两三岁左右、皮肤白净的小男孩。这个女人衣着简朴，一件蓝色的印花T恤和一条洗得发白的牛仔裤，脚上穿着一双看似穿了好几年的平底凉鞋，她不时地转过头来打量后面长长的队伍。她身旁站着一个六十来岁的老妇人，十有八九是小孩的祖母，她手上拿着一个奶瓶给孩子喂水，嘴里亲昵地同他说着什么，老人的身旁放着一个红格蓝条的蛇皮袋，鼓鼓囊囊的，袋子旁边还有一个红色的塑料桶，里面装着一些零零碎碎的东西，老人看似回家心切，眼睛不停地看向窗口，细数着一个个买好车票离开的人。

半个多小时后，筱筱终于买到了回老家的车票，接着，刘巧春带着筱筱找到了老家县城的大班车。

筱筱上车后，刘巧春站在车窗外，絮絮叨叨地把昨晚和她说过的话又说了一遍，像似与出远门的女儿话别。

大班车开动后，筱筱从窗子里探出头与站在路边的巧姨挥手，直到车子驶出客运站，看不见了巧姨才转过头。

一个小时后，大班车离筱筱熟悉的城市越来越远，她心神不定地看着窗外呼啸而过的山峰、房屋和美丽的湖泊，心里空空落落，惴惴不安。

“小妹妹，你吃饼干吗？”忽然，一个柔和的声音飘了过来。

跟她说话的是邻座的大姐姐，她二十几岁，秀气的脸庞，细致的皮肤，妩媚的丹凤眼，一头乌黑的披肩发。她递给筱筱一块饼干，一脸灿烂的笑容，

筱筱看向她，心头的乌云顿时化开，立刻就对她有了好感，她接过她手中的饼干，跟她道谢。

“你回老家吗？”邻座的女孩热情地问道。

“嗯，我回老家。”筱筱看向漂亮的大姐姐，怯怯地说道。

“你爸妈呢？”女孩的眼里满是关怀的神色。

“他们上班，我回去看望我奶奶——”筱筱灵机一动，爽朗地答道。

“你一个人回去看望奶奶啊，”她瞅了瞅拘谨的筱筱，善解人意地说，“你不用害怕，我们车上的人都是回老家的，我经常坐这趟大巴车，我俩可以做伴，你有什么事就跟我说，我可以帮你的。”

筱筱刚才还觉得自己像似大海中找不到方向的一叶小孤舟，现在似乎看到了灯塔。

“谢谢姐姐，谢谢姐姐！”筱筱谢了一遍又一遍。

两个人很快熟悉起来，女孩温暖的话语让筱筱一下子像是找到了避风的港湾，她的心不再忐忑了。

“你奶奶家在哪啊？”

“在县城。”

“哦，住在哪一条街呀？”女孩又问筱筱。

“金昌街。”筱筱轻松地答着。

“哇，真巧，我舅舅就住在你奶奶家附近，明天我也想去看望他呢，到时候我可以顺便送你回家。”

“真的吗？那太好了！”筱筱惊讶地叫起来。

女孩的热情再一次打动了纯真的筱筱，她静静地听着她一句句热腾腾的话语，感到无与伦比的安心和幸运，一点也不担心回家的事情了。女孩跟筱筱说她的哥哥嫂嫂在L市工作，她去年过来帮他们照顾孩子，她说她在哥哥家每天都很辛苦，不但要带孩子，还要做所有的家务，可是她的嫂子还是对她不满意，也不信任她，每天买菜的钱都要跟她算得一清二楚，若是花多了一点钱，就含沙射影骂她。昨天她在煮午饭的时候，侄子不小心从沙发上摔了下来，其实没什么大碍，但她嫂子知道后把她大骂了一顿，还打电话跟她哥告状，她哥一回来就当着她嫂子的面对她拳打脚踢，所以她再也不想在她哥家受气了，宁愿回家干农活。她说这些话的时候，眼泪如断了线的珠子，

从她迷人的眼睛里掉下来。

筱筱马上化作一个“小大人”的角色，为她打抱不平，安慰这位面善心好的大姐姐。

没一会儿工夫，两人就惺惺相惜，成了肝胆相照的好朋友。

大班车走了大约两个小时，在一个休息站停了下来，有的乘客去上厕所，有的乘客坐在车上休息，十几分钟后，大班车风驰电掣地向前飞驰，旅程又开始了。

“你长得真可爱，你叫什么名字啊？”车子开动后，大姐姐亲热地问道。

“我叫苏筱筱。”筱筱甜甜地说。

“谁送你上车的啊？”

“我家的阿姨，我爸爸出差了。”筱筱轻松地答道，脸蛋红扑扑的，透着十二岁女孩的朝气和鲜亮。

“你家还有保姆啊？你爸是做生意吗？”女孩有点惊奇，“难怪你跟别的小孩不太一样，一看就是家庭条件好的孩子。”

“我爸爸工作忙，才让阿姨送我上车的。”筱筱静静地看了一眼女孩，轻声说。

“你爸怎么不让你阿姨送你回家呢？你一个小孩子坐车，万一遇到心机不纯的人，骗你的钱怎么办？你爸妈给你带钱了吗？”

“带了——我身上还有六百多元呢！”筱筱天真无邪地说。

“喏，你一个小孩子带这么多钱呀，那可千万要放好，到了下个休息站的时候，当心被坏人偷走。”

“我把钱都放在我裤子的口袋里，应该偷不走的。”

“万一掉了呢！”

筱筱听大姐姐这么一说，下意识地摸了摸口袋，钱都在里面，她的心儿踏实了。

“它们都在我口袋里呢！”筱筱恬静地说道。

“你一个小孩子，放在哪里都不安全，要不这样吧，你先放在我这里，姐姐帮你保管，我明天送你回家后再给你，这样你的钱就不会掉、也不会被偷了。”女孩一副热心肠，体贴入微地叮嘱道。

筱筱瞧了瞧她，女孩的脸上荡漾着温暖的笑意，筱筱似乎一下子找到了

着落，她觉得她像一个善良的天使一样出现在她的旅途中保护她，她想这肯定是爷爷和妈妈在天上保佑着她，随后她安安心心地把口袋里买票后剩下的六百多元一分不落地交给这位大姐姐。

车子又走了两个小时后，司机师傅将车停在一个小酒馆门口，车里售票的中年妇女扯着粗犷的嗓子说：

“大家都下车，要上厕所的，要买东西吃的赶紧去，司机师傅吃完饭就要走了，没赶上的我们可就不等了啊！”这乡音对筱筱来说很熟悉，平常爷爷奶奶爸爸妈妈也是这样说话的，听到售票阿姨的话，她更安心了。

筱筱跟着大姐姐下了车，这时的她感到很轻松，没有一丁点担忧了。大姐姐对这里很熟悉，她告诉筱筱这个地方是司机师傅那伙人的落脚点，旅馆会为他们准备饭菜，乘客们也可以在小酒楼吃饭，不过价钱贵。她说乘客们一般更喜欢到旁边小卖部买东西吃，那里有茶叶蛋、方便面、零食，等等，价钱便宜，小店里还提供开水，大多数人为了省钱，都喜欢到小卖部里吃一碗热腾腾的方便面。

大姐姐带着筱筱到小卖部后，她就和柜台里的女店员热络地聊了起来，两人讲的是当地方言，筱筱听不懂。

一会儿后，大姐姐将一盒热腾腾的方便面放到一张简陋的小木桌上。

“筱筱，你过来坐，面泡好后你就吃，我去外面上厕所，等会儿过来叫你。”她满面笑容地对站在门口的筱筱说。

“姐姐，你怎么不吃啊？”筱筱走过来，细细地问道。

“我不饿——”她含笑地说。

“姐姐，买方便面的钱记得扣掉哦！”

“没关系的，这才几块钱。”大姐姐亲热地回道。

她说完这话就走出了房间。

筱筱坐在桌子旁边等着冒着热气的方便面，她环视着小卖部，里面还有十几个同车的乘客，他们有的人聊天，有的人和她一样，在等泡面。

吃完面后，筱筱将盒子和用过的纸巾扔到一个又小又破的垃圾桶里，然后坐在桌子前等大姐姐，可能是心情好的缘故，她觉得今天的泡面特别好吃，嘴巴不自觉地咂巴着回味泡面的余香。

过了一阵，在店里吃方便面的人一个个出去了，那位大姐姐还没有回来，筱筱走到小卖部门口，四处张望，祈盼着她快点出现。可是当店里的最后一个吃泡面的人走出店门时，她还没有回来，这时筱筱有点着急起来，她担心误车。

筱筱跑到大班车上，她想或许大姐姐已经上车了，但座位上没有人，她看了看驾驶室，司机师傅那帮人还没有回来，于是，她又跑到小卖部，到柜台前询问刚才那位与大姐姐聊天的女孩有没有看见她。

“我一直在柜台里，没有看见，你自己的亲姑姑，难不成把你丢掉啊！”这位身材颀长的女孩看着她说。

“姑姑？”筱筱马上捕捉到女孩口中的这个词，不知所措地反问道。

“是啊，你不是她的大侄女吗？侄女不是叫姑姑的吗？她说你长得像你妈妈，还说你妈妈人很好。”

筱筱脑子一片空白，语无伦次地说：

“我长得——长得——确实像我妈妈，可是……”

“那就是啊，她说你爸让她送你回老家，是吧？你去车上等着就好了！”

筱筱被女孩的话完全弄糊涂了，她不知道该怎么回答，便跟那个女孩道谢后就走开了。

随后她跑到前面的公共厕所，她想大姐姐或许还在里面没有出来，但是破旧又狭小的厕所过道里，几个门都敞开着，里面一个人也没有。

她回到车上时，司机师傅那帮人已经回来了，售票员开始清点人数，大姐姐还是没有回来，当那个声音高亢的中年女人问她的家人去哪里时，筱筱茫然地摇摇头，说她不是她的家人，她连那位大姐姐的名字都不知道。

这时，坐在前两排的一个梳着马尾辫的年轻女孩声音响亮地说：“她早就拿着行李箱离开了。”

“她不回老家了吗？”售票员严肃地问道。

“谁知道啊？”女孩神秘兮兮地说。

“那我们不能等了啊，我们要赶路，要不然明天上午到不了家，她行李都拿走了，肯定不坐了，也不同我们说一下，怎么能这样？”售货员捋了捋她左手上金光闪闪的手表，一本正经地说。

“我跟你们说——车开动之前，大家最好检查检查自己的行李，看看有没有丢东西。我认识她，她跟我是一个村的，也跟我一个厂上班，她可是出了

名的‘三只手’，经常偷姐妹们的钱、饭票，好看的衣服什么的。还有啊，她爸妈也一样喜欢偷别人家的东西，我们村里的人都知道，你们不信的话，可以问我老乡……”女孩说到这里，指向她身旁一个黄色短头发的女孩。

“是呀，我们都是一个村的，她以前还偷过我的饭票呢……”黄色短头发的女孩接过她的话。

她们的话音一落，车里就骚动起来了，大家纷纷地检查起自己的行李，筱筱木讷地坐着一动也不动，她完全不能相信那个女孩说的话，大姐姐温暖的笑容不停地在她眼前闪烁，体贴的话语还在她耳边回响。

售票员走到她身边，板着脸问她：

“小姑娘，她真的不是你的家人吗？谁带你回家啊？”

“真的不是。我一个人回家，早上家里的人送我上的车。”筱筱认认真真地回答道。

“有大人在老家的车站接你吗？”

“我知道回家的路，去年我和妈妈回去过。”筱筱老老实实地说。

“那你千万要跟着我们的车，到休息站时，要及时上车啊，如果遇到什么事情，我们可不负责任啊！”售票员严肃地交代道。

不一会儿，车子就发动了。筱筱呆若木鸡地坐着，她的心里又空空落落，她拿出一本书翻了几页，根本读不下去，她的眼前浮现起大姐姐和善的面容，温热的话语，虽然只有几个小时，但她怎么也无法将她同一个骗子或小偷联系起来，她对她那么热情、那么关心，她真的一点也讨厌不起她来，她只记得她给她带来的安全感和那几个小时的快乐。

她轻轻地推开了车窗，一缕缕清爽的风儿吹了进来，她的眼前掠过一座座错落有致的村庄，一片片绿油油的稻田和青翠欲滴的树木，宛如一幅美轮美奂的油画。车子经过马路边上的几栋房屋时，她看到几个人端着碗站在门口吃饭，已是下午的三四点钟了，她不知道这些人是吃中午饭还是晚饭，不过他们看上去很开心，一边吃饭，一边在讨论着什么事情，那画面很温馨很亲切，但这一幕很快就被抛在车子后面了。

落日染红天际时，大班车又停在一个小酒楼前，司机师傅们都去吃晚饭了，车上的人纷纷下了车，一些人跟着司机师傅去吃饭，一些人到小店买东西吃，筱筱下车上完厕所，就回到车上。她身无分文，只吃了几块巧春阿姨给她买的巧克力，还有两个水煮鸡蛋，包里还有几个苹果，她想留着饿了再吃，反正明天就到老家了。

大约过了三四十分钟，大家陆陆续续地上车了，司机们和售票员上车后，天已经黑下来了，随着呜呜的发车声，大班车行驶在夜色中。

车窗外乌漆麻黑，只看到一些零星的灯光。走了一段路后，筱筱感到又困又累，她眼前蒙蒙眬眬，眼睛慢慢地合上了，没多一会，妈妈来到了她身旁，为她盖上了轻柔的棉被，不一会儿，她来到了一条清澈的小溪边，和一群小孩在那里嬉戏，上午一起坐车的大姐姐笑盈盈地提着一桶衣服走过来，她穿着漂亮的裙子，莲步轻移，宛若一个天使。她把木桶放在溪边码头的大石头上后，从口袋里拿出一包大白兔糖给他们吃。末了，她蹲在石板上，在水晶般透亮的溪水里摆动着衣服，脸上的笑容如春风般温暖……

她在香甜的梦里舔着嘴唇。

不知过了多久，她隐隐约约听到吵架的声音，她慢慢地睁开双眼，听到车上的大人们正在大声地争论着什么，她定了定神，发现车子停下来了，乘客们抱怨声不断，七嘴八舌地议论着，司机师傅说车子出了故障，已经联系了修理厂，明天早上会有人来修理，让大家少安毋躁，好好休息一晚，明早车子一修好就立即赶路。司机的话刚说完，车里就传来一阵阵抱怨声，年轻的乘客唉声叹气地说他们今天是活倒霉，坐了这趟车，耽误他们的时间，年龄大些的乘客则直接开口骂人，他们说今晚若不能走的话，明天就到不了家，在车上干坐着活受罪。

筱筱听着大人们的冗长的抱怨声，看了看窗外黑漆漆的夜，她想起了梦里的大姐姐，手下意识地摸了摸干瘪的口袋，她本想拿回去给奶奶的钱，在那个大姐姐的一番巧言下，心甘情愿地全给她了。

“这能怪她吗？我本来可以拒绝她呀！”筱筱在心里问自己。

这时，她记起月姨曾跟她说在外面不要轻易相信陌生人的话，什么事都要留一个心眼，以免上当受骗。可在这孤寂的旅途中，她脑子早就没有了免疫力，只要能听到给她带来安全感的措辞，都为之动容，全然忘记了对陌生人的防备，在大姐姐的温柔的笑容面前，她哪知道这是一个陷阱。

经历了这不同寻常的一天之后，她反而没有了早上的孤独无助感，这个小挫折倒让她找回了安全感，她的心灵像似穿上了一层盔甲，再没有什么事

能难得到她了，她坐直了身子，望着天上一闪一闪、发着微光的小星星，虽然它们离得很远很远，但她感到很安心。

次日，车子修了半天才启动，但走了不到两个小时，又停下来了，司机师傅说车没有修好，又出现了新的问题，大家又抱怨声不断。筱筱在热闹的空气里感到有气无力，她已经一天一夜没有吃饭了，中途只吃了巧姨给她准备的东西，在这漫长的旅途中，她是多么想念巧姨和家啊，她吃了一个鸡蛋和一块巧克力，但肚子还是空的，她又吃了一个苹果，不知怎么的，吃了苹果后，她感到愈发的饥饿。

到了下午，她脑子空空的，全身没有力气。

傍晚的时候，在一个简陋的休息站里，车上的乘客牢骚满腹，按计划本来早到家了，但现在才走了一半的路，几个中年男人不停地骂着脏话，他们看上去疲倦不堪，眼睛深深地陷了进去。

筱筱一个人坐在车里，她紧盯着窗外的一棵梨树，树上挂着几串又大又圆的梨子，美丽的日落下，这些梨子显得饱满而又水润，如画中的一样又好看又鲜美，让人垂涎欲滴，她恨不得摘下一个大饱口福。

正在这当儿，她闻到了一股诱人的方便面的香味，就不由自主地转过头来张望。

“小妹妹，你一天都没有吃东西吧？来，吃了这碗面——”筱筱一惊，站在她面前的是昨天那两个打抱不平的女孩。

这次筱筱有了警觉，她连忙摇头，怎么也不肯接她们的方便面。

“吃吧！我老乡多买了一盒，她吃不下，才想起拿来给你吃的。”扎马尾辫的女孩诚恳地说道。

“我——我真的不饿。”筱筱吞吞吐吐地答道。

“你不吃东西，明天怎么有力气回家啊？”黄色短头发的女孩眼里满含着几分爱怜，关心地说道。

筱筱还是不肯接她们的方便面，一来她没有钱给她们，二来昨天的事情还让她心有余悸。

“你怎么不去买东西吃呢，难不成你的钱被我老乡骗走了？”扎马尾辫的女孩略有所悟地说。

“没有——没有——”筱筱连忙否定，虽然事实如此，但她不想破坏大姐姐留在心中的那几个小时的美好回忆，她记得妈妈说过凡事要往好处想，或许那个大姐姐迫不得已才那么做的呢！

想到这，她接过女孩手中的方便面。吃了面后她的精神好了许多，全身又有了力气，脑子也可以想事情了，她迫不及待地想飞到奶奶身边。

第二天中午，颠簸了几天几夜的大班车终于驶进了县城，全车的人像似一个个凯旋的英雄，大家欢呼雀跃，相互拥抱。下车前，筱筱走到昨天那两位送她方便面的女孩的面前，跟她们道谢和道别。

后来有一次，筱筱跟奶奶说起这件事时，奶奶对她说：“人一辈子，会遇到许多的人、许多的事，一个好的经历和一个坏的经历都能让我们的人生添枝加叶。好的人、好的事能照耀你，不好的人、不好的事能丰富你，对于你来说，那都是成长中的好事。”

第十九章　羝羊触藩

筱筱怀着激动的心情拖着行李箱走出了车站，她很快穿过一条古朴的老街，这条老街遗留着历史的痕迹，彰显着年代感。老街喧喧闹闹，繁荣兴旺，街道两旁是五花八门的小商铺——有卖服装的、卖食品的，还有小书店和小门诊，等等。

去年暑假和妈妈回来的时候，也从这里经过，那天妈妈还讲起了她自己小时候的故事——她说五六岁的时候，经常跟父亲到这条街上卖豆腐，卖完豆腐后，她父亲就会到杂货铺里给她买几粒糖，所以她常缠着父亲上街卖豆腐。

街道上摆着各种各样的小摊，好多都是筱筱没有见过的东西，她经过一个卖冰棍和酸梅汤的小摊时，她的嘴马上就馋了，想买根冰棍来解渴，当摊前的大叔问她要哪一种时，她摸了摸空空的口袋，摇摇头走开了……

二十来分钟后，她走到了奶奶家的这条街，街上很安静，阒无一人，与刚才那条街的热闹景象完全不一样，街道两旁只有年深月久的老树，在太阳底下苍翠欲滴，几阵清风吹来，十分地凉爽。

不一会儿，她就看见了奶奶家的房子，绛红色门板两边贴的白色挽联特别醒目，地下还残存着鞭炮的灰烬，霎时间，一种难言的悲伤侵入她的心头，泪水从她的眼眶里直直地掉了下来。

走到门口时，她轻轻敲了几下门，叫了几声奶奶，但里面什么声音也没有，她愣了愣，将眼睛对着门缝向里面张望，不料，门立刻就开了，原来门是虚掩着的，并没有锁。她提起行李箱，跨过门槛走进厅堂，屋里冷寂寂的，一点声响也没有。

“奶奶——奶奶——”她一边往里走一边叫，屋里还是没有回音，她来老家的前一天给奶奶打过电话，但没有打通。她心里忐忐忑忑，担心奶奶这会

儿不在家。

屋里阴森森的，厅堂里只有一个小小的格窗，光线很暗，像是白天拉上了窗帘一样。她转身走到大门口，将窄窄的大门全部敞开，刺眼的阳光立刻照了进来，在地上投射出几道长长的光影，厅堂里头瞬间有了生气，她的心也开朗些了。

她继续往里面走，嘴里连着叫唤奶奶，但还是无人答应，她心一慌，大声地叫了起来：

“奶奶——奶奶——奶奶——”

须臾间，里屋传来一个虚弱的声音，筱筱听得不太清楚。

她顺着屋里传来的声音穿过一条逼仄的甬道，走到门口，将箱子靠墙放下，这扇门也是虚掩着的，有大大的一道缝。

一推开门，她就看到奶奶躺在床上，她身形很瘦弱，和去年相比，完全像是变了一个人。郑采薇听到脚步声，没有睁开眼睛，嘴里喃喃道：

“淑芬，你——你来了——”

筱筱顿时泪如雨下，她跑进房间扑在郑采薇的身上抽泣道：

“奶奶——奶奶，是我，我是筱筱。”

郑采薇猛地睁开了眼睛，一看是自己的孙女，激动的泪水夺眶而出。她轻颤着双唇，嗫嚅道：

“我——我没有看错吧，筱——筱——你和爸爸一起回来的吧，你爸爸呢，进来了吗？”

“奶奶——爸爸没有来，我一个人回来的。”

“你一个人回来的？”郑采薇惊地从床上坐了起来。她的眼睁得圆鼓鼓的，“你一个人怎么回来的呀，爸爸呢？”她一说完，捂着胸口咳嗽了两声。

“他去上海了。奶奶，我坐大班车回来的。”筱筱轻轻地拍了拍她的后背，焦急地问道，“您是不是生病了？”

“奶奶没有——没有生病，只是你爷爷走了，奶奶没有伴了……”

“您还有我呢！”筱筱的眼泪止不住地往下掉。

“对，我还有你，还有你爸爸，奶奶过几天就好了，不哭啊……”

“您刚才怎么在叫大姨的名字啊？”

“你爸爸走后，家里就没有人了，你大姨时常来看我。她是个大好人啊，

这些天我吃不下东西，她常过来给我熬点粥什么的。”郑采薇温和地说，语气里满是感激之情。

“奶奶，现在我回家了，我可以给您熬粥，我来照顾您。”

“好啊，有你陪着奶奶，比什么都好。”郑采薇爱怜地看着孙女粉红的脸蛋，接着说，“你爸爸去上海出差了？你快去给他打个电话，让爸爸知道你到了我这里，要不然他会担心的。”郑采薇对海君现在的情况一无所知，也根本不知道马忆珍这个女人，在她的心里，儿子肯定是在忙生意。

这一刻，筱筱很想将家里所有的事和藏在心中的怒火一并告诉奶奶，但看到奶奶那深凹的眼睛，想到爷爷刚刚离去，她像“小大人”一样学会了隐忍，把到了嘴边的话都咽了回去。她按奶奶的吩咐，给爸爸打了电话报了平安，说自己已经到了奶奶家，让他不要担心，苏海君在电话里的语气显得很平静，他似乎并没有因为女儿独自一个人回老家而感到讶异，他让女儿在老家陪奶奶一段时间，八月底就过来接她回家读书。尔后，筱筱又给刘巧春打电话告诉她自己平安到达奶奶家了……

一个月后，郑采薇在孙女的陪伴下，从失去老伴的悲痛中走出来了，她的身体和精神状态都好了不少，脸色渐渐红润，说话也中气十足。这些天，淑芬常过来看望她们，她每次过来，都带些她自己种的蔬菜，然后帮她们打扫屋子，全身心地帮助这一老一小。

筱筱也找回了先前的快乐，眼睛里又透露出了些许自信的光彩。她每天和奶奶到街上走走，看看街上的老树和绛红色的木房子，在这条街上，已有好几家的房子改建成了小楼房，但筱筱还是喜欢这些祖辈传承下来的有历史风韵的木房子。闲暇的时候，奶奶还带着她去县城的小书店逛逛。一天天过去了，她喜欢上了这种慢悠悠的生活，常常遐想自己陪着奶奶永远在这里住下去。

一天傍晚，夏风习习，云蒸霞蔚的天空渐渐暗了下来了，树枝上的鸟儿啾啾唧唧地唱着歌归巢。祖孙俩早早地吃了晚饭，坐在家门口乘凉。不一会儿，街上变得热闹起来，邻居们也出来了，他们都过来和奶奶拉家常。奶奶和几个街坊聊天的时候，筱筱郁郁不乐，一个人望着天上的星星惆怅了许久，一想到爸爸就要来接她回家，心情莫名低落，她再也不想回那个闹哄哄的被麻将声笼罩的家了……

回屋后，她坐在一把木椅上不安地揉搓着两只白白嫩嫩的小手，心神不定地说道：

“奶奶，我不想回去了，我想住在老家，在这里读书……”

郑采薇看了看孙女粉嘟嘟的小脸，以为她说着玩，微微一笑说：

“好哇，好哇，你喜欢这里的话，就在这住下，奶奶巴不得呢！”

屋里的白炽灯把房间照得亮堂堂的，筱筱突然伤心地哭了，她抽搐着身子，一串串泪水从她水灵灵的眼睛里涌了出来，郑采薇一愣，不知所措地将孙女拉到身边，着急地问道：

“这是怎么了，孩子，奶奶说错什么话了吗？”

随后，筱筱声泪俱下地将所有的心事和盘托出，郑采薇听后很震惊，脸上立马爬上了愁容。

“不伤心，奶奶给你做主，过几天我把家里安排好，就和你一起过去，当面问问你爸爸，看看他怎么想的，雯芬这才过世多久啊！他就给你找后妈了，我一点都不知道啊，回来的时候他什么都没有提过。”

第二天，郑采薇给海君打了电话，问他什么时候过来接孙女，海君说公司在搬迁，月底才能回来。郑采薇抑制住心中的不快，斟酌着等儿子回家时再当面把所有的事情问清楚。

一天上午，天气晴好，郑采薇带着筱筱去山上拜祭苏光德。回家后，她拿出老伴过世前写给孙女的毛笔字。

“筱筱，这是你爷爷写给你的字，我已经拿去装裱好了，回家的时候记得带上。”

筱筱端详着上面的字：

祸兮福之所倚，福兮祸之所伏。

“看到爷爷的字，感到又温暖又难过。”筱筱眼中带泪，喃喃地说道。

“不难过，孩子——爷爷还和我们在一起——”

“我知道，爷爷只是去了没有疼痛的天堂，他就在天边看着我们……”筱筱捧着字，手指来回地在上面摩挲着，爱不释手，“他以前写给我的毛笔字也在我的箱子里，我把它们放在一起，永远珍藏着……”

“好，把它们放在一起——”郑采薇轻柔地说。

又过了几天，离筱筱上学只有个把星期了，海君还没有过来，也没有打

来电话。郑采薇焦急地打电话过去，但电话无法接通，家里的座机也停机了。一种不祥的预感在她心头蔓延，上次海君在电话里明明说二十号左右回来接孩子，郑采薇担心儿子出了什么事情，二十六号这一天，她什么也顾不上了，收拾一番后，锁好房门，带着孙女坐上了去L市的长途汽车，街坊邻居都没来得及说，淑芬那里也没去打招呼。

第二天中午，祖孙俩到达了“翠安居”，然而，出乎意料的事情发生了，筱筱敲了半天门，叫了半天“巧姨”也没有人答应。

祖孙俩在门口站了差不多两个多小时，希望有位天使能把门打开，让她们回到温暖的家。

这当儿，一个女邻居回家时看到这一老一小，便跟她们说这栋房子已卖给别人了，新主人还没有搬进来住。郑采薇忙问她是否知道以前的主人去了哪里时，她摇头说不知道。女邻居进去后，郑采薇差点晕过去，她两眼发黑，一时没有了主意。这是她万万没有想到的，半个月前，她给儿子打电话时，他确实提过搬家的事。

她怎么也没料到儿子就这样没有了音讯。筱筱听到这位阿姨说房子卖给了别人，急得团团转，眼泪随之流了出来。

“筱筱过几天就要上学了，这可怎么办？这可怎么办啊？”郑采薇一想到孙女上学的事，就心急如焚。

正午的太阳热烈如火，老人的心乱成了一锅粥，她思忖着带孙女回老家，但立即又否定了这个想法——孙女从小在这里长大，如果去老家上学的话，她可能一时适应不了，这样会拖了孩子的后腿。

筱筱身上的衣服已经湿透了，她眼里噙满泪水，神情忧郁。郑采薇拉着孙女坐在“家”门口的大理石台阶上，门口有一棵枝繁叶茂的大树，正好可以给她俩庇荫。郑采薇从包里拿出一条干净的毛巾为孙女擦汗，她爱怜地看了看孩子涨得红红的小脸，陷入了沉思。

一阵微风吹来，她的脑子里有了些许头绪，她想起前几年和老伴在L市照顾孙女时住的那个小区。

那时候，海君和雯芬的事业蒸蒸日上，老伴的身体也不错，孙女无忧无虑地成长，他们一家人和和美美，生活得很幸福。

霎时间，孙女的“娉婷小花园”在她眼前鲜妍绽放，她想起了那一个个美丽的早晨，老伴和小孙女在小花园浇花弄草的情景，她的心随之飞回到了那个存满美好记忆的地方。末了，她带着孙女离开了“翠安居”。

第二部

第一章　柳暗花明

二〇〇三年，L市到处高楼云集，宛如南方的一颗璀璨明珠，毅然崛起，熠熠生辉。这是一个来去匆匆的城市，每天都热情洋溢地迎来送往，一走进这里，就能闻到鲜花的芬芳；一张开双臂，就能拥有绚丽的梦想。

苏筱筱十六岁了，她的样貌脱落得愈发的灵秀。她是与这座城市一起长大的孩子，这里给予了她美好，也给予了她苦难，十一岁那年冬天，妈妈离她而去，爸爸也在第二年的夏天从她和奶奶的生活中彻底消失，像人间蒸发了一样。

她们从老家回到L市的那一天，猝不及防被阻挡在家门外，窘迫得差点流落街头。后来，郑采薇带着孙女找到早些年住过的那个小区，在一个邻居的帮助下，她们在附近一座公寓楼里租了个一居室的房子，筱筱是本市户口，上学的事情很快得到解决，她上了一所不错的初中，郑采薇这才稍稍松了一口气。

祖孙俩的日子过得十分俭朴，家里的旧家具都是以前的租客留下的，筱筱把爷爷写给她的两幅毛笔字挂在墙上，这个小家便有了不一样的光彩，虽然不能同往日住的阔气别墅相提并论，但能和奶奶一起生活，她有一种重获新生的感觉，觉得一切都无比美好。

郑采薇不敢多花一分钱，自从和海君无缘无故失去联络后，她知道再也指望不上儿子了。她微薄的退休工资暂时勉强能维持两个人的日常开支，雯芬过世前寄给她的那笔钱也留着，不过往后的日子长长远远，筱筱才上初中，以后上高中、上大学，还需要很多钱。她在心里盘算过了，筱筱上大学若是钱不够就回老家卖掉老房子，还不够的话就去跟淑芬借，以后让筱筱自己挣钱来还。在经受了一连串的家庭变故后，如今孙女成了她的希望，她把所有

的心思都放在了孙女的身上。

平日里，郑采薇喜欢下楼散散步，和邻居们拉拉家常，慢慢地，她跟小区里的左邻右舍熟络了起来。

住在她楼上的袁茹玲是广西人，在一家电子厂当会计，她有一个八岁的儿子，上小学三年级，今年年初从老家转学过来的。袁茹玲的工作时间较长，每天晚上九点钟才下班，她的爱人在另一个区上班，离家较远，只有周末才回家，因此两个人都没有时间照顾孩子，袁茹玲一般都是早上给孩子准备好中午和晚上的饭菜，让他放学回家自己热来吃。孩子的学习成绩也一直让她伤脑筋，她去学校开家长会时，班主任说他的学习态度不端正，上课开小差，注意力不集中，让她多多关注孩子的学习和成长。

这半年多来，孩子的事一直让她很揪心，晚上在公司加班的时候，她总是心猿意马、提心吊胆，老想着在家等她回家的孩子。

郑采薇住到楼下后，她跟这位和蔼的老人很聊得来，周末的时候，两个人经常一起到菜市场买菜，渐渐地，她们越来越熟悉，关系也越来越好，袁茹玲看到郑采薇把孙女照顾得无微不至，不禁在心里打起了主意。

一个星期天的上午，两人从菜市场买好菜回家的路上，袁茹玲鼓起勇气跟郑采薇说出了请她帮忙照看儿子的想法，郑采薇也知道了她家里的一些情况，便毫不犹豫地答应了。

从那以后，袁茹玲的儿子晓峰在郑采薇家吃中午饭和晚饭。晚上写作业的时候，这孩子总是东张西望、心不在焉，看起来很费力的样子，郑采薇便在一旁耐心地辅导他，一题一题地给他讲解、纠正。

一个多月后，晓峰的精神状态明显变好，学习成绩也进步很大，前几天，班主任给袁茹玲打电话说孩子的学习态度比以前端正许多，这次单元测验都过了八十五分。

自不待言——袁茹玲欣喜得不能自已。

一个星期五的晚上，袁茹玲下班后去郑采薇家接孩子回家睡觉，临走前，她把事先装在信封里的几百元钱递给郑采薇，说是她照顾孩子的酬劳，郑采薇一听说是钱，忙推了回去，怎么也不肯收。

“小袁啊，你把钱拿回去，这怎么能收钱呢，我反正闲着，小峰在我这里吃饭，就是加双筷子的事，再说了，平时家里就我和筱筱两个人，冷清得很，孩子在这里，也热闹些。你快收回去吧！”

这下可急坏了袁茹玲，她觉得老人家为她的孩子付出了辛劳，在这个什么都以经济为基础的年代，收钱是天经地义的事情。

她抓起郑采薇的手激动地说：“郑姨，您一定要收这个钱，这是您应得的报酬啊！要不然我怎么好意思继续把孩子放在您这里呢！他又不是在您这里几天或一个月而已，以后我还要长期拜托您照顾他呢！不收钱哪有这个理？您如果不收钱的话，我也不安心啊！您一个人带着孙女生活，花销也不少，多不容易啊，您不为自己想想，也要为孙女想想吧！这钱啊，您无论如何都要收，您付出了心血和劳动，把孩子照顾得这么好，解除了我和他爸爸的后顾之忧，拿工钱理所当然的啊！”说完她就把信封拿到里屋放到她和孙女的床上。

从房里出来后，她继续说道：“郑姨，以后孩子每月的伙食费和辅导费我都会合情合理地结算给您。您知道我和他爸爸都是工薪阶层，没有超乎寻常的工钱给您，这只是我们的一点心意而已，我都嫌自己拿不出手，您就拿着当作是给两个孩子改善一下伙食吧！”

袁茹玲说得在情在理，郑采薇就没再多说什么了。

自那没多久，楼上又有一家认识郑采薇的人找上门来，也要把女儿托付给她照管，郑采薇觉得自己反正也要给孙女做饭，多个孩子而已，于是也答应了。

自从这两个孩子来到家里后，陆陆续续有家长上门找她，要把自己的孩子交给她照顾，就这样，半年后她收了小区里的七八个孩子，她给他们做午饭和晚饭，晚上辅导他们功课。孩子多了后，她一居室的房子不够用，她便在小区的另一栋楼里租了一套二居室的房子，客厅比以前大了些。

每天晚上，客厅里弥漫着浓浓的学习气息，孩子们坐得整整齐齐，读的读，写的写，俨然一群孜孜啄食的小雏鸟，他们舒展着羽翼，认真地捕食。

这些孩子的家庭状况大多跟袁茹玲家的差不多，大人要工作，没有时间照顾孩子，自从郑采薇照顾袁茹玲的小孩晓峰后，在她没有任何计划和防备下，她的这个临时的小家渐渐地变成了一个大家庭，她每个月也有了经济收入，生活基本上没有担忧了，以前她从来没有想过自己到了这个年龄还有能力挣钱。“船到桥头自然直”，她和筱筱的生活有了着落，她觉得这是老天爷在照拂着她，诚然，对于跟孩子打了一辈子交道的她来说，她觉得像在履行使命一样，她的生命重新被点亮了，在人生的这个转折点上，身边又多了一群孩子。

她特地为孩子们买来烹饪书，每天抽空研究食谱，为他们按季节做丰富、营养的饭菜，另外，她还买来了一些适合孩子们阅读的书籍，让他们从小养成阅读的习惯。

在这一群孩子中，有一个叫沈俏凝的女孩，她身材瘦削，面色枯黄，个头也不高，她不是父母送过来的，而是筱筱带回来的。

沈俏凝是筱筱的同班同学，也是这个小区的孩子。她的父母是贵州人，房子是她爸爸早些年买的，以前她的家庭条件不错，爸爸做印刷生意，她刚出生时，爸爸妈妈非常忙，就由体弱多病的奶奶照顾她，不过，在她五岁那年，她的爸爸妈妈离了婚，沈俏凝就跟着奶奶生活，她奶奶经常生病，不能按时给她做饭，她回到家时，奶奶有时还没有起床，她只能烧饭给奶奶吃，在学校，她看上去总是郁郁寡欢，不怎么和别的同学来往，学习成绩也不很理想。

沈俏凝和筱筱每天都走同一条路上下学，在班上，她早就注意到了成绩优异的筱筱，却没有勇气接近她，有时候在路上遇到，她看到筱筱在她前面，就故意放慢脚步离她远一点。

就这样过了两三个月。有一天，沈俏凝在放学回家的路上，忽然听到身后有人叫她的名字，当她回过头时，筱筱正笑容满面地向她跑来，然后跟她一起回家。

慢慢地，两人成了好朋友，每天一起上下学，俏凝渐渐地向筱筱敞开了心扉。筱筱知道了她和自己有着相似又不太相似的命运后，心生恻隐。

一天晚上，筱筱跟奶奶说起了俏凝。

“奶奶——我班上有个同学也住在这个小区呢！”

“是吗？男孩还是女孩？”

“女孩，我们成了好朋友，她脾气很好的，说话很温柔，而且还很有爱心，经常照顾她生病的奶奶，回去给奶奶做饭。”

“她照顾她奶奶啊？她的爸妈呢？”

“她爸爸妈妈离婚了，之后她妈妈走了，爸爸也在外面成家了，她现在跟奶奶两个人一起生活，她奶奶身体不太好，老是生病，不能按时给她做饭，所以她上学经常迟到，老师都在班上说过她好几次了。她说她爸爸近几年的生意做得不好，欠了债，有时候，几个月都不给她们生活费，她奶奶生病了也不舍得花钱看医生，总是拖着，平常她们家吃得也不好，家里没菜的时候，她只能吃酱油拌饭，俏凝看起来好瘦，像没吃饱一样。”

“真的吗？她奶奶不买菜吗？”

“她说她奶奶很节省，经常买一把青菜吃两天。”

“这样啊，要不你带她来我们家吃饭吧！”

“我也跟她说过——让她来我们家吃饭，但是她说没有钱给您伙食费。”

“你这孩子，不用给伙食费，她不是你的好朋友吗？你明天就把她带回来吧！”

“好，那我明天就带俏凝过来……”筱筱开心地跳了起来。

沈俏凝到这个家后，和一大群孩子在一起，性情一天比一天开朗……

一个飘着小雨的上午，郑采薇买菜回家的路上，想起俏凝昨天说她的奶奶又生病了，便思忖过去看看这位老人。

她一回到家，就赶紧把米饭煲好，把菜洗好、切好，然后去了沈奶奶家，老人家刚起床，她头发蓬乱，脸色憔悴，看起来又苍老又孱弱。她们两个人的年纪差不多，看起来却像隔辈似的，郑采薇红光满面、精神矍铄，而沈奶奶面黄肌瘦，眼睛里没有一点神采，她跟郑采薇说自己得了重感冒，咳嗽了好多天。

沈奶奶家里面乱糟糟的，看起来好久没有拾掇过了，郑采薇在她家坐了一会儿就回去了。走的时候，她给了沈奶奶两百元钱，让她去看医生，买点自己想吃的东西，回到家后，她又专门给沈奶奶做了一大碗浓浓的肉汤，筱筱和俏凝中午放学回到家后，她盛好满满的一大碗饭和菜，让她俩把饭菜和肉汤给沈奶奶送过去。自那天后，苏奶奶让两个孩子给沈奶奶送了两个多月的饭，周末的时候，她还让筱筱去俏凝家帮她打扫屋子，直到沈奶奶的身体恢复，能打理好自己的生活。

一天上午，天气晴好，沈奶奶端着一大盆东西兴高采烈地去了郑采薇家。

“筱筱奶奶，我做了些糍粑拿过来给你们吃……”

“好香啊！你拿这么多给我，自己还有没有啊？”郑采薇接过俏凝奶奶手中的盆放在茶几上，惊讶地说道。

“家里还有呢，这些是我给孩子们准备的，你尝尝——”精神好起来的沈奶奶简直判若两人，她脸颊饱满，说话中气十足。

随后，两位老人在沙发上坐了下来。

“沈奶奶，你手艺真好，好吃，好吃——”

“我的三个孩子小时候都爱吃这个，那时候也没有啥好吃的，过节的时候就给他们做一点。”

“小孩子都喜欢吃这个的，我们老家的人也做糍粑的。”

“筱筱奶奶，这几个月，谢谢你照顾我和俏凝。”沈奶奶一脸感激地说，“上次我让俏凝拿点伙食费给你，略表一点心意，可是你又让她拿回去，这怎么好啊？”

“我知道你家的情况，俏凝是筱筱的好朋友，她第一天过来，我就跟她说了，不用给伙食费，你那点钱留着自己花吧，俏凝来这儿吃饭，我就是加一双筷子的事，她能吃多少呀，你别往心里去。”

“但是这样长久吃下去也不行啊，要不下个星期让她回家吃饭吧，我身体好了，可以照顾她了。”

“没关系的，沈奶奶，你就让她在我这里吧，我们这边吃饭准时、准点。你身体不好，就不用每天算着时间给她做饭了。”

“俏凝那孩子，也喜欢在你们家，她说你每餐都做好几个菜，好吃得不得了，还说喜欢和筱筱在一起。”

“我这里孩子多，当然要多煮几个菜。俏凝啊，和筱筱合得来，两个孩子正好有个伴，你就让她在这里吧……”郑采薇乐呵呵地说。

逝者如斯，一晃四年过去了。郑采薇带着孙女从当初的绝望恢复到了正常的生活。

这个小区里，认识她的人，都喜欢她慈祥的笑容和亲切的话语。以前，大家对她的称呼五花八门，有的叫她“郑姨”，有的叫她“郑奶奶”，有的叫她“苏奶奶”，也有的叫“筱筱奶奶”，等等，渐渐地，大家越来越熟悉，无论老小，都喜欢称呼她“苏奶奶”。

第二章　青春袅袅

这几年筱筱读了不少好书，她平常有一个习惯，无论是走在校园里，还是回家的路上，手里总是捧着几本书，那安静、与世无争的模样，像是这世间的嘈杂都与她无关。在书香的陶冶下，她的心灵里住进了一群清芬可挹的天使——正直勇敢的马吕斯，善良美丽的珂赛特，独立自主的乔，拔山盖世的英雄赫拉克勒斯，诚挚勇敢的奥利弗·特威斯特，从小历尽苦难最终实现梦想的大卫·科波菲尔，有着坚强信念和美好心灵的简·爱，风风火火、有血有肉的斯佳丽，忠诚耿直的汤姆叔叔等。在她十六岁的年纪里，这些人都是她生命里七彩的阳光和铺在人生路上的金沙……

筱筱去年考上了市里的一所重点高中，俏凝也考到另一所不错的高中。两个女孩的学校离得不远，只有几站路，周末放假的时候，她俩就一起坐巴士回家。

进入高中后，筱筱的学习成绩没有以前出彩，也不知从什么时候开始，她的脸上隐藏起了连她自己也不明了的郁悒。母亲的早逝，父爱的缺席，潜意识里，她明显没有其他同龄的孩子自信，心里隐匿着他人看不见的惆怅，她习惯了将心底脆弱的一面藏得天衣无缝，让人窥探不到。

她在班上是一个少言寡语的学生，没有什么大的交际圈，和她关系最好的是她的同桌潘姝妮。姝妮丽质天成，长着一张充满灵气的脸，是一个性情火热、有正义感的女孩。她学习成绩优异，既是副班长，又是英语课代表。她不但在班上风风光光，在学校里也算得上是一个知名人物。她平时没怎么把几个同学放在眼里，唯独和筱筱的关系亲密。她俩不但是同桌，还住在同一间寝室，睡上下铺，姝妮睡上铺，筱筱睡下铺。

姝妮有一个幸福的家庭——她的爸爸是一名律师，前几年开了一家律师

事务所，妈妈在银行工作，她的父母感情深厚，家庭和睦。在学校里，姝妮总是一副自信满满的样子，一看就是在爱的沐浴里长大的孩子。

前不久，姝妮告诉了筱筱一个秘密，她说她喜欢上了这个学期刚到她们学校工作的教务主任，这位主任是从国外留学回来的，二十六七岁，年轻俊逸，风度翩翩，在学校里颇具影响力，特别受女同学的欢迎。不过筱筱并没有把姝妮的话当真，因为她平常说话总是不大带正经，爱说俏皮话。

一天中午放学，天气晴朗，初冬的阳光温暖如绵，两人在去食堂吃饭的路上，潘姝妮眉飞色舞地蹿到筱筱面前，露出狡黠的笑容。

“你猜我今天上午做了什么惊天动地的事情了？”她大声地说道。

筱筱知道姝妮一向爱搞怪，对她那入木三分的表演早就习以为常。

“能有什么事啊？上午我们不都在上课吗？快走啦！肚子好饿，我可不想排队排到脚软。”筱筱催促道，说毕她推着她往前走。

姝妮一面走，一面得意扬扬地说：

“看在你这么冥顽不灵的分上，我就告诉你吧！今天早上，我把写了两个多月的情书交给我的那个‘他’了！”

“哪个‘他’啊？”筱筱真的是冥顽不灵，她挽住姝妮的胳膊，讷讷地问道。

“当然是我玉树临风的赵主任啊，从我见到他的第一天起，就在心里琢磨着给他写情书了……”姝妮神气十足地说。

筱筱恍然大悟，她将信将疑地问道：

“真的假的？我怎么没有看见？”

“当然是真的了，”姝妮庄严得像似一个正气凛然的政治家，“第三节课的课间，你不是去厕所了吗？他刚好来我们班送资料，我看时机已到，他一走出教室，我就追了出去。把私藏许久的情书交给了他。你不知道他接我信时的样子有多迷人——谦恭有礼，笑容可掬，他用一种极其温润的声调对我说‘谢谢’！我给他递信的那一刻，心儿如小鹿般的乱撞，没有了方寸，不敢看他的脸，我递完信后，就跑回了教室。我的老天，我这颗赤诚的小红心都快跳出来了，你摸摸看，”说着，她把筱筱的手按到自己的胸口，“没骗你吧！第四节课的时候，我就忍不住想告诉你，但老王（英语老师）像似发现了我的秘密，他老是特别注意我，眼睛死盯着我不放，我才忍到了现在。苏筱筱——你快帮我将这颗快蹦出来的红心送回到我心脏里去吧……”说完她拉着筱筱往前跑。

午饭后，她俩又如往常一样穿过校园悠长的拱廊回教室，快走出拱廊时，姝妮出其不意地对筱筱说：

“你下午去看蒋筠松打球吗？”

筱筱听到这么一问，脸不自觉地红起来，她把头仰了起来，顾左右而言他：

“今天的阳光可真好，风儿也作美，像是在抚摸我的脸呢！姝妮，你把脸仰起来，也感受一下吧！”

“吹什么风啊？”姝妮不但没仰起头，反而把脸埋在外套的领子里，“下午我们班和六班的篮球赛一定很精彩，苏筱筱，为了班里集体的荣誉，你可要去呐喊助威啊！”

“下午我要去图书室还书呢！”筱筱看了一眼滑稽的姝妮，“班上那么多人，少了我就不能呐喊助威了吗？”

“不能——”姝妮俏皮地向她挤了挤眼睛，“那怎么能呢？如果你不去的话，蒋筠松准会目光焦灼地在场上到处搜寻你的身影。你要知道，蒋筠松喜欢你，在我这可不是秘密哟！我可是早就看穿了他那双钟情你的眼睛——他喜欢你都喜欢到骨子里去了。”

“哪有？”苏筱筱面红耳赤，说话语无伦次，“你净会胡扯？完全没有的事。”

“咦？苏筱筱，你心虚了？你脸红了？”姝妮说着双手揽住筱筱，故意咄咄逼人地盘问。

“潘姝妮，你能不能正经一点啦？”筱筱急得脸都变青了，生气的样子十分斯文，“你拿我取乐是不是觉得无比自豪啊？”

“怎么着——我‘温柔的同桌’也会生气？”姝妮一如既往地逗乐，“别这样嘛！我心有所属，不会跟你争的，我对蒋筠松一点兴趣也没有，他跟我的赵主任相比，还差得远呢！嘻嘻——但蒋同学嘛！也是不错的——在我们学校，好歹也算个风云人物，学习成绩遥遥领先，人长得潇洒倜傥，篮球打得百里挑一，听说高一的学妹都暗恋他呢，你不也说过他有君子气度吗？明明喜欢人家还藏得这么深！”

“我哪有喜欢他嘛？”筱筱急着辩解，“我有自己喜欢的人了。”

“噢？”姝妮哈哈大笑，“谁呀？不会是路边的这棵树吧？”

“潘姝妮，你可不可以不要这样瞧不起我！”筱筱卖起了关子。

“那你快说呀！你不说我就跟你急。”

“马吕斯啊！”

“哈哈——我当是谁呢！”潘姝妮不以为然，“不就是一个书中的君子吗？这书中的君子啊，你做梦的时候想想他就好了……”

“书中的君子怎么了，书中的君子一样有灵魂的……”筱筱倏地挣脱开姝妮的胳膊，健步如飞地向太阳里跑去。

“嗨——嗨——苏筱筱，你跑那么快干什么呀？等等我，我说——我说——你下午到底去不去看篮球比赛啊？”潘姝妮在后头气喘吁吁地追赶。

“去啦——去啦——”筱筱的声音在风中飘荡。

两个火焰般的倩影在和煦的阳光下飞奔而去，娉娉婷婷，绚烂如云。

下午第二节课后，班上的同学鱼贯而出，大家都奔向操场看篮球比赛，筱筱和姝妮到操场的时候，球场四周人头攒动，来看比赛的同学除了她们班和六班的外，还有其他班的，大家个个延颈鹤望，倚着人群远眺场上英姿勃发的篮球队员。

姝妮和筱筱的脚步就慢了那么一点点，前头就已经挤满了人，她俩跑到操场的犄角旮旯处捡拾了两块砖头垫在脚下，然后像前面所有的人一样，伸长脖颈，翘首这场风华正茂、意气风发的篮球盛宴。

场上的气氛又庄严又激烈，球场中间左侧的边线外坐着教务主任和学校的体育老师，还有两个班的班主任，他们的前面摆着红艳艳的记分牌，姝妮和筱筱遥遥地站在他们斜对面，像是隔岸相望的两个部落。

虽然他们中间隔着一个球场，但姝妮还是抑制不住内心的激动，她紧攥着筱筱的手，神情恍惚地说：

“苏筱筱，你说赵主任有没有看我的信啊？他不会看都没看就扔到垃圾桶了吧？”

筱筱看了她一眼，哑然失笑：

“我觉得有这种可能，或许早就扔进了垃圾桶，现在也不知道运到哪个垃圾场了。”她学着姝妮搞怪的样，边说边用手揩了揩她高耸的鼻子。

“苏筱筱——”姝妮立马叫了起来，“我看你平常温柔文秀，一副讨人喜欢的样子，今天说起话来怎么这么毒舌啊！语中带刺怎么着？”

“这还不是跟你学的，以其人之道还治其人之身，话说你还是班长呢！就‘只许州官放火，不许百姓点灯’啊？”筱筱嬉笑道。

"哼哼——你什么时候学会以牙还牙了？"姝妮脸上挂着笑，一副不屑的样子，"我才不中你下怀，他一定是把我的情书藏在心间了。"

"我看也有这种可能。"筱筱捂着嘴笑了起来。

"苏筱筱，你再笑——再笑，我就叫蒋筠松了。"姝妮虚张声势，将双手合拢成喇叭状。

"好了啦！别忘了我们是来为咱三班助威的，可不是来看人的——"筱筱拉开她的手，一本正经地说道。

"嘿嘿——我嘴上说是来助威的，但实则我是来看我的'赵主任'，"姝妮眼睛里光芒万丈，"不像你——口是心非，明明是来看蒋筠松的，却不肯承认。"

"哪有？"筱筱矢口否认，她满脸通红，宛如晨曦里一朵羞答答的菡萏，她想把心再藏起来，却总是被姝妮看了个透，而后她将红红的脸藏到前面一个女同学的长头发下，任凭球场上的欢呼声在耳边响彻云霄。

"蒋筠松又进球了，苏筱筱，我们班遥遥领先耶！"姝妮在筱筱耳边聒絮。

不一会儿，下半场的比赛又紧锣密鼓地开始了，前边有几个女同学声如洪钟地齐喊"蒋筠松加油"。潘姝妮也跟着她们一起叫喊，她不时地撺掇身旁的筱筱，让她也跟着叫喊，但筱筱就是金口难开，这场比赛打到一半时，场上穿着红色球衣、高大帅气的蒋筠松从球场对面跑过来向她们班的同学招手，全班的同学顿时欢呼起来，他可是班上很多女孩子的爱慕对象。

他的眼睛在人群中搜寻几秒后，英姿飒爽地跑开了。

"蒋筠松刚才向我们招手的时候，目光焦灼地找你呢！"姝妮拉了一下筱筱的衣袖，神气十足地说道。

"哪有？你真是自作聪明——"筱筱的脸更红了。

"我自作聪明——好好——算我自作聪明吧！"姝妮揽住她的肩，笑着说，"噢——你看他又跑过来了。"姝妮松开手，振臂叫喊起来，"蒋筠松——蒋筠松——在这里呢！苏筱筱在这里呢！"

"苏筱筱"三个字震耳欲聋。

这三个字不光蒋筠松听到了，前面的同学也听见了，蒋筠松又向她们招了招手，目光落在苏筱筱的身上。当他飞奔到操场的另一头时，她们班上的几个女生同仇敌忾地向她看过来，她和她们并没有过什么交集，可今天却如此关注她，恨不得要把她吃了一样。姝妮瞪了她们一眼，知道是刚才"苏筱筱"

三个字引起了她们的醋意。

“你们看什么？球场在这边吗？”姝妮正气凛然地说道。

姝妮话音一落，那几双恶狠狠的眼睛随即变得怯生生了，她们飞快地转过头去。

场内场外交相辉映，气氛越来越热烈。筱筱却显得有点心不在焉，她轻轻地俯在姝妮耳旁说：

“姝妮，我回去了。”

“怎么不看了，是不是生气了。”姝妮语气里净是愧疚，她感觉到自己刚才太冒失了。

“不是啦！我真的要去图书室还书。”

筱筱嫣然一笑，站过去抱了抱姝妮，然后从砖头上下来，把踩过的小砖头挪到姝妮的脚下，让她站得平稳些。

尔后，她缓缓地绕过操场向教学楼走去，蓦然间，一股难以名状的忧愁漫上她的心头……

第三章　筱筱的秘密

元旦放假前的这天下午，天空阴沉沉的，黯然无光。

俏凝和筱筱相约好一起坐巴士回家，巴士上挤满了人，两个人拉着吊环，聊着这个星期学校里发生的事情。待到车子走了几站路后，有几个人下车了，她们坐了下来。

聊完学校的事后，俏凝把脸凑到筱筱耳边，悄声耳语道：

“来了吗？”

筱筱心领神会地摇了摇头。

她的这件心事只有俏凝知道——她明年春天就十七岁了，还没有成为真正的女孩。小学五年级的时候，听到一个女同学说起这件事，她就问过妈妈，妈妈说每个女孩都会来，让她等着就好，上初中时，她学了生理课，便更期待这一刻了。上高中后，身边的女同学差不多都成为真正的女孩，变成天使了，俏凝也来了，她便开始关注自己的身体。有了心事的她，学习成绩大不如从前。

天色越来越暗，公路上车水马龙，星星点点的霓虹在她俩的眼睛里闪闪烁烁，巴士在繁忙的车流中徐徐向前。

“筱筱——我明天陪你去看医生吧？我前几天在网上查过了，像你这种姗姗来迟的现象，一般是气血受阻的原因，吃点中药调理一下，就会如期而至的。”俏凝关切地说。

筱筱扬起眼帘，若有所思地回道：

“我也想过去医院检查身体，但是又有点担心……”

“担心什么啊？看了医生，才能消除你的顾虑啊，要不然你每天老想着这件事，没有病都想成病了，你说是不是？”

“我是怕万一真的查出什么病来，奶奶怎么接受得了啊？”筱筱惴惴不安

地说。

“怎么可能有什么大不了的病，别胡思乱想给自己增加思想压力，我们明天到医院问医生不就知道了吗？”俏凝拍了拍筱筱的手说。

“可是怎么跟奶奶说啊？她要是知道我去看病，肯定会担心啊？”筱筱喃喃道。

“你放心，明天我去你家找你，跟奶奶说和你一起去书店，她不会怀疑的。”俏凝连忙接过她的话。

第二天中午吃过午饭，俏凝按原计划到筱筱家约她去书店……

她们去的这家医院是俏凝在网上找的，坐公交车只有几站路。医院的人不是很多，筱筱挂完号就和俏凝坐电梯上了四楼的中医门诊。

给筱筱看病的是一位四十多岁的女大夫——她一头鬈曲短发，乳白的皮肤，身材珠圆玉润，看上去很亲切很温和，筱筱一看是个女医生，焦虑不安的情绪缓解了许多。来医院的路上，她还跟俏凝说要是男医生该怎么开口呢！

女大夫说话轻言细语，她让筱筱坐在凳子上，随后一边给她把脉，一边问了她几个问题。把完脉后，她拿起笔不慌不忙地在病历上写了几行字。

“你气血虚，有神经衰弱，要多吃些补血的食物，比如——乌鸡、红枣、桂圆，还有呢，平常要少思少虑，多锻炼身体保持愉快的心情。我开点补气血的中成药给你调一调吧！”大夫慢条斯理地说道。

她把病历本和处方单递给筱筱后，拿起桌上的挂号单，叫着下一个病人的名字。

几分钟的时间，筱筱的病就看完了，她的心中还有千言万语呢，她多想把这些日子里的所有担忧都讲给医生听，但其他的患者已经进来了，两个女孩便退了出来。

“我就说嘛，你的身体没有什么事，如果有问题，医生早就说出来了，哪会寥寥几句就看完了呀！”俏凝挽起筱筱的手，边走边说。

“我还有好多话要问她呢！”

“你如果不放心的话，我们再找一家医院，去问问其他医生吧？”

“不用了，她开了药给我，先吃药吧！”

“你不用那么紧张，放轻松点，先吃这些药，等吃完药再来找她呗！”

“嗯，只能这样了。”

“你吃完药说不定就来了。还有啊，医生让你不要胡思乱想，心情愉快了，神经衰弱自然也会好的……”

“知道了。”

寒假就快到了，这些天，筱筱沉浸在卷帙浩繁的模拟试卷和复习资料里面，吃了医生开的药后，她心情平顺了很多。那天她和俏凝从医院回来后，偷偷地将病历夹在一本《基督山伯爵》的书中，然后把它压在书堆的最下面，掩盖得严严实实，她想奶奶绝对不会发现她的秘密。

然而——这世上的事就是那么奇妙，越想藏住的事就越藏不住。一天上午，外面的太阳金灿灿的，苏奶奶思忖孙女就要放寒假了，想把她的小屋拾掇一番，再把她床上的被褥抱到楼下晒一晒，她们楼下有一块空旷的地方，平常可以晒晒衣服、被子什么的。

孙女的小屋很简陋——只有一张小床和一张桌子，衣服和其他的东西都放在她的那只大旅行箱里。这间小屋最发光的地方——就是墙角一隅的几大摞书，似一座巍然屹立的小金山。

下午，孩子们去学校后，她去了附近的一个家私城，准备给孙女买一个柜子。她刚到家私城门口，就有一位女店员向她走过来，这位女店员三十几岁，长得一张平平实实的脸，穿着朴素大方，脸上挂着春风般的微笑。

“老人家，您想买点什么呀？”女店员和颜悦色地问道。

“我想给我孙女买个柜子。”苏奶奶慢吞吞地答道，她的视线扫向里面崭新的家具。

“好啊，那您跟我上二楼吧，柜子都在楼上。”

不一会儿，两人上了二楼。

“您想给孙女买个什么样的柜子呢？是书柜还是衣柜呢？”女店员问道。

“我想买一个既能放书又能放衣服的柜子。”

“多功能的柜子吧？您看这款怎么样？”女店员说着指向一个高大的白色柜子。

“不错，不错……”苏奶奶赞不绝口，“又大方又实用，还有其他款式吗？”

“这几个都是多功能柜子，您看看，喜欢哪一个？”

“噢噢，我看看……”苏奶奶瞅瞅这个，又瞧瞧那个，她一个一个地打开柜门看了又看……最后她又走回到最先看过的那个柜子前，“还是这个好，这

个柜子的抽屉大，还有一面大镜子……”

“是啊，我也觉得这个漂亮，所以就最先把它介绍给您。”

“好，我就要这一个了，请问你们可以送货吗？”

“当然可以，您等会儿交完钱后，就把家里的地址留给我，我们会派人给您送过去。”女店员不紧不慢地说。

晚上孩子们回去后，她拖着疲累的身子去了孙女的房间。她慢慢将箱子里的衣服一件件叠得整整齐齐，然后放进柜里，接着又将地上的书一本本拾起来，放到柜架上面。她每拿起一本书，都情不自禁地摸了又摸、翻了又翻，跟书打了一辈子交道的她，一摸到书，就有一种莫名的好感。当她拾到最后一本书时，发现里面夹着一本病历本，她错愕不已，连忙拿起来坐到床上，病历本的封页上写有中医科和孙女的名字，接着她打开病历本，里面的字写得非常潦草，她没有看懂，只看清楚签字的医生姓徐，还有看病的日期……

这一夜，苏奶奶辗转难眠，她反复在脑海里搜索孙女上个周末在家的情形，孙女的状态看起来很正常，一点不像有病的孩子。

“那她为什么要把病历本藏得这么严实呢？万一真的是得了重病，那可怎么办？怎么办啊？”她在心里呐喊。一想到“万一”两个字，她泪水涟涟，两只手无助地撕扯着被子。

她在床上翻来覆去直到天亮才昏昏沉沉地睡了一小会儿，她的眼前时而是穿着白大褂的大夫，时而是孙女甜美的笑脸，她的脑子不停地转着，一刻也没有停歇过。

早上醒来后，她心事重重地去买菜，为孩子们准备午饭。下午，孩子们走后，她拿着病历本急匆匆地坐上了一辆出租车赶往孙女看病的医院，她想去找那位徐大夫，问问孩子到底得了什么病，要不然她的心就无法安宁……

她很顺利地找到了这家医院的中医科，不巧的是——给筱筱看病的那位徐大夫刚好休假没有上班。

长廊里的几条长形候诊椅上坐着很多候诊的病人。苏奶奶心神不宁地在走廊里踱来踱去，打量着几个诊室里看病的医生，最后她注意到3号诊室里的一位老中医，那位老中医正专心致志地给病人号脉，他看上去儒雅健朗，一副学者风范的老专家模样，长廊里大部分病人都是排他的号。苏奶奶马上想到请那位老专家帮忙看孙女的病历，她想老专家和她年龄相仿，老人家跟老人家好沟通，这位仁慈的老专家一定会帮她这个忙的，过后她便坐到他诊室对面的候诊椅上，时间一分一秒地过去了，诊室的病人一个接一个地进进出出，长廊里的人越来越少。

“请人看病历，也算是看病，我应该去挂个号再过来，要不然怎么跟人家开口呢！”她喃喃自语道。

她正准备起身下楼挂号时，老专家的诊室里传来了一个洪亮的声音：

“到你了。”

苏奶奶猛地从自己的思绪中反应过来，她这才发现自己一个人坐在长凳上，原来老专家把她当成患者了。她又惊又喜地走进诊室，拿出孙女的病历，向老专家说明了自己的来意，老专家示意她先坐下，然后接过她递过去的病历，认真地看起来。末了，他问苏奶奶：

“你孙女多大了？”

“十六岁多，她是春天出生的，明年农历三月就十七岁了。”苏奶奶神色紧张地答道，她不明白老专家问这句话的用意。

“没有什么大事。”老专家语气低沉而温雅，“她气血虚，有神经衰弱，月事还没有来……”

“喏喏——喏——神经衰弱？还没有来月事？”苏奶奶呆若木鸡地望着老专家，她始料未及孙女还没来月事，在她的思想里，女孩子这件事是自然就会来的，平常看她健健康康，再加上她觉得现在的女孩子都成熟得早，见识也多，这件事根本不用问。她哪知道孙女竟然气血虚，还有神经衰弱啊，她现在明白孙女为什么偷偷地来看病了，她心疼得眼泪在眼眶里直打转。

正如苏奶奶想的，老人家同老人家好说话，老专家瞅了瞅苏奶奶，用极富有耐心的语气对她说：“不用太担心，我开一个疗程的草药给你，喝完后，你带孩子过来，我再仔细给她看看，像她这种月事来得迟的情况是有的，现在的孩子学习压力大，你们家长除了要适当地给她补充营养外，父母亲有时间呀，要多陪陪孩子，关心她的心理健康，多和孩子交流，孩子的心灵比我们大人脆弱，一旦压力过大，又不能及时得到疏通的话，就会变得抑郁，慢慢地身体机能也会失调。”

“你说得对。这孩子一直都跟我一起生活，平常我没有关注她这方面的事情，她没有来月事，我也不知道啊！”苏奶奶紧盯着老中医，泪水盈满了她的

眼眶。

“你不用太着急，调理一段时间，可以恢复过来的。”

“谢谢了，医生。”

星期五的黄昏，筱筱一进家门，就闻到了厨房里飘来的袅袅香气，她扬着笑吟吟的脸儿，在厨房门口叫了声奶奶，然后回房间放书包和行李。她一走到门口，就看到她的小屋焕然一新——小床上铺着新颖的粉绿色的碎花被子，她放下手上的东西高兴地倒在床上滚了几圈，当她的视线落到墙角的那一堆书时，她发现它们已经住进优雅的“小屋”里了，刹那间，她嗖的一下从床上站起来，心里忐忐忑忑，轻手轻脚地去找藏着她“秘密”的那本书，但当她翻开书时，她的“秘密”不翼而飞了。

她忧心忡忡地坐到床上，黯然神伤地揉搓着新被子上的小花团，急得眼泪就快要掉下来了。

这时，苏奶奶走了进来。

“筱筱，把这碗鸡汤喝了。”苏奶奶把一碗热气腾腾的鸡汤放在她桌子上。

“奶奶——”筱筱讷讷地看着奶奶，欲言又止。

“孩子，没有什么过不去的，一切都会好起来……”苏奶奶把汤碗放在桌子上，然后坐在孙女旁边。

筱筱鼻子一酸，眼泪像断了线的珠子，扑簌簌地往下掉，她抱着奶奶毫无顾忌地大声恸哭，此刻，隐藏在她内心的所有焦灼和彷徨瞬息间化为乌有。

第四章　希望之光

晚上，筱筱给奶奶读了两篇散文后，她像小时候一样枕在奶奶的臂弯里，听奶奶讲到医院找医生看病历的始末……

“奶奶糊涂啊，竟然没有问过你这件事，我是老思想，以为女孩子的这件事不用多过问，都会自然来的啊！”

“奶奶，您不用担心，医生说吃点药可以调过来的——”

“你不该瞒着奶奶的，你早点跟奶奶说，我也会带你去看医生啊！”苏奶奶抚摸着孙女的额头，眼角流下了几滴眼泪。

“我觉得又不是什么大病，说不定哪天就来了呢，就没有告诉您……”

“唉！若是你像别的孩子一样，有父母陪在身边成长，怎么会这样呢？”苏奶奶一脸忧郁，慢吞吞地叹道。

“奶奶，医生说有些女孩也是我这种情况，可以吃药调理过来的——”

“嗯，以后你要保持心情愉快，坚持吃药，一定会来的……”苏奶奶泪光闪闪。

“知道了，奶奶。”

“你爸爸呀，现在也不知道在哪里？”苏奶奶话锋一转，说起了儿子，“唉——从小到大，他顺顺利利的，上了大学，娶了个好老婆，两人一起创建了一个幸福的家庭，可他终究还是没有驾驭好自己的人生，没有抵御住人世间的诱惑啊！人这颗心一旦在道德的取舍上偏离了方向，就会越走越远，是荣光、是深渊只有他自己知道啊！一个人贪念过甚总有一天会栽跟头。现在也不知道他在哪里，对女儿不闻不问，如果他能把这个家经营好，让你在一个无忧无虑的环境中成长，你怎么可能这么小就得神经衰弱呢？”

说到她们在这个世界上剩下的唯一亲人，祖孙俩眼里噙满了泪水，苏奶

奶抚着孙女的头，哽咽道：

“你不要害怕，有奶奶在，就没有过不去的坎。老专家同我说了，你这种情况是因为平常学习压力大、思虑过多过重导致的气血失调。以后周末或假期，不要总闷在家里看书，跟奶奶一起出去锻炼身体，出去看看外面灿烂的阳光，多想些开心的事情，心情就会变好，人只要开心起来啊，什么好事都会不请自来。你相信奶奶，向着太阳看，有光的地方就有希望……”

“奶奶，您就是我的太阳！”筱筱含着泪说。

“筱筱，你还想要一个‘娉婷小花园’吗？”苏奶奶出其不意地问道。

“想呀！”筱筱不假思索地说，“可是我们那个唯一的小阳台被房东锁了，里面放满了杂物，哪有地方布置小花园啊？”

“只要我孙女想要，就没有什么不可能实现，前两天，我找了房东聊了阳台的事，她答应把它腾出来。第二天，就把阳台上的那些东西搬走了，我今天已经把里面打扫干净了，你马上就有一个‘娉婷小花园’了。”

“真的吗？”筱筱激动得几乎要从床上弹起来。

在她的记忆里，从她们搬到这里的第一天起，客厅通向阳台的那扇门都是锁着的。

“阳台上放着我家里的一些东西，你们不要打开这扇门。”搬进来之前，房东带她们过来看房的时候，就这样对她俩说。

奶奶当即抱怨连个晒衣服的地方都没有，可房东又说：

“我以前的租户都是这样住的，这扇门从没有打开过，衣服你们可以挂在卧室窗户的防护栏上，他们以前也是这样晾衣服的。”

奶奶没有时间和精力去找房子，只好依从着住了进来。

苏奶奶见孙女这般高兴，她也激动不已。

“明天我们就去买些漂亮的花草，把小花园布置起来，养一园子美丽的花儿草儿，为生活添点绿意、添点芬芳。你又可以像小时候一样，在你的‘娉婷小花园’浇灌它们、陪伴它们，到时候你就没有那么多闲工夫去想其他的事情了，孩子，让希望之光点燃你的未来吧！”

“奶奶，谢谢您！我差不多快要忘记我的‘娉婷小花园’了……”筱筱安静地看着奶奶，神色里充满了回忆。

第二天早上，阳台上晨光绚烂，以前隔窗可见的那些乱糟糟、脏兮兮的杂物全都不见了，呈现在筱筱眼前的是一个干净、空旷的阳台，虽然里头的墙壁斑驳灰黄，防护栏也生了锈，但这一点也影响不了她对“娉婷小花园”的向往。

吃完早餐后，筱筱喝了奶奶为她煎好的中药，然后跟着奶奶一起去了花卉市场。花市上人声鼎沸、热闹非凡，各色花等争奇斗艳。

“奶奶，这里的花花草草太多了，眼睛都看花了，不知道买些什么回去了——”两人在里头走了几圈后，筱筱说道。

“不着急——不着急，我们慢慢挑，多问几家，先了解了解这些花草的习性，买回去才懂得怎么照料它们。这养花啊——也跟育人一样，要去跟他们做朋友，去浇灌、去培育，才能满园芬芳啊……”

“您是说养花跟您教书一样吗？”

“嗯，老师就是园丁啊，你爷爷以前有个学生，学习成绩特别优异，但这孩子兄弟姐妹多，他是老大，家里很穷，读完初三，他父母就不让他读了，要他回去学手艺。你爷爷知道后，非常舍不得这棵好苗子，就三番五次找到他父母，做他们的思想工作，最后他爸妈同意让儿子继续上学，但还是凑不起上高中的学费，你爷爷就用自己的工资给这孩子垫了三年学费，这孩子后来也非常争气，考上了省城的一所重点大学，现在成了水利方面的专家，听说在那个领域挺有名气的。你爷爷在世的时候，他每次回老家，都会过来看望你爷爷呢！”

“奶奶——爷爷的这个学生这么有出息，那爷爷算是他的伯乐吗？”

“算吧，不过那孩子确实是匹千里马啊！”

“我爸爸呢？我爸爸小时候读书怎么样？”

“你爸爸读书还是可以的，但是他容易骄傲，上小学和初中的时候，学习挺拔尖的，到了高中就有点翘尾巴了，不过他复读后也考上了不错的大学。其实你妈妈学习挺好的，她认真、勤奋、还很细心，她高考的时候没有发挥好，要不然也能上大学的。”

“妈妈说她小时候家里很穷，都不知道真正的粉红色是什么样的，只能在心里幻想。”

“那个年代，能吃饱、穿暖就很幸福了，哪能和你们现在的孩子比啊！”

祖孙俩一边走一边聊，很快就淹没在五彩斑斓的花海里……

最后她们买回了十几盆花草，满载而归，破旧的小阳台立刻蓬荜生辉，把这个遗落的小角落点缀得生机勃勃。

筱筱望着一园子的琪花瑶草，心潮澎湃、百感交集，曾经陪伴着她成长的两个“娉婷小花园”在这个斑驳的小阳台复活了，她感到生活又充满了希望。在第三个“娉婷小花园”里，只有她和奶奶了，她双手合一，仰望着天边，祈祷明天的明天都和奶奶生活在一起……

这一刻，她想把心中所有的快乐都写到日记里面去，上高中后，她就开始写日记，在妈妈写给她小诗的那个粉色本子里，记录了一篇又一篇的青春密语。

春节前几天，一个晴朗的上午，苏奶奶带着孙女去了医院复诊，老专家给筱筱把过脉后，对苏奶奶说：“这孩子是肝气郁结，气血好多了，这次我重新开个方子，做针对性的调理，中医治病不能立竿见影，得慢慢来……”

“是的，是的，谢谢医生！”苏奶奶边点头边道谢。

老中医写完病历后，又和蔼可亲地对筱筱说：“你气色还不错，看来放寒假了，学习压力没有那么重了吧？像你这种情况，要学会调节自己的情绪，开开心心地过好当下每一天，心境一旦开阔了，你心里所有的担忧就会迎刃而解……”

从医院出来后，祖孙俩坐上了回家的巴士。

临近年关，公路上的车辆和行人少了许多，不像平日里摩肩接踵。公路两旁挂着的大红灯笼格外喜庆，一看到这熟悉的中国红就让人想过年。

祖孙俩回到家时已近中午，她们刚上楼，就看见俏凝坐在她家门口楼梯的台阶上。

“俏凝，你怎么坐在这呢！”苏奶奶一边拿钥匙开门，一边问道。

“奶奶，我在等您和筱筱回家。”

“快进屋吧，你还没有吃饭吧？”

“还没有。”

“那我去做饭，你就在这里吃饭啊！”

进屋后，苏奶奶就去了厨房，两个女孩进了房间。

筱筱放下手上的东西，正想跟俏凝讲她今天去医院看病的事，却看到俏凝一副郁郁不乐的神情，像似有心事。

“怎么了？俏凝？”筱筱拉着俏凝坐到小床上，关切地问道。

俏凝摇了摇头，默不作声。

“到底怎么了？俏凝，发生了什么事吗？”筱筱心急起来。

俏凝怅然若失地望着筱筱，忽地泪眼婆娑，抱着她抽抽噎噎。

“俏凝，你这是怎么了，快跟我说说——”

“我妈来了……”俏凝冷冰冰地说。

“真的吗？”筱筱的反应恰恰相反，她表现得异常兴奋，“这是大好事啊，俏凝，原来你是喜极而泣呀！我还以为你出了什么事情呢！”

“一点都不好……”俏凝不情愿地说，表情很冷漠。

“俏凝，妈妈来了明明是好事啊？你怎么说不好呢！她在你家吗？我们一起去看她，好不好？”筱筱依旧热情不减，在她心里，没有什么字眼能跟“妈妈”两个字相媲美。

“她不在这里，她住在酒店。”俏凝的脸上像似结了一层厚厚的冰霜，一点表情也没有。

“噢——噢——”筱筱俏皮地说，“原来妈妈不住在家里，你才一副愁苦相啊？”

“不是——不是的……”沈俏凝没往下说。

筱筱正想继续问下去，奶奶在外面叫她：

“筱筱，你跟俏凝到超市买包生粉回来，等会儿我做菜要用。”

“好的，我这就去。”

筱筱说完拿起零钱包拉起俏凝一起出了门。

第五章　母女情

下午，筱筱和俏凝去了附近有名的“日光山”。

冬日的阳光慵懒而温暖，“日光山”的广场上有很多人，这儿如往日一样热闹非凡，到处欢声笑语，不远处有几个老人在拉二胡，旁边围着一群人，悠扬的琴声绵绵长长，人们的嘴里不时地发出啧啧赞叹声，同时响起了热烈的掌声。大花坛边有几个小孩子正在阳光下奔跑,笑声震天。古朴的小凉亭里，五六个人围坐在一起玩扑克牌……

两个窈窕的身影绕过喧嚣，沿着一条逶迤悠长的小径，踏上了洁净的石梯，她们迈着稳健的步子一级一级地往上登，林中传来了潺潺的流水声和树上鸟儿们欢快的鸣唱声,如同大自然的轻音乐。石梯两旁雄壮的树木直入云霄，像一个个威严的卫士，青翠欲滴的枝叶伸手可及，两人迈起轻盈的步子，呼吸着天地间的灵气，亲吻着轻风，仿佛在寻找生命之光……

两人爬了一段路后，坐在石梯旁边的两个木墩上休息。

“筱筱，其实我妈妈这次是过来接我去贵阳生活的，她在贵阳做服装生意，已经买了房，还帮我找了学校，过完年就让我到那边上学。”俏凝望着头顶上垂下来的绿枝，不痛不痒地说道。

“这是大好事啊，俏凝——”筱筱表现得如中午一样兴奋。

“我不觉得有什么好，筱筱，我在这里生活了这么多年，舍不得离开这里，舍不得你们……”

“俏凝，你去了那边，也可以回来啊！你妈妈为你做了那么多，也不容易啊！”

“我不会和她一起回去的，我宁愿和奶奶在这里过苦一点的生活，也不去那个陌生的地方。筱筱，你——你不知道，我六岁的时候，她就离开了我，我们已经十一年没见面了，我差不多快要忘记自己在这个世界上也是有妈妈的人。当年她走的时候，我很害怕、很难过，哭天喊地央求她带我一起走，可她一点也不为所动，狠心地把我扔给奶奶，走之后一次都没有回来过……”俏凝几乎是哭着说完这些话的，她一面说身子一面不停地抽搐。

听俏凝这么一讲，筱筱的热乎劲霎时间被浇灭了，她攥着俏凝冰凉的小手，温言细语地说：

“俏凝，我们都十六七岁了，不是六七岁，你应该为妈妈想一想的，或许她是有苦衷呢，她离开你的那一年刚离婚，内心是多么无助和彷徨啊！现在她过来接你一起生活，不就说明这些年她没有放弃你吗？”

金色的太阳光透过碧绿的树枝洒在了两个女孩纯洁而又美丽的身躯上，此时间，这山巅之上多了两尊凛然的天使雕像。

“最难最无助的时候都过去了，这么多年了，她才过来找我，我决不会跟她过去。早上她过来的时候，我就让奶奶叫她早点回去过年，别在这耽搁时间。”俏凝瞅向筱筱，她的语气毅然决然。

“你先别着急，好好想一想再做决定吧！走，我们再爬一段吧！”筱筱微笑着挽起俏凝的手，语气温和得像个慈母。

随后，她们抬起身子，蜿蜒在绿荫中……

寒假里，她每天早上都出去跑步，回家后喝着奶奶为她煎的中药，精神面貌一天比一天好，这些天，她还做了一件很快乐的事——她当了奶奶的“书童”。

奶奶喜欢读散文类的书，有一次她们去书店时，奶奶挑了丰子恺、琦君、张晓风等的散文集，她年纪大了，看书稍久些，眼睛就肿胀、流泪。筱筱便自告奋勇地当了她的书童，每晚，她都为奶奶朗读一两篇散文。

这一晚，她给奶奶读了琦君的散文《母亲》——

每当我把一锅香喷喷的牛肉烧成焦炭，或是一下子拉上房门，却将钥匙忘在里面时，我就一筹莫展，只恨自己的坏记性，总是把家事搞得一团糟。这时，就有一个极柔和的声音，在耳边响起：“小春，别懊恼，谁都会有这种可笑的情形。别尽着埋怨自己。试试看，再来过。”……

她读得不紧不慢，奶奶听得聚精会神，读了一遍后，奶奶意犹未尽，让她又读了一遍，筱筱读到某些片段时，她的心中泛起一波又一波的涟漪，想起白天里俏凝脸上的冰霜，她合上书后，原原委委地将俏凝的事情告诉了奶奶。

“家家都有本难念的经，正所谓‘幸福的家庭彼此相似，不幸的家庭各不相同’啊！”苏奶奶感叹道。

“奶奶，俏凝怎么都不肯跟她妈妈一起回去，这可怎么办啊？她妈妈还住在酒店呢！”筱筱揉搓着奶奶的手背，神情不安地问道。

“没事的，这孩子现在犟着呢！过几天就好了。血浓于水的亲情，是断不了的，根连着根呢！顺其自然就好，明天俏凝过来，奶奶跟她说一说。”

“奶奶——”筱筱莞尔一笑，“我就知道您一定有办法说得动俏凝的。”

第二天早上，祖孙俩吃过早餐后，坐在客厅的红色木沙发上聊着过年的事，苏奶奶跟孙女说去商场给她买过年的衣服，这些年她没有带孙女去商场买过衣服，平常就是在街对面夜市的地摊上给她买一两件合适的衣服，好一点的留着过年穿。筱筱听到奶奶说要去商场买衣服，这孩子脸上泛起复杂的表情，她感到又高兴又心酸，因为这些年奶奶自己没有添过一件新衣裳。

“奶奶，您自己也要买套新的，要不然我就不去了。”

“当然好——我们今年都买新衣服过年。”奶奶喜笑颜开地说，“穿上新衣服更有过年的气氛，这是我们的老传统嘛！”

“奶奶——您的那些衣服都旧了，您不要对自己太节省了，把钱都省着给我花。大不了我以后少买点书，少要点伙食费就好了。”

“奶奶的衣服多着呢！以前你妈妈在大商场给我买了好多衣服，质量都很好，穿久了不变形也不过时，奶奶不缺衣裳穿！”苏奶奶看了看孙女，换了一种责备的语气接着说，“书怎么能少买呢？书是心灵之泉，是生命里的汪洋大海，好书要多买，奶奶还有大把的力气，这些钱我给得起……”

正在这时，门外响起了温文尔雅的敲门声。

“奶奶，我们可能要晚点去，俏凝来了，您想想怎么跟她说吧！”筱筱认真地对奶奶说。

筱筱打开门后，站在她面前的不是俏凝，而是一位陌生的中年妇女，她一只手提着一个水果篮，一只手提着一个礼品盒，一见到筱筱，像是见到了老朋友一样，温情脉脉地说：

“你是筱筱吧？”

“是的，我就是。”筱筱诧异回道。

“筱筱——”她语气温热，像是在叫自己的孩子，“我是俏凝的妈妈，我可以进来吗？”

筱筱马上反应过来，她忙不迭地说：

“阿姨，您请进。”

苏奶奶听到她俩的对话后连忙起身向她们走来。

俏凝妈妈进屋放下手里的东西后，握起苏奶奶的手毕恭毕敬地说道：

“您就是苏奶奶吧！我叫陈佳曼，是俏凝的妈妈，前几天，我回来看俏凝和她奶奶，她奶奶同我说起您，说您是她们的大恩人啊！这些年给了她们很多的帮助和照顾，我都不知道如何来报答您对她们的好……”

俏凝妈妈一头干练的短发，鹅蛋脸，皮肤细致有光泽，她穿着一套浅灰色西装，显得精明而干练。

“来来——快坐，没你说的那么严重，大家都住在一个小区里，帮点小忙是应该的。俏凝是个懂事的好孩子，和我们家孙女很合得来，你别放在心上啊！”苏奶奶和颜悦色地说。

筱筱给俏凝妈妈和奶奶倒完水后，就进屋了。

“苏奶奶，您养育了一个多好的孙女啊，听俏凝奶奶说，筱筱和您一样，都有一颗金子般的心。”陈佳曼说道。

“这是俏凝奶奶夸的，没有那么好——没有那么好。”苏奶奶笑了笑，接着说，“我们的俏凝啊！也很上进很优秀，学习成绩在她们班上也是前十名呢！”

“是啊，是啊，我听她奶奶说了，当初要不是您和筱筱对她那么好，给她关怀和鼓励，说不定她书都念不去了。她奶奶跟我说俏凝上初中的时候，都在您家吃饭，您和筱筱还给她补习功课，如果没有你们，她也不可能有今天这样的成绩啊！”陈佳曼眼眶里泪光闪闪，随即她在外套的口袋里掏出一沓钱放到苏奶奶的手里，“苏奶奶，您就让我表示一下心意……”

苏奶奶没等陈佳曼把话说完，就把钱放回了她的口袋，然后语重心长地说道：

“俏凝妈，我们和俏凝的感情是不能用金钱来衡量的。俏凝和筱筱是好朋友，她能来我这儿吃饭，那都是我们的缘分，这些年，她就像是我的另外一

个孙女，看着她进步，我心里头就甜滋滋的！”

陈佳曼紧紧地攥着苏奶奶的手，激动地说：

“是我们俏凝太幸运，遇到您这么好的老人家呀！”

“你不用这么客气，大家互相帮衬下没什么的，其实我和我孙女住在这里，也得到了很多邻居的帮助。”

陈佳曼看了一眼苏奶奶，情绪忽地变得很低落：“我这次回来，俏凝不叫我，也不理我——我知道我对不起她，这些年没有养育她，没有参与她的成长……”她说到这，不由自主地抽泣起来。

“不要着急。俏凝啊，只是暂时把她对你的爱隐藏起来了，她是个既善良又乖巧的好孩子，毕竟你们这么多年没有见面了。没有哪个孩子内心不依恋、不爱自己的妈妈，就像我们深爱自己的孩子一样，你再多跟她处处，一定能柳暗花明的——”苏奶奶轻抚着她的后背，轻言细语地宽慰道。

“唔唔——我会在这里等她，直到她答应跟我回贵阳。”陈佳曼推心置腹地说，“离开她这些年，我每一天都很想念她，只要一想起她，我全身就充满了力量和斗志。刚和她爸爸离婚那会儿，我的人生一下子跌落到了谷底，生活黯淡无光，心情郁闷的时候甚至想过要结束自己的生命，一了百了。但一想到这个世界上还有个女儿，想到她哭泣时蒙眬的双眼，我的心就没法再消沉，我默默地给自己鼓劲，一定要重新站起来，活出精彩，让女儿将来有更好的生活。离开L市后，我只身去了贵阳，找到一个同村的姐妹，刚开始我在一个餐厅当服务员，辗转换了几份工作后，我进了一家商场卖童装，在那里，我找到了些做生意的门路。五六年前，我用自己的积蓄开了一家服装店，试着做服装生意，经常要三更半夜起床到服装市场进货，晚上十点钟才关门。虽然苦点，但欣慰的是几年下来我也做出了成绩，陆陆续续开了几家分店，就这样，我每天努力赚钱，希望有一天给她买房子，把她接到身边一起生活。

“正当我一心朝着这个目标奋斗时，前几个月，我在贵阳遇到了L市的一个朋友，他告诉我俏凝爸爸现在的日子过得很艰难，超生了孩子，罚了款，生意也做得不如意，靠借贷过日子，俏凝今年的学费钱还是向他借的，我听到这些焦灼不安，几天都无心做生意。当初离婚时，因为我没有经济能力，就答应孩子先在他爸这边，可现在他连俏凝的学费都付不起了，我很难想象孩子过的是什么日子。

“于是，我马上盘出了两个门店，在市区按揭买了套房子，现在已经装修好了，俏凝上学的事也已经联系好了，我想接她去那边过新年……当我做好这一切时，苏奶奶，您不知道我有多么的高兴，想到马上就要见到自己日思夜盼的女儿，走起路来脚都变得轻快了。那一年我离开L市时，俏凝只有六岁，还是一个哭鼻子的小不点，很黏人，现在她长大了，看到她成长得这么优秀，就算她不理我，我也没有任何怨言，我只会为她感到骄傲，因为她是我的女儿——是我心心念念的女儿啊！”

陈佳曼说毕，泣不成声……

此时此刻，站在门外的俏凝热泪盈眶。上午，她来筱筱家时看到妈妈提着东西往这栋楼走，就尾随着过来，接着她就听到了妈妈跟苏奶奶两人的谈话，听完这一席话后，她似风一样地消失在筱筱家的楼道里。

回到家后，她扑在自己小床上泪流满面，一想起妈妈这些年在外面的奔波和劳苦，就心生愧疚，眼泪将她的脸洗刷了一遍又一遍，她的心也随之飞到了妈妈身边……

陈佳曼和俏凝回贵阳的那一天，晴空万里，是个冬日里明亮的好日子，在火车站的站台上，筱筱和俏凝抱了又抱，哭了又哭……

第六章　乐极生悲

春节过后，初春的气息愈来愈浓。开学的第一天，筱筱回到了学校。一个来月没见面，大家看上去都有了一些变化——有的同学个子高了些，有的同学在春节的滋养下圆润了些，最引人注目的莫过于蒋筠松，他换了新发型，身材更挺拔，一副阳光飒爽的好样貌。

从高一开始，筱筱就默默地喜欢这个阳光男孩。她喜欢他的聪明，喜欢他的帅气，还喜欢他在篮球场上热情奔放的身影，每当他纵身一跃利利落落将手中的篮球准确无误地投进篮球框时，她的心也跟着跳跃起来，从此，她喜欢上了学校的篮球场，每次路过那里时，就不由自主地搜寻他的身影，如果他刚好也在那里，她就远远地伫立在人群后面看他打球，直到他离开。若是他也看到了她，他就会不时地向她看过来，每当他的目光投射过来的一刹那，她的心海里就激起一朵朵娉婷小浪花。渐渐地，这瞬息间的眼神交流成了他俩不可言传的秘密，只要有他的地方，她就能感受到他灼热的目光。

新学期里，班上的同学在议论他们明年考大学的事情了。有的人说要考北京的大学，有的人说要考上海的大学，还有的人说要出国留学，名城和名校被他们说了个遍，似乎在间接给自己打气。

姝妮早就和筱筱说过了——她要去英国，她说那是赵主任读过书的地方，她也要去那里读书，将来变得和他一样优秀，然后大胆地去追求他。对于学习成绩优异、家庭条件优越的姝妮来说，这完全不是梦。

当同学们踌躇满志地为梦想插上翅膀时，筱筱也有自己的理想，她没有想过去闻名遐迩的大城市上学，出国留学对她来说是不可触及的梦，虽然小时候爸爸也说过要送她出国念书，可爸爸现在去了哪里，她也不知道。

在考大学这件事情上，她想得最多的是奶奶——

奶奶已经七十多岁了，每天还像年轻人一样忙碌，如果她考外地大学的话，不但学费和生活费增加了许多，而且一个学期才能见到她，奶奶年纪大了，她不想离奶奶太远。于是，理想在她的一番合理的裁剪后，L大学就成了她的终极梦想。

美丽的阳春三月又到了，大街小巷春意暖暖、繁花似锦。

再过两个多星期，筱筱就要过十七岁生日了。这几天，她一想到这个数字，就愁肠百结，马上就十七岁了，她还没有变成真正的“天使”。

每当听到女同学们谈论这件事，她就觉得自己像个怪人，不敢去接她们的话，虽然在同学们的眼里，她并没有什么不同，依然只是她们眼中的平凡女孩，但随着十七岁生日一天天临近，她的心感到无比沉重、无比忧愁。每个周末，奶奶都给她煲浓浓的中药材鸡汤，至于那件事，奶奶从来没有直接问过她，但从奶奶小心翼翼的眼神里，她看到了她的担忧。

周五又到了，下午上完课后，同学们纷纷收拾课桌，准备回家过周末。姝妮中午就请假走了，她妈妈过来接她去办证件。

筱筱刚走出教室，突然，一个高大的身影出现在她前面，她冷不丁地往后躲，没站稳脚打了个趔趄。

“等一会儿有篮球比赛，你不去看吗？”蒋筠松手上捧着一个篮球，笑盈盈地站在她面前。

筱筱看着男孩手中的篮球，呆若木鸡地摇摇头。

“帮我拿着，我去打球。”还没等她反应过来，蒋筠松就把他的外套和书包塞到她的手里，然后一阵风似的飞奔到篮球场去了。

筱筱捧着蒋筠松的衣服和书包，两只脚不由自主地跟着他来到篮球场上，她的脑子空空的，像在梦境一般。

一阵清风吹来，她闻到了他外套散发出的男孩青春阳光的味道，淡淡的很醉人、很舒心……

不一会儿，球场上沸腾起来，一场热烈的比赛即将开始，这时，筱筱看到了姝妮每天喋喋不休的赵主任，他正在和同学们一起打球。

场上沸反盈天，有好多女生在叫蒋筠松的名字。

不知过了多久，她感到眼睛的余光里有几个人影对她指指点点，她本能地朝她们看过去，只见几双眼睛正盯着她手上的外套和书包，她们用不友善

又觊觎的目光打量着她手中的衣服和书包。这几个女孩，两个是她班上的，另外两个是其他班的，出于礼貌，她很自然地笑着同她们打招呼，不过这几个女孩似乎并不领情，见到筱筱朝她们笑，反而现出厌恶的表情，随后她们将头转向球场。

虽然场面尴尬，但筱筱很快就想到了一句话——“善者吾善之，不善者吾亦善之，德善”[①]。

“对——德善”。她默默地对自己说，对着天空淡然一笑。

几阵清风吹来，她又一次闻到了外套里清新的味道。这时，她旁边有几个女孩对她指指点点、评头论足。

“你们看——她手里的外套和书包是蒋筠松的吧？你有没有看到，刚才蒋筠松跑过来跟她招手呢！”一个皮肤白嫩、束着长长马尾辫的女孩说。

“站在这里的人多了，你怎么知道他是向她一个人招手的呢！”大眼睛女孩咄咄逼人地搭茬儿。

“就是啊！他明明是向我招手。”圆脸的短头发女孩忙打抱不平，她拖着满不在乎的腔调说，“我跟你们说——我认识她，上初中的时候，我和她一个学校，她爸妈都不在了，我同学说她只有一个老态龙钟的奶奶，每次开家长会都是她奶奶去的，听说她奶奶靠捡垃圾送她读书的呢！”

“啊？这是真的吗？难怪她总是安安静静地不说话，一副好学生的模样，讨老师欢心，原来她根本就没有底气大声说话嘛！对了，你们知道蒋筠松的爸爸是谁吗？”大眼睛女孩活灵活现地说道。

“谁呀？”旁边的两个女孩异口同声、迫不及待地问道。

大眼睛女孩得意起来，脸上贴金似的说：“就是我们市新上任的公安局局长，长得可威风了，我爸上个星期还同他一起吃过饭呢！”

“哇——这是真的吗？那他们根本就不是一路人嘛，也不揽镜自照，掂量一下自己有几斤几两，真是自不量力——”一个嗤笑的声音飘了过来。

过了几分钟，那几个声音戛然而止。筱筱心里一阵纳闷，怔怔地朝她们望过去，她看到姝妮正站在离她们几米远的地方，不知怎么的，一见到姝妮，她的鼻子拼命地酸起来。

“你怎么来学校了？”她走到姝妮跟前，强颜欢笑地问道。

---

① 引自《道德经》第四十九章。

“我来取书包，我妈让我把被单拿回去洗一洗……”

“你等会儿帮我把衣服和书包交给蒋筠松，我先回宿舍了。”她说着将外套和书包放到姝妮手上。

筱筱离开后，潘姝妮走到那几张楚楚动人的脸庞前，她目光如炬，振振有词地说：

“她怎么和你们一样呢！我看揽镜自照的是你们才对，记得哦——照镜子的时候，好好看看你们的心灵有多荒芜、有多丑陋。”她从球场经过时，刚好听到她们的话。

一会儿，筱筱回到了宿舍，里面没有人。

她静静地站在窗前，心口隐隐作痛。虽然看不到篮球场上的欢腾场面，但耳边似乎还能听到操场那边的喧哗，突然，她感觉到身体里一团热腾腾的东西涌了出来，一种好的又不好的预感向她袭来，她忙走进厕所，瞬间一片鲜红闪现在她面前。

那一刻，她知道自己变成真正的女孩了，期待已久的时刻在她没有一点点防备下悄然而至，她热泪盈眶，喜极而泣……

红霞满天的时候，筱筱回到了家。她一进到家门，就把这件开心事告诉了奶奶。

睡觉前，她像往常一样，为奶奶朗读了两篇优美的散文，只要她在家，睡前给奶奶读书成了她俩之间雷打不动的约定。

回到房间后，她一点睡意也没有，这是不同寻常的一天，她如黑夜中一朵等待盛开的菡萏，择日绽放了。她站在小屋的窗口，眺望着天空中如水如梦的月光，仿佛看到蒋筠松正英姿勃勃地向她走来……

翌日，筱筱醒来时，窗外阳光灼然，鸟儿在窗前愉快地喁喁私语。

在这个晨光如金、鸟语花香的早上，她忽然想大书特书，记下此刻内心的万千思绪。她一边哼着快乐的小曲，一边乐不可支地去拿放有日记本的帆布袋，这时，她发现“大难临头”——她的帆布袋不见了。

她顿时陷入迷茫，欲哭无泪。

那个帆布袋是去年她过生日时，俏凝送给她的生日礼物，袋子里面放着她昨天从图书室借来的《驴皮记》和《阿格尼斯·格雷》两本书，另外还有她的两本日记，现在倾箱倒箧也找不到了。

她急得眼泪在眼眶里直打转，书丢了赔偿就可以，可是那两本日记对她来说是命根子，里面有妈妈写给她的小诗，还有她写的三百来篇心灵小文。

“这可怎么办？这可怎么办？”她眉头紧蹙、痛彻心扉。

她记起昨天上巴士的时候，袋子还在她的手中，可现在却找不着了，她思忖八成是昨天扬扬得意，把袋子撂在巴士上了。这会儿她算是深深地体会到“乐极生悲”的寓意了。

“这下完了。”她自言自语地补充了一句。

第七章　大海之约

L 市的阳春三月，砌红堆绿，春景如画，各大景区里人头攒动，到处涌动着来自五湖四海的游客。

这个明媚的三月，北京的青年钱曦晨也到 L 市游玩，他第一次来 L 市，对这个绿树成荫、花团锦簇的美丽城市一见钟情，心中有说不出的愉悦感，他住在海边一个富丽堂皇的酒店里，这个酒店四周环绕着葱郁的棕榈树和碧澄澄的大海，景色美轮美奂。

他今年二十一岁，是一名即将毕业的大学生，这半年正在实习阶段。他身形高大伟岸，长相贵气，面部轮廓分明，浓眉大眼，鼻梁高挺，一张标准的英俊脸。曦晨生长在一个优渥的家庭，爷爷奶奶都是退休干部，父亲钱睿知在北京的一个行政单位任职，目前是一个处级干部，另外他父亲还是一个极具禀赋的投资理财高手，这些年在中国经济腾飞的浪潮中，他投资房产、股票、基金等，在这些方面他颇有建树，积累了不少财富，在北京、上海这两个城市各有几套房子。曦晨的妈妈龙菀莹是湖北人，年轻的时候是一名黄梅戏演员，长得倾国倾城，宛若天仙，她和曦晨爸的缘分，像似老天冥冥中安排的——有一年她来北京演出，在一次朋友的聚会上认识了品貌非凡的钱睿知，两人头一回见面就对彼此有了好感，两年的书信传情，最终喜结连理，龙菀莹嫁到北京。婚后两个人的日子过得和美幸福，有了曦晨后，龙菀莹便和剧团解除了工作关系，她不再唱戏了。

曦晨一岁多的时候，龙菀莹想出去创业，她和钱睿知商量后把儿子送到曦晨爷爷奶奶家里。接着她在北京开了一家作坊式的美容院，她自己既是老板，也是美容师。那时候，美容院在北京刚刚兴起，她非常看好这个行业，付出了所有精力和时间钻研和学习，凭着把美传播给更多人的理念，美容院才开

了一年，就迎得了很多爱美人士的信赖和追捧，她很快开了分店，仅仅几年的时间，她的美容院遍地开花，全国各地都有她的分店，牌子越来越响，分店一家比一家大、一家比一家气派。二十年过去了，她在北京、上海、杭州等国内大城市拥有了几十家高档美容生活馆，家家生意兴隆，她也就身家不菲。她作为这个行业的先行者，对美有着得天独厚的领悟能力，这些年，她保养得当，跟年轻时相比没有多大变化，甚至更有光彩，并且全身上下增添了几分女强人的气质。

除了这几位家庭成员，曦晨还有一个姑姑，叫钱若知，以前是北京一所高级中学的美术老师，她个性洒脱，追求纯朴、安静的生活，不喜欢人与人之间那种场面上的亲亲热热，也不喜欢亲戚朋友之间写在脸上的攀比和忌妒，甚至可以说是痛恨这些。她犹如一个落入凡间的仙子，总是有意无意避开这些人群，专注在自己清静的世界里，一副泰然自若、我行我素的模样，日子过得很快意。

跟她最亲近的是她的小侄子，曦晨从小就是她的跟屁虫，走到哪跟到哪，她差点没把他宠上天。闲暇之余，她不是出门写生，就是带着小侄子整个北京城闲逛，三十岁了还没有找到心仪的对象，这可急坏了曦晨的爷爷奶奶，一家人都给她张罗找对象，但若知对这件事就是漫不经心，安排好相亲对象也不去，她反过来劝阻父母，告诉他们她有自己的生活方式和精神追求，让他们不要干涉她的生活，渐渐地，她的父母也不再过问了。

时光如白驹过隙，五年过去了，若知三十五岁了。

这年初秋，一个风清气爽的星期六上午，她到郊外一个风景秀丽的地方写生时，邂逅了来到中国旅游的美国青年约瑟夫，约瑟夫对若知一见钟情，当天就对她表明了心意，不过，若知没有接受他的表白。这之后，约瑟夫推迟了回美国的时间，他在北京找了份工作，为了能和若知更好的交流，还苦学中文。就这样，在约瑟夫孜孜不倦的追求下，半年后，若知终于同意嫁到大洋彼岸。婚前，她和约瑟夫约定做丁克族，不生养孩子，因为她想继续过自由自在的潇洒日子。

曦晨生长在这样的家庭里，一家人从小对他有求必应，物质上应有尽有，从上小学开始，他身上的零用钱就是一沓沓的，吃的、穿的、用的、玩的都是那个年代最好的，他从小过着养尊处优的生活，享受惯了“拿来主义”，也习惯了索取。

在同学们的眼里，他是个名副其实的优哉游哉的小公子哥，不但长得出众，口才还非常好，加上优越的家庭条件，他总是有许多朋友，班上长得好看的女生都喜欢和他聊上几句，就连成绩优异的男生也喜欢跟他打交道。而在学习上，他却是一副打不起精神的样子，松松散散，能敷衍就敷衍，成绩一直中下游徘徊，其实他脑子也算灵光，只要稍稍努力学一段时间，成绩也能上去，但他就是没有学习的动力，学着学着就放松下来了。“纵然生得好皮囊，腹内原来草莽”，这句话恰似曦晨这个时期的写照。

上高中的时候，龙菀莹原本打算送儿子去美国留学，一来是她姑姑在美国，二来是她想让儿子出去开阔眼界，以后回国也能找到更好的工作。当她将这件事告诉儿子时，曦晨也高兴了几天，但他根本没有恒心和毅力苦学英语备考托福。在他妈妈三番五次的催促下，他也装模作样拿起书本认认真真地坚持过两天，但很快束之高阁。每次龙菀莹问他，他都说在准备，谎话挂在嘴边，渐渐地，留学的事就此搁浅。最后，他勉强考上了北京的一所大学，一晃四年过去了，曦晨就要大学毕业了。

一天晚饭后，钱睿知和龙菀莹坐在客厅里看电视。

“晨晨说好晚上回家吃饭的，这都八点了，也不知道吃饭了没有？”龙菀莹看了一眼墙上的挂钟，心神不定地说了一句，她一向叫儿子的乳名“晨晨”。

“他哪天不是这么晚回来啊？你说这话不是多此一举吗？”

“这孩子一天到晚往外面跑，都见不着人影。”

“他哪能在家待得住啊？这半个学期挂着实习的名，更无法无天了，到处游山玩水，你跟他吃过几次饭啊？”钱睿知反问道。

“我说啊，你真的要好好管教他了，拿出点父亲的威严来，他马上就要毕业找工作了，还这么贪玩，怎么办啊？”

“我管得了吗？”钱睿知脸色登时沉了下来，“他都已经定性了——再说了，我稍微管严了些，骂他几句踹他几脚，你就心疼成那样，反过来又是责备、又是抱怨，随他怎么样吧！”

“我责怪你不是因为你管教他，而是你不应该一遇到事情就用那种粗暴的方式，他都那么大个人了，你还像小时候一样，动不动就骂几句、踢几脚，这反而让他更加反感，你应该给予他精神上的教导，去感化他嘛！”

“我去感化他？”钱睿知没好气地反问道，“我才不费那个力气，我今天感化他，明天你照样对他百依百顺。”

龙菀莹把头转向钱睿知，神情变得激动起来：

“这都怪你爸你妈和若知，晨晨小时候住在那边，从小被他们宠坏了，要什么给什么，生怕孩子吃了一小丁点苦头，要不然他现在也不会这样不思进取。”

“你又来了。”钱睿知用极不赞同的语气说道，“孩子没教好，你就把责任推给这个、推给那个。谁都不能怪，只能怪我们做父母的，当初你要出去创业，我就跟你说，‘别出去开什么美容院，在家把孩子教育好就行了，我可以给你们很好的生活’，是吧？我这样说过吧？可是你还是那么执拗，非要出去当女强人。”

“我努力也是为了他，为了这个家啊！”龙菀莹说着眼角挤出了几滴眼泪。

“唉——他已习惯了别人为他努力，习惯了享受，一时半会是改不过来了，除非他自己醒悟过来，想改变自己……”

“你怎么能说这种风凉话呢，怎么改变不了啊，晨晨只是有点懒散，爱花钱而已，他的禀性又不坏——”

“我说的是客观事实嘛！”钱睿知认真地说道，“你若是想拯救他，就要断掉他身上的零花钱，他如果没有钱，自然就不会出去，乖乖地待在家里了。我们现在养着他，没什么问题，那以后呢！他会有自己的家庭，我们总不能帮他养老婆孩子吧！我们也会老，我还想指望他给我们养老呢！所以啊，你从今往后还是狠心点，把钱包看紧点，不让他吃点苦头，成不了大事的——”

这次谈话后，龙菀莹似乎警觉了许多。有一段时间，她不再主动给儿子钱了，有时儿子找她要，她也狠心不给。

但好景不长，她又母爱大发，觉得对儿子太苛刻、太薄情，又把钱睿知说的话忘了，当儿子向她提出想去L市旅游时，她毫不犹豫就答应了，马上给他的卡上打了一万元，还给他订了来回的机票。

曦晨虽是腹内草莽，读书不得志，但他的这身好皮囊无论在学校还是在外面都深得女孩子的青睐，在那些学习优异的男同学面前，也颇有扬眉吐气的美妙感觉。从上初中开始，班上几个成绩好又长得漂亮的女同学都喜欢她，竞相帮他写作业，考试的时候还给他递答案。

初三的时候，他喜欢上了他们班的文艺委员，一个多才多艺的女孩，那次算是他的初恋，不过毕业后，自然无疾而终。但他的人生依然精彩，喜欢他的女孩如天上美丽的蝴蝶一样多。从高中到大学，他身边的女孩一个比一个漂亮、一个比一个多才。

他这方面的能耐，钱睿知和龙菀莹知之甚少，这次儿子去L市旅游，他们同样不知道儿子约了女孩。

和曦晨相约到L市旅游的这个女孩是他在网上认识没多久的小曾，小曾是昆明人，高中毕业后，在昆明街头开了一家精品店，两个人在QQ上聊了三个月后，这位漂亮的二十岁云南姑娘坠入了“爱河”，迷上了性格开朗的曦晨。一次，她跟曦晨说L市市容好，到处高楼大厦，还有美丽的大海和海滩，她很想到L市看大海……

于是，他们就有了这次“大海之约”。

曦晨到达L市的这天是星期五，他坐的早班机，中午就到了，在酒店吃完午饭后，小曾给他打电话说明天才能过来，他便一个人在大堂拿了一张地图出门了……

当落日的最后一抹余晖在天边消失殆尽，他筋疲力尽地坐巴士回到了灯火辉煌的酒店，进到房间时，他发现手上多了一只白色的帆布袋，这个袋子的正面有一个红、黄、粉三色的花环图案。他不以为然地瞅了瞅，见不是自己的东西，就顺手扔到了桌子下面的垃圾桶里，然后倒在床上呼呼大睡……

次日，酒店服务员收拾房间时，看到垃圾桶上的帆布袋，以为是从桌上掉下来的，就捡起来放进了抽屉，退房前小曾帮他收拾行李时，又把它装进了他的行李箱。此时的曦晨根本不知道，这只被他扔进垃圾桶的帆布袋，后来对他的人生产生了多大的影响。

翌日下午，小曾过来了，她看到奢华的房间和窗外美丽的大海，兴奋万分地拉着曦晨去海边。

“曦晨，你喜欢L市吗？”小曾挽着曦晨的手臂怡然自得地走在沙滩上，一脸喜悦地问道。

“喜欢啊，一座非常干净漂亮的城市，让人耳目一新。”

“刚才我在出租车上看到车窗外美丽的风景，就怦然心动，迫不及待地想看到大海，以前我只在电视里看过大海，每当看到那美丽的画面时，就梦想

着有一天也能来到海边，像电视剧里的女主角一样，赤着双脚和自己喜欢的人悠闲地漫步在沙滩上，裙角被风儿轻轻地吹起……”

“哈哈，那我们两个现在像不像剧中的男女主角。”曦晨忍俊不禁。

“有一点像，不过，我今天没有穿裙子，有点小遗憾……”小曾说着看了看身上的牛仔裤。

“这有什么遗憾啊？反正我们还要在这里玩几天，你明天穿裙子就好了。”

“刚才进酒店的时候，我看到门口有卖海滩裙的，晚上我去买一条。”

“好啊，你想买什么颜色的？”

“白色吧，在海边穿白色的裙子，应该不错吧，到时你帮我多拍点照片。”小曾抬起头望着天空说道。

随后，两人在一块大石头上坐了下来。

“昨天你在电话里说出去逛了一个景点，怎么样，人多吗？”小曾问道。

“挺多人的，不过风景很美。算不虚此行吧！”

“你明天带我出去玩好不好？”

“好啊，晚上我们回去看看地图，反正我们还有几天时间，这里有很多大商场，我们也去逛逛。”

“听说可以买到很多大牌子呢！”

“到时候我买一件礼物送给你，你来挑……”曦晨爽朗地说道。

“真的吗？”小曾甜蜜地笑了起来。

曦晨点点头，他捡起脚下的一个小石头重重地扔向了大海。

“你看，那边有几个小孩在拾贝壳，我也想捡几个贝壳带回家做纪念。”小曾拉着曦晨的手兴高采烈地说道，脸上露出孩子般的笑容。

转眼间，天边出现了一片片红霞，他俩赤着双脚漫步在松软软的沙滩上，怡然自得地吹着咸咸的海风，踏着轻盈的浪花，徜徉在柔和的霞光中。

第八章　流言蜚语

尺璧非宝，寸阴是竞，日子如湍流，一顷而过。

暑假就快到了，一个周五的晚上，苏奶奶笑逐颜开地对孙女说：

“筱筱，这个暑假你打算怎么度过啊？”

“像以前一样啊！去书店看书呗！”

“唔唔，你想不想去做义工啊？楼上的万阿姨前天来咱家坐，说她们社区暑假开展了一个青少年志愿者服务小分队，问你想不想参加呢？”

“我想去参加。”筱筱想都没想就欢快地应承道。

“那我明天就去跟她说，她在社区工作了很多年，是个热心的大好人，这些年给了我们不少帮助呢！”

暑假一到，筱筱就去了社区的工作站报到，当即参加了一天的义工培训课，第二天，工作站的老师发给她一件红色志愿者马夹、一顶帽子，还有一面指挥交通的小旗，让她晚饭后到附近的一个十字路口维护交通秩序。

第一次做义工的筱筱既紧张又兴奋，她站在路边上，挥着手中的小旗，一丝不苟地指挥着来来往往的行人和车辆，不过半个小时下来，她就能驾驭自如了。

接下来的几天，她吃过晚饭后，就去那个十字路口值班。

一天晚上，夜空很美，繁星点点，月华如水。

筱筱下班后，到一个小卖部给奶奶打电话。当她拿起话筒时，看到柜台旁一对夫妇模样的中年人神情不安地望着桌上的电话机，他们的目光还不时地扫向她。

打完电话后，筱筱好奇地瞥向他们，这对夫妇随即求助般地看向她，嘴里嘀咕着什么，像有事请求她帮忙，但筱筱又听不懂他们在讲什么，这时她

发现夫妇俩的身旁还站着一个小女孩。

她打量着他们，这个男的身形魁梧高大，斯文稳重；女的身材高挑，皮肤白得发亮，她的头发盘成了一个髻，看上去非常温婉大方；小女孩扎着两个长长的马尾辫，圆圆的脸，眼神呆滞，神态异常，不言不语，似脑瘫儿模样。

“我能帮你们什么忙吗？”筱筱走上前去，一脸笑意地问道。

夫妇俩感激地看着她，脸上的笑容很黯淡，嘴里嘀咕着什么。尔后，那个男的慌慌张张地从口袋里拿出一张纸递给筱筱，女的在一旁紧巴巴地看着她。筱筱接过纸定睛一看，上面写的是韩语，还有一个电话号码，筱筱这才明白到他们是韩国人，可筱筱不会说韩语。

虽然语言不通，但筱筱心领神会，知道他们这一家人是遇到困难了。随后，她用手比画着问他们是不是要打上面的电话，男的马上重重地点了点头。

筱筱按纸上的电话号码拨了好几次，没有人接听，那对夫妇见没有人接电话，又紧张起来。这个时候，夜越来越寂静，路上的行人越来越少，街灯黯淡了，筱筱也跟着着急起来，她灵机一动，指着电话号码，用不太流利的英语问他们是不是要去这个地方，那个男的居然听懂了，他高兴地点了点头，筱筱见他笑了，感觉轻松许多。她拿起电话号码仔细端详起来，这个电话号码是另一个区的，她想了想，马上拨打 114 查询。

她很快就查到了，这是一家韩国公司的电话号码。于是，她又用她不太流利的中式英语问他们是不是要去那家公司，那个男的一听到公司的名字，面露喜色，向她深深地鞠了一躬，嘴里说着感谢的话。筱筱又松了一口气，她看了看身上的红色志愿者马甲和手中的小旗，责任感和使命感油然而生，她带着一家人走到路口，拦了一辆出租车，她思忖一家人到了人生地不熟的地方，司机说的话他们又听不懂，便打算送他们一家人过去，上车后，她坐在司机的旁边，他们三个人坐在后头，她同司机说了要去的地方后，车子就开动了。

一路上，男的用温润的韩语对小孩说着什么，女的在一旁发出咯咯的笑声，远道而来的一家人其乐融融……

半个小时后，出租车顺利地到达了那家公司，一家人刚下车，就有几个和他们长得差不多的人过来跟他们打招呼，嘴里说着一样的话。筱筱临走前，那个女的站在车窗外向她深深地鞠了一躬，嘴里说着温情的韩语。

回家的路上，筱筱感到很轻松、很愉快。在这个美丽的夜晚，她收获了很多的善念和美好，心里洒下一地芬芳。

这个暑假，她参加了四十天的青少年志愿者小分队，除了维护交通秩序，还和小分队的同学们一起做宣传环保活动、到敬老院慰问老人等，她从中学到了很多东西，也增长了不少见识，在这个温暖而向阳的大家庭里，她一天比一天快乐，一天比一天上进。

九月份，筱筱上高三了，这个新学期，她像似变了一个人，每天神采焕然，心无旁骛地扑在学习上，她的学习成绩突飞猛进，期中考试一跃全班第二，仅次于潘姝妮一名，赶超蒋筠松两名，班上的同学开始注意到这个女孩的内秀之美了。

期中考试后，班主任将座位作了调整，她的新同桌叫刘梦蝶，姝妮坐到了她前一排。

刘梦蝶是这个学期分到她们班上的新同学，她学习成绩出类拔萃，高二下学期期末考试全校第二。

渐渐地，筱筱发现这个女孩性格极其内向，甚至可以说是有点古怪，在同学面前，她总是一副倨傲而冷淡的神情。她基本上是个“独行侠”，平时形单影只，筱筱暗暗想或许优秀的人都是这么独来独往的。

两人同桌两个星期以来，她发现梦蝶的脸上很少有笑容，也不和她说话。有的时候她主动跟她搭话，她只是漫不经心地点个头，或是干脆把头撇向一边，直接给她一个闭门羹。还有的时候，她和前面的同学说话大声了点，她就当着他们的面直接对她翻个大白眼，让她出乖露丑。

一次班会上，班主任说刘梦蝶和其他两位男同学下学期要转学回老家参加高考的事情后，同学们才慢慢知道她的一些情况——刘梦蝶不是本市户口，老家在遥远的北方农村，爸爸妈妈在这座城市打工，刘梦蝶初中时到L市读书，学习成绩一直名列前茅，后来很顺利地考上了这所高中。

出乎意料的是，她这次期中考试的成绩却让老师和同学都大跌眼镜，她才考了二十几名。

筱筱是她的同桌，对她的喜怒哀乐多少能观察到一些。虽然这次期中考试成绩不理想，但筱筱并没有从刘梦蝶的脸上看到不安和焦虑，这个女孩看上去像没事一样，这让筱筱纳闷，她暗暗在心里想道：

“像刘梦蝶这么好强的女孩，内心肯定强大得无可比拟，她是不会忧形于色、把情绪挂在脸上给别人看的。她这次不过是没有发挥好，暗地里肯定在拼命较劲、奋发图强，很快就会赶过来的。”

然而日子一天天过去了。

筱筱并没有看到刘梦蝶的较劲，反而比以前更加松懈，她发现她连老师布置的作业都不做了。有几次在课堂上，刘梦蝶居然明目张胆地在课桌下照镜子，旁若无人地在嘴唇上涂口红，一副无所顾忌的样子。

筱筱看到这一切很愕然，她百思不得其解。

在班上，每个同学都沉浸在紧张的学习中，而她却这么肆无忌惮地亵渎课堂。记得刚进这个班级时，刘梦蝶可是全班同学仰慕的对象，开学第一天，班主任就当着全班同学的面说她不仅学习天赋高，还刻苦勤奋，让大家以她为榜样。虽然梦蝶期中考得不理想，但班主任还是看好她、鼓励她，让她不要因为转学的事而受影响，加把劲将成绩赶上来。

“可是刘梦蝶，这是在干什么呢？难道在炫耀自己的天资吗？或是自暴自弃呢？”筱筱暗暗纳闷道。

“说不定刘梦蝶是有什么难言的苦衷呢！”她又在心里盘诘道，“我要不要去问问她呢？”

一次，她做好了吃闭门羹的准备，事先在心里打好腹稿，以向她借复习资料为由，鼓起勇气跟她搭话。刘梦蝶还是跟以前一样冷若冰霜，把一本资料扔到她的桌上后，就没有了下文。

就在这个时候，关于刘梦蝶的一些风言风语在班上传开了。有一次，课间休息，刘梦蝶没在座位上，后排的几个女同学议论开了，一个女同学说：

“告诉你们哦，星期天下午在学校门口，我看见刘梦蝶坐着一个老男人的小轿车来学校呢！那个老男人一脸谄媚，外人一看就知道他居心叵测、图谋不轨，而刘梦蝶自己还蒙在鼓里……”

“是吗？那男的进来了吗？他是不是她家亲戚啊！”另一个同学问道。

“不会是亲戚吧！一看就不像，亲戚怎么会用那种眼神看她呢？”刚才那个同学马上反驳道。

有一次，又有几个女同学围在一起聊刘梦蝶，姝妮也在一旁说：

“星期五我妈来接我的时候，我也看见她上了一个男人的车，那个男人的车很气派，非常显眼，停在校门口，不让人注意到都难。”

“那或许是她爸爸的呢？”筱筱不由分说地帮腔了一句。

“不是。”姝妮一脸严肃，“那男的一看就像个狂妄自大的暴发户，有财无德。有人见过她爸，说她爸长得憨厚老实。再说了，他爸不过是一个食品厂的搬运工，能开得了那么高级的车吗？”

苏筱筱无言以对。

自从教室里满天飞的闲言碎语进入她的脑海后，不知怎么的，她像似受了精神打击一样，满脑子都是梦蝶的“劫难”。

“刘梦蝶将学习束之高阁，是不想读书了吗？她可是有着常人没有的天资啊？”筱筱冥思苦想。

“这些所作所为肯定不是她的初衷，可能她有什么难言之隐，我要亲自问问她，不能就这样看着她陷入泥淖……”一个凛然的声音马上在心里给了她答案。

几天后的一个课间。

刘梦蝶出去了，筱筱匆匆地在一张便利纸上写了几个字，然后放在她的课本上：

可以跟你做朋友吗？

筱筱的心绷得紧紧的，她期待着她转过头来给她一个友好的回应。然而，刘梦蝶看过那张字条后，脸上没有一点表情，一副无动于衷的神情，她若无其事地将字条夹进书里，像似什么事情也没有发生。

“我何必吃饱没事做，自不量力去讨好她呢！”筱筱在心里对自己说。

但这个念头在她心里很快就过去了，她马上又振作了起来：

“刘梦蝶是我的同桌，我怎么能就这样熟视无睹不管不顾呢？那我不就成了缺心眼的人了吗？”

她想只要精诚所至，定会金石为开。

于是，她又故技重演。

第二天早读时，她又偷偷地写了一行字放到她课本上：

梦 蝶：

我真的很想跟你做好朋友，我们可以成为好朋友吗？

苏筱筱

或许是上天的仁慈，又或许是筱筱的虔诚之心打动了铁石心肠的刘梦蝶，这一次，她看到字条后转过脸来给了她一个友好、灿烂的微笑。筱筱喜不自胜，如在梦里一般。有了梦蝶的这个珍贵的微笑，她像似吃了定心丸，这预示着她们的友谊之舟就要启航了。

中午吃完饭，她俩一起回教室。

“梦蝶，听同学说你唱歌很好听，怎么不去参加学校的合唱队啊？”筱筱兴致盎然地跟她搭起了话。

“不想参加。”梦蝶冷冷地说，似乎对筱筱的话一点也不感兴趣。

“其实你可以尝试一下的，潘姝妮也参加了。”

“她参加跟我有什么关系啊？”梦蝶的语气依然冷淡。

随后她俩一阵静默。

“梦蝶，你中午怎么吃得那么少啊？我看见你中午才吃了一点点饭。”筱筱接着没话找话。

“我在减肥。”梦蝶惜字如金。

“你这么瘦，还要减肥啊？”筱筱微微一笑。

“嗯……”

“梦蝶，书上说减肥过度对身体有很大的伤害——”筱筱认真地解释道。

“这是我的事——”梦蝶说完瞪了一眼筱筱，脸上不耐烦的神情明显是嫌她话多。

“我们是好朋友嘛，看到了就顺便说一下。”筱筱木讷地冲她笑了笑。

“我没有朋友，我是穷人。”梦蝶寥寥几个字回了过去。

“梦蝶，你怎么这样说啊？”筱筱惊诧地看着她。

“我们是两个世界的人，互不打扰，好吗？”

“梦蝶，我们是同桌，理所当然是朋友啊，我不知道你为什么这么说，但是我想你肯定有苦衷，你可以告诉我吗？说不定大家可以想办法帮助你。”

“我是外省人，没有本市户口，家里很穷，没有资格和你做朋友。”梦蝶看了一眼筱筱清澈的双眸，明明白白地说道。

“朋友难道还分贵贱、有没有资格之类的说法吗？如果你要以家庭背景来衡量是否能做朋友的话，我也不知道自己有没有资格和你做朋友。我虽然是本市户口，但我妈妈在我十一岁那年就过世了，爸爸也不知了去向，现在我和奶奶相依为命，家庭条件也不好，也是穷人。依你的想法，穷人就不能有朋友吗？”筱筱虔诚地说道。

梦蝶瞥了一眼筱筱，没有作答。

不过自那次交谈之后，梦蝶不再把筱筱拒之千里之外，经常在课间或是在食堂吃饭时主动找她说几句话。

对于学习，刘梦蝶依然漫不经心，不但对老师布置的作业置若罔闻，上课时还一如既往趁老师不注意照镜子、描口红。筱筱看着她萎靡不振的样子，不知如何是好，她知道梦蝶并不缺学习成绩，她有着得天独厚的学习天赋，她目前缺的是态度和锐气。

作为她的同桌，她多么想看到她振作起来，多么想看见她脸上绽放笑容……

一个月朗星稀的晚上，筱筱和梦蝶走在校园里，清爽的夜风拂过她们的面颊，吹进她们如花一样的心田。

“梦蝶，你打算考哪里的大学呀？”两人走过拱廊时，筱筱一脸憧憬地问道。

“我没打算考大学。”刘梦蝶仰起头，若无其事地应道。

橙黄的灯光下，筱筱恍然大悟地看了梦蝶一眼，挽起她的右臂，虔诚地说：“梦蝶，你读书天赋那么高——放弃考大学多么可惜啊？你爸爸妈妈同意你不考大学吗？”

“他们哪有闲工夫和精力管我——我自己的事情自己做主。我爸妈赚钱不多，要供三个孩子上学，就算我考上多好的大学，也没有能力供我读，他们还希望我早点出来打工赚钱，供我老家的两个弟弟读书呢！”

“现在有助学贷款啊！”筱筱脱口而出，她在尽全力挽回梦蝶游离的心，“你学习那么好，去申请助学贷款一点问题都没有。我也有这个打算，如果到时奶奶供不起我，就去申请助学贷款，大学毕业后自己赚钱来还……”

不知不觉中，她们走到了操场上，梦蝶又仰起头，神情自若地望着明静的夜空，像在数着天上的星星。

“其实在读高三之前，我没想过不上大学。今年暑假的时候，我妈生了病，需要钱做手术，那时我在一家酒楼打暑假工，认识了一个很阔气的老板，他知道了这件事后，就借了我六千元，条件是每周六或周日抽一天时间陪他的客户吃饭，他还给我买了高档衣服和高档化妆品，让我应酬时打扮漂亮一些，慢慢地，我喜欢上了这种生活，反正就吃顿饭而已，不但可以去很多高级的地方，还能认识一些老板。那个老板让我读完这半年就去他公司给他当秘书，每个月给我三千元工资，以后还可以加。我现在就是想快点把这半年读完，没有打算回老家高考了，如果我出来工作，每个月能挣到几千元，我弟弟他们的学费就不用我爸妈操心了。”

“梦蝶，我知道你为了父母和家庭，什么都可以不顾，但是我觉得，你在人生的紧要关头放弃了学业，是不明智的。你想想看——我们苦读了十几载，不参加高考就等于失去了一次实现梦想的机会，如果你停下脚步，放弃青春韶华里本应去拼搏和进取的美好时光，到头来就会缺憾这一段精彩的记忆。或许有一天你挣够钱了，但是钱买不回我们的青春梦想啊！

“成长的路上，我们每个人都会遇到各种各样的困扰，但只要我们不逃避，不妥协，昂首挺胸地从泥淖里走出来，朝着太阳看，让光亮洒在我们身上，总有一天，我们会将身上的污泥洗净，收获善念。以后遇到再苦再难的事，都能一笑而过。所以，这一点小挫折算什么呢？只要我们想办法解决它，就可以跨越过去，梦蝶，你不要放弃，千万不要放弃，我们一起拼搏、一起进取、一起考大学，好吗？”筱筱把自己的想法一一说了出来。

清凉的夜风里没有回声。

刘梦蝶拉起筱筱的手往回走，这一刻，她感到身边的这个天使女孩，宛如校园里的盏盏路灯，照亮她前行的路。

第九章　皆大欢喜

周五晚上，苏奶奶的房间里，筱筱坐在椅子上为奶奶读英国诗人布莱克的诗——

梦

有一回幻梦织了一片树荫，
罩在我那天使守护的床顶，
我想我准是躺在草地，
看见一只迷路的蚂蚁。

困惑、孤独、又苦恼，
黑夜茫茫，也走得疲劳，
多少纵横交错的草蔓上，
我听她哭得真心伤。

“我的孩子啊！他们在哭泣？
他们可听见他们天父叹息？
忽儿他们到外面探望，
忽儿又回去，为我而泪水汪汪。”

我流下一滴泪，替她可怜，
但看见萤火虫就在身边，

他答道："是哪个好哭鬼，
把我这守夜人唤来？

"我就要照亮这块地面，
这儿甲虫要漫游一遍；
你且跟着甲虫的嗡嗡，
小流浪者，快快转回家中。"

"奶奶，我再给您读一篇吧！"筱筱一边翻书一边说。

"等一下再读吧，你一个星期没有回来，先陪奶奶说会儿话吧！"苏奶奶靠在床头，嘴角轻轻蠕动，像在咀嚼诗文的余韵。

"奶奶，这个星期孩子们表现怎么样啊？"筱筱合上书本，坐到奶奶身边。

"这些孩子都特别懂事，男孩有男孩的样子，女孩有女孩的样子，有几个大点的孩子，吃完饭后，他们还主动帮我收拾碗筷呢！

"对了，刚才吃饭的时候，你说要跟我说梦蝶的事，这孩子现在怎么样了？"

筱筱跟奶奶讲过梦蝶的事，苏奶奶也很关心这个孩子。

"我和梦蝶聊过了，其实她想考大学的，只是她现在被一些事情困住了。"

随后，她将梦蝶的困惑告诉了奶奶。

"每个人都会有被困住的时候，只要能及时走出来，就会成就一番新天地。梦蝶啊，她只是受到社会不良风气的影响，思想暂时被带走了，困在某个地方。但她这么聪明、有主见，总有一天会清醒过来的。你作为她的同桌，应该把她从十字路口拉回来。"

"她有过人的学习天赋，稍微用点力，就能事半功倍，我当然不想看到她就这样被魔鬼的利爪给扣住了。不过——梦蝶特别敏感，自尊心也强，就怕她反感我对她的一片好意。"

"不要沮丧！"苏奶奶摸了摸孙女平滑的额头，轻言细语地说，"善良的心都会得到善的回报。你看梦蝶那孩子——为了给妈妈治病去借钱，这就是善的因啊！她呀，只是暂时走进了迷途，一旦她得到善果的加持，她的心就会回来的——"

"我也相信梦蝶一定会走出来的。"

那晚，筱筱梦见她们全班所有同学都考上了心仪的大学。

周日下午，筱筱比平常提前了一个小时去学校，她走到校门口时，刚好遇到了潘姝妮和她妈妈。

“阿姨，您过来了……”筱筱忙走过去和姝妮的妈妈打招呼。

姝妮妈妈穿着大方得体，气色红润，看上去很年轻。

“筱筱，你手上拿着这么多书啊！刚到吗？”她说话轻声细语，脸上挂着暖融融的笑容。

“嗯，刚到。”筱筱微笑着点头应道。

“几个星期没见，你又变漂亮了。”

“谢谢阿姨！”筱筱不好意思地笑笑。

“妈，她以前是默默无闻的小雏菊，但现在已经丹桂飘香了——”姝妮走到筱筱身边，将一只手搭在她肩上，调皮地说道。

“努力的孩子最美……”姝妮妈妈盯着两张朝阳般的脸，感慨地说，“看着你们一天天长大，妈妈也老了！”

“阿姨，您一点也不老，您还是那么美丽优雅——”筱筱含笑地说，几缕阳光爬到了她脸上，像似铺上了金光。

“是啊，妈，您没有变老，而是变成了女神！”姝妮嬉笑道。

“呵呵——等一下，我到车上拿些吃的过来给你们。”姝妮妈妈说着就走开了。

“姝妮，你妈妈的背影真美，还像少女般窈窕。”

“她平常很注重养生，对吃的方面特别讲究。”

不一会儿，姝妮妈妈手里捧着几袋东西过来了。

“筱筱，姝妮，这里有几包核桃和桂圆，你们用脑多，核桃养脑，桂圆养血，每天吃一点，对身体好……”

“谢谢您，阿姨——”筱筱说道。

“不客气，记得吃啊！”姝妮妈妈叮嘱道。

两个女孩目送着姝妮妈妈的车子离开后，一起进了学校，她们穿过拱廊时，姝妮停下脚步，把手上的东西放在石凳上，字正腔圆地说：

“今天可真是个好日子，阳光作美，又清静，要不我们在这里享受一下阳光和美景吧！”

筱筱见她那一本正经的俏皮样，忍俊不禁，她有样学样：

“行啊！小的悉听尊便了。”

两个女孩并肩坐在石凳上，她们怡然自得地眺望着青翠的校园和不远处惟妙惟肖的假山。

“姝妮，我上个星期跟梦蝶聊过了，她之所以坐那个陌生人的车上学，是因为她妈做手术，向那个老板借了钱，才答应给他打工的。还有啊，她其实想考大学，只是她的脑子暂时被那个老板的言论迷惑了，其实……”筱筱欲言又止，眼神里满是担忧。

“你想帮她？刘梦蝶那么固执又自大的人，她会听得进你的话吗？”姝妮疑惑地问道。

“姝妮，我们一起帮她，好吗？”筱筱转过身激动地看着姝妮，她的声音有点颤抖。

姝妮瞥了一眼筱筱，爽快地回道：

“好啊，你那么想帮她，我能见死不救吗？”

“就知道你不会坐视不理的，姝妮，你不但人美心更美。”筱筱抓起姝妮的手，笑得如花儿一样，两排整齐、洁白的牙齿在阳光下闪闪发亮。

西边渐渐地泛起红霞，这会儿，校园里的人越来越多，同学们陆陆续续返校了，筱筱拉起姝妮的手，向宿舍楼走去。

几天后的一个傍晚，筱筱和姝妮从食堂一起回教室的路上，姝妮忽然神秘兮兮地说道：

“这个周六，我们的计划就可以付诸行动了……”说着，她把一张纸拿出来在筱筱面前扬了扬，告诉她这是梦蝶家的住址。

“姝妮，你太厉害了。”筱筱惊讶道，“我也试着问过她家的住址，可她守口如瓶，根本不搭理我。”

“你直接问，她能说吗？刘梦蝶那么精明、心高气傲、自尊心摆在脸上的人，她保准以为你深入她巢穴有什么目的呢！”姝妮向她挤了一下眼睛，一副胜券在握的样子，“我可是托了好朋友的好朋友才打听到她家住址的，这个周日我们就登门看望她妈妈，我想她没有理由把我们赶出来吧！”

“姝妮，还是你有办法……”筱筱喜笑颜开。

周日上午，太阳公公十分抢眼，广袤无垠的天空中白云朵朵，筱筱和姝妮约好在学校碰面，她们买了一袋水果，然后去梦蝶家。

两人换乘了两趟巴士后，坐上了一辆摩托车。不一会儿，摩托车师傅载着她俩在光洁的水泥路上风驰电掣地飞奔，路边摇曳生姿的榕树和芒果树从她俩的面前呼啸而过……

十几分钟后，摩托车师傅顺顺当当地把她俩送到了目的地。

这个地方没有高楼，也没有令人咂舌的风景，呈现在她们眼前的是一排低矮、潮湿、陈旧的农民屋，这也是筱筱和姝妮第一次看到这座城市没有改造的老房子。

一会儿后，在一扇斑驳的木门前，她们找到了梦蝶家的门牌号。姝妮不紧不慢地敲了几下门，大门很快就打开了，门口站着一个美丽的少女，一头披肩发，穿着一条蓝色连衣裙，脚上穿着尖尖的高跟鞋，袅袅娜娜，像个高级行政秘书。

"刘梦蝶——"潘姝妮惊讶地大叫起来。

筱筱也惊得目瞪口呆，她简直不敢相信自己的眼睛，梦蝶打扮得很时髦很漂亮，跟她平常穿校服的样子完全是两个人。

"是你们……"梦蝶呆若木鸡地望着她们，惊讶的程度并不亚于她们俩。

她们几乎是在慌乱中进的屋。

屋里虽然没有什么陈设，但拾掇得很干净。

刘梦蝶招呼她们坐在厅堂里的两个塑料凳上，客客气气地给她们倒了水。两位同学的到来，梦蝶除了吃惊外，总的来说挺高兴，她没有了在学校里的冷傲，主动和她们说起话来，这让筱筱和姝妮感到很意外。

几句寒暄后，筱筱笑容可掬地说明了来意：

"梦蝶，我们今天是来看望阿姨的，她在家吗？"

"她不在，上班去了。"梦蝶坐在她俩对面的小木凳上，若无其事地答道。

"她不是做手术了吗？"姝妮插了一句。

梦蝶瞅了她俩一眼，极不自在地揉搓着双手：

"她的身体已经恢复了，上个月到一家工厂打工了。"

"你妈妈中午要回来吃饭吧，我们可以在这里等她啊！"筱筱说道。

"她中午不回来，厂里有饭吃。"

"这样啊，刘梦蝶，你今天打扮得好美啊！像个花蝴蝶似的，跟你平常完

全不一样啊！”姝妮用极其风趣的口吻说道。

“我要出去工作，等会儿陪刘老板的客户吃饭。”梦蝶直言不讳。

“你可以不去吗？我和苏筱筱想在你家吃饭呢！”姝妮的语气很俏皮。

“怎么能不去，我欠了人家的钱，做人怎么能失信啊？”梦蝶一副认认真真的样子。

“是不是还了钱，你就可以不去了？”筱筱焦急地问了一句。

梦蝶看了筱筱一眼，欲言又止。

就在这当儿，门外响起了汽车“嘀嘀嘀”的声音。梦蝶心领神会，连忙站起身向门外走去，筱筱和姝妮也起身跟在其后。门外停着一辆豪华轿车，车里的刘老板身材精瘦，面目狡黠。他看到三位青春靓丽的女孩站在他面前，眼睛直直地盯着她们。

“梦蝶，这两个美女是你同学吗？”他大声地问道。

梦蝶点了点头。

“那太好了，我今天请的这家客户可有来头了，正好晚上我们一起去唱歌。”老板欣喜若狂地说。

“对不起，我凭什么要和您去唱歌？我们不去。”姝妮见他不可一世的面目很气愤，她蹿到梦蝶前面，理直气壮地说道。

“哎哟——这小姑娘真有个性。”刘老板探出头，“一起去啊——我们去吃饭的地方都是五星级酒店，我带你们去见见世面，如果你们谁的英语讲得好，我可以付双倍的工钱，以后陪我去和外国朋友吃饭，带你们见大世面，怎么样啊？”

“五星级酒店了不起吗？我不稀罕，还有啊，我英语说得非常好，但不乐意跟您去应酬。”姝妮立刻呛了回去：

刘老板哈哈大笑了几声，想必他是第一次棋逢对手，有点骑虎难下。他掩藏住心中的不悦，厚皮涎脸地讨好道：

“哎哟——大家就是一起吃个饭嘛——”

“我才不会去呢！”姝妮斩钉截铁地说，“而且梦蝶从今以后也不会去了，她要专下心来考大学。”

“哈哈——哈哈——”刘老板仰头大笑，“你说她不去就不去了？你知道她欠我多少钱吗？我当初借钱给她时，可是有凭有据讲得好好的，我借钱给她，她就陪我跟客户吃饭，你们小姑娘就是这样说话不算话的啊？”

“她已经付出了应有的劳动，钱也应该还清了吧？您还想纠缠到什么时候？”姝妮气不过，大声地吼道。

“这才陪了几次啊？”刘老板针锋相对，“我的钱又不是白白捡来的，除了上次借的六千元外，我还给她买了衣服、化妆品，花了上万元，这要怎么算啊？”

姝妮忍住心中的火气，转过身对梦蝶说：

“刘梦蝶，你看清了这种人的嘴脸了吗？你还要给他干活啊？真是不见棺材不落泪——”

梦蝶眼睛通红，一脸后悔不迭的样子，姝妮轻轻地在她肩上拍了两下，机警地说道：

“苏筱筱——你和她先进屋，这里交给我就行了。”

刘老板见刘梦蝶往屋里走，在车里大声叫道：

“刘梦蝶——她们不去，你可是要去的哦！”

姝妮猛地将她们两个人往后推，示意她们退出战场。

“从今以后，请您不要来骚扰她了，她欠您的钱，我想办法找同学们募捐还给您，怎么样？您还有什么异议吗？”姝妮说道。

“哈哈哈，”刘老板尖笑了几声，“刘梦蝶什么时候交上了这么厉害的朋友了。”

“这您不用管，如果她没交上我这么厉害的朋友，您就要有恃无恐地继续戏弄一个高中生为你卖命啊？”姝妮正气凛然地说，“她借您的六千元，我们会一分不少地还给您，至于买衣服和化妆品的钱，那是您为了工作需要才买给她的，这个钱并没有借据，也没有理由还，不过我们会把衣服和化妆品还给您。”

“小姑娘，你根本就没有诚意还钱嘛？”刘老板诡异地一笑，振振有词地说，“只要是我花的钱，你们都要还，要不然，刘梦蝶今天就得去跟客户吃饭，如果不去的话，我就告你们诈骗。”

“好啊！您去告，您最好去告，我们奉陪到底。”姝妮看了看天，脱口而道，“同样，我们也要告您，您倚财仗势，为了个人的利益，以借钱为诱饵，故弄玄虚，让这么青春貌美的未成年少女陪您应酬而耽误她的学业，凭这一条，就可以将您拘留。”

“哎哟——”外面秋风飒飒，面对这个伶牙俐齿的女孩，刘老板的额头直冒冷汗，“小姑娘，不要跟我过不去嘛，我只是个生意人，眼里当然只有利益，这样吧，就按你说的办。”

姝妮又看了一眼明朗的天空，字正腔圆地说：

“生意人难道就没有道德、公理和良心了吗？论年龄，梦蝶可以当您的女儿，换位思考，如果您的亲生女儿遇到这样的处境，您不会心疼，还会去责难吗？请您留下联系方式，我会将钱和物品都还给您……”

“好，好，我同意，我同意——”

在这个卓尔不群的女孩面前，刘老板脸色铁青，不知道他是因为羞赧还是心虚，他不声不响地递给姝妮一张名片，然后踩动油门，一溜烟地跑了。

梦蝶目睹了今天这一幕后，她的大学梦又回来了。期末大考，她勇夺全班第二。

第十章　珍贵的眼泪

北京的岁末冷得极致，也美得极致，北京城里大雪纷飞，古老而繁华的首善之地银装素裹，变成了一个粉妆玉琢的世界。春节马上就要到了，外头虽然冷，但年味一天比一天浓烈，街头巷尾张灯结彩，笼罩在一派祥和、喜庆的新年氛围中。

曦晨大学毕业已有半年了，他的生活依然鲜衣怒马，日子过得浑浑噩噩。他爸妈帮他介绍了好几份工作，但没有一份工作令他称心如意，他不是嫌薪水低就是抱怨工作时间长，他那点工资根本都不够日常开销，每个月都要找他妈要零花钱。

对于儿子的陋习，龙菀莹也试过狠心不给，但结果是下次给得更多。大学毕业后，曦晨吵着要龙菀莹给他买车，说他的几个好朋友早就有自己的车了，他也要一辆属于自己的车，在儿子的软磨硬泡下，龙菀莹给他买了一辆新款越野车。

曦晨有了新车后，日子过得更惬意了，他经常带着女朋友出去兜风，曾和他一起到L市看大海的小曾早就没有联络了，不过他从不缺女朋友，工作后，他换女朋友的频率跟他换工作的频率差不多，每次工作换了，身边女孩肯定也不一样了。

一天晚上，曦晨和几个朋友在外面吃完晚饭回到家时，他家的保姆柳姐正在客厅里看电视，“我妈呢？”他像往常一样探问道，这是他的习惯，每次回家，只要没看到他爸妈，他都会问这一句话，上楼前窥探一下家里的情况。

“你妈妈给你爷爷奶奶送年货去了，你爸爸在书房，你吃饭了吗？要不要我去给你弄一点。”

“我吃过了，我妈去多久了？”曦晨继续打听道。

“刚走一会儿，她在家吃完饭走的。”

“噢——我知道了。”他不安地说。

曦晨家住的是三层复式，去年才搬进来的，楼上楼下有两百多平方米，屋内的装修既现代又气派。曦晨听柳姐说他爸在家后，他的心不自觉地打起鼓来。这半年都是这样的，只要他妈不在家而他爸在家，他就像似少了保护伞一样，做什么都瞻前顾后。

在这个家里，他就怕他爸。

上楼时，他蹑手蹑脚，试图逃过他爸的视线，不过经过书房门口时，还是被钱睿知发现了。

“曦晨，你回来了，来——来——进来坐会儿。”

钱睿知今年四十八岁，他脸颊丰润饱满，眼睛炯炯有神，神情庄重，完全就是一副沉稳可靠的领导风范。他坐在电脑前看东西，这些年，他有一个习惯，喜欢在网上写点关于投资理财的文章，他的博客还受到了很多网友的追捧。

他的书房简约典雅，书桌后面有一柜书，大多是管理和投资方面的书籍，也有名人传记。这些书只有他一个人看，龙菀莹每天都操心美容馆的事，没有工夫看，而且她也不喜欢看书，而曦晨根本就不敢进他的书房，更不用说看书了。

曦晨进屋后，坐在他爸书桌对面的一张浅棕色的真皮沙发上，他耷拉着脑袋，极不自在地扳弄着双手。

“曦晨，听你妈说你又不想在这单位干了，过完年有什么打算啊？”钱睿知放下手中的鼠标，两只手搭在椅子的扶手上，他用探询的目光瞅向儿子。

“我还没有想好，过完年再说呗！”曦晨心不在焉地答话。

“过完年就要上班，提前把工作落实好，不是更好吗？”

“急什么啊？还早着呢！”

钱睿知本来想和儿子好好地聊一聊，但听着他一句句漫不经心的话，他就气不打一处来。

“你什么都不想——是不是想我和你妈养你一辈子啊？”

“我可没有那么想。”曦晨无心地说了一句。

“你就不能学点好啊？你看看以前我们楼里丁局长的儿子，只比你大三四岁，今年已从法国留学回来，在一家中外合资的大公司上班。你呢，整天玩

世不恭，跟着一群狐朋狗友到处瞎混，这能学好吗？”

“我没有那么好，也不算坏吧！我平常就是爱玩一点，出去唱唱歌、吃吃饭、看看电影什么的。像社会上那些不好的风气都不学，夜店也不去，又没有做过犯法的事，有些人比我坏多了，我算不错的了。”曦晨见父亲又老生常谈，总拿他与周围混得好的人比，就为自己辩解。

“你——你这个——你这个逆子啊！”钱睿知勃然大怒，掀起书桌上的一个计算器向儿子砸去，但偏偏没有砸中，那个小东西飘落到沙发后面去了。“你敢做犯法的事，我第一个送你去公安局，让你在里面待一辈子，我怎么就生了你这个不成器的逆子啊？”他痛彻心扉地破口大骂。

“我只是打个比方嘛，我平时规规矩矩，从来没有做过出格的事，您生什么气啊？”曦晨若无其事地说，他还太年轻，还不懂得父亲声嘶力竭的爱。

“我能不气吗？你都大学毕业了，就不能有点觉悟吗？啊？”钱睿知站了起来，他望向儿子，脸色凝重，痛心疾首地说，“明年你就二十二岁了，人生有几个二十二岁啊？你难道不为你的将来做一点打算吗？你读书不用功，整天吊儿郎当的。工作给你找得好好的，你却心比天高，嫌东又嫌西，这不想干那不想干，你以为天上能掉馅饼啊？你是不是要活活把我和你妈气死啊？你是个男人，就要有个男人样，就要努力工作，打拼一番事业，独自撑起一片天空，撑起一个家。你现在年纪轻轻，就好逸恶劳、坐享其成，让我们两个老的为你打拼，你还是个人吗？你这样下去，是不是以后结了婚，老婆和孩子也要我们两个老的来帮你养啊？”

“您怎么说的这么严重啊？我还年轻，还有大把的时间，急什么啊？”

“你这个不识时务的东西啊！”钱睿知歇斯底里地骂道，“你天天游手好闲、吃喝玩乐，光会花钱不会赚钱，我能不急吗？你连自己都养不活，以后还怎么养一个家啊？”

“不就是钱吗？等我有钱了，还给你们就是了……”曦晨不知天高地厚地回道。

钱睿知听到这，忍无可忍，又将桌上的一本书向儿子扔了过来，“你这个混账东西，还我——你现在就还我，从明天开始，你休想我们再给你一分钱，你也不要开我们买的车，如果要开的话，就自己去挣油钱。你若是有骨气，就不要伸手向你妈要钱，也不要拿你爷爷奶奶和你姑姑的钱。你都工作了，

还好意思花家里的钱，不觉得害臊吗？你——你——”他气得浑身发抖，嘭的一声坐回到了椅子上，气喘吁吁的，他有些日子没有这样痛骂儿子了，可是骂过之后，他并没有好受一点。

“好了——好了——您别生气，我明天不出门就行了，什么都听您的，这样可以了吧？”

“你真是无可救药啊，好的不学，油腔滑调倒学得很溜，你给我——给我滚出去，我看着你就心烦……”钱睿知瘫在扶手椅上有气无力地说。

曦晨回到房间，懊悔而颓丧地躺在床上，以前他爸骂他，他就会约几个朋友出去喝点酒，然后回来睡一觉就没事了，但今晚他似乎没有心思出去了，父亲对他失望和痛心的神情不停地浮现在他眼前，让他既不安又内疚。忽地，他的眼角流下了几滴又伤感又无辜的眼泪，从小到大，他很少流泪，流泪对他来说是一件非常奢侈的事……

几滴珍贵的眼泪在空气中飘散后，他想起晚上约了人在网上斗地主。几局下来后，他没了兴致，被父亲训斥后，心里多少有些不顺气。

过了一会儿，他的一个大学女同学发来QQ信息，说想开视频看他的邮册，他的情绪随之高涨起来，他平常有集邮的习惯，说起这个爱好，还跟他姑姑有关，他姑姑嫁去美国后，每次回国都给他带几枚邮票做纪念，从那时开始，他就喜欢上了这一枚枚精美、带给他快乐的小邮票。除了姑姑给他带的以外，他自己也收集了各种各样的邮票。上学的时候，他常节假日一个人去逛邮票市场，在那里寻找喜欢的宝贝，到目前为止他已有五六本邮册了。

这半年工作后，他就几乎没有摸过它们了，也记不清放在哪里，他找了好几个地方都没有找到，最后，他在衣柜底下发现了它们，当他拿邮册的时候，发现了里面的一只帆布袋。

曦晨和那位女同学视频看完邮册后，打开了帆布袋，看见里面有两本书和两个本子，还有一支浅粉色的笔，一看就是女孩子的东西。

他想起来了——这是他上半年到L市旅游时扔到垃圾桶的帆布袋，回北京的那天是小曾帮他收拾的行李，回到家后是柳姐帮他收拾的箱子。他怎么也没有想到，这只帆布袋居然跟着他一起回到了北京，在他的衣柜里近半年。

随即，思绪把他带回到了那一天——他坐巴士回酒店时，坐在一个穿着蓝色校服的学生模样的女孩旁边，当时他还偷偷地瞟了她几眼，那个女孩文雅秀丽，长得十分漂亮，坐了几站后，那个女孩就下车了，随后一位中年男人坐到了他身旁，紧接着这位中年男人将一团东西放到他手上，那会儿他正在跟小曾聊电话，以为是自己落下的东西，便瞧都没瞧一眼就接了过来。

这样看来，这个袋子是那个女孩遗落在座位上的。

他将袋子收起来放到他床头柜的抽屉里，然后坐在床上捧起两本书翻了几下就放下了，最后，他拿起了两个本子，这两个本子一个是粉色的，一个是橙色的。他先打开了粉色这一本，翻到扉页，只见上方贴着一张红色枫叶，旁边贴着几朵小樱花，右角下方写着“娉婷朵朵”四个字，这一番简单的点缀让这一张白纸灵气十足，本子里的每一页都写满了字，字迹工工整整，特别养眼，让人心情愉悦。橙色这一本里写了一大半的字，还剩下一些空白页，这个本子扉页右上方贴着几个粉红气球，本子右下角同样写着“娉婷朵朵”四个字。

他一下子喜欢上了这两个本子。

他喜欢里面每一个娟秀的小字。他捧起粉色那一本，一页一页地翻动着，当他翻到一篇标题为《星语》的日记时，他的手停住了，而后，他就着床头灯读了起来：

2003 年 × 月 18 日 天气：晴

星 语

我和雪莉·安妮一样，是一个爱幻想的女孩。

虽然我没有她那样冰雪聪明的脑袋，但是我和她一样，也喜欢幻想，喜欢把所有美好的事情都想象得天花乱坠。

雪莉·安妮是我在书里读到的一位美丽小天使，她独特的红头发，脸上的小雀斑，喋喋不休的有趣话语，以及她坚强、乐观、善良的品质，都早已封存在我的记忆里，每当我想起她发小脾气时的可爱模样时，就想拥抱她，然后把这本书找出来，在里面重温她身上的所有美德！

我爱幻想的习惯好像与生俱来，不知道是遗传了爸爸还是妈妈，我总是喜欢在幻想的世界里异想天开、自娱自乐——

小时候，我喜欢天上的小星星，就幻想着有一天飞到天上去，把一颗颗小星星摘下来揣在怀里带回家，然后放到我的小床上陪伴我睡觉，让它们把黑夜里的妖魔鬼怪都赶跑。妈妈走后，我便幻想坐着月儿船到天上去找她，跟她讲一讲我和奶奶的新家，告诉她我和奶奶一起过得很幸福……

慢慢地，我爱幻想的“毛病”愈演愈烈了。

不知从什么时候开始，每晚睡觉前，我都习惯在脑子里编个美好的小故事，幻想着这个美丽的故事出现在我的梦乡里。

上高中后，写日记成了我的另一种幻想模式。

言为心声——我喜欢用文字编织我每天的所思所想，也喜欢把我读过的好书都一一记录在这个心灵的小匣子里，待岁月飘过，它还会泛着陈香。

一天又一天，这一隅幻想的角落成了我的心灵花房。每当一个个从脑袋里蹦出的小字从我心头淌过，我觉得它们就像一颗颗闪亮的小星星坠落到我心里，每一颗都有一对能飞翔的翅膀，瞬间就把我带入到一个有光亮的世界，我的心语便涓涓而来，即刻汇成了江河。

从此，我把日记里的心语叫作“星语”。它们照耀我、包容我、爱惜我。

因为有星星闪耀的地方，愿望就没有止境！

每一天，我欢呼雀跃地打开日记本，自由自在地在里面倾吐每一寸思语，悲喜都顺从内心，每一个发自内心的小字都是有血有肉的自由灵魂，所有的情感都栖息在这个小宇宙里。当笔尖划过苍穹，在一行行空白格条里留下一片汪洋大海时，我的心便有了寄托，灵魂有了归宿。不得不说，用文字编故事，是最能表达内心的一种小游戏，也是一件最快乐的事，一旦爱上，就会上瘾。

如今，我的“星语”世界里繁星朵朵，金光闪闪。

有了它们，我的人生就有了期许，有了憧憬。

我的繁星密语中，有一群可爱的人——

爷爷、奶奶、爸爸、妈妈、姝妮、俏凝、钰琳阿姨、瑶瑶姐姐、月姨、巧姨、蒋药松，他们都是我心语里的星星，有这些美丽的灵魂为我护航，我就能插上羽翼，御风穿越卷帙浩繁的书海，飞到梦想之巅。

曦晨看完后，他眼角又流下了几滴晶莹的眼泪。

第十一章　一败涂地

曦晨过了一个鲜活的春节后，进了一家新公司，每天下班后，他又开着车和那群狐朋狗友花天酒地。

过完元宵节，几个朋友拉他一起做生意，说有一家生意很红火的酒吧要转让，接手过来就可以直接开张营业，几个头脑发热的年轻人大放厥词说要把这家酒吧打造成最引领潮流、别具一格的酒吧，还说赚到钱后，要开几家更气派的分店。

在他们的怂恿下，曦晨马上辞掉了工作。自大学毕业后，他就觉得自己的人生很不顺，找不到一个称心如意的工作，现在有这么好的生意机会，他当然不想错过。过年前被他爸大训一顿后，他太想出人头地、大干一番事业了，他也想让他爸知道他是个有梦想、有事业心的人，让他爸对他刮目相看。

四个初生牛犊决定合伙做生意后，便着手筹备资金，他们想早点把店顶过来，正式开张营业赚钱。这几个年轻人刚步入社会，脑袋里除了冲动和美梦外，一文不名。不过他们有恃无恐，只要有“梦想”，他们的父母肯定会慷慨解囊。果不其然，他们把开酒吧的事向父母摊牌后，旗开得胜，资金问题很快得到解决。

曦晨在他妈那里拿到了二十万。

酒吧转手过来后，曦晨投入到热血沸腾的事业中，当上了老板。然而，酒吧的生意并没有介绍人说的那么红火，确切地说是很惨淡，这几个年轻人又没有一个人擅长管理，更没有一个人自告奋勇愿意去学习，面对酒吧不断出现的各种问题，他们束手无策。结果第一个月，他们就亏了钱，酒吧的租金都付不起，三个月左右，因经营不善酒吧就倒闭了，另外还欠了一大笔债。

这笔债当然得由四个人平均分摊来还，几个狐朋狗友也因此反目，他们

彼此埋怨对方的过失和无能，不再来往。

龙菀莹知道酒吧关闭的事情后，有苦难言。三个多月前，儿子跟她说想要开酒吧，当时曦晨表现得胸有成竹、运筹帷幄，把计划说得头头是道，她觉得儿子比以前沉稳了许多，便答应给他出资，让他到外面去闯一闯，给他一次锻炼的机会，她并没有想过他赚多少钱，只要不亏本就好。于是她就瞒着钱睿知给儿子拿了钱，但令她意想不到的是经营三个月就倒闭了。她是个精明的生意人，一下子被儿子像玩火似的烧掉了几十万，受到的冲击可想而知。

而钱睿知完全蒙在鼓里，他对儿子开酒吧的事一无所知，直到有一天，儿子朋友的父母找到家里来，说要一起处理债务，他才知道了曦晨开酒吧的事情。这几个月，他没听到儿子抱怨工作，还以为那小子真的改头换面了呢！

几家人算完账后，钱睿知和龙菀莹便去为儿子善后……

夫妻俩为了这件事已经吵过好多次了。钱睿知抱怨妻子千不该万不该自作主张让儿子开酒吧，说他根本就不是做生意的材料，结果捅出这么大个娄子。他把所有的怨气都撒在龙菀莹身上，每次一说到儿子他就怒火中烧，满口都是难听的话，龙菀莹也针锋相对，两个人吵起来的时候，家里的屋顶都要被掀起来了。

当老板的“梦想”破灭后，曦晨尝到了人生的第一次失意，有好几次，他都想大哭一场，以此来洗刷内心的不快。

一个周六的早晨，钱睿知和龙菀莹都在家休息，曦晨吃好早餐就回房了。他上楼的时候，他爸妈还和和气气的，可不知怎么的，他上楼没有多大一会儿，楼下又吵起来了。

“我难道说错了吗？要不是你事事惯着他，他能这样不知天高地厚吗？”钱睿知大声嚷道。

“那你呢？你是父亲，你就没有一点责任吗？”龙菀莹的声音更大。

“我也有责任——常言道‘养子不教父之过，慈母多败儿’，如果他小时候，我多管着点，你少惯着点，两个人都多花点时间在他身上，他就不会变成今天这副情形了。”钱睿知的语气缓和了些。

“晨晨小的时候，我确实花在他身上的时间少，也很少过问他的学习，觉得学习是个人天赋，只要他尽力就好了。”

“再有天赋的人也需要努力，勤能补拙，不管是学习还是工作都需要付出辛劳才有收获，你是生意人，这么多年是怎么打拼过来的，应该懂得吧？”

“我懂——不过，晨晨年纪还小，刚大学毕业，还是个孩子呢！年轻的时候不‘吃一堑’，怎么‘长一智’呢！”

“年轻就是借口吗？”钱睿知又火冒三丈，“年轻的时候更应该脚踏实地，像他这样做什么事情都没有一点持之以恒的品质，能成得了什么大事啊？你总是一味维护他，什么都帮他做，总把他当成孩子，是不是真打算给他养老婆养孩子啊？”钱睿知说着朝门口走去。

“你这是要去哪啊？”龙菀莹问道。

“我出去走走，一看到那臭小子，我心里就冒火，还不如去外头吹吹风，去看看树上的鸟儿和池塘里的鱼儿。”钱睿知咕噜道。

在楼上玩电脑的曦晨听到他爸妈的吵架声，心里又烦又乱。他关上电脑，怅然若失地走到窗前拉开浅蓝色的窗帘，看着窗外明媚的阳光。他家住在六楼，下面的景物和来往的行人都尽收眼底。这时，他看到他爸背着手蜿蜒在鹅卵石的小径上，他爸走得很慢，眼睛看着地下，像是在细数着走过的步子。

过了一会儿，他拉上了窗帘，坐到床前，拿出床头柜里的日记本，这两本无意间走进他生活、陪伴他走过喜怒哀乐的日记本，像一束绚烂的阳光照进他心灵的罅隙中。每次，他心里不畅快的时候，就拿出来读一读，他已从头读过里面的二十几篇日记了，每一次读完，总感到星星点点的光亮照进他心里，那个在巴士上邂逅的女孩在他眼前越发的清晰。

他默默地在心里叫她“娉婷女孩”，管两本日记叫“娉婷日记”。

他翻开日记本，接着往下读——

2003 年 ×25 日 天气：阵雨

当阅读成为一种美德

奶奶说：“阅读好书不仅可以让一个人的脑袋变得聪明，还可以让一个人的心胸变得越来越宽广，从而慢慢地学会怎样温暖别人，怎样以平和的心态看待这个世界。”

平心而论，阅读的好处不一而足，有好书相伴，心灵就如沐浴着芬芳雨露，

不但可以丰富视野、增进智慧、储蓄未来，还可以积攒善念，成就一种美德。如果说每天定时吃饭，是为了给身体储备能量，那每天定时阅读，就是给脑子储备精神食粮。对于我来说，阅读最大的好处就是我渐渐发现自己的小玻璃心有了免疫力，不再那么容易不堪一击了。

一天天，一月月，一年年，阅读成了我生命中不可缺少的一部分。每读完一本好书，犹如吸入了琼浆玉液，它们照亮我，感化我，温暖我。

这几天，我读了列夫·托尔斯泰的《复活》，这次阅读经历让我深刻体会到了阅读成就一种美德的深切感受——

这个故事的男主人公涅赫留多夫和女主人公玛斯洛娃，他们曾经都是内心纯洁、拥有美好心灵的人。后来，涅赫留多夫因生活环境的转换和周围朋友的影响，沾染了不良的习性，行为变得不受拘束，对美丽纯洁的玛斯洛娃做了错事后，扬长而去。从此以后，原本快乐无忧的玛斯洛娃灾难连连，一个人承受了生活给予她的种种苦难，成了社会的边缘人，熬煎在社会的最底层，渐渐地，连灵魂也丢失了。多年以后，他俩相识在一个法庭上——涅赫留多夫在知道了玛斯洛娃这些年的遭遇后，精神世界开始变化。他意识到了自己对她的伤害和歉疚，于是开始竭尽所能帮助她脱离苦境，同时也决心拯救自己沉沦的灵魂。

两位主人公在一次又一次的觉醒、挣扎、洗涤后，他们的灵魂复活了。不过，最后这两个灵魂得到救赎的人没有像我所期待的那样白首偕老，但这样的结局也许让故事更耐人寻味吧！

读完这个故事，我的心灵也跟着洗涤了一回，灵魂也跟着复活了一次，不光是为他们的故事感动，也为他们生活在那样的社会背景下所遭遇的痛苦和不公而悲怜。通过这次阅读，我不仅学到了洞察这个世界的智慧，还增添了几分对世事的宽容……

头枕书香，心便安然。

阅读好书不但能陶冶我们的情操，还能让我们的精神变得富有。

“一箪食，一瓢饮，在陋巷，人不堪其忧”，这种快乐也是最纯粹的。淡泊的人生看似平凡，却能让我们成为自己的精神巨人，这才是无与伦比的人生。

当阅读成为一种美德，当内心愈来愈丰盈，我想总有一天，我也能像颜回一样，如此富有，如此快乐！

读完这一篇，他接着又翻到了下一篇：

2003 年 × 月 26 日 天气：多云

一个小故事

前几天，姝妮给我讲了一个真实的故事——

她的妈妈有一个远方表妹，叫美燕，她天生丽质、云容月貌，从小就是美人胚子。十几年前，她来到 L 市让姝妮的妈妈帮她找工作。那个时候，姝妮的妈妈在一家大银行工作了好几年，有广泛的人脉圈，介绍一个好工作轻而易举。在姝妮妈妈的介绍下，美燕很快进了一个大公司，虽然她只有初中学历，但公司的老总看在姝妮妈妈的面子上，给予了特殊关照，她谋到了一份体面的工作，在写字楼当文员，其实对于这样的大公司来说，她是小材大用。美燕到公司上班之前，姝妮的妈妈嘱咐她到了公司之后要踏踏实实工作，虚心向别人学习。另外，姝妮妈妈还出钱帮她报了一个财会初级班，让她晚上去上课，学点真本事，以后有实力留在公司，然而，她只上了两次课，就不去了。

美燕有着自己的计划，从她来到 L 市的第一天起，就希望有一天能在这座城市找到归宿，嫁一个有钱人，过上幸福的生活，不必像其他女孩一样为生计劳累、被工作束缚。上帝似乎暗暗地默许了她的愿望，她的运气很好，在这家公司工作不到半年，就如愿以偿地和一个高管结婚了，那个高管给她买了房子和车，一年后，她生了一个女儿，老公给她请了保姆，从此，她过上了梦寐以求的幸福生活。

可慢慢地，她和老公龃龉不断，经常为了小事吵架，原先很宠爱她的丈夫对她嗤之以鼻，说她没有上进心，是个吸血虫。更没想到的是，孩子两岁时，她老公提出离婚，态度坚决，甚至搬出去住。刚开始，美燕怎么也不同意，但几个月后，她老公的冷漠态度令她心灰意冷，她只好妥协离婚，孩子的抚养权交给了她前夫。

经过这一次挫折和打击，美燕并没有气馁，她想自己还年轻，凭着她的

美貌和魅力还可以找到更好的男人。几个月后，她去了上海，在一家大酒店的前台当接待员，上帝又默许了她的愿望，她很快如愿以偿，交了一个非常不错的男朋友，对方是新加坡华侨，硕士学历，认识不到半年，他们就结婚了，美燕辞掉了工作在家当全职太太，她又过上了嫁给有钱人的幸福生活，一如既往地挥霍着时间和金钱。

几年后，她生了两个孩子，一男一女，有了孩子后，她发现和现任老公的共同语言越来越少，三天两头吵架，但为了两个孩子，他们说好凑合着过下去，没有闹到离婚的地步。

去年初秋的一天，她老公开车带她去看一个朋友，两人在半路上为了孩子上学的事吵了起来，她老公当时情绪很激动，在一个十字路口撞到了一辆大卡车，发生了车祸。那以后，她老公瘫痪在床，不能出去工作了。

现在这个家的重担落在了美燕的肩上，由于她文化程度不高，又没有提升学历，再加上年龄大了，找不到好工作，养家糊口都成了问题。

前些天，美燕给姝妮的妈妈打来电话，说她现在过得生不如死，还说当时若是听她的劝告，踏实工作，学点真本事，不以爱情婚姻为捷径，就不会把好好的人生过得如此不堪了。

第十二章　一个里程碑

高三下学期，梦蝶回老家上学了，她借钱的事情早就解决好了，姝妮在学校募捐后，将钱和物品统统还给了那位刘老板。

这学期，苏筱筱的新同桌变成了蒋筠松，这巧如电影桥段的情节，她始料未及。虽然班上的几个女孩妒忌得要命，但她异常清醒，始终故步自封，确切地说，她把自己看得更紧了，现在他们两个人连眼神交流都没有了，似乎比以前更陌生。筱筱很清楚，蒋筠松根本就不是她可以仰望到的星星。前排的姝妮瞅着平日里两张不苟言笑的脸，如雾里看花一般，她弄不明白这两个人是怎么了。

最后这半学期，同学们个个整装待发、冲锋陷阵，大家从初春开始为梦想挥洒汗水，希望能收获一个硕果累累的夏季。

虽然就要高考了，但筱筱还是保持着原有的阅读习惯，她每个星期都要去图书室借书，去年在巴士上丢失的两本书，她回学校后找到图书管理员办理了赔偿。两本日记本从此消失在她的生活里，这成了她心中永远的痛，刚丢失日记的那一个月里，她的心像是被掏空了一样，走过一个炎热的夏天和一个金色的秋天，再走过漫长的冬天，当春天的气息扑面而来时，那咬啮的痛才一点点地消隐。

她又买了新的日记本，继续写她的青春密语。

一个星期三的阴雨沉沉的中午，筱筱去图书室看书。

“苏筱筱——苏筱筱——”她听到一个喜悦的声音在叫她。

她挪动脚步，朝袅袅余音走去，在一排书架的拐角处，蒋筠松正捧着一本书坐在那犄角处的木墩上，两人四目相视，蒋筠松满面笑容地招手示意她过去。

筱筱迟疑片刻后，走了过去，坐在另一个木墩上。

“你来借书吗？”蒋筠松合上手中的书，笑着问道。

“是啊，你在看谁的书？”

“叔本华的《爱与生的烦恼》。”

“噢，哲学类的书啊？”

“对，是哲学类的。”蒋筠松看了一眼手中的书，热情洋溢地说，“我喜欢哲学，像叔本华、尼采、培根、罗素的书我都读。只要一翻开他们的书，我就感到兴奋，身体里的每一个细胞都是沸腾的。我不但喜欢打篮球，还是一个狂热的哲学迷，你只知道我喜欢打篮球，其实我也是一个有精神追求的人。”

“看得出来啊——你学习时静若处子，篮球场上又是另一种风采，动若脱兔。”筱筱侧首看了他一眼，说话的声音很低很柔和，她的脸上掠过一丝丝红晕。

“这个比喻我很喜欢。”蒋筠松喜形于色。

“你气宇不凡，跟很多人不一样。”筱筱又说了一句心里话。

“真的吗？”蒋筠松语调热烈而上扬，“还没有人这样说过我呢！原来我在你心里这么好。”

筱筱点了点头，没有吱声，她的眼睛盯着地面。

“你准备考哪所大学？”蒋筠松接着问道。

“L 大学。”筱筱不假思索地说。

“噢？你不去别的地方上大学吗？”蒋筠诧异道，“以你现在的成绩，可以考更好的大学啊？”

“L 大学很好啊！”筱筱抬起头淡淡一笑，“寒假的时候，我和潘姝妮去了一趟，L 大学的校园绿荫如盖，芳草菲菲，有很漂亮的教学楼和超大的图书馆，是一个令人向往的地方……”

“原来你的目标早就订好了呀，连学校都去参观过了。”

“你呢？你打算去哪里读大学？”筱筱问道。

“我啊——还没定呢，我爸妈和我三个人的意见不合，我爸希望我在国内上完大学，再出国念几年书，可我妈现在就想我出去，她想让我去英国读书，刚开始我有点犹豫。不过，想到那里有我的偶像丘吉尔，又想去了……”蒋药松不紧不慢地说道。

自那以后，蒋药松和筱筱的关系似乎比以前好很多，筱筱也不再刻意地避着他，课间的时候，也会和他说上几句话，她还主动地问过他几次数学题目，有的时候，姝妮也会加入他们的讨论中。

这个学期，筱筱和姝妮的上下铺就变成了一张床了。

两个同窗三年、结下深厚友谊的女孩，表面上看似没有什么，实则她们的内心早就翻江倒海了。

一天晚上，姝妮跟筱筱说下午的时候，在学校拱廊的石凳上，赵主任既像一个师长、又像一个学长，用一种十分温和的语气对她说："你在信里说想去英国读书？"

姝妮激动地点头应允。

随后，赵主任接着说："我在英国读了四年书，这段留学生活让我成长了许多。英国是一个有着悠久历史和深厚文化的国家，也是一个培养绅士淑女的国度，女孩去那里读书，是一个很明智的选择。将来会对你的工作和生活产生很大的影响，也会是一段难忘和美好的人生经历。"

姝妮受到心上人的鼓舞后，马上着手备考雅思，决定去她梦想中的国家读书。

当高考倒计时的牌子翻到了四十五天的时候，班上的同学开始在互赠毕业礼物了。

筱筱也在心里计划着这件事——

她想给姝妮和蒋筠松送书。姝妮已不止一次地说过要买套《四书五经》，她说赵主任喜欢读此类的书，所以爱屋及乌，她还说想要买一套精装版的《四书五经》，这样拿在手上舒心，还可以收藏。而蒋筠松呢，自从她知道他喜欢哲学后，每次去图书室时都喜欢找几本关于哲学方面的书翻一翻，上次她看到明代哲学家王阳明的书时，马上就想到了蒋筠松，虽然她看不太懂这类书，但可以让这个未来的"哲学家"去探索。于是，她想送他一套《王阳明全集》。

第二天中午，她就去了学校附近的大书店，找到了这两套书，但当她看到价钱时，便没有先前的兴奋了，这两套精装书要四百多块。她这学期的花费本来就比以前多了许多，又要向奶奶要钱，她真的开不了口。蓦然间，她想起刚进书店大门时，门口摆着一个招聘启事的木架子，红纸上写着"诚聘仓库临时工"的招聘启事，她当时没有细读招聘内容。她立马跑到大门口，认认真真地从头到尾将招聘启事读了一遍，随后，她的心头有了光亮，她想

来应聘当临时工挣钱来买那两套书。

“晚上的时间是自由复习，我可以过来打零工，下班后我再回去学习。”她在心里细细想道。

接着她跑到服务台咨询了招聘仓库临时工的事，在一个工作人员的指引下，她经过了一番周折和等待找到了书店的人事部经理，但人事部经理说这件事不属于他管，让她直接去找仓库主管，接着她又一口气地跑到三楼最里边的仓库，她在门口徘徊了一会儿后，终于见到了仓库主管——一个三十四五岁的身材娇小的女人，她长相清秀，装扮素雅，脸上没有化妆，眼睑下面各有一块不大不小的黄褐斑。

“我是一名高三的学生，就在这附近上学，刚才在你们书店门口看到招聘临时工的启事，想来做一段时间临时工。”筱筱毕恭毕敬地自我介绍道。

“可以呀，我们仓库正缺人手。”她温和地答道，笑容恬淡。

“那太好了，谢谢您！”

“不过，你就要高考了，能腾出时间来吗？”

“可以的，我晚上和周末有时间。”筱筱毫不马虎地回答道。

她打量了几眼筱筱，含笑地说：

“你一看就是那种自觉性强、学习又好的学生，我觉得你可以过来试一试。”

“真的吗？谢谢您对我的信任。”筱筱诚恳地答道。

“我们的临时工是按时算酬劳，每小时五块钱，你可以接受吗？”她从容不迫地问道。

“可以的——那我今天晚上可以来上班吗？”

“你叫什么名字？带身份证了吗？”她以一种管理者的口吻问道。

“我叫苏筱筱，身份证在寝室里。”筱筱认认真真地答道。

“行，你晚上带身份证复印件过来就可以了。”她说完走到仓库门口，推开淡绿色的铁门，大声地叫道：“小欣，你出来一下。”

“肖姐，你叫我？”一位二十几岁的高瘦的女孩从里面走出来，她一脸微笑地问道。

“你过来，我给你介绍一位新同事。”她拉住女孩的手走到筱筱面前，语气温和地说，“这位是小苏，从今晚开始，她来我们仓库上班，到时候你给她派工作，顺便收一下她的身份证复印件。”

“好的，肖姐。”小欣一面回答一面友善地向筱筱点点头。

“谢谢小欣姐！”筱筱礼貌地同这个女孩打招呼。

肖姐和小欣聊了几句工作上的事后，女孩就进仓库上班了。

随后，肖姐转过身对筱筱说：“我们晚上的上班时间是六点到九点，周末是上午九点到下午五点。工资按你的出勤率计算，你可以按周结算，也可以按月结算，结工资的时候找我就行了。”

“好的——谢谢您！”筱筱神清气爽地说道。

“你晚上直接过来找小欣就可以了，你先回学校吧！”肖姐看了一眼手表，一副关切的语气说道。

筱筱跟肖姐告别后，她从一排排鳞次栉比的书架前走过，心里的喜悦之情溢于言表，今天是她人生中一个新的里程碑，她找到了第一份工作。

第十三章　星空下的告白

傍晚六点钟，落日如辉，城市的边边角角铺上了熠熠的霞辉。

筱筱按照与肖姐约定好的上班时间准时到了书店的仓库，然后她找到小欣姐，递上身份证复印件，算是报了到。

这是一个长方形的大仓库，角角落落都堆满了书籍，高高耸立着，巍峨伟岸，汗牛充栋。筱筱站在书丛中，犹如太仓稊米。

不一会儿，小欣就给她派了工作，安排她将今天刚进库的小学一至三年级的《黄冈密卷》全部整理好，并且做好计数和分类。分派到工作后，筱筱马上就按小欣姐的吩咐着手干起来，她做起这份工作来得心应手，三小时过后，就已相当熟练了。下班后，她回到教室里背英语和政治，打工占去的几个小时，她要补起来。

周末两天她没有回家，白天在书店上班，晚上回学校复习功课。

一个星期下来，她和仓库里的同事很快就熟悉了，仓库里是两班倒制，有十几个员工，男女对半，除了一个年纪大的阿姨和她是临时工外，其他的都是书店里的正式员工。小欣是仓库里的组长，她二十五六岁，长相清秀，皮肤雪白。她在这家书店工作五六年了，是个既健谈又热情还有同情心的女孩。筱筱来仓库上班后，两个人慢慢地成了好朋友。

周五又到了，筱筱隔了一星期没有回家，她归心似箭，巴不得马上飞回家。昨晚她已跟小欣请过假，说好星期六上午过去上班。

下午最后一节语文课的时候，蒋筠松递给她一张字条：

放学后，我要去打球，你来吗？

筱筱看毕不动声色地将字条夹在书页里。

放学后，篮球场上人声鼎沸，四周围满了人。她走了过去，踮起脚尖，看到了正在场上奔跑的蒋筠松，他神采飞扬、活力十足。

她在人群中站立了几分钟后，就悄悄地离开了。

她很快走到公交车站台，上了回家的巴士，星期五乘客很多，没有座位。过了两三站后，有乘客下车了，筱筱找到一个靠窗口的座位坐下来。路上车很多，大巴士甩着笨重的身体，一走一停，在繁忙的车流中斗智斗勇，缓慢地前行。筱筱很快就瞌睡起来，摇晃着脑袋睡了一会儿，这段时间她睡眠不足，只要有空当，一坐下来就能睡着。

当她醒来的时候，看到身边坐着一个熟悉的身影，蒋筠松正笑盈盈地看着她。

“你醒了——”他语气轻盈地问道。

筱筱惺忪着双眼，呓语绵绵地说：

“你——你不是——不是在打球吗？怎么在这里呀？”

“我看到你走了，也跟着过来了——”

“你看到我了？”筱筱正了正身子。

“我看到你来了，然后又离开了。”

“我今天着急回家，下次我一定去看你打球。”筱筱一边说一边侧首望向窗外，天边一抹抹红艳艳的晚霞正慢慢地隐入云层。

“就快高考了，我不知道我还有没有时间和心情去打球。今天我们是和一二年级的学弟们打一场友谊赛，这可能是高考前最后一次打球了——”蒋筠松补充道。

“不好意思啊，我见你们才刚开始上场，也不知道什么时候结束，所以就先走了……”筱筱转过身说道。

“没事，反正你走了，我也没心思打了，正好可以送你回家……”

“你送我回家？不用了吧，你又不顺路，太晚回家你爸妈会担心你啊！”

“没关系，今天是周末，又不赶时间，我已经给我妈打过电话了，说今天要晚点回去。”

“你经常很晚回家吗？”

“没有啊！我从小就很独立，小学五六年级时就自己骑单车上下学。有时

候放学后，我还骑单车去接我妈妈下班呢，她说坐在我单车后座上就像回到了十八岁，有种初恋的感觉，开心得不得了，还说要一点点地把她失去的青春在我的单车后座上找回来呢……”

“呵呵，原来你妈妈是个很浪漫的人啊！”筱筱笑出了声，对他骑单车接他妈妈下班的事情饶有兴趣。

“是啊，上个周末，我妈还让我骑单车带她看电影呢，还有啊，她也喜欢粉红色呢，你们女生都喜欢粉红色吗？”

“是啊，没有几个女生不喜欢的。”筱筱笑道。

车子依然走得很慢，车流越来越多，越来越拥挤。

“苏筱筱，这个给你。”蒋筠松一边说一边递给她一个蓝色盒子。“这是我送给你的毕业礼物，收下做个纪念吧！”

筱筱打开一看，里面是一支白色钢笔，模样高贵大气，一看就不便宜。尔后她轻轻地盖上盒子，小心翼翼地递还给蒋筠松。

“这么好的笔，我不能收……”筱筱推却着。

“这支笔是我妈去年春节去欧洲旅游时带回来给我的，我第一眼看到它时，就觉得跟你很相衬。”

“这是你妈妈送给你的礼物，你还是自己收藏起来吧！”面对蒋筠松的热情，筱筱感到很为难。

“跟你说实话吧，我有很多支这样的笔了，我爸和我妈到哪里出差或旅游，都喜欢买一支笔送给我，这也是他们间接鼓励我刻苦学习的一种方式。平常他俩很少对我说‘你要努力学习，做个好孩子’之类的话，而是身体力行地影响我——比如，我爸爸是个很自律的人，他每天早上五点钟起床，看一会儿新闻就去晨练，晨练完后就回家给我和我妈做早餐。从小到大，只要他在家，每一天都是这样的……”

“你在这样的家庭环境中成长，真让人羡慕。”

“所以你就收下吧，我不缺这一支笔……”

“可是……”筱筱犹豫不决地看着他。

“就当作是纪念我们这三年的友谊，好吗？”蒋筠松的语气变得着急起来。

筱筱想了又想，嗫嚅道：“那——那我收下吧！”

车窗外，暮色渐渐浓烈，一道道火红的霞辉悄悄地躲进了轻柔飘逸的帘帐，留下几朵归家的浮云。筱筱倚着车窗，神情怡然地张望着正暗暗下沉的天空和熟悉的街景。

不知不觉地，外面的天空黑下来了。

筱筱到站后，蒋筠松跟她一起下了车。

筱筱家就在公交站台后面，她住的这个小区虽然不大，但四周的环境很好，路边耸立着高大茂盛的南洋楹，碧翠碧翠的枝叶在夜风中缓缓地摇曳。

两人下车后，坐在站台上的绿色长条椅上。天已经完全黑了，路上的行人步履匆匆，街边的超市、小吃店里人来人往。

夜空像被浓墨重彩过，整个城市犹如穿上了庄重的晚礼服，林立在夜空下的楼宇火树银花，马路上车水马龙，流光溢彩。

“你饿了吧？”蒋筠松借着站台的路灯看向筱筱。

“不饿——你该回家了。”筱筱回了他一句。

“还早呢，反正明天放假——你等我一下。”蒋筠松说完站起身，离开了座位。

不一会儿，他提着一个塑料袋回来了。

“我在蛋糕店买了面包和牛奶，你吃点面包吧！”

“我要一支牛奶就好了。”

“吃一个面包吧！”蒋筠松说着递给筱筱一个面包和一支牛奶。

初夏的晚风沁人心脾，天上的星星出来巡逻了，在他们的头顶上开满了一朵朵金黄金黄的小花儿。两人一边吃着东西，一边怡然自得地欣赏着美丽的街景。

“你和你爸妈商量好去哪里上大学了吗？”夜风中，筱筱探询道。

“我下半年就要到英国读书了，先去读一年预科，语言过关了申请大学，我想读我的哲学。如果以后还想读其他的专业的话，那就再读一个经济专业，反正‘技多不压身’。”

“梦想属于有准备的人，相信你一定可以实现所有的愿望——”

“谢谢鼓励！”蒋筠松说完这一句，他抬起头看了看天上一颗颗美丽闪亮的星星，然后情真意切地对筱筱说，“从高一开始，我就喜欢你，你的安静、你的沉着、你的努力，总是让我想和你靠得更近。你知道吗？每次你来看我打球，我就感觉自己像能飞起来一样，以后不管我去了哪里，我的心都和你在一起，我们不要断了联系，好吗？”他借着星星给他的勇气和力量，一鼓作气地说出藏在心里许久的话。

筱筱听着男孩的话，心跳得厉害，脸也跟着红了，她两只手无所适从地揉搓着，一句话也说不出来。还好是晚上，没有人看到她涨得通红的脸。

时间一分一秒地过去了，夜空越来越静寂，天上的星星似乎困乏了，一闪一闪地眨着眼睛，筱筱的心终于平静下来了，她望了望明净的夜空，又看了看身边的蒋筠松，用女孩子特有的细腻语气对他说：“蒋筠松，你该回去了，再晚的话，没有巴士了。”

几分钟后，蒋筠松上了巴士。

在他上车的一刹那，不知怎么的，筱筱感到莫名的心酸，眼泪夺眶而出。

第十四章　茉莉初开

筱筱回到家时，苏奶奶正在客厅收拾桌椅，老人家看上去神色略显疲惫，但一见到孙女，她脸上的倦容稍纵即逝。

“筱筱，你饿坏了吧，锅里给你留着饭，你中午打电话回来说要回家，我就煲了汤，快把书包放下，过来喝碗热汤。”苏奶奶说着就进了厨房。

筱筱将书包放在餐桌的凳子上后，也跟着奶奶进去了。

“奶奶，您是不是不舒服啊？脸色不太好，我一进门时就看到了，不会是生病了吧？”筱筱站在奶奶身边，焦灼地问道。

“没有啦！这几天腰和膝盖有点疼，贴了两天膏药，已经没有事了。老人家嘛，偶尔腿脚疼是正常的，不用担心。”苏奶奶笑意满面地安慰孙女。

“还是去看医生吧，我明天就陪您去医院。”筱筱接过奶奶手中的热腾腾的汤碗，用恳切的眼神看着她。

“不用——不用——”苏奶奶连声否定道，“我去楼下的门诊看过了，他们给我量了血压都正常，只有些轻微的关节炎，我已经买药回来了。”

“有好一点吗？”

“好多了。赶紧把汤喝了吧，我怕你回来得晚，就用小火慢慢熬着。”苏奶奶絮叨道，爱怜地看着孙女。

“奶奶，您也喝一碗，您关节疼，喝碗热汤可以暖暖身体。”筱筱鼻子酸酸的。

“好——奶奶喝，奶奶喝……”苏奶奶浅笑道。

筱筱把饭菜和汤罐端到餐桌上，她先给奶奶盛了一碗热汤，再给自己盛了一碗。苏奶奶两个星期没有见到孙女了，话自然多了起来，她一边喝汤，一边给孙女讲这两个星期和孩子们在一起的开心事——讲他们的进步，也讲他们的糗事，筱筱听得咯咯咯地笑出了声。

吃好饭后，筱筱在炉灶上烧了一壶水，她想给奶奶敷一敷腿。小的时候，爷爷腿疼的时候，奶奶总是烧点水，给爷爷热敷，这些记忆，都深深地刻在她的脑子里。

这些年，爸爸杳无音信，奶奶独自抚养她，为她付出了很多，而她能为奶奶做的少之又少。想到这些，她的愧疚感一拥而来，鼻子拼命地酸起来，眼泪堵在心口，她恨不得一夜长大，撑起这个家，为奶奶分忧。

夜灯下，筱筱又如往常一样，当奶奶的小书童，她坐在奶奶的床前，为奶奶吟读散文《青灯有味似儿时》①——

相信人人都爱念陆放翁的两句诗：“白发无情侵老境，青灯有味似儿时。”尤其我现在客居海外……

筱筱读毕依偎在奶奶身旁，兴高采烈地跟她讲起自己在书店打零工的事，苏奶奶听后瞅了瞅孙女，嘴角抽动了两下，暗暗在心里咕噜道：

“这孩子怎么突然想去打零工呢，难道是要用钱吗？可是高考迫在眉睫啊！”

“我怎么跟她说呢！”苏奶奶又想道，“孩子那么高兴，如果我阻止她去做自己喜欢的事情，这不是间接打消孩子的积极性吗？”她转念一想，“没事——没事——孩子是在书店打工，在这样的地方工作对她的成长有裨益。再说了，这孩子从小就有毅力、有决心，从不向困难低头，决定了的事情，肯定能不遗余力地做好，不会影响到她的学习。”

于是，她摸了摸孙女的额头，看着她白皙的脸蛋，用十分赞赏的语气对孙女说：“你现在长大了，有能力决定自己想做的事情，不管你想做什么，只要你考虑成熟了，奶奶都支持你，不过你要平衡好学习时间，不能落下功课哦！”

“奶奶，我把每天的学习时间都安排妥当了，您就放心吧！”筱筱自信满满地说。

“那就好……”

“奶奶，明天是星期六，我要去书店上班，反正孩子们都休息了，要不然您和我一起去书店吧！我打工的那家书店可大了，您可以当作是去逛街抑或

① 引自《琦君散文精选》。

是去散步也行。我去仓库上班的时候，您就在里面逛一逛，那里的书可多了，跟大海里的海水一样多，保证您站在那看书的时候，就像在海边吹着海风散步一样舒畅——奶奶，您就和我一起去吧！”

“好，好——我和你一起去。”苏奶奶开怀地说。

“真的吗？您是答应我了？”筱筱喜笑颜开地搂住奶奶的脖子，在她的脸颊上亲了一下。

“你这孩子，看把你开心的。”

“我们终于可以一起去逛书店了，能不开心吗？奶奶，明天我去仓库上班，您就在书店里看书，下班后我俩一起回家。哇，想一想都感觉好浪漫、好幸福啊！”筱筱笑开了花。

“时间过得可真快啊！我的孙女都十八岁了。以后啊！家里的事情由你来做主。”苏奶奶捏了捏孙女的脸蛋，笑吟吟地说。

“那不行——这个家永远都是您做主，我喜欢做您的小绵羊。”筱筱噘起了粉嫩的小嘴，眼睛里满含着恬静的笑容。

“好啊，有你陪在奶奶身边，我什么都不愁了。”

“奶奶，我有两个星期没有回家了，我的‘小娉婷’们都还好吗？”筱筱忽然画风骤变，一本正经地关心起花园里的“小娉婷”们。

“好着呢，该开花的都开花了，该长叶的也长叶了。”苏奶奶轻缓地说着瞧了瞧孙女。

筱筱挪了挪身子，像似想起了什么事情，若有所思地说：

“奶奶，楼上城城家搬走的时候，他妈妈送给我们的那两盆茉莉花，长得怎么样了，开花了吗？”

“那两盆茉莉花啊！”苏奶奶看了一眼孙女，慢悠悠地说，“还没有呢！城城妈妈给我的时候，都快枯掉了，我又重新给它们培了土，已经长了好些个小蓓蕾了，快开花了吧！”

“噢噢——明早我就去看看，好期待它们开花的样子啊，一朵朵洁白的花儿轻盈剔透，一定是“娉婷小花园”里最有看头的风景，那该多美啊——”

“你这孩子，我若早知道你这么喜欢茉莉花的话，就多买几盆回来，开花的时候让你看个够——”

“不用买呀，现在不是有了吗？不过，如果我们的整个‘娉婷小花园’都

开满茉莉花，那该是怎样动人的情景啊！”筱筱眯着双眼，徜徉在一片幻想之中。

“这个愿望奶奶可以帮你实现，多养几盆就好了呗——”苏奶奶笑着说。

第二天清晨，筱筱一起床就拿着一本书去了“娉婷小花园”，夏天的太阳是最勤劳的，早早出来了，把小花园照映得生机勃勃。筱筱摸摸这盆绿草，又嗅嗅那盆繁花，忽然，她发现了一朵初开的茉莉花，它的花瓣一层层地张开了，宛如一个美丽的少女穿着洁白的裙子，正轻轻地用晨露擦净红润的双颊，然后羞答答地望着微红的天空。筱筱看着这朵散发着淡雅、清纯气息的小茉莉，她的脸上荡漾起孩童般的笑容，她情不自禁地掰下一片花瓣夹在书里……

早餐后，祖孙俩坐上了去书店的巴士。

一路上，苏奶奶兴致勃勃地跟孙女聊起了她教书时的点滴往事，她说她教书的那所学校是县城里最好的中学，老校长学富五车，为人开朗坦率，在学校深受师生的爱戴，可谓桃李满天下。她还说老校长的五个孩子个个都很有出息，在那个年代，全部都念了好大学，其中有一个还享用国家公费出国留学了。在奶奶的叙述中，筱筱仿佛看到曾在历史书上读到的那个遥远的年代……

筱筱打工的这家书店是市中心一家有名的大书店，共有四层。里面的装修高端大气，一走进去有种气势磅礴的感觉，每一层都书香四溢，墨香绕梁，书架里整齐地摆满了书籍，无论是从上往下看，还是从下往上看，都蔚为大观。以前苏奶奶也没少逛书店，但今天是第一次来到这么大、这么气派的书店。

孙女上班后，苏奶奶信步徜徉在浩如烟海的书本中，她像个初来乍到的观光客，绕着一排排书架慢慢地走，轻轻地抚摸着上面的书，仿佛一下子年轻了几十岁，过去美好的青春时光依然历历在目，十八岁的那一年，她到市里读师专，经常去一家小书店，那家小书店像是一间杂货铺，只有三四排简陋的书架，不过也有许多好书。每次过去，她身上都带着一个笔记本，把在书中读到的好词好句摘抄在本子里，每天睡觉之前，就拿出来读一读，背一背，师专三年，她抄了差不多十来个本子。在她这样日复一日的积累下，她的语文成绩尤其突出，老师经常把她写的作文当作范文念给同学们听……

“这一代人多么幸福啊！不但生活过好了，还有这么好的书店，这么多的好书装扮心灵，真是今非昔比，真是好啊！真是好啊！”她嘴里念念有词。

筱筱中午下班后，苏奶奶坐在三楼玻璃围栏的大理石台阶上休息，台阶四周坐满了人，这个围栏设计很特别，镂空镶嵌在书店的中央，把书店衬托得雍容华贵。

“奶奶，您找到喜欢的书了吗？”筱筱坐到她身边欣喜地问道。

“这里的书太多,都不知道找什么书来看了——”苏奶奶笑着说,“我呀——绕着书架走了一大圈,感觉像是读下几千本,这香味真好闻,让人感到很富足。”

“这是真的，我也有这种感觉，每天闻着它们的香味，就觉得很快乐，虽然没读下万卷书，心中却像装下了万卷书，像似变成了一个超级大富翁……”筱筱仰着头，呓语连连。

“奶奶为你感到高兴呀！在这么好的地方工作。如果奶奶年轻几十岁的话，我也会和你一样，到这样的书店来工作，每天闻着书香，多有干劲啊！”苏奶奶说着把孙女的手握到自己手里。

“是啊！奶奶，我真的挺幸运的，我是在一个机缘巧合下，到书店上班的。有一天中午我来这里给同学买毕业礼物，在门口看到了他们的招聘启事，当时抱着试一试的心情找到仓库主管，跟她说出我的想法后，她当场就同意了，让我当天晚上过来上班……”筱筱如实地说。

“买毕业礼物的钱奶奶给得起，在生活上，我还不用你节衣缩食。但是听到你说在书店打工，奶奶也不想制止你啊，不过你千万不要放松学习，马上就要高考了，要注意劳逸结合，要不然考试发挥不好，就以小失大，知道吗？”

“知道了，奶奶，我一定会努力考出好成绩的，您就等着好消息吧！”筱筱胸有成竹地说道。

“嗯，奶奶等着你的好消息。”

午饭后，苏奶奶找了一本喜欢的书坐在书架前读了一下午。

傍晚时分，筱筱下班了，苏奶奶一天的书店之旅也结束了，祖孙俩带着一身的书香，迎着金黄的余晖回家了。

高考前一个星期的一天中午，筱筱到肖姐的办公室领了工资，她捧着第一次挣的几百元钱，喜悦的心情溢于言表。

“小苏，你放暑假还来上班吗？”结完工资后，肖姐笑吟吟地对她说，“小欣和老魏他们都夸你做事一丝不苟，没出过一点差错，大家都喜欢你，希望你还能来呢！”

“肖姐，谢谢你们这些日子对我的帮助和教导，我才能把你们交给我的工

作做好。我一直都想来打暑假工，本来我想高考后再过来同您说的，如果我在这里上大学的话，下半年我也想来打零工，我很喜欢和你们一起工作。”

“欢迎你来啊，我们都喜欢和你这样上进的小姑娘一起工作呢！”

“我一定会来的。”

“那就这么定了，随时欢迎你，祝你高考成功。”

“谢谢肖姐！”筱筱深深地向她鞠了一躬。

领完工资后，她下楼为蒋筠松和姝妮买好毕业礼物，然后，她跑到书店对面的商场用剩下的钱为奶奶买了一套新衣服。

第十五章　仰望的人

五月底，曦晨找到了新工作，他在北京一家知名通信公司的营销部上班，这份新工作是他爷爷的一个老手下帮忙介绍的。

经历了开酒吧的教训后，曦晨变得虚心了，也低调了。当老板的梦虽然破灭了，但这次的失败教训也间接拯救了他。自酒吧倒闭后，他远离了那群狐朋狗友，彻底告别了那段不思进取、混日子骗光阴的生活。

如今，他的生活中多了一位心灵益友——那个一夜之间闯进他生命中的“娉婷女孩”，正在一点点地改变着他。

她的两本溢满娉婷香气的日记本陪他度过了一个个失意的日子。每晚睡觉前，他都要读一篇日记，先前读过的也一读再读。“娉婷女孩”充满善德的文字成了他心灵的指向标，他像一只迷途知返的羔羊，正走在回家的路上。

曦晨第一次到这么大规模的公司上班，表现出了无与伦比的热忱，他一改先前的心高气傲，以全新的状态投入到工作中。虽然在部门是一个新人，但凭借不错的领悟力和绝佳的口才，他很快就适应了这份工作。经理对他这个新进员工印象还不错，经常把一些重要的业务交给他去做。他和同事们的关系也很不错，像在学校时一样，身边的人也乐于跟他打交道。

他们部门有个女孩，叫肖雪，安徽人，北漂一族，和曦晨年龄相仿，是他们部门的文案策划。她内外兼修、讷言敏行，长相百里挑一，洁白的肌肤，一双顾盼生辉的大眼睛，身材高挑健美。公司的制服穿在她的身上简直是举世无双，常常引来女同事们觊觎的目光。

部门里的几个男孩都偷偷喜欢她，其中有两个长得一表人才的男孩已大胆地向她表白过，不过都被她委婉拒绝了，她跟他们说自己有男朋友了。但这几个男孩根本不相信肖雪说的话，因为他们从没见过她嘴里说的男朋友，

他们一致认为肖雪看不上他们这些外地人，才故意用这种托词拒绝他们。

曦晨来到这个部门后，成了长得最体面、最帅气、也最有风光的男孩了。另外，曦晨正好坐在肖雪的旁边，近水楼台先得月，两人每天接触的机会很多。

有一次，部门里的几个男同事聚在公司大楼下面的一家咖啡厅里喝东西，又谈起了他们的文案小姐肖雪。

聊到最后，他们不约而同地把目光投向了曦晨，其中一个姓张的高个男孩说：

“曦晨，你人长得帅又是北京人，条件那么好，你去追求肖雪，肯定有戏。在北京打工的外地女孩，哪个不想找个北京男人啊？我们这些外地来的，她才看不上呢！”

其他几个人也十分赞同小张的话，他们一致认为曦晨是追求肖雪的最佳人选。曦晨笑而不语，他身边好一阵子没出现女孩了，前段时间在酒吧交往的女孩早就不联系了。现在他到了一个新的环境，看到像肖雪这样既漂亮又能干的女孩，说一点都不心动是假的。

“反正我现在也没有女朋友，追求看看没有什么大不了的吧！”他在心里想道。

过后，这帮好心的同事还传授了许多追求女孩的“秘籍”给他，说什么吃饭、看电影、唱K，曦晨在心里暗暗笑他们个个太老土。他觉得像肖雪这种有见识的女孩，怎么会喜欢这么老得掉牙的约会，他琢磨着她肯定喜欢去高雅的地方，喜欢浪漫的约会。

一天中午，同事们去午休了，肖雪坐在电脑前看东西，曦晨走到她办公桌前，一本正经地说道：

“肖雪，这是世界著名钢琴家H先生下个月来北京演出的门票，我在音乐厅上班的朋友帮我弄到的，我给你留了一张。”

曦晨说完这话，他马上就心虚了，因为他根本就没有在音乐厅上班的朋友，这票是他一千八百八十八元一张在网上买的，他买了两张，心想和肖雪来一次浪漫的约会。买票的钱是向他妈借的，这一次，他冠冕堂皇地写了借条，答应要还钱的。

肖雪听到是H先生音乐会门票，立刻就来了精神，她从座位上站了起来，接过曦晨手中的票，眼里难掩兴奋的神色。

“你朋友只帮你弄到一张票吗？”肖雪说道。

“有两张，还有一张在我这里。”曦晨喜上眉梢，以为她也期待和他一起去听音乐会。

“真的吗？那太好了，你的那一张可以给我吗？”肖雪睁大她一双明亮的眸子直愣愣地望着曦晨。

“当然可以了，我这就拿给你。”曦晨马上把身上的另一张票拿出来给了她。

“钱曦晨——谢谢你——谢谢你！”

肖雪喜出望外，笑靥如花，捧着两张音乐会门票，高兴得不能自已。曦晨也感到前所未有的快乐，对于他来说，这种胜利感不言而喻。这之后，肖雪看上去似乎对曦晨热情了许多，在食堂吃饭时跟他有说有笑。

月末，公司发工资的第二天中午，肖雪将一个黄色信封递给钱曦晨，一脸感激地对他说：“这是音乐会门票的钱，真的非常感谢你的票，我男朋友一直想听一场H先生的音乐会，这下如愿以偿了。”

曦晨握着厚厚的信封，一时半会儿还没从她的话中反应过来，语无伦次地说：

“这是——这是我送给你的呀！不用还钱。”

“这么贵的门票，怎么能不还钱呢！本来你给我票的那天我就应该给你钱的，但那天我的钱不够，就等到发工资给你了。”肖雪一脸歉意地说。

肖雪离开办公室后，曦晨把信封放到自己包里，在心里倒吸了一口凉气，想到刚才被肖雪拒绝的情景，他不禁觉得有点好笑。

几天后，那几个撺掇他追求肖雪的男同事又聚在一起乐此不疲地给他支招。

来自河南的小严好言相劝：

“你送票有啥用啊？说不定她拿去高价卖给别人，然后又拿男朋友当幌子，将钱还给你。据我所知，女孩子一般都喜欢珠宝、名表、名包、漂亮衣服什么的，你送什么票，不拒绝你才怪事。”

“是啊！现在的女孩现实得很啊！你得来点实际的才有用，浪漫能当饭吃啊！”小张旁敲侧击。

“就是——就是。她若是有男朋友，怎么要自己买票呢？她男友不会买票带她去吗？是吧？所以说这绝对是借口。”另一位同事说。

曦晨听了摇摇头，没把他们说出的话当回事，心想反正自己一点损失也

没有，也就没有怎么在意。日子一天天地照常过着，在公司里，肖雪对他还像以前一样，在礼有节的。

一天晚饭后，曦晨和他爸在客厅看电视。过了一会儿，龙菀莹从楼上走了下来，她下午刚从上海出差回来，吃完饭就上楼收拾行李去了。今年四十六岁的龙菀莹，看上去宛如一个三十多岁的婀娜少妇——她皮肤鲜嫩光滑，衣着时尚前卫，身形如少女般苗条，分花拂柳、婉约动人。她算得上是美容行业中的一个楷模了，身体力行，言传身教，保养得很年轻。

“我昨天买了款新表，给你俩看看。”她说着兴致勃勃地把一只红色的盒子递了过来。

“你不是有很多只这样的手表了吗？”钱睿知接过手表看了一眼，不以为然地说。

“这是今年的新款，跟以前的款式不太一样。”

“这些东西每年都有新款，能买得完吗？”

“你不买给我，还不准我自己赚钱买啊？”龙菀莹揶揄道。

“这种装饰品，有一两件就可以了，不必追风似的跟着别人去买。”

“你根本就不懂时尚潮流，潮流能激发人们的创造热情和对新鲜事情的向往，这是社会文明进步的一种体现。谁不喜欢买新款啊？”

“你每年买那么多新款摆在家里，又不用，一点都没有显现出它们的价值啊？你买这些东西，不过是满足欲望而已。”

“我自己赚钱满足欲望，不行吗？”龙菀莹抿抿嘴，扬扬眉，振振有词地说，“我就是喜欢跟着潮流走，喜欢买新款，怎么不行了？这些东西能带给我快乐，你们男人根本就不懂。我每天只要看上它们一眼，全身就充满了战斗力，这战斗力能激励我更加努力工作。从去年到今年，我又在全国拓展了十几家生活馆，难道我就不能犒劳一下自己吗？明年，我还有自创品牌的计划，创建一个护肤品公司，用这些年的美容经验研发自己的护肤产品，建立自己的品牌。我这么努力，买些名品犒劳自己，有什么不对吗？以后我要把它们都留给我的儿媳妇和我孙女。”她说着站起身坐到儿子身边，信心满满地说，“晨晨，以后妈妈开了公司，你就过来帮我，现在呢，你在大公司多学点东西，知道吗？”

“呵呵——”钱睿知摇了摇头，嗤笑道，“你可真会惯着他，看来你真的打算将来帮他养老婆和孩子了，你就继续这样惯下去吧！”钱睿知说完把手表递给了曦晨。

钱睿知一边说一边叹着气，出门散步去了。

“妈，这只表真好，像艺术品。”曦晨看着表盒里镶嵌着钻石的红色牛皮女式手表，脑海里忽地想起那帮同事说女人都喜欢这种实际的东西，他不自觉地在心里打起了主意，不知为什么，没追到肖雪，他心里总有那么一点不甘心、不服气。

“还是我儿子有眼光，看出它的高级了——”

“高贵的东西就是让人赏心悦目！”

“还好你不像你爸，你挺有潮流眼光嘛！”

“那当然，谁不喜欢美的东西啊？妈，这表多少钱啊？”

“五万多块。”

“啊？这么贵？”

“这款表只有大城市的专柜才有得卖呢！我有个客户专门坐飞机到新加坡、香港去买呢！”龙菀莹瞅了一眼儿子说。

“妈，可不可以送给我啊？”

“你要干什么？这是女式的。下次，要是我那个客人再去香港的话，我也和她一起去，给你买一只男款的。”

“我要这只就好了。”曦晨诡黠地看了他妈一眼，讪笑道，“您刚才不是说留着送给你儿媳妇吗？要不——要不你把这一只送给她，怎么样？”

“什么？”龙菀莹大声地嚷起来，“你有女朋友了，你这是要结婚吗？”

“没有啦！我只是喜欢部门的一个女孩子，想送个礼物给她而已啦！”

“早点说清楚嘛，吓了我一大跳。”龙菀莹松了一口气，接着说，“你现在年纪还小，要以事业为主，不要那么早结婚，知道吗？你要送女孩子礼物，妈妈可以给你，但你跟妈妈说说——她是个什么样的女孩子啊？”

“一个很优秀、很值得交往的女孩。”曦晨假装看电视，捂着嘴难为情地说道。

“你这么认真，看样子有可能成为我的儿媳妇了？”龙菀莹会意地笑了笑。

“那怎么知道啊？八字还没有一撇呢！”曦晨咕噜道，继续假装看电视。

“看你这副可怜兮兮的样子，好吧，我把这只表送给你了。”在儿子面前，龙菀莹又母爱泛滥。

“真的吗？”曦晨本来也就是随嘴一说，没想到他妈这么爽快就答应了。

第二天早上，曦晨把那只装有名表的盒子变了一下魔术，把它放进了一个皱巴巴的黑色小塑料袋里，他想这样的话，就不会被同事看到后嚼舌，也不会让肖雪起疑心了。

他一到公司就把黑色袋子交给了肖雪。这会儿，大家都赶着去开早会，肖雪以为是曦晨给她带的早餐，出于礼貌，就接过来放在办公桌上，然后开会去了。

曦晨见肖雪收了礼物，像完成了一件无比神圣的大事，扬扬得意起来，他暗自思忖只要他想要办的事，就没有办不成的。

下午下班后，曦晨正准备回家，肖雪叫住了他。

“钱曦晨，我可以请你吃晚饭吗？”

“好啊，我请你吧！”曦晨欢欣雀跃地答道，他心想好戏就要上演了。

随后，他们去了北京一家有名的烤鸭店。在楼上的一个包间里坐下来后，肖雪把桌上的菜单递给他。

“钱曦晨，今天说好我请客啊！你可不要跟我争。”

“第一次和你在外面吃饭，我怎么也得尽一下地主之谊啊！这顿我请吧！”

“就吃个饭，哪有那么多的规矩啊？谁请还不是一样。”

“怎么能让女孩子请吃饭呢？”

“那你就破例一次吧，上次你帮我买票，我都没有感谢你呢，今天就让我略表一点心意，好吗？”肖雪语气很随和，没有了在公司的那种客气。

“那行，我接受你的款待。”

曦晨认认真真地点了几个好菜，服务员写好菜单出去后，肖雪将早上他送给她的那只袋子完好无缺地放到他面前，然后一本正经地说：

“钱曦晨，这个还给你。”

“怎么还我啊？这是我送给你的啊！”

“我怎么能无缘无故地收你这么贵重的礼物呢！”

“不是无缘无故啊！我——我想你做我的女朋友——”曦晨嗫嚅地说道。

“嘿嘿——”肖雪脸倏地红了，“谢谢你！我真的有男朋友了。”

“你男朋友在哪啊？你每次都说有男朋友，大家怎么从来都没有见过呢！”

“他叫胡莘辉，是我老乡，我俩都是安徽人，也是大学同学，去年他考上了北京一所大学的研究生，于是我就跟着他来这边找工作了。”肖雪一边说一边翻手机上的照片给他看。

照片上和肖雪牵手在雪地里的男人是一个其貌不扬的家伙，矮个头，橙黄色皮肤，微胖的身材，脸上没有一点特征，穿着也十分土气，是一个看一眼就会让人马上忘记的男人。肖雪和他站在一起，简直是“一朵鲜花插在牛粪上”。

曦晨看过这个男人后，感觉更自信了。他在心里暗想肖雪的脑子是不是有问题，挑男朋友的眼光这么冥顽不灵。

“你们又没有结婚，你还是可以选择的嘛，他能给你什么？他能配得上你吗？也许我能给你更多……”曦晨认认真真地说道，他心里还有幻想。

“钱曦晨——”肖雪的脸色变得庄严，她打断了曦晨的话，“荦辉无论长相，还是家庭条件，都无法和你相比，但他是一个可以让我仰望的人，认识他以后，我总觉得有束光照耀着我，每当我不开心或被各种烦恼侵扰时，他那温热而又富有哲理的话语便能让我茅塞顿开，心灵安宁，感受到人世间的美好，从而一天天增添自信。他虽然不能给我充裕的物质生活，但他宽厚的心灵、开阔的胸怀能给我安全感，和他在一起，我感觉到自己人生的每一天都是往上走的。总的来说，他是一个能让我变得越来越好的人，这种幸福感和富裕感不是每个人都拥有的。能和这样的男人过一生，我觉得足够幸福……”

肖雪说完这番话，曦晨的眼前闪现出一个美丽的身影——“娉婷女孩”，这一刻，他似乎也看到了自己可以仰望的人。

“你说得对，谢谢你！肖雪——”曦晨如梦初醒，眼里闪着光亮，“我也要向你坦白，其实这只手表不是我的，而是我向我妈要的，这下可以物归原主了。”

“噢——原来是这样啊！”肖雪咯咯地笑出声来。

第十六章　彻　悟

曦晨吃完饭就回家了。

他一进家门，就直奔自己的房间。半年前，他对这个房间还没有什么特殊的感情，不过就是睡觉、躲避他爸妈吵架的地方，然而从他的屋里来了一位纯洁善良的天使后，他就不这么认为了，现在他对这间房充满了依恋，每天下班后都想早点回家……

他洗漱一番后，坐在床头，从抽屉里拿出“娉婷女孩”的日记，在幽静的灯光下，他看得津津有味——

2003 年 × 月 12 日 天气：晴

读《幻灭》

读完《欧也妮·葛朗台》和《高老头》，我更喜欢读巴尔扎克的书了，他不愧是一个名副其实的精神雕塑家，每次读他的书，都有一种思想被带走的感觉。

这段时间，我在读他的《幻灭》，姝妮也是巴尔扎克的忠实读者，她还说巴尔扎克大师不但是一个文学巨匠，还是一个盖世英雄，因为他的脑袋里似乎装着取之不尽、用之不竭的宝藏，如椽大笔一挥，就斐然成章，写出来的每一个故意都探骊得珠，深入人心。

这会儿，姝妮已经在我的头顶上睡着了。

今晚，我刚读完了大师的《幻灭》，正在余温里记下心中泛起的缕缕涟漪——

《幻灭》这本书讲的是两个年轻人在追求梦想的过程中经受百般挫折的故事，整个故事围绕着亲情、友情、爱情展开，情节跌宕起伏、曲折迂回。故事里的主人公一个叫吕西安，一个叫大卫，他们是同学，友情深厚，但性格迥异，精神追求天壤之别。

这两个年轻人都有着各自的梦想，吕西安一心想当大诗人，大卫想当发明家。于时，两个人怀揣着梦想一起离开家乡到巴黎寻找机会。

吕西安的长相无可挑剔，英俊倜傥，但他好高骛远，贪慕虚荣，到了巴黎后，他野心勃勃，梦想着凭借自己的才能进入上流社会，成为大诗人。他在这个故事里是一个悲情人物，当然所有的一切也是他自己一手酿成的，他为了出人头地，用尽心机进入到了钩心斗角的名利场中，在虚荣心的驱使下，他一次又一次地落入了他人别有用心的陷阱里……最终，梦想遭受了现实的摧毁，他当诗人的理想破灭了。走投无路的吕西安想自杀来了结人世的烦恼，然而犯了错就逃避、丢下爱他念他的亲人而不顾，这怎么能算得上是一个堂堂君子的所作所为？或者说怎么能给读者们一个期待的结局呢？于是，巴尔扎克在故事的最后安排了一个神父给吕西安上了一堂关于人生、道德、引领他灵魂觉醒的课，吕西安如同涸辙之鲋，等待着命运的转机……

大卫的性情和吕西安截然不同，他仪表堂堂，为人心胸宽广、重情重义。他是一个务实的发明家，为了实现梦想，他在他的创造发明中兢兢业业，一直默默地埋头苦干，安分守己，从来不投机取巧，然而，因诸多现实方面的问题，他的梦想最终也一样未能实现，但大卫的人品无可指摘，确切地说他是一个很高尚的人，设身处地为他人着想、奉献，大卫的家境比吕西安家优越，但他考虑到让吕西安住得体面，尽早实现诗人的抱负，不顾父亲反对，用自己的所有家当为吕西安和他的母亲建造房子，还特意为吕西安装饰温馨的书房，让他安心写诗。大卫为人称道的品质让他的人生也更为出彩，他赢得了真正的爱情，收获了幸福的人生。

种瓜得瓜，种豆得豆，现实的人生本来就是如此。作为一个高中生，也作为一个女读者，我可能更在意书中对人性美好的描述，因为何时何地，对美德的歌颂都是不能缺少的，同时也在吕西安和大卫追求梦想的千难万阻中体会到了现实的残酷和人心的险恶，深深地感受到人活着，其实心安就是最大的幸福！名和利都不过是点缀人生的冠冕，可有可无。

夜越来越深了，头顶上的姝妮不知道在做着什么美梦呢？是否梦见巴尔扎克大师正燃着灯，为喜欢他的读者写下一个故事呢！

曦晨看完这一篇，从抽屉里拿出巴尔扎克的《驴皮记》，这是“娉婷女孩”的书。他翻开来读了一段后，却提不起来兴趣，他的眼皮直打闪，脑袋昏昏沉沉的。

他放下书，静静地靠在床头，橘黄色的灯光映照着他轮廓分明、如雕塑般完美的脸。他又拿起日记本，连着读了两篇日记，对于他来说这种小文章更容易让他进入状态。

接下来的几天晚上，他每天睡前除了读日记外，还坚持读一两页书，兴趣一旦培养起来，便一发不可收拾。几天下来，他感觉收获不少，《驴皮记》里一句句富有哲理的话语开始在他心里生根发芽，他每读一句或是一段，大脑都感受到一种被点拨后的清醒。

一天晚上，曦晨下班后和部门的几个男同事出去吃饭，喝了点酒，回到家时，他爸在客厅看电视。

钱睿知闻到儿子一身酒气，怒火冲天，劈头盖脸地将他大骂了一顿，曦晨便好声好气地解释，但钱睿知一听到儿子狡辩，就骂得更凶了，他越骂越气，一会儿跑到阳台，一会儿又跑到厨房找东西。他每次一生气，就想找个“家伙”把这个臭小子抽一顿，但他来回跑了几趟，什么也没有找到。

最后，他气喘吁吁地瘫坐在沙发上。

在单位里，钱睿知是公认的好脾气，老好人。可是每次在家里一看到儿子那副不知天高地厚、吊儿郎当的样子，不知怎么的，他就像个炸药包，他的坏情绪随时都会被引爆。

曦晨意识到又激怒父亲了，站在门口不敢多说一句话，半个小时后，钱睿知气消了些，他才趁他爸上厕所的时候悄悄地上了楼。回房后，他像一只逃出虎穴的笨拙山羊，四脚朝天地仰卧在床上，不知过了多久，他眼睛里繁星点点，昏昏沉沉地睡着了。

曦晨醒来的时候，已是凌晨三点，屋里一片静寂，他几乎能听得见自己的呼吸声。他起身开了灯，坐在床头，这时的他，没有一丝睡意，头脑出奇的清醒。

柔静的灯光下，他又读起了《驴皮记》，读着读着，他被书中的一段文字攫住了：

我打算用最简洁的几句话向您揭露人生的一大秘密。人类由于他们的两种本能行为而自惭形秽，这两种本能的作用吸干了他生命的源泉。有两个词语可以表达这两种导致死亡原因所采取的一切形式：那就是欲和能，在人类行为的这两个极限之间，聪明的人采纳另外一种方式，并且我的幸福和寿命就是从它那里得来的。欲望将我们焚尽，给我们的是毁灭；可是，知识使我们脆弱的身体永远处于平静的境界。

这些文字似醍醐灌顶，他感觉自己的心瞬间被一个圣人带走了，心底掠过一缕清凉舒爽，他捧着书，宛如一只如饥似渴的饿狼，读了一页又一页……

一直到清晨，曦晨才放下书。他走到窗前，轻轻地拉开浅蓝色的窗帘，然后推开窗，望着纯净、清亮的天空，他心情大好。过了一会儿，他在衣柜里找出一套许久没有穿的运动服，突发奇想地出去跑步锻炼。

夏天的太阳光顾得很早，满天的朝霞欢欢喜喜地笑开了颜，天空宛若一片汪洋恣肆的红色花海，吮吸了一晚仙露的花草树木碧绿鲜妍，刚开了尖尖新芽的小灌木，在晨光下，娇嫩欲滴、晶莹剔透。勤劳的鸟雀在树枝上啁啾欢啼。这当儿，小区里好多人出来晨练，他们有的散步，有的慢跑，有的在公共健身器械的区域里做运动，广场上有几个老年人在跳舞，还有几个在打太极拳……

曦晨迎着朝霞跑了一圈又一圈，忽然，他的大脑像是被一道电光摄住了，心中涌出一长串话语：

“挥霍光阴是无耻的。我不能再这样浑浑噩噩地混日子了，我要改变自己，书中说无穷无尽的知识才能让我们发光。对——知识——知识才能让我变得更好，我应该——应该继续读书，只有知识才能让我走得更远，不能等到年纪大了再来徒伤悲。”他毅然决然地对自己说，“更不能再依赖爸妈和家里人了，我要趁年华正好时再读几年书，高中时妈妈就想让我去留学，但那时我一点读书的动力也没有，根本不想花时间在学习上。现在我想读书了，我要去美

国留学，完成妈妈的心愿，通过学习知识让脑袋富足起来。”

一夜之间，他的思想像从地狱到了天堂，他仿佛感到身旁的树木在为他拍手欢呼，天上的鸟儿在为他摇旗呐喊。他心中异常振奋，默默在心中为自己缝制“战袍”，准备为梦想而战。

回到家时，他爸妈正在餐厅里吃早餐，龙菀莹见到汗水涔涔、神采奕奕的儿子，惊愕地问道：

“晨晨，你这是去跑步了吗？我以为你一大早去公司了呢。”

“他有那么积极？除非太阳打西边出来了。我看准是昨晚被我骂了，又躲出去鬼混了吧？”钱睿知不以为意地嘲讽道。

“我早上去跑步了……”曦晨一边说一边上楼，全身上下散发着一股蓬勃的青春气息。

“你就不能盼着孩子好啊？老是说那样消极的话来打压他，哪有你这样做父亲的啊？”龙宛莹瞪了钱睿知一眼，“你没有看见他穿着运动服，满头大汗吗？你眼睛是不是有毛病啊？”

“那你就继续惯着他吧！以后还有的是烂摊子等着你去收拾，到时候不要找我。”钱睿知没好气地说。

“你就不能看到他好的一面吗？你昨晚因为什么事情骂他啊？”

“你去问他自己吧！我吃好了，上班去了。”钱睿知说完放下碗筷，起身拿起公文包出门了。

不一会儿，曦晨穿戴整齐，满面春风地下楼了。

“晨晨，你爸昨晚为什么骂你啊？”龙菀莹看着吃早餐的儿子，心疼地问道。

“我昨晚喝了点酒，回来晚了些，刚好碰到他在客厅看电视，就说了我几句。”

“难怪一大早，他就板着一张脸。儿子，你没有喝醉吧？”

“没有喝醉。”

“喝醉了伤身体啊！”

“下次不喝了。”

“你爸昨晚没有打你吧？”

“没有啊，他只是说了我几句，他说我也是为我好啊！”

“唉，你爸就是在你面前脾气差点，做父母的嘛，哪个不希望自己的孩子省心啊！他其实很关心你的，前些日子还跟我说让你先在外面锻炼几年，吃点苦。过几年，等你成熟了，就支持你出来创业呢！”

“妈，不管爸怎么对我，他都是为了我好，我懂得的。”曦晨喝了一大口牛奶，喜气洋洋地说。

“你能这么想，妈妈就放心了。”龙菀莹瞅了瞅儿子，“晨晨你跑步回来后可帅了……”

吃完早餐，母子俩一起出门上班。

这个早晨对他来说，太不寻常了，这是一个播种美好梦想的早晨，是给他带来希望的早晨。

公司的早会上，曦晨突然被任命为销售经理助理，他喜不自胜，虽然不是升了什么大官，但能得到经理的肯定，对于他来说，是莫大的鼓舞，更是给他添了几分自信。

晚上，他迫不及待地上网搜索美国留学的信息，把重要的信息都存在手机里，然后到三楼的储藏室找出大学的课本，满腔热情地为理想未雨绸缪。

至于留学这件事，他没有对他爸妈说，他想暂时保密，等到有了十足的把握再告诉他们。

这一次，他真的想为自己争一口气了。

周六上午，曦晨找到一家托福机构，在那里报了名，晚上和周末去上课。头几天上课的时候他很兴奋，也很不适应，万事开头难，英语基础不怎么好的他，每一堂课都备受煎熬。

但万丈高楼平地起，读书的信念没有让他退缩，他每天都给自己定任务，一步一步地慢慢往前走着。

第十七章 故乡情

高考结束的第二天，俏凝给筱筱打来电话，说暑假过来看望她和奶奶。俏凝离开L市快两年了，她爸爸一年前将她家的房子卖掉，沈奶奶已经回老家了。

十天后，俏凝坐火车过来了。

那天L市晴空万里，外面热得像着了火似的。筱筱在家准备了俏凝爱吃的红豆沙冰棒，苏奶奶给她准备了一桌好吃的菜。俏凝一进门，苏奶奶和筱筱仔仔细细地将她打量了一番，俏凝个儿高了许多，她长成了一个亭亭玉立的大姑娘，穿着也很洋气，一副自信、快乐的样子。

晚上，三个人坐在客厅里谈天说地。

“俏凝，你报考哪里的大学啊？”苏奶奶问道。

“贵阳的，我妈妈给我选的，这样我周末可以回家。”

“我报的也是本市的大学呢！”筱筱在一旁说道。

“这样好，离妈妈近点好。俏凝，你奶奶在老家挺好的吧？”苏奶奶接着问道。

“她早就没在老家住了，今年二月的时候，我和妈妈把她从镇上的养老院接到了贵阳，现在跟我和妈妈一起住。”

“养老院？”苏奶奶大吃一惊，“她不是说回去和大儿子一起住吗？她跟我说她在老家还有两个儿子，日子都过得挺好啊！”

“我大伯和小叔在老家的家庭条件确实不错，我大伯是个包工头，这些年赚了些钱。小叔在县城开了两家美发店，也不缺钱。”

“那怎么还送你奶奶去养老院啊？”筱筱问道。

“说来话长啊——我奶奶的命其实挺苦的，她虽然生了几个孩了，可没有一个真心疼她，我奶奶回老家后，我大伯和小叔的老婆都不乐意我奶奶住在她们家，她们的理由很充分，就是我奶奶从来没有帮她们带过小孩，她们就可以拒绝给她养老。后来，我爸爸只好回老家将我奶奶送到了养老院。

“今年二月，我妈妈知道我奶奶的事情后，就带我回去看望她。我们到那里的时候，才发现那家养老院的环境很差，房子破旧，伙食也不好，里面只有十几个老人。当我和妈妈看到奶奶时，她已经不认得我们了，养老院的一个工作人员告诉我们她得了老年痴呆症，说她平常总是孤零零地望着远方，也不说话。我妈妈见她那种情形，很不放心，就把她带到贵阳和我们一起生活……”俏凝说完潸然泪下。

“这样啊，我还以为她在老家享受天伦之乐呢！”苏奶奶慢慢地说道。

“唉——我奶奶很可怜的。”俏凝轻叹道，“她去了养老院后，只有我小叔去看过她，我大伯一次也没有去过，我爸爸离她远，也没有回去。”

“你奶奶的身体现在怎么样了？”苏奶奶问道。

“她来贵阳后，我妈妈带她去看了医生，一直在吃药治疗，能记起很多东西了。我常陪她聊天，讲我小时候的事情给她听，她也记得起来。这次她知道我要来您这里，可高兴了，千叮咛万嘱咐，让我一定要记得给您买点好吃的东西，还不停地说您是个大好人！”

“哎呀，老天爷保佑呀！她老人家肯定会多福多寿的，”苏奶奶语重心长地说，“你妈妈可真是个贤良淑德的好人哪！”

俏凝回来的这几天，她和筱筱一起去了两人曾去过的公园、逛过的街，筱筱还带她去了她打工的书店，晚上她们就在筱筱的小床上聊她们心中的小秘密。

相聚总是短暂的，十来天后，俏凝回贵阳了。

七月底，筱筱收到了L大学的录取通知书，她考上了梦想中的大学。俏凝在QQ里告诉她，她被贵阳的一所大学录取了。

暑假里，苏奶奶迷上了重播的电视剧《平凡的世界》，她每天准时守在电视机旁观看，她说喜欢里面的主角润叶。电视播完后，她还常常在孙女面前提起。筱筱见此，便在书店买回一套原著，每天晚上给她读上两三章。这次朗读，犹如一次灵魂的洗礼，筱筱一次又一次在平凡人们的磨难中热泪盈眶。这些日子她还阅读了雨果的《笑面人》和《巴黎圣母院》，这两本书让她再一次从社会底层人民的苦难中学会了感恩生活。

八月底的一天，祖孙俩吃晚饭的时候，苏奶奶对孙女说：“筱筱，这个周日去看你妈妈吧！你考上大学了，去给她报个喜吧！”

“那我明天去找肖姐结工资，给妈妈买些花，也要让妈妈的墓碑前和别人家的一样，热热闹闹的，有很多的‘小娉婷’围着她。”筱筱一脸兴奋地说。

“好啊——你长大了，是该报答妈妈的时候了——”苏奶奶赞许道，“还有哇，开学前，我俩要回老家一趟，一来是办理老房子的征收补偿金，这件事我还没来得及跟你说，你高考前几天，隔壁的张爷爷给我来电话，说老家那条街上的老房子被政府征收要建新楼了。年底就要动工，让我赶紧回去办手续，有好几家领到补偿金的街坊都已经买新房了！二来呢，我想带你到山上祭祀你爷爷，出来这么多年了，也没有人为他扫过墓，坟头上肯定杂草丛生，这次我们回去把他的坟头清理一下，再烧点纸钱给他。还有啊，我们还要去你大姨家坐坐，我以前给她打过几回电话，都没有联系上。上次你张爷爷告诉我，你大姨和你大姨夫前几年去苏州打工了，去年才回老家建房子，不幸的是——新房建好没几个月，你大姨夫就得恶疾过世了，她现在一个人在老家，我们过去看看她，陪她说说话。”

“好啊，好久没有见大姨了，我也想她了。”筱筱说道。

“她可真是难得的好人啊！那孩子和你妈一样，总是设身处地为别人着想，从来不图回报，以后你也要多关心她，她也是你的亲人。”

“奶奶——我会的。”

晚上，筱筱在床上辗转反侧久久不能入睡，她想起了妈妈、想起了爷爷、想起了大姨……想起了所有那些镌刻在她记忆里的隽永画面。梦里，她又默念起妈妈写给她的诗句，日记本虽然消失在她的生命里，但是只要闭上眼睛，她就能忆起妈妈的谆谆话语。

周日早上，筱筱就去了家对面的花店，买了一大束她妈妈喜欢的粉色玫瑰、白色百合。

吃过早餐后，筱筱和奶奶就动身去墓园。这天骄阳灿烂，碧空如洗，她们坐了几站巴士，走一段石砖路就到了。

雯芬的骨灰葬在L市的一个公墓里，墓园里钟灵毓秀，树木苍翠碧绿，景色绝佳，园内阒无一人，静谧悠然，她们从一排排整齐划一的墓碑前走过，一阵阵细风吹拂过来，她们感到凉爽了许多。两人走到雯芬的墓碑后，轻轻地将鲜花和其他物品摆在冷冷清清、空空荡荡的碑石前，这一片小地方即刻有了生气。

苏奶奶看着相框里的雯芬，慢慢地说：

“雯芬,妈好长时间没来看你了,”她揉了揉泛红的眼睛,“筱筱考上大学了,我们今天过来告诉你这个好消息，也让你高兴高兴，筱筱长大了，今天她用自己在书店打工挣的钱给你买了这么多漂亮的花，你一定很喜欢吧！

“雯芬啊，这些年，海君杳无音信，也不知道他在哪里？过得好不好？你要保佑海君啊，最近我老是隔三岔五地梦到他，有时梦到他事业发达，有时又梦到他生活窘迫，这孩子也许遇到什么难事了，他是妈的最后一个牵挂啊！妈老了，也不知道还能陪伴筱筱多久，这孩子除了我，这个世界也就剩下海君一个亲人了,你要保佑我们啊,保佑我们的筱筱以后也像别人家的孩子一样，有自己的亲人在身边罩着、关爱着。到那个时候，妈就可以安安乐乐地去找你和你爸了……”

苏奶奶不紧不慢地说完这些话时，身旁的筱筱早已泣不成声。

这几天里，苏奶奶沉浸在回老家的喜悦之中，她给老邻居们和亲戚朋友都准备了礼物。六年了，为了孙女读书，她在外面漂泊了六年，现在孙女考上了大学，她也已七十六岁了，她想该回去看看老邻居和亲戚朋友了。

回老家的那一天，苏奶奶的心情异常激动，似返老还童一般。

六年了，小县城的面貌发生了很大的变化，公路比以前宽敞了，新楼高楼也多了，还有好多阔气的小洋房，和大城市里一样。街道干干净净，路上的车辆来来往往，在时代的进程中，这个小县城不知不觉地已增添了几分城市的色彩。

苏奶奶家的这条老街上，只剩下两三家没有搬走的老邻居了，其他的街坊们都从这条即将拆迁重建的老街搬走了，苏奶奶带着孙女回到阔别了六年的老房子，她泪珠滚滚，感慨不已。祖孙俩花了大半天工夫清扫了结满蜘蛛网的屋子，下午，她带着孙女去拜访了住在街上的老邻居，接着又到了隔壁张爷爷的新家，张爷爷家搬到他儿子新建的一栋小洋楼里了。这些年，苏奶奶只跟他家有联系，老家的一些事情也都是通过张爷爷得知的。

第二天，祖孙俩到山上拜祭苏光德，她们把他的坟头上的草清理干净后，苏奶奶絮絮叨叨地跟老伴说了一大堆让他保佑子孙的话……

老房子的补偿金办妥后，郑采薇带着孙女去看淑芬，那天上午，县城里刚下了一场大雨，雨后的天空澄澈明净，她们坐巴士到达镇上时，已近中午，祖孙俩走到半路刚好碰到在街上买菜的淑芬，她们六年没有见面了。淑芬见到郑采薇和筱筱，喜极而泣，上前抱住了她俩……

第十八章　意外邂逅

九月份，筱筱上大一了。

她高中的同学，都奔赴各自的梦想王国去了——刘梦蝶在老家的高考相当出色，考上了上海的一所高校，潘姝妮和蒋筠松去了英国，其他的同学也大都上了不错的大学。

上大学后，筱筱晚上和周末仍在书店打零工，她已经在学习和打工这两件事情上游刃有余。她在大学里学的是人力资源管理，学习成绩在她们系里遥遥领先。

每个周末，她都回去陪奶奶，这就是上同城大学的好处。这学期，筱筱想让奶奶少收两个孩子，现在她每个月能挣几百块钱，基本上不用奶奶给零用钱了。但后来又有家长找过来，请奶奶帮忙照管他们的孩子，结果非但没少收，还多收了一个。

一个深秋的周六上午，筱筱照常在仓库上班，她中途去厕所，经过走廊时，看到书店的一个清洁工阿姨正低着头在扫地，她愣了一下，感觉这个阿姨扫地的样子很熟悉，像是在哪里见过，但一时又想不起来。这不是她以前认识的刘姨，她想应该是换清洁阿姨了。

正在这时，这个阿姨拿着扫把和簸箕向她走来，她停下来打量了她几眼，很巧的是，那个阿姨也朝她看过来。霎时间，她喉咙哽咽，嗫嚅地叫了出来：

“月——月姨——”

筱筱口中的“月姨”似乎并没有认出她来，她像陌生人一样望着这个女孩，支支吾吾地说：

“你——你认识我——”

“月姨，我是筱筱啊，您不记得我了吗？”筱筱笑中带泪地说。

“你是筱筱？”月姨终于认出她来了，惊喜道，“筱筱，你都长这么大了呀！”她放下手下的工具，牵起筱筱的手，几滴眼泪落了下来，“筱筱，你来逛书店吗？”

“我在这里打工。”筱筱微笑地说。

“你在打工？”月姨疑惑地问道，“你不上学吗？”

“我只是打零工而已。月姨，我还要上班，中午下班后，我们再聊，好吗？”

月姨含着泪点头答应了。

中午下班时，筱筱一走出仓库门，月姨就已经在门口等她了。

她还像小时候一样牵着筱筱的手，随后两人一起去食堂吃饭。两人并排坐在餐桌前，筱筱发现月姨的头发已经花白，脸上布满了一条条皱纹，比以前苍老许多。

吃完饭后，月姨拉着筱筱的手，问起她这几年的生活。

“孩子，你爸怎么让你来打工呀？”

“我现在和奶奶一起生活。我和我爸失去联络好几年了——”筱筱答道。

“这是什么时候的事啊？”月姨惊讶地望着筱筱。

“您走的那年暑假，我去了我奶奶家，回来的时候，他把房子卖了，人也不知道去了哪里。”

“怎么会这样啊，我不应该走啊，倘若我不走的话，说不定你也不会这样啊！”月姨自责起来。

“月姨，这跟您一点关系也没有。这是我的家事，也是我的命运，躲都躲不掉的。”筱筱微微一笑。

“你们都不知道苏老板去哪里了吗？”

“不知道——”

“人心难测啊！我想十有八九是马忆珍那个狠毒的女人把你爸拐跑了，”月姨愤愤不平地说，“你爸那么好的一个人，也真是鬼迷心窍了，中了那个坏女人的圈套。他知道你奶奶能照顾好你，就把责任给忘了啊！”

“也不一定是这样啊，或许我爸是遇到难处了吧？”筱筱眼神茫然，轻飘飘地回了一句。

“你真是像你妈，总是帮别人找遮羞伞。我当年离开这里，就是因为这个女人太不懂得尊重人……”月姨喘了 口气，愤愤地说，“为了这样的人，值得吗？她自己都不要颜面了，我们有什么必要顾及她的颜面？月姨现在也不

怕你知道，你妈还在世的时候，她就勾引你爸，是我亲眼所见。你爸也真是听她的话，自己的孩子不养，去帮她养孩子。那个马忆珍真是坏心肠，说不定她想要你家的财产，哄着你爸把家都卷走了呗！”

“月姨——不要说他们的事情了，好吗？我以前也怨恨过我爸，不过，和奶奶一起生活后，我什么都不怨了。我奶奶说宽容别人就是善待自己，没必要往痛苦里钻，我和奶奶现在过得挺好的——”

“挺好的？挺好的，还要一边上学一边打工挣钱啊？你别骗月姨了。”月姨双眉紧蹙，愤愤不平地说道，“哎，都是马忆珍那个女人把你原本好好的家给拆散了。”

“打小工没什么不好，我奶奶也很支持，我都十八岁了，做一份自己喜欢的工作是一件很快乐的事情。”

“你原本就可以过得更好啊，根本不用吃这些苦的，月姨看到你这么小就得负起家庭责任，心里难受啊！”月姨咕噜道。”

“月姨，我一点都不苦！”筱筱莞尔一笑，“您呢？您这些年过得怎么样？”

“我啊，没有不好，也没有很好，我在老家种了几块地，老伴在镇上的一家工厂做工，几个女儿都很孝顺，生活过得去。不过，去年老伴得了胃病，做手术跟亲戚借点钱，他做手术后又不能马上出去做工，但这债又不能老欠着，我就出来打工了。”月姨说道，饱经风霜的脸上略显疲惫。

“大叔身体没事了吧？您什么时候来这里的？”

“他身体没事了。我出来三四个月了，先前我在一家商场做清洁工，但那里时间长，又不包吃住，不划算。后来我的一个老乡介绍我来这家书店上班，上个星期才过来，刚来的那几天我都待在一楼，经理叫我先熟悉环境，昨天才正式给我分了班——”月姨说完，环顾了一下餐厅，里面吃饭的人都走了，只剩下她们两个人。

“月姨，您在这里工作开心吗？”筱筱关切地问道。

“开心，这里的经理很好，没有商场里的那个一板一眼，她很好说话，待人也好！”

“你是说肖姐吧！我也很喜欢她。”

“我听好多人都叫她‘肖姐’，我习惯叫她‘经理’。”月姨的脸上泛起了笑容，说话的声音也响亮了，“月姨真没有想到能在这碰到你呀！”

“那是因为缘分啊，因为我一直都想着您。”筱筱看着月姨说，“时间不早了，月姨，我们走吧！”筱筱一面说，一面拉起月姨的手走出了餐厅。

此后，只要筱筱来书店上班，月姨都会到公交站台接她，到了下班的时间，她又在仓库门口等她，晚上回学校，看到她上车才回去，几年前的那段相依相偎的时光似乎又回来了。

筱筱也俨然月姨的女儿一样，她去月姨的宿舍发现她的床上只有一张发黑的竹席和一床薄薄的旧被褥，就去给月姨买了一套厚实的被褥和蚊帐，眼看天气就要转凉了，在L市这样空气潮湿的城市，冬天也有蚊子，她还给她买了睡衣和内衣。

周五一回到家，筱筱就兴高采烈地同奶奶说了在书店里见到了月姨的事，苏奶奶听后笑呵呵地对孙女说：

“这命中注定有缘分的人啊！时间和距离是不能将他们分开的，他们会在恰当的时间里不期而遇，这命中注定没有缘分的人啊！就算是近在咫尺，他们的心也是遥遥相望的。因为命中注定有缘的人，他们的灵魂是彼此相依、彼此相系的。”

“您说得太对了，奶奶，您和月姨都是我命中的有缘人……”

说完这句话，忽然，她眼前闪过蒋筠松的身影，她暗暗思忖道：

“就像奶奶说的那样，我和蒋筠松是没有缘分的两个人吧！无论是近在咫尺，还是相隔万里，都是遥遥相望，像两颗被孤立的星星，只适合彼此欣赏。”

蒋筠松去英国后，两人也常在QQ上联系。蒋筠松对那里的一切充满了激情，他几乎每天都在QQ上发表说说或上传照片，昨天，他的新说说是一句哲学家的至理名言：

人们希望得到顺境的好处，但却会赞赏逆境的好处。[1]

这句话的下面是一张他在伦敦拍的照片，他戴着墨镜，英气逼人。不知怎么的，筱筱看到照片的那一刻，自己的平凡似乎瞬间就被映衬了出来，她倏然清醒，或许是隐匿在内心深处的自卑，又或许是潜意识的自知之明，她决定淡出他的视线。

---

① 引自《培根随笔集》。

晚上，苏奶奶喜气洋洋地对孙女说：“奶奶也有一件很高兴的事要告诉你。”

“什么事啊？”

“你跟我进屋来吧！”

“到底什么事啊？这么神神秘秘的——”筱筱跟在奶奶后面。

筱筱进屋坐在床上后，苏奶奶从桌子的抽屉里拿出一个红色的本子给她，筱筱捧在手上一看，这个红色的本子是一本房产证。

“这是谁的房产证啊？”她愣愣地问。

苏奶奶坐到孙女的身旁，喜不自胜地说：

“是你的啊！”

“我的？”筱筱纳闷地侧首看奶奶。

“是你的——没错。”奶奶看着孙女说，“我把这套房子买下来了，以后我们在这座城市就有自己真正的家了。”

“奶奶，您哪有这么多钱买房子啊？”筱筱感到太意外了，嘴里喃喃道，“我还想着等我毕业后挣钱给您买房呢！”

“等你大学毕业，我都八十多岁了，奶奶啊——还是趁现在有力气，给你安个家。这买房子的钱是你妈妈在世时寄给我的钱和老家房子的补偿金凑在一起买的。去年我听房东说想卖掉这房子，当时我就想买下来，这房子住久了也有感情了，刚好老家房子拆迁，虽然有点不舍，但能拿到一笔钱，在你长大的地方给你安个家，也是件高兴的事啊！现在我们俩算有自己的家了。”苏奶奶的语气时而低沉，时而高昂。

“奶奶，您什么时候买的啊，我怎么一点也不知道。”

“上上个星期就在和房东谈呢，想买好了再告诉你。房东啊，这人不错，她说我们祖孙俩在她的房子里住了好几年，一老一小相依为命不容易，一平米少了二百块呢！这房子虽然旧了点，但重新装修一番，就跟新房一样，对门林奶奶家的房子去年装修后多漂亮啊！奶奶啊——没有本事给你买新房子，就凑合给你买套二手房。其实我也是想过买新房，但那得月供，我们的生活压力就会很大，我前思后想，就干脆全款买下这套我们住了几年的老房子。买下这套房子后，我们还剩下差不多两万多块钱，这些钱刚好可以用来装修，装修后谁说咱这不是新房子呢！我看啊，明年暑假你就可以去找装修公司过来装修了……”

“奶奶——您——您——”筱筱听完奶奶这一番话，变得不安起来，眼睛里没有了一点惊喜，她嗫嚅道，“您不会是身体出了什么问题吧？”

“没有啊，我身体好着呢！”

“你是骗我吧，我妈妈走之前，她也为我做了很多事情，给我买了很多衣服，连我结婚的衣服和鞋都准备好了——”她鼻子一酸，眼泪扑簌簌地往下掉，“您突然帮我安排这么多，不会是有什么事情瞒着我吧？”

“呵呵——奶奶能有什么事？”苏奶奶见孙女着急成那样，哈哈地大笑起来，她一边为孙女抹去泪水，一边抚慰孙女说，“奶奶的身体一点问题也没有，好得很呢！你这个孩子，真是多疑。”

“那您为什么急着给我买房啊？过几年等我工作后再买也不迟啊？”

“再过几年，我怕咱们买不起了，听好多孩子的家长说现在房价涨得很厉害，买下来就是省钱了。等你大学毕业后，就二十几岁了，到时候也该找个男朋友结婚了，我们也得有个自己的住处啊，这房子就是奶奶给你的嫁妆。”

“什么嫁妆啊！”筱筱赧然一笑，“我永远都陪着您，不想找什么男朋友，也不想结婚。”

“傻丫头——哪个女孩子长大了不结婚呢？你已经上大学了，奶奶的第一个心愿已经实现，我的第二个愿望就是在有生之年把你嫁出去。”苏奶奶开怀地大笑起来。

第十九章　雪中送炭

元旦刚过，L市冬意浓烈、冷风瑟瑟，断断续续地下了好多天阴冷的细雨，让这个一年四季都披着绿色长袍的城市备感冬天的肆无忌惮。

在书店与月姨相遇后，筱筱去书店上班就多了份期盼。

寒假很快就要到了，春节也越来越近，月姨说过年不想回家，筱筱便让她到她家过年，月姨满口答应了，还说要去帮奶奶做年夜饭，给她做小时候爱吃的菜，筱筱开心得飞也似的，更期待过年了。周末一回家她就跟奶奶说了这件事，奶奶也和她一样开心，她说家里多一个人过年热闹些。

期末考试结束的那天傍晚，她如往常一样去书店上班，外面很冷，她穿着厚厚的紫色丝绒外套，盖着帽子，也感到冷风飕飕。

冬天的白日很短，才五点多钟的光景，天就黑了，华灯初上的夜幕一片灿然，霓虹闪闪烁烁，像似一场流光溢彩的灯光晚会正在夜空中如梦如幻地上演。

巴士到站后，她没有见到月姨，便在寒风中进了书店。

次日上午，筱筱回家了一趟。第二天才去书店上班，这一天，筱筱仍然没有见到月姨，接下来几天也没有见到她的身影，她感到很蹊跷，心里非常不踏实，便去问仓库的同事，他们都说不清楚，接着她又去她宿舍问她的舍友，也没有人知道，她看到她的床铺上的被褥和行李都不见了，这让她百思不得其解，就在前几天，月姨还说等她放寒假了，一起去商场买新衣服过年，可她又不辞而别了。

“她会去哪里呢？难道回家了吗？为什么又不跟我说一声就走了呢？”

筱筱想到了肖姐，寻思月姨要是辞工的话，肯定会找肖姐辞工。下班后，她就去肖姐的办公室。

“前几天，张月华突然来向我辞工，因为临近寒假，书店会很忙，我就没有答应她，让她过完元宵节再回去。当时她脸色很难看，黑沉沉的，过了一会儿，她局促不安地对我说，‘肖经理，我得病了，这里的医生要我马上住院做手术，需要交一万元押金，可我哪有这么多钱住院啊！我想回老家看中医，吃点中药，在家治病没有这么贵。’我问她是什么病，她犹豫了一下后给我看了她的B超单，原来是长了子宫肌瘤，需要手术。这病我去年得过，也做过手术治疗。于是，我就给她结算了工资，让她去医院做手术……”肖姐将事情的原委和盘托出。

“您知道她现在去哪了吗？她——她宿舍里的行李都不见了！”筱筱语无伦次地说。

“她临走的时候说要回老家看中医，她说吃中药便宜，但她那样的病情吃中药没有什么用处了。”

“做手术能好吗？”筱筱焦急地问道。

“可以的——我去年做了手术，身体早就康复了。小苏，那个张月华是你家亲戚吗？你特地过来问她。”

“算是吧，她是我的一个阿姨。肖姐，你这里有她的资料吗？”

“有哇，我有她的身份证复印件。”

“可以复印一张给我吗？”

“你等一下——我这就去给你复印。”

从肖姐办公室出来后，筱筱头昏脑涨，全身无力，她神情恍惚地拿着月姨的身份证复印件，一点主意也没有。在回家的巴士上，她看着月姨的身份证复印件，脑子里不断地浮现出月姨被病魔折磨得憔悴不堪的面容。她忧心忡忡，脑袋里稀稀烂烂。很多种可怕的后果涌入她的思绪，她忽而担心月姨躲在哪个孤寂的角落独自神伤，忽而担心她没钱去做手术耽误病情而发生不好的事情。

过了半晌，她从车窗向外眺望，忽然，她看到妈妈正温情脉脉的在天边望着她，嘴巴嚅动着，像似叮咛什么，又像似教她什么。没过一会儿，她靠在座椅上睡着了。

筱筱醒来时，心里已有了主意——她决定寒假去月姨老家，带她去看病，随之她脸上露出了笑容，心里暖融融的，像似有人在冷风中给她披上了一件温暖的棉衣。

“我一定要找到月姨，不能和她的缘分就这么断了……”她在心里默默地说。

翌日早上，筱筱醒来就去了“娉婷小花园”，她嗅着花儿草儿的芳香，望着天边升起的一片一片粉红朝霞，心已飞到了远方。

苏奶奶起床后，走到了小花园。

“今天的天气可真好，”她一脸灿烂地说，“好多天没有见到这么好的太阳了，你看这天多喜庆啊！”

“是啊——奶奶，要不——我陪您下楼散步吧，我们好久没有一起下楼走走了。”筱筱兴高采烈地说。

“好啊——我也想出去锻炼锻炼呢！”苏奶奶望着红扑扑的天空说。

不一会儿，两人臂挽着臂下楼了，在干净的小道上来回走了几圈。天空的颜色也愈发地亮了，小区里出来活动的人多了起来，几只鸟雀叽叽喳喳地从她们头顶飞过，筱筱抬起头目送着它们飞向蓝天。

“我们今天去外面吃早餐吧，小区对面那家的豆腐脑很好吃，一看到我的嘴就馋了。”她们走到小区大门口时，筱筱喜笑颜开地对奶奶说。

“奶奶嘴也馋了，走，吃豆腐脑去。”

“奶奶，我有一件事情想跟您说。”

“什么事啊，快说来听听。”

“奶奶——”筱筱迟疑片刻，轻声轻气地说，“这个寒假我不去打工了，我想请假，明年开学后再去上班。”

“我的好孙女哟，你终于想通了，请假好——请假好——”苏奶奶高兴地连说了好几遍，“这个寒假你就在家好好地休息，我们也可以一起出去走走，逛逛花市，逛逛街，我们早上还可以到对面吃豆腐脑。”

“奶奶，我请假是有其他的事情，我想去一个很远的地方，不能在家里陪您了。”筱筱嗫嚅道。

“噢，你要去哪里呀？”苏奶奶惊讶地看着孙女说。

筱筱瞅了奶奶一眼，看了看天边的红霞，向她一一道来：

“我想去月姨家，她前几天不辞而别，后来肖姐告诉我她因为生病回家了，这边的医生让她住院做手术，但她没有钱，说是回家吃点中药，肖姐说她这个病吃中药好不了，必须要做手术。如果她这样拖下去，会耽误病情的。”

“原来是这样，有病不治疗可不行啊！”

“肖姐以前也得过这种病，她说做了手术就能好。”

“病越拖越严重啊，发现了就要赶紧治疗。你妈妈的病就是发现得太晚，如果早些查出来，或许就不会发生这样的悲剧啊！”

“是啊——妈妈的病要是早点发现，也许就不会到不可挽救的地步吧！”

“唉，这也是命啊！”

随后一阵静默。

“奶奶——”她俩过了马路后，筱筱接着说，“月姨她家的生活条件很困难，她老伴生病欠下的钱还没有还上，她自己又得了病，医生让她尽快住院开刀，但她没有钱，我很担心她如果不及时治疗，到时候就雪上加霜啊……”

“唉——这人哪，就是怕生病……”

“妈妈刚走那会儿，月姨陪在我身边无微不至地照顾我，我才慢慢走出了悲伤，恢复了生气。她对我的这份恩情，一直都在我的心里。奶奶——我们能不能帮帮她？”

“帮——当然要帮。”苏奶奶摸摸孙女光滑的额头，温和地说，“人的一生很长，谁不会遇到难处啊！救人救命是最当急的事，你先把家里留着装修房子的那笔钱拿去给她治病吧，以后的事以后再说吧——”

“奶奶——”筱筱热泪盈眶，她也想拿家里的那笔钱去给月姨治病，但没有想到奶奶先说了出来。

晚上，苏奶奶为孙女打点行李，她把家里最厚的衣服都放到箱里，还放了她爱吃的巧克力。

第二天清早，筱筱就起程了。

月姨家在四川的一个贫穷的小山村里。她坐了一天一夜的火车，第二天中午到了成都，在火车站吃一碗当地的担担面后，又坐上了一辆长途汽车。

汽车盘旋在蜿蜒崎岖的公路上。两个小时后，汽车驰骋到了笔直、平稳的水泥公路上，筱筱感觉仿佛来到了另外一个世界，像到了天堂一般，窗外的天空湛蓝得如一汪碧澄澄的海洋。车子一路飞驰，游目骋怀，一马平川的草地上有几堆白莹莹的雪堆，犹如书中童话世界里的白色宫殿，还依稀可见牛群、马群和羊群，它们或成群结队，或形单影只，在与天空接壤的广袤大地上悠闲自得地漫步……

汽车抵达月姨家的小镇时，灰蒙蒙的天空变得更加无精打采，冬日里的

最后一抹斜阳正渐渐隐去。

筱筱站在陌生的石板街上，一阵恐惧感隐隐约约漫上心头。她看到街头的拐角处有一群开摩托车的人，便拖着行李朝他们走去，刚走了十几步，几辆摩托车一齐呼啸向她开过来，她冷不丁地打了个趔趄，差点摔了个跟头。这时，几双陌生的、圆溜溜的眼睛打量着她，那目光有善意的，有和蔼的，也有不怀好意的。她镇定片刻后，向他们说出自己要去的地方，这些人马上就争先恐后地嚷开了，有人说这地方很远必须要五十元，有人说这地方路不好走得要一百元，还有人说这地方太偏了不愿意去。

最后，筱筱坐上了一位相貌慈祥的大叔的摩托车，那位大叔载着她在尘土飞扬的泥地上飞驰了一个小时后到达目的地，筱筱付钱后，那位大叔重重地踩了一下油门，不一会儿就消失在她眼前。

蔼蔼暮色中，筱筱望了望四周寂寥而衰落的村庄，沿着一条窄窄的小路慢慢地向前走。冬日的夜风刺骨寒冷，一种不自觉的惶惑感油然而生，此时她很担心自己找错了地方，如果找不到月姨家的话，她今晚就没有地方住了。她战战兢兢，越想越害怕，两只脚不由自主地变得沉重起来。

过了一阵，她看到前面有两位老人走过来，她心头一热，忙上前打听月姨的住处，两位老人像是听不懂她说的话，他们摆摆手，摇摇头就走了。过了一会儿，她遇到了一个中年女人，她又上前问路，这个女人听后对她礼貌地笑了笑，然后说了几句她完全听不懂的话。这是筱筱完全没有想到的情形，她以为只要找到月姨家的村落，随便问个人就可以找到月姨的家，可现在却让她犯了愁，没有人能告诉她月姨家在哪里……

她迷茫地往前走，眼泪悄悄地漫上了她心头，随时有可能倾泻而出。

天越来越黑，村子被一块不着边际的黑幕覆盖。

筱筱又怕又累、又冷又饿。寂寥的星空下，她朝房屋密集的地方走去，她思忖只要向着有人的地方靠近，就能想到办法。

“这有什么呢！就算找不到月姨，大不了跟这里的村民借宿一晚。”困难无助常能给人勇气和智慧，她马上想到了办法。

当她走过一排房屋时，看见一个十来岁的小男孩，他正赶着几头羊向她走过来，她没有抱多大希望跟他说出月姨的名字，但令她意想不到的是，那个腼腆的男孩马上告诉她月姨就住在他家隔壁，筱筱喜出望外，他是她今天

问路的人当中，唯一会说普通话的人，她把背包里的一盒巧克力拿出来送给了他。

在黑灯瞎火的小村落里，筱筱跟着小男孩走了一段路后，他把她带到一所低矮的房子门前，屋里灯光如豆，小男孩用她听不懂的家乡话在门口叫了几声，随后，屋里就有人出来了。

站在门口的正是月姨，筱筱马上就认出来了。

“月姨——月姨——”她热泪盈眶，开心地叫了起来。

“筱筱，我没有看错吧，你怎么到这里来了。”月姨忙跨出门槛，走到筱筱跟前，惊呼道，“我的天哪，真的是你，这么远的路程，你是怎么来的啊？”

“我坐火车来的，还坐了汽车……”筱筱开心地说道，此刻的她像似一只疲累的小鸟，终于找到了歇息的地方，所有的彷徨无助一下子被幸福淹没了。

“快——快进来，老余，老余，家里来客人了——”月姨欣喜地朝屋里叫道，随即她提起筱筱的行李，拉着她进屋。

月姨和她老伴给她做了一桌子菜，颠簸了两天的筱筱在这简陋的矮房里吃着喷香的饭菜，幸福得不能自已。

夜里，筱筱和月姨睡在一处。

“月姨，你好狠心啊！一次又一次地不辞而别。”筱筱靠着月姨肩头，一副埋怨的口气说道。

“孩子，对不起，对不起，月姨是有苦衷的。前几年没有跟你招呼就走了，是因为怕你难过，我不想看到你流眼泪。这一次——这一次，我——我生了点小病，想回家治病，就——就回来了，我治好病会回去找你的……”月姨嗫嚅道。

“什么小病啊？您的这个病一点都不小，必须要做手术。您应该告诉我，我们会给您想办法的。”

“你怎么知道的啊，孩子？”

“您走后，我到处找您，最后在肖姐那里，才知道您生重病回老家了，她说她去年也得过这个病，做了手术就会好的。明天，我就带你去成都，找一家大医院，到那里去做手术。”

“不行，不行，大城市的医院很贵，住院押金就要一万元。月姨没有钱。”月姨哆嗦道。

“我带钱过来了，奶奶知道您生病后，她让我把家里的钱拿来给您治病。”

“不行啊，怎么能用你奶奶的钱去治病呢，你奶奶一个人带着你多不容易，你还在上大学，还需要花很多钱。”月姨激动地叫道。

“月姨，我奶奶说了，治病是大事，是她让我带过来的。”

“这么一大笔钱，我不能接受啊——”

“月姨，钱花完了，还可以赚回来，若是人没了，还要钱做什么呢？这些钱等我毕业工作后，都可以挣回来。我的学费钱，奶奶会给我安排好的，您就不用操心了，现在您要想的就是赶快把身上的病痛去除掉。”筱筱几乎用乞求的语气阐述着。

“孩子，我……”

“您生病了，大叔、您的女儿，还有我都会为您担心。您把病治好了，就可以像以前一样开心地笑，想做什么就做什么。你知道吗？您是一个可以给别人带来幸福的人，记得我和您一起生活的时候，有一天晚上，我受凉感冒发烧了，您很着急，背着我去医院，可是那时已经十二点多了，小区的门诊都关门了，公交车下班了，也打不到出租车，我跟您说明天再去看医生，您硬是不让，我们走走停停，差不多一个小时才到医院，您马上给我挂急诊，跑来跑去，为我做这做那。打完针后，我的烧很快就退下来了，当时我觉得自己好幸福啊，头不疼了，也不难受了，想做什么就做什么。月姨，我也想让您幸福，想看到您开心地笑！”

“孩子——孩子——我答——答应你，我跟你去治病。”月姨抱着筱筱呜呜咽咽。

“以后，不管您发生了什么事，您都要告诉我，我们一起想办法，再也不要不辞而别，好吗？”

“好，好……”月姨啜泣道。

第二天，筱筱就陪着月姨去了成都的一家医院，为她交了所有的住院费用，月姨顺利地接受了手术。

一个星期后，月姨出院了。筱筱本来打算月姨出院就回家的，可月姨和她老伴都希望她留下来过春节，特别是月姨，做手术前把这件事唠叨了好多遍，筱筱也想留下来，但又放心不下奶奶，便给奶奶打了电话，奶奶在电话那头同意她在月姨家过年，还让她多陪陪月姨，她说刚做完手术的人心灵和身体

都比较脆弱。

于是，筱筱就留了下来。这些天里，她发现月姨家门口站着几个黑瘦、眼睛大大的孩子，他们一个个衣衫褴褛，脸蛋冻得红红的，怯生生地站在门口望着她，腼腆地冲她笑。

她和这群孩子熟悉后，便把奶奶在家里给她准备的零食都拿出来分给他们。有太阳的时候，他们还带着她去草原上去放羊，筱筱便趁空当教他们说普通话。月姨说她们这个村的孩子，汉族的小孩读书多些，藏族的小孩读书较少，而且上学的年龄也大。

时间一天天过去了，她和这群淳朴的孩子建立了深厚的友谊，大年三十那天，筱筱带着那几个孩子去了镇上，用身上的钱为他们买了过年的糖果。

过完春节，月姨的身体也一天天好起来，病痛去除后，她的脸上又有了快乐的笑容，筱筱也和月姨一样开心，感觉自己像似完成了一项神圣的使命。

回家的那一天，月姨和老伴帮她打理行李，为她准备了很多家乡特产，塞到她的箱子装不下为止。那几个孩子也一早就过来了，他们不动声色地看着她，眼睛里流露出恋恋不舍之情，有个藏族小姑娘送给了她一条洁白的哈达，收到这份礼物后，她将随身带的一本席慕蓉的诗集送给了她。

去往成都火车站的路上，汽车又一次驰骋到了与天幕相接的地方，筱筱眺望着蔚蓝的天空，看见了一个熟悉而美丽的笑脸，妈妈正在云彩中跟她话别。

第二十章　功不唐捐

星星之火，可以燎原。

钱曦晨在培训中心上了一个月课后，他感觉一边工作一边上课不能集中精力，而且学习效率低，于是他就偷偷地辞去了工作，上了全日制课程。

像他这种困而知之的人，能重新树立信心去学习，实在太难能可贵了。这次他铆足了劲，全身心投入托福备考中，起初两三个月，他常感到力不从心、鞭长莫及，偶尔也想打退堂鼓，但当目标越来越明朗、梦想推着他不断向上攀登时，所有的障碍都攻无不克了。

重新出发的日子里，他孜孜不倦，宛如一棵百年枯木遇上了好年景，沐露梳风，等待着长出一片片新枝来。他每天都按时回家，晚上就在房间里学习。

钱睿知和龙菀莹一点也不知道儿子辞工准备留学的事，在他们的眼里，只要儿子每天准时出门上下班，不在外面惹是生非，就谢天谢地、乐不可支了。

一晃几个月过去了，春节就快到了。

这大半年里，曦晨养成了良好的自律习惯和管理时间的能力，他每天浸泡在学习中，活脱脱地变成了另一个人。他的词汇量已积累成了一座小金山，练习过的纸和本已有几尺高，功夫不负有心人，他的成绩突飞猛进，有了意想不到的提升。在老师的建议下，他准备参加四月份的托福考试。

如今的他，喜欢隔三岔五地去书店逛逛，买几本书回来。“娉婷女孩”的那两本书读完后，他还读了《白鲸》《瓦尔登湖》，等等。

大年初一，曦晨爸妈陪他爷爷奶奶去黄山旅游了，柳姐过年前就回老家了，曦晨一个人在家。初二晚上，他练了两个小时听力后，又拿出了“娉婷日记”，读着一个个带给他好运的文字。

2003年×月27日 天气：雨

恩惠小记

英国散文家查尔斯·兰姆曾说："有时候，我们得到别人的恩惠，施恩者却一无所知，比如在街上有人看到我们就满面笑容，尽管可能不认识，并且匆匆过后永不再见，我们也会觉得那是一种恩惠。"

生活中，我们经常在不经意间就得到兰姆所说的这种恩惠，然而这些美好瞬间却时常被我们忽略，甚至被很多人不屑一顾。

以前我也一样，从没有留意过生活中这些看似"微不足道"的恩惠。

然而有一天，当我不经意间碰撞到这些美妙瞬间时，顿觉兰姆的话犹如金子般一样闪亮。

这个暑假，奶奶在家里给两个小孩补习功课，我呢——三天两头往书店跑。这几天老是下阵雨，天气阴晴不定，上演着好几副面孔，一会儿倾盆大雨，一会儿艳阳高照，变脸的速度比小孩的脸还让人捉摸不定。

一天早上，外面日头正好，我吃完早餐，就拿上背包去书店看书，我一路小跑，很快就到了书店，里面开着冷气，很凉爽，因为我到得早，只有寥寥几个人。过后，我徘徊在一排排整洁干净的书架前，一边找书，一边聆听着空气里清耳悦心的轻音乐。

"早啊！"

忽然，书架对面一个额头长满青春痘的十七八岁的陌生女孩笑容满脸地跟我打招呼，面对这突如其来的问候，我在慌乱中笨拙地向她点了点头，然后低头翻看手中的书。

奇妙的是——这一句轻轻的问候后，我的心像是注入一股清泉，心情顿时变得格外愉悦。虽然她已走向了另一排书架，但粲然的笑容还留在我心间，那不经意地一笑就像是春天的熙阳一样温暖。整个上午，我的心情都好得跟神仙似的，用不到三个小时的时间读完了一本厚厚的书，事半功倍，这真是比捡到珠宝还要开心。

我知道，这份快乐是来自于那个女孩，是她给我的恩惠。

中午回家时，天空果不其然又变了脸，黑暗笼罩下来，大地一片哗然，雨声如雷贯耳，像在演奏一场抑扬顿挫的交响曲。

雨势越下越猛，看样子一时半会儿也停不下来，我走到台阶上，拿出背包里的雨伞，脱掉脚上的球鞋，然后撑起雨伞赤着双脚走在大雨里，任凭大颗大颗的雨滴拍打着我的雨伞和衣服……

走到小区时，我忽然想起奶奶让我帮她去裁缝店取她修改的裤子。不一会儿，我便全身湿漉漉地出现在裁缝店门口，一副窘相。

这时，裁缝店里从未谋过面的阿姨笑容可掬地走过来，叫我进去坐，里面一位大叔模样的陌生男子也对我点头微笑，示意我进去。看着两张充满善意的笑脸，我的心儿霎时被阳光照亮，忘记了自己的窘态，也傻乎乎地对着他们笑起来……

这瞬间的恩惠，犹如一颗颗珍珠般晶莹的雨滴，滋润着我干涸的心田。

春节过后，钱睿知被擢升为他们单位的副局长，经常出差不在家，龙苑莹忙着创建护肤品公司的事情，也无暇过问儿子的事。一家人各忙各的，在一起吃饭的时间都很少，平常家里头只有柳姐，没有了爸妈的念叨，这倒是让钱曦晨觉得轻松自在。

四月底，曦晨参加了托福考试。考试完后，他继续在培训班上课，一是准备其他考试，二是如果这次考得不理想，他还要接着考。

在等待成绩的这些天里，他睡前总是把“娉婷日记”抱在胸前，祈盼能考出一个满意的好成绩，祈盼奇迹出现……

一天傍晚，他吃完饭后在屋里看书。他同学陶琛瑷给他打电话让他参加她的生日会，她声音很焦急，说其他朋友都到了，就等他一个，他想推托，又却之不恭，只好开车去了。

陶琛瑷是他大学同学，一个地道的北京姑娘，不但家境好，还是个才貌双全、气质绝佳的大美女。上大学时，她在学校里是诸多男生追求和爱慕的对象，算是个众星捧月的人物。

他俩只是同系的同学而已，上学的时候交情也不深，但最近不知是怎么了，陶琛瑷老是有事没事给他发信息，问长问短，有时还说几句暧昧的话。这个月她已打了两次电话约他出去，但都被他委婉拒绝了。

陶琛瑷的生日会在一家大酒店的包房里举办。曦晨到那里时，里面坐着

男男女女十几个人，他们个个都精心打扮过，衣着华丽、光彩照人。

屋里有的人在唱歌，有的人在聊天，还有几个人在打扑克。

曦晨讷讷地坐在沙发上，感到格格不入、浑身不自在。他和陶琛瑗说了几句客套话后，就没有什么多余的话了，以前在女孩子面前的神气劲似乎再也找不见了。

这当儿，房中间一对男女正在唱英语歌曲《I WANT TO SPEND MY LIFETIME LOVING YOU》，他马上就被他们的歌声吸引住了，向他们投去了欣赏和赞叹的目光。须臾间，他的眼里闪现出“娉婷女孩”的身影，他的心也跟着飘到了远方。

吃完生日蛋糕后，曦晨匆匆地向陶琛瑗告辞回家。

他刚走到电梯门口，陶琛瑗就追了出来，她脸上泛着玫瑰色的红晕，身上飘着袅袅葡萄酒的醇香。

“曦晨，你怎么不多坐一会儿，这么快就走了？”陶琛瑗目不转睛地盯着曦晨，眼眶里闪动着层层涟漪。

“时间不早了，大家明天还要工作呢！”曦晨回道。

一阵静默，走廊里富丽堂皇，大瓷坛里头的一簇簇妩媚的花儿似瞅着这两个羞答答的年轻人。

“曦晨——”陶琛瑗顾盼生辉的眼睛紧盯着他，她含情脉脉地说道，“上大学的时候，我就喜欢你，可是你总是视而不见，你知不知道我有多失望。现在我们都工作了，可以决定和主宰自己的感情和命运。曦晨，我喜欢你很久了，我们可以做男女朋友吗？”

“我——我——”曦晨脸色煞白，他没有想到琛瑗会突然向他告白。

“我妈说‘只有门当户对的爱情和婚姻才能经受得起时间的洗涤和考验’，曦晨，我觉得我们两个人各方面的条件都挺合适，你可以考虑一下吗？我真的不想再错过你——”

“对——对不起，我有——我有喜欢的人了。”曦晨看了她一眼，嗫嚅地说。

陶琛瑗呆若木鸡地望着曦晨，眼泪在她的眼睛里打转，一副倔强的神情，她咄咄道：

“你故意这样说的吧？”

“不是啊！”

“可我听同学说你是单身，根本没有女朋友。”

“哪个同学？”

“魏阳哲。”

“我跟他都一年没有联系了，他怎么知道啊？”

“她是个什么样的女孩？”

“她——她……”曦晨支支吾吾地说不出话来。

“就知道你故意这么说，你根本没有什么女朋友，对吧？我哪里不好了？你要拒绝我？”琛瑗哽咽道。

“不是啊，琛瑗，你误会了，我真的有一个很喜欢的女孩，她在我心里有一段时间了。”

又一阵静默。

当电梯门打开时，曦晨充满歉意地说：

“真的很抱歉——琛瑗，我先走了。”说完他转身闪进了电梯。

回到家后，他仰躺在床上，脑子里不停地闪现“我有喜欢的人了”和“她在我心里有一段时间了”这两句话，他心里热浪滚滚、沸腾澎湃，他没有骗她，他真的有自己喜欢的人了。

不知过了多久，他进入了梦乡，飞到了一个美丽的地方——那里有林立的高楼、整洁的街道、蔚蓝的大海、翠绿的树木、缤纷的鲜花……

第二天清早，曦晨简单地收了几件行李，带上“娉婷日记”，买了一张去往L市的火车票，现在他花钱没有先前大手大脚了。近一年来，他身上多了两样东西，那就是自律和自强。

到L市后，他住进了一家一百元左右一晚的宾馆，虽然跟上次住豪华酒店无可比拟，但他却感到无比踏实。

当天晚上，他在宾馆对面的一家云吞店里吃了东西后，就上了一辆巴士，他带着记忆里的一鳞半爪，希望再一次跟“娉婷女孩”在巴士上邂逅。不过这不是在梦境里，他连着换了几辆巴士，在车上兜到了巴士下班的时间，也没有见到他想找的人。在日记里他了解到她是一名高中生，如今应该上大学了，其实他并不能确定她现在是否还在这座城市，但他还是怀抱着美好的憧憬，想用一万种假设来创造一个奇迹。接下来的几天里，他穿梭在各路巴士上，在人群里望眼欲穿，但奇迹没有发生。

回到北京后，曦晨整个人变得更有精神气了，虽然没有遇到“娉婷女孩”，但去到她的城市走了一趟后，他浸染到了那座城市的活力和朝气，对未来充满信心。

两个星期后，他的托福成绩出来了，他考了 107 分，是他们培训中心几个考生中分数最高的，看到成绩后，他激动得说不出话来，一口气跑到他常常去背单词的公园，绕着草地奔跑了好几圈，以此来抒发内心的喜悦。对于他来说，这就是奇迹，而带给他好运的就是他的“娉婷女孩”。

接下来，他又参加了其他的几门考试，成绩也非常理想。申请学校前，他给大洋彼岸的姑姑打了电话，告诉她正在申请留学的事情，若知在电话里很惊讶，她让曦晨在北京找一个专业的留学顾问帮他办理，还叮嘱他有什么事情立刻给她打电话。

曦晨按照姑姑的建议，找到一家知名的留学机构，他在留学顾问的帮助下，申请异常顺利，很快就拿到了几所学校的 OFFER（入学通知）。接下来，他凭着绝佳的领悟能力和好口才，还有气宇轩昂的外表，面试也顺利通过，当场就得到了面试官的肯定，成绩很不俗。

就这样，他像踩着红毯一样，好运纷至沓来，一件件喜事降临在他身上，所有留学的事情手到擒来，他看到了一条笔直的阳光大道正在向他敞开，美好的未来正在向他招手，近一年来所有的付出和祈盼全部得到了回报。

两个多月后，一个周日的晚上，钱睿知和龙菀莹都在家，晚饭后，一家人坐在客厅里吃水果。

“爸，妈，我要出国读书了。”曦晨一本正经地对他爸妈说。

钱睿知和龙菀莹瞟了一眼儿子，然后又都将头转了回去，像没听见似的，抑或是他们根本没有听他讲话，又抑或他们以为儿子是在说梦话。

曦晨早就料到了他爸妈会这种反应，他在心里笑了笑，然后毕恭毕敬地站到他爸妈面前，喜气洋洋地说：

“爸——妈——我被美国的一所大学录取了，就要去美国读书了。”

钱睿知和龙菀莹呆若木鸡地瞅着儿子，眼睛像是被什么攫住了，一动也不动。

“儿子……你要……去美国读书？”龙菀莹愣愣地问道，她还完全没有从他的话中反应过来。

“哈哈哈——”钱睿知一脸的不屑，接过龙菀莹的话说道，“你在梦里被录取的吧！你这臭小子，什么时候学会吹大牛了。”

“是真的！从去年八月份，我就在备考托福和其他申请留学的考试。其实我早就辞掉工作，在准备考试的事情，因为怕考不出好成绩，就没有跟你们说。能被录取，是我运气太好。不过，我也确实付出了百分之一百的努力。”

“可是我怎么一点都不知道啊？你也没有找我要过钱啊，你哪有钱去上课啊！”龙菀莹质疑道。

“我找奶奶要的……”

“找你奶奶要的钱？她也没有同我说过啊！”

“是我让她不要告诉你们的。”

夫妻俩听后面面相觑，他们还是没有办法相信儿子说的话。

“你考到哪所大学了？”龙菀莹晕晕乎乎的，她猛地站起身抓住曦晨的手问道。

“波士顿大学。”曦晨重复道。

“这所大学好耳熟啊，它在哪里啊？”龙菀莹急切地问道。

“在波士顿市，那座城市居住着很多华人，我就要去那里读书了，妈，您和爸要负担我几年的学费，不过，我也会出去找工作，挣零花钱的。”

“你姑父和姑姑不就住在波士顿吗？那太好了。儿子，这可是我们做梦都想着的事情啊，学费我们负担得起，可是你说的是真的吗？”龙菀莹激动地叫起来。

“你们等一下。”

曦晨说完，三步并作两步地上了楼。

过了一会儿，当他把全英文的录取通知书呈现在他爸妈的面前时，钱睿知欣喜若狂地叫起来：

“是真的——是真的——菀莹，他真的被录取了！哎呀，做梦也没有想到。这是谁拯救了我儿子啊？曦晨，你有出息了，你有出息了，爸爸为你骄傲啊！这可真是我们家天大的喜事啊！看来，这两年我也有功劳，骂你是骂得对的啊！”

“你就知道骂——骂算什么功劳啊？我儿子是自己醒过来了，他自己想读书了，是吧，儿子！”龙菀莹抱着曦晨，一把鼻涕一把泪，又哭又笑的。

八月底的一天，曦晨登上了飞往美国的航班，他载着全家人的祈愿和“娉婷女孩”的芬芳隽语即将开始新的人生。

第二十一章 忏 悔

大二的暑假，筱筱白天在书店上班，晚上给小区里一个高二的女孩补课。

一天晚上，天气十分燥热，筱筱回来晚了些，奶奶已经睡了。她洗漱完后，坐在床上吹电风扇，突然，她听到奶奶的房间里发出几声尖叫声，她不寒而栗，连忙跑到奶奶房间，但当她站在奶奶床前时，叫声戛然而止，奶奶看上去睡得很深沉。她揣测奶奶刚才做噩梦了。

回屋后，她在床上辗转到凌晨也睡不着，于是，她坐了起来，拧开床头灯，拿起一本散文集，在橘黄色的灯光下，她读着书里一个个沁人心脾的文字，慢慢地，她心头开出一朵朵希望的花儿来……

天一亮，筱筱就去了厨房，她熬了奶奶爱喝的白粥，蒸了五谷馒头，还煮了一盘白灼青菜。过了一阵，奶奶起床了，她笑吟吟地走了过来。

“筱筱，你这么早就起来了？”

“昨晚好热，我睡不着。”

“你不会一晚都没有睡吧？”

“嗯——我在看书呢！”

“你还要去上班，一晚没睡觉，怎么有精神啊？”

“放心吧，我等会儿在车上补个觉就好了。奶奶，您昨晚是不是做噩梦了，我听到您大叫了几声，当我过去的时候，您又睡着了。”

“是啊，这段时间我在看抗日战争的电视剧，就老做打仗的梦，也老梦见你爸爸……”

“原来是这样啊，那您以后别看这种打打杀杀的电视剧了，会影响您的日常思绪，晚上睡觉的时候都会跑到您的梦里来……”

“是啊，奶奶以后不看了。”

暑假很快过去了，筱筱上大三了，新学期里，她可谓是春风得意，她成了一名党员。

在成为党员的头两个星期里，她感到既激动又迷茫，她不清楚成为一名党员到底意味着什么，或者应该做些什么，不过她知道奶奶能给她答案，这些年，奶奶成了她的专属“百度”，她有什么疑惑都可以在奶奶那里找到答案。周末回到家后，她就向奶奶道出了心中的疑虑。

“作为一名党员啊，就是要树立一个乐观积极的思想风貌，给你周围的人带去正能量，多做有益于社会文明进步的事……”说到这里，她脸上露出骄傲的神色，“我们苏家有两名党员了，一个是你爷爷，一个是我孙女！”苏奶奶和风细雨地对孙女说。

一个星期六的傍晚，空中飘着牛毛细雨，筱筱坐巴士回家，她刚走到小区门口，就听到有人叫唤她：

“筱筱——筱筱——”

当她抬头看过去的时候，她做梦也没有想到那个叫她的人竟然是自己快十年没有见面的父亲。

“把东西给我吧，让爸爸来拿——”苏海君走到筱筱身边，接过她手上的东西，声音颤颤巍巍，“你奶奶说你今天下午回家，我已经在大门口等你一个多小时了。”

筱筱默默地看了父亲一眼，鼻子酸酸的，如鲠在喉。

“你长成大姑娘了，但样貌没怎么变，爸爸一眼就认出你来了。”

父女俩一进家门，筱筱就径直走到厨房，奶奶正在烧菜，她的眼睛又红又肿，看上去像刚哭过。

“你叫你爸爸了吗？”苏奶奶望着泪眼汪汪的孙女问道。

筱筱摇了摇头。

“他今天中午到的。唉，还不到五十岁，头发都白了，刚进门时，我都没认出来，看来这些年他过得并不好啊……”苏奶奶说完长叹了一口气，眼睛里噙满了泪水。

苏奶奶话音刚落，筱筱泪如泉涌，心儿颤抖，她跑到自己屋里，坐在床上歇斯底里地哭起来。

海君闻声奔向女儿房间，看到伤心欲绝的女儿，这么多年对她的思念和愧疚一并在他心里翻江倒海。他蹲在女儿身边，抱着女儿声泪俱下地请求她的原谅……

晚饭后，苏奶奶和海君坐在客厅里说话，筱筱坐在奶奶的床上心不在焉地翻着一本书。

“妈，这些年让你跟筱筱吃苦了，我对不住你们啊！”苏海君开口说道。

“你回来了就好，这些年筱筱在我身边，我从没感到过苦，倒是你，这些年你是怎么过的啊？头发都白了，你工作很辛苦吗？还是日子过得不如意啊？”苏奶奶一个问题接连一个问题问儿子。

被母亲这么一问，海君眼圈通红，他抽抽噎噎地说：

“我对不住您，对不住雯芬，对不住筱筱啊！这些年，我好高骛远，在欲望中信马由缰，没有经营好自己的人生……今年我的生活发生了很大的变化，静下来的时候，读了几本雯芬放在公司的书。从中体悟到了许多做人的真知灼见。我开始反省自己——这些年，我在欲望里迷失了自己，做了许多错事……”

苏奶奶看了看儿子，语重心长地说：

“海君啊！‘知人者智，自知者明’，你能想明白，什么时候都不迟啊！只要你平平安安地回家来，就是妈最大的福气，我还有什么不知足的呢？妈不怪你，雯芬在天之灵，也不会怪你，你女儿啊，她心疼你还来不及呢！”

“妈——那年暑假，我把公司搬到上海，本计划接您和筱筱一起过去，我也在那里给她找了学校，但就在准备回老家的前几天，我开车出了交通事故，这件事情有点复杂，耽误了几天，再加上忆珍也不愿意我回去接你们过来一起住，她说怕合不来，我当时很为难，心想反正筱筱在您身边，我也挺放心的，就没有回去。一晃过去这么多年了，直到今年，我在人生的狂风骤雨中栽了跟头，才醒悟过来，自己居然把家给弄丢了。前不久，我回到老家，才知道咱们的老房子征收了，后来我找到淑芬姐家，她告诉我你和筱筱在L市。这些年，您一个人带着孩子在这里生活，受了不少累吧……”

“妈不累。”郑采薇慢慢地说，“海君啊——过去的事情就让它过去吧，妈和筱筱过得挺不错，老天爷对我们俩不薄，这些年我跟小区里的孩子们在一起，给他们煮饭、辅导功课。他们既让我有了精神寄托，还让我有了养活自己和筱筱的能力。这些家长们对我和筱筱不是亲人胜似亲人，给了我俩很多帮助，

在这里，我们过得很幸福！

“妈知道你骨子里是个有仁爱之心的孩子，就像你说的，你只是暂时被欲望冲昏了头脑，孩子——‘苦莫苦于多愿’[①]啊，男人在外闯事业，若做不到贬酒阙色，惹祸上身是迟早的事……”

“妈——”海君低着头哽咽着说不出话来。

“儿啊，你不用担心我和筱筱，这些年，我们的日子过得虽然清苦，但正是这些经历磨炼了筱筱金沙般的品质，她又博爱又颖悟，一边上学，一边打零工，积极向上，她今年在学校还入党了呢！”

“筱筱入党了？”苏海君听到这件喜事，停止了呜咽，他用手背揩了揩眼泪，抬起头看着他母亲。

“是啊，她入党了。”郑采薇握起儿子的手，接着问道，“海君，你现在住在哪里啊？生意做得好吗？”

“我正要跟您说公司的事呢！”海君嘴角轻轻地嚅动着，“妈，我破产了，公司和上海的房子都卖了。去年年底，忆珍和我分手了，她去了香港，跟前夫和好了，我也算解脱了……那年夏天，我答应她把这边的房子卖掉，将公司搬到上海，随后我们在上海安了家，生意做得很顺利。第二年，忆珍的儿子去美国读书，她过去陪读了半年，在那段时间里，她因为空虚染上赌博，回国后也没有收敛，刚开始，我也劝她不要去那种地方，知道没有回头路，可我陪她去了几次后，也不由自主地陷进去了，最后彻底被欲望吞噬。那种刺激一旦上了身，就很难一下子切断的。我们越陷越深，欠下了差不多上百万赌债，慢慢地，我没有心思和精力做生意，公司的事情就怠慢了。两个人常在赌场里找快感，总心存侥幸想把输掉的钱赢回来，但那不过是我们一厢情愿的幻梦。

“几年过去了，公司出现了许多的问题，生意越来越惨淡，每天接到无数催款的电话，由于透支太多钱在赌场上，财务问题屡见不鲜，先是资金周转不灵，慢慢到了入不敷出的地步。后来，我只好用房子抵押贷款出来，暂时缓解公司的资金压力，但那只不过是抱薪救火，因为亏空越来越大，公司随时面临坍塌。去年年底，公司已无法经营下去了，我只好遣散了员工。为了还赌债和银行的贷款，我卖掉了房子和车子……这几年，我和忆珍经常吵架，

① 引自《素书》求人之志章第三。

分道扬镳是迟早的事，我对他们母子俩也算仁至义尽了……”

海君头脑清醒地说完这番话，他看上去像是长途跋涉过千山万水终于回到彼岸一样，眼神有了归属感。

“海君啊，海君啊！”苏奶奶细细地端详着儿子，握着他的双手轻轻地揉搓，轻言细语地说，“人生总要走过一些悬崖绝壁，才能大彻大悟。做错事受到惩罚不是坏事，你应该学会感谢生活给予你的每一个教训，它能让你更惜福。人的一生，都有行路难的时候啊，现在，你载着精神的熠熠光辉回来了，这可是大喜事啊！儿啊，无论你是腰缠万贯了回来，还是满头白发了回来，你都是妈的儿子，妈都等着你啊！”

“妈，我对不住您啊！我是个不孝子。”苏海君扑通一声跪在母亲面前。

“坐上来吧，孩子，你回来了就好，回来了就好啊！”苏奶奶用她粗硬的手掌抚摸着儿子的白发，心疼得直掉眼泪。

海君坐回母亲的身边，抓着他妈的双手说：

“上海的事情都差不多收尾，十一月份我要飞东南亚一趟，那里有一个客户欠我的钱。等我处理完所有事，就回来和你们一起住，到时候我再找些生意门路，重新开始，赚钱给您和筱筱买套大房子，我还希望以后有能力送孩子出国读书。”

苏奶奶默默地看着壮志未酬的儿子，眼眶里闪烁着点点泪花。

“这是将来的事，以后再慢慢说，只要你回来了，妈的这颗心就落下来了。这房子我已经买下来了，今后你要是有能力，把它重新装修一番，我和筱筱就心满意足了。”

“妈，我再也不会离开你们了，以后家里的事都交给我来做……”

此时此刻，里屋的筱筱哭成了个泪人。

第二十二章　梦断天涯

接下来几天，苏海君拜访了几个老朋友和以前的老客户，这么多年没回来，看着L市一幢比一幢雄壮挺拔的高楼，他暗暗惊叹这座城市的发展和变化。

几年间，他原先的几个小客户也发展成了大公司。回家的路上，他心潮澎湃，自言自语道："这里的天空、这里的街道、还有这里的人是多么熟悉啊！"

看到这一切，他想在这座城市东山再起的愿望愈加强烈。他想去找兰总帮忙，以前他俩的交情不错，兰总人缘广、生意又做得大，或许能介绍生意机会给他。然而不幸的是，一个朋友告诉他兰总因肝癌晚期，两个月前就过世了。听到这个噩耗他很难过，在心里感叹生命的脆弱。

一天下午，在一个工业园里，海君见到了他的老朋友小石，他认识他时，小石还是个二十几岁的小伙子，他为人仗义，是个有志向、做事勤恳、品行端正的人，那个时候在他一个客户的公司里当司机。有一次，海君去拜访这家客户，回来的时候，公司老总让小石开车送他，他俩就认识了，海君和他接触过几次后，很看得起这个年轻人，只要他开口，有什么困难都尽力给予帮助。一年后，小石在L市开了一间十几人的电子加工厂，当时苏海君不但给他介绍客户，还以担保人的身份帮他到银行贷款。这次苏海君见到他，小石以前的加工厂已经发展成了一个拥有独立品牌的手机公司，而且规模出乎他的意料，差不多上千人，他在一个工业园里租了一栋独立的厂房，四层的生产车间，一层的写字楼。另外，他高薪聘请了很多高校的高才生，博士生就有好几个。去年，他还在非洲开设了一家手机工厂。

"苏哥，一晃好多年没见您了，我还得感谢您过去对我的栽培和帮助啊！"在小石雅致的茶室里，他感慨地说道。

"你这小子，都过去这么多年了，就不要再提起了，苏哥今天可是过来向你取经的啊！”

“苏哥，我怎么能忘啊，如果当初不是您鼓励我跳出加工厂的模式，我怎么可能有今天的发展，我记得您那时常对我说，‘做生意眼光要放远、放大，要懂得与人分享成果，还要创新，不能固守一个模式……’苏哥，您永远都是我生意上的老师啊！”小石谦恭而又激昂地说。

“你的成功是你自己的努力得来的，我那些都不过是生意场上的行话，我自己未必都做得到啊！”海君看着意气风发的小石，仿佛看到了刚来L市的那个雄心壮志的自己，似乎人生又回到了原点。他接着补充道，“其实我早就看出来了，你吃得苦，有主见，又自律，最难得的是有拼搏进取的精神，这些好品质才是你成功的关键啊！”

“我读书不多，很小年纪就出来做工，要学的东西还多着呢，以后，您还得多多指点我啊！”小石语气谦虚，眼神里迸发着智慧的光芒。

海君喝了一口茶，目光落在小石挺拔的身躯上。

“其实苏哥现在落魄得很啊！”他两只手紧紧地握着放在膝盖上，陷入了沉思。

小石瞥了一眼苏海君，用探寻的语气问道：

“您在电话里说上海的公司没有了，是真的吗？”

“嗯，一言难尽，我没有经营好自己的人生啊！”苏海君的话中净是自责。

“人生哪有一帆风顺的？每个人都会有遇到瓶颈的时候，哪个成功的人做出一番事业不是攀过几座山、蹚过几条河，才看到美丽的风景啊！确切地说经历过起起落落的人，才更有魄力战胜更多困苦啊！一次失败有什么关系呢？就当是领悟人生，我可是时刻做好了重新开始的准备……”

“我也想重整旗鼓，但年纪大了，顾虑也多了，心余力绌啊——”苏海君看着才三十几岁的小石，感到力不从心。

“苏哥，只要想开始，什么时候都不晚，好多企业家不也是经历了多次失败又重新站起来了吗？”小石神采飞扬地说，“上海那边不做了，您可以回来L市发展啊，这边还是有很多机会的。”

海君耸了耸肩，做了个无奈的手势，若有所思地说：

“我走的这些年，沿海地区的经济链已在逐步转型，传统行业已经逐渐饱和，未来必将是高科技产业当领头羊啊！人不前进，就会被狠狠地甩在后面，

我雄心还是有，但现在不知道朝哪方面发展啊！”

“如果您想回来L市发展的话，我这里有项目介绍给您做——”小石一副邀请的语气。

“什么项目？”海君忙不迭地问道。

“手机芯片，这个项目有很大发展前景。其实我一直想自己开拓这个领域，但我去年刚去非洲开发市场，精力都放在那边。我觉得您可以考虑一下去做这个项目，接触了这个行业这么多年，技术方面我也懂一点，你再请些专业人才，来开发这个市场，到时候做成一个品牌，肯定前途无量啊，随着社会的发展，网络越来越发达、越来越普及，我们中国的人口这么多，以后无论是大城市、小城镇和山村，肯定是人手一部手机，你想想这个市场有多大……”

“你小子不错啊，听你这么一说，我热血沸腾啊，怎么都觉得是一个不可多得的好机会，不管能不能做成功，都让我看到了希望啊！”海君眼睛带光，语气铿锵。

“现在的手机行业蓬勃发展，您可以先去做一个市场调研，熟悉熟悉这个领域……”

“苏哥真是不枉交你这个好兄弟啊，在关键的时候拉我一把，不瞒你说，这几年我走霉运，事业和生活都不如意。我没有尽到一个儿子和父亲的责任，特别对不住我的老母亲和女儿，我女儿过两年就大学毕业了，我想一鼓作气地干起来，到时候有能力送她出国深造，让她们过好一点。”

“自家兄弟，不用这么客气，一切都会好起来，您的心愿也会实现的。苏哥，咱们一起发展起来吧！您如果在资金方面有困难的话，我可以帮您担保申请银行贷款，我现在是几家银行的白金客户了，有一定的信誉，应该没有问题的。”

“你这可真是雪中送炭啊，不但帮我介绍项目，连资金的问题也考虑到了。”海君感激地说道。他今天本来只是想到小石的公司看一看，没想到却收获这么多的惊喜。

他们聊了几个小时，意犹未尽。傍晚的时候，小石说要为他接风，请他吃饭。但海君推脱了，他跟小石说自己很多年没有回来了，要回去陪母亲吃饭，小石便派司机送他回家。

苏奶奶给儿子留了热腾腾的饭菜，海君坐在桌旁吃饭的时候，想起曾经一家人在一起吃饭的温馨画面，眼里泛着泪光，经过这些年的跌跌撞撞，他感恩自己找回了失去的亲情。

那一晚，他辗转反侧，满脑子都是下午和小石的谈话，他庆幸自己人生低谷的时候，还有朋友拉他一把，让他重获生活的激情，像刚到这座城市一样热血沸腾，他对未来信心满满。

第二天吃早餐的时候，他兴致盎然地对他妈说："妈，昨天我去看望朋友的时候，了解到了一个好的行业，将来有非常好的发展前景，等我办完上海那边的事情后，我就回来开一家手机零件工厂。"

"这要很多本钱吧，去哪筹备那么多资金啊，妈又帮不了你。"

"资金方面有办法的，我朋友会帮我申请银行贷款，"海君信心十足地说，虽然昨晚没怎么睡，但仍然精神抖擞，仿佛年轻了十来岁。

苏奶奶看了一眼儿子，一边喝着碗里的粥，一边不慌不忙地说：

"做生意妈不懂，但是你朋友说的话你可要多斟酌斟酌，你经历了这么多事，凡事可要留个心眼啊！妈知道你是想争口气，让我和筱筱过上好日子，但遇事要三思而后行，想得明明白白的再去做，'人无远虑，必有近忧'啊，我知道让你回来闲着也不好，人如果不想事、不做事会变得颓废。你想再奋斗，妈不会拦你，有了目标就去试一试，开始新的生活吧！"

"您放心，我的那个朋友很务实、很上进，是个做大事的年轻人，人品也无可挑剔，他既仗义又知恩图报，"为了让他妈放心，他接着又补充道，"前些年我在这边做生意，他刚起步时，我给过他援助之手，两个人交情还不错。所以这次他知道我想创业后，就义不容辞地帮我。"

"做生意和做人是一样的，忠诚待人，踏实做事，谁又没有个难处的时候，帮助别人等于是帮助自己啊！"

"这个项目我有信心做起来，现在市场更新快，我想趁着这一波机会再干点事，要不然，再过几年，就很难找到这么好的机会了。"

"不管你做什么，妈都支持你，你想做就放手去做吧！"

"这个周末，我陪你和筱筱出去走走，再到L市的手机电子市场转一转……"

"好啊，我们一家人出去走一走——"

周五的下午，苏海君到筱筱学校接她回家，一晃这么多年过去了，女儿已经上大学了，一想到这些年自己在孩子成长中的空白，海君心里就很愧疚。

他坐在校园的石凳上看着来来往往的青春洋溢的大学生，脸上不自觉得泛起涟漪，仿佛一下子回到了自己的大学时光，那时候他的头脑里装的都是梦想，可现在已两鬓斑白，时光荒芜了他的青春。

“光阴一去不复返——”他在心里喊道，“如果还能回到过去，如果雯芬还在，那该多好啊！”

筱筱见到父亲，嘴角扬得高高的。这些天她被浓浓的父爱包围着，感觉自己在学校里说话的声音都变大了，腰板也直了，走起路来像是踩着七色云彩一般，快乐得不能自已。父亲回家后，她感到自己也像其他的孩子一样了，身后有了一座大山，保护着她和奶奶。她挽着父亲的手臂走在光洁的大理石路上，自豪感和幸福感油然而生。

星期六的早上，苏海君和筱筱在小花园里照料花草，早上和煦的阳光斑斑点点，温暖怡人。苏海君看着晨光中的女儿，满腔热情地对她说：“我们等会儿陪奶奶出去逛一逛，还有啊，我到上海处理好那边的事情后，就回来开家电子公司，我要在这里重新开始。筱筱——这里是爸爸妈妈梦开始的地方，爸爸一定会回来的，你等着爸爸！”

“好啊，爸爸，您做什么，我和奶奶都支持您，我们等着您回家——”筱筱望着苏海君，语气充满期待。

“到时等爸爸的生意做起来了，就送你出国念书。”苏海君自信满满地说，他从来没有忘记过送女儿出国念书的承诺。

“爸爸，只要您平平安安、健健康康地回来比什么都重要，至于出国读书的事，以后再说吧，过两年我就大学毕业了，我可以出去工作，还可以照顾您和奶奶。”筱筱一脸虔诚地说。

海君望着阳光下的女儿，眼泪滚滚落下，他哽咽道：

“爸爸还不老，还有力气，以后让我来照顾你们……”

吃过早餐，一家人就出门了，他们去了市里一家有名的商场，这家商场海君以前经常来，他对这里很熟悉，一到商场，他带着母亲和女儿到了女装专柜，让她俩挑选几身新衣服。虽然他身上的钱不多，但总想为母亲和女儿买点什么，略表心意，可是苏奶奶和筱筱都不肯买，这让海君感到很失落。

他们接着又去逛了楼上的家用电器，苏奶奶看着一言不发的儿子，似乎看穿了他的心思，便主动让儿子买个豆浆机回家，她说这个实用，一直想买

一个，海君喜不自胜，马上选了一个最好的。离开商场后，他们就去了L市最大、最有名的手机电子市场，筱筱不愧是新新人类，接受新鲜事物快，很多新产品，店员稍稍一介绍，她就听得明明白白，然后讲给爸爸听……

十天后，海君满怀信心地回了上海。

接下来每一天，祖孙俩都沉浸在海君回家的喜悦中。

然而，天有不测风云，人有旦夕祸福。就在离海君回家的日子越来越近，一天阴雨绵绵的下午，孩子们去学校后，苏奶奶在沙发上打盹，她刚迷迷糊糊地睡着，嘟嘟的电话声把她吵醒了，一个自称航空公司的工作人员，悲痛地告诉她苏海君所乘坐的航班失事遇难了，她呆若木鸡地拿着话筒，一个字也说不出来，没有听完对方说的话就丢掉了手中电话，过后，她强忍着悲伤坐车去了孙女的学校，泪流满面地把这个难以置信的噩耗告诉了她。

筱筱听后将信将疑，她慌慌张张地问奶奶是不是听错了，还是对方打错了电话，苏奶奶声泪俱下地说不知道。尔后，她把奶奶带到宿舍，一个人恍恍惚惚地直奔电脑室，她想这么大的事，网上肯定发布了消息。果不其然，“东南亚飞机失事”事件占据了新闻头条。筱筱在遇难名单里找到了父亲的名字，她不寒而栗，眼泪顿时模糊了她的双眼。

这一刻，全世界仿佛在她的眼前静止了。

父亲的话语又在她耳边响起：“筱筱——这里是爸爸妈妈梦开始的地方，爸爸一定会回来的，你等着爸爸！”

第三部

第一章　筱筱书屋

二〇一二年四月，一个风和日丽的上午，苏奶奶家对面的街上行人熙来攘往，一派欣欣向荣的景象，商店的门陆陆续续地打开了。

九点左右光景，一个身材结实、皮肤黝黑的十七八岁的女孩神情自若地从人群中走来，她的穿着质朴大方，上身一件紫色的中长开襟毛衣外套，里面是白色衬衫，下身一条深蓝色牛仔裤，脚上一双普普通通的黑色球鞋，身上背着一个黑白相间的斜挎小包。女孩的脸上荡漾着灿烂的笑容，嘴里哼着歌，一副无忧无虑的模样。

不一会儿，她走到一家商店门口，利利索索地从包里掏出钥匙打开了店门，进去后，她迅速地拉开了落地玻璃窗的金色大窗帘，屋外绚烂的阳光顷刻间把屋子照亮了。

这是一家休闲书屋，约莫四十平方米，一进门映入眼帘的是七八排原木书架，上面星罗棋布着各类书籍，整整齐齐，白光闪闪，养眼养心，再往里看，是一个宽敞而显得朴实的大吧台，里面放着咖啡机、饮料机、电脑、收银机等物品，吧台左首犄角处有半壁书柜，里面放着时装、体育、教育等各类杂志。书架的四边摆放着赭红色的小木桌和灰色布艺沙发，进来看书买书的人可以悠闲自在地坐在这里捧着一本书，享受一份心灵的恬静。书屋里的每张小桌上都放着一盆极其养眼的花草，衬托得书屋温馨而优雅，墙上挂着几幅字画，上面的毛笔字“筱筱书屋”清新脱俗，让人印象深刻。

随后，女孩快步走进一间小休息室，她脱下身上的毛衣，系上一个暗红色围裙，摇身变成了一个像模像样的服务生，紧接着，她在外头的置物间取出清洁用具，手脚轻快地打扫起来……

没一会儿工夫，小书屋窗明几净、纤尘不染，空气里泛着幽幽书香，女孩在吧台里面有条不紊地忙碌着。

这时，一个中年女人推门走了进来，她四十岁上下的年纪，装扮得体、举止大方。她从从容容地走到吧台前点了一杯卡布奇诺咖啡，和吧台里的女孩有说有笑，像是老熟人。

尔后，她找了一本服饰杂志，靠墙坐到吧台斜对面的一张小桌前翻阅着。

“央吉，你们书屋有这一期的《嘉人》吗？”她神清气爽地问道。

“有的……”被唤作央吉的女孩一边点头一边答道，她说话的舌音有点重。

“上一期的呢？”

“您放心，也有的。”

“你等一会儿帮我把上一期和这一期的《嘉人》各拿一本吧，另外，你再帮我找两本有关美容方面的书，我朋友前不久开了一家美容院，让我给她带些书过去。”

“好的，没问题。”央吉爽朗地笑道。

几分钟后，央吉将磨好的咖啡端到这位顾客面前，一脸笑容地对她说：“您慢用，我这就去帮您找书。”

“谢谢你呀，央吉。”

“不客气的。”

两分钟后，央吉把几本书和几本杂志放到这位顾客面前，接着她步履轻盈地进了吧台。

“央吉，你磨的咖啡越来越好喝了，跟专业的咖啡师做出来的一样地道。”中年女人呷了一口热腾腾的咖啡，向女孩投去赞许的目光。

“嘿嘿，谢谢您的夸奖。”央吉羞赧地笑笑。

“你长高了许多，也比以前漂亮了，还有啊，你的普通话说得越来越好了！”女顾客喋喋不休地说道。

“嘿嘿——谢谢您！”央吉红着脸说。

“哎——央吉，你有男朋友吗？”女顾客话锋一转，像似没话找话。

“没有呢！”央吉眼帘低垂，脸更红了。

“那阿姨给你介绍一个呗，我们东北老家的男孩又高大又敦厚，人品好得很呢！”

“我——我不找。”央吉一边收拾吧台上的东西，一边羞涩地回应，“我姐姐都没有男朋友呢！

"你姐姐有没有找男朋友，你怎么知道啊？她那么能干，长得跟仙女下凡似的，追求她的人肯定多得不得了吧，还用你为她操心啊！倒是你，早点找个男朋友，年龄大了别人就要挑你了。"她说话的声调又洪亮又热情，一副助人为乐的架势。

这位热心的顾客就住在书屋对面的小区里，她隔三岔五地过来坐一会儿，早就和央吉熟悉了。她的女儿在附近的一所初中上学，几乎天天都过来看书。央吉听了她的话后，心里有点儿不自在，但她没有明显表露在脸上。

"我姐姐说，'女孩子不要总是想着把自己嫁出去，而是想着怎样把自己变得更好——'"她云淡风轻地应道：

"哎哟——央吉，这才几年的时间，你说话就变得这么有深意了，真是跟什么样的人在一起，就会成为什么样的人啊！你姐姐对你的影响很大哦！"

央吉点点头，一脸自豪地说："嘿嘿，是的，她教我们很多。"

"咦，这几天怎么没有见到她啊？"

"她上个星期去北京出差了。"

"噢，原来是去北京了啊！"她啜了一大口咖啡，"我家闺女这两天老在家念叨她呢，她说几天都没见着书屋里的大姐姐了，我就顺路过来问问，我家颖颖可喜欢她了，说书屋的大姐姐既漂亮又特别有爱心，有空的时候常教她做功课……"

"嘿嘿——她对谁都是这么好。"

"说真的，你姐姐开了这家书屋后，这条街都变得有诗意、有品位了，感觉上了一个档次呢，我每次路过时，都想进来坐着看会儿书……"这位顾客兴致勃勃地补充道。

"谢谢您的光顾！"

这个能说会道的中年女人走后，进来了几个看书买书的人，书屋热闹了起来……

十一点多钟的时候，窗外春光四溢，阳光愈来愈浓，书屋里已换了几拨客人，店里预订的新鲜小糕点按时送过来了，摆放在吧台左首的玻璃橱柜里。十二点一过，正午的阳光正气凛然，到书屋来的学生和家长络绎不绝，有的到吧台点一杯想喝的饮品和小点心，有的在书柜前找书看，有的小孩坐在小木桌前写作业，轻松愉快的心情写在这些人的脸上。

“央吉——”正在这当儿，门口传来一声亲切的呼唤。苏奶奶和一个与央吉长得有几分相像的女孩走了进来，她的皮肤比央吉略白些，人长得秀秀气气，身材小巧玲珑，手上提着一个金橘色的保温饭桶。

“先过来吃饭——央吉。”苏奶奶笑盈盈地说道。

正在里面清洗杯盘的央吉，立刻闻到了饭菜的香味，肚子不自觉地咕噜了几下。

“姐，我和奶奶今天煮了你最爱吃的五花肉焖土豆，你先去吃饭，我来替你吧！”央珍是央吉的亲妹妹，说话的语调跟央吉很像，也有重重的舌音和鼻音。

“我本来不饿，一闻到香味肚子就开始叫了。”央吉说完拿着饭桶进休息间了，央珍随后进了吧台。

到了下午，来书屋看书的人依然络绎不绝，屋里坐着不少顾客，他们坐在小桌前，一边喝着东西，一边在书中细嚼慢咽地品味着生命长河里的隽永芳华。

晚上九点来钟，书屋打烊了，喧腾了一天的小书屋在星光下韬光养晦。

苏奶奶、央吉、央珍回家后，两姐妹在厨房里煮夜宵，苏奶奶在客厅扫地。这几天，筱筱出差不在家，央吉和央珍都睡在这边。苏奶奶家已经装修过了，里面焕然一新，虽然不富丽，但布置一番后，恬雅而温馨。

吃完夜宵后，两个孩子陪着苏奶奶坐在客厅里看电视。

“奶奶，您认识那个颖颖的妈妈吗？”央吉想起了上午颖颖妈妈对她说的话。

“认识啊，颖颖上小学的时候，我带过她一年，那孩子不但学习好，也很听话。她妈妈后来还介绍朋友的孩子来我这里呢，她一副热心肠，喜欢帮助别人。”苏奶奶一一道来。

“是啊，她真的好热心，而且很会说话，口若悬河的。今天她来书屋的时候，不光夸赞我们书屋，还说要给我介绍对象，我一口就回绝了，我说我姐姐都没有对象，不必着急，她就说姐姐长得跟仙女一样好看，肯定有好多人追求，这不间接是说我这种长得不怎么样的要趁早嫁出去吗？唉——好像我真的很差，嫁不出去一样。”央吉是个藏不住事的姑娘，她已经在心里憋了一天了，这会儿正好可以在奶奶和妹妹面前一吐为快。

苏奶奶听后笑了笑，央珍也忍俊不禁，她捂着小嘴说道：

“姐，难怪你下午老是问我你显不显老，是不是长得不好看，我还以为你生病了呢，原来是因为这件事啊！”

“嗯嗯……”央吉不自在地点点头。

苏奶奶抚了抚央吉的头，亲切地说：

“你长得这么阳光可爱，怎么会不好看呢，颖颖妈妈那是跟你开玩笑，她见你长得漂亮，人又勤快又懂事，喜欢你才说介绍男朋友给你，傻孩子——”

“奶奶，只有您说的话是这个世界上最动听的……”央吉猛地抱住苏奶奶。

“你年龄还小，过几年再考虑找对象的事，到时嫁个好人家，奶奶、姐姐和央珍，我们三个人都给你做主，你说好不好啊？”

“奶奶，您和姐姐是世界上最好的人……”央吉说着几滴眼泪就流了下来。

“说到你姐姐呀，她年纪可不小了，都二十五岁了，该找个男朋友了……”

“奶奶您放心，姐姐会遇到良人的——”央吉说道。

“唉！她年龄一天天大了，奶奶也一天天老了，我最后的愿望就是盼着她找到一个好的归宿啊！”

“奶奶，姐姐那么好，上天肯定会派一个好人来的……”央珍细声细气地说。

睡觉前，两个女孩围在奶奶的床前，为她读了一首德国诗人海涅曼妙轻快的诗：

春 天

波浪闪光，滚滚流向远方——
多么可爱呀，美丽的春光！
牧羊姑娘坐在河岸上，
编织最美的花环。

蓓蕾初开，鲜花绽放吐芬芳——
多么可爱呀，美丽的春光！
牧羊姑娘深深叹口气：
我的花环送给谁家的少年郎？

沿河岸驰来一位骑士，
他点头致意心花怒放！
望着他的背影姑娘心怅惘，
远处骑士帽上羽毛飘扬。

姑娘含泪把美丽的花环
抛向滔滔长流的河水上。
夜莺歌唱爱情和蜜吻——
多么可爱呀，美丽的春光！

第二章　央吉和央珍

五天后，筱筱从北京回来了。她大学毕业后，在L市的一家电子科技公司上班，已经快四个年头。上个星期，她作为人力部门的骨干，和公司的几个同事被派遣到北京学习。

这些天她除了学习之外，还跟几个同事游览了首善之地闻名遐迩的颐和园和故宫等地方。在颐和园的玉器商店里，她给奶奶和央吉，央珍分别挑选了一份礼物，回家前一天，她还买了一些北京的特产——烤鸭、茯苓饼、北方酥糖等。

筱筱回到家的当晚，一家人品尝了北京烤鸭。

不过，奶奶、央吉、央珍三个人对于烤鸭的味道莫衷一是，奶奶尝了一口就把吃剩的一大块放到一边，说吃不惯，央珍也说干干的不喜欢吃，只有央吉大快朵颐，对于她来说，只要是肉她都爱吃。

央吉和央珍是月姨那个村庄的孩子，央吉是筱筱第一次去月姨家时，送给她哈达的那个小姑娘，央珍是她的妹妹。

前年春节假期，筱筱又去了一次月姨家。月姨的大女儿一家人搬到她家住了。她在月姨家的日子里，村里的左邻右舍对月姨家的这个“远方亲戚”表现出莫大的好奇，他们常到月姨家来串串门，脸上流露着又腼腆又羞涩又友善的笑容。

这次，她为他们带去了自己读过的书，还特意给他们买了学习用具，像似有备而来。村里的那群孩子，也天天过来看她，筱筱像上次一样，和他们一起到草原上放羊放马，他们还教她学骑马。每当漫步在草原上时，她感觉一仰起头，仿佛就可以摘下天上一朵朵的洁白的云彩。霎时间，她的心涟漪起伏，脑海里立刻荡漾起一个五彩缤纷的娉婷世界，一个个美好的愿望在心

中澎湃而起，她深深地爱上了这片淳善之地，爱上了这个靠近天堂的地方。

她发现上次送她哈达的藏族女孩央吉总是郁郁寡欢、愁眉苦脸，她身材瘦削，她说自己十六岁了，但看上去像十三四岁的样子。

有一天，筱筱跟月姨到镇上赶集，一路上，筱筱问起了央吉。

“唉——这孩子的命可真苦啊，前几年她妈得病去世，今年她爸到外头揽工，在建筑工地上被一辆拉砖的农用车撞死了。当时说好赔钱，可后来那包工头和司机连夜跑掉了，赔钱的事就不了了之，她爸的安葬费都是村里的人东拼西凑的。刚出事那会儿，央吉和比她小两岁的妹妹央珍相依为命，常常饥一餐饱一餐，有时我在家门口看到她们俩，就叫进来一起吃——”月姨双眉紧蹙，唉声叹气地说。

“她俩没有上学了吗？”

“央吉的妈妈得病后，两姐妹就没有上学了，她们小学都没有毕业。不过就算毕业了，可能也难以继续上学，我们这里方圆十几里都没有一所中学，要到县里读，她家也没有那样的经济条件啊！”

“她们的爷爷奶奶呢？她俩可以跟他们一起生活啊？”筱筱马上就想到了自己的奶奶。

“爷爷奶奶早就过世了，要是有爷爷奶奶照看着的话，也不至于连饭都吃不上啊！”月姨摇了摇头，无奈地说道。

“她们还这么小,两个小孩子怎么生活啊？”筱筱的眼睛里满含着怜悯之情。

“央珍在镇上帮一户人家照看小孩，吃饭算是有着落了，央吉在家种地、放羊。”

“她们还那么小，以后怎么办呢？”筱筱的眼神变得异常忧郁。

“谁知道啊，没有了父母，亲戚也都很穷，只有靠自己养活自己。唉！两个苦命的孩子……”

那天晚上，筱筱久久不能入睡，她知道了央吉和央珍的事后，一整天心神不宁，总想为她们做点什么，但又一点办法想不出来。

“央吉才十六岁，正是生命中最灿烂的年华，可她看起来却萎靡不振，像似晨曦里一朵蔫巴的花儿，我得帮帮央吉才行……”她自言自语道。

在这夜阑人静的夜里，她瞪着圆鼓鼓的大眼睛在黑夜里逡巡，央吉那张又黑又瘦的小脸和一双毫无光彩的眼睛不停地在她眼前闪现。

她辗转反侧，将脸往温暖的被窝里头钻，试图逃离阴冷的空气，就在这一刹那，她陡然想起曾放在心底的一件事，算是她的一个梦想——她想为奶奶开一家书屋。

她大学毕业后，就不让奶奶再照顾孩子了，然而，奶奶歇下来后，却孤单落寞了许多，她的话越来越少，看上去明显没有以前精神，为此她担心这样下去，奶奶哪一天也会像俏凝的奶奶一样犯上老年痴呆症。

于是，她想开一家书屋，奶奶喜欢读书，倘若有书屋的话，她就有精神寄托，有书香相伴，就不会孤独。她观察了一下，家附近都没有她想象中的那种小书屋，如果她开一间小书屋的话，不但奶奶有一个好去处，住在附近的人也有一个阅读的好地方，有一个精神小家园。

不过那时她才工作一年多，积蓄都拿来装修了房子，所剩无几，开书屋需要一笔钱，就此她只好将开书屋的愿望放在心里，她想再工作两年，有了一定积蓄再实现这个愿望。

身在异乡的这个夜晚，她又细细地重温了心底的这个梦想——

她全身热血沸腾，脑海里立刻涌现出了一个美轮美奂的梦想中的“书屋”模样——

那是一个干净明亮、书香盈盈的黄金小屋，里面摆满一屋子的书，让每一个进来看书的人都能找到一本喜欢的好书，在书里找到各自的知音和珠宝，待他们走出书屋，脚踏轻风，头脑富裕……

她越想越激动，越想越快乐，仿佛看到了自己心中所描绘的美丽书屋已经呈现在她眼前了，而就在这一刻，守护书屋的天使也在她心里尘埃落定——她们就是央吉和央珍。

随即她将头伸出被窝，吸了一口清泉般的空气，那一刻，她心里充满喜悦，开书屋的决定固若金汤。至于开书屋的资金，她也有了安排，她想上班后找经理申请提前预付几个月的工资，然后再向俏凝借一点。俏凝大学毕业后接手了她妈的服装生意，她目前一边做生意，一边学服装设计，还准备创立自己的服装品牌，事业发展得顺顺利利。

春节一过，筱筱在月姨一家人和孩子们的目送下，带着央吉和央珍回到L市。

第二天，她就给贵阳的俏疑打了电话，说出了想跟她借钱开书屋的事，

俏凝在电话那头立马就答应了，随即给转了一笔足够开书屋的钱，她就不用向经理开口了。

俏凝的慷慨解囊，不但给了她动力，还给她带来了好运。她的“书屋”很快就有了眉目，几天后，她就在小区对面接手了一个正在转让的店铺，店铺转过来后，便紧锣密鼓地找人装修……

接下来，她一边着手申请开店的手续，一边在网上跟书商订书，央吉和央珍已到“咖啡培训班”上课去了，书屋大大小小的事情都在有条不紊地进行当中……

一天晚上，筱筱在奶奶房间给她读完书后，又聊起了她们的书屋。

“奶奶，您说我们的书屋叫什么名字呢？”

“‘筱筱书屋’啊，就用你的名字，这几天我都在心里念了好多遍了。”奶奶看了看孙女，粲然一笑。

“‘筱筱书屋’”筱筱轻轻念道。

“怎么样，喜欢吗？”

“喜欢，您取的都喜欢。奶奶，要不然您把“筱筱书屋”写成毛笔字吧，到时裱好后挂在书屋，可以当招牌用呢！”

“行，那我先练一练……”苏奶奶乐呵呵地回道。

几天后的一个晚上，筱筱刚下班回家后，苏奶奶将写好的毛笔字拿给孙女看。

“奶奶，您的毛笔字很有风范啊！”筱筱惊讶地说。

“跟你爷爷写的字相比，差远了。”

“我觉得各有千秋，如果说爷爷写的毛笔字力透纸背，那您写的毛笔字如美女簪花。”

“兴趣是最好的老师啊，练了几天字后，隔一天不写，我还有点不自在了，我明天再练一练。”

“好啊，那您多写几幅，到时候挂在书屋里面，一定能成为一道美丽的风景线。”

一个多月后，筱筱梦中的书屋呈现在她眼前了，央吉和央珍成了“筱筱书屋”的守护人，这两个孩子学东西很快，迅速就适应了这里的生活和工作。筱筱为姐妹俩开了银行卡，每个月把她们的工资存在银行卡里面，另外，她

还为姐妹俩在书屋的楼上租了个独立的小套间。

一晃两年多过去了，“筱筱书屋”渐渐成了附近居民和孩子们流连忘返的精神家园。

苏奶奶八十有三了，她身体硬朗，耳聪目明。书屋给了她很大的精神力量，她每天都去那里拾掇拾掇，和孩子们说说话，翻翻书，日子过得舒心而惬意。

唯独孙女没有男朋友这件事让她时常犯愁。

去年元旦，筱筱去贵阳参加俏凝的婚礼回来后，苏奶奶变得更为忧虑了，俏凝是她看着长大的孩子，都已经成家了，而孙女还只身一人。她现在一听到小区里哪家姑娘结婚或是找对象之类的事情，就特别受触动，她做梦都想着孙女有一天也办喜事。

孙女去北京学习的这十几天，她老想着这件心头大事，幻想着孙女能遇到个心仪的男朋友。

央吉和央珍吃完饭后，就回她们的小屋了。筱筱坐在奶奶房间跟她聊这些天她在北京的见闻。

“奶奶，故宫和颐和园可雄伟了，等我休假的时候，也带您去北京看一看。”

“奶奶这么大年纪，不想去那么远的地方，在电视里看到也是一样的，你有时间的话，该去相亲找个男朋友了。你去了北京十多天，有没有碰到谈得来的男孩啊？”苏奶奶接过孙女的话问道。

“我是去学习的，哪能碰到什么男孩啊？您就这么着急要把我嫁出去啊？”筱筱扑哧一笑，一副敷衍的神情，奶奶让她相亲的话经常挂在嘴边，她听得多了也就没有什么感觉了。

“以前你说开书屋借了钱，要努力工作把钱还上，根本没时间，也没有心思找男朋友，还说只要书屋能够正常运转就好了，赚不赚钱无所谓，是吧？那个时候我也没有催你，现在俏凝的钱还清了，书屋每天热热闹闹、人来人往的，运转得不错，这不你的愿望都实现了吗？你现在应该想想自己的事情了。”苏奶奶继续念叨道。

“我会想的，奶奶，你就放心吧！”筱筱嫣然一笑。

“每次都是这样敷衍我——你知不知道你都二十五岁了，记得黄阿姨家小蕾吧！她比你小一岁，上初中时我带了她三年，上个星期她妈妈和她一起过来给我送喜糖呢！说小蕾订婚了。你呢，连个影都没有……”不知怎么的，

苏奶奶说着说着，眼泪就掉下来了。

筱筱见奶奶落泪，忙坐到奶奶身边，握着她的手安慰道：

“别这样嘛！这件事虽然在您眼里很重要，但也要慢慢来的，是不是？不能说有就有的啊——您开心一点，好不好？”

“你呀，对自己的终身大事一点都不上心，怎么能有呢！你身边也有好多优秀的同事吧！就没有一个谈得来的男孩子吗？你不是说俏凝的对象就是她的大学同学吗？你大学四年，就没有遇到一个看得上眼的男孩啊？我说你要人品有人品，要长相有长相，怎么就找不到一个合适的人呢？女孩啊——再怎么努力、怎么优秀，也要有一个自己的归宿，是不是？你有个依靠，有个港湾，我的心也就有着落了。”苏奶奶的语气有点歇斯底里。

“奶奶，咱们顺其自然，好吗？您知道这种事是急不来的，如果只是为了成个家，随便找个人，如果到时候合不来，您不是更担心吗？”

“你这孩子呀，”苏奶奶无可奈何地轻叹道，“反正我说什么你都听不进去，要是你爸妈在，有人为你操心的话，我就不用管你这些事情了。俏凝是和你一起长大的，人家已经结婚了，估计今年就要做妈妈了吧！你那些要好的同学，就算没有结婚，也有男朋友吧？你再这样拖下去，再过几年就三十岁了，这哗啦啦的日子可是过得很快的，你还要我等到什么时候啊！”

“放心吧！奶奶，我不会让您等很久的——”面对奶奶的叹息，筱筱言不由衷地顺着她的话往下说。

第三章　曦晨南方追梦

在L市市中心一幢高雅气派的写字楼里，钱曦晨刚和公司的员工开完早会。他走进一间宽大、雅致的办公室，神采奕奕地坐在电脑前工作，时年二十九岁的他，显得既成熟又稳重。一个小时后，秘书打电话提醒他拜访客户的时间到了，他便从容不迫地放下鼠标、关上电脑，拿着公文包出门了。

外面春光明媚，曦晨开着车走在万紫千红的春色里。

他驶过一幢幢林立的高楼和一片片葱茏的棕榈林，接着驶过一片碧绿的大海，他瞟了一眼波光滟潋的海面，心情大好，随后轻轻地按下玻璃窗，怡然自得地吹着咸淡的海风，脑海里浮现出一幕幕刚回国时的情景——

二〇一〇年七月，他毕业后从美国回到北京，学成归国的曦晨志得意满，一心想投递简历应聘工作，施展抱负，但都被他妈制止了。他出国念书的那一年，他妈妈已经在北京成立了护肤品公司，几年间，公司已渐具规模，他一回国，他妈就让他到公司上班。

在美国求学的四年里，曦晨是一个勤奋的优等生，他孜孜不倦地徜徉在知识的海洋里，一步步地改写着人生。在学校里，他找到了人生目标和奋发图强的动力，学到了很多以前难以想象的知识，融入新环境的他几乎改变了对这个世界的认知。

对于他来说，这是金沙般的四年。

身居异乡的日日夜夜里，那个冥冥中赠予他精神玫瑰、改变他人生轨迹的"娉婷女孩"，赋予了他勇往直前的力量。在她丰盈的心灵之水里，那三十几万字的日记像一个芬芳馥郁的精神花园，把他带进一个纯洁的、至善至美的世界，激励他攀登上了一个又一个人生巅峰。四年来，他每日遨游在知识堡垒里，最终以优异的成绩修完了学业。

这几年里，他还养成了阅读好书的习惯。阅读了马克·吐温、梅尔维尔、萨克雷等作家的作品。他还读了一些诗集，不得不提的是，《失乐园》和《沙与沫》这两本诗集，对他的影响极大，潜移默化中已为他的精神世界添砖加瓦。

曦晨到他妈的公司上班后，运用学到的知识为公司出谋划策，给出了许多有利于公司发展的好策略。这让龙菀莹感到又欣慰又长脸，儿子回来后，她几乎每天都在QQ空间里发一条有关于儿子的说说，再配上一张他帅气的工作照，自豪感满满。

然而，日复一日地，龙菀莹发现儿子每天除了工作，就没有了其他的交际，他常常一个人默默地站在办公室的窗口发呆，一副心事重重的样子。女人的心思向来细腻而敏感，她看在眼里，疼在心里，她也跟钱睿知说过儿子回国后的变化，但他觉得她大惊小怪，小题大做，他说儿子是成年人了，有心事很正常，让她不要过于在意，也不要去问，孩子会处理好自己的事情。

一个星期六的下午，龙菀莹拉着儿子去了一家大宠物店，她一来是想为婆婆买一只小猫，二来是想带儿子到外面散散心。母子俩在里面逛了半个小时后，他们买了一只白色的波斯猫，然后一起去了婆婆家……

龙菀莹的公婆住在一座四合院里，这是他们家的老房子，这座四合院里外都装修过了，院子里放置着各种各样的盆栽，每一盆都修剪得整整齐齐，给这座老院子增添了几分古典的韵味。

"妈，这只小猫是晨晨为您选的，喜欢吧？"菀莹一进客厅就把手中的小猫递给了婆婆。钱奶奶家的客厅雅致大方，背景墙上挂着一幅长长的红梅画，显得古朴而喜庆。

"喜欢，喜欢，多可爱啊，你们好久没有过来了，吃了晚饭再走啊！"钱奶奶一边说一边摸着小猫的头。

"好啊，我们在这里吃饭——"龙菀莹含笑地说。

"奶奶，爷爷不在家吗？"曦晨问道。

"他到邻居家下棋去了，等一会儿就回来了。晨晨，你现在回国了，以后有空就来奶奶家坐坐，你爷爷常念叨你呢！"钱奶奶说道。

"是啊，我也是叫他多出来走一走，他回国后没事就闷在家里不出门，完全跟小时候不一样了。"龙菀莹有几分无奈地说道。

"他现在长大了嘛，当然跟小时候不一样了，我的小孙子越来越有风度了……”钱奶奶一边乐呵呵地说一边看向曦晨。

“奶奶，我以后周末都过来陪爷爷下棋吧！”曦晨说道。

“那敢情好了——”钱奶奶笑道。

吃完晚饭后，曦晨开车载着他妈妈飞驰在霓虹闪烁的长街上。

“儿子，你下周一陪我去见一个客户，好吗？”龙菀莹喜滋滋地对曦晨说。

空气里没有回声，曦晨如同没听见一样，他心神不宁，像似有心事。

“儿子，你这是怎么了，没有听见我说的话吗？”龙菀莹看向曦晨。

“妈，您刚才说什么？”曦晨回过神来，讷讷地问道。

“我说周一让你陪我去见一个重要的客户，这是一家韩国公司，刚有了一点眉目，这次过去和老总谈。”

“没问题啊，我陪您去。”

“晨晨，你回国后，就知道埋头工作，有空就看书，或是陪我和你爸聊天，门也不出了。妈一直憋在心里没有问你，你是不是有什么事情了啊？”

“我没有什么事啊？怎么了？妈——”曦晨若无其事地应了一句。

龙菀莹望着儿子，语重心长地说：

“以前吧，你老是往外面跑，我提心吊胆的，怕你学坏，现在呢，你除了工作，就窝在家里，我也提心吊胆的，这样长久下去，怕你会得抑郁症。你告诉妈，是不是感情出问题了，你和女朋友分手了吗？”

“妈，您想多了，”曦晨努了努嘴，淡淡一笑，“我没有女朋友，哪会出什么感情问题啊？”

“你没有女朋友？”龙菀莹惊诧道，“你姑姑不是说你有个外国女朋友吗？还是个金发碧眼的。”

“哪有的事？”钱曦晨看了看窗外，“姑姑在学校看到的那个外国女孩只是我的同学而已，不是什么女朋友。”

“噢？是这样吗？”龙菀莹看起来很失望，“这怎么可能呢，我儿子一表人才，怎么会没有女朋友呢？”

“这几年我将所有的精力都用在学习上，一心想着怎么顺利毕业，没有谈过恋爱。妈，我已经虚度了许多光阴，不能再蹉跎下去了……”曦晨安安静静地说。

“晨晨，这才几年时间，你说话怎么变成这副腔调了？妈妈都不适应现在

的你了。”

“妈，变成熟点不好吗？您不是一直都希望我变得更好，成为您的骄傲吗？”

“妈妈当然希望你上进、有出息，但我更希望你快乐。你知不知道？当我看到你一个人站在窗口郁郁寡欢的时候，妈妈的心有多难受呀！”龙菀莹的声音变得哽咽起来。

“我没有不开心啊？”

“你回国后，总是一副心神不定的样子，你是不是有什么事情瞒着我和你爸，你跟我说说好吗？说不定我们可以帮你想办法。”龙菀莹的脸色骤变，语气也变得焦急。

“真的没有什么事，是您想太多、太敏感了，我有什么事肯定会同你们说的。”

“话说回来，你现在回国了，学业有成，长了不少本事。你今年都二十七岁了，也到了谈婚论嫁的年龄，该找个女朋友了。说实话——妈妈并不想你找个高鼻梁、绿眼睛的外国人，咱们找个地地道道的北京姑娘，好吗？等忙完这阵，我就让我的那些朋友们帮你张罗张罗，给你介绍个好姑娘！”说到这里，龙菀莹喜上眉梢，声音也随之变大了。

“您又来了！”曦晨婉拒道，“感情的事情怎么能张罗呢？我更相信缘分和命中注定！”

“妈妈也相信缘分，但缘分也是靠人的主观努力嘛！你说是不是？你都不去寻找缘分，你怎么能遇得到灯火阑珊处的人呢！”

曦晨点了点头，沉吟不语。

两人一进家门，钱睿知就喜笑颜开地迎上去说：

“菀莹，今天局里老胡过生日，让我们一家人过去唱歌，我正等着你们回来呢！”

“你怎么不早点打电话给我们，我穿成这样，怎么去啊？我去换套衣服，晨晨，你也去换身衣裳，最好换套西装——”龙菀莹嘀咕道。

“换什么衣服啊？还穿西装，又不是去相亲，就是老朋友聚聚，何必搞得这么兴师动众？”

“对呀，我怎么没有想到呢！”龙菀莹显得异常兴奋，“万一这聚会上遇到合眼的女孩子，这缘分不是来了吗？那更要穿得体面点。这缘分嘛，就是创造出来的，而且第一次见面非常重要，儿子，你快点去换衣服，穿你姑姑给你买的那一套。”

“爸——妈——我有事不去了。我等一下要给我同学回一个很重要的邮件，需要点时间，你们两个人去吧！”曦晨说道。

“回来发也不迟嘛！你陪我们一起去吧，就算给爸妈长长脸，也让你爸那帮老朋友见见我帅气无双的儿子，好不好？”龙菀莹在儿子面前撒起娇来。

“你呀，儿子是拿来显摆的吗？”钱睿知拉过妻子，“曦晨有正事，就让他去做，这是老人家的聚会，非要拉儿子去做什么？你真是——都五十几岁的人了，还这么虚荣！”

“我哪里虚荣了？我自己生的儿子，显摆一下怎么了？”龙菀莹一脸无辜地嘟囔道。

“走吧，走吧——我们两个老的去就可以了。”

“我要去换身衣服。”

曦晨趁他爸妈唇枪舌剑这会儿，偷偷回到了自己房间。他给同学回完邮件后，在 QQ 上和几个老友闲聊。

回国的这段时间，他确实像他妈妈说的那样，常常心神不宁，不想多说话，他自己也不知道怎么了，心情总是不明朗，像被乌云笼罩着一样，找不到出口，总感觉心里有一个缺口。末了，他躺在床上看了一会儿书，合上书后，他拿起陪伴了他五年的“娉婷日记”，读着一句句打动他的话，忽然，他想起了妈妈刚才在车上说的话：

妈妈也相信缘分，但缘分也是靠人的主观努力嘛！你都不去寻找缘分，怎么能遇得到灯火阑珊处的人呢！

霎时间，他豁然开朗。

这五年多来，“娉婷女孩”像似他的精神恋人一样与他相依相伴，他没有一天不想念这个走入他生命中的女孩，想念那个他们相遇的南方城市。冥冥中，他好像听到一个遥远的声音在召唤他，顿时，他脑子里冒出了一个决定，他要去那里把遗失在他生命里的眷恋找回来。他不能让这奇异的缘分就此凋零，哪怕希望再渺茫，也要尽全力去圆心中的这个梦。

他决定去他们曾相遇的城市，哪怕找遍大街小巷。

他要当面跟她诉说这些年对她的思念，诉说他与“娉婷日记”的故事，诉说他的成长和蜕变，诉说她是他亘古不变的绮丽之梦。

他美美地想着，心也跟着飘向了那座城市。

第二天上午，在龙菀莹纤尘不染的办公室里，曦晨坐在他妈妈办公桌的对面，向她吐露了心声：

“妈，我想去L市找工作，现在很多留学归来的年轻人都到南方的城市寻找机会，我也想去那边发展。”

“你这是什么想法？妈妈的公司以后不就是你的吗？公司正是大展宏图的时候，你不在家好好经营，还跑到一个陌生的城市找工作，这是哪门子事啊？”

“公司有您就行了，我想找一份专业内的工作。你知道L市是一座充满活力的城市，那里有很多国内外知名的大公司，有许多的机会，好多的有识之士都去那里施展才华，实现梦想呢！”

“L市这几年发展得是不错，但怎么能和北京比呢，你要是真想出去施展抱负，到外面学习一两年也行，但也不要跑到那么远的地方啊！北京的大公司比比皆是，你在这边找不行吗？”龙菀莹苦口婆心地说。

“L市是适合年轻人追梦的地方，那里有碧海蓝天，有郁郁葱葱的街道，有清新怡人的空气，还有朝气蓬勃的面孔，在那样的地方工作，就会激情四射，做起事来也会更有动力。”

“不行——不行——我不同意。”龙菀莹斩钉截铁地说，这时的她，眉宇之间彰显出一副女强人的架势。

她说完起身走到窗口，翘首远眺，窗外灰蒙蒙的，氤氤氲氲，远一些的楼宇模糊不清，像似正在半睡半醒中。

“你爸也不会同意的。”她背对着儿子说。

随之一阵静默，几分钟后，龙菀莹转过身，方才阴云密布的脸上顿时绽开了笑容，她把儿子拉到沙发上坐下，心花怒放地说：

“晨晨，我昨晚在你胡伯伯的生日会上见到了你爸单位孙局长的女儿，长得可美啦！她谦虚有礼，一副大家闺秀的模样，人家也在国外念过书，现在是一家大公司的秘书，优点不一而足，和你相配得不得了！要不然，你们什么时候约个时间认识认识。”

“我不想和陌生人相亲……”曦晨皱起了眉头。

“什么陌生人啊？”龙菀莹还没等儿子把话说完，就抢起话头，一脸激动地说，“老孙和你爸共事多年了，现在是你爸的顶头上司，要是你们能结婚，那可是天大的喜事，你们两个就是珠联璧合的一对。昨晚，我把你的照片给他们一家三口看了，他们对你非常满意，特别是小孙，她看你照片时娇滴滴的，双眸含羞，脸都红了，一看就是喜欢上你了。你昨晚要是去了，保管你也会喜欢上她的。”

“你这是什么思维逻辑啊？”

曦晨手足无措地看着他妈，说完就准备起身出去。但他妈把他的胳膊拽得紧紧的，说要给他看那个女孩的照片，昨晚她俩一起合了影。照片里的女孩的确长得不错，但对于曦晨来说，那也只是个漂亮女孩而已。看完照片后，龙菀莹情绪异常高涨，在她的眼里这门亲事像似已成功了一半。

“你爸也特别满意，他说这女孩讲礼貌，有规矩，不像爱慕虚荣的女孩子。你要知道——这一点非常重要，你爸昨晚回来的时候还跟我表态了，他说只要你同意，就给你买婚房，他前几年投资的那几套房子，涨了不少呢，说真的，你爸确实是个投资能手……”龙菀莹喋喋不休地说个不停。

“以后再说吧！”曦晨的眉头皱得更深了，他耸了耸鼻子，很不耐烦的样子，“我要回去工作了。”

这当儿，龙菀莹的手机响了。

曦晨在他妈妈全神贯注地跟客户讲电话的时候，仓皇而逃。

晚上，一家人在客厅里闲聊。龙菀莹见钱睿知心情不错，就当着儿子的面说出了他想去L市工作的事，她想让钱睿知帮忙开导一下儿子，让他尽快打消这个念头。

但令她万万没有想到的是，钱睿知不但没有反对，反倒对儿子的想法十分支持，他喜不自胜地说：

“这是好事啊——男儿志在四方，一个男人就应该要有出去闯荡的信念，看看外面的世界，他在国外读了这么些年书，也应该出去显显身手了，曦晨，爸爸支持你，无论你是出去工作还是创业，爸爸都全力支持你。男人嘛！干事业不要怕失败，有了信念和决心，就大刀阔斧地去干，爸永远是你坚实的后盾，资金什么的都没有问题，主要是你的勇气和决心，这过程很重要，将

来都会是你的人生财富。”

“老钱，你怎么搞的，昨天晚上你还说让他早点结婚，给他准备婚房什么的，怎么过了一晚上，就全然变卦了啊？”龙菀莹愤愤不平地嚷道。

“他昨天不是没有说要出去工作吗？男人本来就应该先立业，后成家，他现在还年轻，先出去闯荡几年，积累更多的人生经验，再建立家庭，这才是明智之举嘛！你不要误导孩子，天天就知道婆婆妈妈的，他有这样的想法，我们就支持他。”钱睿知不疾不徐地说。

龙菀莹见钱睿知立场分明，坚决支持儿子，也不再说什么了。她冲着钱睿知摆摆手，起身上楼，嘴里嘟嘟囔囔：

“我不管了，你俩爱咋办就咋办吧！”

沙发上的曦晨听了他爸的一席话，热泪盈眶。他走到钱睿知面前，一脸感激地说：

“爸，谢谢您，我不会辜负您对我的期望的——”

钱睿知点了点头，一切尽在不言中。

一个月后，钱睿知和龙菀莹决定让儿子去L市设立分公司，开发南方市场。在这个家里，钱睿知的意见总是举足轻重。

曦晨到了L市后，他不负众望，从公司成立的第一天起，就带着公司员工研发新产品，设立生产线，把分公司经营得有声有色。龙菀莹为儿子做出的成绩欣喜不已，她发现南方市场潜力巨大，去年下半年，她便主张将总公司迁到L市，北京为分部，全权把公司交给儿子管理，自己将更多的精力投入到她的美容生活馆中。

第四章　鸟语花香

曦晨今天拜访的是一家大客户。老板是福建人，姓李，五十多岁，为人和善，儒雅健谈，李总来L市多年，经营一家外贸公司。曦晨是在市里的一次展销会上认识他的。曦晨在李总宽敞明亮的办公室坐下来喝了几杯茶后，就公司推出的新产品向他作了详细的介绍，两个人还商讨了进一步的合作方案，他们谈完工作已近中午，曦晨邀请李总在一家法式西餐厅吃饭。

下午，他又去拜访了其他几家代理商，询问新产品的市场情况，跑完几家代理商后，已是四点多钟的光景。

这时，他想起附近有家小书店很不错，里面有很多好书，温馨舒适，阅读氛围浓厚。去年到这边办事时，他进去喝了咖啡，还买了两本书。这些年，他有了新的爱好，喜欢逛书店，喜欢看书，也喜欢买书。

一想到书店，他似乎闻到了咖啡的香气和芬芳的书香气。怀想中，他的车子朝书店奔去……

这两年，公司发展得顺风顺水，得到了他爸妈的肯定。

他从没忘记他来L市的初衷，每个周末，他都会走进人群，或在地铁上，或在巴士上，或在公园里，或在街头巷尾。他像个猎人一样，祈盼在人群里邂逅“娉婷女孩”，再一次与她萍水相逢，重现当年的那个场景，但现实生活不是拍电影，可以修改剧本。

他在一次次失望中转身，又在一次次期盼中寻觅。

有的时候，他也觉得自己在做一件天方夜谭的事——只见过一次面的陌生女孩，凭什么能确定再次遇到她呢！或者说世界上到底有没有他要找的这个人呢，他甚至暗暗地在心里劝自己不要再活在幻梦里头了。但一回到公寓，看到两本“娉婷日记”，他马上就从失望中振奋起来，期待下一个周末的到来。

不一会儿，他就来到了那家书店对面的街上，停好车后，他径直向书店走去。

这时，他看到前面一个老人弓着腰提着两箱沉沉的东西缓慢地往前走，看上去很吃力、很无助，他三步并作两步走到老人的面前，毕恭毕敬地对她说：

“老人家，您要去哪里？我帮您送过去吧！”

或许是上天冥冥之中自有安排，又或许只是一次很平常的巧遇。眼前的这位老人家就是“娉婷女孩”的奶奶，而他想去的小书店正是“筱筱书屋”，他去年就在那家书店喝过咖啡、买过书，但此时的曦晨一无所知，他只是在做着觉得应该做的事。

苏奶奶手上提的两箱书是筱筱前几天在网上订的，早上书屋还没有开门，快递员就送到家里了。这两箱书还真够沉，走一小段路就气喘吁吁了，她正寻思着去书屋叫央吉和央珍过来帮忙，就有好心人过来了，她看了看面前这个年轻帅气的小伙子，喜不自胜地说：

“那太谢谢你了，我——我要去前面的那家书屋。”

“噢，那正好，我也要去那家书屋看书。”

曦晨一说完，就毫不费力地提起两纸箱书。

“小伙子，你真是好心人啊！”苏奶奶一边说一边打量着这个年轻小伙，他身材高大，英姿勃勃，让她眼前一亮，觉得怎么看都赏心悦目。

“您不用那么客气——”曦晨应道。

“今天运气真好，遇到你这么好的小伙子，很沉的吧？”

“不沉的。”曦晨浅笑着搭茬儿。

几句话下来，苏奶奶越发地喜欢他了。她思忖这个年轻人准是这附近的人，或是筱筱的熟人，在书屋里见过她，才过来帮她的。

“小伙子，等会儿奶奶请你喝果汁，看把你热的——”

“我刚好也是想去喝咖啡。”

“噢噢——我都忘了。”苏奶奶恍然大悟，“年轻人都喜欢喝咖啡，奶奶请你喝。”

“不用这么客气的，我自己来点就行了。”

“不用点啊，这书屋是我孙女开的，你想喝什么都成，我让她们给你做。”苏奶奶爽朗地说。

“是你自己开的也要收钱啊！您是老人家，我顺路帮您拿点东西，连个人情都算不上。所以您千万别以为我做了什么了不起的事情，急着还人情感谢我。”曦晨似乎早就看穿了这位奶奶的心思，“这点小事，您就别挂在心上，举手之劳而已，遇着谁都会这么做的。”

“你这孩子，帮了人家的忙，还要拒绝感谢啊！”

不一会儿工夫，他们就到了书屋，里面有几个顾客在看书。央吉在吧台里收拾东西，央珍蹲在书架前整理书籍。她们见奶奶和一个陌生人提着东西进来，忙不迭地过来帮忙。

曦晨走到吧台前点了一杯摩尔咖啡，随即买了单，然后他在一张靠窗的小木桌前坐了下来，环顾着书屋，这里跟他上次来一样，温馨而雅致，一坐下来就让人感到很放松。忽然，他的目光落在小桌前的一盆蝴蝶兰上，这盆花袅袅婷婷、朵朵如蝶，似闭月羞花的仙子。

他第一次被一盆花这样吸引，心里有说不出的兴奋，他喃喃自语道：

“多好看的花啊，眼睛挪都挪不开，也许这就叫作合眼缘吧……”

这当儿，苏奶奶端着咖啡笑吟吟地走过来。

“来来——小伙子，先喝点东西吧！”

苏奶奶呈上咖啡后，坐到了曦晨对面。

“这咖啡不错。”曦晨细细地喝了一口，“奶奶，您这花养得真好，简直是养活了，像一团‘火焰’一样，看到这么美的花，让人的心情变得快活。”

“你喜欢啊？”苏奶奶笑着问。

“嗯，我从没有见过开得这么好看的花，能把一盆花养得这么光彩照人，这养花的人得赋予它多少耐心啊？”

“是啊，养花也需要耐心，这些花都是我孙女买回来的，她了解每一盆花的习性，每天上班前都要进来看一看。”苏奶奶慢条斯理地说，“这养花啊，有好多的技巧呢！除了耐心外，还要了解它们的习性，比如它们有的耐高温，有的耐寒，有的喜水，有的怕水，都要了如指掌，需要根据每一盆花不同的习性给予不一样的照料。比如这盆蝴蝶兰，它是一种喜阴的花，对温度的要求也高，每个季节都要给予不一样的养护，才能开出这么漂亮的花。这养花啊——也有很多学问，你看，这书屋里的每一盆花草都风采各异。”

曦晨顺着奶奶的目光看过去，每一张桌子上都有一盆不同的花草，它们千姿百态、寒木春华，每一盆花草都散发着独一无二的美。

“你们书屋虽然地方不大，但有超然的凝聚力。还有啊，这些小花草灵气十足，每一个坐在这里看书的人，都能被熏陶出好心情。来你们书屋看书的人很多吧？我上次过来就看到里面有好多人，还有好多学生。”

“是啊，那些学生都是附近的孩子，他们放学后，都喜欢来这里看书，平时若是想要看什么书，就同我孙女说，让她去订。有几个小姑娘为了问我孙女功课，晚上还到书屋等她下班呢……”苏奶奶一说到孙女，就滔滔不绝起来。

曦晨合上书，眼睛不由自主地朝吧台望去，疑惑地问道：

“您孙女不是都在书屋吗？”

“喏喏——我还有一位大孙女，这两个小孩是我孙女从四川的一个小山村里带回来的两个藏族小姑娘，她们的父母都不在世了。我孙女去看望她的一个阿姨时，认识了这两个孩子，知道了她们悲苦的身世后，就将她俩带回了家，教她们认字，送她们去学做咖啡，为了不让我孤单，也为了这两个孩子靠自己的技能吃上一碗饭，就开了这家书屋。这两个孩子也很懂事，又勤快又上进，刚来的时候，说不好普通话，要别人去领会她们的意思，现在讲得越来越好，都可以朗读诗文了。”苏奶奶回忆般地娓娓道来。

曦晨向苏奶奶投去敬佩的目光，啧啧称赞道：

“噢，原来是这样的啊，你们一家人把这间小书屋经营得真好，书香怡人，来了一次就让人念念不忘！”

“谢谢——谢谢——有空常来坐坐，我和我孙女啊，都喜欢看书，有了书屋后，我每天坐在这里，看看书，看看人，和孩子们说说话，唉……”苏奶奶说到最后不自觉地叹了一口气。

“奶奶，您有这么好的书屋，怎么还叹气啊？”

“我刚才想到我孙女了，她都二十五岁了，还没找到男朋友——”苏奶奶道出了苦衷。

“二十五岁，还很年轻啊！您孙女或许不想那么早找男朋友吧？不用着急啊！”曦晨脱口而出。

“唉——现在的年轻人说话都是这副口气，不知道这光阴哗啦啦地过得有多快，一晃就三十了。”苏奶奶叹道，她瞅向曦晨，又打量了几眼这个帅气的小伙子，然后用探询的口吻问道，“小伙子，你今年多大了，结婚了吗？”

“我今年二十九岁，也还没有结婚，所以说二十五岁很年轻嘛，您真的不用那么着急。”

“噢，那你肯定有女朋友了吧？”

“还没有呢，我也是单身。”

“你是哪里人啊？是在这边工作吗？”

“我是北京人，前两年到这边工作的。”

“喏喏，你是北京人啊？我刚才还以为你就是这附近的人，是我孙女的同学或熟人来着呢？”

“不是的，我前两年才过来。”

苏奶奶听年轻人说是北京人，不由自主地在心里打起鼓来，觉得太遥远了，但她马上转念一想：

“这都什么时代了，距离算个什么事呢！只要人品好就行了，管他是哪里人呢？”

她瞅了曦晨一眼，笑了笑说：

“小伙子，实话跟你说吧，奶奶觉得你是个很好的年轻人，可以跟我孙女认识了解一下。那孩子整天忙，没有时间相亲。下次，你有空过来的话，奶奶就介绍你们认识，你看怎么样啊？”

曦晨一听到相亲的话题，就浑身不自在起来，确切地说是非常反感，他觉得现在的长辈个个都很奇怪，见到一个和自己家人差不多大的年轻异性，就聊相亲的话题，总爱把两个不相干的人牵扯在一起。

“奶奶——这不——这不太好吧！”曦晨语无伦次地说，他马上就想到了“娉婷女孩”，她才是他在等待的缘分，这份坚守是不可能动摇的，“奶奶，谢谢您的好意，我不太喜欢相亲的方式，更相信缘分。”

苏奶奶慈祥地点点头，没有再多说什么。

这时，放学的孩子们鱼贯而入，书屋热闹起来。几个小孩跑到苏奶奶面前叫她，曦晨见状，起身跟苏奶奶道别。

“下次再来啊！其实奶奶也就是说说而已，我孙女也不愿意相亲，就当奶奶什么也没说，别放在心上啊！”苏奶奶一脸和气地说。

“没关系的，奶奶，您也是好意嘛！”

这时的曦晨，根本不知道，他寻觅的缘分正悄悄向他靠近。

接下来的日子，他天南地北地忙碌，公司研发的新护肤系列产品就要上架，为此他全国各地跑市场，随时根据市场需求增加销售渠道。

每天回到公寓或酒店，驱散倦意的依然是那两本“娉婷日记”，他等待的依然是他的“娉婷女孩”。

第五章　逝去的青春

日月如梭，时光在悄无声息中一去不复返。

恍惚间，这年的冬天来到了。一个星期天的上午，天灰沉沉的，空中刮着沁凉的微风，筱筱和姝妮穿着厚厚的外套，回到了她们曾就读的高中，两人一进校园，就向那个熟悉的镶着药石之言的拱廊走去。两个女孩一边走，一边环顾着陪伴了她们三年的高中校园，缅怀她们逝去的青春。

姝妮在英国念完大学后就回国了，目前在L市的一家国际旅行社工作，这几年，她工作如鱼得水，爱情春风得意，情窦初开时的意中人赵主任，上个月已成为她的未婚夫，而赵主任的事业也节节高升，今年年初已经被擢升为这所高中的副校长了。

“姝妮，你还记得假山旁边的那几棵碧绿的大树吗？高三下学期的时候，只要不是下雨天，我们俩都是五点钟起床，然后坐在那几棵树底下，看着东方泛白，背英语或是背语文。”筱筱眺望着那个曾在青春记忆里留下光辉的地方，眼里闪着光亮。

“怎么不记得啊？青春就是一首永远也唱不完的歌啊！这一切仿佛都还停留在昨天，我们应该感谢那些美好的光阴岁月，也应该感谢那几棵大树的陪伴，借助它们的力量，修炼我们的人生……”

不一会儿，她俩走到了拱廊。

“我们又回到了老基地了——”姝妮边说边拉着筱筱在长凳上坐了下来。

“真没有想到，我们还能回到这个充满美好回忆的地方畅谈青春——”

“你知道吗？高考那年，赵主任找我谈话的那一次，我俩就是坐在这条长凳上，我听着他的金玉良言，看着柱子上的名言警句，感觉整个人都升华了——”

这时，篮球场上出现了几个打球的阳光少年，他们如同荒野里的麋鹿，自由自在地奔跑。这画面一下子就把两人带回到了她们的高中时代，她们的眼前又出现了那个帅气的篮球少年——蒋筠松。

“苏筱筱，你知道蒋筠松现在找了一个爱尔兰的女朋友吗？空间里有她的照片，你看过没有？几个同学都说那个女孩的性格和你很像，也是一副安安静静的模样。”姝妮忽而说道。

“看过呀，那个女孩才是真正配得上他的人，我真心地祝福他们。他需要的就是这么优秀的女孩在他身边给他幸福，这才是最好的缘分。如果你喜欢一个人，不能温暖他，也没有能力让他变得更好，就不要去糟蹋缘分。其实我有一份隽永的青春记忆就足够了。”这个储存在她青春记忆里的头角峥嵘的男孩，对于她来说是一个可望而不可即的梦，她宁可将他封锁在记忆的尘埃里，也不愿去触碰这份美妙的感情。

“你这是过于理智又过于谨慎，不懂得把握和争取自己的幸福，”姝妮侧首瞟了筱筱一眼，她用一种极不赞同的语气高亢地说道，“不是我说你，我们确实不是十七八岁只顾着做梦的年纪了，但追求幸福是不能迟疑的啊！我也希望你和我们那些老同学一样，身边有自己的另一半，你说你为什么要拒绝蒋筠松啊？他常向我诉苦，说你想方设法逃避他、拒绝他。他几次专程回国看你，你都找各种理由不见他。我跟你说过的——好男人‘过了这个村就没这个店’了。不过你已经把他推给了别人，也就剩下那么一点可悲的回忆了，既然蒋筠松不适合你，那你就找一个有感觉的啊！我说你不会还留恋蒋筠松吧？”

姝妮瞧了一眼筱筱，见她没有一点想回应的意思，又接着说：

“或许我的观念是超于世俗的，不认为女孩的年龄越来越大就会贬值，反过来说——我觉得女孩年龄越大越有魅力，但不管怎么说，我希望看到你在最好的年华里有属于自己的爱情啊！你难道不知道吗？在这个现实社会里，优秀一点的男人吧，他们的眼光也是镀了金的，挑三拣四，长得好看点吧，他们的故事通常很多，也很难驾驭。客观来说，无论什么类型的男人，哪个不想要个像赫本小姐那样的脸蛋、贞德姑娘那样的心灵的女人啊，你说谁愿意娶一个像包法利夫人那样的老婆呢？所以说，你学学我，洒脱一点，别总是那么谨慎、那么理智，遇到好男人就及时出击，得到了才是你的，别守着回忆苍老了你自己，你知道吗——我看着你形单影只的，心都会疼……”

“姝妮，你什么时候结婚啊？”筱筱顾左右而言他，她把头倚靠在老同学的肩膀上，眼睛里星光点点，声音哽哽咽咽。

“快了，明年吧，你可要抓紧点找个男朋友，不要等到我都当上妈了，你还孤家寡人一个。”

“你怎么跟我奶奶一样。”筱筱听她这么一说，心情瞬间转晴，扑哧一下笑了，“我不孤单啊，我有奶奶，有两个妹妹，还有书屋，幸福着呢！”

“你呀！真是让人操心。”姝妮无可奈何地回道。

筱筱把姝妮的手放到自己的脸上，沉吟不语，眼睛直直地看着球场。倏地，她热切而欢快地说：“姝妮，赵校长还没有那么快出来，我们去打球吧！”

她一说完，就拉起姝妮飞奔到了球场上，意气风发地向几个正在挥洒青春的少年跑去。

约莫一个小时后，赵校长终于忙完工作出来了。高中毕业后，筱筱就没有见过赵校长，他还是老样子，温文儒雅，年轻潇洒，学者风范的气质百里挑一，他一见到筱筱，就热情地过来跟她握手。随后，他们去了学校附近的一家购物商城，在三楼一家人气很旺、环境幽雅的火锅店里吃午饭。

赵校长为人和善，谈吐风趣，刚坐下来时，筱筱显得有点拘谨，她还像个高中生一样，坐得毕恭毕敬，说话声音很小。不过，他们聊了一会儿后，筱筱就放松下来了。

吃完午饭后，姝妮和赵校长有事先走了。

筱筱和他俩告别后，准备去看望她在书店打零工时一起工作过的小欣姐，她上大学后，小欣姐就辞工回老家结婚了，后来没有见过面。上个月，她遇到了以前在书店的同事沈姐，说小欣姐前两年又来L市了，在一个地铁站附近的商业街上开了间小花店，她便向那位同事要了小欣姐的地址。

她想趁周末去看看她，顺便去她的花店买几盆花回家。

天阴沉沉的，寒风瑟瑟，还不到四点光景，却像似走进了暮色，她把脸埋进衣领，两手抄在口袋里，步履匆匆地朝地铁站走去。

二十来分钟后，她按老同事给她的地址找到了小欣姐的花店，小店里摆满了各种各样的花草，绿意融融，花儿芬芳。筱筱一向喜欢花草，看到这么绮丽的小花房，心儿自然灿烂。一进门，她就在小屋里寻找小欣姐的身影，

但没有见到她人。她猜小欣姐可能出去了，或者是自己找错了地方，正当她准备拿出手机核对地址时，小欣捧着一大捆鲜红的玫瑰走了进来。几年没见，两人又惊讶又激动。

小欣放下手中的花后，连忙拉着筱筱在柜台前坐了下来，握着她的手问她冷不冷。

柔黄的灯光下，筱筱发现小欣姐比以前显老了些，面容瘦削憔悴，但脸上的笑容依旧很自信。

“听沈姐说你来L市了，还开了漂亮的花店，今天刚好有空，就过来看看你，顺便买几盆花回去。”两人一坐下来，筱筱就开心地向小欣姐表明了来意。

“谢谢你，筱筱，这么久不见了，你还记得小欣姐。”

“怎么能不记得呢，我还经常梦到我们在书店上班时候的情景呢……”

“那时多好啊，真是时光一去不复返啊！”小欣感慨地说，她的眼中掠过一丝忧伤。

“你现在过得还好吧，一家人都在这边生活吗？”筱筱关切地问道。

“还可以吧，”小欣看了看筱筱，风轻云淡地说，“前年我离婚了，生活窘迫下，带着孩子来L市找工作，在一个老乡的介绍下，接手了这家花店。日子起初苦点是难免的，不过最难的时候都熬过去了，现在我自食其力，靠自己的双手养活孩子，蛮有成就感的。”

“小欣姐，我记得你跟我说回老家结婚时，我刚上大一，那时候你看上去好幸福的样子，没想到才几年的时间，你又回到了原点，人生真是无常啊！”

“是啊，我也没有想到——”小欣轻叹道，“这场婚姻不过是我人生的一场修行，有失也有得吧，失去的是我的青春韶华，而得到的是在这场失败的婚姻中找到了自我。我曾经执着地认为，结了婚就不会离婚。无论如何为了孩子也要凑合过一辈子，就算裂缝层出不穷，也不妥协。但是命运并不会天从人愿，当老天爷都看不下去的时候，无论怎么样挽回，凑合只会是自欺欺人。”

“小欣姐，你一个人带着孩子肯定没有你说的那么轻松吧！”筱筱关切地问道。

“都过来了，七年了，我从一个怀揣幸福的新娘变成了一个落魄的‘怨妇’。不过还好，我有孩子，他给了我努力生活的勇气，婚姻的失败本来就不是一个人的错——其实，都是我一意孤行酿下的苦果。当初，我和他谈恋爱的时候，我的家人和亲戚朋友都极力反对，说了许多对于我来说后知后觉的话，把我的未来看了个透，像似早就预见了我的结局。他们说那些话也都是出于爱我，是想制止我少不更事的盲从，可是那时的我，哪听得进去啊！

“认识他时，我还不满二十岁，那时我不谙世事，对于家里人说的话根本听不进去，后来，我的父母只好默认了我们的关系，在恋爱的三年中，其实我和他就出现了许多裂缝。他性格暴躁，言语粗俗，一旦发生龃龉，对我大打出手也是常有的事，可我是个传统的人，贞洁是我的命，他是我的初恋，心想跟了这个男人就必须一辈子走到底，明明知道不幸福还是孤注一掷地和他走进了婚姻，结果没有几年就走不下去了。”

小欣轻轻地叹了一声，接着往下说：

“从走出婚姻的那一天起，我就下定决心重整旗鼓，带着孩子好好地生活下去，我已经对不住儿子了，如果再让他看到一个颓唐的妈妈，不但会影响他成长，还会影响他的人生观。所以，在他的面前，我从来都是乐观向上的，我希望自己能成为他成长路上的彩虹！”

“小欣姐，你有了这份笃定和勇气，一定会越来越好的。”筱筱被小欣的勇气感染了，握起她的手说，“每个人的生活都不可能一帆风顺，当它逆着来的时候，我们只能砥砺前行。”

“是啊！这都得感谢生活，甜酸苦辣都在里面，也许人生多一点不完美，才能让我们变得更完美吧！”

她们谈得正欢时，门外进来了一对青年男女，他们在店里订了几个花篮，是过来取花的。客人走后，小欣在桌子上的水果篮里拿出一个橘子，剥开皮后，掰开一半递给筱筱。

“尝尝——这橘子好甜。”

“好……”筱筱接过来放了一瓣到嘴里。

筱筱，说说你吧，你结婚了吗？”小欣笑着问道。

“没有呢！”

“那肯定有男朋友吧？找的哪里的男孩子？快跟小欣姐说说，什么时候带过来玩啊！”

对于筱筱来说，这是个老生常谈的问题，只要认识她的人，见了面都问她这个问题。在小欣姐面前，她当然毫无顾忌。

“我单身，还没有男朋友呢！”

“你没有男朋友？不可能吧？你这么优秀，又长得这么漂亮，你骗小欣姐吧？”

“真的没有啊！大学毕业后忙着工作，就把找男朋友的事忽略了。”筱筱无奈地笑了笑，“其实一个人挺好的，想做什么就做什么，就是我奶奶稍微急了点，老念叨个没完。”

“老人家的心思都这样，这有什么难懂的，她还不是盼着你早点有个归宿。小欣姐是经历过婚姻失败的人，也没有特别好的经验传授给你，但有一点你不能忽视的就是在婚姻这件大事上，还是要听从家里长辈的意见，我是尝过‘不听老人言，吃亏在眼前’的苦头了。所以啊，小欣姐也只有这点心得分享给你。”小欣感悟般地说道。

“谢谢你，小欣姐，我会记住你的话——”

外面的天色越来越黑。她们也聊得差不多了。

筱筱临走前，两人互留了电话，还添加了微信，筱筱挑了几盆秀色可餐的小绿植，但小欣怎么也不肯收她的钱，另外她还送了两盆君子兰给她，筱筱不好推却，就全部收下了。走到门口时，筱筱趁小欣姐不注意，放了三百元在她围裙的口袋里。

外面暮色渐浓，街上的行人稀稀疏疏，橱窗里绚烂的灯光把这条商业街点缀得璀璨耀眼，筱筱慢慢地向前走，快走到地铁口时，她不由自主地回头望了望小欣姐的花店，脚步变得沉重起来……

第六章　熟悉的陌生人

筱筱回到书屋，已经七点多钟了，屋里书香萦绕，一片静然，灯光下一个个埋首读书的身影，宛若一尊尊大理石雕像，凝神在书中觅寻知音。

筱筱生怕打扰到这些孜孜不倦的雕像们，轻轻地向休息间走去。

她推开门后，看见奶奶正和一个陌生的年轻人说话。两人见筱筱进来，不约而同地站起来。

“筱筱，你回来了，你的朋友在这里等你几个小时了。”苏奶奶笑呵呵地说道，同时瞅向旁边的年轻人。

筱筱放下手中的东西，然后朝奶奶口中的“朋友”望过去，她眼前的男孩身形纤瘦高挑、面目俊秀，穿着无懈可击，鼻梁上配着高贵的近视眼镜，全身上下透射出一股文雅的清隽气息。

筱筱搜索枯肠，没有一点印象，更别说是朋友了。她呆若木鸡地站在门口，正想问他是谁时，男孩不慌不忙地走过来对她说：“你回来了，我们一起去吃饭吧！”

筱筱愣愣地看着这个比她高出一大截的男生，感到莫名其妙，思忖这个人怎么无缘无故地说是她朋友，她正想回绝，奶奶走过来喜笑颜开地说：

“快去，快去，这个小伙子在这里等你很久了，他也没有吃饭，你们两个一起出去吃点东西吧！”说着，就把两个人推出了门。

筱筱满腹狐疑地跟着他出了门，这个男生像似对这附近的环境很熟悉，带着她去了街拐角的“必胜客”。在这条街上，这家餐厅很火，年轻人和小孩都喜欢到这里吃东西。

他们刚坐下，一个女服务生就送过来一份菜单，然后离开了。清雅的灯光下，男孩笑吟吟地把菜单递给筱筱：

“你来点菜吧，这里的牛排看起来不错。”

“你点就好了，我吃什么都可以。”

“那好吧——我来点——”

男孩低头看菜单时，筱筱诧异地问道：

“先生，我不认识你，你怎么对我奶奶说你是我的‘朋友’呢？”

男孩抬头看了她一眼，笑而不语。

他招手叫了一名服务生过来，点了几道菜和饮品。服务生离开后，男孩微微一笑说：

“我是廖一凯啊，你不记得我了吗？”

“廖一凯？我根本不认识你啊。”

“看来你把我忘了。”男孩看了她一眼，说话的语气像似认识多年的老朋友，“这家‘必胜客’的环境真不错，下午我去你书店路过这里时，就注意到它了。”

筱筱木讷地摇了摇头，雾里看花地盯着他。

“筱筱——我是凯凯啊，小时候我和我妈住在你家时，我常在你面前恶作剧，你不记得了吗？”

筱筱惊愕地看着眼前高大俊逸的男孩，尘封在脑海里的儿时的记忆如电影般一幕幕地在她眼前回放——她曾经住过的豪华别墅，她的“娉婷小花园”，还有路过的蜻蜓，陪伴她走过阴霾的心灵女孩珂赛特，接着是爸爸、妈妈、钰琳阿姨、瑶瑶姐姐、月姨、巧姨、马忆珍，那个半夜闯入家里的酒鬼，最后就是矮矮墩墩的凯凯，那个和她一样孤独的小孩。

不一会儿，凯凯点的比萨和小牛排端上来了，筱筱在热腾腾的香气中喃喃道：

“你跟小时候完全不一样了。”

“咱俩分开十三年多了，你不认得我，一点也不奇怪，但我一眼就认出了你，虽然你长成了一位美丽的淑女，但你还是跟小时候一样文雅秀静。”廖一凯回忆般说道。

“你小时候胖嘟嘟的，个子也不怎么高，”筱筱打量了凯凯几眼，接着说，“你现在除了眼睛有点小时候的影子外，其他的地方都变了。”

廖一凯将一块切好的海鲜比萨放在筱筱的盘碟里，目光在她的脸上停留两秒，慢条斯理地说：

“小时候，我又胖又矮，为此我妈妈常常骂我，说我不求上进、不争气之类的话。去了美国后，一些又高又瘦的男同学和女同学也常冷眼冷语的嘲讽我，在背后指指点点，叫我‘小胖子’。从那时起，我就下定决心，要脱胎换骨改变自己。于是，我参加了几项体育运动，每天都坚持跑步，还爱上了打棒球和曲棍球，饮食严格听从我妈的安排，从此我每天的生活里只有读书和运动这两件事，十五六岁的时候，我的个子就超过了一米八，此后我妈和我的同学真的对我刮目相看了，没有人再对我冷嘲热讽，有的同学还主动讨好我，问我长高长帅的秘诀呢。”

“噢，原来你长成模特身材的背后竟然有这么多的故事——”

廖一凯讪然一笑，端起桌上盛着玉米汁的玻璃壶，为筱筱倒了一杯。

“从你家搬到上海后，我就希望长得高大威风，长大了保护你。刚到上海新家的时候，苏伯伯说接你过来上学，我好高兴，还为你准备了房间，可是没过多久他又说你暂时不能来了，为此我很伤心。后来我就跟我妈去了美国。一晃这么多年过去了，我以为我再也见不到你了。真没有想到，缘分又让我们见面了。”

“你是怎么找到我的？”筱筱百思不得其解。

“你认识张天谌吗？”

“认识呀，他是我的大学同学，不过，我和他并不是很熟。”筱筱奇怪地说。

“这就对了，天谌大学毕业后去美国读研究生，和我一个学校，还是一个宿舍，我俩成了哥们。一次，我在他的手机里看到他的大学毕业合影照。你的样貌在我记忆里太深刻了，你站在那一群人当中，鹤立鸡群的，我一眼就认出了你。”廖一凯兴奋地和盘托出。

“可是我跟他一点交情都没有，也从来没有联络过。”筱筱目光炯炯地看着他，充满疑窦。

“是啊，当我问你住在哪里时，他也爱莫能助，说平常你们很少交流，没有你的联系方式，在我的请求下，他在微信里问了好几位女同学。后来，一个姓欧的同学告诉了他你家的住址，她说你在这条街上开了一家书店，很好找的。”廖一凯老老实实地说。

“哦——是欧素美，上大学和我一个宿舍，我们很要好。你找我有什么事情吗？”她说完沉默片刻，接着添了一句，“你妈妈知道你来找我吗？”

“她不知道——是我自己想来找你的，我爸陪我妈出国散心去了，这几年我爸的生意又做起来了，赚了些钱。他俩已经复婚了，我们一家人又团圆了……”廖一凯小心翼翼地说道，但说完这些话后，他马上后悔不迭，觉得自己说得不太妥当。

很明显，他确实说得不太妥当。筱筱的心像被电击了一般，痛得发麻，只要说到那个女人，她就想起了她的爸爸——她可怜的爸爸。她脸色发白，低垂着脑袋，随即放下了手中的叉子，把脸埋进她乌亮的头发里，沉吟不语。

“对不起，我不是故意那么说的。”廖一凯懊悔地说。

“没什么的，你没有说错什么。”筱筱轻声答道。

“这些年，你和奶奶吃了很多苦吧？”

筱筱抬起头看了一眼凯凯，淡然地说：

“我奶奶说，‘苦难是最好的老师，它能让我们更敬畏人生，更努力地活着……’”

“筱筱，我和妈妈对不起你……”

一阵静默，空气里的音乐声不绝如缕。凯凯低下头将盘中的牛排一鼓作气地全部吃完。然后他挺了挺身子，目光落在筱筱的脸庞上，满怀歉意地说道：

“筱筱，这些年，我和我妈欠你很多，我霸占了你的父亲，剥夺了你的父爱。今年上半年，我妈得了很严重的肾病，动了大型的手术。一次，她在电话里用虚弱的声音跟我说，‘儿子啊！这是老天爷在惩罚我，妈妈罪有应得啊！这段时间，我在病床上时常反躬自省，感悟到这辈子做了许多的错事，我最对不住的人就是老苏和她的女儿。有几次做梦的时候梦到他俩，我便在梦里请求他们宽宥我、饶恕我。其实，妈妈才是间接害死你苏伯伯的凶手。如果我不沉迷于赌博，欠下那么多债，他就不会被逼得走投无路，更不会发生那样的意外。儿子啊！你要记得，苏伯伯是你的恩人啊！这么多年，是他养育了你，若不是他，你就不可能去国外读书，接受那么好的教育。当初我太自私，不让你苏伯伯回去接他女儿过来跟我们一起生活，要不然她女儿就不会那么多年都见不到父亲，你所得到的一切原本都是她的啊！儿子啊！妈妈这次算是大彻大悟了一回，善恶都是有报应的，你以后可要多积善德，知道吗？’”

说到这里，廖一凯的脸上有了些许的轻松感，眼里也有了亮光，他舔了舔嘴唇，继续说道：

“我们和你爸爸生活的那些年，我和妈妈过得很幸福，也很富足，我知道，这些本应该都是属于你的。”他停顿片刻，接着说，“你爸爸是个好人，他给予我的爱比我亲生父亲给予我的多得多，我爸跟我妈离婚后，好多年都过着穷困潦倒的生活，从来没有管过我。幸运的是，我和妈妈遇到了你爸爸，他对我很好，总是好声好气地和我说话，不像我妈妈，一点不顺从她的意愿就骂骂咧咧，专门挑我身上的毛病冷嘲热讽，把我说得连家里的小猫小狗都不如。所以，我喜欢和苏伯伯在一起，他是一个很好的长辈和父亲，知道他离开人世后，我难过了很久，觉得老天太不公平、太不仁慈，无缘无故就夺去了一个好人的生命，我还没有来得及报答他呢！他就离开了我……”凯凯说完这些话时，脸上淌满了泪水。

“他不会责怪你的——”筱筱轻轻地说了一句。

廖一凯忙点头应道：

“我知道——他是个宽宏大量的人，而且很有担当，他向来都只知道给予，而忘了要回报，他不应该走得这么早，走得这么急，我还想做他的儿子呢！”凯凯抽泣道。

“我爸——我爸太孤独了，他去找我妈妈了——”筱筱低声地说道，眼泪夺眶而出。

“筱筱，对不起，以前我年纪小，不懂得这个世界的人情世故。现在我长大了，开始懂得了——我和妈妈不但伤害了你，还伤害了你奶奶，我今天才知道你还有一个奶奶，她是个很好的老人家，一听说我是来找你，特别开心。我看过她后，才发现苏伯伯和她长得很像，很慈祥很和蔼，他们都是世间最好的人。”

两人从餐厅出来，天气愈发地冷了，街上冷清清的，只有几个行人，书屋里已经没有了灯光，奶奶她们已经回家了。几阵冷风吹来，筱筱不禁打了个寒战。

“你住在哪里呀？”

“我爸去年在L市开了一家小酒店，我去那边住，明天才回家。”

筱筱便跟他告别，让他早点回去休息，但廖一凯似还有话要说，丝毫没有想回去的念头，他兴致勃勃地说：

“晚上吃得有点多了，我们去散散步吧！”

“那行，我们走到公交站台那边，你就回去。”

两人快走到书店时，凯凯忽而问道：

“你的书店开多久了？”

“三四年了。”

“记得你小时候就喜欢看书，还给了我几本。”

“你看了吗？”

“小时候没有看，不过搬家的时候，我把它们带走了，上大学的时候，拿出来读了。”

“噢，你一直留着啊？”

“是啊！以后我也到你书店看书，好吗？”

“你来这边看书太远了吧！”筱筱慢吞吞地搪塞道。

“你好像不大欢迎我来啊？”凯凯侧头看了一眼筱筱。

“我这里是小书屋，你去大书店能找到更多的好书啊！”筱筱实话实说。

“其实我很少逛书店的。”廖一凯沉默片刻，接着说，“我以前只知道你喜欢看书，没想到你还开书店了，看来你要看一辈子书了。”

“是啊，与书为伴，是一件幸福的事，有书相伴，人生中所有的风景都不过是陪衬。”筱筱嘴角轻轻上扬，微微一笑。

“是吗？我还没有领悟到。”廖一凯微微一笑，“对了，今天和奶奶聊天的时候，她说你每晚都给他读书。”

“嗯，一般我在家的话都给她读几篇，我奶奶也喜欢阅读。”

“看得出来，她说话跟别的老奶奶很不一样，有条有理的，让人心服口服。”

“谢谢你赞美奶奶！”筱筱静静地笑道。

“筱筱，你有男朋友吗？”廖一凯突如其来地问道。

“没有啊！”筱筱脱口而出。

“我就知道你没有，”廖一凯高兴地叫起来，“我也是单身，你嫁给我，好不好？以后让我来保护你和奶奶，我会努力工作，让你和奶奶过上好生活的。”

“你在胡说什么啊？我跟你都不熟。”筱筱大声地回道，语气很抗拒。

“我们不熟吗？”

“难道很熟吗？我们才刚刚认识，你就说这种不经过大脑的话，是不是很不理智啊？”

“怎么才刚认识呢？我们都认识十三四年了。我上高中的时候，就幻想着有一天找到你，然后跟你结婚。我现在找到你了，那说明我们有缘分啊，我们都是单身，怎么不能结婚呢？”

“当然不能啊！”筱筱神色庄严，在路灯的照射下，铁青一般的脸，她斩钉截铁地说，“小时候我就把你当作弟弟，现在还是一样！”

“是因为我妈妈吗？”廖一凯失望地叫道。

“不是因为谁！”

“你知道吗？”廖一凯温情款款地说，“我住在你家的时候，每次看到你一个人孤孤单单地站在阳台，自言自语地跟那些小蜻蜓说话时，我就有了想保护你的愿望，也是从那时起，我就下定决心要长得比你高，还要读很多书，长大了做一个妈妈口中的成功人士，我所有努力的动力就是想保护你。”

“凯凯——虽然你现在又帅气又高大，但是在我眼里，你还是小时候那个又可爱又淘气的小弟弟！”筱筱认认真真地说道，俨然一副大姐姐的模样。

不知不觉地，两人走到了公交站台，筱筱上前为廖一凯拦出租车，不过他似乎还不想走。

“今天太晚了，你早些回去休息，我也累了。”

“那你加我电话和微信，好吗？”廖一凯用乞求的口吻说道。

筱筱思忖片刻，应承道：

“好吧！”

筱筱回到家里时，奶奶靠在床头，坐在被窝里，似乎在等她。

“奶奶，这么冷的天，我去烧水给你泡泡脚吧！”她一边说，一边去房间放东西。

“央吉和央珍回去前已经烧水给我泡过了，暖和着呢！”苏奶奶满面红光地说。

“她俩真懂事。”筱筱走进奶奶房间，坐在她身边。

“那个小伙子走了？”苏奶奶神秘兮兮地看着孙女，迫不及待地问道。

“当然走了。不走了？难不成您要留他住下？”筱筱咯咯地笑出声，悠闲地说道。

“只要你同意，为什么不可以呢？”苏奶奶不禁喜上眉梢，“他说小时候就认识你，一个很不错的男孩子，斯斯文文的，为人又低调，一看就是那种出身好、

又有教养的男孩子，特别讨人喜欢，他是不是喜欢你，想追求你呀？”

筱筱瞅了奶奶一眼，暗暗思忖不能让奶奶知道她心中这个有教养的男孩是马忆珍的儿子，毕竟爸爸都过世五年了，得饶人处且饶人。如果奶奶知道了真相后，不但会想起不愉快的事情，还会对凯凯的好印象大打折扣。她握着奶奶的手，轻描淡写地说：“不是啦！他是我小时候邻居家的一个小孩，来问我公司招不招人，他想换工作。而且啊，他早就有女朋友了。”

“哦哦，原来是这样，我还以为是喜欢你的男孩子，让我白高兴了一场。”苏奶奶的语气里透着几分失望。

“您想到哪里去了啊？”

“这很正常啊，看到这么好的年轻人，难免就有一些想法嘛，还以为你要给我一个惊喜呢，藏着一个这么好的男朋友不告诉我。”

“奶奶，您什么时候变得这么爱幻想了？”筱筱笑道。

“人老了嘛，思想就变得单纯了，喜欢想些美好的事情，特别是你结婚的事，我可是做梦都想着看你穿婚纱的样子。”

“您想一想没关系啊，只要您不当真就好。”筱筱莞尔一笑。

“你这孩子……”苏奶奶笑着捏了一下孙女的鼻子。

“奶奶，我前些天在《读者》上看了一篇是关于书店的文章，挺有意思的，我给您读一读吧！”

“好啊！”

不一会儿，奶奶房间里书声琅琅：

去尼泊尔之前，从来没想过会在那里身陷书店不能自拔。到了加德满都之后才发现，这里竟然是爱书者的天堂。需要说明的是，我这里讲的加德满都不是尼泊尔的首都，而是加德满都谷，包括加德满都、帕坦、巴德岗三个市……①

① 摘自《加德满都的天堂书店》。

第七章　娉婷女孩

乌飞兔走，日历翻到了第二年的秋天。

一个周六的上午，姝妮来筱筱家给她和奶奶送结婚请柬，邀请两人下个礼拜参加她的结婚典礼。

中午，苏奶奶做了一桌好菜，特意烧了一大盘红烧豆腐，姝妮自第一次来她家，就爱吃她做的红烧豆腐。

“姝妮，你好久没有来奶奶家了，多吃点菜啊！”苏奶奶一边说一边给姝妮夹菜。

“我每次一过来，您都给我烧这么多菜，辛苦您了！”

“不辛苦，你来奶奶家吃饭，我高兴还来不及呢！”

“奶奶，我婚礼那天，您一定要来参加，有您和筱筱的祝福，我的婚礼才会更加圆满。”

“当然要去——你这么大的喜事，我和筱筱怎么能不去呢？你和筱筱这么多年的好朋友，奶奶也算是看着你长大的，我早就盼着你披上婚纱的这一天呢！”

“奶奶，婚礼那天你们俩要早点来，筱筱要当我的伴娘——”

“好啊，让她去沾沾你的喜气，看看什么时候轮到她了。”

“奶奶，您放心，下一个就轮到她了，我会和您一起监督她的。”

“好孩子，奶奶就等着这一天了——”

姝妮婚礼那天，筱筱和奶奶一早就去了，苏奶奶穿着筱筱为她买的新衣裳，开心得不得了，像是自己嫁孙女一样。

可是，她参加完婚礼的第二天，却变得闷闷不乐，一个人待在家里，有事无事地唉声叹气，不去书屋，也不搭理孙女，晚上早早地就上床睡觉。筱筱心知肚明，这是奶奶参加姝妮婚礼的后遗症，她见到她的朋友都成双成对，而她的婚姻大事没着没落，而独自神伤来着。

一天晚上，筱筱加班较晚，回到家时，奶奶还在客厅里看电视。

“奶奶，您怎么还没有睡啊？”筱筱上前小心翼翼地问道。

“嗯，我在等你啊，快过来坐。”苏奶奶一改前几天的冷漠态度，满脸笑容地说道。

“您在等我啊？”筱筱感到受宠若惊。

“嗯，过来陪奶奶说会儿话。”

“好啊，奶奶——”筱筱坐到了奶奶身边。

“这几天奶奶想通了，以后不再催你找男朋友了。”

“奶奶，您不会受了什么刺激了吧？”筱筱丈二和尚摸不着头脑。

“没有，奶奶好好的呢，因为你的姻缘还没到，急也急不来啊！”苏奶奶柔声细语地对她说。

“对不起，奶奶，我以后都听您的话，不再让您操心了……”

“不急，不急，慢慢来，孩子……”苏奶奶笑着道。

“您怎么突然不着急了啊？您以前不是最急的吗？”对于奶奶阴晴不定的态度，筱筱反而感到不安。

“姻缘的事是急不来的，我再也不催你了，像你说的，一切顺其自然。”苏奶奶一脸慈爱地看着孙女。

“您怎么突然就想通了啊？”筱筱探询道。

“以前都怪奶奶太着急了，没有站在你的角度为你想一想。你妈妈过世得早，爸爸又不在身边，你心里有苦也不愿意说出来，总是把自己看得紧紧的，对待感情谨小慎微。所以啊，慢一点就慢一点，缘分是可遇不可求的，你呢，可以试着把心打开，说不定哪天阳光照进来了，就遇到一个有缘的人呢！”

“奶奶，我会的，谢谢您……”筱筱的眼泪飞也似的流了下来，她紧紧地抱住奶奶。

去年年底，廖一凯来找过筱筱后，他常在微信上联系她，但筱筱表现得很冷淡，只要谈到感情就拒绝。

早上，凯凯发信息说想见她一面，筱筱起先没有答应，回信息说要加班，但凯凯还是说要过来等她。

晚上九点半钟，筱筱才回来，书屋已经打烊了，廖一凯站在书屋门前的路灯下等她。

“我都说加班很晚的——你等很久了吧！”筱筱的语气很冷淡。

“没关系的，反正我有空。”

“你找我有什么事吗？”

“我上次在微信里跟你说过的，我爸妈希望我到美国再读一个学位，过几天就要走了，所以想来看看你。”

“祝贺你啊，读书是多么幸福的事情啊！”

“我并不这么认为，是他们非逼我去不可的。”

“听父母的话肯定不会有错，你就好好地完成学业吧！”

“筱筱,你每天下班都这么晚吗？工作是不是很辛苦？”凯凯顾左右而言他。

“谁不辛苦啊？公司又不是我一个人加班。”

“筱筱，你等我两年，好吗？我毕业了就回来找你，到时候我来照顾你和奶奶。”凯凯情真意切地说道。

“我和奶奶过得挺好的，不需要照顾……”

“那天晚上，我在这条街上和你说的所有话都是认真的，上高中的时候，我就憧憬着有一天跟你结婚，和你一起生活，那个幸福的画面一直鼓舞着我，我想毕业后，就正式去跟奶奶提亲，我要一辈子跟你在一起。”

“不可能的，凯凯，你不要意气用事……”

“这怎么是意气用事？”

“你年纪还小，等你成熟一点，就不会说这样冲动的话了。”

“这是冲动的话吗？我年纪再小也有追求爱的权利，何况我也不小了，我都研究生毕业了，说出来的话都是通过再三思虑的。我就是喜欢你，我控制不了我自己……”廖一凯的声音很激动。

“那你只会考虑你自己的感受吗？”

“我知道，你是因为过去的事，因为我妈妈，所以不肯接受我。”

“凯凯，我认认真真地告诉你——不是因为任何人，我奶奶都八十多岁了，我只想和她平平静静地生活下去……”

初秋的L市，夏天的影子到处有迹可循，天气依然很热。

一个台风刚过的星期天早晨，下了一场大暴雨，风雨交加、电闪雷鸣后，

雨又消停了，天空呈青灰色。上午十来点钟，路上的行人越来越多。路上还残存着前一天台风肆虐过后的疮痍景象，路边苍翠的树木被活生生的刮倒了，地面上到处可见积水和污泥。

雨后的早晨空气清爽，在家躲避了一天台风的人们纷纷地走出家门。街上商店的门都打开了，“筱筱书屋”静谧安然，屋里坐着几个埋首看书的人，他们全神贯注地徜徉在书海里，似在品尝着清香甜美的早点。

这一天，钱曦晨照常出门了，他在公寓附近的一个地铁站上了地铁，期待着偶遇他的“娉婷女孩”。地铁里冷风戚戚，寥寥几个人，根本没有他要寻找的身影，走了几站后，他换乘了另一条路线，下雨天，这条线路上的乘客更少，车厢里只有几个男人。

他心不在焉地看手机打发时间，忽然，他想起那个温馨、雅致的小书屋，还有那位和蔼可亲的奶奶，他想下雨天不如去书屋坐坐，再买几本书回去看，反正他还有很多个周末去寻觅他的“娉婷女孩”。

他到达书屋时，里面几乎座无虚席。有一年多没有来了，这里一切如故，他环顾着四周，没有看到那位老奶奶，他在书架前选了两本书，在最里边的角落里找到了一个空位，他到吧台点了一杯咖啡，然后坐下来看书。

他对面坐着一个长相清丽的女孩，她正在写着什么，曦晨翻开一本书看了起来。此时的他，怎么也没有想到坐在她对面写字的女孩正是他刚才在地铁里觅寻的“娉婷女孩”，缘分就这样悄然地坠落在他面前，颠扑不破地定格在这一刻。八年后，在命运的长廊里，不知是不是因为他苦苦地寻觅和等待，真的感动了上天，他终于靠近她了。

过了大约十来分钟，央吉将做好的热腾腾的咖啡放到曦晨面前，然后她走到筱筱面前对她耳语了几句，筱筱听后点点头，放下了手中的笔，随着央吉去了吧台。

就在她俩说话的空当里，曦晨的目光落在对面女孩的身上——她穿着素雅大方，皮肤白净、朱唇皓齿、明眸善睐，眉目间流露着一股恬淡的书卷气，宛如一个从书丛深处走来的女孩，浑身散发着超凡脱俗、与世无争的气质。

他感到一种似曾相识的震惊。

他端起杯子喝了口咖啡，目光不经意间落到了女孩桌面上的书和本子上。刹那间，敞开的笔记本上密密匝匝、娟秀的字如梦境般地映入他的眼帘，这些字形对于他来说太熟悉了，和昨晚他在“娉婷日记”里读到的字一模一样，他的心倏地扑通扑通地跳动起来，恍惚中，他放下手中的杯子，不由自主地将本子拿到自己的面前，情不自禁地翻阅起来，这些字陪伴了他八年，已经融入他的生命和血液，深深地刻到了他的脑子里，他前前后后翻了一遍又一遍，手不自觉地颤抖着，一个个熟悉的文字宛如天使的小翅膀一样在他的眼睛里舞动。他的心怦怦地跳个不停，脑袋像似没有了知觉，他将本子合上放在胸口摩挲着，像是自己遗失了多年的宝贝失而复得。须臾间，他像是想到了什么，他又打开日记本翻到扉页，登时“娉婷朵朵”四个字呈现在他眼前，这四个字和那两本日记扉页上的四个字的笔迹一模一样，他难掩内心的激动，泪眼婆娑地盯着这几个字。

就在这一刻，他的心得到了确认，他找到了他的“娉婷女孩”了。

筱筱是去给奶奶回电话的，奶奶说楼下的张阿姨在家里吃午饭，让她回去。她挂上电话后，到小桌前拿书和本子，这时，她看到了吃惊的一幕，对面的顾客正在翻看她的日记本……

筱筱怔怔地瞅着他。

“真没想到，这个看似相貌堂堂、颇具修养的男子竟然是个偷窥狂，真是个道貌岸然的家伙——”她暗暗地在心里咕噜道。

出于礼貌，也是她的个性使然，她没有大声叫嚷。

几分钟过去了，那位男子没有一点反应，眼睛仍然牢牢地盯在本子上，手不停地在翻动着页面，旁若无人地徜徉在他自己的世界里，似走火入魔，筱筱心想这个人的脑子十有八九有问题，要不然就不会连最基本的礼貌都不懂，在公众场所偷看别人的日记。

又过了两分钟，筱筱实在忍无可忍，她走到他面前，从他的手中夺回了日记本，同时宣示了主权：

“不好意思，这本日记是我的——”

曦晨猛地惊醒过来，两人面面相觑。

“对——对——不起——我——我——”他期期艾艾地说道。

筱筱一想到他在自己的日记本里疯狂地偷窥了那么久，怒火又漫上了心头。

“你这样看别人的日记，不太好吧？这又不是出版的书籍，可以随便翻阅的。”她眼神睥睨，语气冷峻。

说毕，她拿起自己所有东西拂袖而去。

曦晨呆呆地看着筱筱离去的身影，八年前，那个穿着校服、扎着马尾辫的素静女孩的身影，和今天这个身穿浅杏色连衣裙，披着一头黑发，散发着书香气的端庄女孩的身影重叠在他面前。

这一刻，他知道，他找到她了，奇迹在守望中出现了。

曦晨呆若木鸡地坐着，脑子里全是她说话的模样，他觉得她生气的样子都是那么温柔礼貌，那么让人怦然心动。他想等她回来，然后当面说出他和两本日记的故事，然后物归原主，消除她的误会。

“不行，她刚才都懊恼成那副模样了，若是让她知道我看了她的两本日记，定会更加的鄙视我，对我恨之入骨，那以后我还怎么接近她啊！”他想起她刚才的态度，马上停止了心中的美梦。

“不能——不能——都八年了，说不定她早就不记得那两本日记了，如果现在突然说出来，那不是自投罗网吗？”他又在心里说道。

这突如其来的幸福给他出了一个大难题，他陷入了深深的沉思之中。最后，他决定当前无论如何也不能让她知道两本日记的事……

当他回过神来时，已是下午的两点多钟，书屋里的人走了一些，又来了一些。

这时，他肚子也咕噜咕噜地叫起来了，他走到吧台前，点了两份点心。央吉每天跟很多顾客打交道，并没有马上认出他来，但当她问起奶奶时，她便认出这是去年春天帮奶奶送书过来的大哥哥。

曦晨跟央吉聊了几句，大略知道了“娉婷女孩”就是奶奶的孙女，这家书屋是她开的，他还知道，墙上字画里的毛笔字是奶奶写的，前面两个字就是“娉婷女孩”的名字。

他没有心思看书了，遇到他生命中的女孩后，他的整颗心都快要沸腾了，脑子里都是她的一颦一笑。

八年的等待似乎就是为了这一天而来的。

八年里，这份善缘改变了他，赋予了他感悟、进取、拼搏、坚守和爱情，他变成了完全不一样的自己。

一件件美好的事占据着他的心。他想起去年春天与奶奶的相遇，想起了奶奶曾想让他与她相亲的事。

他突然明白过来——原来他和她的缘分早就在冥冥之中了，奶奶就是为他的幸福保驾护航的天使，是他俩的月下老人，也是大贵人。

曦晨回到公寓时，天已经黑了，他在冰箱里找了点吃的。然后斜靠在床上，从抽屉里拿出八年来与他如影随形的“娉婷日记”，在幽淡的灯光下，他摩挲着每一个与他心心相印的文字。

霎时间，炽热的泪珠从他的脸颊滚了下来……

八年了，每一个夜晚，都是这一篇篇给予他亮光的小文章陪他度过。来到L市的这几年，他每一天都期盼着找到“娉婷日记”的主人，今天，他终于看到了雨后美不胜收的彩虹，与他的“娉婷女孩”相遇了，他的心也就此停止了漂泊。此时此刻，他是如此兴奋，如此满足。他一页页地翻着本子，“娉婷女孩”的身影不停地在他眼前闪现，她的样子跟他想象中的一样，秀丽端庄，林下风气，一眼就让他难忘。长这么大，他从来没有像此刻这样幸福和快乐过。他想着想着，脑袋里忽然跳出几个肺腑的字眼，他连忙坐起来，拿起那本留有空白页的日记本，翻开一页，在空白格里写下了几个字：

你来了——我的世界才圆满。

看着这几个字，他得意地笑了。

“从今天起，我要在空白格里记下我所有的念想。”他自言自语地说道。

他捧着日记本，思念又在开始。以前没有见到她时，那思念是怅惘而盲目的。而这一刻，思念是如此甜蜜而真实，他真切地感受到她来到了他的生命里。

他默默地在心里写下誓言——一定要让这份等待开花结果。

第八章　未雨绸缪

第二天早上，曦晨醒来时，屋里一派灿然，他沐浴在金色的晨光里。昨晚他得意忘形，居然忘记了拉窗帘就睡着了，温暖的阳光正一点一点地铺满他的大床。他嘴角堆满笑意，眯着双眼坐起来，然后轻轻地将“娉婷日记”小心翼翼地放进抽屉，这两本陪伴他八年的宝贝，每一次他都是轻拿轻放，生怕弄坏了一点点边边角角。

梳洗完毕后，他走到窗前推开窗户，眺望着远方，一幢接着一幢的摩天大楼层峦叠嶂地蜿蜒在碧空中，雄壮而宏伟。

他住在市中心的一幢高层公寓里，这间单人小公寓是三年前他来L市创建公司时，他妈买来给他落脚的。那一年，他来到这个让他魂牵梦萦的城市，一边开创事业，一边寻找他梦中的女孩。

言之凿凿——在这之前，他也不确定自己能否找到她。

然而就在昨天，在上天的眷顾下，他的心安定下来了，他确定这座城市就是他的家，有她的地方就是他的家。当一幢幢影影绰绰的高楼从他眼前略过时，他感到一种前所未有的归属感，感到自己就是这座城市的一分子。

他的脑子里忽然闪现出一幅幸福的生活画卷。

他想在这座城市里有一套像家的房子，家里有“娉婷女孩”，有奶奶，还有袅袅书香。

他欣喜若狂地走到床前，拿起昨晚写字的日记本，又言简意赅地在下面记下了几个字：

为幸福未雨绸缪。

曦晨在公司开完早会后，意气风发地回到办公室。

他步履轻快，脸上洋溢着不可言喻的幸福神采。周末两天没有来办公室，他发觉今天这间屋子格外与众不同，每一处都芬芳迷人。

他刚在办公桌前坐定下来,门外就传来了笃笃的敲门声。他一边启动电脑，一边喜气洋洋地回应道：

“请进——”

推门进来的是公司营销部经理杨伟军，他比钱曦晨大四五岁，辽宁人，身形魁梧健硕，样貌俊朗大气。自公司成立以来，就在曦晨身边工作，是他的得力助手，也是公司的功臣。他俩都有着北方人的率直和豪放，在工作上，他们携手共进，在生活中，他们称兄道弟。

杨伟军步履铿锵地走到曦晨的办公桌前，将手上的销售报告递给他，然后在他对面的扶手椅上坐下来。

“哎，钱总，你今天有点不对劲啊！开会的时候，我就看出来了，状态绝佳啊！捡到钱了？”他们说话一向都是这么直来直去、风趣幽默，“看上去像是喜神降临，是和上海那边的合作定下来了吧？”

曦晨沉浸在自己的欢悦里，没有理会杨经理的话，他輾然一笑，顾左右而言他：

“杨哥，L 市现在的房价什么情况啊？”

“涨得可厉害了，每个月价钱都不一样，我们这些小老百姓都被房价压得喘不过气了，还好前年我听了老婆的话，做了件大快人心的事，咬紧牙关、东拼西凑，在朗山区银行按揭买了套小小的两居室，算是有了家。我们两个人每个月要拿一半的工资供房，但有了房子就有了动力，这日子怎么说有奔头了，因为每个月要定时还房贷啊！”

“怎么买房的事也没听你提起过啊？你有困难可以跟我说嘛，说不定能帮衬一下！”曦晨直直地看着他，用责备的语气说道。

“一个大男人，家务事怎么拿到公司说呢！现在借的钱都还清了，只需要月供就成。日子总的来说过得去，你大嫂上半年换了一份工作，在一家房地产公司售楼，有提成的，还不错！”杨经理平和地坦然道。

“嫂子去房地产公司上班了啊？怎么没听你说呢？”曦晨惊讶地问道。

“家务事嘛，没聊到这儿，就没有提起，怎么了？一进门你就问房价，你

要买房啊？”

“今天早上突然对这座城市有了归属感，和你一样，想在这里有一套像家的房子。”曦晨双肘撑在桌上，兴奋地回道。

“我还以为你想炒房呢，现在买房啊，只要眼光好，又敢下手，保管有得赚！”杨伟军胸有成竹地用右手敲了敲桌面说。

“我不是用来投资，我对这些不感兴趣，目前也没有这方面的智慧，我买房是要用来住的。”

“公司运营得这么好，你辛苦打拼了几年，也应该买套大点的房子住了。男人嘛！事业在哪，家就在哪，反正目前买房，无论是用来投资还是买来住，都是升值。我老婆手里有好多高档楼盘的资讯，让她给你介绍介绍，说不定还能给点折扣什么的。”

“那敢情好了，你让嫂子帮我留意这件事，环境优美的就成。到时再让我爸过来参谋一下，给点意见。”曦晨欢欣雀跃地说，“我忘了同你说，我爸在投资方面很有建树的，我上小学时，他就开始投资房产了，北京和上海有他的几处房子呢！”

“哇哇——”杨伟军叫道，“原来你爸是隐形富豪啊！这北京和上海的房子那可是寸土寸金啊！下次过来我得好好问问他投资方面的学问。”

“他这个人啊！只要你同他聊投资的事，一定是滔滔不绝，让你一饱耳福，受益匪浅。这么多年来，他在投资方面很有造诣，你们天天嚷着套在股市里吧！但他都控制得当，听我妈说他没有亏，还有些许赢利，他闲暇时还喜欢在网上写一些投资方面的文章，听说有不少粉丝呢！”

“真的吗？那这个师傅我一定要拜啊！那我提前做一下功课，要不然到时候接不上你爸的话。”

“不必那么兴师动众，”曦晨仰笑道，“我爸就对我严肃点，对别人可随和了，你到时听他给你传授宝典就行了。”

十一点钟左右，曦晨有电话进来，是他的老朋友魏总，约他吃中午饭，顺便谈点生意上的事。魏总是一家知名商场的副总，年纪比他大十来岁。曦晨刚来L市创业的那一年，杨伟军介绍认识的。

“谁的电话？”杨伟军问道。

“老魏，他说好久没见面了，让我俩过去坐坐。”

“好啊，我正想找他聊聊合同的事呢！”

明灿灿的阳光下，曦晨一边开车一边哼着歌。

“你今早是不是捡到钱了？同事三年来，我还没见你这么开心过。”杨伟军看了他一眼，半认真半开玩笑地问道。

“捡到钱有什么高兴的？钱必须是自己挣来的才舒心啊！你说是不是？”

杨伟军轻轻按下一半车窗，和煦的春风吹了进来，沁人心脾，他望向曦晨，粲然问道：

“那兄弟，喜从何来啊？”

“呵呵——我也说不清，就是感到很快乐，像是在迷茫中看到了光亮后的那种兴奋。”

“噢，我知道了，”杨哥突然像是领悟到什么，他睁大眼睛看了曦晨一眼，鬼里鬼气地问道，“你是不是跟‘南洋百货’雷总家的那个俊秀美丽的大闺女好上了？她好像早就看上你了，上次你出差，她跑来公司找你，说想来咱公司上班呢？不会真的是要来咱公司当老板娘吧？”

曦晨扑哧地笑出了声，颤抖着说：

“你这是无中生有，我和她？我跟她熟吗？”

“那是她一厢情愿，其实我也看出来了——”杨伟军不置可否。但他还是抑制不住内心的好奇，继续发挥他敏捷的想象力，一副了然于胸的表情，“这男人高兴嘛！要不就是升官发财了，要不就是遇到心仪的人了。这二者对于你来说，我觉得你是属于后者，怎么，不想透露一下吗？一大早就说要买房，这明明是着急成家的征兆嘛，现在的年轻人，结婚前不都先考虑买房吗？”

“哈哈哈——”曦晨忍俊不禁，接着一吐为快，“在你面前，真是什么也瞒不住，我找到她了，一个在我心里走过八年的女孩。”

“八年？那肯定是真爱啊！快跟哥说说，是怎么样的一位女孩？”杨伟军惊叹道，“她是做什么的啊？”

“我现在只知道她开了一家书店，有一个很爱她的奶奶。到目前为止，我只见过她两次，一次是八年前，一次是昨天。”

“原来如此——原来如此。”杨伟军连声道，“你高兴的来由就是因为昨天，我听出来了——”杨伟军为自己的聪明智慧感到振奋，他继续发挥他的非凡的想象力，“你八年前在这里遇到了一个女孩并且喜欢上了她，那时你们年纪

还小，你便把这份感情深深地藏在心里。后来，随着时光的奔跑，你还是对她念念不忘，为了这颗焦灼苦恋的心就来到了这座城市创办事业，睹城思人，再后来，你苦苦的等待终于感动了苍穹，就在昨天，就在昨天——你们在一个浪漫的地方相遇了。怎么样？这故事的始末就是这个样子吧？”杨伟军带着审判官的口吻诙谐地问道。

“哈哈——杨哥，你可以当编剧了，编得精彩啊，八九不离十吧！”

“这有什么难的，你满面春风的，有你这个主角在，我灵感四溢，要不要我继续往下编一点，把你们恋爱的画面也编出来，说不定还能带给你一些灵感呢！”

“不用，不用了，谢谢！服你了，等我真的恋爱的时候再说吧！”曦晨昂然大笑。

“客气什么啊！”杨伟军也哈哈大笑。

“其实呢，并没有你说的那么乐观，我是见着她了，但我们之间还有些误会，昨天见面时留下了一些不愉快，想起还挺让人头疼的，她好像很讨厌我。”曦晨的声调里飘荡着丝丝缕缕的惆怅。

“嗨，这有什么关系啊？故事里编的也要有些曲折迂回的情节才动人心弦的嘛！人都找到了，慢慢来，追女孩，也得花时间和精力，何况是追自己喜欢了那么多年的女孩，遇到这么点小挫折算什么事，你不会这就气馁了吧？”

曦晨重重地踩了一下油门，车子飞快地跑起来，“我是个会气馁的人吗？”他瞥向杨伟军，笃定地说，“她是治愈我生命沉疴的女孩，是她唤醒了我，她是我这一生颠扑不破的梦。”

“你刚才说她开了书店，”杨伟军接过他的话娓娓道来，“她一定是一个内心丰富、精神至上的女孩。他能唤醒你，这一定是真爱啊！那我就等着喝你的喜酒了。八年都等过来了，还争一朝一夕吗？多点插曲和摩擦，将来这火花更耀眼啊！”

车窗外阳光鲜明，风儿含着笑。

车里歌声迤逦绵长，播放着歌曲《老人与海》。

“杨哥，你给老魏打电话吧，我们马上就到了。”曦晨提醒道。

他们到达魏总的商场门口时，他已经下来等他们了。随后，三人去了一家韩国料理店吃寿司……

下午，两人跟魏总谈好工作、吃完饭就回到了公司，接着曦晨和企划部门的主管开会，商议新产品的广告方案。

傍晚的时候，忙碌了一天的曦晨，看着窗外西斜的夕阳，他的心已飞到了“筱筱书屋”。

他迎着红彤彤的霞晖，开着车向书屋奔去。

他想去见奶奶，然后去跟“娉婷女孩”解释昨天的事情。

去年春天，在那间小书屋里，奶奶就曾把他和她联系在一起，可他不知道奶奶说的就是“娉婷女孩”，而错过了机会，也错过了奶奶的好意。

半个小时后，曦晨的车子驶入了书屋的这条街，街上灯光璀璨，人们三三两两地走着，他心潮澎湃地在心灵的键盘上编辑着千言万语。

第九章　暗中撮合

书屋里灯火通明。

曦晨一进屋就看见奶奶和一个小男孩坐在窗户边，桌上放着几本书，一老一小正聚精会神地讨论着什么。

他点了杯咖啡，找了一本书，然后坐在昨天的那张木桌前，他胸口似激荡着一层又一层的海浪，既激动又忐忑，手上的书像是摆设，没有看进去一个字。他也不知道自己是怎么了，端过来的咖啡在他面前放了好久，上面的热气已一圈圈地退去，他没来得及喝，也没有心思喝。他坐立不安，一颗奔向幸福的心无处安放。

过了半晌，当他转过头去看苏奶奶时，她已经不在座位上了。屋里很安静，座位上的人都在看书。

“我这是怎么了，我明明是来找奶奶的，却呆坐在这里踟蹰不安，男子汉大丈夫，这算哪门子事啊？”他在心里自责道。

随即，他毅然地站起身，走到吧台前，悄声地问央吉：

“奶奶回家了吗？”

“没有啊！奶奶在里屋吃饭，你要找她吗？”央吉笑着说道。

“是啊，我想见见她。”曦晨也笑了笑，瞬间似乎找回了自信。

“那你跟我来吧！”央吉边说边走出吧台，领着曦晨去见奶奶。

苏奶奶正在休息间里收拾桌子，虽然一年多未见，但她一眼就认出了他。

“是你呀，小伙子，你今天是来喝咖啡还是来看书啊？快进来坐——”她一面说一面在桌子下面拖出一把椅子。

曦晨凝思片刻，撒了小谎：“我今天来这边办事，刚好有时间，就过来坐坐。”

“哦，工作也不要太累了，要劳逸结合啊！”苏奶奶瞅了一眼帅气凛然的曦晨，笑吟吟地问道，“小伙子，你吃晚饭了吗？”

“还没有。”曦晨有点拘谨地坐了下来，一副不自在的样子。

“现在的年轻人都忙，连饭都顾不上吃，我孙女早上明明说回来吃晚饭，一下子就变卦了，说要加班回不来。”苏奶奶轻叹道，随后她看向曦晨，问了一句，“小伙子，怎么称呼你啊？”

“奶奶，我叫钱曦晨——”他认真地回答，“您叫我小钱，或曦晨就好。”

“好啊，小钱，这儿有饭，本来是留给我孙女的，她不回来，你就吃了吧！还热乎乎的。”

苏奶奶说完就为曦晨盛饭、夹菜，然后端到他手里。

曦晨有点不知所措，他接过饭碗，愣愣地看着碗里冒着热气的饭菜，不知如何是好。

“怎么不吃啊？是不是不合胃口啊？”苏奶奶看着曦晨，一边说一边继续为他夹菜，“来来，再吃块鱼，央珍今天这鱼煎得不错。”

“合胃口啊，我看着看着就有点想家了！”曦晨动情地说了一句。

“我都忘了，你一个人在这边工作，出门在外不容易啊，吃不到家里的饭菜，你来我家吧，奶奶给你做，我家就住在街对面。不过你是北方人，奶奶不会做北方菜，就怕你吃不习惯哩！”苏奶奶一边拾掇桌上的东西，一边细细叨叨着。

“我什么都吃得惯。这些年，我一个人在外面闯荡，品尝过各地的美食。”

“这样才好嘛，你一看就是适应能力强的孩子，你们北京人爱吃面食、吃饺子吧？”

“爱吃，我爱吃饺子，在这边吃不到家里包的。想吃的时候，就去超市买速冻饺子，拿到房间里自己煮来吃。”

曦晨吃完一碗饭后，奶奶又为他添了一碗。

“从小吃到大的东西，谁不喜欢呢，我孙女从小就喜欢吃我做的红烧豆腐，连她的同学到我家也要吃这道菜。我孙女还喜欢吃豆腐脑，到外面去吃早餐的时候，一定要吃一碗豆腐脑的……”苏奶奶一说到孙女，话就多了起来。

曦晨一听到奶奶讲“娉婷女孩”，眼里闪着光，耳朵也跟着竖了起来。

“小钱啊，你会包饺子吗？”

“会呀，小时候家里包饺子，我还帮忙擀皮呢！”

“那成啊！要不你这个星期六到奶奶家来吃饺子吧，你可以教我。”奶奶

开心地说。

“好——好——我来——我周末也没有地方去。”曦晨乐不可支地应承道，“奶奶，我吃好饭了，今天在您这都吃撑了。谢谢您这么好的饭菜……”

“不用这么客气。”苏奶奶接过曦晨手中的碗筷，“你既然没有地方去，以后就来奶奶家吃饭。这人和人能相识都是缘分。去年你帮了奶奶的忙，奶奶都记着呢！一晃就过了这么些日子，你找到合适的女朋友了吗？”

“没有——奶奶，我还是一个人。”曦晨怯怯地答了一句。

“这找女朋友啊，也要靠缘分，你不用着急。有缘分的自然会相见，没有缘分的吧，总是会因这样那样的原因，或是你喜欢她，他不喜欢你，又或是她喜欢你，你不喜欢她，自然就会不欢而散吧！”

“缘分”两个字让他想到这八年的守望和寻觅，他很想将她和“娉婷女孩”的缘分跟奶奶和盘托出。不过马上就迟疑了，他想起昨天和“娉婷女孩“的误会，思忖要是现在说出所有的事，那误会就会加深。于是，他想了想说：

“奶奶，您说得对，我能认识您也是缘分。”

“是啊——大家能相识都是缘分啊！”苏奶奶乐呵呵地说。

“奶奶——您平常也爱读书吧？”曦晨的目光落到了桌子上面的几本书上。

“是啊！说到读书，这也算是奶奶的信仰，就像有些人虔诚地去信仰宗教一样，为我们这颗凡俗的心灵找一个终身依托的港湾。奶奶今年八十四岁了，眼睛不太好，我孙女从上高中起，就为我读好诗好文，坚持了好多年，让我的这颗快要成为古董的脑袋有了晨露的滋养，才得以保持清醒和活力啊！我和你们年轻人一样，也对未来充满了无限美好的憧憬。所以说——读书最大的益处就是能让生命保鲜。”苏奶奶慢慢地阐述道。

“奶奶，您说得太对了……”曦晨发现这个老人家说起话来总是条理分明、引经据典，是个不寻常的老人家，“腹有诗书气自华”这句话用在她身上，再合适不过了。

筱筱下班回到书屋时，已是九点钟光景，书屋里已经没有顾客了。落地玻璃窗的窗帘已全部拉下，里面收拾得整洁而干净。

“姐姐，你回来了，我们在等你回家呢！”央珍在吧台里面叫她。

“奶奶呢，她已经回去了吗？”筱筱笑着说道。

“没有呢，她在里屋。”央珍回道。

“姐姐，你喝点东西吧，刚刚我还榨了橙汁给奶奶和大哥哥喝，你也喝一杯吧！”央吉说完就转过身去，从冰箱里拿出半罐新鲜的橙汁，倒在一个高高的玻璃杯里。

“什么大哥哥啊？”筱筱接过橙汁，满腹狐疑地看着她俩。

“是奶奶认识的一个大哥哥，在里屋和她聊天呢！”央珍插了一句。

听到她俩说什么“大哥哥”，筱筱心头立马有了一百种猜测，她怀疑奶奶又有什么大动作了，是不是又要给她介绍男朋友了，奶奶可是说过不着急，让她随缘的。

她放下橙汁，连忙向休息间走去，门一推开，她就看到昨天偷窥她日记的那个人，她想他必是过来道歉的。果不其然，当她正想开口说什么时，曦晨走到她面前，神色慌张地说：

“你好，我是钱曦晨，昨天——昨天的事真是很抱歉，请你不要介意。”

“没事了。”筱筱云淡风轻地看了他一眼，语气异常平静，“我昨天已经说得很清楚了，不必再来道歉！”

“喏喏，你们两个认识啊？”苏奶奶走到孙女身边，惊讶道。

曦晨面露尴尬，吞吞吐吐地说：

“我们昨天——昨天在书屋遇到的。”

“原来是这样啊！什么事要道歉啊？”苏奶奶悄悄地问道。

“没什么事——回家再说吧！”筱筱轻轻地说，“回家吧，都这么晚了。”

“好，好，时间不早了，你们明天都要上班啊！”

苏奶奶说着就送曦晨出门。

“小钱，星期六过来吃饺子啊，奶奶在家等你。”

“好的，奶奶，我一定会来的……”曦晨边走边说，快走到门口时，他不由自主地回头望了一眼筱筱。

从昨天到今天，“娉婷女孩”占据了曦晨的整颗心。她得体的装扮，超尘脱俗的气质，脸上云淡风轻的泰然神情，说话时不疾不徐的语速，她所有的一切都让他难忘。

“你在我心里住了一个世纪，而你却一无所知。”他在心里默默说道。

央吉和央珍回去后，筱筱挽着奶奶走在皎洁的月光下，苏奶奶深深地吸了一口清凉的空气，微笑着说：

“小钱原来是来和你道歉啊？他来的时候什么也没有说，净和我天南地北地聊天。”

筱筱狐疑地看了一眼奶奶，神秘兮兮地说：

“奶奶，跟一个陌生人聊什么天啊？可要留心上当受骗，您又不了解他，谁能够知道他是好人还是坏人啊？”

“你这孩子，这好人和坏人，奶奶看不清楚啊？那奶奶不是白白活了八十多年，小钱是个相貌和心灵都端端正正的年轻人，再说了，我也不是今天才跟他认识，去年我就认识他了，有一次我提着两箱书走不动，就是这个小伙子帮我提到书屋的。央吉和央珍也认得他。我说请他喝咖啡，但他非要自己付钱，他心肠正直得很啦！”

“有的人啊，金玉其外，败絮其中。你看他衣冠楚楚、温文尔雅，谁知道他是不是有什么企图呢？”筱筱望着天空里金光闪闪的星星，敏锐地说，“您还是不要轻易听信陌生人的话，不是特别熟的人不要跟他们聊天。”

“你这孩子，今天是怎么了，你昨天和小钱发生什么冲突了吗？他还要大老远跑过来跟你道歉？”苏奶奶掐了一下孙女的胳膊，好奇地问道。

“反正不是什么好人，指不定人品有问题，是个偷窥狂，昨天他坐在我对面看书，趁我去吧台给您打电话的时候，偷偷地翻看我的日记，像是在里面寻找什么线索和宝物一样，我走到他面前，他还寡廉鲜耻，无动于衷，要等我去他手上拿，您说这样的人，他的人品能好到哪里去？过后，他还不罢手，今天又来找您，这叫作‘放长线钓大鱼’，仗着您老人家好下手。”筱筱深入浅出地向奶奶一一道来。

“呵呵——他看你日记是不对，说不定是有什么误会呢，或许是他觉得你的字写得好看，就多看了几眼呢！”苏奶奶握着孙女的手，“既然他都来道歉了，就说明这小伙子是明事理的。你平素对别人都是宽宏大量的，怎么就跟小钱这么好的小伙子较上劲了呢？奶奶觉得吧，看人看事还是要给别人留点余地和空间的。”

“我昨天已经给他台阶下了，说没有关系，不再追问了。他还要煞有介事地跑来道什么歉，指不定是在耍什么诡计，过来和您套近乎的呢？”筱筱一本正经地解释道。

“相信我吧，这孩子不是你说的那种坑蒙拐骗的人，我们又没有什么给他骗的，他是个行为端正的年轻人。他是北京人，离家很远，所以啊——为了感谢他去年对我的帮助，我这周六要请他来家里吃饺子，你到时可不要给他脸色看啊！”苏奶奶望着天空中泼泼洒洒的月光，提前给孙女打着招呼。

第十章　如约而至

星期六的早上，筱筱睡到了自然醒。平常她像个闹钟一样，每天早上到点就起床赶地铁上班，也就周末不加班能睡个懒觉。

她穿着一条红格条纯棉睡裙走出了房间，家里静悄悄的，奶奶不在家，餐桌上留着早餐。她像往常一样去了“娉婷小花园”，坐在里面的一个小木凳上，小花园里凉风习习，花儿正在风中微笑，几只小鸟雀在她面前飞来飞去，她的心儿随即跟着唱起了欢歌……

过了一会儿，她起身进屋，刚走到客厅，奶奶和央珍就开门进来了，曦晨提着一个水果篮跟在她们后面，筱筱一愣，脑子一片空白。

“筱啊，你还站着干什么呢？小钱来家里吃饭，你去给小钱泡杯茶吧！我们等会儿包饺子。”苏奶奶一边说，一边招呼曦晨。

曦晨的眼睛在筱筱脸上逡巡片刻，彬彬有礼地说道：

“不用客气的，我不渴。”

筱筱心里尽管不悦，但出于礼节，她没有表露出什么来，她一脸平静地说：

“我这就去——”

她回屋换了身衣服，然后进了厨房。

这当儿，央珍一面哼着歌一面在厨房里拾掇，她无忧无虑的样子像似晨光下随风而舞的一朵粉色月季。筱筱走到盥洗盆前，不声不响地清洗着水杯。

“姐姐——那个小钱哥哥一早就来书屋了，我和央吉去开门的时候，他就站在门口，眼睛红红的，好像没有睡觉似的，他还问我们你有没有在家，听到奶奶说你在家的时候，眼睛闪闪发光，马上就来了精神，他好像很喜欢你。”央珍走到筱筱面前，凑在她耳边轻轻地说。

“别瞎说，我都不认识他呢！你帮我给他在冰箱里拿点茶叶过来。”

“要拿糖吗？”央珍嬉笑道，接着添了一句，“不过喜欢是看得出来的，眼睛是不会骗人的呀，姐姐！”

“你这个小屁孩，知道什么啊？说的像真的一样，”筱筱看了看央珍孩子气的脸，顿时被她逗笑了，随后她认真地问央珍，“你是不是想喝糖水了？”

“我们老家来客人了，都会泡一杯糖水给他们喝。”央珍老老实实地说。

“那把糖也拿过来吧！”筱筱笑着补充道。

茶水和糖水都泡好后，筱筱端着茶水走出了厨房，把糖水留给了央珍。

筱筱把两杯茶水放到奶奶和曦晨的面前后，木然地对奶奶说：

“奶奶，我去书屋了。”

“上午就不去了吧，我们中午包饺子吃，你也跟着学学。”苏奶奶兴致勃勃地说道，“小钱，要不我们现在就开始吧！面粉和包饺子的食材我都准备好了。”

奶奶说着就站起了身，捋起了袖子，一副大展身手的架势，曦晨在起身的那一刻，眼睛不由自主地在筱筱的身上停留了几秒。她一副云淡风轻的神色，他不知道她在想什么，但他希望她能留在家里。就算不说话，只要能看她几眼，他也欢心、也知足。

最后，筱筱听了奶奶的话，留在家里。

没多大一会儿工夫，在曦晨的示范下，他们大张旗鼓地包起了饺子。苏奶奶兴致很高，向小钱问这问那，学得很认真，央珍也在一旁学得有模有样，总是礼貌地称他为“小钱哥哥”，唯独他朝思暮想的人，对他不冷不热，不动声色地在一旁揉搓着一块面团。就在刚刚，奶奶提醒他卷起衬衫的衣袖、小心面粉弄脏他的衣服时，她的眼神流露出的竟是嗤之以鼻，仿佛在说他是个道貌岸然的花花公子。

来到L市后，他每一天都期待与她相遇，等待着奇迹发生，可是现在他俩站在一起了，却感到还是一样的遥不可及，他所期盼的幸福梦想，似乎跟她一点关系也没有。

“当命运的车轮载着我来到你身边，你还是一样看不见我。”他在心里说。

这一天，苏奶奶太高兴了，她不但学会了包饺子，还和小钱聊得很愉快，他对这个年轻人的印象愈加好了。

“没想到小钱不光人长得有模有样，还会包饺子、煮饺子，实在是难得啊！

他答应我每个周六都来家里吃饭，这样家里也热闹些了，他刚才走的时候说下个星期换个口味，包荠菜馅的。”苏奶奶坐在客厅里，一脸期待地对孙女说。

奶奶话音一落，正在打扫屋子的筱筱连忙停下手中的扫帚急慌慌地叫道：“您请了他一次已经礼数周到，人情也还清了。周末人家说不定想在家里休息，你拉着他来家里包什么饺子呢？”

“你动什么气啊？”苏奶奶拖长声调说，“他是外地人，周末又没有地方去。他帮过我，我请他周末到家里吃个饭，怎么就不行了？”

“他帮过你，你请他吃了一天的饭，连晚饭都吃了，这个礼应该还清了吧，难道您要一次又一次地请他吃个没完没了吗？”筱筱据理力争地说，脸涨得红红的。

“你紧张什么哟！”苏奶奶冲着孙女笑了笑，慢悠悠地说，“我请他来家里吃饭，也是为了你啊！小钱是个优秀的年轻人，一表人才，对人谦恭有礼，还乐于助人。他说他在北京念的大学，现在是一家公司的主管，收入还不错，只是还没有买房，那有什么关系呢！我们家有这套小房子，也住得下。我想倘若你们能成为一对，也算是了却我多年的心愿了。”

“奶奶——”筱筱越听越气，她放下手中的扫把，坐到奶奶身边，无奈地嚷道，“您不是说让我不着急，慢慢来吗？您对他一点都不了解，就跟人家掏心掏肺，把我当作商品一样推销，这更会让人家瞧不起，你才跟他认识了几天啊，就让他老往家里跑，他是不是给你吃了迷魂药了啊？”

苏奶奶看着火冒三丈的孙女，不但不生气，反倒笑容满面，她轻轻地用手擦拭着孙女汗涔涔的额头。

“奶奶心明眼亮着呢！你就跟人家处处看，如果真的相处不来，那就算了，他今天下午跟我说他这些年忙着念书和工作，八年都没有谈过恋爱，而是一直在等一个与他有缘分的女孩，你们俩的感情都是清清白白的，肯定有很多的话题可以聊，就交往试试，合不来，再说呗？”

筱筱讷讷地看着奶奶，咕噜道：

“人家说八年没有谈恋爱，你就信了啊？指不定他心里暗藏着多少我们不知道的阴谋诡计呢！你看他今天的那身装扮，又不是去参加宴会，穿得那么讲究，他这是故意显摆卖弄，你觉得这种人的人品有多好吗？我猜八成是个故弄玄虚、不务正业的人，这种人怎么可能身边没有女朋友呢，他只是永远少了一个女朋友而已。或许刚刚骗完上一个，正在寻找下个目标呢！”

“呵呵呵——你这孩子，怎么对小钱成见这么深，”苏奶奶笑呵呵地说，“他这样一个端端正正的年轻人怎么在你的嘴里就成了一个骗子了？人家初次来我们家，穿得讲究点，那正说明他对我们重视啊！就好比我们自己去亲戚朋友家喝喜酒什么的，也要穿套好看的衣服，这是人之常情，怎么到了你嘴里，就这般难堪呢？八年没有谈恋爱怎么不可信了，你不是从来没有谈过恋爱吗？不要一棍子打死一船人。”

“男的和女的不一样，这根本就没有可比性。我跟您说——他现在是在试探您，等到下次他向您天花乱坠地吹嘘什么好的产品或让您参加什么项目时，可千万不要让他得逞，让我来对付他。现在网上经常报道有一些衣冠楚楚的年轻人，装得一副好人样专门骗中老年人，有好多老人家上当了呢。到时真有这样的事情发生，可别怪我没有提醒您啦！”

“你这孩子啊，怎么回事？对小钱这么不依不饶的，他不是那种人，奶奶可以用人格担保。小钱的人品好得无可指摘，你不就是不想找对象吗？唉——”苏奶奶深深地叹了一口气，脸也沉下来了，“我管不了你，不能看着你出嫁就去见你爷爷和你爸爸妈妈，也不是我的错，我该做的都做了，反正他们也都看得到，你想一个人过一辈子，就随你吧！”奶奶说完起身去了自己的房间，眼睛里含着泪水。

筱筱望着奶奶蹒跚离去的背影，意识到自己刚才说话太过自我了，奶奶时常跟她说“善言暖于布帛”，做人要懂得口绽莲花，她想想自己刚才说的什么啊！何况她对他确实不了解，就凭那天看了她日记就把人家说得一文不值，或许是不理智的，又或许真的有什么误会呢！

这些年，奶奶将所有的精力都倾注在她的身上，而她却很少真正去理解她为她所做的一切，总是用敷衍的态度来应付她的良苦用心。

想到这，她为自己刚才的措辞不当懊悔不迭，她跑进奶奶房间。

“奶奶，对不起——”筱筱扑到奶奶怀里，哽咽着说，“我不是故意那样说的，只是想到那天他偷看我日记，担心他不是好人，故意来接近我们的。”

苏奶奶把孙女搂在怀里，轻声轻气地说：

“我不会上当的，奶奶只想你幸福！期盼你找到一个真心实意对你好、牵着你的手走一生的人，只要能在有生之年看着你穿着洁白的婚纱步入礼堂，我就安安乐乐了。奶奶八十几岁的人了，说不定哪一天就走了，你说——奶奶怎么舍得不看到你的人生圆圆满满，就遗憾地走了呢？”

“您又说这些话——您还要活很久很久，哪里都不会去的，您想我结婚就说想我结婚呗！怎么总是说那些遥远、听了让人伤感的话啊？”筱筱流着泪说。

“奶奶不说了，但每个人都有寿终正寝的一天啊！奶奶也想陪你更久一些，不过命数哪由得人呢！”她拨了拨孙女脸颊上乌黑的头发，“奶奶呀，就希望你认认真真地谈个恋爱，打开心扉接纳一个人，过上幸福美满的生活。世上没有唾手可得的幸福，它需要我们去把握、去积累、去经营、去珍惜，‘合抱之木，生于毫末；九层之台，起于累土。’你往幸福的小匣子里积累美好的东西，多为别人着想，口绽莲花，你就会得到无穷无尽的甜蜜和快乐；你若把什么事都往不好的方向去想，对人对事一味埋怨，不去奉献和培育，那得到的肯定是一身的疲惫和怨恨。

“所以，孩子啊！不要害怕去爱人，不要恐惧婚姻，凡事我们往好处想，向着太阳看，幸福的曙光就会照亮你的心。人的一生很长，路很远——找个好的伴侣来陪你度过一生，好吗？若你对小钱真的没有好感，觉得他不可靠，奶奶也不会强求你，我希望你能找到一个自己爱的、称心如意的人，那最好不过了。”

苏奶奶说完这些话，显得很疲累，不一会儿靠着床睡着了。

这一个月以来，她的血压都不太稳定，几次测量都稍有偏高。筱筱坐在床边，看着为了她忙了一整天的奶奶，眼泪扑簌簌地往下掉，过了一阵，她收到了一条短信，是廖一凯发来的：

你在吗？我妈妈过去找你了，她在你书屋对面马路上的一辆黑色商务车里等你。很多年没见你了，她说想去看看你，但又不好直接给你打电话，也不敢去书屋找你，怕打扰到你奶奶，就让我给你发信息。你收到信息后，务必去见一下她，好吗？她会一直等你的。

筱筱为奶奶盖好被子，轻轻地关上房门，下楼去了。

第十一章　以德报怨

街上人来人往，葱葱茏茏的老树安睡在寂寥的星空下，成了黑夜里忠诚可靠的守卫者。

筱筱信步走在路旁的街灯下，当她走到书屋门口时，果不其然，看到一辆黑色的商务车停在对面，她打量了几眼，然后径直进了书屋。

书屋里看书买书的人络驿不绝，央吉和央珍正在吧台里招呼顾客。筱筱走到书架前，漫不经心地整理着书架上翻乱了的书，想着到底要不要去见马忆珍。

“爸爸已不在人世了，她还来找我干什么呢？”筱筱自言自语地问起了自己，她一边整理着书架里的书，一边在心里找着答案。凯凯又给她发来了好几条信息，一遍又一遍地追问她有没有在，有没有过去见他妈。筱筱想了想，给他回了几个字：

我在，我这就去。

发完信息后，她还是没有迈开脚步，而是就地蹲在书架前，顺手拿起一本书，胡乱的翻动着，整个思绪都盘旋在马忆珍身上。

“十几年了，爸爸在世的时候，她从没有找过我。现在，爸爸已过世好几年了，却来找我，是因为什么事呢？！难不成是因为她的儿子。”她不由自主地就想到了这一点。

“对，肯定是这样。”她马上在心里确认了这一点，“应该是廖一凯跟她说了什么，她才来找我的，要不然她怎么熟门熟路地找来了呢？”

想到这，她站起了身，向门口走去。

“小苏姐姐——”

筱筱刚走出门十多步，就听到有人叫她，她回头一看，只见跟她住一个小区的女孩含萍正朝她走过来。

“含萍，你在看书啊？”筱筱迎了过去。

“嗯，我吃完晚饭就过来了。”

含萍上初三了，她戴着眼镜，一副文艺小青年的模样，很斯文很漂亮。

“你在读谁的书啊？”

“毛姆的《月亮六便士》。”含萍用手推了推她鼻梁上的眼镜，爽朗地答道。

“你读了很多好书啊！”筱筱啧啧称赞道。

“也没有多少。”含萍一副谦恭的样子，轻言细语地说道，“小苏姐姐，我想请你帮我订一本《共和国的兔子》，听说这本书很有趣。”

“好的，我晚上就帮你订。”筱筱承诺道。

“小苏——小苏——姐姐——”含萍欲言又止，她的眼神忽地变得忧郁起来。

“含萍，你怎么不说话了？”筱筱握起含萍的手，轻言细语地问道。

“今天吃中午饭的时候，我爷爷奶奶和我妈妈吵架了！我爷爷把电饭锅都摔烂了，奶奶对我妈妈破口大骂，我真的好恨他们——”含萍眼眶通红，眼里含着泪水。

“为什么呀？含萍——”

“因为我妈妈生不出儿子，她只生了我一个女儿，他们就不开心，还觉得很没面子，现在社会都这么进步了，为什么他们的思想还那么迂腐啊？”含萍推了推鼻梁上的眼镜，情绪显得有点激动。

“爷爷奶奶那一辈子的人，经历了属于他们那一个年代传统思想的束缚吧，很多观念并不是我们能理解和接受的，但是他们对子女的爱和付出也是不能否认的。”

“其实吧，他们也挺疼爱我的，但就是经常无缘无故拿这件事跟我妈妈吵架，把我妈妈当成罪人一样，慢慢地，我就对他们失去了好感——”

“可以让你爸爸来跟你爷爷奶奶沟通一下他和你妈妈的想法啊！”

“唉，我爸爸其实早就同他们说过不想再生孩子了，可是他们就是不甘心，时不时地把这件事拿出来针锋相对，搞得家里的气氛很紧张，他们可能想用这种方式逼我爸爸妈妈就范，为他们生一个孙子吧！”

"老人家的表达方式就是这么简单、直接的——"筱筱微微一笑。

小苏姐姐，我跟你说出这些话后心情好多了，也不怎么恨我爷爷奶奶了——"含萍的嘴角露出了笑意。

"那就好，你回去安慰安慰你妈妈吧……"

"我会的，那我回书屋看书了——"

含萍走后，筱筱过了马路，她慢慢地走到商务车前，轻轻地敲了敲窗户，车窗随即按了下来，马忆珍正好坐在窗口。

"你来了——筱筱——快上来坐。"她脸色煞白，惊慌失措地跟她打招呼。

筱筱一上车，驾驶室的司机师傅马上就下车了，车后座亮着黄幽幽的灯光，十几年没有见面，马忆珍依然很漂亮——她的装扮高贵典雅，头发梳理得一丝不苟，身上的服饰出类拔萃。

"筱筱——好多年不见了，我——我——大晚上来找你，没——没有打扰到你吧？"马忆珍嗫嚅着。

筱筱摇了摇头，空气霎时间安静了。她默默地侧首看向窗外街边的老树。面对这个曾经改变她生活、让她失去了家和父亲的女人，她一时找不到更多的话来与她寒暄。

"你和你奶奶都挺好的吧？"马忆珍又用探询的口气问道。

"我们都挺好的。"筱筱淡淡地回答。

筱筱话音一落，马忆珍心里一阵欢喜。

这些年，她走南闯北，从没有怕过谁，和她打过交道的人几乎都对她言听计从，包括她爱过的苏海君。可是在这个女孩面前，她就是高贵、骄矜不起来。自认识她的那一天起，她就觉得老苏的这个女儿像她的克星一样，让她浑身不自在。

十几年没见，她眼前的这个女孩气质如兰，落落大方，眼眸里流露出一种坚定的、淡泊的、圣洁的光芒，就算坐着不说一句话，也能让她感受到身边萦绕着一股正气。

不知怎么的，她一看到她那顾盼自如的眼睛，就不自觉地感到心虚，甚至无地自容。她钦慕这双眼睛，也害怕这双眼睛。

"是凯凯告诉我你住在这里的，他经常说起你，说你开了一家书屋。"马忆珍的语气里有讨好、有做作，还有试探，她多么想拉过她的手，推心置腹

地同她说上一番话，把所有对她的喜欢都一一道来，可是她早就让她的世界结了冰霜，她对她有过太多的伤害和愧疚，她们的心隔着千山万水。

“是的，我有一家小书屋，就是街对面那家。”说起书屋，筱筱的语气异常轻盈。

“我来的时候，看到好多人进去，”马忆珍一边说，一边朝书屋望过去，“开书店赚钱不多吧？一般的人都只顾看，看了又不买。”

“我有自己的工作，我开书屋是因为我和奶奶都喜欢读书，也因为周围的人需要一间这样的精神小屋，它给大家带来的快乐，是用金钱买不到的。”

“是啊！是啊！”马忆珍极不自在地附和道，她心虚起来，不知该如何接女孩的话。

过了半晌，她想到自己今天来的目的，随后从包里拿出一张银行卡送到筱筱手中，“筱筱——这些年我欠你和你奶奶太多，我知道我说多少请求你原谅的话也无法弥补我对你的伤害，这卡里有一笔钱，可以让你们的生活过得好一点，你收下，好吗？”

筱筱怔怔地瞅了她一眼，将她的手轻轻地推开，把银行卡放回到她的手上，然后云淡风轻地说：

“我和奶奶有属于自己的家和书屋，我们现在生活得很幸福，请您收回吧，物质上的一点都不缺……”

“我知道你不会接受的——”马忆珍的语气开始哆嗦起来，“其实这也是凯凯的意思，他常说他夺去了你的家，霸占了你的父亲。其实这不能怪他，所有的一切都是我的罪过，你要怪就怪我吧！”

筱筱望了一眼车窗外寂静的夜空，神情怡然地说：

“我谁也不怪，这是我的命……”

“对不起——对不起——”马忆珍抽抽噎噎，“筱筱，凯凯跟我说他喜欢你，想要娶你。我知道我没有任何理由去阻止他喜欢一个人，感情的事是没有办法控制的，但是如果你们真的发展成恋人关系，我真的不知道以后怎么面对你和你奶奶。如果我们之间没有这样的过往，我真的一百个、一千个希望你们能成双成对，阿姨第一眼见到你时，就很喜欢你，羡慕你有一双清澈的眼睛和一颗高雅的灵魂，你能明白我的苦衷吗？”

“这个您尽管放心——不会有这一天的。我一直只当凯凯是小弟弟，这些

你所担心的事永远都不会发生。”筱筱从容不迫地答道。

几滴眼泪从马忆珍的脸上飘落了下来，她将手上的银行卡放进包里，然后抓起筱筱的手哽咽道：

“年轻的时候，我真的很爱你的爸爸。他为了我和凯凯，付出了一切，还害得他没了命，我欠他的只能来世再还了。上次做手术的时候，我以为我会死，心想得到报应了，其实我是做好心理准备到天堂跟他赎罪的，可偏偏又活了下来。得了这场大病后，我反躬自省了许许多多的事情，我对不住你爸爸和你，还有你奶奶。虽然我没有见过你奶奶，但我知道她肯定没少恨我，这都是我罪有应得的。

“以前我太自私，一个人占有了你爸爸，叫他不要回去找你们，他考虑到我的感受，就对我言听计从。你爸爸是个有能力又宽厚的男人，不但让我和凯凯过上了富足的生活，还给了我们所有的爱。然而骄奢淫逸的生活让我的欲望不断膨胀，最终毁掉了我们幸福的生活……筱筱，阿姨对不起你，这些年，你和你奶奶过得很辛苦吧？”

筱筱摇了摇头，幽静的灯光下，筱筱看到了马忆珍大病后的倦容，她脸上虽然画了很浓的妆，看起来妩媚动人，但也难以掩藏血液里透射出的苍白。

“我不怕辛苦。我奶奶说，‘生活苦一点不可怕，挺一挺都能过去，只要心灵不穷困，就有力量向前走。’其实，我挺感谢过去那些岁月的，起初奶奶带着我回到这里发现家没有了的时候，我们也绝望过，不过都已经过去了，现在我们过得挺好。虽然房子小，但我们有小书屋，有很多的书，这间小屋和这些书能为我们的灵魂添枝加叶，还有什么苦的呢？人生嘛，过一些苦日子，才能品尝到甜日子的美好。”

“筱筱，你真的是个好女孩，我在你面前无地自容。”马忆珍攥着筱筱的手，“我现在什么都有了，还移了民，再过半个月就要飞去美国定居，和凯凯一起生活了，我想得到的都得到了，但内心却时常感到无比的空虚和寂寞。家里有人陪着打牌也不想打了，每天总是爱胡思乱想，拥有得越多，就越害怕这害怕那。以前以为住上了大房子，有花不完的钱，就可以无忧无虑地享受幸福的人生。可是得到这些之后，却感到一点也不快乐，每天都在患得患失中迷惘不已……”

空气里一阵静默。

“精神没有寄托就会觉得空虚，您应该多出去走走，培养一项自己的爱好，去做自己喜欢做的事，自然会找到快乐的！”过了几分钟，筱筱说了这几句想说的话。

“筱筱，你竟然还会关心我这样的人，在你面前，我真是自愧不如啊！”马忆珍说完又抽抽搭搭。

“您在车里等我一下，我马上就过来。”筱筱突如其来地对马忆珍说。

筱筱下车后，回到了书屋。

她在书架前挑选了十来本好书——有海涅和柯勒律治的诗选、培根的随笔，还有几本适合女人阅读的书——《安娜·卡列尼娜》《幽谷百合》《贝姨》等，她觉得自己能做的也只有这些了。虽然她曾经确实在心里讨厌过她、憎恨过她，但隽永的岁月终究会让人忘却很多的记忆，也淡化了心中原有的伤痕。这些年，她学会了用善德来对待内心所有的怨恨，对于她来说，隐恶扬善是最好的处世方式……

筱筱将选好的书用购物袋装好后，回到了车上。

“这些书，您拿回去吧，空闲的时候读一读，或许会让您的心情好一点。”

“谢谢你，谢谢你……”马忆珍抱着筱筱泣不成声。

夜越来越深，书屋的灯光熄灭了，筱筱起身跟马忆珍告别。

不一会儿，马忆珍的车子消失在夜色里。

筱筱站在路边苍郁的老树下，霎时间，她的眼泪歇斯底里地从胸口一涌而出。这泪水对于她来说——抑或是软弱的，抑或是宽容的，抑或是坚强的，抑或是妥协的。

她一回到家，就去了奶奶房间，老人家睡得很香甜，似在梦海里遨游。随后她给凯凯发了一条短信：

见到你妈妈了。过去的事情就让它过去吧，我们都朝着太阳走，相信有光的地方就能照亮未来……

第十二章　书声琅琅

又一个周六来到了，这天天气晴朗，惠风和畅。曦晨早早地起了床，他精心拾掇一番后就去奶奶家了。

“小钱啊，我们今天不包饺子了，下个星期再包吧！筱筱不在家，我今天早上买了只大活鸡，给你煲点老火汤，补补身体。”曦晨在客厅坐下后，苏奶奶兴高采烈地对他说。

“筱筱周末也不休息吗？”

“平常是休息的，今天她公司有活动，一大早就过去加班了。你吃早餐了没有啊？奶奶去给你煮点吃的吧！”

“不用了，奶奶，我吃过了。”

“那你坐着喝茶吧，我去厨房把汤煲上。”苏奶奶说着就站了起来。

“奶奶，我们今天不在家里吃饭了吧！”曦晨一脸愉快地说，“您看外面天气这么好，我们出去走一走，看看大自然的好风光吧！”

“你想去哪里啊？”

“我们去青云山吧，那里的景色很美……”

“以前筱筱爸妈在的时候，每逢节假日，也带着全家人出去走一走、逛一逛。现在，家里只剩下我和筱筱两个人了，她天天忙工作和书屋的事，我们很少出去了。”苏奶奶感慨道，混浊的眼睛里闪着一层亮亮的光。

“那我们今天就去，趁着外头这么好的阳光，出去感受一下美好的秋天。”曦晨热情洋溢地说。

“我看还是算了吧！你周末难得休息，奶奶一早就把鸡宰好了，给你煲点老火汤。”

“奶奶——您就歇一天吧，把菜放在冰箱里，我们今天出去散散心！”

苏奶奶转身瞅了瞅窗外万里无云的天空，又瞅了瞅神采飞扬的小钱，便同意跟他出去……

外面秋风飒飒，阳光和煦，是个秋游的好日子。

不一会儿，两人就上路了，苏奶奶看着车窗外一闪而过的美景，心情大好，她跟曦晨聊起了她和孙女以前一起去过的“日光山”，说那里有一个池塘，里面养了许多漂亮的金鱼，她们有空就会买点面包去喂它们。

说起和孙女的快乐时光，苏奶奶的眼睛笑得眯成了一条缝。

曦晨凝神细听着，她说的每一句话都能打动他。在奶奶眼里，孙女永远是她心中的主角，说到哪都有她的孙女，这正好跟他一样，“娉婷女孩”也是他心中的主角，只要关于她的事，他听一千遍、一万遍也听不够。在他心里，无论是奶奶，还是筱筱，这两位一脉相承的、有着同样高贵品德的人，都无与伦比，一个让他心生敬佩，一个让他心生爱慕。

天公作美，道路也很畅通。半个来小时后，曦晨载着奶奶来到了青云山。不过停车的时候添了点小插曲，周末来这里游玩的人太多，他们足足排队等候了二十几分钟才停好车。

青云山里头热闹非凡，秋景如画，人群熙熙攘攘。

曦晨扶着奶奶跟着人群慢慢地向前走。两人经过一块绿茵如毯的草地时，苏奶奶被草地上一群放风筝的大人和孩子吸引住了，几对年轻的父母和几个活泼的孩子在草地上似风儿一样地追逐、奔跑。她不由自主地停下了脚步，望向天空中五彩缤纷的风筝和阳光里一张张幸福的笑脸。

一个小时后，曦晨和奶奶登上了山顶，苏奶奶激动不已，这是她第一次站在这么高的地方，感到无比兴奋。山顶上刮着清爽的风，特别舒服，曦晨陪着奶奶在上面慢悠悠地转了一圈，为奶奶拍了好多照片，他俩在上面待了个把小时才下山。下午两点左右，曦晨带着奶奶在一家古朴的中餐厅吃了饭，过后，他又载着奶奶去了海边。上午和奶奶聊天时，老人家几次都提到她和筱筱都喜欢大海，他便记在心里了。

日落时分，斜斜的夕阳在波光粼粼的海面上投下阴影时，他们才恋恋不舍地离开。

回家的路上，苏奶奶依然神采奕奕，她坐在副驾驶座的杏色真皮座椅上，瞅了瞅车窗外鲜红的天空，又瞅了瞅开车的小钱，慢慢地问道：

“小钱，你那天晚上干吗过来跟筱筱道歉啊？”苏奶奶想起这些天孙女对曦晨的成见，老说曦晨是骗子，她总想找机会问问他，确认一下他们之间的误会。

“上次在书屋看书的时候，我坐在筱筱对面，看到她日记本上的字很漂亮，就拿过来看了几眼……”曦晨若有所思地说。

“原来真是因为日记的事，筱筱才把这孩子说得那么不堪——”苏奶奶在心里说道。

“原来是这样啊——没事，这多大点事啊，没有什么关系，你别往心里去啊！”

“奶奶，是我不对，我不应该没有经过她的同意就看她的日记。”曦晨解释道。

“不要紧，你们刚认识，以后说清楚就好了……”

苏奶奶说完打了一个大大的哈欠，在车子攀上一个高坡又下来时，她倚着座椅睡着了。

回到书屋这条街时，天空已呈暝色。曦晨刚停好车，苏奶奶就醒过来了。她惺忪着双眼看了一眼窗外，见到了家门口，不假思索地打开车门，没等曦晨过来扶她下车，就伸出右脚，她刚睡醒，忘记了车门离地面很高，结果踏空了，倏的一下整个人摔到了地上。曦晨见状，惊慌失措地跑过来，将她扶起来。朦胧的夜光中，苏奶奶脸色苍白，额头汗涔涔的，嘴里发出痛苦的呻吟声，手上还有点点血迹。曦晨一下慌了神，他赶紧将奶奶抱上车，马上向医院驶去。

他们去了就近的一家医院，在急诊室里，一位男医生给奶奶做了详细检查，他告诉曦晨老人家崴到了右脚，左脚也有很严重的擦伤。他给苏奶奶开了吃的药和擦的药，叮嘱她回家后卧床休息……

筱筱忙完公司的活动回来时，已是晚上九点多，书屋已经打烊了。回家时，她在楼道里遇到了央吉和央珍，姐妹俩把曦晨带奶奶去爬山和摔伤的事跟她说了一遍。

“奶奶摔得严不严重？”筱筱心急火燎地问道。

“脚都肿了，手也出血了，但奶奶说一点也不痛。”央珍细声地说。

“出血了还不疼啊？”筱筱一脸担心。

“姐姐，你不用担心，受伤的地方医生已给她擦过药了，肿的地方我们给她冷敷过，她说轻松了许多。奶奶的精神看上去很不错，她跟我们说小钱哥哥带她去爬山，下午还去看了大海，可高兴了，一点都不像摔过。倒是小钱哥哥看起来有点累的样子，他很担心奶奶，晚饭也没有吃，叫了他几次都说不饿……”央吉说道。

“他还在啊？”

“他陪奶奶在房间里聊天。”

“我知道了，你们两个回去休息吧！”

随后，筱筱快步跑上楼，慌慌张张地打开房门，她正要换鞋时，奶奶的房间里传来了一个男人抑扬顿挫的读书声，字正腔圆，有张有弛，不紧不慢，好似播音员的声音一样好听。

她静静地站着，侧耳倾听：

我有时想：不但在地位和特权方面，而且在人的一切方面，比如容貌、气质、智慧、道德感方面无一不体现命运女神的威力，既如此，我们如何能自美其美，自善其善呢？别人成日琢磨的是如何让自己的思想显得高深和空灵，而我却努力使自己的思想脚踏实地、浅近平实。我相信不切实际的拔高和夸大有害无益……

筱筱又惊讶又兴奋，这是《蒙田散文精选》里智慧之论里面的内容，她还没有给奶奶读过……

她直起身子，趿着拖鞋，蹑手蹑脚地朝里面走去，经过奶奶房门时，她看到一幅美丽又让她心动的画面，屋里书香袅袅，奶奶像往常一样神情自若地斜靠在床上沉浸在美文中，不过今天为她读书的人不是她，而是钱曦晨。

筱筱凝神屏息张望了几秒，然后轻手轻脚地去了厨房。

她在里面忙了十几分钟，煮了一大碗面条。

随后，她将面碗端出去放在餐桌上，这时，她看见曦晨正手足无措地坐在客厅里。

她笑了笑，语气柔和地跟他打招呼：

“到这边来坐啊！”

曦晨忙站起来，神色慌张地走到她面前，前言不搭后语地说：

“对不起——我今天带——带奶奶出去，没有照顾好她老人家，她崴到脚了，医生说一个月都不能下地走路。”

“奶奶睡着了？”筱筱把面碗放在桌上，满脸笑容，一点责备的意思都没有。

“睡着了，她累了一天了。”曦晨机械地答道。

“把面吃了吧！”筱筱指着餐桌上热气腾腾的面条，“我放了木耳和香菇，不知道合不合你口味，你尝尝吧！”

“这——这是给我做的吗？”曦晨不知所措地看向筱筱，恍恍惚惚地问了一句。

“是啊，坐下来吃吧！”筱筱一边说，一边帮他拉开椅子。

曦晨愣愣地坐了下来，这一晚上，他忐忑不安，想象着她回来后生气愤怒的样子，自他看了她日记那件事情后，在她面前，他就变得谨小慎微，生怕做错什么、说错什么。今天因为他的疏忽让奶奶受了伤，在他心里——那可是罪上加罪的事情，这一个晚上，他为此而吃不下东西，但他意想不到的是她不但没有生气，还给他煮了面。

“快吃啊！糊了就不好吃了。”筱筱催促道。

他笨拙地拿起筷子，发现面碗里躺着两个晶莹剔透的荷包蛋，像似两只顾盼生辉的眼睛，娉婷动人、秀色可餐。

他舍不得动筷子，生怕弄破了它们。

“吃啊！”她又催促道。

他抬头瞥向筱筱，她正对着他笑，她的眼睛清澈如泉，像似说着什么话语。有了这美丽的一瞥后，他忽然感到肚子饿得发慌，像是在求救，他拿起筷子嗖嗖地大口吃起来，不一小会儿，一大碗面就被他吃得精光。

站在一旁的筱筱，会心地笑了。

曦晨回去后，筱筱去了奶奶房间，她拧开床头灯，然后坐在床前撩起奶奶的裤腿。柔和的灯光下，奶奶的右脚肿得发亮，脚上有一大块黑紫黑紫的瘀青，她看着看着，心里有一种强烈地想去帮奶奶揉一揉的愿望，但怕惊醒奶奶，便轻轻地放下她的裤腿。

她正要关灯离去时，奶奶拉住了她的手。

“奶奶，您醒了啊？”筱筱惊讶地问道。

“睡了一小会儿又醒来了……”苏奶奶睡眼惺忪地看着孙女，拖着慵懒的腔调说。

筱筱靠着奶奶躺了下来，轻声地问道：

“脚还疼吗？”

“不疼了。奶奶今天开心，下车时不留心就摔了一下，没什么大碍的，不用担心。”苏奶奶笑意绵绵地说。

“您的脚肿得很厉害，这段时间您要在家好好休息，可不能下地走路啊！”

“知道了……”

“奶奶，您刚醒来，口渴吧？我去帮您倒杯水吧！”筱筱关切地说。

“好哇，我正想喝水呢！”苏奶奶欣然道。

不一会儿，筱筱端来一杯温水，苏奶奶喝了几口后，脸上荡起一丝歉意，对孙女娓娓道来：

“小钱今天好心好意陪我去爬山，带我看风景，本来是件高兴的事，没想到却摔了一跤，让他忙乎了一晚上，一会儿背我去看医生，一会儿又背我回来，一直陪在我身边，他还给我读了书，这孩子读得可真好——声情并茂的，像似训练有素。他说这是他第一次朗读，我都有点不相信，小钱可真是个有心又有为的好青年啊！”

“读得挺不错。”筱筱赞美道，嘴角扬起一丝笑意。

“你听到了？”奶奶诧异地问道。

“我回来的时候听到了一点。”筱筱脸上挂着笑意，“为了感谢他对你的好，我还给他煮了夜宵。”

“真的？”奶奶一本正经地问道，“这孩子一晚上都没吃东西呢！”

“当然是真的。”筱筱嫣然一笑，“我回来的时候在楼梯口碰到央吉和央珍，她们都同我说了，他对您付出了那么多，咱们不能欠人家的人情啊，您不是向来都这样说吗？”

“这还差不多，”苏奶奶爽朗地笑出声来，“算你有点小良心。”

“还不是您老人家面子大，要不然我才不费那个心呢！”筱筱看着天花板上的黑影，俏皮地说。

“不就是煮了碗面吗？”苏奶奶嘟囔道，“像似立了个什么大功，人家小钱才是大功臣。你说现在的年轻人哪有那么好的耐心，陪着一个八十几岁的老人去爬山，他自己半个小时就能爬上去的路，硬是陪着我慢慢地走了一个多小时，不急不躁的。下午，他还带我去了海边，吹了海风，看到广袤无垠的碧波大海，心情可真是那个好啊！感觉这老骨头都要飘起来了。”苏奶奶说完神情怡然地闭上眼睛，仿佛还在海边吹着海风。

第十三章　遥远的思念

第二天早上，依然是一个好天气，天空碧蓝，东方亮起了一片片玫红色的光束，五彩的晨光把“娉婷小花园”缀得如一幅美丽的油画，瞟一眼就让人心醉。筱筱起床后去了菜市场，她想买点新鲜的骨头给奶奶煲粥。半个多小时后，她买好菜回家了，这时，苏奶奶已经醒来了，正惬意地靠在床头翻着一本书。

“奶奶，您的脚还疼不疼啊？怎么不多睡一会儿——”筱筱放下东西后就进来了。

“不疼了，只有些肿胀而已，才一个晚上，哪能好得那么快啊？”苏奶奶一脸灿烂的笑容，一点也看不出摔伤的痛苦。

“这一大早，哪来的花啊？”筱筱发现奶奶的床头多了一个花瓶，里面插满了绚烂的鲜花，漂亮极了。

“小钱买来的。”

“他这么早就来了？你是怎么去开的门啊？没摔着吧？”筱筱焦急地问道。

“我左脚可以用，右脚不落地就好了，我扶着墙去开的，咱家这么小，几步路而已，一点都不碍事。”

“那他人呢？”筱筱咕噜道。

“他去机场了，下午要赶到北京开会。这花和外头的水果都是他买的，连早餐都买来了，我已经吃过了，”苏奶奶指着左首床头柜上的几个塑料饭盒说，“这里有好多小点心，还有豆腐脑，你最爱吃的。”

“豆腐脑呀！”一听到豆腐脑，筱筱的脸上露出了孩子般的笑容。

“小钱这孩子可真是有心，连早餐都准备得这么丰富，是个顾家的好男人。”奶奶眉开眼笑地把床头柜上的袋子递给她。

屋里泛着沁人的花香，蓝色花瓶里朵朵洁白的百合和粉红的康乃馨，娇艳欲滴，绽放得恰到好处。

“这个旧花瓶您还留着啊？我还以为您扔了呢？”筱筱吃着豆腐脑，目光落到了床头的旧花瓶上。

“只是瓶口摔了一小块，又不漏水，我就留着，要不然这么漂亮的花儿就要束之高阁了，你看这花插进去后，多好看啊，哪还会去注意这点小瑕疵……”苏奶奶乐呵呵地说。

“那它今天可立大功了。”

“是啊，这屋里有花，心情就是不一样，小钱可真是一个百里挑一的好孩子啊！”

“您呀，跟外面的世界接触太少，见到的人也少，所以见到一个陌生人，就会被他一些表面的东西迷惑，不是我说您，您还是要保持头脑清醒一点。”

“奶奶脑子清醒得很，你是不是又想说小钱是骗子啊？”

“我没有说他是骗子，只是您一天到晚这样夸他，说真的，我的耳朵都快要生茧子了。”

“我就是要让你的耳朵生茧子……”

曦晨回到北京在公司开完会后，就和他妈回家了。他昨晚几乎一夜没有合眼，一整个晚上，他的心都无比激动无比兴奋，筱筱温暖的笑容，眼睛里的涓涓细语，那些只有他才能看得懂的感动，在他眼里已成诗。他难以入眠，直至天光。

晚饭后，一家人在客厅里吃茶。

“晨晨，你是不是赶飞机没有睡好啊？”龙菀莹瞅向儿子，“你的黑眼圈很重，先上楼休息吧，反正你要在北京待几天，有时间陪你爸聊天。”

“是啊，先去休息吧！”钱睿知向儿子投去关爱的目光。

“妈，我刚才忘了跟您说，就是上个月调到L市的小赵，她昨天跟我说想调回北京上班。”曦晨说道。

“她才过去一个月，怎么就想回来？是不是不适应啊？”

“她说她男朋友在北京工作，两个人不想离得太远，所以想回来上班。”

“小赵有男朋友了？没听她说啊！”龙菀莹惊讶道。

小赵是龙菀莹的助理，前年从北京的一所高校毕业。

"人家有没有男朋友，还要向你汇报啊？"钱睿智冁然一笑。

"她在我身边工作了两年，从没有听她说过男朋友的事，有点猝不及防嘛！她性格沉稳，工作能力很强，我才让她到晨晨那边工作的，既然这样，那我回头问问她——"龙菀莹说道。

"行吧，爸，妈，那我上楼了。"

"好，你去休息吧！"龙菀莹笑吟吟地说道。

龙菀莹换了新发型，做了最新潮的大波浪，头发染成了浅咖啡色，看起来十分洋气，用了公司新研制的护肤产品后，她的皮肤也比以前更有光彩了，变得又细嫩又紧致又有光泽，看上去弹指可破。

"你怎么把小赵调到曦晨身边工作啊？"曦晨走后，钱睿知问道。

"给他俩制造机会啊，这也看不明白吗？小赵是北京女孩，人长得漂亮，家境也不错，配得上晨晨——"

"可惜白忙活了一场，小赵想调回来，曦晨也没有那个意思。"钱睿知嗤之以鼻。

"回来就回来呗，她跟着我这么久，走了我挺不习惯的。我跟你说，晨晨这次回家好像和上次不太一样，你瞧出来了没有？"她盯着自己白白嫩嫩的纤纤玉手，摩挲着她今天刚做的新指甲。

"他好像瘦了，身形也比以前好看了，上次他跟我说每晚都去健身房运动呢！我准备下个月也到健身房开张卡锻炼去，把这要命的肚子消下去。"钱睿知颇有兴致地说。

"你呀，光说不练，你减肥的口号都喊了多少年了？每次都说从下个月开始，那些都不过是冠冕堂皇的借口。你要学学我，想做一件事情就当机立断，去年我想练瑜伽，这个决定在我的脑子里停留了几分钟后，我就去瑜伽馆报了名，当天就练上了。你这段时间发福了不少，肚子又大了，再置之不理的话，很难减下去了——"

"你怎么总是戳人家的痛处，打消别人的积极性，就不能试着鼓励一下我吗？"钱睿知没好气地说。

"好，那你就以晨晨的身材为目标，有朝一日也练成他那样的好身形，这样可以了吧！我刚才是想跟你说晨晨这次回来精神状态特别好，话也比以前多了——"

“喏，孩子开心还不好吗？说明事事顺意啊！”钱睿知不痛不痒地说道，眼睛盯着电视。

“今天开会的时候，他眉飞色舞、神采飞扬，一个人足足讲了两个小时，没有丝毫的怠慢和疲倦感，把大家情绪调动得特别好，会上没一个人开小差、偷看手机的。咱们儿子啊，有那么点领导风范了。”龙菀莹一面说一面给钱睿知斟茶。

“那还不是随我——”钱睿知抿了一口茶，得意扬扬地回道。

“现在说随你了。”龙苑莹嘟囔道，“以前不知是谁天天骂骂咧咧地说生了个废物，没出息的臭崽子之类的话，现在儿子有能耐了，把公司管理得井井有条，就随你了啊？”

“不听话能不教育吗？他变成这样，还不是因为我的教导有方啊——”

“成——成——多亏了你，都是你的功劳，再怎么说——公司也是我一手创立起来的。现在儿子出息了，你就把所有的功劳一个人揽过去……”龙菀莹优雅地端起茶杯，慢悠悠地回道。

“唉——女人哪——心眼真小，女强人也不过如此啊！”钱睿知粲然笑道。

“行行——我心眼小，那眼下儿子的终身大事我不管了，你来操心，成不成？晨晨今年已经三十岁了，你没有忘记吧？成家可是迫在眉睫的事情了。以前我说让他把婚事定下来，你硬是支持他去外地创业。现在事业有成了，却没有时间找女朋友，这终身大事什么时候才能定得下来呀？若知在电话里都问过我好几次了，虽说她也是晚婚，但对晨晨的婚事非常关心，她说现在的年轻人晚婚和她那个年代的晚婚是不一样的，她那时晚婚是因为没有遇上看对眼的人，心里还是想结婚的，而现在的年轻人，单身对于他们来说成了一种时尚，年纪越大就越不想结婚了。她说让晨晨早点成家，多生几个孩子，延续我们钱家的香火……”

“哈哈哈——这是若知说的话吗？”钱睿知大笑，“她怎么到美国生活后，思想却越来越东方派了，还说什么延续香火，记得她没结婚前可是自由主义者，思想前卫，婚后还做了丁克，现在她让曦晨早点结婚延续香火，真是让人匪夷所思啊，这竟然是若知说的话——”

“她这么说怎么不对了？她也姓钱，是我们老钱家的人，再说了，我们晨晨是儿子，当然要延续香火了。其实若知现在有点后悔当初没生孩子了，上

次发信息说她和约瑟夫这两年又想要孩子了，而且他们准备到孤儿院领养一个孩子呢，人年纪大了，思想也会慢慢改变的，所以我们可不能任由着晨晨对自己的婚事不闻不问，等到年纪大了会后悔的，我们得帮他找个女朋友，让他尽早把婚事定下来——”

“孩子的婚事，我们还是少插手，婚姻是有命数的，良缘一来，自然成双成对，喜事临门……”

“话虽是这么说,但缘分也是争取的嘛！”龙菀莹看了钱睿知一眼,探问道，“老钱，孙局长家的姑娘还没有对象吧？”

“那我就不清楚了，没听他说过姑娘出嫁的事啊！不过有没有对象我就不知道了。”

“你去问问老孙呗，缘分也是促成的啊！我看他们两个真的很相配，无论是两家的背景，还是他们的相貌、学历都很相配，你说这是多么难得的好姻缘啊！”龙菀莹一副胸有成竹的样子。

“你又乱点鸳鸯谱，刚才小赵的事情忘记了。孩子的婚姻大事由他自己做主。上次你不是跟他提过了吗？他没有那个意思，就不要再提了。”

“那是以前嘛！都过去了这么久，说不定让他们见上一面，万一对上眼了呢？”龙菀莹信心十足地表明自己的立场，“虽然如今不时兴媒妁之言，但长辈们把把关，也没有什么不对吧？”

“儿子没有说让你帮他把关，你就把自主权交给他自己吧！他的事业和婚姻，我都是一样的态度，让他自己做主。你不要每次他一回来，就在这件事上绕来绕去，让一家人不得安宁。说不定，哪天他就带个自己中意的姑娘回来呢，他自己挑的才是合心合意的，和自己爱的人缔结的姻缘才是幸福的婚姻。你不也常说婚姻不是儿戏吗？这是真道理，婚姻是一辈子的承诺与责任。我还是那句话，感情的天平在他心里，让他自己来就好了——到那个时候，我俩负责恭喜他们，负责给他办婚礼就好，你说是吧？这样多好啊！”钱睿知把自己的意见和盘托出，说得头头是道。

“让他自己来。”龙菀莹脸上的表情复杂，一脸不悦，“你说得轻巧，那我们要等到猴年马月啊？下午在公司开完会回家时，我问他有没有找到心仪的女孩，他笑而不语，说不出一个字。”

钱睿知放下手中的茶杯，一只手搭在龙菀莹的肩上，轻言细语地说：“我说夫人,你就放宽心吧！不要愁眉不展,儿孙自有儿孙福,听我的,让他自己来,我上楼了，下午写的东西还没有结尾，晚上得把它写完才行。你不是每晚这个点要敷面膜吗？走——走——上楼吧？”

“我要追剧，你先去吧！”在钱睿知的几句柔情蜜语下，龙菀莹的脸上泛起两片淡淡的红霞，说话也温柔了。

曦晨回屋后，平躺在床上，他拿出手机，打开微信。

昨晚回公寓前，他很没底气地对筱筱说：

“我明天要出差,可能没有时间来看望奶奶,我可以添加你微信和电话吗？”他一直想添加她的微信和电话号码，但没有机会，也怕她拒绝。

“可以啊……”她马上答应了他的要求。

她的朋友圈里只有几条转发的信息，自拍一张也没有。不过，封面上有一张她的照片，这让他心满意足。

从昨晚到现在，他已经看过很多遍了，每一次都有怦然心动的感觉。照片里的她娟好静秀，婉婉有仪，一袭米白色长袖连衣裙，眼神笃定，嘴角微微上扬，宛如一朵素雅洁白的茉莉，恬静芬芳……

不知什么时候，几行泪悄悄地爬上了他的脸颊。

末了，他在微信里给她发了几个字：

奶奶的脚好些了吗？

霎时间，她就回了：

奶奶的精神很好，脚也消肿了些，请放心！

读到信息的瞬间，曦晨的嘴角绽开了花。

第二天一大早，曦晨下楼跑步。

他刚走到客厅，见他爸穿一身褐色的运动服，神采焕发，正坐在玄关处的软皮凳上换鞋。

“爸——早啊！您这是要出去锻炼吗？”

“是啊，你妈说我肚子越来越大了，早上空气好，出去跑一跑。”

“那我们一起吧！”曦晨一边说，一边为他爸开门。

鲜红的霞光一片一片地钻出云层，映红了整个天空，美丽如画，小区里空气清新，花草树木披上了晶莹的晨露，鸟雀儿啁啁啾啾，一派鲜活的景象。

父子俩第一次一起出门运动，两个人都异常兴奋。

曦晨向他爸透露了想在L市买房的打算，一说到买房，钱睿知马上就来了兴致，他滔滔不绝地跟儿子大谈特谈与投资休戚相关的经验，此时他根本不知道儿子买房是为了终身大事……

第十四章　道出真情

星期三上午，曦晨在公司开完上季度工作总结会议后，订了回 L 市的机票，他归心似箭，L 市现在像他的另一个家，令他朝思暮想。

回北京的这一个多星期里，他每天都给筱筱发信息问奶奶的身体情况，两个人的关系似乎不像以前那么僵硬了，因为他们有共同关心的人。不过令他纳闷的是他昨天给她发的信息，她没有回复，今天发的两三条也石沉大海。这让他百思不得其解，心里惴惴不安，他搞不清楚筱筱为什么又不搭理他了。他一下飞机，就开车去奶奶家……

当他的车子稳稳地停在这条熟悉的街道上时，已是傍晚时分，他朝“筱筱书屋”望过去，青灰色的天空下，小书屋像个谦谦君子。

苏奶奶见到小钱乐不可支，马上让在厨房做晚饭的央珍多做两个菜。她扭伤的脚恢复得很好，没先前肿了，瘀青也消退了不少，这两天能踮着脚来客厅看电视了，精神和气色都挺不错。

晚饭后，曦晨陪苏奶奶在客厅里看电视。

“小钱，你看上去精神不太好，是不是坐飞机累了啊，要不你早点回去休息吧——”苏奶奶看了看曦晨，用十分关切的语调说道。她从曦晨一进门就看出这孩子愁眉不展，像似有心事。

“奶奶，您一个人在家，我陪您坐会儿吧，等筱筱回来了，我再回去。”

“筱筱去四川了，央吉和央珍下班后会过来陪我。”

“她去四川了，是出差吗？”曦晨忙不迭地问道。

“不是出差，她去央吉和央珍的老家了，她每年秋天都要去一次的——一来是去看她的阿姨，二来是去给那里的孩子们送书、送文具。”苏奶奶不紧不慢地说道。

“她什么时候回来啊？”曦晨不假思索地问道，他的神情看起来紧张兮兮。

“她请了五天假，去了三天，就快要回来了，我今天让央吉打电话问她，电话也打不通，我打了也打不通，估计是网络有故障，或是她手机出了什么问题。”

“这样啊，难怪这两天我发信息给她，她都没有回。”曦晨语调上扬，面露喜色，眼睛里绽放着亮光。

苏奶奶点了点头，笑而不语。

“奶奶，您吃个苹果吧？我帮您削。”曦晨说着拿起一个苹果，用水果刀一道道地削。

苏奶奶舔了舔干燥的嘴唇，轻声轻气地探问道：

“小钱啊！你——你是不是喜欢我们家筱筱啊？”

苏奶奶话音一落，曦晨心潮起伏，淤塞在他脑海里的无穷无尽的思念在这一刻似乎找到了土壤，他没有回避，也没有否定，红着脸点了点头，然后将削好的苹果递给了奶奶。

苏奶奶莞尔一笑说：

“其实奶奶也看出来了，小钱啊，你知道，奶奶一直喜欢你，我也曾跟你说过筱筱的一些事。大概你也知道了她的一些身世——她爸妈都过世了，只有我一个亲人，家庭条件也就这样——没有任何家产，他爸没有留一点钱财给她，她妈留给她的钱买了这房子，一分不剩。不过呢，她继承了她妈妈身上的好品质，这孩子的灵魂里是有光亮的……”

“奶奶，喜欢一个人和家世什么的没有关系，我就是喜欢筱筱美好的心灵——”曦晨没等奶奶说完，就把自己的想法说了出来。

“可是你还不真正的了解她啊！”苏奶奶由衷地说，“现在的年轻人，眼光都很高，想法也容易变来变去，哪个优秀的男孩不想找个家世好、父母都健在的女孩啊？奶奶明年就八十五岁了，朝九十岁奔的人了，我怕哪一天眼睛一闭，还没有把她嫁出去，就与世长辞了。虽然我一直都盼着她能找个可以托付终身的人，但也要是真心真意愿意接纳她的人才行啊！你不要因为奶奶老在你面前说她的好话，你就说喜欢她，这都只是表面的喜欢，也许过几天就改变主意了。”

“不是的，奶奶，我是从心底里喜欢她的，第一次在书屋见到她后，就再

也忘不了她了。”曦晨忙解释道。

“筱筱这孩子很慢热，你可得有十足的耐心才行，毕竟你才喜欢她几天，奶奶当然巴不得你们能修成正果，成双成对啊！”苏奶奶笑呵呵地说。

“不管她对我怎样，我都会一直等下去的。”

“对了，小钱，你爸妈是做什么工作的，他们能接受筱筱吗？”

苏奶奶话刚落音，曦晨就立刻打起了腹稿，思忖该如何回答。他觉得这个问题很不好回答，万一说得不合理，奶奶心里会有想法、有芥蒂，说不定还会产生误会。他想了想，简单搪塞道：

“我爸妈都在一家小单位上班，家境和你们家差不多。”

“噢噢，这样最好，门当户对是最好的——如果你们俩真能走到一块儿，这婚姻大事可是两家人的事，只要你爸妈能喜欢并且接受筱筱，这才是幸福的第一步啊！”苏奶奶婉转地说，“不过，奶奶这话说得有点早，你们刚认识，以后的事就要看你们有没有这个缘分了。”

曦晨听到这里，感到很不安，他从奶奶的语气里听到几分不确定、几分不信任，还有几分敷衍，他不由得着急起来，心里忐忐忑忑，他很清楚若是奶奶不信任、不支持他的话，以后和筱筱的关系就难以进展下去了，他觉得无论如何都要让奶奶相信他的心意，让她知道自己对这份感情的坚守。

“奶奶，我其实不止喜欢筱筱几天，我喜欢她八年了。”他瞥向苏奶奶，激动地脱口而出，像似抓到了救命稻草一样。

“八年？”苏奶奶惊愕地看着小钱，她满腹狐疑，“奶奶都听不明白了，怎么可能呢？你们在不同的城市长大，也没有在一起读过书，更没有在一起工作过，你们认识了八年，我怎么一点都不知道啊？你不会是编出来骗奶奶的吧？”

“当然不是。奶奶，您相信我，我说喜欢她八年是千真万确的事。这八年，我是在等待和坚守中走过来的，我每一天都在期盼着与她相遇……”钱曦晨虔诚地望着奶奶，眼眶湿润，“我大学毕业的那一年春天，来到L市旅游，有一天我乘坐巴士回酒店时，正好和筱筱坐在一起，就是从那一天起，我们的缘分就开始了，我阴差阳错地拾到她的帆布袋，把它带回了北京，半年后，我发现了里面的两本书和两本日记，读了那两本日记后，就喜欢上了筱筱写的文字，一天天地，在那些文字的陶冶下，我原先那颗找不到方向、游离的

心慢慢有了依靠。每次读日记的时候，都感觉有一个声音在我耳畔鞭策着我，暗中给予我动力向前走，渐渐地，我重新认清了自己，也做回了自己。这八年，是我成长的八年，也是我蜕变的八年。这两本日记就像我的心灵导师一样，陪着我走了一程又一程，鼓舞着我攀上一座又一座山峰……”

“这太不可思议了。两本日记陪着你等了八年？你为了一个只见了一面的女孩就等待了八年？可是筱筱她并不知道啊，也不知道日记的事情。”

“是的，她不知道，虽然这八年的故事自始至终都只有我一个人，但信念支撑着我一直等下去，我总相信能找到她，三年前，我便来到这里工作，就是想和她再次相遇……”

“你是为了筱筱才来这里工作的啊？”

“嗯，来到与她相遇的城市工作，我的心才有着落，工作起来才有热情、有动力，一想到她也在这座城市，我就满怀希望。这三年，我也有颓丧、想放弃的时候，但一拿起她的日记本，就重新振作起来。正是这份执念成全了我，让我再次遇见了她……”

苏奶奶哽咽了。

“奶奶，我的手机里有几张筱筱日记的照片，您看一看——”曦晨说着将手机递给奶奶。

“这是筱筱的字，我认得。”苏奶奶热泪盈眶，颤抖着说，“我知道那孩子上高中后，有写日记的习惯。有一次，她一脸沮丧地跟我说弄丢了两本日记和两本书。当时我也没在意，就让她买新本子写，后来她也没有再提过日记的事了。”

“那两本书也在我那里——”

“原来你们的缘分八年前就开始了啊，她写的日记居然跑到你那里去了，奶奶明白了，所以那天你在书屋看到她日记本上的字就认出来了，是吧？”

“嗯，我每晚都读日记，这些字就像自己的影子一样，熟悉得不能再熟悉了。也是在那一刻，我的心得到了确认，我知道自己找到她了，奶奶，照片里还有筱筱的妈妈写给她的诗，我前不久拍下来的——”

“有她妈妈写的诗吗？在哪啊？”苏奶奶诧异道。

“就是这一张，奶奶，”曦晨从奶奶手里接过手机，翻动着照片，“您看，‘致我最亲爱的女儿——小娉婷’。”

"'小娉婷'是筱筱的小名,小时候我们也这样叫她,"苏奶奶捧着手机,"这是雯芬写的字,我看不太清,你能读给我听听吗?"

"好,我读给您听。"

曦晨说完拿着手机将那首小诗从头到尾读了一遍。苏奶奶听后沉吟不语,眼里闪着泪花。

"这应该是雯芬过世前写给筱筱的,她放心不下这孩子啊!"苏奶奶呜咽道。

"阿姨是一个很善良、很有爱心的人……"曦晨说道。

"是啊,筱筱很像她妈妈,长相和性格都像,都有一颗美丽的心灵,她妈妈上初中的时候是我的学生,她是个品学兼优的好孩子,我一直都很喜欢她。她上高三的时候,认识了筱筱他爸,也就是我的儿子,缘分让他们走到了一起,有了幸福的小家,有了筱筱,两人还在L市开了公司,那时候他们的生意做得红红火火,该有的都有了,算是事业有成。可是筱筱十一岁的时候,她妈妈得重病过世了,这个家也开始一点点地败落,第二年,筱筱的爷爷也走了,接着没多久,她爸爸为了一个女人把房子卖了,公司也搬走了,就此我们失去了联络。直到筱筱上大二的时候,她爸爸的生意做得一败涂地,与那个女人分手后,才回来找我们。然而就在我们沉浸在一家团聚的喜悦当中时,又传来了噩耗,我儿子搭乘的飞机失事,老天把我们最后的一个亲人带走了。这些年,我们的这个家是多灾多难,发生了许多事,筱筱的心灵无形中也受到了很大的伤害。她妈妈在世的时候,她性格可开朗了,脸上总挂着笑容,很自信,很活泼,可是她妈妈走后,慢慢地,这孩子的眼睛里就藏起了忧郁、苦闷,十五六岁的时候还得过神经衰弱。小钱啊,奶奶今天把家里的这些事全都告诉你,就是想让你更加了解筱筱,既然你跟她缘分这么深,我觉得应该让你知道她的成长经历……"

"奶奶,谢谢您信任我,告诉我这些,"曦晨眼里噙满泪水,"我一定不会辜负您的,无论她接不接受我,我都会等下去,我这辈子最大的愿望就是守在她身边,爱护她,温暖她,陪伴她。"

"好孩子啊,你们的缘分这么深,一定会有这么一天的……"

"奶奶,您先不要告诉筱筱日记的事,好吗?我怕她知道我看了她两本日记后,会更讨厌我。"

"不说——奶奶不说。"苏奶奶和风细雨地说,"奶奶知道,上次因为日记

的事，她对你成见那么深，我怎么能去破坏呢？我想啊，等你们两个人慢慢有了感情，再说出来也不迟，是吧？”

“我觉得这样最好。”曦晨边点头边说。

“你放心，奶奶肯定不说，我呀，希望你和筱筱这段美丽的爱情故事继续演绎下去。你为了一个梦里的姑娘，从北京寻到这里，就凭这些，奶奶不但不说，还要站在你这一边，我要做主把她嫁给你。”

“真的吗？真的吗？”曦晨喜极而泣，这一刻，他所有的担忧都烟消云散，“谢谢您，奶奶，我一定会好好爱筱筱，今后我和她一起孝敬您，一起为您读书。”

这一夜，苏奶奶久久不能入睡。

曦晨走之前，为她读了一篇散文。央吉和央珍这会儿已经在筱筱的房间睡着了，而她还在想着小钱和孙女的事。

“难怪这孩子见到筱筱后总是魂不守舍的，原来他心里藏着一件这么大的心事啊，竟然和筱筱的两本日记相依过了八年，这太不可思议了，真是委屈他了，筱筱那孩子居然还把他当成骗子。”苏奶奶喃喃自语道。

她眼里溢满了激动的泪花，琢磨着一定让这两个孩子圆满地走到一起。

末了，她打开床头灯，靠在床头，轻轻地从抽屉里拿出一本相册，翻看着筱筱小时候的照片，想象着孙女穿着洁白的纱裙和小钱走向礼堂的那一天……

第十五章　秋天的约会

张月华居住的这个村子，是这个贫困县里最为落后的村落之一。这里多数是藏族，也有少数汉族。张月华和她的老伴都是汉族，她从小和藏族生活在一起，也耳濡目染到了他们与生俱来的文艺细胞，心情好的时候，也爱张口就来，亮亮清脆的嗓子。

在这个偏远的村落里，有些上了年纪的老人一辈子都没有走出去过，好些人没有上过学，不光是这些老人，就是青壮年也一样读书不多，多半读个小学，就没有继续读了。在这座落后的大山里，教育资源匮乏，方圆几里只有一座小学，附近的几个村落的孩子都在这一所学校里上学，初中和高中，要到县上去读，好多学习好的孩子读着读着就懒得读了，辍学的不少，有的孩子小小年纪就跟着父母出去打工了。

筱筱认识的这群孩子的父母常年在外打工，他们跟着年老体弱的爷爷奶奶一起生活，从小就承担起城里孩子所不熟知的家务活，不但要操持家务，还要放牛放羊、照料牲畜。他们不善言辞，但懂得给予与付出，心里面装满了大爱，他们勤劳、善良、坚忍不拔。他们虽然生长在穷乡僻壤，但从不抱怨命运不公，也不向命运低头，小小年纪，就深谙人情世故，心中藏着梦想，但从不表露。筱筱第一次来月姨家和他们接触后，恻隐之心就一泻千里。

她开书屋后，每年秋天都过来一趟，她既来看望月姨，也来为孩子们送书，这成了她与他们的约定。今年她比前两年来得稍微早一些，她生长在南方，不适应这里寒冷的天气，每次都会感冒，奶奶便让她今年早些过来。这次见面，她又和他们一起去骑马、放羊，唱歌、读书、猜谜语，孩子们给了她不少的惊喜，十三岁的卓玛虽然辍学了，但讲起《海的女儿》时绘声绘色，一点也不比城里的孩子差，上小学四年级的汉族女孩小莲一口气背下了五首古诗。

赠人玫瑰，手留余香。筱筱看到这群天真、善良、勇敢的小孩一双双写满渴望的眼睛，就期待着赶赴下一年的秋天约会，而且下定决心要一直把这个“文化信使”当下去，这个美称是她自封的，这也算是鼓舞她跋山涉水传播书香的一种动力。

筱筱来到月姨家的第三天上午，天气寒冷，天空灰蒙蒙的，一副打不起精神的样子。这会儿，筱筱捧着一本书坐在她家门口，月姨在打扫屋子。

“哎，小兰的书怎么在桌子上啊？筱筱，你快过来帮我看看。”月姨站在屋里的一张木桌旁，大声地说道。

筱筱忙走上前去，拿起桌上的书。

“这是小兰的语文书，她昨晚坐在这里写作业，可能忘记拿了。”筱筱说道。

“那得赶紧给她送过去，要不然她上课没有书啊！”月姨焦急地看了看筱筱。

小兰是月姨的外孙女，上小学四年级。

“是啊，给她送过去吧，我跟你一起去。”

十几分钟后，她们到了学校。

筱筱眼中的这所学校跟她想象中的样子太不一样，这里没有大大的校园、气派的教学楼、高高的篮球架，而是一排陈旧、斑驳的瓦房，小小的操场上只有几棵掉了叶子的树木，瘦小枯矮，像似营养不良，呈现在她的眼前的是一派凄凄凉凉的景象。待她和月姨走到小兰的教室面前时，所看到的一样让她的心情感到极其低落。孩子们的教室破破烂烂，窗户上贴着几张发黄的报纸，被风吹得歪歪斜斜，他们的课桌也很破旧，孩子们的手靠在上面时，发出吱吱嘎嘎的声响。她在教室外面伫立了几分钟，她的心被眼前的一切触动了，随之眼泪从她的眼眶涌了出来。

两人把书交给了小兰正要回家时，在操场上碰到了小兰的语文老师多吉。她三十七八岁的样子，脸色偏黄，穿着一套洗得发白的藏族服装，人很淳朴、很热情。

“小兰外婆，您过来了。”多吉的普通话很标准，月姨说她读过中专，年轻的时候喜欢上了这里的一个小伙子，嫁过来后，就在这里当老师了。

“是啊，多吉老师，小兰的语文书忘记带了，我给她送过来。”月姨笑吟吟地回道。

“多吉老师，您好！”筱筱一脸微笑地同她打了声招呼。

“你就是小兰外婆家的那个小苏姐姐吧，我们班上的几个小孩都这样叫你，他们说你是小兰外婆家的一个亲戚，每年都过来给她们送书。”

“见笑了，一点小心意而已。”筱筱不好意思地笑了笑。

“这些孩子常常念叨你呢，他们的学习态度比以前认真多了，个个都说要上大学呢……”

“多吉老师，我在L市有一家小书屋，这次我回去给你们准备一些小学生的阅读书籍，您把学校的地址写给我，到时候我准备好了，就给您寄过来，我留一个联系方式给您。”

“太谢谢你了，小苏，你太有心了，为孩子们想这么多。”多吉老师满面笑容地说道。

“我也帮不了什么大忙，就是送些书而已，能够帮到他们才是最重要的。”

“书是最好的精神食粮，对孩子们的帮助也是一辈子的啊，我替他们谢谢你啊！”

“不用那么客气，多吉老师，以后多多联系。”

回去的路上，筱筱心潮起伏，思绪万千——

她多么希望这些孩子也能像城里的孩子们一样拥有漂亮的学校和宽敞明亮的教室，多么希望他们眼里的所有渴望都能变成现实，多么希望他们心中的所有梦想都能插上翅膀！

筱筱回L市的这天早上，她在月姨一家人和孩子们的目送下，从这个贫瘠而寂寥的村落出发，一步步地走向繁华的都市。几个小时后，她到达了金碧辉煌的成都国际机场。

在富丽堂皇的候机大厅里，筱筱从背包里拿出这几天她在读的书——《罗亭》，读了几页后，对面的一对漂亮母女的谈话声传到了她的耳朵里，她很自然地瞅了过去，小女孩约莫十一岁上下，身上穿着一件红色的纱裙，脚上是一双精巧秀丽的白色皮鞋。齐整乌黑的长发披在肩上，一张水灵灵的脸蛋，特别活泼可爱，小女孩的母亲穿着时髦，气质不凡，一看就是来自大城市里的精英家庭，母女俩坐在那里宛如一道美丽的风景线。

“妈妈，你答应给我买三套Lolita裙子的，现在又改口说只买一套了，你骗人。”小女孩噘着嘴不高兴地说。

“我的意思是你已经有很多那种裙子了，再说了，你平常都穿校服，一次

买那么多也穿不上，是不是有点浪费啊？”妈妈温婉地说道。

“不嘛——不嘛——我就要买三套不一样款式的。”小女孩板着脸说。

小女孩的妈妈无奈地看了女儿一眼，沉吟不语，低头翻看着手机。

小女孩见妈妈不理她，便跑开了，但没过多大一会儿，她像只美丽的蝴蝶一般又飞回来了，她坐在妈妈身边，义正词严地嘟囔道：

“每个女生都有一颗少女心、一个公主梦，心中藏着一顶皇冠。你也是女生，难道你小时候就没有少女心、公主梦？没有想过戴一顶自己喜欢的皇冠吗？”

“呵呵——”小女孩的妈妈笑了笑，“但是少女心、公主梦不一定是用多少漂亮衣服来展示的，你说是不是呢？花钱应该花在对的地方，比如你学舞蹈、学钢琴，这些培养你天资、对你成长有益的事情，我们都乐意为你去做。至于你的什么二次元少女，妈妈确实不懂，但只要你喜欢的，我也会尽力满足你的愿望。不过——你可不可以在物质方面，稍稍收敛一下自己的欲望，听取妈妈的意见呢？你看电视里那些山里的孩子，他们的学习环境和生活环境都很艰苦，从小就自力更生，更不用说像你有那么多的衣服和玩具了。你想想他们，难道不觉得自己是多么幸福吗？”

小女孩听了妈妈的这一番话，略有所悟地眨了眨眼睛。

“妈妈——对不起——我知道错了，我不应该那么贪心的，以后我听你的话，你能原谅我吗？”

“当然可以了……”

“我把我的衣服和玩具，还有我的漫画书都捐给山区的小朋友，好不好？”小女孩脸上绽放出天使般的笑容。

“好啊——”这位美丽的母亲开心地抱着女儿。

一个小时后，筱筱在层层叠叠的白云里做着梦，候机厅里母女俩温暖的话语又在她耳边飘荡起来，须臾间，她仿佛又回到大山里，和那群孩子们在一起。

她回到家时，已是晚上的八点多钟。

曦晨坐在沙发上，从筱筱一进门，他的视线就在她身上再也没有移开过，他好多天没有见到她了，看到她笑，听到她说话，他的心里就泛起幸福的涟漪，嘴角不由自主地舒展开来。白奶奶说要将筱筱嫁给他后，他就把这里当作自己的家，每天一下班就过来了。

过了半晌，筱筱和央珍去厨房收拾箱子里的东西。

“我才走几天，冰箱里怎么这么多的东西啊？”筱筱一打开冰箱，就感到很蹊跷，她走的时候，冰箱里没有这么多东西。

“都是小钱哥哥拿过来的，他给奶奶买的补品。”蹲在地上整理东西的央珍微笑着说。

当她拉开抽屉准备放东西时，看到里面放着四五只大大的甲鱼，一只起码有两斤重。她好生奇怪，转过头问道：

“央珍，你们怎么买这么多甲鱼啊？”

“不是我们买的，是小钱哥哥今天下午拿过来的。”央珍细声细气地说，“他让我隔一天给奶奶蒸一只，说这个甲鱼可以帮助奶奶的腿消肿，另外还有降血压和滋补的作用。这几只甲鱼贵着呢！估计要上千元，我在市场里看到过价钱，像这么好的甲鱼，一斤要上百元呢！”

曦晨回公寓之前，奶奶悄悄地跟他说筱筱每次从她阿姨家回来，都闷闷不乐好多天，她想念那个小山村和那里的人，她说怕筱筱情绪不好，又不跟他说话，让他过几天再过来。苏奶奶知道了小钱对孙女的感情后，现在什么事情都向着他。

筱筱在床上坐下来后，已是深夜的十一点钟了。

她的心情莫名低落，她的心思被奶奶说准了，她想念月姨，想念那些孩子们……

睡觉前，她给曦晨发了一条信息：

谢谢你来看奶奶，以后真的不用再往家里带东西了，这次的补品我们收下了，但买甲鱼的钱，让我来付吧，请你发一个银行账号给我。

第十六章　促成良缘

周日的上午，曦晨去了苏奶奶家。筱筱这天不在，奶奶说她和姝妮出去了。午饭后，曦晨接到一个客户的电话，说要找他谈合作的事情。

回去的路上，他因为没有见到筱筱，心里感到惆怅和不安。他曾无数次地在心里想象和她恋爱的幸福场景——他们一起吃饭、一起看书、一起看电影、一起开车去海边看日出日落、一起去远方旅行。但他的这些梦想，似乎一直都只有他一个人，似乎跟她毫不相干。

不过当他想起奶奶上午对他说的话，心中的疑云很快消散了，他又变得快乐起来。

"小钱啊，奶奶从第一次见到你，就知道你是个好青年，你默默地对筱筱坚守了这么多年，奶奶啊，一定要促成你们的这份善缘。要把你们拉在一起、绑在一起，我才能安心。但筱筱是慢性子——她心很细、很正，看不惯不正派的人和事。表面上看起来风轻云淡，但父母的早逝，对她的影响很大，她的心底藏着一块我们触及不到的伤痛，一直都不愿意打开心扉，去接纳一个人。

"我常在想，要是有一个很爱她的男孩，走进她的心，给她幸福的话，也许一切就会好起来的。女孩子一旦结婚做了妈妈，她的心就会融入新的天地里，以前的不快乐也会随风而去。现在，你出现在她的面前，奶奶的心也安定下来了，我相信你是能给她幸福的人。你呢——也不用心急，先一点点地走近她的心，让她慢慢地看到你身上不可多得的好品质，她心中的秤杆自然会倾向你，到时候就水到渠成了。其实啊，奶奶比你还急，这几天老想着怎么跟她说你和她的事，我巴不得你们明天就结婚，但又怕弄巧成拙啊！"

虽然不能马上成为真正的恋人，但有了奶奶的支持，他的心就有了方向。这些天他俩虽然没有见面，但在微信上开始了三言两语的联络。

她从四川回来的那晚发给他的信息，他第二天早上才看到，读到这条迟来的回复，他更多的是为难，她说要还钱给他，这让他手足无措，那些甲鱼是他特意买给奶奶滋补身体的，怎么能让她还钱呢。于是，他回信息时委婉地说那些甲鱼是他的朋友出海捕回来送给他的，并没有花钱，当作是权宜之计。然而，他善意的谎言并没有骗过筱筱，她说不能平白无故收这么贵重的东西，怎么也要付钱。最后，为了让她安心，他只好发了账号给她，几分钟后，她就将钱转到他的账户上，这件事情才就此作罢。

自那以后，他每天都忍不住给她发信息，内容大多是围绕着奶奶，也就是那几句话，有时，他也让她给自己推荐好书，虽然每次都客客气气的，只有三言两语，他却像似坠入了爱河。

见完客户后，已是傍晚，他一个人找了个地方吃了点东西，然后去了电影院，一口气看了两场正在热映的电影，回到公寓已经很晚了，他又忍不住给她发了一条信息，说了句周末快乐。

苏奶奶的脚伤经过一个来月的休养，可以下地走路了，一家人开心不已，她也很兴奋，终于又可以去她心心念念的书屋了。

她和以前一样，每天一起床就去“娉婷小花园”捣弄花草。在那里看朝阳、赏花容、闻花香、听鸟语，度过沁人心脾的早晨。这次脚伤后，筱筱就不让她做家务了，买菜、打扫屋子的事都是孙女和央珍来做，筱筱每天早上要赶地铁去公司上班，不能送她去书屋，就让央吉和央珍过来接她。早上，孙女出门后，她便一个人在屋里摸摸这、摸摸那，明明屋里一尘不染，她就是闲不住，拿块抹布这里擦擦，那里抹抹，等着央吉和央珍来接她去书屋。

最近几天，她坐在书屋的时候，脑海里不断地翻腾人生岁月里的风风雨雨——

八十四个春秋了，几十年荏苒岁月中，她走过人生坦途，也走过荆棘沼泽。六十岁之前，她的人生算是走得顺畅。六十岁之后，第一件让她防不胜防的事是雯芬的去世，给了她致命的打击，直到现在，这份痛在她心里还挥之不去，先不说白发人送黑发人，最让她不舍的是雯芬举世无双的品德。接下来是老伴的离世，这痛是撕心裂肺的，像似一把尖刀刺在心口，任由鲜血遍地流淌，让她痛得失去了知觉。和海君的分离到团聚，她以为一家人可以和和美美地在一起生活了，然而却让她再一次经受白发人送黑发人的悲痛，那痛就像有

人活生生地拿着利刀在她身上割了一块肉，痛得她哭天喊地。

二十年间，她失去了三位至爱的人，尝到了人世间最刻骨铭心的离别。好在上天是怜爱她的，留给她一个聪慧善良的孙女，陪着她走过了人生的沟沟坎坎。

在L市生活的这十几年里，她结识了许多好人，还有一群可爱的孩子陪在她身边。想当初，若不是小区里的这些好心人信任她，把孩子交给她，解决了她和孙女的生计问题，她很难想象她俩怎样在这座城市里长久地生存下去。所以，也正是这些，她更感恩生活，每一天都让自己生活在阳光里，把乐观积极的人生态度传递给别人。和孙女一起生活的这些年，孙女为她读了很多好书、好文。她自己也没有停止过阅读，因此阅读也是她健康、长寿的秘诀，让她生命的源头活水生生不息。

这几天，她突然想学《道德经》，她在教书的时候，就对老子的《道德经》情有独钟，深知书里面的五千言蕴藏着的人生的大智慧。

活到了这个岁数，她想得很明白了，学点自己想学的东西，在离开这个世界的时候，灵魂里带着光亮，不会感到孤寂，也不会感到害怕。或许，这些光亮还会延伸到下辈子。

求知欲是无止境的，无论是走到了人生哪座山峰，只要想开始什么时候都不晚，一颗热切的学习之心带着她向前奔跑。

光阴不等人。有了这个想法的当天下午，她就在书屋开始了《道德经》的学习，从此风雨无阻，学习的快乐是无可比拟的，她每天陶冶在这方净土中，心灵一天比一天安宁，精神一天比一天纯净。

一天早上，苏奶奶起床后到“娉婷小花园”里看她的花花草草，在里面忙活了一会儿后，她忽然感到头晕眼花，呼吸急促。

“筱筱——筱筱——”她一边走进客厅，一边叫孙女。

“奶奶，怎么了？”筱筱从厨房里跑了出来。

“我——我的头又痛又涨，胸口慌——”苏奶奶慢吞吞地说。

“你的脸色怎么这么苍白？是不是血压升上来了？今早您吃降压药了吗？”筱筱扶着奶奶在沙发上坐下。

“还——还——没有——”苏奶奶气喘吁吁，像似爬楼梯一样上气不接下气。

筱筱立刻跑到房里拿出降压药，倒了一杯温开水，让奶奶吃药。苏奶奶吃完药休息了一阵后，喘气好了些，但脸色依旧苍白，煮好的早餐也没有吃，说没有胃口。筱筱见奶奶这副情形，赶紧打电话到公司请假，然后心急火燎地陪她去医院看病。

在急诊室里，一个男医生给苏奶奶作了一番诊断，让她作了几项检查，结果出来之后，他告诉筱筱老人家是血压忽然升高引起的轻微脑溢血，不是很严重，只要保守治疗，在家吃药就可以了。

筱筱听到“脑溢血”三个字，她脸色发白，脑子恍恍惚惚，眼泪随即布满了她的眼眶。

医生给奶奶开完药后，叮嘱苏奶奶要保持心情愉快，饮食要清淡，每天测量血压，把血压控制好。最后他跟筱筱说老人年纪大了，家里人要特别留心，不要让她一个人出门，身边要有人看护。

取完药，筱筱和奶奶回家了……

午饭后，筱筱坐在床边守护着奶奶，老人家的精神看上去好了些。

“筱啊，你陪我去书屋吧，我要去誊抄几遍《道德经》。”

“奶奶，我们上午才从医院回来呢，过几天再去吧。”筱筱微微一笑。

“过几天我就全忘了，我已经养成习惯了，天天抄才记得住。”

“您忘了医生上午怎么同您说的吗？要多休息，要保持心情平静愉快，少用脑，少胡思乱想，要不然的话，病情会加重的。”筱筱望着奶奶略显苍白的脸。

“没事的，我自己的身体自己清楚。医生不是说了吗——我的情况不严重，吃完药就好了。”苏奶奶笑吟吟地说，“讲真的，我每次写《道德经》的时候，心情是最快乐的，不但可以在圣人的大智慧里领悟人生，还可以造化心灵，为生命注入源头活水……”

“只要您感到愉快——我都支持您，但今天就不去了，上午才看了医生呢，明天再去吧！我不在家，您在书屋我也放心，有央吉和央珍照顾您。”

“唉，只有这样了，奶奶今天听你的。”苏奶奶叹了口气说，“我还真不能躺在家里，要不我老想你的事，想什么时候才能给你办喜事。现在，我也不瞒你了，上半年在社区体检时血压就不太好，怕你担心，就没跟你说。”

“您怎么不告诉我呢，”筱筱激动地叫道，“我要是知道了，就会天天提醒您吃药，您这几天是不是忘记吃降压药了？”

“我见自己身体好好的，这两天就没有吃，电视里的专家也说了——‘是

药三分毒’，我也不想吃太多。”

“可是您的血压有问题，就必须天天吃啊！您不按时吃药，如果身边没有人，您出点什么状况，那可怎么办啊？”

“好了——知道了。我以后都按时吃。唉，奶奶都快八十五岁的人了，身体有点小毛小病是正常的嘛！哪有人长生不老呢？我能活到这个岁数，已经知足了，就是怕看不到你披上嫁衣，这才是我最大的遗憾呢！”

苏奶奶说到后面，语气哽咽。自从小钱告诉了他与孙女间的缘分后，她的心稍稍安定了些，孙女的这件大事在她心里算是有了眉目，但她又有点担忧孙女不肯接受小钱。

“结婚又不是一个人就能结的。也要能遇到一个爱我、也爱您、愿意娶我的人才行啊？您说是不是这个理？”筱筱望着奶奶，轻声轻气地说。

“那要是有人爱你也爱我，想娶你、给你一个家，你愿意嫁吗？”奶奶霎时间来了精神，心花怒放地问道。

空气里一阵静默。

筱筱心知肚明奶奶说的是钱曦晨，自从他出现在她们这个小家后，奶奶就总是明里暗里在她面前说他的好。这些天，她也感受到了他对奶奶的敬重和关心，给奶奶买营养品和药品，每天还在微信里问奶奶的身体情况。虽然每次聊的话题大多围绕着奶奶，但作为一个年轻的女孩，她也察觉到了他对她掺杂着某些个人的感情，只是没有开诚布公地说出来而已。渐渐地，她虽没有那么尖锐地看待他了，但肯定也没有什么特殊的情感，一言以蔽之，就是说不上喜欢，也说不上讨厌。

“奶奶，结婚这件事，我听您的。”筱筱想了想，顺从地说道，“您说可以嫁，我就嫁，我相信听您的话不会上当吃亏。”

“这么说你答应嫁给小钱了——”苏奶奶喜极而泣，眼泪夺眶而出，“奶奶终于听到一句中听的话了。小钱啊，他不止一次地跟我说他爱上你了，他说想要给你一个家。你也看出他对我们的好吧！奶奶绝对不会看错人，小钱是个端端正正、人品上乘的年轻人，值得托付。筱啊，你别怪奶奶已经为你做了主，那孩子人真的很好，我特别喜欢他，心一软就答应把你嫁给他了。这些天，我一直琢磨着怎么跟你说呢！你对小钱偏见重重，说他偷看了你的日记，居心叵测，我问过他了，他看你日记就是觉得你的字写得好看，一时半会儿就多看了几眼而已。这下好了，”苏奶奶高兴地叫起来，“我就要看着我的孙女出嫁了。”苏奶奶说完坐起身将筱筱紧紧地搂在怀里。

“您老人家高兴就好，不要再一个人为我的事情伤神了。以后，您还是每天去书屋写《道德经》吧！有事做就不会东想西想了。”

“那是当然的，我还没有学完呢！我要把五千言牢牢地刻在我的脑子里，以后我要带走的。”

“您要带去哪里啊？”筱筱猛的一惊，紧张地问道。

“随身带着啊，走到哪就带到哪，我还想这些智慧带到下一世呢！”

“奶奶，您又来了，您答应过我再也不说生生死死的事情了……”

“好，我不说。我现在得赶紧去给小钱打电话，告诉他你同意嫁给他了，让他筹备结婚的事。”

“筹备结婚的事？”筱筱惊慌的反问道。

“既然你同意了，不结婚还等什么？”

“您也太操之过急了吧？”

“这怎么是操之过急呢？早点定下来，我的心也安定下来了。”

筱筱本来就是想先缓缓奶奶的情绪，说说而已，没有想到奶奶说风就是雨，要来真格的了，“奶奶——先不急嘛！过段时间再说结婚的事，让我们再了解了解，觉得合适再结也不迟的啊！”

“还等什么啊？你刚刚明明说什么都听我的，现在又说再等一段时间，奶奶脑子清醒着呢！”苏奶奶一听到孙女的话前后有了这么大的空隙，她蓦地推开孙女，激动地叫道：“我等不了了，巴不得你们明天就举办婚礼，再说了，这喜事嘛！就要趁热打铁，还拖什么啊？”说到后面她的声音颤抖不已，她坐起身，准备下床到客厅打电话。

筱筱一想到奶奶早上那个情形就慌了神，马上就妥协了：

“好好，您别下地，用我的手机打就好了，我手机里面有他的电话号码，您坐在床上慢慢打。”

苏奶奶接过手机，抚了抚孙女的头，喜笑颜开地说：

“你听奶奶的话不会有错，这好事喜事啊，就要趁热打铁——”

第十七章　尘埃落定

苏奶奶给小钱打完电话后神采奕奕，欢天喜地，跟早上生病时的样子判若两人，似已不药而愈。

“哎呀，太好了，太好了……”苏奶奶高兴得心花怒放，“我这就去给小钱做晚饭。冰箱里应该还有菜吧，昨天我让央珍买了牛肉，好像还没有吃，我给他炖点牛肉，再煮点排骨汤，对了，小钱喜欢吃芹菜炒肉，家里还有没有芹菜啊……”她喜滋滋地念念叨叨，然后准备下床。

“您老人家就安心地躺着吧！”筱筱说罢把奶奶按住，不让她下床。

“我哪能睡得着，小钱下班就过来了，我赶紧去给他准备晚饭。”

筱筱苦涩地笑了笑，轻声问道：

“您的病这么快就好了啊？”

“我一高兴就好了呗，哪还有什么病啊？”

“好了也不行，您啊——”筱筱把奶奶的枕头竖起来放在她背后，“就靠在床上休息，我来做晚饭就好了，我保证招待好您尊贵的客人。”

“好啊，你去做吧，反正你和小钱就要成为一家人了，好好地把厨艺练一练。”苏奶奶开心地回道。

“您说什么就是什么……”筱筱摇了摇头，一副无可奈何的样子。

随后，筱筱进了厨房，一个人安安静静地张罗晚饭。

日落时分，霞光满天，红彤彤的，宛若绚丽的玫瑰花海。曦晨一下班就过来了，这个突如其来的幸福消息让他不知所措，也让他分不清真假。

晚饭后，曦晨陪着苏奶奶下楼散步，筱筱去书屋了。

外面微风轻拂，月光皎洁如银，曦晨和奶奶在小区里走了一圈后，坐在一张长形石凳上休息。尔后，苏奶奶把家里今天发生的事前前后后跟曦晨讲

了一遍。

“奶奶，您的病不要紧吧？”苏奶奶讲完后，曦晨急切地问道。

“没事了，你看我像有事吗？那孩子答应和你结婚后，我什么病都没有了。”

“可是筱筱神情漠然，看起来没有一点想结婚的意思。奶奶，她是不是只是口头上敷衍您而已啊？”曦晨谨慎地问道

“小钱啊，先不要管她是不是敷衍我，反正她答应了就是答应了，她不动声色最好，说明她已经承认了和你结婚的事。”奶奶笑呵呵地说，“今天下午，我把你喜欢她的事都和她说了，也把我的想法全说出来了，她说会听我的话。我了解这孩子，她的心很善很软，知道我现在生着病，这个时候肯定不会和我唱对台戏。所以说——奶奶觉得你们要趁热打铁，赶紧去把证领了，再订个酒店简简单单地办个婚礼，她就稳稳妥妥是你的新娘了。既然你们的缘分八年前就开始了，奶奶不会看错，你俩就是彼此的宿命，奶奶相信你们的感情会在细碎的岁月中不断地递进的。总有一天，你对她的好会在她的眼里变成珍宝的……”苏奶奶抬头望着天上皎洁的月光，虔诚地说道。

“奶奶，谢谢您！我一直都在等待这一天的到来——我也都听您的。”曦晨激动的泪水夺眶而出。

“你这孩子——不用谢奶奶——这是你们两个人的缘分。”

“奶奶，我还没有买房子，我去看过几处，但没有定下来。”曦晨吞吞吐吐地说。

“喏喏——不用专门买房子结婚，奶奶这里不是有现成的房子吗？结婚后，你就搬过来住，咱家这房子才装修了两年多，虽然面积不大，但我们三个人够住了。你说现在房价这么高，你们都是打工族，供套房子压力多大啊？你先搬过来住着，等以后你俩把日子过好了，身边有了宽裕的钱，再考虑买房也不迟啊！”苏奶奶语重心长地说道。

曦晨透过路灯的光亮看着奶奶慈祥的脸庞，鼻子倏地一酸，不知说什么好。

“我呀，就是盼着筱筱能找一个可以托付一生的人，把终身大事早点定下来，咱们不需要那么多的繁文缛节，我只希望对方是个善人，从不要求是个大富翁，只要你真心对筱筱好，有始有终，陪着她踏踏实实地过好每一天，奶奶就别无他求了……”

“奶奶，这辈子，筱筱都是我努力的动力，如果没有她，我这颗被她唤醒

和照亮的灵魂就会枯萎。庆幸的是上天没有将我抛弃，让我遇到了您，您就是带我走上幸福之路的天使啊！您放心地将筱筱交给我吧，我会给她一生的幸福！”

“奶奶相信你，这也许就是命运的召唤吧！所有的缘分都是有定数的。你喜欢了她八年，等了她八年，她一无所知。但冥冥之中，她未尝不是在默默地等待你啊！二十六岁了，她没有谈过恋爱，这样说来——你们都是在各自的世界里等待对方啊。我看你不要再等了，既然她说了要听我的话，默认了和你结婚，短时间内是不会出尔反尔的，就怕拖久了，她又要找些什么理由来拒绝，奶奶还是那句话——好事就得趁热打铁。你呢，先跟你爸妈商量商量，得到他们的同意后，就去把证领了，选个日子把婚事办了……”苏奶奶说着说着，欢喜得嘴都合不拢了。

“奶奶，我都听您的。”曦晨望着冰清玉洁的月亮，心中溢满了幸福。

“我啊，以后就负责牢牢地把你们俩拴在一块儿，让你们一辈子也分不开！”苏奶奶说着，在明净的月光下开怀地笑起来。

曦晨一回到公寓，就给筱筱发了一条信息：

缘分让我们相遇，从在书屋见到你的第一天起，我的心就万劫不复。那一刻起，我的心里就有了一个家，有了与你白头偕老的祈盼。今天，我终于听到了佳音。那一刻，我的心都快要跳出来了，感到自己是世界上最幸福的人。从此以后，让我同你一起分担人生路上的风和雨、苦和乐，一起携手走向美好的未来，一起照顾奶奶，一起为奶奶读书！

随后他翻开了“娉婷日记”，在上面记下了他心中此刻跳跃的字符：

阳光灿烂的日子就要来临了。感谢这座城市！感谢奶奶！感谢我的“娉婷女孩”，你照亮了我的世界，芬芳了我的生命！

没一会儿，曦晨就收到筱筱给他回的信息——上面没有字，只有两个笑脸，这两个笑脸，在他看来是那么含蓄、那么动人。

第二天傍晚，曦晨乘飞机回到了北京。

他进到家门时，他爸妈和柳姐正在吃晚饭，看着风尘仆仆的曦晨，一家人又惊又喜，柳姐忙给他添碗筷，家里的气氛一下子高涨起来，大家顿时觉得饭菜也变香了，龙菀莹一边忙不迭地给儿子夹菜，一边念念叨叨：

“晨晨——你怎么突然回家了，也不提前给我们来个电话，我好让柳姐多烧两个菜，你看你又瘦了，是不是工作太忙，还是平时没有好好吃饭啊。你眼睛怎么这么红，昨晚又没有睡好吗？我说儿子啊，你该结婚了，赶紧娶个老婆，身边有人照顾你，我就不用老为你担心了。要不你这次在家多住些日子，妈妈让我的那些老姐妹帮你介绍个好姑娘。”

曦晨只顾着吃饭，没有回话，他看上去很饿，狼吞虎咽的吃相，连身旁的钱睿知也看傻了眼。这一次，他没有嫌龙菀莹啰唆，也没有帮儿子说话，而是站在老婆一边：

“你妈说得对，你年纪也不小了，是该找个女朋友，考虑结婚的事了。”

“你爸总算是说了句中听的话。咱老百姓过日子，最守不住的就是光阴和年华，一晃一年就过去了，明年你就三十一岁了。小柳只比你大七八岁，人家的小孩都上初中了，是吧，小柳？”

“我大儿子今年十七岁，已经上高中了，在我们乡下，像曦晨这般大小的青年，小孩都八九岁了。结婚晚的，也有两三岁吧！如果像他这般大还没结婚的，在我们那里就不好找老婆了。”小柳轻声细语地回道。

“是这样的啊！男大当婚，女大当嫁。这不管是在城里，还是乡下，都是一样的，天经地义的事嘛。哪个当父母的不希望自家的孩子早点成家立业啊？说实在的，早几年，我也没有想过抱孙子，这两年呀！看到我的那些老姐妹都陆陆续续抱上了孙子，天天在朋友圈里晒孙子孙女，羡慕之情油然而生啊！唉——就不知道晨晨什么时候结婚，也让我抱上孙子。”龙菀莹轻叹道。

曦晨吃饱饭就上楼了。

没多一会儿，钱睿知也搁下碗筷去了书房。

餐桌上剩下龙菀莹和小柳。两个女人聊到家庭和孩子，马上就有了共鸣，她俩慢慢地吃、慢慢地聊，你一句我一句，彼此诉说着“家”这本难念的经。两个男人离开了餐桌，她们也全然不知。

曦晨一进房间就给苏奶奶打了电话，告诉她他已回到了北京，接着，又给筱筱发了信息。现在这两个人在他心里就是她的家人，走到哪都惦念着她们。

约莫过了个把小时。

曦晨下楼叫他妈去他爸的书房，说是有事要和他们商量，龙菀莹以为是公司的事，便马上关掉电视跟着儿子上了楼。

“什么事啊？儿子，这么神神秘秘的，不会是公司那边出了什么事情吧？你这么急着回来——”龙菀莹在沙发上坐下后，神情凝重地问道。

“没有，公司挺好啊，每个月的业绩都上涨迅猛。”曦晨开心地回答道。

“噢，那我就放心了。”龙菀莹眉目舒展，轻轻了吐了一口气。

曦晨挺直身子，望了一眼他爸，又侧首看了一眼他妈，庄严地说：

“爸——妈——我要结婚了。”

“你要结婚了？”龙苑莹将信将疑地反问道。

曦晨点点头。

“老钱，儿子说要结婚了，你听到了没有？”

“听到了，一看就是真的，假不了，这不正是你天天都盼望的吗？你刚才还急成那样——”钱睿知兴冲冲地说道，他随即放下手中的鼠标，两只胳膊肘支在桌子上看着曦晨。

“哎呀，儿子，你这真是给爸爸妈妈来个措手不及啊！刚才问你，你又不出声，急死我了。快跟妈妈说说，是个什么样的姑娘？哪里人？她爸爸妈妈是做什么的？她什么学历？在哪工作啊？哎——是不是小杨以前同我说过的一个客户的女儿啊？快——快跟妈妈说说。”龙菀莹激动得语无伦次，巴不得儿子的结婚对象现在就出现在她的眼前。

“你一下子问这么多问题，你叫他怎么回答啊？”钱睿知輾笑着说道。

“她在 L 市长大，目前在一家电子公司上班，爸妈都已经过世了，她和奶奶一起生活。”曦晨从从容容地答道。

“什么？爸爸妈妈都不在了，她和奶奶一起生活，这不是一点家庭背景都没有吗？”听儿子这么一说，龙菀莹相当不悦，说话的语气拿腔拿调。

“是的，她的家庭条件非常一般，但她是个很善良的女孩，我能跟她结婚，都是奶奶在帮我，她和奶奶都是好人。”

“儿子耶——这是结婚，不是闹着玩的——”龙菀莹说道。

“我知道，当然不是闹着玩的，她就是我想要携手走过一生的人，有她陪伴我，我才有动力扬起人生的风帆……”

“儿子，你是不是被她的巧言令色给迷惑了啊？结婚可是关系到你一辈子的幸福，你找一个这么平庸的女孩子，这可是对你自己不负责任啊！”龙菀莹激动地叫道。

“菀莹，你这是说的什么话啊？曦晨说要结婚，肯定是因为找到了他自己的幸福，他的事无论是工作还是婚事，都让他自己做主，我上次就跟你说了，等他找到了心仪的女孩，我们负责祝福他们两个年轻人就好了——”钱睿知明显不赞同妻子的观点，他的神色透着喜悦之情。

“老钱，你也不想想，婚姻是一辈子的大事，双方的家庭背景非常重要，见过世面和没有见过世面的女孩是不一样的，这不仅关系到晨晨今后的事业发展，还关系到他们的生活品质及他们的孩子，怎么能任由得他呢？”龙菀莹越说越生气，声调越来越高昂，“大家都说‘门当户对的婚姻，才是最理想的婚姻’，你找了这么一个什么都没有的女孩，还说要和她结婚，这叫哪门子事嘛？我不同意——”

“菀莹，你还没有见过这个女孩，就这样否定她，是不是有失偏颇啊？什么见过世面和没见过世面？一个女孩最重要的是人品、教养和内涵，其他都是其次。”钱睿知强调道，“还有啊，所谓的‘门当户对’也要在情感的支撑下，如果两颗心不能相契，‘门当户对’的婚姻还有何意义呢？真正幸福的婚姻是精神和心灵的相互吸引、给予、依赖和信任，如果没有这些作基础，只看重门第和光环，是不是不明智啊？”

“大道理每个人都懂，但真的到结婚这个地步，哪个父母不看重对方的家庭背景啊？也只有你表现得这样清高——”龙菀莹冷冷地说，似乎一下子对儿子结婚的喜事失去了热情。

大家随之一阵静默。

曦晨瞅瞅他爸，又瞅瞅他妈，打破沉寂道：

“爸——妈——你们还记得我去美国读书前，爸问我是谁拯救了你们的儿子吗？”

“我记得，但你没有回答啊！”钱睿知看向儿子，肯定地说。

“我也记得，你爸当时是冲着我问的。”龙菀莹瞥向儿子，慢吞吞地说。

“拯救我的这个人就是我想要和她结婚的女孩，要不是她，就没有你们今天的儿子。”曦晨的语气同他爸的一样肯定。

“真的吗？”钱睿知和龙菀莹半信半疑地望向儿子，几乎异口同声地叫了出来。

“真的。”曦晨毫不犹豫地回答。

“你那时才多大？怎么就认识了一个南方的女孩呢？”龙菀莹疑窦丛生，直直白白地问道。

面对他爸妈的质疑，曦晨记起奶奶说的话——“好事要趁热打铁”。于是，他便从他在L市与筱筱萍水相逢、无意中拾得她的日记本开始讲起，把他和这两本日记八年的故事全部和盘托出……

两人听完儿子的故事后，龙菀莹的态度一千个转变，她眼帘里挂着泪珠，轻轻地将头靠在儿子的肩膀上。钱睿知坐在对面不停地点头，他也被曦晨这八年的故事感动了，同时也为儿子的这些年的进步感到欣慰。

“儿子，爸爸支持你，这样的女孩一定要娶，这是你的福气。你说她开了书屋，有书香气的女孩，人品错不了。”钱睿知啧啧称赞道。

“晨晨啊！你喜欢的女孩妈妈也支持你——”龙菀莹破涕为笑，全然忘记了自己刚才说了不理智的话，现在的她，全身心地沉浸在儿子的喜事当中，“老钱，你说我们要给那姑娘家准备多少彩礼钱啊？”

“这个你做主嘛！礼数肯定不能少的，人家奶奶那么大岁数了，我和你亲自上门拜访才是啊！”

“是呀，都要成亲家了，不登门拜访的话，就失礼了。什么时候去好呢？”龙菀莹眉开眼笑地问道。

“后天吧！后天是星期六，刚好大家都有空，你去准备一下，我也有三个多月没有去那边了。顺便去公司走一走，曦晨不是说要帮他看房子吗？到时我们一家人一起去看看。”

“这事听你的，我也巴不得早点去呢，去看看是哪个姑娘把我儿子迷得神魂颠倒……”

“爸妈——筱筱还不知道她丢失的日记在我这里，你们见到她可不要说漏嘴了啊！”

“知道——知道——你刚才不是说过一遍了吗？你说上次在她书店看了她的日记，她对你误会很深，是吧？”龙菀莹直直地说道。

“我也听到了，好像说过几遍了。”钱睿知补充道。

“是吗？我说过吗？哦——哦——我忘记了。”曦晨期期艾艾地望着他妈。

“放心吧，你爸和我都记住了，不会说的，儿子，这是你们俩之间的小秘密，你们自己去解决就好了。我说你呀，爱上了一个姑娘，都变得神经兮兮的了，赶紧把婚结了吧，看把你急成什么样了。”

“你妈说得对，既然确定下来了，就赶紧把婚结了，我和你妈的心也安定下来了。”钱睿知现在说话都向着龙菀莹了。

“哎呀，今天真是太高兴了，终于盼到给儿子结婚了，对了，老钱，你说他们的婚礼在哪里举行比较好呢，要不办两场吧，一边办一场。”

“这些等见了那个女孩的奶奶，两家人一起商量嘛！”钱睿知说道。

“这是当然，这是当然的啊！”龙菀莹回道。

星期六中午，一家三口飞到了L市。

他们到达苏奶奶家时，苏奶奶和筱筱已做好了一桌丰盛的饭菜迎候他们。曦晨昨天已经给苏奶奶打电话了，说他爸妈今天要过来拜访，苏奶奶便把孙女留在家里帮她做饭。

钱睿知和龙菀莹与苏奶奶一见如故，几句话聊下来，他俩就很喜欢这位平易近人、慈眉善目的老人家了。这个家虽然不大，但处处干净明亮，每一个角落都洋溢着温馨的气息。龙菀莹对未来的儿媳妇也非常满意，没有进门前，龙菀莹在心里想了无数次儿子所钟情的女孩的模样，见到之后，她的心就马上明朗了，筱筱娟秀的容貌，得体的话语，身上的每一点，她都喜欢得不得了。可能是没有女儿的缘故，她从见到筱筱的第一眼起，就觉得这孩子像似自己生的一个女儿，只要视线一落到她身上，就觉得看不够。

午饭后，曦晨带着他爸去书屋了，筱筱和央珍去了超市。

龙菀莹悄悄地去了筱筱房间，这间小屋素雅而简约，空气里泛着淡淡的书香气。她坐在床沿边，看了看墙上的字画——“明德惟馨，瑶环瑜珥”及“祸兮福之所倚，福兮祸之所伏”，霎时间，她的脑子被一团墨香笼罩。她又摸了摸放在床头的几本书，捧起其中的一本，她平常一般只看时尚杂志，从没看过这么厚的一本书。但今天在女孩的房间里，她却情不自禁地翻开了，而且认认真真地读了两页的内容，当一个个小字进入她大脑后，她感到神清气爽，心情豁然开朗……。

这一刻，她忽然明白儿子为什么几年的时间就变得如此正气凛然了，原

来是这一本本好书为他保驾护航，是这个女孩为他的灵魂注入了香气，也是这个女孩为他带来了好运。

钱睿知对“儿媳妇”也很喜欢，他跟儿子说这姑娘气质好，举止闲雅，眉目间洋溢着书卷气，安安静静的模样透着一股大家闺秀的风范。

当天下午，苏奶奶和曦晨他妈就把两个孩子的婚事定下来了，龙苑莹也非常同意苏奶奶说的“好事要趁热打铁”。而且，她见了筱筱后，似乎比苏奶奶还急，决定让曦晨和筱筱这几天就去登记，接着在这边把婚礼给办了，以后再去北京办一场。她没来这个家前，本想让儿子自己来选结婚的时间，但看到筱筱后，就生怕“儿媳妇”不翼而飞了。她和苏奶奶一样，想马上把他俩拴在一起、绑在一起。

曦晨爸妈到L市的第三天上午，是个喜气洋洋的好日子，曦晨爸爸和苏奶奶陪着曦晨和筱筱一起到民政局登记结婚，龙菀莹说要亲自看着两个孩子妥妥当当地把结婚证领到手才安心，她悄悄地跟钱睿知说怕儿子和儿媳妇临阵脱逃，必须陪着一起去，苏奶奶也想亲自去看着孙女拿到红本本……

一个来小时后，曦晨和筱筱在一家人的见证下，领到了两个红彤彤的本子，苏奶奶和龙菀莹拿在手上看了又看，两人笑得比谁都开心。

第十八章　深山里的梦想

钱睿知回北京上班后，龙菀莹留在苏奶奶家为两个年轻人筹办婚礼。一天下午，她和苏奶奶一起去商场置办两个孩子的结婚用品，回家后，苏奶奶把龙菀莹拉到了自己的房间。

“菀莹，你在我床上坐会儿，我想跟你说点事。”苏奶奶笑吟吟地说。

“好啊，苏妈妈。”龙菀莹说着坐在苏奶奶身边。

“这些天你为了两个孩子的婚事忙这忙那，辛苦了。”

“不辛苦，不辛苦，为他们忙，多开心的事啊！说真的，苏妈妈，住在你们这个小家里，感到特别幸福，我都不想回去了。特别是每天晚上看到筱筱坐在这里为您读书，那画面真温馨，真让人羡慕。”

“她以后就是你儿媳妇啊，你也让她为你读书。”苏奶奶笑着说。

“前几天，她给我读了两首诗呢！当时感觉好奇妙啊，很舒服很惬意，像有人为我做美容一样，特别享受。”

“呵呵，这话有点意思，读好书胜似做美容啊！”

“等我老了的时候，也让我的孙子孙女为我和老钱读书！”龙菀莹遐想道。

“这是个好主意，读书这个好习惯，要让小钱和筱筱传承下去。小钱来了我们家后，也为我读了不少好文章呢！”

“晨晨也给您读书吗？”龙菀莹吃惊地问道。

“那孩子读得特别好，蛮有天赋的。”

“天哪！”龙菀莹叫起来，“他还会为您读书？他有这个耐心吗？”

“这孩子优点多着呢，他是个很有耐心的孩子。”

“苏妈妈，不瞒您说，他去美国读书前挺让我操心的。我也是最近才知道，他这些年的改变是因为筱筱，是她写的日记感化了他，这些年，他成长太多了。

如果没有遇到筱筱，可能他还是以前那副不着调的样子。”

“这是他自己努力的结果啊，他能跟筱筱相遇，只能说明他们两个人的缘分深。”

“缘分真的太奇妙了！晨晨这孩子小时候被一家人宠坏了，养成了懒散的不良习惯，做什么都不上心，没有人生目标，做一天和尚撞一天钟，得过且过。大学毕业后，天天跟着一群不上进的朋友东混西混，就这样过了一年多。有一天，他突然跟我们说他要去美国读书了，我和他爸当时大吃一惊，以为他是开玩笑的，完全不敢相信，直到他拿出录取通知书才知道是真的，原来他一直背着我们在培训机构上课，准备出国留学的考试。这次，他回家跟我们说要结婚，讲了他和筱筱的故事后，我才知道原来是筱筱改变了他，读了她的日记后，他的心受到了鼓舞，才开始重新定位自己，寻找人生方向，因此才成全了现在的他……”龙菀莹感慨万千地说道。

“影响固然重要，但最终还是靠他自己的决心和努力一步步地实现理想嘛！能被善念影响或者打动，说明这孩子本性善良，有一颗想拯救自己的心，这才是关键啊！”

“苏妈妈，你说到点子上了，他从美国回来后，我和他爸都有点不认识他了，从前那个吊儿郎当的儿子不见了，他沉稳、内敛、自信，做事有恒心，有始有终，还非常自律。帮我把公司经营得有声有色，做出了很了不起的成绩。”

“小钱这孩子啊，不光努力上进，还很谦虚，当我问起你们家的家庭状况时，他说跟我们家条件一样，我还信以为真。你和他爸来我们家后，我才知道他是骗我的啊！而且我也不知道他学历那么高，还有自己的公司，这几天，我常在想，让筱筱跟小钱结婚，是不是不太妥当，这条件差得有点远了，明显的就是我们高攀了你们家，但看到你们一家人对筱筱这般喜爱，我又不知道该怎么和你们说啊！”

“苏妈妈，您千万不要这么说。跟你说实话吧，不知道晨晨和筱筱的故事之前，我确实在我爱人和晨晨面前说过不太恰当的话，当时觉得他可以找个条件更好的女孩，我现在向您道歉！苏妈妈，对不起！”龙菀莹诚恳地说道，“您知道吗？见到筱筱后，我就明白过来了，这一切都是上天最好的安排啊，天底下没有哪个女孩比筱筱更适合晨晨了，我第一眼见到她，就很喜欢她，像是见到我自己的孩子一样，这一切都是命中注定的啊！”

“我理解你的心情，这是很正常的事，哪个父母不为了自己的孩子着想啊！你们对筱筱的疼爱，我都看在眼里，这是筱筱的福气啊！这孩子的妈妈过世得早，父亲也没有陪在她身边成长，她总喜欢把心思藏起来，不太会表达自己的感情，以后你们要多多包涵她啊！”

“苏妈妈，您放心，我们一家人都会疼爱她的。”龙菀莹握着苏奶奶的手诚恳地说道。

“菀莹，你等一下我。”

苏奶奶说完，走到桌子前，拉开抽屉，在里面拿出一张银行卡，然后坐回到龙菀莹身边。

“这个你拿去给孩子们办婚礼吧，密码是筱筱的生日。”苏奶奶说完将银行卡递给她。

“苏妈妈，这万万不可啊，我们有钱给孩子们办婚礼，怎么能要您的钱呢？”

“收下吧，菀莹，这里有我的一点积蓄，剩下的是你和小钱爸爸拿过来的彩礼钱，你和你爱人也太客气了，筱筱能和小钱结婚，一直是我的心愿，也是那孩子的福气，根本就不需要这些礼数。”

“这哪行啊，苏妈妈，礼金是理所当然的，这也是我们的老传统啊，晨晨能娶筱筱，是他的福气才对。怎么还能要您的钱来办婚礼呢，我怎么都不能收，要不然就失礼了，晨晨和老钱也会怪我的。”

“收下吧，孩子，都一家人了，就不要说两家话。我们都是为了两个孩子的幸福。再说了，我就这么一个孙女，她结婚这么大的喜事，我怎么能袖手旁观呢，是吧？我都八十多岁的人了，不需要钱了，只要两个孩子幸福就好，就当作是筱筱的嫁妆吧！你一定要收下啊！”

“苏妈妈……”面对这位善良、淡泊的老人，龙菀莹眼眶泛红。

“收下吧，你就当是成全苏妈妈，也让我幸福地嫁孙女，好吗？”苏奶奶一边说，一边将卡放进龙菀莹外套的口袋里。

“那我收下，这些钱都留给孩子们吧！”

“菀莹啊，”苏奶奶把龙菀莹的手攥在手里，语重心长地说，“你上次说还要到北京办一次婚礼，我觉得就没那个必要了吧，再办一次婚礼，不光要花钱，还要花很多时间，兴师动众的。你们都是有事业的人，要忙工作，这次的婚礼你已经花了那么多心思，花了那么多时间，什么都是买最好的、用最好的，

我还没见过这么高档次的婚礼呢！我觉得办一场就可以了，孩子们的幸福不需要那么多繁文缛节，你可以把北京的亲戚朋友都接到这边来，让他们到这里来参加婚礼，顺便开开心心地旅个游，不是挺好吗？”

“苏妈妈，我觉得您的建议很好，我跟老钱说一下，就按您的意思办。”龙菀莹的脸上荡起欢快的笑意。

一个来月后，曦晨和筱筱的婚礼筹备就绪了。虽然时间紧促，但龙菀莹凭着她一贯雷厉风行的做事风格，把儿子婚礼大大小小的事情安排得妥妥当当。

婚礼前一天，曦晨的爷爷奶奶、美国的小姑和小姑父以及北京重要的亲朋好友都来到L市参加他的婚礼。

筱筱的大姨和表哥翔浩也过来了，筱筱的表哥翔浩在上海工作，他已结婚生子。月姨接到筱筱的电话的第二天就从老家过来了，她像嫁女儿一样又激动又兴奋，她想早点过来帮她做些什么。她为筱筱绣了一对大红的鸳鸯枕套，她一直把小时候对她的这个承诺记在心里，她去年就绣好了，就等着筱筱结婚的这一天。

婚礼这一天，风和日丽，空中飘着一朵朵洁白的云，犹如“娉婷小花园”里初开的茉莉花，芬芳美好。两人的婚礼在一家酒店举行。在这大喜的日子里，苏奶奶几次激动落泪，她终于盼到孙女的婚礼了。央吉和央珍打扮得漂漂亮亮，在婚礼上当姐姐的伴娘。筱筱的好姐妹姝妮、俏凝、梦蝶、小欣，还有她的几个大学同学和公司的几个同事都过来了。

筱筱穿着十几年前她妈妈留给她的那条裙子和那双鞋，她一直把它们当作宝贝一样珍藏着。这裙子穿在她身上没有一点年代感，一字扣白色高跟鞋犹如一对美丽的白天鹅一样优雅。虽然小时候她也梦想着有一天穿着洁白的婚纱结婚，但这一刻她更想天上的爸爸妈妈看到她穿着他们留给她的衣服出嫁……

晚上，筱筱愣愣地坐在红彤彤的床上，像是在领悟什么。她的房间重新布置过了，房里放着新床和新家具，这一个月来，她都是一副懵懂的状态，似在梦里一般，看着奶奶和曦晨的妈妈在家里操办着婚事，自己像个外人一样什么也插不上手……

十几分钟后，她悄然去了厨房，这几天奶奶的腿疼，她想烧点水给她敷一敷，不一会儿，她提着水出了客厅，奶奶和曦晨正在客厅里说话，当她蹲下来给奶奶敷腿时，曦晨也蹲下来帮忙。

“筱筱——你今天穿着你妈留给你的这身衣裳，可真好看——简简单单，大大方方，是个美丽的新娘，是吧，小钱？”苏奶奶精神矍铄，一脸喜庆。

“嗯——很漂亮——”曦晨抬头看向身旁的新娘，由衷地说道。

筱筱不声不响地为奶奶换毛巾。

“今天啊！既是你们俩幸福的日子，也是奶奶幸福的日子。”苏奶奶低头看着两个孩子，一副幸福绵长的样子。

“奶奶——谢谢您将筱筱嫁给我，我一定不会辜负您为我们所做的一切！”曦晨抬起头说道。

“奶奶终于盼到这一天了——”

敷完腿后，筱筱对旁边的曦晨说：“你早点回去休息吧！”

“他回哪里啊？”奶奶哈哈大笑起来，“你们都结婚了，你还让他回哪里？从今天开始，他就睡在你的床上，房间里的新床和新被子都是你们的妈妈准备好的。”

“奶奶——”筱筱脸上飞起两团红霞，端起一盆水走开了。

“这孩子害羞了！”苏奶奶看着英俊的新郎官，微笑着说，“两个人结婚了，就要睡在一张床上，从今以后啊，你们俩同枕风雨、共枕荣光！”

“知道了，奶奶——”

随后，曦晨扶着奶奶回了房间，然后像往常一样为她读书……

他回房时，筱筱已经睡了，她侧身靠墙睡在红彤彤的大床上，已经进入了梦乡。他洗漱完后，坐在婚床边，习惯性地打开抽屉用手去摸他的“娉婷日记”，八年的陪伴，这一习惯已融入他的生命。当他的手空空而回时，才意识到这不是他自己的公寓，从今晚开始，他将有另一种永远的陪伴，新的生活即将开始，他的“娉婷女孩”就睡在他的身旁，他将陪着她一辈子，走过人生的每一天。

他在手机里读到了筱筱的信息：

你知道我是因为奶奶喜欢你才愿意和你结婚的，我们认识才两个月，我实在还没有弄明白这到底是怎么回事，也不知道这是什么样的一种命运，我

凭直觉选择听了奶奶的话，但我们还不了解对方。所以，我现在没有办法交出我的心，我们还需要时间，你可以在床上睡，但请你以“君子之交”来对待我们的关系。

曦晨看完信息后一点也不觉得惊讶和不妥，他觉得原本就应该是这样的，她能和他结婚，能住在这个家里，已经很幸福了。

随后，他愉快地回了一条信息：

谢谢你愿意嫁给我，我永远等着你！

关上灯后，他躺了下来，听着她匀称的呼吸声，闻着她身上散发出的淡淡香气，很快就进入了美丽的梦乡……

一个月后，在龙莞莹和苏奶奶的安排之下，一个星期六上午，曦晨带着筱筱回到了北京的家。

儿媳妇第一次进门，龙莞莹自然非常重视。她提前几天就开始准备，为他们布置房间。本来她打算搬到两年前为儿子买的婚房里去，那边的环境好，房子也更气派，但房子才装修好不久，屋里还没有订家具，钱睿知也不主张搬家，他说儿子和儿媳妇又不在家住，等有了孙子再搬过去也不迟，龙莞莹这才打消了搬家的念头，只把儿子的房间稍稍布置一下。当天，她把曦晨的爷爷奶奶接到家里，一家人欢聚一堂。龙莞莹一整天都是笑着的，眼里满满都是对儿媳妇的疼爱。

晚上，曦晨的爷爷奶奶回去后，龙莞莹拉着筱筱上楼，把她带到自己的卧室，接着又进了里面的一间屋子，璀璨的灯光下，筱筱看到了一个宽敞明亮、光彩夺目的衣帽间，里头的装修别具一格，完全可以媲美大商场里面高雅的奢侈品门店，陈列架上放着各式各样的手袋、鞋、手表及饰品，壁柜里挂着琳琅满目的华丽衣服，犹如一个艺术品博物馆，物品上的英文标签犹显高贵，全都是常人可望而不可即的世界顶级大牌。

末了，龙莞莹拉着筱筱坐在梳妆台前的皮凳上，一脸兴奋地说：

“你知道妈妈为什么带你来这里吗？”

筱筱轻轻地摇了摇头。

“这里面的所有东西啊！都是妈妈留给你的。”龙菀莹热切地说，一双美丽的大眼睛熠熠生辉。

筱筱瞠目结舌地看着龙菀莹，嘴里喃喃道：

“这也太多了。”

“妈妈跟你说啊，这些东西都是我做了二十几年接近三十年的生意积累下来的，每一年我都会买些对得住自己的东西放在这里，算是对自己的犒劳。一年一年的积累，就成了这么一个‘小商店’了。不过，我的也就一般多吧！我有些姐妹的比我的还要多呢！这里面的物品，大多数都没有用过，全是新的。你第一次回家，先挑几件拿过去用，其他的妈妈帮你保管着。”龙菀莹神情激昂地说，她边说边站起身去拿。

筱筱见状，忙拉住龙菀莹的手，婉言道：

“妈妈，您自己留着用吧！”

龙菀莹听到筱筱叫妈妈，开心不已，她又坐回到筱筱身边。这是筱筱第二次叫她，第一次是结婚那天敬茶的时候叫的，她记得那天她叫“妈妈”的时候，这孩子还哭了。后来，奶奶在电话里告诉她，因为筱筱十四五年都没有叫过妈妈了，才那么涩口、那么激动的。今天这孩子第一次来婆家有点害羞，进门见面的时候就没有叫出口，不过她看得出孩子对她的喜欢。

“筱筱，你不知道，”龙菀莹抓住筱筱的手，动情地说，“从我见到你的第一眼起，就感觉你就像我分开多年的一个女儿，跟你特别亲，一听到你叫妈妈，我心里就甜滋滋的，你叫的跟晨晨叫的完全不一样。所以呀，以后你不光是我儿媳妇，还是我女儿，妈妈只有两个孩子可以疼，就是你和晨晨。你们啊，抓紧点给我生个孙子，让妈妈也在朋友圈里风光风光，我一看到姐妹们经常晒孙子孙女，心里就嫉妒得发慌。对了，以后你给我生两个孙子，一男一女，我这屋里几百万的东西就后继有人了。”龙菀莹越说心情越好，脸上泛着灿烂的红光。

“几百万？您这些东西值这么多的钱啊？”筱筱呆若木鸡地问道。

“差不多吧！”

“这么多钱，在乡下都可以建一所学校了……”筱筱若有所思地说道，像是自言自语。

“学校？”龙菀莹不解地反问道。

"是啊——妈妈。"筱筱平心静气地说，"在我书屋工作的两个女孩的家乡就没有一所像样的学校。那里只有一所破烂不堪的小学，这让许多想读书的孩子不得不放弃继续读书的梦想。"

"唉，现如今这社会，无论是大城市，还是穷乡僻壤，世风日下，贪官污吏屡见不鲜，那些人的眼里只有自己的利益和锦绣前程，这是社会的风气使然，小地方也一样，真正为民办事的不多。"龙菀莹长吁短叹道。

筱筱瞅了一眼龙菀莹，默不作声地看着脚下光洁闪亮的大理石地面。

"不过咱们家的钱可都是干干净净的啊！我们家的财富是妈妈多年的辛苦打拼和你爸爸的投资有道积累而来的。你爸爸虽然当了个芝麻小官，但从来都是规规矩矩的。"龙菀莹爽朗地大声说道。

"我知道你们都是好人啦！"筱筱嫣然一笑。

"咦——儿子——你怎么站在门口不进来啊？"这时，龙菀莹发现了站在门口的儿子，她赶紧招呼他进来。

"爸让我来叫你们下楼吃水果。"曦晨一边走一边说，其实，他过来一阵了，见她俩聊得很投入，就没有叫她们。

"我这才和你老婆说一会儿话，你就来逮人？我可要吃醋了，真是'娶了媳妇忘了娘'啊！"龙菀莹站起身来抱住走到她身边的儿子，装作一副委屈的模样。

"哪有？"曦晨不自觉的脸就红了，他瞅了一眼凳子上安安静静的筱筱，"我是真的来叫你们下楼吃水果的，柳姐切好了一大盘水果，让你们都去吃。"

"那我们下楼吃水果吧！"

龙菀莹说完，拉起凳子上的筱筱，挽着她的手臂，喜笑颜开地走出了房间。

曦晨和筱筱在北京住了两天，星期天的下午，他们回到L市。

次日清早，筱筱一起床就去了厨房，她既做早餐，也为曦晨准备午饭，星期六在北京的家里，一家人在饭桌上吃饭的时候，曦晨说他公司还没有建食堂，平常都是吃盒饭，她便记在心里了。昨晚她就去超市买了菜。没多大工夫，她就做好了早餐，曦晨的午饭也准备好了，她给他煮了米饭、乳鸽枸杞汤、莴笋炒瘦肉、生菜。

中午，曦晨在办公室吃着爱心午餐，内心的甜蜜不言而喻。这两天，他在琢磨着一件事，在北京家里的那天晚上，他无意中听到了筱筱和她妈妈的谈话，当时看到筱筱说到央吉老家没有学校时的怅然神情时，心里就升腾起想要给她快乐的愿望。

他说过要守护她一辈子，就应该去做让她快乐的事，筱筱一直心系深山里的孩子，希望他们有一所好学校，有好的学习环境，每个孩子都能受到好的教育，他想着想着，就决定为她去实现她心里的那个梦想，去那个遥远的地方盖一座学校。他盖学校的初衷很简单，就是为了她而盖，他爱她，他要让她快乐！

下班后，他去了书屋，在央吉那里打听到了她老家的地址。

他准备用手上买房的钱来盖学校，上次他爸妈过来，杨哥的老婆带他们一家人到一个高档小区看房，那天他们看中了一套房子，他爸妈让他去买下来，他本来答应这个周末过去签合同，但钱有了新的去向后，他决定先不买房了，孰轻孰重，他觉得为自己爱的人实现她深山里的那个梦想更为重要。当即，他打电话到售楼处把签合同的事委婉推却了。

五天后，曦晨带着杨哥和公司里的另一名员工去了那个遥远的村庄。他跟奶奶和筱筱说出差几天，她们也没有多问。这正好合了他的心意，他想等到学校落成后再给全家人一个惊喜。他不知道自己从什么时候变成这样的一种行事风格了，想当初，他偷偷备考托福出国留学，也是等到成功的最后一刻才跟父母分享喜悦。

经过一番考查后，他决定在这块地方盖一所十二年一贯制的学校，让当地的孩子们受到全面的教育。在相关部门的协助下，建校的地址很快就确定下来了，其他方方面面的事情也得到了落实，“有钱好办事”这个亘古不变的真理在哪里都管用……

所有建校的事情比他想象中进行得顺利，曦晨感到了前所未有的轻松和快乐，心里面升腾起一种成就感和责任感，他从来没有想过自己还有能力和动力建一所学校，造福他人。

但为了爱，他做到了。

到山区走了一趟后，曦晨感悟甚多，他的心灵也得到洗礼和升华，他既感受到了给他人带来幸福的荣誉感，同时也感受到了传播爱的使命感！

第十九章 两颗心在靠近

二〇一四年八月份，曦晨和筱筱结婚已九个月，他们结婚后，龙菀莹来L市的次数愈来愈多了，她每次都会先过来看望苏奶奶，然后陪她出去逛逛超市，或者帮她做顿饭，两个人相处得十分融洽、愉快。

上个星期五，龙菀莹又过来了，中午，她陪着苏奶奶到楼下的一家餐厅吃饭，两人一坐下来，就聊开了。

“苏奶奶，晨晨和筱筱结婚这么久了，他们还不打算生孩子。我每次问晨晨，他都嫌我烦，总是说，‘不急——’，可这一晃他俩结婚快一年了……”龙菀莹说道。

“现在的年轻人嘛，思想不一样了，他们有自己的人生规划，有自己的活法，慢点要孩子也没有什么的——”苏奶奶慢慢地应道。

“晨晨他爸也是这么说的，他说这是孩子们自己的事，让他们自己做主。我今天想起这件事，就顺便提起跟您聊一聊——”

“菀莹——你别着急啊！我的心情也和你一样，但这是孩子们自己的事，像小钱他爸说的让他们自己做主，这样其实是最好的啊！”

“我不着急。孩子们还年轻，让他们先过两年二人世界也挺好的，多培养感情。现在养育一个孩子也不容易，要花很多时间和精力。反正他们婚都结了，想什么时候生就什么时候生吧，我们等着就好……”龙菀莹善解人意地阐述着她的观点。

其实，苏奶奶何尝不是和他们一样，也希望家里多个小人儿，但她心里很清楚——他们两个人还没有到夫妻这份上。虽然她老了，但她不糊涂，她天天和他们生活在一起，两个孩了的一举一动都在她的眼皮底下，她看得出来，平常两人相处起来总是客客气气，根本不像恋人，更不用说夫妻了。当初，他们没有恋爱就结了婚，现在几个月过去了，看到这种情形，苏奶奶开始怀疑自己是不是做错了。而小钱他妈对他俩的事情一无所知，结婚这么久了，她急着抱孙子也是人之常情，苏奶奶也非常理解她的心情。

龙菀莹走后，苏奶奶却自个儿伤神起来，她暗暗思忖自己这样硬生生把两个孩子拴在一起，期待他们有一天彼此相爱到底是不是做错了。她知道这也怪不得孙女，当初孩子答应结婚都是因为她一直给她施加压力、逼着她，才那么快促成婚事的。现在孙女不能把心交给小钱，这也不能怨她啊！但苏奶奶觉得还是要挑明和孙女说一说，她不能让小钱一直这样毫无保留、心甘情愿地为孙女付出。

星期天的下午，曦晨出门了，家里只有祖孙俩，苏奶奶将孙女叫到她房里，和颜悦色地对她说：

“你和小钱都结婚九个月了，你打算什么时候给我生个曾孙啊？”

“我答应跟他结婚，又没有答应过生孩子。”筱筱脸颊绯红，不以为然地喃喃道。

“这婚都结了，怎么能不生孩子呢？”奶奶佯装生气的口气说道。

“奶奶——”筱筱拖着无奈的腔调，嘟嘟囔囔，“人生怎么就像个大‘馅饼’，啃了一口之后，就一定要把它啃完啊？”

“喏，你啃到了小钱这么好的‘馅饼’，也该知足了吧！不是奶奶说你，小钱可真是个难得的好孩子，有里有面的，不但家世好，还一表人才。他的父母亲既有涵养又豁达，对你还百般疼爱。你能嫁到小钱这么好的人家，也算是我们苏家积福积德了，你要好好珍惜啊，哎，我困了，想睡个午觉……”

不一会儿，奶奶就睡着了。筱筱安然地靠在奶奶床头，回忆着奶奶说的话，陷入了沉思。

在与曦晨相处的这几个月中，她不得不承认，他确实像奶奶口中说的那般好，是个品行端正、重情重义的人。九个月里，把两人拴在一起的是房间里的那张大婚床，从她的床上多了一个人后，她并没有感到恐惧和不安，恰恰相反，她感受到了前所未有的安全感。这个家里，以前只有她和奶奶两个人，大部分的事都是她一个人扛着，现在，她身边多了一个人，多了一副肩膀，睡觉都感觉安心了许多。

想到这，她的眼泪不由分说地流了下来。

半个小时后，曦晨从外边回来了，他看见筱筱在奶奶房间里红着眼眶，忙上前问她：

“奶奶不舒服吗？是不是生病了？”

筱筱轻轻地摇摇头，跟着他一起出了房间。

“谈好了吗？”

“谈好了，我把你画的图纸给他们了，他们说马上就能出设计方案。”曦晨坐在沙发上，一边喝水，一边气定神闲地应道。

曦晨是去谈书屋装修的事，筱筱这几天都在为这件事焦心不已。书屋已开了有四五个年头了，屋里的木桌和沙发明显不够，她经常看到顾客站着或坐在地上看书时，就有扩充书屋的想法，但又没有找到合适的地方。前几天，她听说隔壁的水果店要转让，便当机立断将店盘了过来，接下来她就着手装修的事。曦晨知道她要重新装修书屋后，就让杨哥的老婆帮忙找了一家知名的装修公司，下午，杨哥就带着装修公司的设计师过来了。

“谢谢你！”筱筱坐在他旁边不露声色地说。

“谢什么啊，我们是一家人！”曦晨温情脉脉地回道。

筱筱鼻子一酸，她怕眼泪在他面前流出来，转身去了奶奶房间。

晚上，筱筱去了书屋，曦晨在家陪奶奶，睡了一个下午的觉后，苏奶奶精神好了许多，她拿着块抹布在客厅里擦来擦去，根本停不下来，曦晨见状，便从沙发上站起身对她说：

“奶奶——您歇会儿吧——房里已经很干净了，不用抹了，您过来看电视吧！”

“我不做点事，晚上就睡不着觉。今天我说要去书屋抄《道德经》，筱筱那孩子偏不让我去，要我在家休息。”苏奶奶慢悠悠地说。

“学习也要劳逸结合，学生还有周末呢！您休息好了，明天学习起来更有精神啊，这叫事半功倍，别怕耽误了一天。”曦晨边说边走上前去扶她过来坐。

“奶奶是个闲不住的人，老坐着不做事反而犯困，到时你们又要大惊小怪地送我去医院看医生。我自己的身体，自己很清楚，没啥问题，只要不闲着，我就好得很啦！”她一边说一边继续在茶几上擦着，客厅擦完后又擦到餐厅，曦晨只好跟在她身后。

苏奶奶做完清洁后，拉着曦晨的手坐在沙发上，意味深长地对他说：

“小钱啊，奶奶谢谢你来到我们家，谢谢你对一家人的好，还有我要谢谢你对筱筱的包容，你来我们家的这些日子，为我们做了那么多事，可是筱筱那孩子还是把你当作客人一样，奶奶都看出来了，觉得很过意不去，不知道当初让你们结婚到底对不对？”

“奶奶,您怎么也说谢谢啊！我们是一家人啊！如果真的要说‘谢谢’的话，应该是我说才对，我要感谢的事可多了，我要感谢上天让我遇到了筱筱，然后又认识了您。还要感谢您将筱筱嫁给我，让我有了这么温暖的家。在这个家里，我很幸福，很快乐！虽然筱筱现在还不能接受我，但我不会气馁。因为有爱的信念支撑我，我相信一定能走向幸福美好的未来，筱筱也会像我爱她一样爱上我！”

“我们苏家到底是积了什么善德了，遇到你这么好的孩子啊！”

“其实是筱筱拯救了我,我要感谢她才对。二十岁的时候,我可不是这样的，那时我每天无所事事，跟着几个朋友浑浑噩噩混日子，被我爸骂是家常便饭，遇到筱筱后，我才开始反省人生，她就是上天派来拯救我的天使啊！”

“你这孩子啊，总是这么重情重义，把别人的好记在心里，为爱付出一切，奶奶相信——既然缘分让你们走到一起，终究会圆圆满满的！”苏奶奶语重心长地说。

这一刻,她突然明白了这就是爱情的魔力,爱情能让人升华还能让人超度。有了小钱的这番话，她觉得自己没必要插手去管他俩的事情了，这是他们宿命中的事，爱情成熟了，所有的一切自然瓜熟蒂落。

九月初的一个星期一的早上，筱筱出门时，奶奶跟她说曦晨走的时候忘记拿走她给他准备的中午饭了，筱筱看了看客厅茶几上的保温桶，提起就出门了。

过后，她去了曦晨的公司，她曾和婆婆去过几次。她刚走进写字楼，前台两位妆容精致的年轻女孩就认出了她，其中一位面颊圆润的女孩神情凝重地说：

“你过来了，钱总去医院了。”

“他去医院了？”筱筱反问道。

“是啊，他早上进门的时候，头部撞到玻璃门上了，流了很多血，手臂也撞伤了。”女孩神色慌张地看着筱筱，她说完顺手指了指前面的气派、透亮的

玻璃门。

“知道他去了哪家医院吗？”筱筱着急地问道。

“不知道，应该是附近的医院吧，杨经理和他一起去的。要不你去办公室等他吧，钱总处理好伤口就回来了。”另一位高个女孩接过她的话说。

“不了，我要去上班，麻烦你们把这个保温桶拿到他的办公室吧！”

“好的——你放心吧！”高个女孩说。

筱筱刚离开，两个年轻女孩就聊开了。

“你看出我们老板娘很特别吗？”圆润女孩一边说一边整理手中的资料。

“看出来了——”高个女孩用一种崇拜的语气说，“那温婉的微笑，轻柔的话语，谦恭的步子，是多少男子心中梦寐以求的‘窈窕淑女’呀！”

“你看看这个保温桶，就知道我们老板娘是嫁给了爱情，这里面装的可都是她的柔情蜜意呀！听杨经理说钱总和她谈了好多年的恋爱才结婚的，两人的感情肯定比海还深——”

“你没看见吗？钱总每天提着保温桶进来时，幸福的神情溢于言表，这是被爱滋养的男人啊！”

“是呀，他结婚后就没有让我们前台给他订餐了，听王秘书说我们公司下半年就要建一个职工食堂了。”

“我也听说了，说不定是他老婆的主意呢，有了食堂我们吃饭就方便了，不用天天吃盒饭。”

“是啊，钱总在家肯定是听他老婆的。”圆润女孩瞅了一眼旁边的女孩，笑了笑说，“你注意到了没有，每次她和她婆婆一起过来的时候，钱夫人是华冠丽服，手上挽着世界顶级包包，雍容华贵，而她荆钗布裙，手上的包包平淡无奇，气质却独树一帜。”

“所以说，‘人不是因为美丽才可爱，而是因为可爱才美丽’。她婆婆看得出很喜欢她呢，两个人的关系很亲密——”高个女孩嘴角轻扬，她笑的时候右脸颊的小酒窝显得格外迷人。

“是呀，她们走在一起更像母女，因为两个人的眼睛里都有爱的光芒……”

下午，筱筱一下班就去了曦晨公司。

当她出现在他的办公室时，头上绑着白色绷带的曦晨惊诧地从办公桌前站起来，梦一般看着她。

“你——你怎么来了？”他手足无措地问道。

“我早上给你送饭过来时，前台的两个女孩说你的头撞伤了，现在怎么样了，要不要紧？”筱筱一脸关心地望着他。

“不碍事了，伤口在头发里面，医生已经帮我处理过了，缝了针，手臂上的伤也擦过药了。”曦晨一边说，一边走到筱筱身边，他拉过一把扶手椅让她坐下。

“你还是要多注意一点，不要让伤口感染了。”

“没事的，过几天就好了——”曦晨心头掠过一丝暖意，像是被春风轻轻拂过。

“你手臂受伤了，今天我来开车吧！”

“那太好了，我正想着让前台的小李帮我买一顶棒球帽，打出租车回家呢，你就进来了。”曦晨欣喜地说。

“不过，我开车技术不好，路也不是很熟。”

“没关系，有我在呢，你慢慢开——”

筱筱考到驾照已有两年了，但上路的机会不多，只在公司开过几次。车子刚启动的时候，她有些紧张，曦晨便在一旁鼓励她、指导她。

不一会儿，车子从黑黢黢的地下车库驶到公路上，斜斜的金色夕阳洒落在车窗上，五彩斑斓、熠熠生辉……

二十来分钟后，筱筱就能轻松地驾驭了，美丽的日落下，车里播放着英文歌曲《AN ANGEL（天使）》，旋律优美，一个干净而有灵性的声音在空气里飘荡。当他们经过一片碧蓝的大海时，筱筱兴奋地按下车窗，望了一眼夕阳下如画般的海景，波光粼粼的海水与天相接，红彤彤的太阳正在下沉，似要躲进大海里。

车子驶过大海后，开到了一条绿树成荫的马路上。

“你今天开得很不错，上手挺快的，不像只开了几次呢！”曦晨虽然头上受着伤，但心里感到很甜蜜、很幸福。

“我已经拿证两年了呢，还不能上路的话，就对不起教练了。”筱筱难为情地回答。

“以后我们一起开车上班吧，你每天开的话，就会越来越顺手的。”曦晨热切地说，他以前就跟筱筱说过一起开车上班的事，但筱筱没有同意，说不

顺路，耽搁时间。

“每天早上路上堵得那么厉害，送来送去多浪费时间啊！”筱筱笑着瞥了他一眼。

曦晨也开心地笑了，每次和她说话，他都感到很快乐，总想和她的心靠得更近。

“你最喜欢的国外女作家是谁？”他瞥了她一眼，好奇地问道。

“女作家？”筱筱扬起嘴角，露出甜美的笑容，她想了想说，“我喜欢勃朗特三姐妹，最喜欢最小的安妮，她的文字很干净、也很安静。

“噢，她呀！”曦晨会意地说道，他马上想到了帆布袋里的那本书，但怕讲错话，便忙往下问，“那中国的女作家呢？”

“我挺喜欢杨绛先生，你读了她的《我们仨》吗？”

“还没有读。我还以为你喜欢张爱玲呢？我还特地去读了她的几本书。”

“你读了张爱玲？”筱筱诧异地问道。

“我以为你会读她的书，就找了几本略读了一下。”

车子平平稳稳地走在宽敞的马路上，筱筱静静地听着一句句靠近她心灵的话，她嘴角弯弯，脸上的笑容犹如天边的晚霞一样动人。

第二十章　梦中仙逝

九月下旬一个星期天的上午，“筱筱书屋”重新开张了，装修后变成了一个小二层的书屋，里面焕然一新，空间比以前大了几倍。现在的“筱筱书屋”视野更加开阔，环境更加优雅，书籍更加丰富，这里的一本本好书可以为更多人装扮既美丽又丰盈的心灵。

“筱筱书屋”已融入到了附近居民的生活，成了人们日常消遣的地方，特别是附近的孩子们，周末的时候，总能见到一张张稚嫩而充满朝气的脸孔，他们坐在“筱筱书屋”里，与几本好书厮守着每一寸光阴，遨游在幸福的海洋。

苏奶奶第二天才去的书屋，她楼上楼下走了好几圈，看看书、又看看人，心里乐陶陶的。

过后她在二楼的窗户边坐了下来，外面阳光灼然，绿荫如画。

央珍为她泡了一壶菊花茶，她一边喝着茶，一边翻动着她的《道德经》。今年八十五岁的她，身体总的来说还不错，偶尔感到头晕、心力不足，不过吃上几片药就没事了。

她已经学完《道德经》里的所有章节了，在九九归一的人生哲学里，这五千言当真成了生命里最后的信仰。每一天来到书屋，她都要从头至尾写一遍，现在的她——精神里储存了充满智慧的五千言，自觉是人生圆满。她在心里告诉自己就算哪一天日落西山、驾鹤西去，也可以心满意足地带着丰裕的灵魂上路了。

喝了几杯茶后，苏奶奶戴起了老花镜在纸上默写五千言，不一会儿，她就写到了第七章——

天长地久，天地所以能长且久者，以其不自生，故能长生。

忽然，她闻到了一股浓浓的香烟味，她抬头一看，她的桌子对面坐着一个十四五岁穿着蓝色校服的男孩跷着二郎腿煞有介事地抽着烟。苏奶奶看了一眼墙上的挂钟，已是下午的两点五十，过了上学的时间。

“孩子啊！你下午不用上学吗？怎么还坐在这呢？”苏奶奶放下手中的笔，和蔼可亲地问道。

“懒得去。”男孩一副委屈相。

“你遇到什么事了吗？”苏奶奶问道。

“嗯……”男孩点点头，把脑袋垂到桌子上。

“你这是怎么了，能跟奶奶说说吗？”苏奶奶挺了挺身子，亲切地问道。

“中午我放学回到家时，我爸爸对我又打又骂，把我赶出来不让我吃饭。我不想去学校了，迟到了老师又要骂我。”男孩抬起头，笨拙地弹了弹香烟上的灰，悻悻然地说。

“爸爸为什么打你啊？”苏奶奶继续问道。

“他又不是第一次打我，每次老师打电话跟他说点什么，他就不分青红皂白毒打我一顿。”男孩的脸上露出怨恨的神色。

“那今天爸爸为什么打你呢？”苏奶奶细声细气地问。

“我们班上的一个多管闲事的同学跟老师告状，说我抽烟，老师就打电话给他了。”男孩一边说一边望向窗外，青涩的目光里含着怨气。

“原来是这样啊！你等一下奶奶啊——”苏奶奶说完就下楼去了。

不一会儿，苏奶奶就上来了，她手里拿着两个面包，一盒牛奶。

“孩子，先吃点东西吧！”苏奶奶一边说一边将手上的东西放到他面前。

“奶奶，我没有钱。”

“不用钱，奶奶买给你的，你吃完赶紧上学去，好不好？”苏奶奶说完慢悠悠地坐了下来。

“谢谢奶奶！”

男孩见到吃的，马上掐灭手中的香烟，拿起一个面包大口大口地吃起来。

“其实吧，奶奶觉得你这么小的年龄，就学会抽烟，爸爸妈妈肯定会担心的。不过，你以后不抽了，就是好孩子啊！”苏奶奶一脸微笑地说。

“奶奶——”男孩看了苏奶奶一眼，“我只是看到别的同学抽，我学着玩的，

以后我不会抽了。”

“奶奶相信你。来，把牛奶也喝了吧！”苏奶奶指着桌上的牛奶对他说，然后拿起桌上的纸和笔，写起字来。

“奶奶，您在写什么啊？怎么那么开心？”男孩一边喝牛奶，一边好奇地看着她。

“我在写《道德经》，因为学习让奶奶快乐。”苏奶奶抬起头慈祥地说。

“您也学习啊？”男孩一边说一边拿起桌上的《道德经》。

苏奶奶点了点头，满面笑容地说：

“这样吧——奶奶把这本书送给你，你空闲时，就读一读，写一写，这是一本一辈子都可以读的书。”

“那您就没有书了呀！”

没关系，奶奶不用书也可以的，因为这里面的每一个字都已经刻到我的脑子里去了。你呢，赶紧去学校，迟到了跟老师说明原因。还有啊！你抽烟的事跟爸爸妈妈和老师认个错，知错就改的孩子就是好孩子，是值得称道的孩子，他们一定会原谅你的！”

“奶奶——您真好！”

“你也是个好孩子，小时候做错了事不要紧，改了就好。以后听父母和老师的话，多交好友，多读好书，自然你就会成为大家喜欢的人了！”苏奶奶叮咛道。

“谢谢奶奶！”男孩向苏奶奶重重地点了点头，然后拿着书上学去了。

十月中旬的一天傍晚，筱筱接到了月姨的电话，她说她家这个星期六有大喜事，让她赶紧过去一趟。她语气很坚决，就是要她非去不可的意思。筱筱心想也该给孩子们送书了，本来上个星期她就打算过去，不过那几天公司忙，便推迟了。前些天，奶奶被婆婆接去北京小住，曦晨也出差不在家。她便立马打电话跟经理请假，说自己回来补班，然后跟央吉和央珍交代了书屋的事，次日一大早就马不停蹄地带上给孩子们的书和礼物出发了。

傍晚时分，筱筱到达了月姨家，她们一家人早已为她准备好晚餐，饭桌上，筱筱忍不住好奇，问月姨到底是什么喜事这么着急，她神秘兮兮地告诉她明天就知道了。

第二天吃过早饭后，张月华一家人都换上了新衣服，喜气洋洋的，说要

带她去学校。筱筱感到很蹊跷，也想一看究竟，便高高兴兴地同他们一起出了门。

月姨和她老伴领着她朝村头走去，十多分钟后，筱筱的眼前呈现出一幢崭新的五层大楼，在这块平房林立的土地上，这幢大楼成了这里一道亮丽的风景线，越走近越好看，筱筱忙问身边的月姨："你们村什么时候建了一幢这么漂亮的大楼啊？"

"去年就开始建了，是我们这里的新学校，从小学到高中都有。"月姨拉着筱筱的手大声地说，脸上挂着得意的微笑。

"是政府建的吧？"筱筱终于知道了月姨口中的大喜事。

"不是。"月姨的老伴冷不丁地插了一句，他牵着小外甥走在前头。

"那是什么人建的啊？"筱筱问道。

"好心人建的。"月姨说着向她挤挤眼睛。

几个人边说边笑，很快就走到了学校门口。

这时，大门左边的红色大理石墙上的"娉婷希望学校"几个字立刻映入筱筱的眼帘，她霎时愣住了，全身像被电到一样，"娉婷"两个字她太熟悉了。

月姨见她站着不动，便拽起她的手往里面走，操场上热火朝天，有好多家长和小孩，大人在搬桌子，小孩在搬凳子，忙得不亦乐乎。月姨的老伴和小孙子一进门就过去帮忙了，大家个个喜笑颜开，像是要举行什么重要的活动。看到如此热闹非凡的场面，筱筱也异常兴奋，她为这一方土地上的孩子们感到高兴，他们终于有自己的学校了。

一眨眼工夫，月姨就拉着她绕过人群，向教学楼走去。

"月姨，这是要去哪啊？"筱筱茫然地问道，她本来也想和孩子们一起在操场上帮忙，顺便欣赏一下校园的风景。

"带你去见这个学校的创建人啊！你不是想知道这个学校是谁盖的吗？"

"我只是问问而已啦，又没有说要见。"筱筱停住了脚步拉住月姨的手，她想往回走。

但她的力气哪有月姨的力气大，张月华瞬间就把她拉到楼梯边。

"走啦，人家等你很久了。"月姨爽朗地说道。

还没等筱筱反应过来，月姨就把她带到了一间宽敞明亮的办公室，她一进门，就愣住了，办公室里的沙发上坐的全是熟悉的面孔——奶奶、公公、婆婆、曦晨……

筱筱进屋后，月姨就下楼了，她说她还有事。

“奶奶——爸爸——妈妈——你们怎么都到这里来了？”筱筱目瞪口呆地问道。

“我们来参加学校的落成典礼啊！这学校是我们家盖的，是晨晨为你盖的啊！”龙菀莹拉着筱筱坐在身边，欣然地说道，脸上洋溢着自豪的神色。

“小钱可是做了一件造福社会的大善事，了不起啊！”苏奶奶满面笑容，一边说一边朝曦晨竖起了大拇指。

坐在曦晨旁边的钱睿知，也向儿子投去赞许的目光。

“你们怎么都瞒着我啊？”筱筱边说边将视线扫向了曦晨。

“我想若是事先告诉你的话，你准会操心，所以干脆没说，现在告诉你也一样啊！”

“刚才我在学校门口看到‘娉婷希望学校’时，就在想怎么会这么巧……”

“奶奶说‘娉婷’是你的小名，代表美好的愿望，我觉得这个名字好，也征求了爸爸妈妈的意见，他们都同意。”没等筱筱说完，曦晨就接过她的话。

“这个名字我们都很喜欢——”龙菀莹说道。

“从今天起，你就是‘娉婷希望学校’的名誉校长了。”曦晨补充道。

“不行，不行，我当不了校长，还是让爸爸妈妈来当吧！或者你来当。”筱筱脱口而出，神情显得焦急。

“筱筱，你跟这里的孩子们最熟、也最亲，当然是你来当啊！”钱睿知肯定地说。

“可是我没有领导能力，胜任不了啊，爸爸，您来当最合适了。我有时间可以过来支教，当个代课老师还差不多。”筱筱一本正经地说。

“你就别推辞了，又不需要你亲自管理事务，你就像以前一样，有空过来走一走就可以了。”曦晨看向筱筱，“我们四个人都讨论过了，觉得你最合适，像爸爸说的，你跟这里的孩子最熟最亲，而且你是想要为孩子们建学校的人啊——”

“是啊，孩子，如果没有你，怎么可能有这所学校，苏妈妈说你每年都要过来给孩子们送书，你最了解他们缺什么，是吧？”龙菀莹说道，“以后啊，你来给孩子们送书的时候，跟妈妈说一声，我陪你一起来，或是让晨晨陪你

一起来，两个人可以带多一些书。”

“好啊，妈妈——”

“筱筱，你爸爸妈妈和小钱都让你当，你就当吧！”苏奶奶在一旁笑着说。

典礼上，苏奶奶、钱睿知、龙菀莹、曦晨、校长，其他嘉宾和老师们坐在主席台上，筱筱和月姨一家人，还有村里的那些孩子们坐在操场中间……

三天后，钱睿知和龙菀莹回北京了，曦晨和筱筱、苏奶奶回到了L市。苏奶奶在北京住了些日子，龙菀莹带她去了故宫、天安门等地方游览，那些天里，曦晨的爷爷奶奶还陪着她逛了不少地方，接着她又和小钱的爸妈一起到了四川。

苏奶奶一回到L市就去了书屋，虽然奔波了一天，但她神采奕奕，精神饱满。出门了这么久，她非常想念央吉和央珍了。

“你们老家建了一所又漂亮、又气派的学校。”苏奶奶兴致勃勃地对两个孩子说。

“什么时候建的啊？不可能吧？”央吉眨着眼睛问道。

“奶奶，你怎么知道啊？”央珍也用疑惑的眼神望着奶奶。

“当然是真的，奶奶刚从那里回来呢！”

“你去了我老家啊？”央吉诧异地问道。

“是啊，你们老家的风景很美啊，建了学校后更美了，以后你们回老家就看得到了。”

“奶奶，你不是去北京了吗？”央珍问道。

“是啊，我在北京住了十几天，又跟着你姐姐的公公婆婆去了你老家，那所学校是你小钱哥哥出钱建的，我们过去参加学校的落成典礼。”

“我知道了，”央吉恍然大悟，“去年有一次小钱哥哥过来问我老家的地址，我以为他是帮姐姐送书过去呢，原来他是去建学校啊？”

“是啊，学校建成才告诉我们的——”

“姐姐这些年为我们老家的孩子们操了不少心，现在小钱哥哥又帮着她一起操心。”

“这叫爱屋及乌啊，你姐姐跟你们那里的人有缘啊！”

晚上，苏奶奶的房间里，曦晨和筱筱一起为奶奶读王尔德的诗，读完诗后，苏奶奶将两个孩子的手握在一起。这几天，她发现孙女看小钱的眼神隐藏着爱意，两个人的感情明显在升温，她暗暗地在心底里乐开了花……

筱筱回屋后，靠在床头，手里捧着卢梭的《新爱洛伊丝》，细细地读着。这本书是姝妮推荐她看的，上次姝妮跟她说女孩子满了十八岁后，就可以读一读《新爱洛伊丝》了。她说这本书是一部关于爱情、婚姻、持家、治家、教育的女人哲学读本，是非常值得女人读的一本书。姝妮的儿子已一岁多了，前几天还跟她讨论起了她的二胎计划。

过了一阵，曦晨洗漱完进了房间，他的手机放着一首熟悉的歌《老人与海》——“秋天的夜凋零在漫天落叶里面，泛黄世界一点一点随风而渐远……”

筱筱经常听到曦晨的手机里放这首歌。

“你很喜欢这首歌吗？”她放下了手中的书，好奇地问道。

“我听了很多年，从这首歌诞生就开始听了，那时我在波士顿念书，每次听都很感动。”曦晨一边用毛巾擦拭湿漉漉的头发，一边说道。

“你谈恋爱的时候听的吧！”筱筱淡淡一笑。

“我去美国读书后，就没有谈过恋爱了。这八九年来，我一直在等待我缘分中的女孩，在守望中坚定着爱的信念。这首歌刚好符合我当时的心境。正是这份信念让我来到了你身边，我一直在等待你的心靠近我的那一天，我不怕等更久，因为我已经习惯了等待，也喜欢上了等待。哪怕再等上九年，我也觉得那是幸福的等待！”

筱筱愣愣地望着他，曦晨的话她不是很明白，却莫名地有点感动。

第二天早上，筱筱醒得稍晚些，她一起床就去了奶奶房间，自从奶奶去年得了脑溢血后，她就格外小心，每天早上一起床就过去看她，然后监督她吃药。她像往常一样去握奶奶的手，却发现她的手又冰凉又僵硬，她顿感不妙，连忙去摸她的脸，奶奶已经没有了气息。

筱筱颤抖着双手，感到天旋地转，扑在奶奶的身上声嘶力竭地痛哭……

曦晨闻声进来问发生了什么事，筱筱哀号道：

“奶奶走了——奶奶走了——奶奶在梦里走了——”

筱筱话音一落，曦晨泪眼婆娑地跪在了奶奶的床前……

第二十一章　娉婷日记

二〇一五年一月份，筱筱参加了L大学的研究生考试，读书是最让她快乐的事，她想把心中的这把热火再次燃烧起来。

上大学的时候，她就想过读研究生。奶奶突然离她而去，在一个个孤独无助的日子里，读书的愿望油然而生，这也成为了她思念奶奶的一种方式。考试成绩公布后，她想给自己放一个长假，然后到一个遥远而宁静的地方走一走，卸下心中所有的悲伤和疲惫，当这个念头在心里尘埃落定的那一刻，她想起了老家小镇上的大姨。

有了远行计划后，筱筱辞去了工作。

四月的一天，她来到了大姨家，在这个古朴安静的小镇上，度过了一段幸福时光。

她每天和大姨日出而起，日落而息，过上了健康的自然人生活。大姨快六十岁了，虽然身材瘦小，但精神状态绝佳，她说起话来铿铿锵锵，像个年轻人似的。她的老伴过世后，她就一个人在小镇上生活，两个儿子和儿媳妇过年过节都会带着孙子、孙女回来和她团聚。

大姨家住的这个小镇只有简简单单的几条街巷。其中两条主要街道像一个集市，镇上的人和周边的村民平常都在这两条街上活动。白日里这里很热闹，每天都可以看到附近淳朴的村民挑着担子到这条街上卖东西，他们的竹篮或竹筐里琐琐碎碎——大多是自己家里种的蔬菜、养的家禽、蛋类等，这些食物都是城里人梦寐以求的绿色食品。

在这个小镇上，筱筱还有一个很喜欢去的地方，就是郊外的一大块菜园地，远远望去，像似一块碧绿的大草原，大姨在这里有三畦菜地，两畦种的是菠菜，一畦种的是香菜。每次和大姨去菜园地，她都喜欢漫步在崎岖不平的田埂上，吸吮大自然芬芳的氧气，欣赏这一丛绿色。这几天，有一些香菜开花了，她欣喜地摘下几朵别在大姨的头发里，也别一朵在自己的耳畔，然后拿出手机和大姨自拍留念。她还摘了几朵回家，夹在书页里，看书的时候就拿出来闻一闻。这两畦菜长得很快，她俩吃不过来的时候，大姨就把它们捆成一小把一小把，装到一个篮子里拿到集市上去卖，卖完后，两人再买点菜回家，大姨给她做几个香喷喷的拿手菜。

晚上，小镇很静，这里的人们大都睡得早，一般八点来钟就上床睡觉了。筱筱不习惯这么早睡，每天晚上，大姨睡觉后，她就拿出书、笔记本和笔，开始读书，待到心灵感到富足后才上床睡觉。

一转眼，她在小镇上住了个把来月了。

一天中午，大姨在屋里做饭，筱筱站在门口和隔壁的一个年轻妈妈聊天，这个女邻居只比筱筱大一岁，她是两个孩子的母亲，大女儿七岁，上小学二年级，抱在手上的儿子半岁左右。

她来大姨家的这些日子里，这位女邻居经常过来找她聊聊天。

“你看你身材多好啊，没生过孩子就是不一样，我看上去起码比你老十岁，你刚来的时候，我不知道你年龄，还以为你就二十来岁呢！”小宝宝的妈妈打量着筱筱，活灵活现地说。

“嘿嘿，你有了两个宝贝，也还是一样的年轻漂亮啊！”筱筱拉着小宝宝胖乎乎的小手，笑着说，“是不是啊？小宝贝，妈妈是不是很漂亮？”

小宝宝见有人跟他说话，咯咯地笑出了声，再逗他一下，他笑得更大声了，两个大人也跟小宝宝笑了起来，空荡荡的街上顿时有了生气。

过了一会儿，街上多出了几个人影。

突然，一个十六七岁的少年载着一辆破旧的摩托车颠颠簸簸地朝这边开过来。说时迟，那时快，眼看摩托车就要飞过来，筱筱一看慌了神，猛地将背对着摩托车的母子俩推进屋里，就在她刚要踏进门槛的那一刻，轰隆隆一声巨响，她感到眼前一片漆黑，身体腾云驾雾地飞了起来……

在黑暗中，她来到了另一个世界，她飘啊飘——不知过了多久，她飘到了海边，海面上铺满了洁白的茉莉花瓣，娉娉婷婷，像似铺着无边无垠的花毯，美得让人心醉。她兴奋得不能自已，脱掉脚上的鞋子，光着脚丫，踩着花瓣往前走。

她走啊走——走啊走——突然间，看到不远处有一幢玻璃房子，房子四周种满了鲜花，五彩缤纷，漂亮极了。于是，她踏着楼梯一步步地往上走，刚走到门口，门就开了，妈妈笑吟吟地站在门口，她说正在等她回家。

她想起来了——今天是除夕夜。

餐桌上的花瓶里插着火红的玫瑰，厨房里，爷爷奶奶和爸爸正在喜笑颜开地准备年夜饭。

这时，筱筱发现家里少了一个人。

“妈妈，曦晨去哪了？”她走到客厅问妈妈。

“小钱出去了，他说去找你，你没有见到他吗？”妈妈温和地对她说。

“没有，那我去叫他回来——”

“你俩早点回家吃年夜饭啊！”

她又回到铺满洁白茉莉花的海边，不停地呼唤曦晨的名字，但海边一个人也没有。

她一边走一边叫，不知道过了多久，天空突然阴云密布，刮起了狂风，下起了暴雨，她在大雨大风里徐徐前行。

“曦晨是不是已经回家了呢！”她想道。

于是，她往回走，但走了一段路时，她看不到那幢漂亮的玻璃房子了。一阵惶恐顿时向她袭来，她坐在湿淋淋的茉莉花瓣上，闭着双眼号啕大哭，待到哭不动了，才睁开眼睛。这时雨下小了些，她站起身，在雨中继续朝前走，此时她心里只有一个念头，就是要找到她的家，她暗暗思忖看不到房子是下雨天的原因，她想房子肯定就在不远处，一定可以找到的。

这样一想后，她受挫的心感到宽慰了些，在淅淅沥沥的雨中又走了很久，她还是没有找到那幢美丽的房子，这时她肚子很饿，两腿发软，在阒无一人的海边惶恐无助。她被解救的心再一次受挫，眼泪扑簌簌地往下掉。

这时，她想到家里人还等着她回家过年，心中又有了一股力量，她挺了挺胸，昂起头，继续往前走，她走啊走——走啊走——又过了几个小时，她口渴难忍，想喝点水赶路，于是她蹲在海边，用手掩了几口海水送到嘴里，虽然海水有点咸，不过喝了几口后，她的嘴巴没有那么干了，她正准备起身时，看到海面上站着一个老人，他穿着灰色长袍，慈眉善目，鸿衣羽裳，像她在电视里看到的神仙一样。他远远地望着她，和颜悦色地说：

“孩子，你怎么一个人在海边不回家，是遇到什么难事了吗？”

“爷爷，我的家人在等我回家吃年夜饭，但我找不到家了。”筱筱望着和蔼可亲的老人，求助般地说。

“不要着急，东方是太阳升起的地方，是我们播下希望的地方，孩子，你往东边走，一定会给你带来好运的……”老人脸上挂着慈祥的笑容，徐徐地说道。

筱筱连忙道谢，还想问他什么，但老人飘然不见，消失在海面上。须臾间，天空碧蓝如洗，海面上波光粼粼，筱筱兴致盎然地向老人所说的东方走去，几分钟后，她听见背后有人叫她，回头一看，是曦晨，他穿着一套好看到极致的西装款款地向她走来，走近时，她还看到他手里牵着一个可爱的小女孩，天使一般漂亮。

“这是谁啊？”她好奇地问道。

“我们的小娉婷啊！”曦晨笑容可掬地说。

“我们的小娉婷？”筱筱反问道。

曦晨点头称是。

末了，三个人牵着手回家去了……

筱筱醒来时，发现自己睡在一张白色的小床上，大姨泪水涟涟地坐在她身旁，对面床上坐着中午和她说话的那位年轻妈妈，另外还有一对她不认识的中年男女。大姨告诉她，面前的中年男女是撞伤她的那个男孩的父母，他俩见筱筱醒过来，激动不已，一边说着抱歉的话，一边拿着几百元钱往筱筱手里塞，说是给她买点营养品。筱筱没有接他们的钱，她说自己没事了，让他们不要担心。

按照医生的交代，她在医院观察了两个小时后，和大姨回家了。

晚上，她躺在床上辗转反侧，久久不能入睡。身体被撞到的地方还很疼，特别是手臂，摸上去滚烫滚烫的，上面有一大块紫色的淤青。她睡不着其实不是因为身上的疼痛，而是下午在医院里做的那个美丽的梦——茉莉花瓣装饰的大海、漂亮的玻璃房子、爷爷奶奶、爸爸妈妈、曦晨和“小娉婷”。

她想着想着，眼角流下一串串泪水……

三天后，筱筱打算回家了。在大姨家的这些日子里，两个人的感情越来越好，大姨听筱筱说要回去，很是不舍，筱筱也一样舍不得大姨，舍不得离

开这个安静的小镇，舍不得她睡了一个多月的小房间。

临走前一天的晚上，大姨睡在她的房里，她跟大姨约定，以后她每年都会回来和她小聚，王淑芬这才开朗了些。

次日一早，筱筱就回程了。

坐上高铁的她，归心似箭。

一回到L市，她就给央吉打了电话，然后去了曦晨的公寓，她曾和婆婆来过一次，曦晨告诉了她门上的密码。

奶奶过世后，曦晨就搬到公寓来住了，这是她提出来的，奶奶刚走的那段时间，她沉浸在悲痛中，根本不知道该如何面对他，就有了想分开的想法，曦晨便同意搬到公寓来住——

她靠在床头，被撞伤的手臂提了行李后，又开始疼痛起来……

突然，她在枕头旁边看到了两个本子，她如梦般地拿起来捧在手里，她认得它们，这是她的日记本，她翻开了粉色这一本，看到了妈妈写给她的小诗，随即一滴滴眼泪从她的眼角落了下来。

“这是我九年前丢失的那两本日记，怎么会在曦晨这里呢？”她自言自语道。

她捧着两本失而复得的日记本，一页一页地翻着，感觉好像在梦里，在另一本日记里，她读到了曦晨写的字，满满的三页，每一段话都有日期。最后的几行话是昨天写的：

从我们相遇的那一天起，就注定是隔海相望的两个世界，我一直在眺望着你，而你却视而不见。九年的坚守，爱的风雨让我更加懂得爱一个人的幸福！

筱筱读完三张纸里的字字句句，泣不成声。

她回忆起第一次见面时，他看她日记时的慌张神情，他口中的八年和九年，还有《老人与海》那首歌，原来所有的这一切——都与这两本日记有关。

结婚后，她对他的感情是一天天递增的，只是她还不知道自己是否爱上了他。从两人相遇后，他就帮她照顾奶奶，为这个家尽心尽力，还为了她建学校。在大姨家的日子里，他每天都发信息给她，问她在大姨家好不好，让她注意身体。在这份深厚而持久的爱中，她愈来愈感到自己是多么的幸福——上天不光眷顾了她一个优秀的男人，还眷顾了她一份忠贞的爱情。

在幽静的小镇里，她一天比一天想他。

幸福的念想里，泪水浸湿了衾枕，慢慢地，她伴着泪水睡着了……

睡梦中，她感到有人轻抚她的眼睛，睁开双眼后，看到曦晨正坐在床前，殷殷地看着她。她鼻子发酸，猛地坐起身，搂着曦晨的脖子，呜咽起来。

“你的眼睛肿得跟桃子一样，别哭啊！”曦晨轻声轻气地说。

“我想你——我很想你——”筱筱声泪俱下。

“我也很想你……”曦晨轻吟道。

他把她揽入怀中，幸福的泪水涌了出来。他何尝不想她，他每晚都读她的日记，把爱藏到心底。奶奶走后，他和她的缘分之线随之也断了，他不能像以前一样每晚睡在她的身边，而是又成了家里的客人，周末才过去和她吃顿饭，吃完饭后又回公寓，好在他的这颗心经过千锤百炼，在爱的信念里，他百折不挠从未动摇过，默默地等待着春暖花开的这一天。他泪流满面，紧紧地搂着她，轻抚着她黑漆漆的长发……

柔和的灯光下，两个人依偎在床头，曦晨跟筱筱讲述着他与“娉婷日记”的故事。筱筱听完后很震惊，她怎么也没有想到他们九年前就相遇了，她的日记竟然陪在他身边，因为这两本日记，他来到这座城市……

“你知道吗？我最喜欢你穿衬衫的样子，你的每一件衬衫都很有品位，穿在你身上格外与众不同，彰显着一种绅士气度……”筱筱抚摸着他浅蓝竖条纹衬衫的衣领，含情脉脉地说。

“真的吗？”曦晨望着她清澈的双眸，“记得我第一次去你家的时候，我穿的也是衬衫，可是你好像不喜欢。”

“我有不喜欢吗？”筱筱似乎已经忘记了那天的事情，也忘记她曾在心里说他是个道貌岸然的家伙。

“那天去你家的时候，你好像不高兴，也不喜欢我穿的衣服……”

“噢——那天啊，”筱筱仰起头，一脸认真地看着他的脸，“那天应该是我心情作怪吧，第一呢，因为你偷看了我的日记，第二呢，因为奶奶在不太了解你的情况下就把你带回家，你说我能痛快吗？”筱筱终于想起来了，也道出了真情。

“我明白了，所以那天你怎么看我都不顺眼。”

“呵呵，有一点吧！”筱筱粲然一笑。

“第一次去你家，我太想给你留一个好印象……”

“确实印象深刻啊，也是在那一天，我发现你穿衬衫特别有魅力。”

“那以后你帮我买衣服，好不好？”

“没问题啊！”筱筱说完这句话，把脸靠在曦晨肩上，目不转睛地盯着他的脸，出其不意地说道，“我同学说长得好看又有本事的男人，故事都很多。像你这样仪表堂堂、气宇轩昂、堪称完美的一个男人，外面的诱惑应该很多吧？你说你等了我八九年，那你是怎么抵挡住诱惑的呢？难道你是一个例外？”

曦晨看了看筱筱，脱口说道：

“我不知道我是不是一个例外，但遇到你之后，我觉得我的人生就开始改变了，这两本日记让我找到了心灵的依托，它们像阳光雨露一样滋润着我，这无形中为我注入无穷的精神力量，自然就抵挡住诱惑了。”

“我写这两本日记的时候，才十六七岁而已，这些都不过是我平常写的心灵杂文。哪能写出什么精神力量啊？你不会是故意嘲讽我的吧？”

钱曦晨从她手上拿过一本，毅然决然地说：

“十六七岁写出来的良言美句就像五彩的朝阳一样，没有粉饰，干净透彻，正好适合我当时那颗不羁的心。”

筱筱孩子般纯真的眼神看着他，呢喃道：

“我怎么觉得你像在说梦话一样。”

曦晨捋了捋她前额的头发，回忆般地说：

“这不是梦话，从我在巴士上把你的帆布袋带到北京的那一天起，我们的缘分就开始了，半年后，我在家里发现了你的日记本，读了几篇后，就喜欢和依赖上了这些文字，慢慢地，它们就成了我生活不可欠缺的一部分。”

“你知道不知道？我发现它们不见了的时候有多难过，煎熬了一个春夏秋冬。”

“对不起，筱筱，都怪我自私，一直没有说出真相，因为我担心说出来后，你对我有更大的误会，我怕你不理我。你知道吗？在这些文字的熏陶下，我的思想一天天地发生变化，混沌的心得到了拯救。是你唤醒了我，如果没有遇到你，没有读你的日记，我就不可能有继续读书的想法，也不可能养成阅读的习惯，更不可能有现在内外端正的我。”

“曦晨，谢谢你帮我珍藏这两本日记，我真的做梦也没有想到我还能找到

它们，也没有想到它们竟然给你带来了帮助。现在回想起来，就像你说的，我们的缘分其实早就开始了，九年前，这两本日记忽然到了你的身边，它们像似去完成使命一样，守住了我们的爱情。其实，这些年，我的感情世界也是一片空白，我也像是在等待一个人，但我不知道那个人是谁，原来是你，原来这所有的一切都是因为你，从你带走我日记本的那一天起，也带走了我的心……”

“筱筱，我会用我的一生来爱你，来守护你——”曦晨的眼睛里流光溢彩，他动情地说道。

“一生是多久呢？我怎么觉得像喊口号一样……”筱筱的眼神忽地变得忧郁，她想起了她的爸爸妈妈。

“你怎么会这么想呢——是不是你对我没有信心，还是在我身上找不到安全感？”

“我也不知道……”

“筱筱，我对你的感情已经渗入我血液，就算我们没有遇到，我也会一直等下去……”曦晨深情地说。

“谢谢你——”筱筱眼里闪着晶莹的泪花。

“你相信我，我对你的感情经受得起任何考验，让时间来证明，好吗？”

曦晨说着拿起他每天记录心语的“娉婷日记”，然后从抽屉里拿出一支笔，在空白页上写道：

九年似梦。今天我这颗飘荡的心终于靠了岸，谢谢你，我的“娉婷女孩”，你为我燃起的心灯将为我们的幸福启航，今生我将许你一世芬芳。

筱筱拿过本子看了看，也写下了她想说的话：

九年似歌。我一直默默地等候一个陪我守护“筱筱书屋”的人，原来是你，我的有缘人！今生愿与你心灵相依、书香相伴。

第二十二章　心　愿

筱筱把奶奶的房间布置成了小书房，她买了一个原木书柜，把奶奶喜欢的书都放了进去。这间小屋，给她留下了许多弥足珍贵的回忆，那一个个为奶奶吟诗读文的夜晚是多么美好啊！她想念奶奶的时候，就坐在小屋里，拿出一本书，选上一篇，大声地读上一段，她想奶奶一定听得见，她肯定也像过去一样沉浸在诗文里，一边点头，一边微笑。她把一张全家福放在小屋的书桌上，这张照片是她八岁那年和爷爷奶奶爸爸妈妈去公园游玩时拍的，照片已经泛黄，但一家人的幸福笑容灿烂依旧。

六月底，筱筱收到了L大学研究生的录取通知书，虽是意料中的事，但她还是兴奋得不能自已，曦晨也沾染着这份喜气。他们即将去非洲旅行，这是两人一个月前决定的，说好一收到通知书就出发。他俩读了布里克森的《走出非洲》后，燃起了去非洲旅行的澎湃之情。

一个星期后，他们跟着旅行团去了非洲的恩贡山……

旅行回来后，曦晨又紧锣密鼓地去了上海和贵州，参加了公司在那两个城市举办的活动。出差回来后，曦晨跟筱筱讲了许多他的所见所闻，他说上海越来越国际化，很多外国人到那里发展，还跟她讲了贵州的大数据和天文台，每次听到这些，筱筱都觉得眼界大开。

一天晚上，一弯皎洁的明月安然地悬在空中，天空非常美丽。书屋打烊后，曦晨牵着筱筱的手回他们的小家，他俩快走到小区门口时，曦晨望着空中密密匝匝游走的星星，热情洋溢地说：

“筱筱，我们一起去敦煌旅行吧！”

“你昨天不是说最近有很多新的工作要开展？而且你还正在思考公司未来的发展方向，哪有时间出去旅行啊？”筱筱诧然道。

“旅行也是为了更好的工作啊，说不定出去走一趟后，就有了工作灵感呢？”

“那你怎么突然想去那么远的地方啊？”筱筱惊奇地问道。

“前几天，我和几个生意上的朋友聚在一起聊习主席的‘一带一路’的工作报告，我们都很受启发，‘THE BELT AND ROAD’（一带一路）将会带动我们这些中小型企业的发展，大家雄心勃勃，都希望能在‘一带一路’的引领下，自己的企业有机会走出去。所以，我想花点时间到与它有渊源的地方走一走，这应该算件有意义的事情吧！”曦晨眼睛里闪动着亮光，他仿佛已经眺望到了那块神秘的土地。

“敦煌是很多文人雅士都争相去的地方，确实令人心驰神往……”

“我们国家正在实施‘一带一路’建设，将来高铁可以穿越欧亚大陆，打开欧亚国家的大门，我们的产品就有机会畅销到别的国家去。”唯美的夜空下，曦晨兴奋地展望着，“两千多年前，我们的先辈用古老的方式走‘丝绸之路’，把他们的丝绸、陶瓷、茶业运到西方。二十一世纪，‘新丝绸之路’将会更高效地与世界合作，它必将会带领更多的企业走出去，成就我们的发展。现如今，互联网和高科技越来越发达。在不久的将来，我们国家将会有无人车、无人商店，人们的生活水平再上新台阶。‘一带一路’必将成就中国梦，助推世界梦啊！我甚至在想——将来我们公司若是走出去了，有能力的话，就要回报社会，比如盖更多的学校……”

筱筱望向曦晨，眼睛里闪烁着爱慕的光芒。最近他总跟她谈工作、谈理想，曦晨的形象在她心里一天比一天高大，他成了她的另一双阅读世界的眼睛。他是一个有思想、有远见、有担当、有开创精神的男人，这几乎满足了她对优秀男人的所有期望。他每天都跟她讲很多她不知道的信息，一起展望着未来。

渐渐地，她发现自己爱上了他的灵魂，而不仅仅是他的皮囊。

小的时候，她喜欢书中英俊、满怀爱国热情的马吕斯；上高中时，她偷偷地爱恋阳光帅气、打得一手好篮球的蒋筠松；而缘分把她和曦晨牵到了一起，这个对她一往情深、稳重、有气魄的男人成了她的归宿。

“你还想建学校啊？”她抬头仰望着天上的迷人的小星星，喃喃地问道，语气里带着祈盼。

“因为你喜欢，我就有动力，为了你而盖，是我的信念。‘既以为人，已愈有；

既以与人，已愈多'[①]，这句话是奶奶告诉我的，也是我从你身上看到的。在我们国家，贫困地区的教育体系还需要改善，传播知识像修路一样重要。或许将来，我们还有机会和能力去国外建中文学校，传播我们博大精深的中华文化，就像全世界的人风靡地学英语一样，让世界人民也学汉语、讲汉语，了解我们中国。我相信这不是痴人说梦，只要心中有梦就可以大胆地去创造……"曦晨激情澎湃地阐述着。

"你下次做好人好事的时候，可不可以不要落下我啊，把我留在你身边当助手，好吗？"筱筱粲然说道。

曦晨望了一眼灿烂的星空。

"你不但是我的助手，还是我的灯塔，有你在，我就有动力去思考所有可以想象的事情。"

回到家后，他们在网上作了一番敦煌的旅游攻略。这一次，两人决定自由行，这样就不用跟着旅行团仓促赶行程了。

第二天，曦晨就在网上订好了机票和酒店。

几天后，一个晴朗的上午，他俩从L市机场出发，转机到达敦煌时已是下午，两人满怀期待地走出机场。在广阔的天空下，筱筱遥望远方，脑海里浮现出几行诗句——"壮志西行追古踪，孤烟大漠夕阳中；驼铃古道丝绸路，胡马犹闻唐汉风。[②]"

一瞬间，她仿佛眺望到了几千年前丝绸路上的盛况……

在机场的公交车站台边，他们叫了一辆出租车去酒店，司机师傅是个四十多岁的中年男人，姓胡，敦煌本地人。他的皮肤颜色略黄，牙齿雪白，性情温和，对远道而来的客人非常热情。

一路上，胡师傅向他们介绍了敦煌的热门景点，如大家耳熟能详的莫高窟、月牙泉、敦煌市博物馆，等等，接着又热情洋溢地向他俩介绍了当地的天气和美食，还说可以帮他们介绍敦煌优秀的导游。

"胡师傅，你明天有空吗？我们想租你的车去莫高窟。"出租车到达酒店门口时，曦晨问道。

"有空啊！你们明天几点出发？"

---

① 引自《道德经》第八十一章。

② 引自《七绝·重走丝绸之路》。

“早上八点吧，对了，请你帮我们介绍一个导游吧，我们第一次过来，对这里完全不熟悉。”

“没问题，我晚上就帮你们联系一个。”

“谢谢，那明早见！”

晚上，曦晨和筱筱卸下一天的风尘仆仆，相依走在遥远的古城里，他们吮吸着敦煌清凉的夜风，在酒店附近找了一家饭馆吃东西。

第二天早上八点左右，他俩在酒店吃过早餐，走出酒店大门时，就看到胡师傅的车子停在门口等他俩。

曦晨和筱筱走到车门口时，看到车上坐了两个人，一男一女，三十出头的年纪，两人都戴着眼镜，男的风度翩翩，女的知性优雅，没等胡师傅开口，男的就彬彬有礼地说：

“你们好，我们是从台湾来的，也住在这家酒店，我预约的司机有急事来不了，他就介绍了胡师傅给我们，今天需要和你们拼车，给你们添麻烦了。”

“没关系啊——人多热闹，还可以结伴同行，我们很荣幸和台湾来的朋友一起旅行啊！我叫钱曦晨，这位是我太太，幸会幸会。”曦晨诚恳地笑着对他们说道。

“我叫林复兴，这位是我太太。”斯文的台湾男子指着车里面身材娇小、打扮得体的女子说。

曦晨和筱筱上车后，胡师傅载着他们去河西走廊西端的敦煌石窟，当一行人到达石窟的大门口时，胡师傅为他们联系好的导游小魏已经在等候他们了，小魏是个短发肤白的女孩子，她说话的声音如百灵鸟一样清脆好听，待人又礼貌又亲切，一看就是个经验丰富的导游。

不一会儿，在小魏的带领下，他们跟着讲解员和一群游客穿过长长的栈道，前去观摩这个神秘的艺术瑰宝，探索一千二百年的历史宝藏。他们带着虔诚的心，参观了张骞出使西域图、丝绸之路商旅图等精妙绝伦的壁画，筱筱最喜欢的是鹿王本生故事图，她曾在一本书上读过九色鹿的故事，当时就被这个美丽的故事深深地打动。

从石窟出来，小魏又领着他们去了其他两个景点，傍晚才离去。这一天里，四个结伴同行的陌生旅人熟络了起来，在聊天中，曦晨得知林先生和他的妻子都是台湾一所师范大学的老师，林先生说他是个历史谜，在伦敦留学时，

每个周末都跑大英博物馆，他还说他最近几年都在研究中国近代史，所以想来看看大陆的山山水水。

晚上，四个人在胡师傅的介绍下，去了当地一家有名的面馆吃驴肉黄面。

“今天走的这一趟太值得了，看到很多有价值的东西，如果不过来一睹它们的庐山真面目，就没有机会真切地感受到中华文化的震撼了。”来自台湾的林先生热情高涨，兴致勃勃地感慨道。

“读万卷书，行万里路，多出来走一走，肯定是值得的……”曦晨激昂地接过他的话。

“你们经常来大陆旅游吧？”筱筱提起一只赋有敦煌特色的茶壶给他们斟茶，满面笑容地问道。

“我们每年假期都会过来的，去年暑假，去了黄山和周庄，还有义乌，春节假期去了上海和杭州，中国地大物博，太多好地方了。”林太太用台湾女人特有的温柔细腻的语气说道。

“你们常回家看看啊！”曦晨笑容可掬地邀请道。

“我们想趁暑假多去几个地方，接下来还要去西安呢！”林先生说道。

“你们还要去西安啊？其实我也挺想去的——”曦晨说完看向筱筱，“干脆我们这次就和林先生和林太太一路去吧，反正我们是自由行，你看怎么样？”

“好啊，我也想去看看那里的秦砖汉瓦，以前只是在书上和电视剧里看过美丽的西安，那个地方留下的唐代盛世太精彩了。”

“那我们晚上回酒店就计划行程……”林先生笑逐颜开地说。

谈笑风生中，热气腾腾的驴肉黄面端过来了，四个饥肠辘辘的人随即被美食俘虏了，他们津津有味地吃起来。

三天后，他们一行四人离开了敦煌，乘飞机去了西安，走进了这个十三朝古都，这座现代都市的周秦汉唐文化有迹可循，到处彰显着物华天宝、人杰地灵的贵气。

几天里，他们参观了秦始皇兵马俑博物馆，在那里感受了秦始皇一统天下的非凡气势，另外还去了陕西历史博物馆、华清宫等著名的历史景点。晚上，他们结伴走在青石巷繁华的商业区买纪念品，一起去回民街吃肉夹馍。

在西安的第五天，几个人一起去了西安城墙，这是他们的最后一天行程，几天的观光和交流四个人成了好朋友，一起度过了难忘的旅途时光。这几天，他们被古都的文化和文明感染着，精神得到滋养，看到古城墙，四个人心潮澎湃，热血沸腾，筱筱和林太太尤其兴奋，她俩在城墙上拍了很多照片后，又到大门口拍照去了。

曦晨和林先生站在古城墙上，眺望着这个又古老又现代的都市。

“西安不愧是文明古都啊！虽然昔日的皇城已变成现代化都市，到处高楼大厦，但过去的盛世皇朝仍依稀可见，站在这城墙上，我马上就想起了秦始皇和诸葛亮……”林先生思绪飞扬，难掩激动地说。

“我们的祖先不但有智慧，还英勇善战，这雄伟的古城墙就代表着我们是个打不倒的民族，同时也可以想象得到古时长安城里的繁荣昌盛啊！”

“‘长安大道连狭邪，青牛白马七香车’①，‘古丝绸之路’就是从美丽的西安开始的啊！”

“‘古丝绸之路’繁荣了那个年代，如今的‘一带一路’不但加快了我们国家的发展，还为我们这一代的两岸人带来很多机遇啊——”

“是啊，这些年大陆的发展有目共睹，我家有亲戚在这边创业，他们说大陆人积极乐观，对人非常友善。虽然我没有在这边工作，但经常过来旅游，也深切地感受了大陆的飞速发展，前年暑假的一天，我和我太太到丽江旅游，那天我们到达客栈放下行李后，就出去溜达，当时已是下午的四点多钟，我俩走在古色古香的街道上，双脚就停不下来，从而忘记了时间，天色渐渐暗了下来，结果回客栈时迷路了，当时路上没有人，也没有车，我们感到很迷茫。十几分钟后，我看到一辆摩托车向我们驶过来，便跑过去拦了下来，开摩托车的是一位二十几岁的年轻男子，当我问他能不能载我们回客栈时，他马上就拒绝了，说自己赶着去上班，不载客。我没有勉强，就向他打听回客栈的路，同他说了几句话后，他像是领悟到了什么，问我们是不是从台湾过来旅游的，他说我的口音像台湾人，我点头称是，这位男子看了看我，语气立马软了下来，他说送我们回去，随后打电话跟经理请了一个小时的假，然后载着我俩回客栈。很遗憾的是他把我们送到客栈门口掉头就走了，我都没来得及问他的名字和联系方式……”

“这很好理解啊，大陆人从小对宝岛台湾都有着一个很深的情结，上小学的时候，我们学过一篇关于日月潭的课文，心灵就此被深深地感染了，大家

① 引自唐代诗人卢照邻《长安古意》。

都希望长大后有一天亲临那个魂牵梦萦的地方，揭开它神秘的面纱。自大陆开放赴台旅游政策后，人们争先恐后地去旅游，就是为了圆一个小时候种在心里的梦。我爸妈是最早赴台旅游的一批人，他们回来说台湾同胞很热情，很温柔，很礼貌，对日月潭的美景赞不绝口，有的人去了一次还想去第二次。所以说这种同胞情是自然而然的真情流露，因为血浓于水，我们是一家人啊！”曦晨意味深长地说道。

林先生重重地点了点头，他微笑着望向远方，眼神里溢满了对未来的期待……

第二天下午一点钟左右，曦晨和筱筱搭乘飞机回到了L市，午后的艳阳绚烂如金，曦晨开车载着筱筱驰骋在回书屋的路上，沿途中，他们眼前的一切如诗如画——一座座高楼耸入云霄，路旁的树木苍翠欲滴，花儿芬芳灿烂，这座城市依然美得让人怦然心动。筱筱静静地看着车窗外淡蓝的天空，悄悄地许下美好心愿……